龙王公汤 二

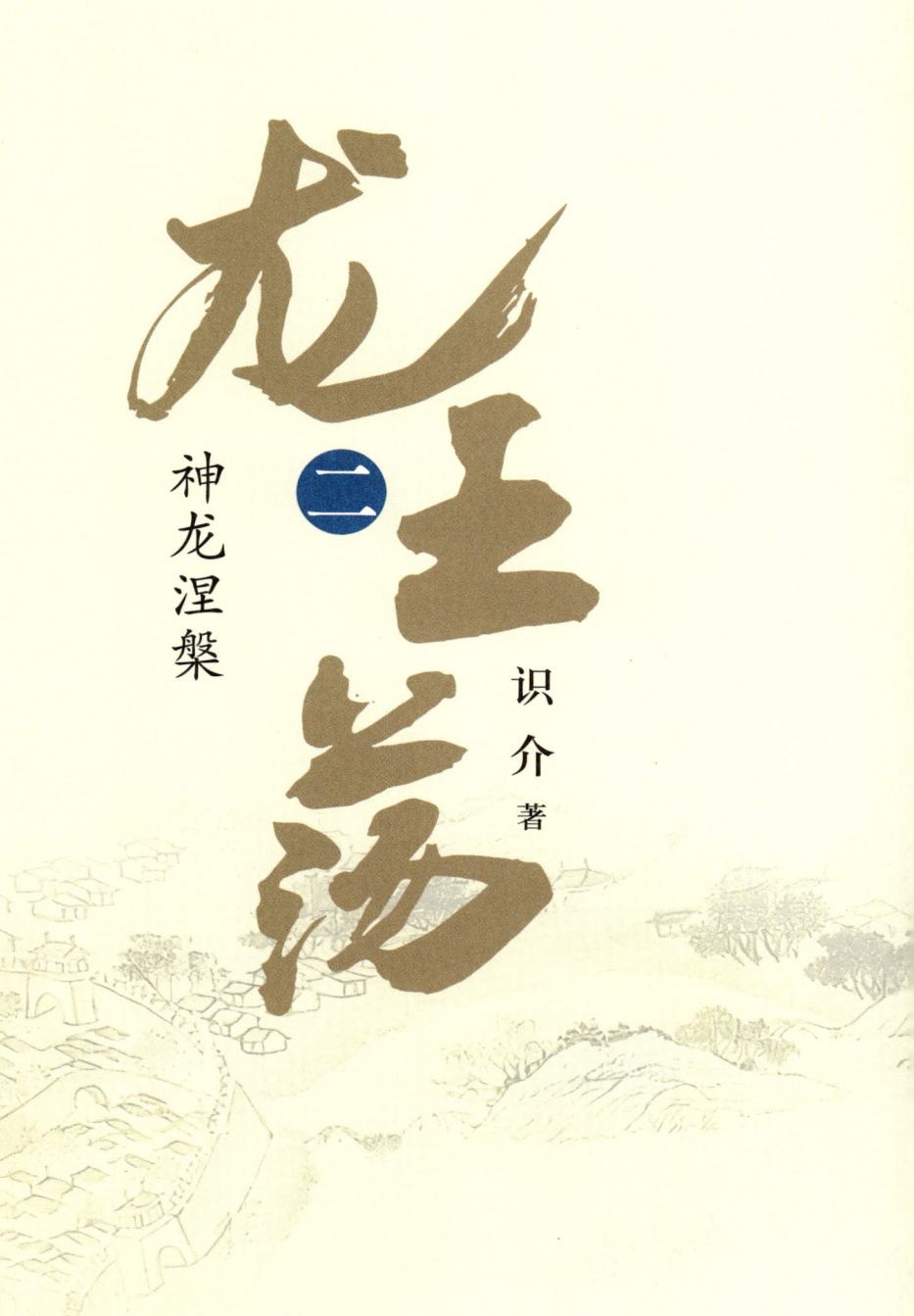

神龙涅槃

识 介 著

作家出版社

- 作者简介 -

识介,原名廖寿柏,号西坡道人。1959年出生。江苏连云港人。作家,书法家,诗人。著有词书《灵翼有痕》(上海辞书出版社)。

目 录
Contents

001.	第一章	筑海堤
011.	第二章	斤家有事
027.	第三章	扫　尘
054.	第四章	乡规民约
080.	第五章	倭贼夜袭
121.	第六章	进　京
217.	第七章	捕大蛇
259.	第八章	撒银钱
339.	第九章	打官司
388.	第十章	大木桥　娘娘庙
442.	第十一章	灭　蝗
463.	第十二章	涅　槃

第一章

筑海堤

祭祀大典结束，龙王荡人，各干各的事。街头巷尾、麻将馆、洗澡堂、小店铺的南墙根，晒太阳的老头老太们无事唠叨，还沉浸在祭祀大典上的舞马、叼丝布、高跷大秧歌、舞龙舞狮的热闹场景里，他们无数遍回味那些惊险奇绝的情景。

龙王荡所有的渔船，桅梢旗卷，千帆竞发，向大海深处进行秋季捕捞。农人把全部精力，投入运送小麦冬肥行列。车拉，担挑，畚箕背，双人抬。家家户户，大田小地，都堆起大小均匀的粪丘丘。

乡团从龙洞堡水寨中，调出六十多艘大船，从东陬山、西陬山、罘山、伊芦山、云台山，向龙王荡五十里海岸线，集中运输石块。龙王荡海堤滚石护坡大坝工程，自北向南，全面铺开。乡团和龙荡营六千多人大会战。五十里，二十工段，水下三丈，海面向上两丈，滚石内外坡。大船载运，耗潮卸载建坡，涨潮开山装船。外坡外五百尺处，与大堤平行，开挖护堤河，宽三百尺，取土筑坝，石夯砸实。

廖夫人选龙王荡南北二十队、乡、镇两百青壮女眷，按二十工段，做饭、烧水、煮茶、缝补、浆洗。

五十里长的工地，五十里长的工棚工舍。吃住在工地，昼夜轮班，歇人不歇工。海堤大坝，功在当代，荫及子孙，百年大计，一时一刻不能懈怠。关关节节，马虎不得。

这日，廖子章召集南北二十队队长，乡团三纵六部，龙荡营八营四部首领，现场巡检。他说："各位兄弟姐妹，辛苦了。一个多月来，紧紧忙忙，夜以继日，快马加鞭，俺们完成了阶段性工程。还有两个月，就到元旦大年了，俺们要抢在大年前，完成护坡筑堤工程。冬季潮汐小，风不大，浪不急，可是，任务相当艰巨，要抓住海水落潮前卸石料，落潮后护坡；涨潮时，人员集中调运石块，挖护堤河筑坝、打夯。合理调度安排人手，不歇工，不窝工，瞻前顾后，不可顾此失彼。护坡石料，必严丝合缝，毫厘不差，夯必打实，大堤坝两侧，滚石护坡，中间夯土层，若土层砸不实，遇上百年大信潮，海水从石缝渗透进堤，一样很危险……护堤竣工后，翻过年，俺们还有许多事情要做，一刻千金啊！分秒必争，朝乾夕惕，万不可虚度光阴，蹉跎岁月……"

夜间，大海耗潮，五十里海岸线，灯光通明，火把、吊灯、马头灯、船头灯、地灯、小阁灯通通亮起，堤上堤下，华灯绽放，火树银花，五十里工地，亮如白昼。水上忙卸载，水边忙码石块。护堤河下，人影攒动，络绎不息。独轮车，一推一拉；平板车，三人一车，一人驾辕，两人拉套。还有的人，用扁担、笆斗络、柳编筐，一人两筐，独肩挑。人潮如海，摩肩接踵，熙来攘往，向坝上运土搬石。

登高远望，工地川流不息，人声鼎沸，人人情绪高涨，个个朝气蓬勃。大坝长堤，像一条长长火龙，自天而降，绵延起伏，展示盖世之姿，显耀雄伟之志。又像千万头虎彪雄狮，在连绵山峦中穿梭，在丘树间过往、跳跃和舞动。不夜海堤，滚石大坝，热闹着、欢呼着、沸腾着。一排排的大工棚，里里外外，张灯结彩，灯火辉煌，闪动人们忙里忙外的身影。

一工棚，大锅腔上，一口二十四印罗汉锅，满满一锅刚烧开的水。锅旁大箩里，盛满一沓一沓的小麦煎饼。今晚刚烙下的，热乎乎的。筐里有大葱、蒜头、面酱。虞墨兰坐在灶膛前，借火光纳鞋底。一锥子用力攮在千层底上，用穿带麻绳的粗针，从锥眼里穿过。然后，习惯地将锥子在自己头发上轻轻一擦，让头发上的油沾在锥上，再攮就省劲多了。纳鞋底的虞墨兰，脑瓜子里呈现郭哥哥那只露脚趾的鞋，脸上露出灿烂的红霞。三更时分，虎头鲸和仨助手王今、王比、王巴，四人共操一辆平板车。小衣小帽，满头满脸皆是汗，嘴里发干。刚卸完车，从坝上走下来，王今提议："副统领，工棚里歇歇脚吧，喝口水。吞嗓里快失火了。"虎头鲸也正有此意，瓮声瓮气地说："好！俺也干得够呛。走，兄弟们，喝水、打尖去！"

虞墨兰感觉有人来，估计有人要喝水。白天是送水到工地上，晚上，谁渴，谁到工棚里喝。她站起来，使葫芦瓢，从大锅里舀起满满一大瓢水，分别倒在桌上的几只大黑碗里。虎头鲸一进工棚，虞墨兰下意识低头，见他脚上那黑鞋头子，露出两个脚趾，像两只破土的生姜拐，探头探脑。不知为啥，心一怔，脸"唰"地红到脖子根。晚上，灯光暗，不明显，也不易被人察觉。王今机灵，进棚就叫："虞姐啊，俺们又饥又渴，咋办哪？"虞墨兰脸红后，顷刻恢复理智，大大方方地说："小兄弟啊，有虞姐在，渴了饿了，不用愁，来！坐下，歇一会。"说着，虞墨兰把盛水的大黑碗，分别向四个桌边推了推，说："来，各位兄弟，先喝点水润润嗓子。"王今调皮地说："虞姐，光润嗓子，不中哦！"虞墨兰也调侃说："中不中，煎饼裹大葱，每人两张，俺帮你们卷好了。渴也罢，饿也罢，吃吧！苦也罢，累也罢，喝吧！"

虎头鲸脸盘圆了许多，笑呵呵地说："虞妹妹怪有才。妹妹有所不知，俺们这些粗人，嘴有五谷饼，肩能挑乾坤。啥都能亏，就是不能亏肚皮，呵！呵！呵！"也不知道他真憨假憨，反正憨得可爱，憨得让女人心疼。虞墨兰又一次低头看虎头鲸的鞋，这次是有意看的。她说："郭哥呀！你不用干活了。"虎头鲸发愣地问："咋的啦，妹子？俺不懂！你这莫名其妙地来一句，俺承认，俺傻，你明说吧！"虎头鲸一头雾水。虞墨兰觉得调侃他不到位，笑盈盈地说："你应该去街上，摆地摊，卖生姜！"虎头鲸越发丈二和尚——摸不着头脑，眼神越发迷糊地说："奇的怪，真是没头没脑，俺听不懂，是不是妹子你做菜没生姜啦？俺让王今帮你买去。"机灵的王今，看出几分玄妙，说："副统领，你装，你就装吧！"

虎头鲸发呆发愣，就是不发火。虞墨兰转头，从针线匾子里拿出用旧蓝布裹着的一双新鞋，说："郭哥，你看看你，你鞋头子长出生姜拐了。"顺手把新鞋递给虎头鲸说："脱下，换上吧！赶明，俺帮你洗洗刷刷，上街找小皮匠重新修修。扔掉可惜了！"王今向王比、王巴挤挤眼，王今说："副统领，俺们先去挖土装车。"三人喝完碗里水，每人抓起一张卷好的煎饼，离开工棚。刚出工棚，碰见廖夫人，三人同时弯腰，恭敬行礼说："夫人好！"廖夫人朴实而慈祥地回复："好！好！咋不多歇一会？"

廖夫人的头脑里，还在回想刚才的一幕。前几天，东方瓒抬石头，被石块划伤小腿肚子，伤痕很深。几天来，不但没好转，而且腿发炎，人发烧，只得卧床歇息。龙荡营大医官萃海罂每天都来为大统领换药包扎，未见效。廖文琴急了，私下里找来南宫先生。南宫先生用一种红药水洗过，不让包扎，两天，伤口干燥，收口，好转，退烧。南宫先生留下一瓶红药水，嘱咐早晚各洗一次，七日必愈。夫人刚刚看到文琴给东方瓒洗伤口一幕。

这一幕，更加触动了夫人曾经的许多想法，很可怕的想法，她不知道自己能否顶住。她下决心，不能让这些死了丈夫的年轻女人，守着那块木板灵牌过一辈子。不能让她们顶着黑暗，顶着大山，既不能睁眼，也不能抬头，过寡妇日月。女人，首先是人，一旦被非正义的正义、非道德的道德所绑架，她们便不是常人了，是身不由己的无灵魂的人。她们的灵魂，被一只千年的黑手掌控着。她们是人，不是禽兽，因为禽兽的世界是自由的。而寡妇的圈子，是雷池，越出一步，必身败名裂，粉身碎骨。世人的眼光，足以碾碎她们的幻想，挤压得她们吐血窒息。世人的唾沫星子，足以让她们溺亡。一定要砸掉锁在女人身上的千年枷锁，把文琴、墨兰这类女人解救出来。外边俺管不着，龙王荡里，俺得管一管。破一破，立一立。没有男人的女人，日子就是软刀子，刀刀见骨不见血。绳索、镣铐、枷锁，无数条条框框，禁锢着女人手脚，什么三纲五常、三从四德，什么填海、杖毙、活埋、鞭刑，把女人赶上绝路。龙王荡的平民，本来就过着苦难日子。女人，特别是寡妇，是苦难中的苦难。不完整的家庭，寡妇不受人待见，不被人正眼看。人人都把死了男人的责任，推卸到女人身上，而女人就要忍受一辈子的欺凌、污辱、打骂，但必须忍气吞声。这叫啥世道？世，还有道吗？想着想着，碰见王今三人，打乱她的思路，夫人走进虞墨兰的工棚。此刻，虞墨兰正给副统领脚上套新鞋，三人面面相觑，虎头鲸跷腿提脚，虞墨兰拔鞋，廖夫人立住，三人短暂定格。

夫人脱口而出："墨兰，这事做得对，做得好，俺支持你。俺们要把女人能做的后勤保障做好,给一线劳工兄弟们做饭,烧水,做鞋,洗衣,缝补。你做得主动,俺要让工地的女眷向你学习。别怕,也没啥不好意思,再说,即使寻求自己的新生活,也没啥过错。不要被那些无聊的世俗框框套套所羁绊束缚。大大方方追求幸福,别人也不能把你怎么样。"虎头鲸脸红了,一只赤脚,一只跂没穿上的新鞋,不好意思地站起来,有点结巴地说:"嫂子好,俺没那个意思。"虞墨兰的脸,大红布一样,脖子、耳朵根都红了,语无伦次,嘴打呲溜说:"不是的,夫人,没有,啥!俺,只是,仅仅,给郭哥,不是,副统领,做双鞋。您看,那旧鞋,不能穿了,鞋头子一个大窟窿,脚趾都伸出来,咋干活?您想多了!"廖夫人为消除二位紧张情绪,幽默地说:"副统领的鞋,那叫前头卖生姜,后头卖鸭蛋。你们看(夫人提起虎头鲸的旧鞋),鞋子没后跟子。虎头鲸呀!不是嫂子说你,当然嫂子向你检讨,这么多年,没帮你物色个家。你看你……没个家,不行啊!"虎头鲸、虞墨兰低下头,不吱声,夫人继续说:"还有墨兰,俺们都是女人,俺们都是守荡里所谓规矩的女人,你和俺都是读过四书五经的人,书上有不少优秀传统文化,美德,大仁大义,大道大理,俺们应当继承,发扬光大。书上也罢,龙王荡老祖宗留下的也罢,那里还有许多杀人的糟粕,毒害人的东西。很卑鄙,很残酷,很无耻,俺们还仍然尊崇,照办照做。想想,愚不愚昧,笨不笨拙?现在俺不跟你扯这些,以后你们会明白!"

虞墨兰心里不踏实,男男女女,授受不亲,即使有那种想法,亦应委婉,含蓄,特别赠予物品,不该这么直截了当,难怪人家怀疑俺暗解香囊。唉!应该有一定的礼节,和人保持一定的距离。俺是寡妇,寡妇门前是非多,俺今天斯文扫地,大意了,自找难堪。看来,越解释,越说不明白了,不中,必须说明白,不能在夫人面前丢人现眼。虞墨兰继续解释道:"夫人,俺和郭哥是清白的,您别误会,千万别。您若误会,俺脸上要蒙上纸了,俺在荡里咋做人啊!女人死不足惜,失节事大。"

夫人觉得,也许自己的想法没表达清楚,让虞墨兰误会了,制止说:"墨兰,别不好意思,这没啥,俺们需要友情。龙王荡规矩,不一定是啥牢不可破的铁律。随着荡里新生活的变化,许多禁锢俺们女人手脚的、看不见、摸不着、害人的规矩必须取缔,还女人一点点生存空间。

女人应该有尊严地生活。龙王荡人，下一代守着上一代的规制，守了百年千年，也被许多陈规陋习害了百年千年。你们给俺一点时间，等滚石大堤竣工了，俺腾出手来，解决几件迫在眉睫的事情。"

虎头鲸看上去憨头脾气。岂知他心思缜密，睿智过人。他立马单膝下跪，两手抱拳说："全凭嫂夫人做主。俺没了父母、爷娘，老嫂比母。嫂子，您把墨兰配给俺吧！俺粗人，不会说话。俺受不了了，直说了！"

虞墨兰本打算小火煲汤，有一个酝酿过程，到时候，自然而然，顺理成章。没想到虎头鲸他急火燎灶，烤煳了烧饼。她急了，一时不知如何表达，半张着嘴，上挑眉毛，眯着眼睛，"哈、哈、哈、啊啾！"打了个喷嚏，说："郭哥，你、你说啥啦？真不会说话，谁说俺跟你有那意思！丢死人啦！"虎头鲸早就猜中虞墨兰的心思，就是没有捅破这层窗户纸。这下好了，有嫂夫人做主，娶了虞墨兰，看荡里谁敢乱嚼舌根子……

太阳从蓝森森、黑幽幽的海面上升起。殷红色的晨曦，交融淡淡薄雾，弥漫在海面上。大海沉浸在回笼觉里，有滋有味。风，蹑手蹑脚，生怕惊醒熟睡的海。沸腾的大坝工地，继续它新一天的喧嚣，欢快，热闹。在大坝的长龙背上，百群夯队不知疲倦，情绪高涨，沿着南北走向的海堤大坝打夯。石硪夯在坝上，发出激越、浑厚、铿锵的"咚、咚、咚"声，伴着高亢、响亮的夯号声。夯堤坝，使的是石硪。石硪比木硪沉重，着力猛且沉。

石硪，是一块八人能拉动提起的四方柱体青石。上口面略小于下口面，四角四边，钻孔，每孔拴上粗壮铁环，铁环连接铁链，中心装一根圆木把手，由八人高抬猛砸。为齐心协力，有一人扶把手，喊号子，一呼皆应。一个动作，一起着力，将松软土砸成硬结土。每个夯群，都有自己的夯号，扶夯领号子的夯手，多是资格老，头脑灵，见过世面，掌握夯力结构和夯力火候的，经验丰富的老把式师傅，夯号子也分出三六九等。有的表现满腔豪情，英雄气概。有的类似谜语，或是情歌对唱，生活气息浓烈。或是比较随意，根据地面高低平洼，泥土干湿潮黏程度，顺口编。夯号，就是为提高情绪，统一口径，统一手劲，统一动作，夯得稳准而编写的。

北边的乡团工地，廖子章身着背心、大裤衩，头上裹白毛巾，手扶夯柄把子，他领号，八乡丁跟呼：

领：兄弟们呀！

众：嘀嗨！

领：加油干哟！

众：嘀嗨！

领：齐动力哟！

众：嘀嗨！

领：夯大堤哟！

众：嘀嗨！

领：东夯东海傲来国哟！

众：嘀嗨！

领：南夯南海金鳌鮀哟！

众：嘀嗨！

领：西夯昆仑三青洞哟！

众：嘀嗨！

领：北夯冰冻黑妖魔哟！

众：嘀嗨！

领：上夯九霄云中路哟！

众：嘀嗨！

领：下夯地域鬼阎罗哟！

众：嘀嗨！

领：东南西北都夯齐，

众：嘀嗨！

领：再夯中间顶子蘑。

众：嘀嗨！

领：哟嘀嗨嘀嗨！

众：哟嘀嗨嘀嗨！

……

子时已过,上半夜劳工们回到工棚,打夜尖,烫脚,睡觉。廖子章回到工棚,夫人烧了热水,给他抹澡。抹完澡,又给他准备简单吃食。一块小糊饼,一碗棒糈粥,一小碟葱花炒咸萝卜头。廖子章低头喝粥,夫人试探地说:"老爷,有件事,想和你商量。"廖子章停下喝粥,掰半块小糊饼说:"说来听听,也许能给你参考意见。"夫人说:"这事吧,俺思考许久,很严肃。一枝动,百枝摇,串撮面广。俺怕一旦做了,俺扛不住。老爷支持,俺就敢为了。"廖子章说:"等半天了,何需拐弯抹角,说吧!你是明事的人,俺有啥事没支持你吗?"夫人怕过不了老爷这关,明知老爷并非因循守旧之人,还是拐着弯子说:"老爷,您说荡里,许多不合现情的老规制、老旧陋习,能不能改动改动?"廖子章问:"那还用说,当然应该改改,俺也常常寻思这事,没抽出时间盯这事,好啊!你来盯,俺放心。俺下一步,事无巨细,多若牛毛。你是咋考虑的啊?"夫人说:"俺想哎!俺乡团最近几年,剿匪也罢,抗倭寇也罢,斗海贼也罢,加上荒灾中饥饿、生病,死了许多的老少爷们,他们大多是有家有口的,虽说俺们对这些遗属也照顾了,抚慰了,但也不能事事至纤至细,无微不至呀!"廖子章说:"你想说的,俺知道,俺早就考虑过,这规矩,得改改,男尊女卑,三从四德,已把妇女关进笼子了,再加上死了丈夫,成了寡妇。年轻寡妇,日子难熬,陈规陋习,让她们如同生活在炼狱之中,生不如死。别的不说,就说俺家妹子文琴,可怜啊!瘦得脱形。俺这做哥哥的,又能咋办呢?没了男人的女人,还叫女人吗?"夫人说:"俺废除部分恶劣的老规矩,重新搞出一个新乡规民约。禁止家暴,实行男女平等。婚姻原则,要让父母之命媒妁之言,与自愿结合、两情相悦,双规并行,今可替古,古不碍今。取缔陋习,譬如私情相会的男女,遭鞭打、杖毙。私生娃娃,父母沉海、活埋,娃娃终生不能进入宗庙祠堂,等等。适当放宽一些,人性化一点。特别是荡里年轻寡妇,应当支持她们再嫁。"廖子章说:"如是这样,龙王荡里的文明程度就前进一大步了。阻力也会相当大,首先俺家东书院里,那些老学究,会拼死守住旧制,他们那关,你恐怕过不了。说不准,他们给你搬出《女诫》《内训》《女论语》《女范捷录》《女孝经》《列女传》

来，弄得你上不去，下不来，整出个尴尬局面！"夫人笑着说："老爷您放心，只要您同意，俺决心下定，让那些老先生心服口服。不仅如此，还要让他们，每个人出一套新乡规民约，俺来集中合并，隐括，取长刊用。到时候，俺家出钱，印成册子，龙王荡里，见户一册。队、乡、保、甲刊刻到石碑上，立于村头、路口、河堤、码头。全荡老老少少，下自手里搀，上到八十三，男男女女，必须先背诵其文，再解其意，让学院先生们轮流进荡里讲析。再挑选乡队里识字的人，挨门逐户教，不背诵或背不全的，罚五升小麦，宽限三日，还不会背的，罚义务工，直至会背为止。"廖子章开玩笑地说："夫人，真狠，这事俺同意，全权交给你了，有困难，再找俺。"夫人也开玩笑地说："老爷，你真放心交给俺，接下来的事，再不用你操心，你办你的大事去吧！"

　　夫人话音刚落，这半夜三更的，大统领东方瓒睡不着，手中拄拐棍，一瘸一拐，进了廖子章的工棚道："哎呀！俺就知道老哥你没睡！"

　　廖子章意外地说："兄弟，不是俺说你，你那腿，砸得不轻，不好好歇着，干吗到处乱跑？"东方瓒算得上廖总身边见微知著、心细如尘之人。这几天，卧床时，在匡算大堤用资，估计尚有缺口。不知老兄有何想法，心中有事，不好合眼。他说："老哥呀，只到您这里来的，没敢到处乱跑，怕伤口发恶，白天黑夜大伙都忙，俺独自闲着，心中着急，哪敢睡太平觉。偷个空子找您，说两句就走，您忙活一天半夜，也够累。"

　　廖子章关切地说："饿吗？现成的，吃点吧！边吃边聊！"东方瓒说："没干活，不饿。筑坝的钱咋样？够吗？"廖子章说："咋想起这事？按预算，没啥缺口。实银就缺公孙觋这个老滑头的五万两，没到位，这就是最大缺口。这事，交给你，对付他这个死皮赖脸的下三滥。给脸不要脸，还想坐享其成。没有更好的招，佛不恕魔。这次，绝不饶过他。你派几个精悍的兄弟，使点手段。"东方瓒果断地说："明白，老哥，这事交给俺，把过去该交没交的公益费，一并收了！"廖子章说："你看着办。俺总觉得，公孙觋在俺背后搞事，搞啥事，俺还没弄清楚。"东方瓒说："好了，不耽误你歇息。明晚上，办事！俺回啦？""还发烧？""退了""伤口咋样？""收口了，不红了，发紫，有点痒！""哦，快好了！

回吧!那事,要干净利索,只要现银!""知道了!"

东方瓒走后,廖子章丢下筷子,真感到疲累,上床睡觉。就在此时,蔡先福领着连哭带号的纽大娥来找廖总。廖子章起身,趿鞋问道:"啥事?坐下,慢慢说!"……

第二章
斤家有事

1

号啕声冲破廖子章工棚中深夜的宁静。纽大娥见到廖子章,仿佛抓住一根救命的稻草,"扑通"跪地,磕头如春碓,起落有声,呼道:"四太爷呀!救命呀!救命哎!"廖子章安慰地说:"先别哭,起来,慢慢说。"

廖夫人一把拽住纽大娥衣袖,拉起来,坐在长条凳上。蔡先福把含在嘴里的旱烟袋,取在手里。筷子长的烟杆,一锅旱烟,刚吸完。他跷起脚,在鞋底上磕了烟锅里的烟烬说:"斤三铁铙子,偷了凤凰城典当行镇店之宝,紫红鸡血宝钻,价值连城,死罪。爷儿俩都被直隶州捕快押去了!"廖子章问:"啥时的事?东西呢?钻石!"纽大娥缓过神说:"一个时辰前,东西搜走啦!堂屋当门地,深挖三尺,最后在一个墙洞里翻出的。俺就不信,拳头大一块红石头,能值多少多少钱。捕快说,那东西,没有价。往小里说,能值几百万两银。往大里说,值上千万两呢!这东西,值多少钱,咋能随嘴嚼。这不是要瞎命嘛!两条命呀!四太爷呀!救命呀!救救俺们吧!他爷儿俩有什么差池,俺也不活了!"

廖子章对蔡先福说:"人赃俱获?就是说,铁案喽!"蔡先福又装一锅烟丝,递给廖子章。廖子章接过烟袋,老蔡顺手端过油灯,廖子章持烟袋锅,对着灯火"吧嗒、吧嗒"吸两口。老蔡说:"那还用说,两条命没了!这种案子,判起来,快得很。没啥玄机,没啥扑朔迷离曲折情节。抓到人,拿到赃,估计这三两天,差不多尘埃落定。"廖子章问老蔡:"老蔡,他们搜取东西,可曾留下字据?"蔡先福转脸看着纽大娥,纽大娥一脸懵懂地说:"啥字据,没!捕快放怀里哩!"廖子章很警惕,以商量的口吻问老蔡:"老蔡呀,俺说这事,有点麻烦。鲍育西和他手下的捕快,人贪心黑,没几个好东西,俺怕他掉包。再说,就是不掉包,鲍育西这个贼人,贪墨高手,这么贵重的东西,进了他口袋中,安能吐出来?"老蔡低着头,说:"俺真的没想这一层,越是这样越麻烦。那鲍大人定然从严从重从速了断此案,如此一来,这爷儿俩,是命悬一线了?"

廖子章分析说:"他们会连夜突审,审完文书画押。只要斤三铁铳子爷儿俩承认、画押了,这块宝石,就进了鲍育西的囊中。他爷儿俩,人头落地,死无对证。杀两条人命,无论是公开砍头,还是暗地下毒,在草菅人命的贪腐官员那里,顶多算是鸡毛蒜皮。他爷儿俩不识多少字,根本看不懂那堂审文书。"纽大娥双掌拍打大腿,又跪在地上,一把鼻涕一把泪,呼天抢地道:"拿到赃物,没得损失,明天应该放回俺儿才是。"廖子章对老蔡说:"老蔡呀!你辛苦些,明天工地上的事,全权抓在手上,这是重中之重,不可迟疑。东方大统领腿脚受伤,又不能上工,让他歇着,有事和东方或虎头鲸多商量!"老蔡说:"请廖总放心,俺知道工地的斤两,岂敢马虎!"

廖子章对夫人说:"叫芦飞套车,叫滕大山、阙小海俩人一起跟着,今晚去海州衙门,会会鲍大人,想办法保他爷儿俩的性命。"

廖子章心里暗忖:面对贪官,给足银子,别说是两条命,啥事都不是事。大清法条,在鲍育西这类贪官眼里,愚民工具而已。凭着大清法条,冠冕堂皇,榨取钱财。每个条款都有名码标价。在鲍育西眼里,两条草民的贱命,让他家倾家荡产,求爹告娘,借呀!募呀!偷呀!抢呀!榨干血汗榨骨髓,顶多挤压出三五十两,他鲍育西当然不满足。可是,俺廖某出面,鲍育西这狗东西,定会加码,至少要两万两银。唉!算了,两万就两万,只要能保下这两条鲜活的性命,俺也豁出去了。谁让俺没管好自家的荡民,就算罚俺,认栽!廖子章一行到海州衙门时,天已大亮。地上一层厚厚的霜,衙门屋顶小黑瓦上,断续覆盖着霜花,瓦楞隙缝间,蒿草挂蔫了。昨天还青茂的树叶子,一夜间全部疲软,在晨风中纷纷坠落。

　　看着眼前萧瑟、凋敝、败落的情景，廖子章的心悬着。他掀开车轿的柴帘子，跳下车。另车的卫士滕大山、阙小海手中持剑，和一脸困乏疲惫的纽大娥先后下车。

　　廖子章在衙门前院子里扫视一周，下意识地搓了搓手，对芦飞说："芦飞，你去后院瞅瞅问问，知州在不在家，若在，就说俺廖某拜访。"

　　芦飞老成持重，干脆爽快利落地回答："是，老爷。鲍大人后院几个门卫，俺熟。"

　　早晨，直隶州衙门，院里院外空荡荡，不见人影走动，连声狗叫也没有。芦飞快步到知州家院门前，门卫郜二花子值夜班，还没离岗，远远看到芦飞，手提长枪，跑过来问："芦飞兄弟，无事不登三宝殿，有何贵干，说吧！"芦飞从怀中掏出半包卷烟，杨集全泰仁卷烟厂出品。吸烟人不买这种"洋烟"，买烟人不吸这种"洋烟"，都是因为卷烟太贵。芦飞将半包香烟塞给郜二花子，慷慨地说："兄弟！抽烟。"郜二花子二十多岁，很机敏，花头点子多，人们通称郜二花子，真实名字没人知道。郜二花子说："兄弟，客气啥？破费哟！破费！"芦飞装出不在乎说："哪里！哪里！自家兄弟，不用客气。"郜二花子接过香烟包，从中抽出一支，夹在耳朵上，又抽出一支，夹在嘴唇间。剩下的，舍不得的样子，送回给芦飞。

　　芦飞说："哎！兄弟，这烟，都是你的，带在身上吸。"郜二花子再不客气，装进衣兜说："兄弟何事？说吧！俺小鬼屌一条，不能办啥实事，打听消息没问题。""知州大人可在家？""在呀！找他办事呀？（猜悟状）噢？知道了，今夜，从龙王荡抓了斤三铁铣子和他大俩人。斤三这家伙，乖，神偷呀！居然能锯开人家拳头粗的木窗档子，砸掉箱上三把锁，偷人家镇店之宝。鸡血宝钻，那可是无价之宝。偷就偷了，还放张纸条：俺是江洋大盗，斤三铁铣子。你说，多么嚣张、狂妄，这不是找死吗？""鲍大人啥时起床啊？""哎——，还什么鲍大人，直隶州的天变啦——鲍育西这下子，惨了，完了，被朝廷铐去啦！你可知道，他差人暗杀朝廷剿匪大员，衍大学士。哎呀？不知他咋想的，不是找死吗？小腿再粗，还只是小腿，咋能拧过大腿呢？""啥时的事？""前几

第二章　斤家有事

天，前几天，五六天吧！""现在知州是谁呀？""你还不知道？就是原来直隶州通判丁大人呀！人家丁大人，上面有人，顺理成章，当上知州了！""噢、噢、噢！懂了！"芦飞知道，丁诺和廖总私交不错。但是这丁大人是挺有原则的人。廖总想从直隶州大牢里捞出斤家两条命，难了。贪官，讲的是钱；清官直官，讲的是法。芦飞装出平平常常的样子说："俺们廖总在前院，想见见丁大人，俺不知是啥事，不一定是为斤家的事。斤家和俺廖总非亲非故，再说，斤家人犯的是死罪，谁也帮不了的。"郜二花子笑嘻嘻，明智地说："兄弟说得对，俺郜二花子，不管那么多的事。俺就是一条看门的狗，俺的职责是看门。你若想见，俺去叫醒他便是。"芦飞制止说："不急，兄弟！俺去给廖总吱一声。"郜二花子解释说："兄弟！俺一炷香之后，收工回家。你可快点哟！"芦飞问："下一班是谁？""下一班送歪嘴，你认得的。人不坏，就是说话不利索！"芦飞到前院，把了解到的原委，一五一十告诉廖子章……

辰时三刻，丁诺请廖子章在海州最有名气的双龙井茶楼吃茶。

二人落座，廖子章抱拳祝贺道："不知丁兄，不，得改口，叫丁大人。不知丁大人加官晋爵，子章今日无备，仅带一点龙王荡土产，不成敬意。"廖子章送上精致红木小匣子。丁诺接过，打开一看，是一匣子海参干子，和一张对叠起的两万两银票。丁诺面不改色，垂着上眼皮道："既是自家兄弟，干吗如此破费！"廖子章也不客气地说："你做州官，俺从内心是高兴的。你人正，影子不歪，刚直。既是自家兄弟，亦无贿赂之嫌。你和俺之间，没那么庸俗，纯粹兄弟之情，仅此而已！"丁诺也不推辞，他开门见山说："你连夜赶来造访，是为斤家事而来。龙王荡的人，你护犊子，俺晓得。你定然知道，这案子，非同小可。斤三父子，昨夜到案，俺初审，案情不复杂，数额太大，大盗所为，当斩。此案若报朝廷，按律必株连无辜。若不报朝廷，也必判他们死罪。其父承担教子无方之责，判他死罪，也并不委屈。"廖子章摇了摇头说："这案子，没有回旋余地啦？"丁诺也摇了摇头说："斤三胆大妄为，是盗窃中之重罪，绝非偷鸡摸狗之小蟊贼。目无国法，情节、数额，无法饶过。你既然来了，俺也不能不睁眼，龙王荡总乡团的面子，还是要给的。就不再株连无辜了，免去斤秃子死罪，判他去采石场服役三五年。这案子，就算糊弄过去了。"

廖子章觉得，这案子，数额大，按律可株连三族，但不是必须株连三族。若说丁诺给面子，也给了；若说他没给面子，也没给。株连三族，其实，这里面，是有灵活性、有余地、有空间的。贪官玩弄的，就是这空间。直官宁愿屏蔽这些空间，从严从重，也无可厚非。丁诺原来似乎像个清官，当上知州之后，清不清，不好说。大清国，素有无官不墨、无墨不官之说。也许这丁诺，过去在鲍育西属下，没机会贪，潜得深些，隐蔽得更微妙些。否则，一盒海参，两万两银，收下了，连眼皮子都没抬。说明啥？嫌少呗！

廖子章心想，看来这两万两银子，无法让人家放人，用不好意思的样子说："丁兄所言极是，俺护犊子，俺也讲道理。俺不枉情，不枉法，不护短。斤三该死，谁也救不了他，就是救得了他，俺也没那实力。俺觍着脸，求丁兄能否保他大斤秃子，不判苦役，释放回家，若能如此，廖某心中自然感激，也算没白来一趟。"丁诺挂着那张没啥表情的脸，快快地说："廖兄既然开口求了，俺就记下这笔账了，释放斤秃子，处决斤三，就在近几日。此案不宜拖，拖了，夜长梦多。年底朝廷都察院检巡督办，要走访抽查，若被他们盯上，俺就掌控不住了。到那时，说重一点，灭他三族，也不是不可能。"

廖子章从直隶州衙门大牢中带出斤秃子。斤三铁铳子装出不孬种的样子，昂首挺胸，泰然自若，送出父亲，说了句："愿父母亲大人多保重，儿不孝，不能为你们养老送终。"说完，趴下，磕仨响头，立起转身，面朝墙，不再动。廖子章一行，回龙王荡去了。

丁诺寻思，事不宜迟，迟了就被动。不指望廖某继续送银子，斤家小门小户，也无油水，下午正式提审斤三铁铳子。不审不知道，这一审，又审出斤三铁铳子诸多不为人知的滔天罪恶。

丁诺坐大堂。背景墙，碧海清波，一轮红日，冉冉升起之势，上楣一块金色横匾，匾上赫然四个大字：正大光明。从康熙爷始，大清朝大官小官，贪官污吏，清官直官，就把这四字，视作座右铭。这四字，悬挂庙堂之上，既做弘扬正气的标志，亦做掩盖丑恶贪腐的蒙脸布。总之，是放之四海皆准的真理。丁诺一脸的威风，眼睛瞪得狰狞恐怖。端

第二章　斤家有事

坐正堂，惊堂木"啪"的一声，声音撞在大堂墙壁上，回荡令人胆寒的音响。大堂上，紧张而严肃的气氛油然而生。丁大人嚷道："带人犯斤三！"大堂台下两侧，捕快、狱警，手持六尺杀威棒，棒头子捣地，在"笃、笃、笃、笃"的"威武"声中，两狱警一边一个，架在斤三铁铳子腋下，连拖带拽，连推带攘，将其弄到堂下。斤三没跪，视死如归，好一个死肉不怕烫、坚强不屈的枭雄气概；好一个市井无赖泼皮地痞，破罐破摔的恶棍流氓。斤三心里想，大丈夫，跪天跪地跪父母，你个狗官，在俺面前，算个屁。身后狱警看不过眼，口中骂道："你个龟孙子，不服是吧！"话音未落，从斤三后腿弯处猛击一棒，斤三不由自主"扑通"跪下，还想撑腿爬起，身后狱警又是狠狠一棒，把他打趴在地。服了。

丁诺说："斤三铁铳子，龙王荡有名的流氓恶棍。仅盗窃凤凰城典当行血钻一案，就够灭你三族。据本官掌握的情况，你在龙王荡里，无恶不作，干尽伤天害理之事，快快如实招来。"斤三铁铳子早想好了，横竖一个死。死前还有大清命官，把俺斤三当回事，审俺。那些无名小辈想被审，还捞不到哩！看，还有这些恶狗孙子助兴。爷死都不怕，打俺两棒，又何妨。俺这辈子，值了，不算轰轰烈烈，惊天动地，也够得上骇人听闻。今天老子再说说俺一生的辉煌业绩，让你们这帮乌龟王八羔子开开眼。他抬起头，大义凛然，对着堂审的书记喊道："孙子，听清喽！记好喽！不就是死吗？砍头吗？头就在俺肩上，何时取，随便！砍下来，碗大疤，无所谓。堂上老儿，你想知道俺还干了啥大事吗？有啊！俺强奸过龙王荡地主夏侯凛的小老婆，享受过地主般的艳福。还强暴过俺村上的萍二嫂，她男人比俺岁数大，她比俺小，俺叫她萍二嫂。第一次是俺强暴了她，后来多次，是她勾俺的。她男人那东西软，没用，没有俺厉害、好使。去年四队小街上，过二扣女人，养的那个男娃，办满月酒那天失踪的，是俺抱走的，卖给杨家集一个人贩，十块大洋，钱，花了。前年，倭寇海贼夜袭龙王荡大地主严九老爷家，抢了两头牛、二十麻袋稻香米。啊哈？那香米，是严九老爷用黄豆，从江南换回的上乘粳米，还没来得及卸船。是俺给倭贼海盗带的路，气死那狗日的地主老财严九老爷。到今天，他还蒙在鼓里……像这类事，多的去，一船一车装不完的。来吧，孙子们，你们赞叹赞叹俺光辉的一生，赞叹俺灿烂的一生吧！你们赞叹吧！你们哭吧！你们庸庸碌碌，无所作为，去死吧！"斤三铁铳子歇斯底里咆哮！故意梗着脖子，睥睨堂上的丁诺，想继续说："还有……"他刚刚开口，想说邱二豹也是自己杀的，话到嘴边咽了回去。这话一出，连累了蔡小诡，羞死妹妹小斤花，还留下一世的骂名，不值。这件事，打死也不能说。

丁诺气了，惊堂木"啪"的一声，道："斤三铁铳子，你就不怕俺灭你九族吗？丧尽天良的东西，你就是一坨狗屎！"斤三也丝毫不怯，他把听大鼓书学到的知识都用上了。他说："嘿！大人说得好。俺丧尽天良，没错，请大人您睁眼看看，你们这类坐大堂的老爷，从穿孔雀长袍的三品大员，到穿鹌鹑练雀服的八品九品，谁他娘的不是丧尽天良的东西。俺不怕你灭俺九族十族，斤三铁铳子死了，灭了，留下九族十族，留下龙王荡，留下直隶州，留下大清朝，对于我斤三铁铳子而言，还有啥意义？灭吧！灭吧！灭它个白茫茫一片真干净，又如何？"……

第三天，午时三刻，在海州玄门外菜市口刑场上，斤三铁铳子戴着手镣脚铐，被拖出游街的囚车。监斩官宣读完罪状，掷出"斩立决"小木牌。瞬间身首两处，血气方刚的斤三，血如一道亮丽的虹，喷在刽子手的脸上。场外有两个肺痨病人，冲到斩台边上，从怀中取出馒头，蘸了斤三的血，当场趁热吃了。顿时，俩人脸色红润，自觉大病痊愈，脚底轻快。这俩人到家没几天，还是突破了这条痨病的最后防线，与斤三做伴去了。

斤三铁铳子结束他无法无天、任性快乐、胡作非为的一生。此刻邱二豹还在去九泉的路上，斤三铁铳子已过了奈何桥，喝过孟婆汤，两个前世把兄弟，就变成陌生的鬼伴，因脾气相投，他们又结成了鬼把兄弟。斤三早忘了邱二豹睡他妹子小斤花的大仇了。

一衙役骑快马到斤三家，知会斤家收尸。纽大娥从海州回来，三天三夜没合眼，没下一滴汤水，焦虑、忧愁，担心儿子性命不保，又跑大坝工地，再求廖总。廖子章好言相劝说："要回斤秃子，保住三族，已是万幸。俺也就这般大能量，再无办法了。"纽大娥哪肯作罢！纽大娥口口声声道："俺愿用三族之命换回儿子的命！"廖子章明白了，这女人，是祸害了自己亲儿子的罪魁祸首。这样没底线的女人，才可能教育出如此没底线的儿。道理，和这样的女人讲不明白。纽大娥临走时，又撂下一句难听的话："俺就知道，你廖四太爷，总乡团，官官相护，和州官一个鼻孔子出气。俺家没钱，买不了俺儿的命。"廖子章低下头，俺花了一盒海参，两万两白银，换取纽大娥这番抱怨，无语。纽大娥明白廖总没办法救儿子，儿子必死无疑，回到家，不吃不喝，坚定不移，陪儿子一同上路。

这日午后，倒床上的纽大娥忽闻马蹄声，可能是儿子有消息了。猛地从床上起来，一家人刚出门，衙役已到她家院中。衙役立马上说："斤家人听着，斤三铁铳子已于今日午时三刻，在海州玄门外菜市口刑场，执行处决。斤家若不收尸，明日，将作无主尸处置。"说完，勒缰绳，调转马头而去。纽大娥虚弱的身子，软软地瘫了。之后，只听得"咕咚"一屁，"哗啦啦"，裤子也尿湿了，眼皮紧闭，脸面如黄菜叶子，嘴唇青紫，一动不动。

小斤花急忙抱起亲娘，摇晃、哭叫。斤秃子掐住纽大娥的鼻尖下的人中穴，和她拇食指间的虎口穴。没反应，摸摸三关脉，不动了。斤秃子年轻时在寺院学的几招救命手法，用完了。小斤花说："大大别掐了，快去请南宫先生。""闺女，来不及了。来，把你娘扶起，俺背着，去南宫大医堂，兴许有救。人啊！你想不开，俺理解。只要还有一丝一线指望，别去死啊！你若死了，俺和闺女咋办啊！"斤秃子悲哀地说。

小斤花说："给娘换条内裤吧！""来不及了，顾不得体面了！"

南宫先生也没能救回纽大娥的命。斤秃子咋背出去的，又咋背回来。身后跟着哭天抢地，一路号啕的小斤花。这闺女伤心，悲痛。一半哭亲娘，一半哭自己。没人能理解她的哀伤和悲戚。可怜样子，令人怜悯，感伤。

章先虎、蔡小诡借了马车，接回斤三尸首，已是夜间亥时。斤秃家新堂屋当门地上，两张芦席子冷铺，停俩尸。斤秃子用公孙觊给他的银子，从近便便的丰乐镇上买回两口薄皮棺材。入殓，盖棺，钉钉子，准备下葬。远亲近邻，还有邱二豹的女人，上门烧纸致哀。邱二豹女人触景生情，看到这娘儿两个，一下子想起躺着的邱二豹，呜呜哇哇地哭了，哭得很给力，很专业。

就等公孙大师过来，择日下葬，选阴宅地基。章先虎、蔡小诡头顶白孝帽，肩扯白搭头，鞋头子蒙一片白布，和自己家里办丧事一样打扮，不分彼此，忙里忙外，一脸悲伤，一脸哀怨。斤秃子让蔡小诡去南头队，请公孙觊大师，商议丧事程序。谁知道公孙家也摊上事了。

前天夜，据说公孙觊家遭潮河荡土匪敲诈，破了财。还杀死公孙家三个护院家丁。真的出了鬼，杀三人，竟一点动静皆无，连两条神气活现的狼狗，也死在门外狗洞旁。

公孙觊在被窝里被提起来，一丝不挂，三婆娘也只挂一片大头娃娃红布兜兜。一蒙面黑大汉，一手操起公孙觊脖子，举在半空，公孙觊一口气憋住了，下不去，上不来。三婆娘被另一个凶神恶煞的蒙面人，使小匕攮子，抵住喉咙管，吓得她将足足实实一泡尿撒在床上。另外两蒙面人，一个用胳膊肘子抵了抵黑大汉，示意他放下公孙觊，另一人对被掐半死的公孙觊说："点灯。要钱、要命，你自个选。""英雄，俺要命。有命，不愁没钱。"公孙觊老江湖，有经验，临危不乱。走近烛台，点燃蜡烛说："英雄，家中没有很多现银，百儿八十两银，能凑出来。"蒙面人黑大汉笑道："笑话，咱们弟兄，一两百里，来一趟，容易吗？百儿八十两银，就想打发，看来，文的不好使，噢！要咱动武的？奇的怪，咱知道你有多少钱，没得个准数，咱们来干啥？箱底里，还是你自己拿吧。要咱动手，就不客气啦！"

公孙觊觉得话中尚有回旋余地，主动问："英雄，给你们多少，才肯离？俺家就是个穷地主、小地主，你们要多了，俺拿不出。要么，你们把俺宰了拉倒。"黑大汉道："哦嘿！还谈价钱？别谈啦，咱可没时间和你耗。给咱十万两银票，立马走人。说话算数。少一个子，也不行。"公孙觊心下很满意，十万两银，数额不小，倒是没伤筋骨。祸兮，未必不是福，祸兮福所倚。也许，就要有好事了。看来，他们是为银子而来，不是索命。公孙觊抱拳道："英雄稍候，请那位英雄兄弟，放过俺婆娘，让她穿上衣裳。小女人，不成体统。她胆小，未见过世面，刚才吓尿了，再吓唬，她就疯了。十万两银，有点难！八万，只有八万。"黑大汉急了，骂道："老狗日的，不见棺材不掉泪。"他扬起马鞭，在公孙觊光溜溜的大腿内侧，狠狠抽一马鞭，顿时扒掉一层皮。公孙觊"哎哟"

一声,跌坐床上,连忙告饶:"英雄饶命,饶命,十万就十万,俺给,俺给,这就拿,还不中吗?"黑大汉冷笑道:"算你眼皮活套。为啥呢?本来就是十万两,现在又多了一鞭子。再讲价,咱剁你一只手,说到做到,你信吗?"公孙觋爬上床头。三个樟木箱子摞起来,银票放最下边的箱里,他搬不动上边箱子,哀求道:"英雄,请帮俺挪掉上边两箱。"黑大汉伸手搬下两箱。鞭子管用,公孙觋有点惧怕了,抖抖瑟瑟。从床头席边下,摸出一串钥匙,从中选出一把,伸进锁眼,一推,一转,横挂的铜锁开了。银票是他自己放的,他心中有数。不用灯光,伸手在箱底,摸呀摸,摸了一阵子。他断定是一张面值十万的票。抽出来,看都不看,递给持马鞭的黑大汉道:"英雄,十万,不用验票,货真价实。"黑大汉端过烛台,借光一照,没错,果真十万银票,装入怀中。

临走时,撂下一句话:"明人不做暗事,咱们是潮河荡汪黑漆的人。你明天报官,后天俺一把火,灭你全族。不信,就试试。听懂了吗?"

公孙觋想,乖,汪黑漆的人,黑心天下知,吃人不吐骨头的土匪。奇怪,汪黑漆的人敢闯龙王荡,这是破天荒了,而且只拿俺十万两,也没硬抢,这里面大有文章。不必多想,连忙回答:"英雄你知道,这种事,报官,不划算,没用。俺破财消灾,你们得财无祸。快走吧,既是外地兄弟,别让此地乡团的人碰上。若遇了,你们就栽了。快走吧!英雄,还报啥官,俺懂规矩。连你们脸上黑布,俺都不敢揭,还敢报官吗!"

四人不声不响,拉开门帘,大摇大摆,出了大门,跳上快马:"啾、啾……"向西南方向扬长而去。四匹骏马,转了一个大圈子,回到大坝工地,向大统领复命……

公孙觋得知斤秃家丧事,表面很是同情,心底暗自高兴。唉!俺就知道,否极泰来,绝处逢生,柳暗花明。这斤家只剩下父女二人。小斤花,不就是俺夹在筷子上的肉吗?善哉!善哉!他对蔡小诡说:"你回去跟斤爷说,俺明天一大早就到。别担心,一切事,全由俺公孙觋替他做主。你先带上这一百块大洋,嘱咐斤爷,把来家里烧纸吊唁的亲戚朋友、乡里乡亲招待妥当。别的事,不用愁。"斤秃子听了蔡小诡的回复,又见蔡小诡掏出一百块嘎巴嘎巴叮当响的大洋。斤秃跪地朝西边龙王口方向,"咚咚咚"猛叩三响头:"公孙大师,万谢唉!"

斤家丧事,公孙觊大师全力相助操办,办得风风光光。娘儿俩庄严肃穆,入土为安。这日,公孙觊当着斤秃和小斤花父女两人的面,问起下一步日月咋过。斤秃子说:"咋过?俺终生不忘公孙大师、大老爷,对俺家出手相救。"小斤花眼睛红肿。这几日,又哭哥哥,又哭娘,眼泪干了,心也凉了。她问天问地,这为啥?为啥不幸的事情,一股脑,都摊上自己和家人?小斤花低头,只说两字:"认命!"再也不吱声。

2

斤家丧事,到了"五七"。公孙觊头一天晚上就住到斤家,准备主持第二天五更头,"望五七"事宜。晚上,吃完晚饭,斤花回房,愁自己的肚子去了。公孙觊觉得时机成熟了。先和斤秃子聊"望五七"的事。拐弯摸角,绕了一大圈之后,公孙觊对斤秃子说:"斤爷,今后日子咋过呀?女儿也到婚嫁年龄了。若嫁,应在丧事后百日内嫁,这叫百日拖。超过百日,必在家守孝三年,这是规矩。三年后,斤花大姑娘就成老姑娘了。再嫁,也就难以找到合适的人家了。斤花,多好的娃,不能委屈了她。"斤秃子眼见着就要被钩上了,一副为难相。他说:"大师呀,您就给俺做个主吧,您说咋办就咋办!"公孙觊装不好意思,"吱吱"咂嘴,接着吊斤秃子话味说:"俺说了,可能不太好听,您哪,也别生气,这种事,也作兴,没啥奇怪的。"斤秃子没任何心理防线,说:"您别为难,您说,您就是俺家里人,您说了算数!"公孙觊压低声音说:"斤爷,你的家境摆在眼前,在龙王荡里,又能找到啥好人家嫁女儿呢?不是穷鬼,就是游手好闲、捞鱼摸虾、偷鸡摸狗、二郎八蛋的混混。那!斤花这么好女子,嫁了,不是遭罪吗?不如,找个岁数大一点,哪怕做小。只要家境好,穿金戴银,老爷喜欢。若再诞下一男半女,那一辈子,享不尽荣华富贵,该多好!"斤秃子已经进入理想王国,春风拂面,满脸阳光,情不自禁笑道:"那敢情好!那敢情好。可是到哪去挑啊!龙王荡里妻妾成群的大户人家,笆门对笆门,板门对板门,皆门当户对的主，谁稀罕俺的娃啊！"公孙觋阴险地微笑着说："斤爷呀！俺的命里五个儿。俺大太太生养了獭儿之后，难产大出血，走了。二太太生养显儿后，肚就空了。三太太美娘，进门快十年，肚子没动静，俺急啊！想再续一房。多少年，没得合适的，不知您斤爷，有啥想法。"斤秃子现在反应过来了。公孙觋一直以来，拐着弯，给俺送钱，关怀备至，如此周全，原来早有预谋。也罢，现打现获的粮，不用费事了。啥岁数大小，那就是虚名，年轻年老，上了床，吹灭了灯，腿一劈，眼一闭，都一样。过好日子，图个实惠才是根本。俗话说得好，宁跟八十岁有钱包的，不跟二十岁扶犁梢的。就是这个理，关键时，俺须拎得清。更何况公孙大师还不像七十岁的人。斤秃子喜出望外道："和您攀上亲，鼻涕往嘴里流，顺溜啊！百日拖，老风俗，您择日子。不过，俺有言在先，您知道，俺家摊了丧事，这喜事啊，要办得红红火火，冲冲喜，驱驱晦。一来对得起她死去的亲娘、亲哥。二来说实话，您做人做事，没啥挑剔。人不孬，就是岁数大了点。既是这样，您哪，就多破费点。俺要娃出门那天，穿金戴银。使八抬大轿，二里长的迎亲人群，三班子五音队伍，锣鼓家伙敲起来，大秧歌扭起来。接到家，大戏台，再唱三天大戏。吹吹打打、热热闹闹、风风光光、体体面面。说不准，俺闺女第一胎，给你养个大胖娃。"斤秃子当然不知道，小斤花肚里早怀上邱二豹的种。

公孙觋眉开眼笑，得意忘形，嘴丫里顺溜的涎水，从胡子边流下。

没想到，事情进展得如此顺利。他非常自豪地觉得，自己有过人的聪明才智，许多要紧的功夫下在了前面。今天便是水到渠成，瓜熟蒂落，顺理成章的事。公孙觋兴奋地对斤秃子说："准了，一切依您说的办。俺有钱，土匪勒索俺十万两白银，伤了俺的几根毛，还没他那一鞭子厉害。斤爷，那就说定了！腊月十六，好日子，距今不到二十天，你说，成吗？"斤秃子痛快回复："有啥不成的，关键是您，来得及吗？啥时下聘礼？俺这边，娃没娘，也没啥准备，你可要想周全了。身上穿的，屋里用的，床上床下，新房里摆饰，都由你备齐喽！包装好，抬过来。到日子，除娃身上穿的，俺原封不动，悉数陪嫁。您破费，俺长脸。"公孙觋也利索回应："腊月初二，俺把聘礼准备妥当，车装船拉，漂漂亮亮，欢欢喜喜，给您送过来！"公孙觋小眼珠叽里咕噜，转了几圈，有点顾忌地补充说："斤爷，光是俺俩说，不中哦！斤花啥想法，俺不知道。斤花若不愿意，俺白忙活不打紧，俺在龙王荡的老面子，抹不过哟！"斤秃子这阵子反应很快，道："没啥，没啥，父母之命，媒妁之言，这是龙王荡的规矩，别说她一个毛丫头，就是队长、乡长、乡团，千年的祖制，谁能违背呀！那不是找死吗？"公孙觋忽然想起道："哦，您说得对，俺得找个媒人，过来提亲，这程序不能乱，乱了让人笑话！"斤秃子说："中！说定了，越快越好。这事办完了，俺这做大大的，就了却一桩心事，死也无憾了。"

公孙觋大师一下子变成了孝顺女婿，别看这六十多岁老头，比斤秃子大二十多岁，角色转换，很快适应，言语也变得乖巧道："斤爷，你也不必悲观，觉得一人在家里寂寞，到俺家去。闺女的家，就是你的家，不开玩笑。你年岁比俺小些，可你是长辈，也不会让你做啥事。转悠转悠，里外照应照应，还能少你一口饭吃？"斤秃子心里热了，这才是俺亲女婿啊！感动啊！热腾腾的眼泪，冒着热气，"稀里哗啦"地滚动而下……

在迎娶小斤花这事上，公孙觋言而有信。乍养小猪筛细糠，八抬大红花轿，迎亲队伍二里长，公孙觋留了三十多年的黑白二色胡子，刮得干干净净，找不到一丝黑茬口。脸上抹了两三层雪花膏，打粉底，面如奶油小生，雪白粉嫩，绒抖抖的。海沧蓝的礼帽，海沧蓝的狐皮毛领大氅。情绪高昂，精神焕发，兴奋自信。骑高头大马，胸前挂大红绸子绾的大花，哎呀！那状态如二三十岁的小伙子。

小斤花出嫁了。宽松的大红棉袄，大红棉裤，大红棉鞋，掩隐她那还未出怀的小肉肚子。头发盘结得高贵大方，插上金钗玉簪、彩银钿子，箍银丝小拢子，珠光宝气。外戴凤冠，冠上挂金坠珠，晶莹剔透。手指金钻戒，腕上金镯子，脖里还有金项圈。小斤花美丽高贵得如天仙下凡，龙王荡俗语叫"顶窝美"，意思是怀孕后的女人，比怀孕前更美。何况小斤花本来就是个美人坯子。三个月的肚子做实了，这将是小斤花的重大贡献。

小斤花和邱二豹在山上那事，才过去三个月，她记忆犹新，历历在目。有了那次经历，她心中有数，必须演绎出第一次的心理、动作和表情。公孙大师，是玩过多个女人的高手，老把式，绝对不能引起他的疑惑。早上，家中办喜事，少不了杀鸡宰鹅，她私下里神不知，鬼不觉，亲自杀了只鸡，把早已备好的，指头大的小瓷瓶，灌满鸡血塞紧瓶口，揣在怀里。等晚上老鬼做完那事之后，拔掉瓶塞，抹到棉被的白里子上，和屁股下边白衬单上。第二天有人观"处"，便是皆大欢喜。她安坐花轿里，手不时伸出热煝子，捏捏贴身底小肚兜兜袋里的小瓶安在。这东西是命，是尊严，是一辈子扬眉吐气的宝物。记住喽！坏事，只要不暴露，那就不是坏事。只有不暴露，才能让蒙在鼓里的人，永远喜欢。错种不错姓。沉住气。新娘到家，按程序做完一切关目，送新娘入洞房。公孙觊大院内外，摆满流水席，远庄近村，看热闹也好，看笑话也罢，大富大贵名流绅士也好，破衣烂衫的乞丐也罢，来的都是客，出礼不出礼不在乎。酒席，龙王荡的八碗八碟，四荤四素，随便吃，随便喝，不许带。当然贵客都在后院雅座。吃饱喝足，在外边大戏台下看大戏。龙王荡里祝家戏班子，班主祝老罐子，名角祝希梅，艺名"小香朵"。小香朵红遍海州、淮安、维扬。戏唱得好，人也俊。又白又嫩，粉红蛋形脸。糯米牙，又齐又亮。又清又爽的嗓子音，唱腔如百灵般婉转悠扬柔情动人。脉脉含情的眼神，楚楚深情的眉，红樱桃般甜心小嘴唇，软溜溜的小蛮腰。看一眼，让人魂牵梦萦。抬头一脸善，对生人熟人都是一样的笑脸。没说话，先有情。香色清幽，魅力无穷。台上台下，一样娇媚，一样妖冶俏丽，勾人心魂，动人心魄。天下男人，看过她的戏，见过她的人没有不失眠的，包括八十岁的老朽。荡里荡外，戏迷万千。追捧的人，形形色色，一群群，像蝴蝶、像蜜蜂、像苍蝇、像蛆虫、像吊秧的公狗。那个万恶鬼章先虎，看了小香朵的戏之后，无耻地见人就说："哎唷，馋死人啦！真俊啦！要命啦！小香朵，撒泡尿，给俺泡干饭，俺能吃下八大碗。"公孙觊和祝家班主，订下四天合约，每天两场大戏循环唱《长生殿》《桃花扇》《牡丹亭》《大西厢》，全由小香朵担纲主演。

正日子这天，公孙觊迎来新娘之后，迫不及待，盼着天黑上床。晚上，象征性地闹房，拦新，观新，送房，听壁根子，简单地走走程序。

老觋爬上床，被马鞭子扒下一块皮的地方，还没好实成，吹灯忍痛抚摸小斤花的脸说："乖娃，脱吧，俺急呀……"公孙觋，别看他一把年纪，床上功夫，自认为炉火纯青，铆足劲。黑灯瞎火，爬上爬下，反反复复，嘶嘶哈哈，折腾五遍。前两遍有货，后三遍无货。一次性穿透而入深宫，小斤花的感觉，和邱二豹比，小巫，太小巫。邱二豹是水激子，公孙觋是水漏子，滴了几点，就没了。毕竟是上了年纪的人了。第二天，小斤花把带血的被子、垫单抱出来，挂在院内最显眼的晾衣绳上。婚后十多天，公孙觋非常顽强，夜以继日，重复床上的功课。小斤花来者不拒，只嫌老鬼不够精劲。十天后，小斤花神秘地告诉公孙觋道："老爷，出事了！"公孙觋疼爱地问："心尖尖，乖乖肉，出啥事？别吓俺，俺胆小。你若有啥事，老爷俺不活了！"小斤花不用伪装，本来就是一脸的清纯，啥也不懂的样子说："老爷，俺腿裆里，那物器被你搞坏了。俺的月经，已过了四五天，还没来！"公孙觋顿时激动，不知如何是好，一把搂过小斤花，又是亲，又是假咬。放在嘴里怕化了，捧在手心怕摔了。掬着小斤花的脸说："乖乖肉，心尖尖，好啊！好啊！你争气啊！你是俺公孙家的宝啊！你可能怀上了。你若怀上了，俺立你为正室妻，让你一辈子坐享清福。俺把家产、现银，分你一半。你就等着吧，俺说到做到，不放空炮。"他搂住小斤花，不停地亲呀亲呀！小斤花小嘴唇，快被他亲吻破了。

小斤花顺着公孙觋的意，百倍的娇柔，百倍的温婉，百倍的嗲声嗲气说："老爷，老爷，弄疼人家了嘛！"公孙觋说："好啊！好啊！无论得龙得凤，你都是好样的。你证明了俺老觋，那家伙，管用。"

再有几天，就要过大年。公孙觋家，上上下下，正忙年。新媳妇过门第一个年，公孙觋要求全家人，要把这个年当作里程碑，越热闹越好，不怕糜费，多花点，值！

这天，公孙觋和众女人用晚餐。三婆娘欲试探地说出心中秘密，但心跳加剧。她板下脸，以十分坚定的语气对公孙觋说："老爷，吃完饭，到俺房里来一下，俺有事和你说。"公孙觋不屑，一脸嫌弃的样子说："有事说事，故作正经，板着脸，干啥嘛。就跟谁欠你似的，有想法？"武美娘稳了稳神，说一千道一万，这都是你公孙家的种，同宗同族又同种，没有差错，俺怕你个尿，她说："老爷多心，俺对四妹恭敬有加！俺怀孕了，快俩月哩！"公孙觋闻听此言，如触雷电，腾地从椅子上跳起来："好啊！好啊！都是好消息。快俩月，咋不早说哩！"

　　武美娘一脸的委屈说："您忙着娶四妹，俺想说，怕您不信。再加上俺没经验，怕说不准，挨您骂！现在两个月，俺没来红例。一月前，俺醋心，想呕，又吐不出，俺不敢告诉您，怕您说俺装的。现在看来，无疑是真的。"公孙觋仿佛自己被冤枉了，说："傻呀！你啊！俺有那么坏吗？好像你们受俺折磨、糟蹋，过着饥寒交迫的日子似的！"武美娘的心，真的五味杂陈，自己也不知道如何面对，这时，也不知哪根神经间歇了，撇撇嘴，呜呜嗨嗨地哭起来！快十年了，这块并无盐碱的天字号肥地，终于等来一颗萌芽的种子。二婆娘心中有数，站起来，到武美娘身后，慈祥悲悯得像对待自己亲儿媳一样抚慰。拍拍她的背，搂住她的头说："别哭！别哭。四妹刚过门不久，还以为俺家有什么不愉快的事哩！放心吧，二姐会照顾你的。"这句话说出口，武美娘心里踏实多了，抽泣两声，停止了。公孙觋得意极了，半鸣半唱道："好事，好事，都是好事。从今往后，你们姊妹三人，好好相处，互相关照。俺公孙家破财消灾，三喜临门，俺家大运来了！"

第三章

扫 尘

1

要想发，扫十八；要想有，扫十九；要没得，扫二十。龙王荡民俗，腊月二十以后，不扫尘。迎大年，必扫尘，集中在十八十九两天。龙王荡里大户、小户、中档户、富户、穷户、邋遢户、干净户，通通放下手中一切活，腾出全家手脚，院里院外、屋上屋下、墙面墙背、犄角旮旯，全面而彻底地扫灰尘，除垃圾。

平头百姓之家，平常不讲究，干净不干净，无所谓。农人忙农活，渔人忙渔活，集市上小街民忙摆摊子，卖鱼卖虾卖杂货。人们天亮出门，晚黑收工回家。头顶霜，脚踩露，忙得屁滚尿流，谁家也顾不上点灯清灰扫垃圾。别说浪费油钱，累死累活，不如上床睡觉，明天接着忙活。正常年景，阴天下雨，本可在家里搞搞灰尘抹抹桌凳。可是情况不是这样的，这时荡里男人，忙"男人四小"去了：吃小酒，听小戏，玩小纸牌，打小麻将。女人呢，捻线、织网、纺布、裁衣、纳鞋底、补衣衫、烤尿布、奶娃娃……谁也抽不出空来，搞啥掸尘扫房子。吃过饭的锅碗瓢盆都难得洗。

到腊月十八十九扫尘日。老规矩，铁定的，没退路。一年中，这两天专门用来掸尘扫房子，再无遮口。其实，在龙王荡，年前扫尘，不仅仅限于清除垃圾，更重要的意义，在于除霉气，扫晦气，把一切邪恶、瘴疫，通通扫进垃圾堆，辞旧迎新。若没有这层深意，估计还会有几成人家，不想扫尘的事。平常人家，内屋顶盖，大多是柴笆修缮的。一年没扫,烟熏火燎,吊灰挪子。内檐口上,早已挂满蜘蛛网。没啥桌椅条几的家具。土筋炕,连个床肚子也没有,不用掏床底灰。门洞,家家都有,走猫过狗,平时被猫狗打扫干净了。犄角旯旮积聚的杂物,还有屋外地沟,猪屎驴粪,茅子粪坑,必须通通清理一遍。

清完庭户,换门神、挂钟馗、钉桃符、贴春联、迎大年。

年前,龙王荡里,除了千门万户各家掸尘扫房子外,还有一个全荡万人迎元旦扫阳春的习俗。扫阳春,主题十分明确,就是扫除灾难,扫除一切害人虫、一切牛鬼蛇神。来年天平地安,吉祥康健,风调雨适,无灾无害,百业兴隆,人丁荣盛,畜禽兴旺。这是祖制,腊月十九扫阳春,牢不可破。始于何年,哪朝哪代,无人知晓。龙王荡,荡大芦深人分散,每年都会出一些奇闻异事。今天张三见了鬼,明天李四掉了魂,后天王小寡妇狐仙附体。马庄一家失了天火。周庄一家东山墙遭雷劈。马场现出一头黑熊。邱庄潜进一只黑蜘蛛,比笆斗还大一圈,一顿吃掉一只羊。吴庄的麻蜂蜇死一头水牛……所有这些,在百姓眼中,皆是扫阳春不顶真,或不诚心招致的。所以每年的扫阳春,乡团,龙荡营、队、乡都十分重视,不敢怠惰。这一天全荡家家空屋,能走、能跑、能喘气的人,都空前自觉自愿,参与这场驱弊逐害的扫阳春大事。这预示着参与者,在新一年里会迎来意外惊喜。譬如升官、发财、走红运、增丁添崽、天上掉一馅饼……老年人都说很灵验,还能列出诸多实证。如果不灵,那当然是因为心不诚,或者扫阳春时行为不端。今年不同往年,乡团、龙荡营的青壮男女大多在筑堤工地上。扫阳春眼看到日子,各队各乡村闲着的老人,眼看乡团好像没啥动静,坐不住了,托人带信给廖总:千忙万忙,不能忘了正事。若忘了扫阳春,忙,也是白忙啊!廖子章知道扫阳春在百姓心中地位分量,也早有打算。但月初正是再鼓作气,攻下海堤筑坝关键时刻。这几日,昼夜奋战,海堤护坡筑坝工程已近尾声。该到组织扫阳春的时候了。这日,他让芦飞请东方瓒、蔡先福、虎头鲸,各队队长、乡约,龙荡营八营四部首领,乡团三纵六部的首领,到大工棚议事。

下午申时,各位陆续进大工棚。这是全封闭,容纳三百人吃饭住宿的工棚。四周木桩带掌,顶上起脊,三层芦席墙体,外加木条固定。盖顶上留十扇天窗，每扇窗连两根拉绳，通过拉绳调节开关换气透风。天寒地冻，大工棚里，有五口砖砌大火炉。这时候，木炭烧得正旺，青焰焰的火苗苗，随着进棚人带进的小风，或明或暗，忽闪忽闪地跳跃，炭火散发出来的热量，飘出炉外，融合在大工棚的上上下下。焰焰砖炉火，霏霏石鼎香。工棚里，暖热烘烘。每个火炉上的大茶壶，冒着轻飘飘、呼呼而上的白色水汽。与会的人，有凳子坐凳，没凳子席地而坐。众人见面，相互道好施礼，气氛如茶壶上的热气，暖和融洽。

廖文琴、虞墨兰领着七八个大姑娘、小媳妇，给排在条桌上的大吨碗加茶添水，谁渴自己取。廖子章着短袄、单帽，手托旱烟袋，叫一声："文琴，把烟匾子拿过来，谁没烟叶子，俺管够！"文琴把盛满烟丝的小圆匾子放在茶桌上。廖子章提醒吸烟。众吸烟人一下子泛起现成的烟瘾，个个下意识地从腰带上取下旱烟袋。烟杆子，都是磨得透滑晶亮的细毛竹子，有长有短。烟锅子，铜的、铁的、铅锡混合的，有大有小。烟嘴子，有铜的、铁的、玉质的，也有石头磨的。还有个别人的烟袋，不带烟嘴，对着竹竿子吹。烟丝，各人各不同，有粗有细，有的颜色发黄，金灿灿，透着油光，有的灰暗发黑，分明是土叶子，至少露湿不到位，或是搓揉功夫不深，一股子土腥气。几十杆旱烟枪，开火了。他们嘴里、鼻孔里，冒出来一股一股，浓浓的旋转式的青烟。像村庄上，做饭时每家屋顶上的烟囱，呼呼啦啦地升腾起来。不同烟丝，不同烟锅子，不同的烟囱，冒出来的浓烟，同一个味道，辣嗓、齁心、呛鼻子。会还没开始，大工棚里，仿佛刚刚被一轮炮火轰炸过，浓烟滚滚。浓稠的烟气，从各人口鼻中冒出来，又被每个人吸进腹中。过往着，循环着，这才叫过瘾。

北八队队长胡大捏，出了名的"老烟鬼子"。一锅黑烟叶，燃烧成一颗火红的火球。随着一颗火球的熄灭，快活的灵魂，轻飘飘地在浓烟中舞动。他浑身酥麻，自以为赛过神仙，眯缝着厚厚的眼皮，享受烟气进入脑海的空灵，渗透血液后的自在和放松。可是，他的胸腔深处，好像有一只小毛虫，叮在气管黏膜上。小毛虫仿佛受了某种刺激，蠕动了，促使他强烈吸气呼气。气管里，黏黏糊糊，丝丝络络，痒痒噓噓。想抓，抓不到，想扤，扤不了。小毛虫在气管深处，化成一块浓浓的分

第三章 扫尘

泌物，如蚂蟥般紧贴在气管里，吸得紧紧的。他用力猛咳，喉咙下方发出古怪的"嘿噜噜"振动声，随"喀"的一声，一块厚实的老痰块子咳上来了，很彻底。还不知啥颜色，按经验，应该是浓浓泛黄又发暗，像老狗尿，应该比老狗尿更浓厚些。他将老痰块子含在嘴里，压在舌根底下，茫然四顾。地上连倚带卧的，都是人，没插脚的空子，没地方可吐，又不想咽下去。旁边人都知道，他咳出了老痰块子。他用两眼余光，左右瞄了一下，经过短暂尴尬之后，狠狠心，喉结一滑，"呼噜"一声，咽下了。脖子转动一圈，自以为没人注意他，低下头，又将烟锅子，插进烟袋口，有意无意，装烟丝。接着，听到辛三福咳，时俊杰在咳，夏秋生在咳，龚大嘴、乔保禄都在咳。还有秦驼、司马淬、铁蛋也将咳声混合一起，凑热闹。

　　人到齐了，廖子章在众人中间，部署扫阳春行动方案："各位亲朋，各位兄弟，明天是腊月十九，俺们海堤工程，已近尾声，一年一度扫阳春大事，不能迟慢。千年的风俗，一年一年，一代一代，凝聚人心。也是团结、向善、除恶、消灾、灭害的共同心声和志愿，众心不可违呀……"

　　腊月十九的太阳，仿佛比往常起得迟。昨天晚上，龙王荡里，家家户户在准备今天早上扫阳春的工具。女人扎扫把，男人安锹铲。扫把和锹铲，必须是全新的。忙活一晚上，加上激动，睡不踏实，仰在床上，左看右看，窗子没发亮，大伙都怀疑太阳睡昏了头。终于等到窗棂上发亮，家家户户，起床，弄早饭。早饭烧好了，吃过了，人人穿上过年才可以穿的棉袄棉裤，搬条小机凳子，坐门口，看星辰，等太阳。北风"呼啦呼啦"，吹打门窗"嘭嘭嘭"地响，人们被冻得清水鼻涕直流，没有一人嫌冷。十多岁的娃，冻得青头紫脸，牙齿咬得"咯咯"响。为那半串铜钱，坚持着不说孬话。

　　今年廖总鼓励娃娃们参与扫阳春活动，凡十至十六岁，男女娃参与活动的，每人赏半串铜钱。现在荡中每家适龄的娃，皆跃跃欲试，急切地盼着出太阳。时辰刚进卯时，太阳不紧不慢，出了海面。快乐的娃们蹦起来，跳起来，呼唤着："太阳出来啰儿！""太阳出来喽噢！"……

腊月的早晨，一下子变得朝气蓬勃，呼啦啦的北风，渐渐放慢脚步，爬到高高的树梢上，和娃娃共欢乐。喜鹊无论冬夏，逢喜必"喳喳"。树上树下，撅腚、翘翅，喙不合拢。身披黑白羽衣，二色分明。快乐不停地，用爪子数树间枝杈，惹得狸猫沿着树干爬上爬下，不淡定。昂然大雄鸡，高冠紫沉羽，竟与喜鹊和鸣。一群一群的麻雀，落在地上，"唧唧喳喳"讨论着扫阳春，置年货。还有画眉，在冬天里难得"呱唧呱唧"地歌唱……龙王荡的早晨，生动了，活泼了。

辰时的太阳宫里，射出强烈的金红、紫红色的霞光。百里龙王荡，沐浴在绚丽的霞光里。南头队乡团的炮楼顶上，三声钻天炮的巨响，"吱溜、吱溜、吱溜——嘭嗵、嘭嗵、嘭嗵"，二队、三队……十队的哨所，接力的钻天炮先后响起。钻天炮的发号令，宣布龙王荡腊月十九扫阳春拉开帷幕。村村寨寨，扫阳春队伍，分三个层次。女子年轻层，男子青壮层，老年混合层。他们先后沿阡陌、荡原、湖坡、湿地、沟坎、河汊平交口……一路扫来，向每个村寨对应的车轴河岸齐聚。象征性地将一切垃圾、邪恶和晦气、霉运，通通扫进车轴河，随水流入东海。随后，人流向南五队烽火台集合修禊事。

在龙王荡，每个女人心里的扫阳春，是一生中除了结婚那天之外，可以重复光鲜的一天，所以打扮很重要，无论家庭条件咋样，皆尽其所能。这是每个大姑娘、小媳妇，亲自参与，在公开场合展示自己特质的重要时刻，她们内心的重视程度，别人无法理解。大姑娘今日会将最美丽、最娇媚、最女人的一面，放大出来。她们的小心事、小阴谋，就是俘虏心仪小伙子。这种场合，不用语言，不用肢体接触，只用肢体语言和精湛的眉梢、灵动的眼神，释放风骚情韵，传达魅力爱意。所有的小媳妇，今日表现，不光是为了自家男人的面子，更重要的是，不输给同年的媳妇们。让别人家的男人，看着眼热、羡慕，投以青睐目光。看着馋，吃不到。扫阳春，在这些小女人心中，超出其本身意义。

第一支女人队，在南头队的黄场、小圩、贾场、方堰、三岔、大洼、陶湾、徐场、马沟、公孙浦、东方堡、廖家原，按既定目标，向龙王口的外口出发了。

年轻姑娘们，今日放飞心情。不再藏着掖着，不再受平时繁文缛节约束，不讳大尺度动作，不害怕大声说话，大声歌唱，不需要羞羞答答，故弄情态。腊月十九这一天，属于她们，她们不在乎别人的眼神和妄语议言。不用害怕被别人说没家教、不知廉耻、不成体统之类的恶俗评说。她们浓妆艳抹，描眉掸粉，涂红嘴唇，擦雪花糕，梳理青黑长发，特意蘸了几点豆油，让头发靓亮秀丽起来。穿大年盛装，锦带飘飘，珠围翠绕，姿态优美，艳丽动人。像美妙的花枝，迎风招展。个个得意洋洋，光彩四射，娇媚妖娆，活力无限，大方洒脱，唱着舞着前进！小媳妇，小寡妇们，皆想找回十七十八的感觉，想在娇媚、妖冶、情韵、动感和魅力方面，不输姑娘们，尽全力扭动起最富韵味的杨柳腰。薄棉袄，小棉裤，并未加重她们腰的负担。细溜溜的小腰，犹如肥嘟嘟的水蛇，扭放自如。尽量夸张弹力十足的丰胸。随跳跃步伐，胸前涌动，让男人们生出许多遐想。肉肉、肥实、圆润的皮球形屁股蛋，随腰身扭转而摇晃婆娑姿曼，但并无淫意和骚情。女人们一手舞动的新扫把，是芦黍秒子扎成的，未沾过地。扫把柄子上，系各色红绿丝巾，随舞而飘扬。万紫千红的色彩，鲜艳夺目，令人眼花缭乱。一手撑蜡纸小阳伞，伞面上，有的画荷花、荷叶；有的画许仙、白蛇娘子湖边情爱；有的画牛郎织女鹊桥相会；画梁山伯祝英台化蝶成仙……她们边唱边舞边前进，左撒右捺，舞帚清扫，阳伞挡邪恶。这工具，这动作，这步伐，千古不变，代代相传。歌词，能听个大概，唱的时候，不知是有意，还是无意，本来能咬得清楚的字音，变得模糊。情趣很热烈、明朗，清楚地表达热爱家乡、热爱生活、积极向上的精神风貌，和除害逐新，渴望幸福的心愿。五音"呼里哇啦"，个个歪头打卦的样子，闭起眼睛，鼓起两腮，可能有滥竽充数的，听起来，总有个别人不在一个调子上。姑娘们不管她五音跑不跑调，只顾展现自己最美好的一面，跳啊！唱啊！不遗余力。

  红太阳哎？出东海哟喽喂！
  喜洋洋喽喂，
  手拿柴镰呀嗨！
  砍大柴咿喂，

扁担子呀弯咿呀,
咿呀弯那个弯耶,
挑起柴个儿喽,
上船船呀嗬!
船航可比泰山稳哟喽喂!
任它东西咿呀浪,
南北涛耶!
唱起渔歌哎!撒金网哟喽喂
风里走喽喂,
浪里行呀嗬!
虾蟹肥咿喂,
鱼满舱呀舱咿呀,
咿呀舱那个舱耶。
扛起锄头儿喽,
上湖坡呀嗬,
锄去野草沤青粪哟喽喂
喜气洋洋咿呀洋,
丰收年耶!
新扫帚哎!花纸伞哟喽喂,
扫尘害喽喂,
除瘴恶呀嗬,
入海澜咿喂,
不回头咿呀,
咿呀不回头那个头耶。
扫去旧岁喽,
迎新春呀嗬,
全凭勤劳手咿呀手,
享太平耶……

女娃们跟着姆妈,跟着姐姐,跟着大姨小姑二大妈,学她们唱,学

第三章 扫尘

她们舞……

　　第二支青壮小伙子队伍，出发了。比起姑娘小媳妇，小伙子们更是整齐划一，凸显阳刚之气。他们头裹白毛巾，一式黑色大悠裆，灯笼裤，裤脚扎紧，黑色宽腰带。上身着红色对襟短袄，统一制式服装。小伙子手中，皆抓一枝差不多长的，可手的毛竹。长八尺，梢头连着五头八杈的细枝竹叶，象征竹扫帚，他们跟在女人队伍后边，保持五百尺距离。男娃跟大大、哥哥、叔叔、二大爷，学着他们铿锵地舞，高亢地唱。他们挥竹枝，在空中，在地上，路边，沟坎，湖坡，芦丛陌阡，尽情地跳，嘹亮地唱：

　　　红太阳哎，出东海哟喽喂，
　　　喜洋洋喽喂
　　　手拿柴镰呀嘀
　　　砍大柴咿喂
　　　……

　　和前边的女人，遥歌互对。四乡八邻，村村寨寨，歌声似潮，此起彼伏。

　　最后出发的老年队，他们只能慢走。想舞，跳不动，想唱，气不圆。扫阳春，老翁老媪，不愿意在家里待。走出家门，跟着闹腾。这支队伍，往往令人担忧。每年都有一两老翁或老媪，走完最后一步地，呼出最后一口气，毫无遗憾地躺在路边，已经成了常态。但，这却成为一种精神。他们呴呴喘喘，气一口不接一口。龟腰上山，前心着重。佝偻的、驼背的，身子头半歪的，一脚轻、一脚重的……他们只要活着，在扫阳春这一天，绝不等闲视之。走不动，爬，也会爬到车轴河大堤上。车轴河，是龙祖的化身。禊事，其实是一种景仰，是一种力量。在他们心中，扫阳春含义更为深刻丰富。别看他们走路的样子歪歪斜斜，上气不接下气，可是每人手中，都持五色彩旗，怀中抱着不曾点燃过的薪柴火把。他们坚持将手中的旗，怀中的火把，用自己全心全意全力，亲自送到扫阳春的火场，亲手点火燃烧，烧尽恶魔，烧尽恶鬼，烧尽恶风邪气和牛鬼牛神。把一切危害荡人的邪瘴疫恶，通通烧掉，化为灰烬，扫进流水，冲入大海，永不回头。换取龙王荡新一年的风调雨顺。换取龙王荡，鱼鲜蟹肥，渔丰舱盈，春和景明，财源滚滚……老人们的想法多。

中午时分，树杪芦梢，安安静静，河面如镜，空气一改数日来的雾霾，清冽纯净。晴好的天气，瑰丽的金辉，笼罩着龙王荡，照耀着车轴河。河堤上，落叶垂柳，不减多情、柔和、温婉。而高大的栾楸，没了茂叶的装点，反而更显挺拔、伟岸坚韧。越冬不凋的冬青、女贞、马尾松、金镶竹，浸染在深沉的黛绿之中。河堤外侧，丛簇的火棘，红果隆重，像燃烧的小火球。蒺藜褪去锋刃的绿叶，变得尤为严肃，沉默，五头八杈，尖针带刺的孤僻，令人生畏。衰黄的野草，铺满车轴河外坡，表面上输给强势的严冬，却在不声不响中，孕育更坚强的生命力，等到一声春雷响过，它们又会像麦苗一样，绿油油地舒展开去。

天空传来一阵"呼呼"的声音，随着几声清脆的"嘎嘎"叫声，一群野鸭，像云头一样跃上芦苇，越过河堤上的树梢，向广阔的车轴河镜面上滑翔。在结冰河面上，它们你追我赶，相互嬉逐，享受阳光的暖和和踏寒溜冰的快乐。车轴河永远是它们歌唱、嬉闹、觅食和跳跃的舞台。

南北二十队，扫阳春的人群，一层一层，从车轴河两岸，向大堤拥动。主场在南五队，乡团烽火台上。十年前，倭寇海盗频犯，袭荡区，杀乡民、奸妇女、掠财物、掳牲口。为保一方平安，洞观倭贼行踪，廖子章和各队长、乡约议定，在龙王荡中心地带，南五队河堤上，筑工事，建烽火台。烽火台高二十丈，宽长百丈。一半耸立在河面上，一半搭建在河堤上。四方四正，下底大，上底小，棱台形。外墙用青砖，砌八尺厚墙体，麻刀清淤黏接，糯米汁蛋清扣缝，固如山，坚如铁，易守难攻。每面墙体上方，建若干大小不等的堞口。台体内，使黄沙、石砾、草泥搅拌，石碾夯实，青石板铺台面。台上设值岗哨所，建驻台团勇营房。台西南角，修暗道口，从幽处通向芦苇深处，和四六队河港口相连，以备不时之需。站在烽火台上，使望远镜，可览尽海上风浪变幻，可目断河面潮起汐落，可观透龙王荡纵深芦苇梢上的动静。烽火台四边，每边建四座炮台，十六门大炮，皆由龙荡营大匠炉司马淬和火铳

第三章 扫尘

子铁蛋亲自现场指导，铸造而成。聪明的倭贼海盗，知道大炮厉害，小船侵入，死活不敢抵近大炮射程。这些大炮，除每年除夕试炮，每炮打三发炮弹外，未曾实战过。现在，从烽火台俯瞰，聚在冰河上的北队人群，像千千万万的蝼蚁，在平整反光的大镜面上移动，肩膀靠肩膀，脚尖靠脚跟，涌向烽火台下。

今年扫阳春的天气，比往年冷得多。到四九底，五九初，腊月二十八打春。酷冷的天气，没有打春前一丝回暖的迹象。车轴河的冰，足足三尺厚。水牛，装满芦柴的马拉车，在冰河上，照走不误，绝对安全。南队人群，从河南岸，到河边，从堤上到河外坡，一直连接到堤外的芦苇丛中。人积如山，涌动如海。彩旗如云，花伞如潮。新帚、绿竹如林。把巍巍如峰峦的烽火台，围得风不透，雨不进，水不流。冰面上，有人走得太快，脚底打滑，只听到"哎哎哎""轰咚"，一个大掼。抹抹屁股，爬起来。刚爬起一半，撑起的脚底，又一滑，"轰咚"又是一掼。周围人向外炸开，哄堂大笑，接着又滑倒一大片。聪明的老妪，认定自己脚小如粽，即便走平地，尚且摇摇摆摆，风吹跌倒，歪歪跩跩，不稳当，何况这奇滑无比的冰面。有想法，有办法，她们鼓动娃娃们，从堤外堆上堆下人家中，借来条子长板凳，小杌方凳。仰放在冰面上，老妪们坐在板凳反面，两手抓住凳前腿，孙娃们扶住板凳的后腿。在冰面上，推着跑，省功省力更安全。老翁们也吸取往年教训。这次扫阳春，把家里笆斗络，勒在腰间。到冰面上，把笆斗络铺开，再垫一条破麻袋。朝麻袋上一躺，让孙娃拉绳索跑，快捷又快活。

午时阳光，鲜明耀眼，绚烂得让人不敢直视。强烈的光线，无障碍地穿过空间，温和地洒向大地、河面。给冷峻的空气，增加许多暖意。亲切温适的光线，舔舐着人们清冷的脸面和手面。心情晴朗起来，连冰都是热的。各队各乡的头儿们，领自己治下的乡亲们，在欢喜、快乐中，等待裸事。随着九支礼号长鸣，人们情绪异常激动。如锅里开水，沸腾起来。万众自发振臂高呼："神龙天下，四海太平，千秋万岁，万万岁！"人群中耸立多幅红底白字横标："兴我神龙，龙行无极！""神龙天下，天下无敌！""龙荡桃源，千秋万岁！"

廖子章在一片欢呼声里，头戴龙头铜胄，身着大红斗篷披风，内穿羊皮背心，帆布马裤，牛皮马靴，佩带龙泉宝剑，手持白玉如意牌。在三位贴身卫士陪同下，登上烽火台石阶，直达烽火台面。台面大道，铺大红地毯，两侧三百卫队将士，皆持长枪，列装整齐，精气神十足。笔立方阵，行注目礼。廖子章穿过三百人卫队中间红毯，踏上烽火台前面点将台，向台外众乡亲招手致意！台下万众欢呼，群情沸腾，热情高涨。声波一浪高过一浪。廖子章在欢腾中，即兴致辞：

各位父老乡亲、至爱亲朋：

光绪七年，腊月十九，四九之末，打春开荒之初，吾亲众万人，会于河阴堤上，烽火台下，扫阳春也！夫今，长空湛蓝，万里金辉，紫气东来，瑞吉呈祥。广阔河面，冰晶如镜，玉洁璀璨，贵而雍丽。柴鹰高歌，芦雁和鸣；瑞鹤雪盖，白鹭星辰。鹿鸣呦呦，群凫如云。骋目流沔，严冰八荒，簌籁无休。积雪冰封，梅蕊香吟。风哺寒苇，冰结芦洼。北风凛冽，而堤上栾楸耸望，垂柳依依，松柏龙盘，劲拔抖擞。苍龙振海，排浪腾翻。广袤连天。山峰素裹，幽谷兰隐，芳菲靓影，待春迎霞。然，国事堪忧，乖悖违戾，衰朽日增。县州朝官，贪腐成性。豺虎当道，吠犬吞日。污吏凶残，敲骨吸髓，暴政恣睢，暗无天日。吾亲众，欲休养于苇荡，生息于河滨，营良田美池桑竹之属；造万顷花果之乡，治僻野俚壤，步涉成景；辟荒芜，而游目成趣，唯恐不得。欲效武陵桃源之境，黄发垂髫，怡然自乐；老者得其养逸，鳏寡孤独，可解困生之忧，而愿之悖也！今时局变乱纷起，常业举履维艰。贤仁之士，弗能沉湎宁静于学，研书究考；耕渔之夫，尚不可悉力桑田粮棉捕捞。赋税苛严，过之农力渔务之能。国力之沦丧，地割款赔，天降乱离，日月无宁。安将吾亲友，春阳观其烟景，秋霜得其菊蟹？垂享于广厦万间，得养以丰衣足食耶？世势悲催，民生何求焉？扫阳春之际，号吾众亲，禊于东流之上，洗濯祓除，去宿垢疢。值万物复生，阳气布畅，风和日丽，天朗气清之时，祈拥甘雨晶露，得膏泽被流盈。斫河引灌，筑堤修渠，垦荒拓田，填池堰土，治盐化碱，养地亏为盈。兴办稚所育婴，扩书院毓才，置乡贤阅室，建养老安堂。引祥风习习拂阳，开滞流启拓新生。兴六畜欣繁沃殖，而禽鸟翔丽。植千卉竞放而百花争艳，泛舟楫荡而轻飏，幸渔樵悦以逍遥。继唐尧之道，扬虞舜之德，祷天圆地融，求心康身安。夜不闭户，路不拾遗。景明水秀，细雨如酥。千红万紫，桃李争芳。蜜蜂迷芳径，蝴蝶忘芬途，真世外桃源者也！春风秋霜，夏雨冬雪，风调雨顺，五谷丰登，四时无碍，八节惠通，人人得其常乐乎……

廖子章即兴演说，为龙王荡描绘理想之境、锦绣图景，让人们憧憬未来，充满信心和希望。

东方赞大统领主持扫阳春、祭祀，焚大香、烧金箔银箔，点火把，把纸糊的妖魔鬼怪，牛鬼蛇神，邪恶毒瘴，晦气瘟疫，天灾人祸，通通扔进火中，化为灰烬。扫进车轴河，东流大海，永世不回。

摆蔬果、干鲜，开坛祭酒，慰天神、地祇、人鬼三界，祈福赐佑。求天地人三元神，永保龙王荡太平，乡民百姓安康。最后，由各队长、乡约统计十岁至十六岁娃，列出名单，乡团按每人半串铜钱兑现……

2

海堤滚石大坝，比原计划提前五天全面竣工。各队各乡的民工，龙荡营的将士，乡团的丁勇，廖夫人和中青年妇女，按先后顺序，拔寨、收棚、拆舍、转移，迁往南头队龙王口外口，三汊河堤外的大片滩上，建棚、修舍。元旦后，正月初八开工。筑海堤的原班人马，分两部分。一部分人，乘冬春贫水季节，没啥大风大雨大潮汐，抓机遇，筑河堰，阻断流，戽水、清淤、建桥基。另一部分人，开工奠基，造泰山娘娘庙。预计三年光景，建一座长一千五百尺，宽五十尺，负载十万斤，上通车马行人，下穿大小船只，抵御三百年一遇洪水的跨河大桥。建成四进四出的泰山娘娘庙，加广场、群建，建设占地一千五百亩。圆荡人百年凤愿，千年梦想……

夫人回大院，召管家，告知书院先生们，明日发年享，送年货，大年慰问。嘱告孔先生、孟先生、颜先生，龙王荡将制定新《乡规民约》，请各位事先做些准备。主题明确：破旧立新，消除旧制中不合时宜的老框框，老套套。打陈规，破陋习，移风易俗。不搞全盘否定。继承优秀文化礼仪，仁义礼智信，温良恭俭让。讲公共道德，家庭美德，个人品德。摒弃摧残、毒害人灵魂、身心的低俗、恶劣的旧式荡制荡规。铲除非人性、非人道的沉海、活埋、杖毙、鞭笞等恶劣的条条款款。教育人们，知廉耻，讲道理，顾大局，识大体。邻里相处，互相帮衬。有不同意见者，交流谈心，求同存异，不可动辄拳脚相对，棍棒相加。重点打击恶霸、地痞、流氓。重点整饬仗势欺人，尔虞我诈。让弱势人群，有充分享受公平自由的空间。保障龙王荡人基本生存权利、生活权利。对长工、短工、佣人，本着基本公平原则，让他们有饭吃，有衣穿，能维持家庭生计。拯救苦难深重的女人。人不分男女，不分高低贵贱，应受尊重。男婚女嫁，文明自愿，父母不得强命。鳏可娶，寡可嫁，理所当然，不被歧视。管家到书院，找到文学大师孟凡尘，词学大师颜复礼。把夫人意思，转达他们。经学大师孔宪圣家里有事，前天告假，明天回院。

孔宪圣告假回家，是为了处理一件非常头疼棘手，且困惑他一年多的家务事。孔老先生今年岁数逼近六十，家中人丁不旺。和老伴一辈子，前半生努力勤奋，干那件非常高尚有品位的下流事。可是，年轻的婆娘，每一回全力配合之后，仿佛做了一件骚情坏事，羞怯得以至第二天，不好意思正脸看自家男人。快到三十岁，功夫不负有心人，婆娘毛茸茸小肚皮，磨得有皮没毛，亮晶晶的。总算鼓了一回，唯一的一回，得一女娃。孔先生得一娃，捧在手心，视同无价之宝，喜泪流了半个月。之后两夫妻，虽无法像那些大富大贵人家，给娃娃华美衣服，珍贵食品的奢侈豪华生活，也视作掌上明珠，心尖上的肉，没让她冻着、饿着。只愁养，不愁长。女娃唤名莲歌。孔先生用意，女娃应像秀莲一样，出淤泥而不染，濯清涟而不妖，不蔓不枝，香远益清，活泼可爱，能歌能舞。到了上学年龄，孔先生把她带进书院里读书。一晃，莲歌年

第三章　扫尘

交二九，经亲戚撮合，媒妁之言，嫁给荡缘三舍村一穷秀才郝九鑫。其人命中缺金，周岁那天，他大大准备几十种预示未来的测物，他一把抓住那枚铜钱，紧紧勒住，不肯撒手，送到嘴边，吮了起来。又有算命打卦的先生，赶上娃抓周吃了小酒，收下几枚铜钱。闭目掐指，嘴唇不停开合，说鬼话般叽叽咕咕，算出这小子，终有大富大贵，但命中缺金，故取名九鑫。

愿望很超拔，前景光彩四射，鲜明耀眼。九鑫开蒙入学，聪颖好学，十五岁院试，得生员。三年攻书，乡试未中；又三年，又未中。经媒保，娶龙王荡南四队孔宪圣之女莲歌为妻。婚后，夫唱妇随，男耕女织，饲羊喂猪，鸡鸭成群。郝家只有独子郝九鑫，公公、婆婆一家四口人，十亩良田。小日子不宽裕，也不算窘迫。小两口子，和和睦睦，心心相印，琴瑟和鸣。一个秀才，一个四书五经抱本。二人世界，常常玩些小情调。出个对联，对个诗句。有说有笑，有滋有味。她常陪他下田，他也常陪她织染。卿卿我我，恩恩爱爱，床笫之私，鱼水之欢，经常唯美翻新。上床之前，起床之后，常用眼神、肢体，交换在床上的甜蜜销魂时刻。兴致发时，九鑫做完事之后，那撑船的篙深深插在草窝里，不肯拔出，看莲歌的乳沟中的汗水，口中喃喃唱起：

浅酒人前共，软玉灯边拥。回眸入抱总合情，痛痛痛。轻把郎推，渐闻声颤，微惊红涌。　试与更番纵，全没些儿缝，这回风味成癫狂，动动动。臂儿相兜，唇儿相凑，舌儿相弄。

正被弄得黏液四溢的莲歌，刚颤抖仙死过几番，半开半闭的眼睛，看到胸上的九鑫嘴唇在动，念念有词，她知道，这是赵佶写给名妓李师师的词。心下想，好词好词，就是太色，太淫荡了。你淫，俺也淫一把。她想起《石头记》二十八回"蒋玉函情赠茜香罗，薛宝钗羞笼红麝串"一章里写贾宝玉、薛蟠和妓女云儿等人，饮酒行令，云儿的唱词。

莲歌捏了捏他胸口上那颗带一撮绒毛的朱砂痣，撇了撇小嘴，挺了挺胸，扭动一下承载着郝九鑫大部分重量的屁蛋儿，嗔而不怒地唱诺：

豆蔻花开三月三,一个虫儿往里钻。钻了半日不得进,爬到花上打秋千。肉儿小心肝,我不开了,你怎么钻?

逗得九鑫压在她胸上,又是亲她小嘴,又是舔她的眼,咬她的耳朵垂子。他嗯嗯啊啊地又硬起来,再把浑身的劲集中在一个点上,两人较起劲来,只弄得小莲歌花心轻折,露清牡丹开,嗓间不断发出似唱非唱,欲仙欲死,快乐的娇叫。铁打的床,也经不住这般折腾,于是乎,也"咯吱咯吱"有节奏地叫起来。夫妻两人,天天好景,夜夜长乐,软玉抱满怀。好好的一张木架子床,三年时间,活生生被弄散架子了。四条床腿下垫的罗汉砖,也被床腿钻出深深的坑窝窝。二人无缝对接,淫诗淫词,念了一千多首。床上床下,沟边、田头、草垛上、小树林,棉花地,不择时辰,不择地点,媾风交雨,不下千回。三年过去了,这对梁孟相敬、如胶似漆的小夫妻,不知咋回事,未得一男半女。两家老人为此事,犯愁了。双方父母统一口径,让莲歌带九鑫来四队,请南宫先生号脉诊断。

南宫先生经过一番望闻问切之后,明确告诉莲歌:"你妇科没病,能正常生育。心里别紧张,行房事时放松,更不必犯愁。倘若你丈夫没啥差池,怀孕只是早晚的事。"小莲歌低头,心想,俺们不紧张,很放松,不好意思地说:"谢谢您,南宫先生。"身边的九鑫,脑瓜子很灵的,抢上一句话"俺是她男人,请先生,给俺诊诊,俺若有病,便不能歪怪莲歌。"说完,抹起袖头,主动伸到南宫先生面前说:"请先生,您帮俺仔细瞧瞧。"南宫说:"别着急,坐下,慢慢聊!"先生边说,边递一块白布裹的垫子,放在郝九鑫手背下方,开始给九鑫把脉。南宫先生刚搭脉一试,微皱眉头,惊诧的表情从他的脸上一滑而过。郝九鑫被南宫先生确诊,不光是生育有问题,还有危急性命的重大隐患,肝病血蛊中期。一切的救治,将是无用功。南宫先生认真严肃、平静、不温不火地告诉他:"生育是你的问题,不仅如此,你还有别的身体隐患,回去好好休养吧!"然后借故支走郝九鑫,实话告诉莲歌说:"实话跟你说吧,你男人病情严重,是肝病。如果过度治疗,大量服汤药,反而加重肝脏负担。根据诊断情况，他的寿命半年左右。三个月后，会进入肝性脑病期，昏迷，反复昏迷，最终喷血而亡。从现在起，绝不可再纵欲！"……未出南宫先生预料，回家五个月，郝九鑫带着许多遗憾和谜团，流下无助的浊泪，喷吐紫黑色的血污，攥紧拳头，蹬了蹬腿，呼出最后一口气，撒手人寰。郝九鑫下葬后，过了五七，莲歌脱下孝服孝绦，义无反顾选择离开郝家，回龙王荡娘家去了。

在娘家过了一年。死了男人的女人，回到娘家之后，不管是娘家、婆家还是自己，都非常难熬。其窘态境遇，狼狈无语。是守寡，还是再嫁。守寡，必须回到婆家，保贞守节，看门守户，孝顺公婆，不侍二夫。父亲孔宪圣，是荡里荡外，遐迩闻名的大儒家、大学问家。从礼教、妇德、女贞的道义上讲，他当然希望女儿守住节操，终身不再嫁，为死去的男人守身如玉。可是孔宪圣不仅仅是儒学大家，他还是一个心疼女儿，和常人一样，有悲悯之情的父亲。他怎么能让女儿，独守灵牌，孑灯孑影，以泪洗面，了结终身呢？他坚决做不到。这两天，还真的有大胆媒人，试探上门提亲。这下可难为孔先生的婆娘，她觉得事关重大，定然不能自行决断。怕影响先生德高望重的声誉，又怕误了女儿的幸福，进退两难之际，派家中内侄，传信给老爷，把这烫手山芋，掷给孔先生。孔先生到家，听了婆娘一五一十汇报之后，一时难以决断。手操背后，家前屋后，转了好几圈子，反复戥量，孰轻孰重。父母之命，能成全女儿，也能毁了女儿。这道命令，可不是随便能下得的。自己这一辈子，张口闭口男尊女卑，三从四德，三纲五常，礼义廉耻。张口闭口女人的百依百顺，逆来顺受。孔先生搓手、摇头，不知如何是好。仰天瞻古，俯地思今，不由自主，不知该向谁发问。世上的女人，真的只配做男人的附庸品吗？女人是地，绝不是任由践踏的荒地、废地。女人是大地，是母亲。为什么死了男人的女人，必须忍受内心的巨大悲哀，忍受人性的巨大痛苦？寡妇，活着难道只是为死人供祭，为死人殉葬？死了男人的女人，难道就不能像常人一样，去追求自身幸福吗？老天，你能理解一个死了男人，没有娃的女人，独居空房的悲哀、凄戚的深切感受吗？

俺那善良、单纯、没经历过什么世面、可怜的女儿，有怨恨，也有愤怒。可是,她不敢也不可能怀疑至高无上的传统道德观。她不敢也不可能对传统女贞发起挑战。咋办?咋办?中午吃饭时,女儿始终低着头,脸色灰暗,浅蓝色的黑白眼珠上,飘忽着无助的呆滞和恍惚。原本一双漂亮、水晶般透明、能说话的大眼睛,如今变得如此暗淡无光。她的心灵,仿佛戴上枷锁、镣铐。她迷茫、痛苦。

她也曾想过死,跟自己男人去,一了百了。可转念一想,眼前父母也都一把年纪了,谁给他们养老送终,一了,真能百了吗?饭到桌上,莲歌叫了一声:"大大,吃饭。"眼泪又"叭嗒、叭嗒"直穿而下。眼为心扉。大师孔宪圣眼见女儿这副模样,平时在他心里,道义高于一切,并常把"妇道不修,或被谴责,则贻羞于父母,玷累于中外"挂在嘴边,如今摊到自己头上,他心里,如一把锋利尖刀,一块一块,剜下自己心头上的肉。刀尖在滴血,心在疼痛。

孔大师心里的《女诫》《女论语》《内训》《女范捷录》,那些卑弱、敬慎、妇行、曲从,女德标准,女德修养,女德规范,以至于贞烈、忠义、秉礼,贞妇烈女,贤妻良母,言之凿凿,字字玑珠。若有违背,让他以何面目再向别人兜售,他一生尊崇的,古人那些登峰造极的金科玉律和颠扑不破的至理名言呢?如何面对心中早已形成的,坚如磐石的古训,和经天纬地的博学宏论呢?若放纵自己女儿,弃贞烈而再嫁,世人一定骂俺欺世盗名。是阳奉阴违,沽名钓誉,诳时惑众的骗子。俺博览群书,一生精研经世之学,伦理之信。古人特定的、不可动摇的观念、伦常和铁律,在俺心中的地位,绝不可因为自己女儿的遭遇而改变。反过来想,难道仅仅因为顾虑自己经学大师的面子,或者固守所谓贞节牌坊的理念,固守男人主制的金科宏文,和并未亲历过苦难生活、养尊处优的女人们弄出来的训诫、言论,让自己无辜的女儿跟着遭罪吗?

经世一生,所研所得之学问精髓,还不足以保一女儿,让女儿在黑暗的非人性、非理性的水火炼狱里,忍受痛苦。而自己却死抱顽固僵化的所谓至高无上的死理,对自己女儿的遭遇,装着视而不见?大师呀!大师!俺还是人吗?孔大师彷徨、怅惘、迟疑了。他感到很迷茫、渺茫。层层云团,心窍难开。刚刚还十分清晰、明朗的思路,现在思绪错乱,思维失常,似乎受到某种蛊惑,迷茫、不自信。他刚端起饭碗,心不在焉，手一滑，"啪嚓"，饭碗跌落桌上，又滚掉地上，摔成三瓣。棒糁稀饭，泼在桌面上，稀溜溜地冒着热气，形成一条细流，"滴滴答答"落在地面上，黏稠得像白色的血液。莲歌慌忙起身，拿来抹布清理。孔大师对女儿和婆娘，轻轻地说一句："你们慢慢吃，俺静一静再吃，别等俺！"说完起身。吃饭前，长棉袍前后襟，塞在腰带里。他又从腰间，放下棉袍前后襟。手剪背后，继续家前屋后地转悠。

北风吹，鬼哭般怪叫。孔大师的心，比这天气还冷。这事，想办法在年底前处理喽！不然，一家人，新年头月的，凄凄惨惨，愁眉不展。晦气萦绕着心头，环绕着屋里屋外，处处阴森森，这日子，咋过？

死了女婿，本是悲哀的事，也不能让这个家，始终笼罩着悲哀的气氛，日子总得过。一家人，不能始终沉浸在凄凉的感伤、悲痛之中。一年多了，女儿瘦得没人形了，背也驼了。这事咋办？

莲歌是个聪明人。自父亲从书院回到家中，她就从父亲的脸上，观察到他内心世界的活动状态。她不想让父亲为难，不就是守寡吗？守呗！认命呗！谁让俺生在"大师"家庭的。思前虑后，还是觉得心不平，情不愿。和所谓祖制，或者戒律抗争，并不难，难在不忍心父亲内心的苦和痛。她读过书经，也深谙女四书。但是她从来也没想按书上说的那些死理来约束自己。又因为出生在这样家庭，她也不想明目张胆地蔑视那些死理，关键是为了给父亲面子。

任何烂事，若没摊到自己头上，说的比唱的还好听。若摊到自己了，谁还会抱着那些僵死的、冥顽不化的死理！男人死了，五七之后，她毅然决然回到娘家，表明她的心迹，这一点，双方父母都不糊涂，当然知道咋回事。公公婆婆倒有自知之明。结婚三年了，儿子有病，不能给自己女人一男半女，本身就对不起媳妇。如今儿子走了，再想挽留媳妇。留住人，留不住心，必不是明智之举，何必呢！不如顺水推舟，各过各的日子，少烦忧。

孔大师外边转了几圈，心情拔凉拔凉。他决定吃完饭，休息半天，明天一早回书院。这种家庭变故，还是找廖夫人商量商量，也许能找到两全的法子来。第二天，孔老先生起了大早，对婆娘说："闺女的事，对媒人说，缓两天，年前会回复。再安慰安慰莲歌，告诉她，大大不是食古不化的石头,给俺一点时间。"婆娘听出孔宪圣的话味,不是想象中的宁死不变节的口吻。心中有点安慰,舒了口气说:"俺知道你的想法。平时把面子看得比命还重,虽说俺们不是啥大富大贵之家,也不是有头有脸有势力的地主、财东、社会名流之家。可是,你有比大富大贵、地主财东、社会名流更重要的学问。你被廖总奉为龙王荡经学、理学、儒学的掌门人。也是名响苏北、鲁南半边天的学问大师。家中遇这种事,让闺女再嫁,扯不开面子,内心纠结。俺能理解,闺女也理解。俺们母女俩,始终和你站在一起,不管你作何决定。"婆娘是聪明人,这番话,是在鼓励孔先生改变立场。也就是说,你改变了,俺们和你站在一起。你若不变,那就尴尬了。这一点孔先生当然心如明镜。"俺去和东家商量商量,廖夫人眼界宽、见识广、办法多、思路全。这类事,找她,总有答案。"孔先生对自己的婆娘说。婆娘心如明镜,先生在找退路。

南四队到南头队,十几里路,日暑刚指辰时,孔先生迈开不紧不慢的四方步子,回到书院。孟先生刚吃完早饭,回到寄宿处,看到孔先生便说:"孔先生,不是明天回吗?提前啦?""家中小事,料理完,待不住,便回喽!""噢!正有一事,吃不准,欲与你商讨一二。""孟先生请讲!"两个人坐各自的床面上。孟先生说:"今日上午,中院夫人,按惯例,年底问课、述职,发关饷,放假过年。今年不同往年,夫人布置一件大事,今日来院,与俺们会商。""啥事?""夫人啊!要给龙王荡立新规,编制《乡规民约》。""具体呢?""破旧立新,改陈法,立新法。兴利避害,提倡适应现代文明行为,废除诸如沉海、活埋、杖毙、鞭笞的旧制。保障平民和富人一样的生存权、生活权。俺觉得这些奇想,大概要天翻地覆,五洲震荡。更离奇的是提出拯救妇女,搞啥男女平等。鳏可娶,寡可嫁,要将这些都写进新规。《孟子·滕文公下》说的不待父母之命,媒妁之言,钻穴隙相窥,逾墙相从,则父母国人皆贱之现象,看来就要在俺礼仪之邦,龙王荡里上演啰!破天荒,俺怕是行不通!"

孔大师睁圆双眼,盯住孟凡尘的紫唇黄牙。头脑像大车轮,瞬间转了几圈。消息来得太突然,太直接,以至于他无准备的心理,受到猛烈的撞击。气管里,好像塞了一团棉絮。又仿佛受了某种惊吓,尚未作出反应时的迟钝。哎哟!人心昼夜转,天变一时间,这该如何面对?是机会,还是危机?他的答案,既不做投机钻营,不顾廉耻的狗苟蝇营者;也不做坐失良机,不顾龙王荡光明前程的顽固派。作为公众人物,学派头雁,遇到改革与守旧的大是大非,不能没有一个鲜明态度。不可随波逐流,也不以学问家的派头,顽固不化,死守陈腐糟粕。优秀的理学、文明的礼制,不可全盘否定。而历史沉淀的腌臜垃圾,也应该应时除却。不破不立,破旧立新,也是历史的定规,不可逾越。永远固守在一个历史层面,历史车轮则永远不会前进!关键是不能把历史留给俺们的金子,当垃圾给扔了。孔先生胸有成竹,理性地思考着,于公于私,俺应该支持夫人,应时兴变,辩证否定,扬弃传统。孔先生了解孟先生的脾气,不想无谓争论。孔先生,沉入思考,未置可否。

孟先生用犀利的眼神,如刀口般锋厉的近视目光,直刺面前这位视祖制如生命,严守三纲五常、三从四德的一代大儒,刺向仁义礼智信、道德文章的看护者、卫道士的心脏,揣测他听到这一消息的激烈反应。他看着孔大师脸色,并无想象中的表情,便瞪圆双目,半张欲说无语的嘴巴,等待孔大师疾风暴雨的宏论。他怀疑,孔大师急傻了,背气了。孟先生以为,按孔大师的为人处世方式,无论如何,绝对容不得离经叛道,逆天行,反祖制,篡改天经地义清规戒律的行为。

岂不知,孟凡尘的想法,与孔宪圣的观点,完全不在一个调上,大相径庭,南辕北辙。孟先生眼看孔先生的状态,以为意见一致,可以结成同盟,反对立新规了。孔先生终于开口了:"孟先生啊,改旧制,即使只在俺龙王荡里进行,它也是龙王荡里天大的事。绝不是一句简单的支持或否定那么容易。任何时候,任何地方,一旦有天大的事要出现,必有它的根源。夫人没有俺们读书多,夫人的眼光,比俺们看得远,看得深,这一点,你是明白的。俺俩联盟可以,但俺俩联盟反对夫人的《乡规民约》,不合适,太不合适!"

孟凡尘心不平,略带感慨,语气加重说:"半个时辰后,夫人就来啦,去准备准备吧。别等到商榷时,理不清头绪,没话可说,让夫人笑话。拥护有拥护之理,反对亦有反对之据,不能一味附和,也不能不给面子搞对抗。反正,俺觉得旧规不能说改就改,祖制不能说违就违。改了旧规祖制,龙王荡里,另搞一套,必致大乱,谁有能力收拾烂摊子呀！"

孔宪圣觉得孟凡尘这人，从某个角度讲，是个不错的文人。所谓不错，说优点，是正宗的文人，憨头的脾气，人不坏，容易相处。学术争论，对事不对人，不带脏字。关键时，不酸不绕弯子，很难得。说缺点，恃才傲物，目中无人，盛气凌人，妄自尊大，是一个读了不少书，没有中举的资深秀才。常常抱住死理，抬杠子，头撞南墙，头破血流，不知回头。有时候顽固得仿佛世人皆是糊涂虫，唯他独是高明人，不屑一顾，或者一言不发。是一个很难弄的倔种。

孔宪圣比孟凡尘年长五岁，中举之后，殿试之前，老父去世，被恩准在家丁忧三年。谁知三年期满，接上母亲去世，又被告丁忧。六年不试，眼见得岁数老大不小，对功名利禄，渐渐看淡。一心研究学问，本有办学教书育人，帮助荡人，识字明理，文明守规之愿。自己又是土生土长的龙王荡人，到德庆书院教书，就成了他的归宿。他眼见孟凡尘可能又犯牛劲，缓言慢语，对孟凡尘说："孟先生不必焦虑，俺们客观讨论一下。先人制定的东西，并不是千秋万代，不可改变，不可动摇的绝对真理。你还记得前辈赵云崧老先生那首小诗吗？'李杜诗篇万口传，至今已觉不新鲜。江山代有才人出，各领风骚数百年。'李杜那是何等伟大的诗人，是诗界巅峰中的巅峰，他们创造的成就，与江河同流，与日月同光。如果没有创新，即使李杜再辉煌，历史也不能永远停留在诗歌时代，没有革新的文学艺术形式，就没有宋词，就没有明清小说。大胆创新，反对因循守旧。新人替换旧人，新的潮流崛起，亦如滚滚长江，无法阻拦。时代在变，人在变，文明在变。你说，俺们是不是也该变一变？有些不合时宜的旧章法老规矩，是不是应该修正修正？而那些阻碍社会进步的障碍、囚禁和束缚俺们手脚的桎梏，是不是应该推翻、打破？俺们若连这点精神都没有，是不是太迂腐了？俺们还配当书院的先生吗？变，则进；变，则通；变，则新。变，是绝对的。不变，是没有出路的，应该说世上只有变是不变的，这一点，你不反对吧？"

孟凡尘原本心中不服，仔细想想，欸！不一样，就是不一样。这个孔宪圣啊，原以为，他是个铁杆守旧者，没想到，他的思辨能力，如此高强。在俺之上，不服不行。难怪古人说，博学之，审问之，慎思之，明辨之，笃行之……海纳百川，有容乃大。孔大师，不愧一代大儒宗师，他做到了。孟凡尘长叹一声，眼仁子闪动一下，伸手抹下眼角一小块眼眵，稍有悔意，但口气并未缓和，以不耐烦、不悦意的口气说："唉！没有想到，孔先生，你能有如此襟怀，俺自愧弗如。高论，难得呀！俺明白了，变、变，对，变是绝对的！"说完，勉强摇摇头，又叹一口气，不知所措。转头，委屈地坐在床边上。灰暗的眼神，无目标地看着墙角，心里空荡荡的。

颜复礼进屋，看气氛，揣测着两人似乎刚有过动静不大的争论。估摸着，也许是将要讨论的议题。在颜看来，龙王荡规矩，多是千年来渐渐形成的，约定俗成，渗透到社会、家庭、做人、处事、买卖等百业千事之中。说穿了，陋习害人，改陋习，除弊害，在情理之中，不必大惊小怪，无限上纲，喋喋不休，庸人自扰！他把这种想法，藏在心间，不明说。三人中，看孔先生的言行，和孔先生保持一致，他有大局意识。若自己和孟先生争论，也争不出个理章脑来。倒杯茶，喝一口，坐桌边，微笑着，装没事人。

廖夫人、管家、彩凤、兰馨进东书院，在小会议室，召集初、中、高三学部，十几个先生，四爷培仁也在其中。夫人开门见山，不说废话。首先感谢各位一年来辛勤劳作。祝贺本年度，书院荐院试和乡试者，获六名生员三名举人佳绩。愿三年后乡试，能再中几个举人。这百年德庆堂书院，是龙王荡的根，龙王荡的血脉，维系龙王荡人的梦想，凝聚世世代代的希望！

按学部等级，分出三六九等，扣除平时支用，结算每个先生的年银。再据贡献大小、教书和学术成就、院内测评、社会反映，分别作出十担、五担和两担小麦的奖赏。总结、表彰、发赏，小会议室充满和谐愉快气氛。说真话，每个先生都觉得，每年束脩超值，很满意。他们教的是龙王荡的弟子，拿的是廖家束脩，心存感激。

夫人为人处世，家中上下，六十多口人，那是心服口服。赏宽惩窄，慈悲心怀，恩威分明，让人不得不心生敬畏。当她认准必办之事，会力排众议，百折不挠。攻坚克难时，千刀骨头，万刀肉，不管咋难啃的关节，也让其终成肉糜。这就是夫人，看上去的瘦弱女人，而在无数风雨艰难的经历中，淬炼出一股智慧、精干、坚忍、倔强的性格和锐意。夫人的面孔，在微笑中含着坚定和严厉。她以不容置疑的口吻，告诉各位，创立新《乡规民约》的紧迫与必然。她说："……继承传统美德与破除陈规陋习，都是必需的……女人缠足，到底算不算陋习？普通人家，靠地里收一把，吃一把；渔民，也靠船上打一网，吃一网。女人下田干活，上船捕鱼，可怜的那双小脚能站稳吗？能正常干活吗？女人不出三门四户，农活渔活，谁来干？男人要保荡护家，要操练，要打仗，杀倭贼海盗。而女人，只是为了守那些没有用的规矩，成了家里蹲的废人了，不中！还有那些沉塘呀、鞭刑呀、棍笞、刨祖坟、逐出祠堂的规矩，通通废除，给龙王荡立新规……"孔大师在夫人言说之后，率先分析阐明立《乡规民约》的意义；龙王荡的乡民，按《乡规民约》做人行事的好处。从而，最终实现廖总提出将龙王荡南北二十队、二十乡，建成桃源之地、礼仪之邦的愿景！

各位先生也循着夫人思路，依自己的理解提出《乡规民约》的立意、内容、实施办法，改过记载，建档立案，稽核查处，惩罚原则，以及对各乡各队主事人的约束，包括对不作为，或者滥作为的队长乡约的惩戒……对议事规则、议程等，做了具体探讨。今日，让各位先生非常意外的是，在会前，孟先生的愤怒，反对破旧立新的态度，表现得一点不含糊。他搬出一大摞理论书籍，摆开论战架势。大有荡平车轴河，横扫龙王荡之势。板起老脸，像死了亲爹亲娘一样，沉默寡语，严穆懊丧。见了谁，皆爱搭不理。

其实，自昨天听到破旧立新的方案，孟先生就陷入愤怒、郁闷而不能自拔的沼泽。他认为，夫人逆天行，不遵循经书所说的道理。背离儒家道统，明知犯上作乱，还一意孤行。如此霸道，有失女范，辱祖羞宗。史上破旧者，革新者，皆无善终，李悝、商鞅、吴起、王安石、张居正……都比夫人厉害，个个没得好下场。孔先生、颜先生意见一致，赞成夫人除旧布新。按说，孔颜二人，并非溜须拍马、阿谀逢迎之徒，他们却热衷于夫人改革，难道真的是俺错啦？

昨晚上，孟凡尘睡觉时，心里不停掂量。改革，到底是利大，还是弊大。有些东西，似乎该改，老条条捆人手脚，害处大。譬如裹足、譬如守寡，譬如活埋……可是，放弃这些束律，后果会很严重，意识形态上无法接受。好好的传统礼制，几百年、上千年形成的，为啥要改掉呢？孟凡尘想想改革的好处，心也热。想想改革的弊端，心又凉了。于是乎，在他心里，形成了两座大山，一座是火山，一座是冰山。两山对峙，势均力敌。冰山欲灭火山，正形成冰潮，向火山涌去。火山仿佛添上无尽的燃料，无所畏惧的火势愈烧愈猛，大有燎干冰山之态。冰岩在火中，"吱溜，吱溜"地融化；火头在冰山中，"呼噜呼噜"地退缩。

夜间，孟先生被架在这两座山上，又烤又冰。他在被窝里时而淌虚汗，湿漉漉的，时而咬紧牙关，浑身不停筛糠。上下牙齿，打抖得"咯咯"着响。心情，堪比腊月的夜心，不仅是透凉，还结冰。偶尔又热得喘不过气。

世风日下，人心不古。龙王荡的天，快坍塌了。龙王荡的地，快沉陷了。自从盘古开天地，三皇五帝到于今。啥时候，男人女人能平起平坐过？女人不裹脚，满村子乱跑，成何体统。古往今来，男不要女，一张休书纸；女不要男，只有自己去死。女人有什么权利选择婚姻。自主婚姻，离经背道，必众叛亲离！女人，饿死事小，苦死累死，也不值一提，唯其失节事大。女人再嫁，贞操何在？节烈何在？取消沉海、活埋，那些通奸的狗男女，岂不翻天？惊世骇俗，惊世骇俗呀！

他想累了，两座山在消耗中，势力相当，继续对峙。他，睡着了，很沉，很深。他徘徊在自家门前，看见自家堂屋的当门地上，一顺头，卧两口黑漆棺材，一口里，躺着自己的尸首；另一口里，躺自家女婿的尸首。家里人、亲戚、叔侄、大姑、小姨子、二大爷，还有表弟、同窗、世交、好友，忙前忙后，忙里忙外。自己婆娘和闺女，哭得死去活来。他钻进女婿的棺材里。两人坐在女婿那口并非黑暗的棺材里。他斥责女婿道："你小子，太不负责，太无担当。你死了，俺闺女才十八岁，结婚一年多，你没给她一个娃。你让她咋活嘛！你让她一辈子守那三从四德吗？俺死了，俺婆娘还有儿子、媳妇、孙子娃一起闹哄，不愁打发余生那十年八载的苦情日子。你说，俺闺女咋办？"

女婿也识字，原本是书院学子，孟先生徒子，读完四书五经，院试失利，回家种地去了。现在听老丈人一顿训斥，笑着说："人的阳寿，由不得自个儿做主。这一点，老岳父您是明白的。怨俺有啥用！俺也不想死。您的闺女，俺的媳。俺和她掏心掏肺说过，不要让可怜的生命，再受煎熬，无谓牺牲。俺死后，三年即转世，又是一条活生生的新生命，你守俺，有啥意义。俺已帮她物色了一户好人家，一个耕读两内行，敦厚、诚实的年轻才俊。保证她比和俺在一起，更有趣、更快乐。欸！人生几十年光景，何必淤塞心窍，死心眼，遭罪过日月呢？"

孟先生听了女婿一番谬论，气得睚目歪嘴脸抽筋，一改斯文面孔，甩起一巴掌，右手打在女婿左脸颊上。差点打散了这只飘忽的魂灵，气愤地骂道："混账东西，亏你说得出口，帮俺闺女物色男人，陷俺闺女于不仁不义、不忠不孝之境中，落下一世之骂名，那还不如死了。"女婿摸了摸被打的脸颊，不知道魂灵这东西，有没有神经，似乎有点麻酥酥的痛感，揶揄地说："老丈人，打得好呀！不打便不是您了。您呐！就抱一堆旧书破纸过日月吧！俺懂你，胜过懂自己。您食古不化，又不是一天两天了。您知道外面的人，咋评价您吗？茅屎坑里的石头——又臭又硬。

"人生苦短，转脸就是百年。芸芸众生，死也罢，活也罢，连一颗沙砾也算不上。有谁在乎您的名声、俺的名声，和您闺女俺媳妇的名声。守着那两拃长的木板灵牌，一辈子？为了谁？所谓节烈贞操？狗屁胡话。俺们无名小辈、小蝼蚁、小爬虫，人生图啥名节，图啥千秋万代，谁给俺们立牌坊？所谓节烈守贞都是像你们这样的，吃饱了，撑得难受的文人、无聊的士大夫搞的事，与俺平头百姓有一丁点的关系吗？

"俺们图个啥，图得上吗？跟着上流社会，贵族勋爵们屁股后谈节烈贞操，岂不是愚昧无知、幼稚、可笑吗？驴是咋死的，一根筋抽死的；猪是咋死的，不动脑子，笨死的。您老活着是文化大师，死了，只是一抔黄土。三天过后，谁还记得您！美名也好，臭名也罢，通通风吹云散。流芳百世，就您的成就，达不到那个水准；遗臭万年，也不够资格。百年后，既未流芳，亦未遗臭，一缕清烟，无色无味。干吗？用那些迂腐、陈臭的东西，毒害别人。您还以为，您是了不起的老先生吗？出了德庆堂书院，连讨口饭的本事，也没有。您以为，您是皇亲国戚士大夫的孝子贤孙吗？他们不认识您是老几！您以为，您是传统礼制、说教的忠实信徒吗？没有您，那些传统礼制，该继承的继承，该废除的废除，跟您沾不上边。您妄自尊大，自以为是，分不清香花毒草。不知道收放迂回。不懂得继承、扬弃。一味因循守旧，逆来顺受，死抱住古旧礼制的劣货，如获珍宝。粪坑里捡一张揩腚纸，还以为是金箔。算了吧！俺不爱说您！"

这个孟凡尘，有生以来，第一次听到这些真话，不留情面的真话。几次伸出手，想打断不知天高地厚臭小子的狂言。可是这女婿根本就不给他机会。孟凡尘暗想，人们都说俺倔，眼前这个倔种，比俺还要倔。想骂这龟儿子女婿大逆不道，敢如训孙子一样，训斥老子，反了不成。歪头细想，还真的句句在理。俺这辈子，在为谁摇旗呐喊。老百姓，庄户人，过的是平平常常的日子，能守公德，已经不错了，非要置无辜人于死地吗？是的，所谓法制、礼制，啥时候制过上流社会那些王公贵族、有钱有势的地主豪绅呢？什么礼，什么法，还不是都在他们的口头上，用来对付百姓的工具吗？历朝历代，都如此，谁也改变不了的。俺为啥，跟着他们瞎起哄呢？犯不上！

孟先生被女婿撕了面具，一次公开叫板，一次没大没小的训诫。身上不舒服，似乎又有某种开窍的舒畅感。他的身体，像雪地里钻在草窝里的狗一样，蜷曲在冰冷的被窝里。他忽然不由自主地打了个寒战，心中仿佛喷出一团火，很快烤化了一身芝麻粒大的鸡皮疙瘩。一股强烈的暖流，漫过心头，渗透五脏六腑、血管和脉络，向周身各个部位扩散、流转。从内里，到肌肉表层，掀起一层层热烈澎湃的暖潮。来势汹涌的暖潮，很快漫过他心中的冰山。冰山融化了，漂移了，一簇簇冰山峰岩，沉入水底。海面上，迎风荡起袅娜温柔的热浪，和婆娑飘逸的白色雾气。

孟先生的魂灵，随一缕清风，踩着龙王荡芦柴顶上的毛蔫花，一路小跑，回到书院的宿舍床上，天色微亮。孟先生身体在被窝里，猛地抖动几下，不禁大叫一声："啊！"元神定位入主，竟然是一场大梦。他骨碌从床上滚坐起来，心口"怦怦"乱跳，瞪大眼睛，茫然四观，舍间一切好像很陌生。一时失忆，竟不知门在哪边、窗在哪边。他使劲地摇了摇脑袋，像一条落水的狗，刚刚爬上岸，拼命抖掸身上的水一样。摇了头，眨巴眨巴睁开酸涩的眼皮。确认自己真的没死。家里两口黑漆棺材，只是梦，梦是反的，不必在意。孟先生在床上，又焐了一会，复习梦里可怕的场景。现在头脑清醒许多，转眼看同舍的其他两铺，才想起来，孔先生告假，颜先生晨诵日课去了。再回到梦里，记忆犹新，就像真的发生过。难道女婿真的死啦？有时候，梦也是有感应的。他又否定，不会，那小子身体好得很，气壮如牛。昨天还来书院看望俺的，活蹦乱跳，活力无穷，那有那么容易死，都是俺胡思乱想，胡扯八道。"呸呸呸"干吗？咒俺女婿。

今天上午，夫人来书院，自己又该如何应答。梦中臭小子女婿一派狂言乱语，说得俺这张老脸火辣辣。细细想来，也不是没道理，可是，让俺接受他的道理，不爽。没想到，孔先生的高见，咋和臭小子女婿对俺的训斥，有相似点呢！颜复礼没有明确态度，估摸着，也倒在老孔一边。没有表明态度，只是给俺留着一点点颜面而已。本来，俺想引经据典，在会上吹胡子，瞪眼睛，面红耳赤，争论一番。好歹，也是学术探讨，试想，夫人也不会那么小气。现在，转脸想想，不必多此一举，不抬死杠子，不钻牛角尖，倒可能赢得几分尊重。在这个问题上，若顽固不化，传出去，俺也丢不起人哈。按俺的牛脾气，应该顶到底。哎！识时务者为俊杰，俺的头破血流，又不止一次，其结果，还不是自己像被咬伤了的野狗，不招人待见。算了吧！服了！顺了！

在会上，孔先生一番宏论之后，孟先生超乎寻常地抢过话题，大出众人所料，热情洋溢地赞同和支持除旧布新，建规立约。对老规陋习，义愤填膺。有礼有节、有理有据地否定与批判，还提出许多建设性、指导性意见和建议。天下事，皆如此。不经意间，奇迹随时出现。孟先生立场的改变，使讨论破旧立新，建立《乡规民约》的会议，开得十分热烈、顺利。

第四章

乡规民约

　　腊月二十三，龙王荡里，家家户户，忙完扫尘，忙祭灶。编篾马、糊纸驴、包糖饼、做糖果、蒸年糕、做豆腐、杀猪宰羊、买香蜡纸、购爆竹、写红对联、画年画、剪挂浪……这日上午，孔宪圣大师带着他执笔草拟的《乡规民约》初稿，在廖家大院大门前，让门卫通报夫人。

　　廖子章、夫人在书房接待孔先生。兰馨端茶盘，送来三杯热茶，放在茶几上。廖子章端起茶杯，尊重地送到孔先生手中说："老先生请用茶！"

　　孔先生放下腋窝里的木匣子，把反复修改几遍，刚刚誊写清楚的，两套线装整齐的宣纸笺本《乡规民约》取出来，慎重地放在廖子章面前大书案上，谦逊地说："孔某才疏学浅，孤陋寡闻，德薄能鲜，受廖总和夫人厚爱有加，把龙王荡如此之大任，托付鄙人，此乃荣幸之至，亦战战惶惶。俺对廖总和夫人之修为，解不过一二，以十倍悉力，恐不及大襟。现《乡规民约》，拙稿初成，请廖总和夫人匡纠。唯恐学术不精，又怕著文艰涩，众之难识其意，择语换词，多浅显易解，无须过度笺注、诠释。稍加导读，其意明了，便可融会贯通。请廖总和夫人雅正！"

　　廖子章很欣慰，为龙王荡有如此大学问家，自感骄傲。他接过孔先生手中递过来的两套纸本，轻轻放开，"乡规民约"四字映入眼帘，食指尖在舌头上蘸点唾沫，一页一页，边看边揭。先生蝇头小楷，一字不苟，工工整整，端庄清秀。钟繇体小楷字，疏朗规正，俊逸潇洒，气质高雅，功底深厚。风格古朴，风致灵秀，风度翩翩。心中暗赞，字文并茂，堪称当代一绝：

德业相劝

劝德见贤思齐见善必行闻过必戒行过必改治身齐家侍父长兄教子诲弟管僮束仆敬长奉上和亲睦故择友交游廉洁在怀广施恩惠受托衷寄济贫救难为人作想谋人福祉劝解争斗明决是非过失必纠兴利避害居官尽职善行为众口举荐皆入记册推为行范居家侍父兄友弟恭教子授弟杜绝家暴善待妻妾出则尊长敬交良友身教后生学而不厌读书种田治家济世礼乐射御诗书算数开卷有益必有所获

过失相规

违背道义盖六触犯乡约有四背弃修身乎五道义过失六一曰借酒滋事赌博财物斗殴詈骂暗地诬告坑害无辜二曰行止逾事不尊礼制违法犯乱恶行累累劣迹斑斑三曰行不恭谦侮辱德行恃强凌弱知过不悔规谏不改变本加厉四曰言不由衷行无诚信暗地谋划陷人不仁订立合约背信弃义视诺如鸿言行不一欺诈蒙骗百般闹事五曰造谣诬毁无中生有当面说是背后言非嘲笑编吟匿名文书揭人隐私乐此不疲六曰营私太甚与人交易不义谋财设坑害人攫取掳夺不恤他人作奸犯科受人寄托讹诈诓骗触犯乡约有四一曰德业不相劝二曰过失不相规三曰礼俗不相成四曰患难不相恤不修五过一曰交非其人所交不限士庶凶恶及游惰无行众所不齿者若与之朝夕游从则为交非其人若不已暂往还者非二曰游戏怠惰游谓无故出入及谒见人止务闲者戏谓戏笑无度及意在侵侮或驰马击鞠之类不赌财物者怠惰谓不修事业及家事不治门庭不洁者三曰动作无仪进退太疏野及不恭者不当言而言当言而不言者衣冠太饰及全不完整者不衣冠入街市者四曰临事不恪主事废忘期会后时临事怠慢者五曰用度不节不计家之有无过为侈费者不能安贫而非道营求者以上不修之过每犯皆书于籍三犯则行罚

礼俗相交

凡行婚姻丧葬祭祀礼经具载亦当讲究未能遽行从家详旧仪甚不经者当除革之凡遇庆吊家长一人与约同往书问亦如家长若故次者当之所助之事所遗之物临时聚议各量其物多少数裁定记名契分深浅各从其情婚嫁庆贺币帛羊酒蜡烛雉兔果实所计财值多不过三千少至百文丧事发讣素衣素裳上下两段以为禭礼酒肉奠礼不过三千少至百文至葬埋时钱帛赙礼猪羊酒蜡不过五千少至三百及灾患难水火盗贼疾病刑狱助济钱帛米谷薪炭不过三千少至二百凡事可助手相济婚嫁帮忙筹借器物丧葬诸事借人使唤协理互助男天女地阴阳契合夫妻同体家庭和睦敬爱相随相濡以沫男婚女嫁倡导自愿父亲之命儿女不遂不必强求废除旧制沉海活埋凌迟活剐鳏能再续寡可再嫁两情相悦不可强虐女子缠足从此废止三寸小足伤心残废百害无益足本行器事农田耕行船渔捕便行使用从娃做起不缠不裹荡中女子弃缠放足

患难相恤

患难之事一曰水火灾难无情派人施救亲自前往率众救急痛则慰问二曰盗贼同心协力围困捕捉力有不足共携乡邻大盗之患报及乡团三曰染疾及时慰藉访医求药贫无资者助其花费四曰死亡丧葬乡邻关注缺人少手前往相扶缺资少财自愿接受周邻相贷吊表发哀五曰遗孤幼龄……六曰遭遇诬枉……七曰贫困乏财……犯道义过失犯修身过失犯礼俗过失轻微过者能劝能听之能改自我检举录册在案均免处罚若有再犯者新旧同罚不义过甚及屡重罚无悔者待行聚议众人不容解其乡约逐出龙王荡……

廖子章细细看完一遍,眉梢挑动,嘴角翘起,脸膛显现出不能抑制的激动和感佩。他对孔先生说:"先生辛苦,您为匡正世风,扶民教化,复兴礼仪大计,立了大功,请受文焕一拜。"说完,站起来,恭恭敬敬,向孔先生深深鞠了一个躬。孔先生连忙站起,扶住廖总道:"哎呀!廖总，使不得，孔某受之有愧。此乃夫人主持，思意鲜明，集众人智慧，孔某仅执笔而已，不值廖总如此厚待，折煞孔某了。"

廖子章、夫人和孔先生三人，又坐下来。夫人心中有数，这不只是执不执笔的问题。当然你孔先生亲自执笔更好，表明你的积极态度，赞成并推进乡规民约的建立。关键在于，你既是倡导者，也是亲自推动者、执行者。其影响力，直接震慑那些反对除旧立新、阳奉阴违、半瓶醋的所谓文人、绅士、老滑头。你为龙王荡立新规铺平了道路。

廖子章以亲切坚定的语气说："先生啊，此乃治本之道。有了这《乡规民约》，俺龙王荡老百姓言行举止，就有了规范和依据了。易俗从教化开始啊！下一步，践行这《乡规民约》，教育平民，使之学其文，通其意，践其行。正世风，治民风，还有许多事情要做。此乃万步之遥迈开第一步。这步，迈得好啊！"

廖子章让兰馨叫来管家，他对管家说："邝兄，你看看这个！"顺手把新《乡规民约》递过去。邝镛读罢全文，感慨不已地说："这才是龙王荡的大事呀！俺们乡民按《乡规民约》做人做事，俺们龙王荡就真的成了文明之乡、礼仪之邦啦！"廖子章对夫人说："让这些规矩，深入人心。自觉约言束行，还有许多细节事情要落实……"四人又继续商议具体落实方案。

好菜趁热端，好事抓紧办。当天，夫人让书院十几个先生一起动笔，把《乡规民约》全文，用加厚黄宣纸誊写几十遍。第二天，在百里龙王荡，各队、乡、保、甲门前墙上，张贴出来。每队、乡又派一识字、头脑灵光的人，到东书院学堂里，由孔先生一条一款，一句一字，细细讲解传授。两天过后，各地派来的人，会背诵，会默写，会讲析。回乡队后，集中保、甲，挨门逐户，把十四岁以上所有男女，吆喝在一起。天天晚上，在乡约所、保障所就近练习、背诵。

全荡人，掀起学新规、见行动的热潮。龙王荡南北二十队、二十乡、百保千甲，各个大户、地主、商号、豪绅、盐主、财东、家院里，每天晚上，都传出男男女女混合，不太整齐的咏读，背诵《乡规民约》声音。其声不急不躁，不蛮不侉，正宗的龙王荡标准口音，稍带海边的咸味。效果很快显现，往年到年根，是荡内偷鸡摸狗，窃粮盗猪行为的

第四章　乡规民约　　　　　　　　　　　　　　　　　　**057**

高发期。今年，推行新《乡规民约》，村庄上偷鸡摸狗的事，没了；搓麻将、推牌九、打小纸牌、掷骰子赌钱行为，没了；打架斗殴吵仗磨牙，张家长、李家短、盘老舌头、嚼舌根、造谣惑众、侃空撒谎、胡扯淡的事，没了。人们平辈见面，先抱拳施礼；晚辈敬长辈，鞠躬叩头；长辈见晚辈，也变得和蔼、慈祥。遇到不同意见，讲话说理，也不像过去那样激动、高声、愤怒了。而是声音温柔有耐性，言语也比较客气，声调也好听多了。饭店、洗澡堂、大市场、小猪行，没有大话流天，吵吵闹闹，邪腔拐调的人了。三人一群，五人一伙，喝酒吃菜，都显得文雅谦和。大街小巷，门店、地摊，卖菜的、咸鱼铺子，买花布、扯头绳的，籴粮籴米，也没有欺行霸市，短斤少两行为了。男人女人，交流攀谈，脸上都挂着微笑。相互尊重，儒商义和，买卖公平，不讹不虞，不欺不诈。

　　夫人早有打算，待年后，让培仁到海州城，找家上好印社，印好后每户一册。让管家上大岛山石塘，选上好的碑料，把龙王荡精工石匠，集中到大校场，镌刻《乡规民约》碑文，村村寨寨，路口、码头、街巷、谷场，把石碑竖起来。下田的、路过的、赶集的、回娘家、走亲戚、访朋友的，处处都可伫足复习。处处都能默念、朗诵，铭记心间。

　　夫人心中，早有一盘完整计划实施《乡规民约》。点上，具体细致；面上，一定要轰轰烈烈。点面结合，必生奇效。夫人定于腊月二十八上午辰时，在乡团大校场，举行一场一百对二百人男女集体婚礼。夫人发了宏愿，要把这场集体婚礼，办成史无前例，履行《乡规民约》的大型现代化集体婚礼。办成男女平等，婚姻自愿、自主、自由，亘古未有的婚礼。办成不分身份，青楼红院从良女子，荡里殁了女人的鳏夫，死了男人的寡妇，大张旗鼓再娶再嫁的、自豪骄傲的婚礼。办成一场打破婚姻礼教制度的桎梏，解脱妇女精神枷锁的创新婚礼！夫人明白，这一独创的新型婚礼，是一次挑战，是解放妇女姐妹们于苦难的尝试，肯定不完善。反对、阻止、诅咒、辱骂不可避免。但肯定会震撼和动摇某种千年不变的金科玉律、铁打的纲常和祖宗之法的根基。

　　几个月前，灾后重建农庄期间，《乡规民约》在酝酿期间，夫人就开始筹备这场新式集体婚礼。建海堤大坝初期，夫人和妇女们接下后勤保障的活时，就已经张罗着《乡规民约》面世后的第一件大事。打破旧规，改写鳏寡男女再娶再嫁的历史。在大坝竣工前半月，双配事情，大致告成。

九月里刚过重阳节，夫人调来百里龙王荡各队各乡的所有媒婆四十多人，分别和她们一一约见，把计划中一百对的嫁接新婚的事，交给这些媒婆。配成两对，乡团赏银五两，婚礼上挂红花，吃酒席，授予信用好媒婆光荣称号。配成三对的，赏纹银六两，授龙王荡银牌媒婆称号。配成四对以上，赏纹银十两，授龙王荡金牌媒婆称号。金牌媒婆，享受特殊待遇，可跨越龙王荡南北二十队、二十乡说媒，不受过去地域限制，可通吃嫁娶两家银两。现成的双配对象，丰厚的报酬，吸引着大小媒婆，像饿狼看到一块鲜美的羊肉一样，不顾一切地扑上去。

夫人把她们的职业潜能，一下子挖出来。媒婆们兴奋不已，如一股洪流，骤然喷发。好比吃饱了的雄鹰发现蛇也毫不迟疑地猛抓起来的感觉。天性无可遏制。

孔先生女儿新寡，夫人早有耳闻，她私下约南头队最有名气的秦媒婆秦芸芸，浑名小老妈，让她去攻关，拿下孔老夫子。这日，秦媒婆应夫人约，在海堤大工棚里，和夫人见面。打扮得俏呱呱的小老妈，穿半截单层红花袄，绣锦领子，金丝梅花袖口。青色薄棉背心，外套紫色套裙。一双红绣鞋，坡跟子，鞋帮上绣青色荷叶和粉色莲花。脚不大不小，很适中。这脚，无疑曾经裹过，但不彻底，可能是半途而废吧！幸亏半途而废，不然她也做不了媒婆嘴勤快腿也勤快的这职业。

秦媒婆张嘴一脸笑，说话很好听，看上去很喜庆的样子。三十岁上下，身材细条。秀丽长发，从后面叠起，两边挽起蓬松的弧形弯，遮盖住半边耳朵。圆脸，眼睛不大不小，双眼箍，有情有神。长鼻梁，鼻头圆润，微翘。小鼻翼，如面捏一样匀称。上唇薄，下唇厚，两颗犬齿上，包着两枚金灿灿的小金牙，微笑必露。包金不是牙有问题，关键是显得高贵、富丽、俊秀。稍微带点俗，就是这点俗，表明她接地气，是正宗的职业媒婆。她言语不多，声音不大。许多话，是用眼睛说的。每一句，都能锁定要害，让人有充分的信任感。对这样的媒婆，夫人不说废话，只强调几点："……秦媒婆，不是俺一定要敦促你，是马是骡子，牵出来遛遛才知道，你可不能只会吹牛，不会吹竽吧。这次让你在龙王荡里施展拳脚，英雄有用武之地了。小腿勤一些，行动快一些，脑子灵一些，嘴巴再甜一些，办法再多一些，尽快物色人家，找个识字的，人嘛，要瓷实。家境嘛，宽绰殷实些。最好是读完四书五经的小伙子。孔先生女儿读完四书五经。如此，男女之间，好沟通。"小老妈露出两颗亮闪闪的金牙，伸出细细嫩嫩纤指右手，放在自己胸前，以发誓姿势，轻声对夫人说："请夫人放心，您高看俺一眼，俺识抬举，不敢辜负您。三天，给您回话。"夫人说："回不回话，不重要，俺只要成功的结果！"

小老妈起身告辞。屁股小幅扭动，走出工棚，上了毛驴，出了海堤外的官道。尽管西北风凉飕飕，阳光却十分灿烂，照得小老妈的心，亮堂堂，暖和和的。小老妈已经感受到金牌媒婆的荣耀和光彩，感受到金牌所带来的万众瞩目，和丰厚银子的收益，吃香喝辣的快乐。心中无限畅快，嗓子里哼起自由唱的小调。天进秋月，人沐春风。

十四五岁的脚夫男娃，牵驴在前边走。驴背一条小红花棉褥子，权当驴鞍子。小老妈双腿拉开，骑上驴背。黑色的大叫驴，倒有抱团取暖的感觉，周身渐渐温热起来。走几步，后腿裆贴着肚皮外，伸出黑黢黢的胺子。双眼箍子黑驴眼，时不时转过头，含情脉脉，又色眯眯，偷看小老妈花裙子里伸出的两条细溜溜肉腿。驴嘴丫里，不停流出透明的黏液。小老妈骑驴背上，丝毫没察觉出驴的爱意。她寻思，让孔家人就范，不是件容易事。这家人，皆知书识理，视礼法如生命。寡妇再嫁，在他们眼里，伤风败俗，万万不会轻易答应。提亲这事不能直截了当，不然，提亲不成，被人家打折腿的可能性也是有的。但是，这事若办不成，丢人不打紧，夫人面前，咋交代？媒婆这碗饭，别想再吃了。咋办呢？至少要使出四条连环计：暗度陈仓、瞒天过海、悲情苦肉、围魏救赵。对付一般寡妇人家，只需瞒天过海一计必成。这孔家，有这个老学究在，难度增加多倍，少不了要斗法。

二人一驴，一牵一骑，行至孔先生家所在兴仁庄南侧，在打谷场边上停驴。他们打听到了孔家具体位置。小老妈手指前方，对脚夫娃说："娃，那里就是孔家。你去，到他家，找到孔小姐。这个时辰，估摸着，只有母女俩人在家。你找到孔小姐对她说：孔家小姐，你婆家婶，在庄南谷场。让俺来请你去，她有重要话和你说，急哩！就现在，俺带你去。她一定会跟你来。别的话，别说。她若问你啥话，你回答，不晓得，懂吗？""俺懂，您放心！"话音刚落，转头去了。

这脚夫娃无父无母，人机灵，十岁那年就跟秦媒婆牵驴，走遍百里龙王荡。如今四五年了，他和秦媒婆结下深厚的情谊，配合相当默契。平日里秦媒婆挤挤眼，抹抹耳朵，噘噘嘴，或者一个手势，一声咳嗽，一个假打的喷嚏，娃心领神会，定把她的事情办得妥妥的。秦媒婆欢喜他，他依赖她。

小老妈开始实施连环计的第一计，暗度陈仓。二十岁死了男人的娇女子，春心最易荡漾。更何况，识字有学问的女人，骚情藏在内心，只需拨动一下，心中必痒痒难忍。年纪轻轻的死了男人，绝非死了心。三句暖心窝的话一出口，巧妙地说些男女云雨之事，传达些床笫之欢，保定撩起她心中饥渴，干柴欲燃，欲火升腾，夹紧两腿。

一杯茶的工夫，脚夫娃引孔小姐，向村南晒谷场，大草垛外大槐树下走来。冬日大槐落叶，枝臂耸入云霄，细枝繁密。高枝间，在三根相似的杈上，有三个笆斗大的喜鹊窝。窝里窝外，上枝下枝，喜鹊的祖孙三代，老老小小，七八十只，散落在大树冠上，"喳喳喳"，鸣叫嬉逐。小老妈心中喜滋滋的。这么多的喜鹊，热热闹闹，当然是好兆头。祥光映宅第，喜鹊登枝头，佳音处处，正是良缘燕尔时。今日，俺要让这寡妇小娘子，杏花含雨，呦鹿鸣涧。莺声燕语，心淫情荡。乖乖地跟俺的思路，很快地亢奋起来。让她如饥似渴，让她心花怒放，让她体下酥麻。迎来希望，血脉偾张，享受裤裆里，潮湿潜流欲滴黏滑的滋味。

到槐树下，脚夫娃从驴背上取下棉褥子，铺在树下碾盘上。就在取下驴背棉褥时，黑叫驴感觉被扒下一层棉衣，一股凉气袭来，背上凉飕飕，很不适。驴生气地左右摇晃脑袋，驴脸不屑，打了两个响鼻子，瞪圆带血丝的驴眼，喉咙里哼哼叽叽几声，表示严重不愉快。两条后腿，"噔噔噔噔"，原地踏步发出抗议举动，刷存在感。此刻，它警告脚夫娃，别欺驴太甚，再激怒俺，俺会尥蹶子，耍狠踢后腿。

脚夫娃早看出这家伙要发驴脾气。抱住驴头，轻轻地摸了摸不屑的驴脸。又抓了草垛上豆稭,送到它的嘴边,驴感受到被重视,点了点头。翻开上驴唇,笑眯眯露出一排洁白的驴牙和粉红色的驴牙花子,表示和好。

小老妈眼见这美人坯子,虽然清瘦、憔悴一些,而美人的韵味和内质无法掩饰,比三年前更为丰富、娴静、娇淑。秀色空绝世,馨香为谁传。瓠犀发皓齿,双蛾颦翠眉。红脸如井莲,素肤若凝脂。常矜绝代,复恃倾城。孔小姐婆家隔壁二婶独子的媳妇,是小老妈牵的线,搭的桥。孔小姐与小老妈曾有过一面之缘。孔小姐一眼认出秦媒婆,此地并无别人,便猜出几分了,冷静地轻轻地低头叫一声"秦妈妈"之后,便是沉默不语。玉容寂寞,梨花带雨。忍泪低面,含羞敛眉。满腹的悲叹伤心,满腹委屈憋闷,不知该如何说起!

孔小姐在忧伤悲切颜面掩饰下,心下暗想,幸亏天底下,自古以来,就有秦妈妈这样一伙人,此时此刻,能贴心说话。这当口秦妈妈仿佛比亲妈妈还亲。秦妈妈就是一场及时雨,来得正是时候,俺的心底快枯涸了,俺好想你呀!孔小姐顿觉阳光真温暖,明媚又灿烂。心怦怦乱跳,小鹿乱撞,脸蛋蛋不自主地红起来。

喜鹊"喳喳喳"叫得一浪高过一浪,声音比唱歌还要清脆、宛转悠扬。她的心思,像阳光下熟透了的杏子,发出金黄色而丝丝清透的香味。心境像平静的湖面,荡起一朵小小涟漪,疏散细细密密的波纹,向四周慢慢漾开。温和的阳光,舔舐着仿佛发霉的心房,更如清风入林,朝雾氤氲。有并蒂欲语,青竹萧萧,清丽莹莹,玉鉴琼田三万顷,悠然心会,妙处难与君说的感觉。不知今夕何夕,诸虑俱忘。

小老妈瞧着孔小姐表面上忧伤,实则内心欢喜的状态,灵机一动,也装出十分疼爱、万分悯惜的表情,快步上前,双方眼神交换了意图,没说话。

小老妈紧紧搂住孔小姐的腰。孔小姐甜甜的心尖,仿佛被剑器刺痛的感觉,搂着秦妈妈脖子,顿生万分悲痛,伏在小老妈的怀里,无声地叙述,没有男人的日子,新寡难熬的滋味,不是常人能理解和忍受的。孔小姐后背抖动几下,心中又涌起一波一波的凄迷哀怨。譬如朝露,去日苦多的清愁;青青子衿,忧忧我心的渴望与思念;但为君故,沉吟至今的向往和忧伤；还有悲从中来，不可断绝的缠绵与悱恻。她抽抽噎噎地啜泣。虽然不是昏天黑地、惊天动地、呼天抢地、感天动地的那种号啕呼啸，可是，这种无声的泣噎，真正发自深心，发自肺腑，比那种号啕呼啸，更痛切、更惨绝。

小老妈见机，轻轻拍着孔小姐的后背。心想，这识字的女娃，连哭姿都比村野悍妇更有型。极度悲痛而不能痛快哭泣，凄惨地往人心里钻，太让人痛彻心扉了。她悲悯地说："好闺女，委屈你了，秦妈妈来迟了。秦妈妈理解你，年纪轻轻的娃，这细腻白皙的身子，娇嫩洁白的面庞，这青云般的秀发。嗨！秦妈妈不识几个字，不会说话，说错了，乖闺女，莫要笑话俺粗鲁。正是青春年华，情韵荡漾时，没个男人，天天睡上几遍，咋能熬得住啊！秦妈妈是过来的人，当然谙悉男女交媾的乐趣。乖闺女，委屈你就哭出来，憋在心里多难啦！放心吧，一切皆由秦妈妈替你周全。"

孔小姐之前的一切表现，就是想博得他人同情。目的，是为了合理再嫁，毫不隐讳。听了小老妈的话，她渐渐地恢复常态说："秦妈妈有所不知，家父乃儒学大师，一生守住礼教，视传统旧习如生命，俺若再嫁，有悖俺们龙王荡风俗。龙王荡近三万人，一人一口唾沫，就把俺淹死了。俺父亲的脸，往哪搁啦！女人死是小事，再嫁无门，更何况像俺这样的家庭！秦妈妈对俺好，替俺作想，俺不胜感激。俺就是不忍心俺大大受折磨。"

小老妈觉得，首先要孔小姐坚定坚决起来，无一丝一毫的回旋余地，抓住这头，再乱的丝线，俺也能把它理清喽！其他所有的麻烦，那都不是麻烦。她问孔小姐："闺女呀！关键看你的态度。其他人，你莫愁，包在俺身上。俺让孔先生完完全全支持他闺女再嫁，你就放一百个心吧！"孔小姐听秦妈妈说，能让父亲赞成并支持她再嫁，她选择了相信。她确信秦妈妈在提亲说媒这件事上，无所不能。她低声对小老妈说："拜托秦妈妈，有劳您的周全，小女子今生今世，不敢忘记妈妈的恩露。"

暗度陈仓之计，已擒获孔小姐激动内心。小老妈顺利实施第二计，瞒天过海。她对孔小姐说："闺女，再嫁所面临的关关隘隘，有多少艰难险阻，你知道吗？不仅仅是你父母的关，还有龙王荡的老学究们，传统铁打的旧风俗。你的心要铁定了。刀山火海，天大罪过，由俺秦妈妈一人担当。可怜的闺女，你弱不经风的娇肩，安能承担世间众口铄金的压力嘛！不能，也没必要！"几句话，说得孔小姐又抽噎起来。小老妈继续说："闺女，坚强些，你现在回家，把自己想法，告诉你亲娘。你娘不会立马答应你，她不敢做主。你哩！顺坡下驴，倒在床上，不吃不喝，怨死怨活。然后，以泪洗面，悲怆地诉哀情。总之，尽量展示凄凉、孤寂、冷清和哀怨，摆出彻骨之痛的样子，狠狠戳痛你娘的心。人心都是肉做的，知道吗？天底下最硬和最软的东西是啥吗？是人心，相信你老娘的心，是最软的那颗。俺俩说定了，你回家去，先瞒你老娘，一切装着没发生过。"小老妈斜仰起头，右手放额前，掩住阳光看一眼太阳，接着说："现在差不多上午巳时三刻。下午未时，俺去你家，找你老娘，说道说道！"

小老妈在实施瞒天过海计策同时，部署了苦肉计。孔小姐低头应答："秦妈妈，莲歌儿心领了。俺这就回，您可早点来哟！"

孔小姐走后，南谷场只有脚夫、小老妈、黑叫驴三位。喜鹊们早已不知去向，寻食去了。每逢此时，脚夫娃第一时间，把主子安顿休息。他从草垛上，扯来两抱的麦穰，铺在草垛迎着阳光的背风处。先让小老妈倚在草垛下歇息。脚夫赶紧跑到谷场外的水塘边上，打了半木桶的清水，给黑驴饮了水，让黑驴继续嚼食还算可口的豆穰。有吃有喝，只是嘴巴和肚皮的满足。驴也有驴想法，如果精神上，能得一次满足，便是两全了。秋末冬初的晒谷场，无粮事，也无农事，离村庄足有一里路的距离，没有人畜来往。除了周围堆满各式高矮大小不等的草垛，外围远远近近，到处伫立脱了叶子，摇晃着白头翁一样毛蔫花的枯苇。脚夫娃生起豆秸火。豆秸火，比麦穰火有劲。火头没有麦穰火头冒得高，但其火力绝对强悍。他把早上出来前准备好的土陶罐里的开水，放在火边烤。他解下驴褡裢，从中掏出一个蓝布口袋，解开扎在袋口上的细麻绳，两手抻了抻揪皱的袋口。从口袋里，摸出裹了好几层的干净的白布包。他很细心，使手背在布包表面试了试，只觉还是热乎的。他又从褡裢里摸出一个蓝花碗。蹲下，把蓝花碗夹在两大腿间，搬起土陶罐，倒了少许热水,简单地荡一荡碗内壁。一来清洗灰尘,二来给凉碗加加温。他把水泼在地上。再倒上大半碗热水。热乎乎的碗,热乎乎的水,温手,也温心。他把水,递给了小老妈。又从已经试过的布包裹里,抽出两张热腾腾的黄白相间的鸡蛋饼。油津津、亮闪闪,软绵绵,柔韧、喷香!送到小老妈面前。小老妈笑盈盈地接过热水热饼,又朝他身上扫视两眼,仿佛想说啥,又没说。脚夫娃自己也用黑窑碗,倒了满满一碗水。从布口袋里,拽出两张没涂鸡蛋、一涝烙的小麦糊糊饼,一棵大葱段,几瓣去皮的大蒜,三个红辣椒干子,裹在饼里,两手使劲勒了勒,使松软的糊糊饼,变得结实坚硬起来,似乎这种吃法更过瘾。张开大嘴巴,后槽牙咬住一端,歪着脑袋,两手抓饼另一端,使劲一咬一拽,就"叭叭叭叭吱哑吱哑"地连吃带喝。只见他的脖子伸缩了几回,两块糊糊饼和卷裹的其他干物质,吃完了,一碗水,也喝干了。

　　黑叫驴背上的褥子现在铺在小老妈屁股下,驴褡裢也取下了,驴觉一身轻松,吃饱喝足,原地打两个滚,站起来,贴着草垛,眯起长睫毛的驴眼,不停掀动驴嘴唇,做出亲吻动作。显而易见,这驴正在做它熟睡中的美梦。站着睡觉,是黑叫驴的常态。

　　小老妈用男女之事,撩得孔小姐春心荡漾,爱海生波。也弄得自己如沐春风,淫情躁动,欲罢不能。底下那眼温泉,热烘热烘地溢出许多清流来。孔小姐走后,小老妈的心反而空落落的。她吃了一块巴掌大鸡蛋薄饼,喝两小口水,觉得无滋无味。浑身潮热,缠绵的眼神,闪动着说不清的缱绻和迷离。她搞不清自己为啥春潮涌起,她摸了摸自己的乳房,下面那部位丝丝痒痒,扤也不是,抓也不是。她声音呢喃,又带一点嗲气地对脚夫娃说:"乖娃,过来,姐吃不下。你把这饼、这水,吃了,喝了。还热乎呢!来,趁热,冷了,腥!"脚夫娃有点犹豫。往日,也有过类似的情节,但绝对没有像今天这样亲切。过去,她让俺叫姨、叫妈,今天她让俺叫姐。过去说话口气,有些喝驴的感觉,今天的声音咋如此柔和、娇媚、轻飘飘,有抓心撩胸的感觉。真让俺,摸不清。不要多想,俺就是一牵驴的。俺只是比驴会说话,仅此而已!脚夫娃伸手接她手里的饼,就这当口,她拽住他的袖口:"来,姐姐冷,你靠靠俺,男娃身上一团火!""哦!您冷?俺给您再生一把火?"脚夫娃疑惑,季节没入冬,不至于很冷耶!难道她身子不适?"不用的,你靠靠俺就成,柴火,太硌人!"她坚持要他靠,他唯命是从。自己只是一头会说话的驴,无条件服从,他靠了她。她顺势搂住他的头问:"娃,今年十几啦?""十五。""找个媳妇,能结婚了!""俺不要媳妇,俺跟着您!""傻娃,俺又不是你媳妇!你可知道,媳妇是干啥的吗?""生娃!""咋生娃呀!""不知道!""那姐姐教你,你愿意吗?""愿意,您教俺,一千个愿意!"

俩人倚靠在草垛下,她爱抚地摸了摸他的头发、眼睛、鼻子,她的手停在他的上唇边,挑逗地说:"哎呀!娃真的长大了,小绒毛胡子茸抖抖的。"她纤细白嫩的手指,凉溜溜地摸了他的唇。往下滑,滑到他的脖子上,摸了摸硬挺笔直的脖子说:"啊哈!这喉结,凸出了,真是个帅气的大男人。"然后紧紧搂住他的头,让他的头,深深藏在她的胸口。她哼哼叽叽,半张开嘴巴,半闭起眼睛,咬他的耳朵,舔他的脖子。

脚夫娃跟了她四五年,还第一次如此靠近她,他懵懵懂懂,没经历过男女之事。只以为,小老妈今天表示对他的喜爱,让他往后倍加热心真诚地为她办事。他想,俺跟着她风里来雨里去,俺本来就是她的,任凭她如何对待俺,都不算过分,她就是让俺去死,俺也绝不违拗。心里这样想,鼻间嗅到她身上一股特殊气味,仿佛淡淡的胭脂香、幽幽的檀香。也许都不是,他本来分不清胭脂味,或檀香味。总之,闻起来,很舒朗,很神清气爽。这种莫名的香,让他皮肤燥热,喉头发干,浑身血管膨胀。可是,有一个奇妙的地方,渐渐坚硬起来。她舔他唇,他觉得她的舌头软软的,湿润黏滑,甜丝丝的,他喜欢她舌上的甘露。她进而舔他的胸。她也第一次发现,这娃儿,竟有常人没有的黑乎乎的胸毛,她用嘴捋他的胸毛。用手轻轻地搓,轻轻地揉。纤细的、凉溜溜的手指,如一条水蛇,滑到他的肚脐下。她感觉到,他的肚脐向下,如燃烧的一盆木炭,滚烫。她转身,扒下自己的裤,揭开上身衣裳,露出一双白白细细的、发酵的白面馍,馍顶镶嵌一颗圆润的红樱桃,水生生,亮晶晶的。她娴熟地解下他的腰带,顺手一拉,他的裤子滑落到脚脖上。她说:"脱掉裤子,你骑俺。"他照办了。她挺起胸,两只发酵的白馍,跳跃着、晃动着,多么想急切地试一试。她想要风雨如磐的感觉。又想,这娃第一回搞女人,没啥经验。毛手毛脚,未必会有地动山摇的效果。她对他说:"娃,来!衔住俺的乳头,用力吸,亲俺的嘴,咂俺的舌。"脚夫娃听她的话,吻她的嘴,咂她的舌,贪婪地吸食她的涎液时,身体滑落,伏在她的胸上,那条仿佛被烈火烧得通红的铁杵子,棒槌般插进她导引的深潭。他觉得自己死了,全身心只集合在一个点上,而那个点,又向全身散发传递一种无可名状的飘逸和舒爽。他的灵魂,仿佛沐浴在温和的海洋里。他想把整个身体,都浸沐在那无底的温潭之中,彻底地溶化掉。

他的天灵盖里,有几股热流,从后脑勺,从脊梁骨里,从浑身经络间,从每一根头发梢上,每一个指甲中,每颗牙齿缝里,丝丝地流向铁杵的根部。他抿紧嘴唇,紧皱眉头,颧骨上肌肉不停抖动,眼睛瞪得像驴屎蛋。从他表情上,看不出他是在极其痛苦之中,还是在享受极度幸福之中。他咬紧牙关,在慌忙中胡捣乱搅,他憋住一口气,仿佛身体在嗞嗞地燃烧,浑身在燃烧中收缩、抽搐、颤动。她半闭着眼睛,两手死死攥紧被褥边角,拼命撕扯,牙齿咬住脚夫的肩臂上肌肉。两条不算精细的肉腿,敞开门户,最大限度地显出那片草塘,随着脚夫的翻、耕、抽、插、别、搅,她一次一次地抖动,她忍不住,将水塘底下的清流反射出来。脚夫铁杵根部,膨胀欲裂,所有的洪流,壅堵在铁杵的坝口。随着脚夫娃顽强拼命的最后一搏,使出浑身解数和吃奶的力气,把坝口摧毁,堰坝崩塌,激流狂奔,喷射式冲向潭底。她迎来狂流瞬间,一声似哭如笑的大叫,热泪纷飞而出。脚夫娃觉得自己尽力了,且情不自禁。良心上,对得起胸下的老妈、姨、姐姐。他在喘息中魂飞魄散,轻轻地说:"姐,俺死了!"像一块死肉,彻底松弛地伏在她身上。她拍了拍脚夫娃的屁蛋子说:"别动,就这样,别离开,歇息一下,等一会,俺们再死一次!"脚夫娃喃喃地说:"中,若能天天像这样子死,那该多好哦!死!真的如此奇妙吗?"小老妈和脚夫娃,半个时辰中死了三回。她没让他离开,伏在她胸上,二人迷糊地睡着了。

午时三刻,黑叫驴一觉醒来,瞧见如此不雅情景,气愤极了,仰天长啸。它挣脱驴绳,来到二人身边,一低头把脚夫蹶翻在地。

黑驴想,世风日下,人心不古。光天化日之下,若是俺大叫驴做这种事，倒不奇怪。你们是人哎，人做这事，都是在晚里，熄了灯做的。只有俺大叫驴，是白天做这事。人，咋能在草垛下，当着俺驴面，做这种驴狗不如的事呢？真是人面驴心。

　　脚夫娃被大叫驴掀下那依依不舍的仙胸，一时不知所措，仿佛真的从死亡中醒来。他揉了揉眼，招回魂灵，才明白曾经发生的事情。连忙满地找裤子，穿衣裳，身上已经凉透了。小老妈也惺忪地伸了个懒腰，满足地坐起，整理袄裙，放下散乱沾着麦穰的头发，取下钗簪和鬏网。从手包里拿出小铜镜，桃木梳，胭脂粉盒，重新梳妆打扮一番，不一会工夫，又是一副俊俏鲜丽的全新模样。脚夫娃抬头一看，心又怦怦怦地跳得激烈，哎哟！实在太好看了，俺不知是哪辈子修的福。就死，也值。他还想……

　　下午，小老妈到孔家小院门前，并未急着进院，而是绕着篱笆墙，前后左右，转了一圈。院子里有三间堂屋，两间东屋，两间西屋。半截子芦苇，使苘绳勒成的芦柴把子，接东西南屋山墙，围成篱笆墙。东边篱笆墙外，有三垄园地，植三行不同品类的菊花。正是花开季节，千姿百态，色泽艳丽，深秋独放。雏菊，小巧玲珑，娇妍可爱。花色多样，有白色、粉色、蓝色、黄色。墨菊，色颜浓黑，大花朵型，花瓣重叠分布。黑得厚重，黑得峻拔，黑得沉静。白晶菊，纯白皎洁，炫白艳丽，清幽淡雅，高贵绝尘。黄菊似金，红菊如火，粉菊像朝霞，绿菊犹如翡翠，雪青仿佛织锦，泥金九连环，紫菊瑞气拱彩虹，灵芝菊氲接碧云。朵朵盛开，五色缤纷。三垄鲜艳绚丽娇绝的菊园，看得出主人赋予极大的精力和精细的功夫。足见主人的非凡品味、傲然不群的义气、不畏秋冷霜凌的精神，和高雅不俗的风格。

　　小老妈识字不多，倒是学了一点欣赏，半附庸半风雅，口中念念有词：问篱边黄菊，知为谁开。携壶酌流霞，搴菊泛寒荣。芳华绝世，神圣脱俗的鲜菊，一朵挨着一朵。鲜艳、亮丽且挺拔。花瓣泽润如玉，轻若纱，白似绢，黄像绸缎，红如绫。色形多变，展露芳颜，千姿百态，生动传神。枝枝绽放，迎风而立，体态婆娑，玲珑而俊秀。清婉神奇，微风中翩翩起舞。层层叠叠，相互簇拥。千种风情，万种神韵。幽香飘飘，沁人心脾，牵人心魂。小老妈喜欢牡丹、芍药、玫瑰、梅呀、莲呀，也喜欢菊。她是见花就爱的那类女人，今见如此绝色姿容的菊花，看得心醉。她没忘记神圣使命，无心细细赏花，拔腿去西边篱笆墙外。

孔家院子，宽长见方，东西篱笆一样长。一眼看去，西墙外，更是触目见琳琅珠玉。三垄地，四畦小菜园，品类多样。春初早韭，秋末晚菘，瓜果蔬匏，应有尽有。枝头不高，丛丛簇簇的辣椒，尽管叶子全部脱落，而密密麻麻的小辣椒，红红绿绿，挤满枝间。一串串尖角向上的朝天椒，像绽开尖瓣儿的红花。一簇簇的圆椒，红的、绿的、红绿相间的，嘟嘟噜噜，像悬坠在一起的小灯笼。两场霜之后，秋花生的藤蔫了、枯了。刚被拔出不久的花生果，在阳光下曝晒。面积只有一张芦席大的花生地，每一茆子上，都像千万个胖娃娃叮住母亲的乳头一样。一串串、一束束、一头头、一颗颗、一堆堆，挤在一起。粗粗壮壮，圆圆滚滚，憨态可掬，形态各异，惹人喜爱。挨着墙脚，几棵南瓜，无序地长蔓，藤萝交错，瓜叶早已枯了，只有生满白毛针刺的藤子，深须扎在土壤里，青郁郁趴在地上。每根藤上，连着几颗已晒红了的、佝偻着腰背的红南瓜，像一窝金红的卧狗，圈在一起，歪歪斜斜地躺在瓜藤间，睡得正酣。丝瓜的季节，早过去了。一小畦丝瓜架子的遗迹，完好无缺，枯死的瓜蔓，还吊坠几条枯黄的老丝瓜，其中两条黄中发黑，表皮开裂，露出细细密密的丝瓜瓤。不用怀疑，这是主家有意留下，做籽种的。还有一小畦的秋菘和青萝卜，是为冬天储备的。一棵一棵白菘，包裹着头，卷起帮，护着心，水灵灵，鲜活活，仿佛还沾着露珠。处暑之后种下的萝卜，青的、白的、红的。翠绿翠绿的萝卜缨子，遮挡软土里的萝卜。拔起来，圆圆滚滚，结结实实，细皮娇嫩，像胖墩墩的娃娃。这三垄四畦的小菜园，打理得多姿多彩，品类繁多。丰富充裕，生机勃勃。

东西园的植物布局和生长状态，充分表明了这家主人的品位、智慧、勤劳和朴实。是一个明是非，讲道理，耕读两全，忠信仁义之家。

小老妈心中有数了。她在篱笆外扫视院里动静。迎面堂屋南墙脚下，停一辆人力平板车和一辆独轮架子车。西屋墙上，吊两条大蒜辫子，尺把长大蒜梃，连接白色大坨蒜，编成四花瓣子。两串子红辣椒，这是从枯枝上摘下不久的辣椒，用大针细线串起来，边晒边食。屋檐下，两排绳网上，挂着黄灿灿的稻槌子。东屋门前，是一张半新的铁木犁，犁梢上卧一条耕地用的大鞭子，犁铧尖利闪亮。挨着犁，一把耩子，两副戽水斗子。这就是孔先生家。主要成员是孔先生、婆娘、莲歌儿。还有一个四十左右，常年住家的女佣；家里五十亩田地，雇用一个三十六七岁季节性短工，农忙时过来忙，农闲时回自己的家，捞鱼摸虾。

在篱笆院门前，小老妈清楚看到，院里的孔家老娘，坐在一张小机凳上。面前是一张小圆桌，桌上放一簸箕，簸箕里几个稻槌，她在剥稻粒子，低头流泪。此刻，她的心情，和女儿的心情，是一样悲痛，一样哀戚、凄惨！真是一片秋至明月，风伤白露；寒霜覆林，衰柳依依；玉惨花愁，残荷凋零的情境。过一会，她从袖口里，摸出揉皱了的粗布手帕，在眼窝里抹泪。小老妈看在眼里，知道她的暗度陈仓、瞒天过海和苦肉连环计，效果显现了。现在现身，正是时候。

小老妈徘徊院门前，轻清嗓门，娇咳两声。推开虚掩的院门，半身门里，半身门外，礼貌搭讪："请问姐姐，这是孔先生家吗？"孔家老娘忽听有人问话，抬头见来人，身穿亮丽秀洁袄裙，端庄、大方、不俗，似大家贵妇。说话前，眉清目秀，说话时声音清透，明眸皓齿。仪态沉稳，风度翩翩的样子，更添几分高贵、文雅。巧笑婉倩，美目顾盼。一眼瞧见，芙蓉不足催人妆，水殿风来珠翠香，让人信任和感佩。孔家寂静无声的院子，有了点活络气息。孔家娘忙放下手中稻槌，拍了拍手，又掸去外衣上的灰尘，起身应答："这里正是孔家小院。不知贵客何方人，来孔家小院，有何贵干。"孔家娘年轻时读过书，又受孔先生影响，善良仁厚，对来客很热情。小老妈将挡在门外半边身，挪进门内。抬起莲步，向孔家娘走来。到孔家娘面前，没等说话先有情，带着像含苞欲放花朵般面容，笑盈盈地启动朱唇："姐姐，俺乃龙王口人也，自南头队来，路经此地，走累了口干，欲讨碗水喝！"小老妈觉得，一场对方不明真相的智斗，正式拉开帷幔。

孔家娘连忙应承："哦！原是这样的！有有有水，俺即去倒水！"孔家娘转身，小脚点地，边走边摇晃身体，匆匆去正堂屋里。转脸提壶、端瓷杯，小脚又点点、身体又摇晃，跨过难度不低的木板门槛，到小桌前，小心地把茶具放在桌上。小脚又点点回室内，累累巴巴，搬出一张紫檀红木椅，几乎磕磕绊绊，踉踉跄跄。

小老妈见状，抬起小碎步子跑过去，接住孔家娘手里椅子说："姐姐，姐姐，折煞妹妹了，咋能让你破费又劳碌！"小老妈放下椅子，攘孔家娘坐下说话："姐姐，您坐这大椅子，舒适，俺坐小凳子。"孔家娘不答应，说："这哪里是待客之礼呀！您先坐下，俺们姊妹俩说说话，老姐俺快憋死了。您坐下，俺倒水，慢慢喝，不着急，水有点烫。"小老妈想，哪有闲心喝水。是的，不能着急。坐，一定得坐，不是一盏茶的工夫就能办妥的事。眼前，话，该从何说起，先拉家常？从拉家常开始？好吧！她说："姐姐，俺唐突，叫您姐姐，您没生气，俺高攀了！姐，贵庚？俺估计您四十多吧！""唉！五十有二唉！""几个娃呀？""唉！时乖运蹇，造化弄人。俺命同黄连，境如苦楝。日日战战兢兢，如临深渊，如履薄冰。老先生在德庆书院，俺母女两人，相顾无言，惟有泪千行！一生，而立之年，才育得一女，再无后发。现如今，度日如年！"小老妈见对方不掩不饰，见面便敞开心扉。她私下窥得孔家娘的心境，还耻笑孔家娘没城府，没心机，刚见陌生人就言心声，也太肤浅了吧！她心中得意，不兜圈子，不绕弯，一针见血，再戳痛她的软肋，说："姐姐，俺在门外，见您在抹泪，嘤泣，莫非——您有心事？或家中有不顺的事？"小老妈掌握话语权，她顺势转了话锋，上了正题。

多少天来，孔家娘心里憋得慌，如塞上一团棉花，透不过气，正待把心里创伤、不幸遭遇和被悲伤、哀愁弄乱的情绪发泄出来，以缓解和消除压抑。她对小老妈说："妹妹呀！唉！提起来，话长呀！"她似乎不太想再触及内心痛处，用自己的哀伤，博得别人挤几滴同情的眼泪。俺勤劳、善良、质朴，但俺亦坚强，并不愚昧、懦弱。似乎谁也没有践踏俺、迫害俺、愚弄俺、鄙视俺。俺的闺女，为啥不能重新回到常人的生活中来，她不应当是婚姻的受害者、家庭的牺牲品、死者的殉葬物。可是，她现在是！想着想着，眼泪又唰唰地流下来。

小老妈见孔家娘并未按她的思路说闺女的事，有点急了。哦！眼下这女人，不是想象中容易对付的。于是装出让孔家娘觉察不出的卑躬奴颜，阿谀诌媚，乐于帮助她排忧解难的样子说："老姐呀，若不见外，您说说心事,看俺能不能帮您!""噢,俺的娃,命运不济。断无蜂蝶慕幽香,红衣脱尽芳心苦。俺娃结婚三年,没得生育子嗣。短命丈夫活着时,也不是那种病恹恹的样子。说死就断气,撒手走了。俺的娃,相思树底说相思,思郎恨郎郎不知。"孔家娘说着说着,止不住眼泪、鼻涕在唇边混合,再无法抑制。小老妈站起来,使自己香喷喷的手帕,捧着孔家娘的脸,替她拭泪,视如亲姊妹一般。心想,孔小姐的苦肉计,使得太过逼真,以致老娘亦痛不堪言,似乎活着也没啥兴致,心如死灰,生无可恋。

孔家娘继而说:"可怜的娃,死了丈夫,婆家还能待吗?年纪轻轻的,才二十岁出点头。心念旧恩,悲痛绵绵,不可断绝。今天,像着了魔,上午出去,转一圈回来,一头倒在床上,要死要活。中午饭一口汤滴也没下。茶不思,饭不想,这样下去,俺的娃,必没命。娃若没命,俺活着还有啥意味。唉!一双苦命鸳鸯难合。男人死了,不能复生,哭得死去活来,折磨自己。神仙亦无回天之力,死了!死了!不能了,也得了,现实是残酷的。苍天无情何悯人啊!咋开导她,也没用!"

小老妈也同情地挤了两滴眼泪,说:"姐姐呀,老天无情,幽恨难禁。惆怅旧欢如梦,觉来无处追寻。开导娃,也应该讲究个方法。娃的眼里,萧条秋天已坍塌,黄叶满地凋落,天不下雨却又黑暗阴沉。她的心已经破碎,情绪忧郁恨意幽幽。您说死人不能复生,这样的话不是火上浇油吗?她越是念想自己男人活着的时候,女人那美妙的滋味,而您越说死人不能复生。那么,好了,她一根筋,跟自己男人去了,一了百了。您不是在逼娃走上绝路吗?"孔家娘仔细听了小老妈的话,似乎有些道理:"哎呀!俺没想到这一层。是呀,这么多天,俺一直这样劝,越劝越糟。俺真是死脑筋,咋不换个思路劝?俺的书,读进猪肚了!"

小老妈步步紧逼道:"姐呀!换思路,换思路。"孔家娘犯愁地问:"是呀,换啥思路能对症,请您告诉俺!"小老妈内心自鸣得意。聪明人自己创造机会,比等到的机会多。机会只垂青有准备的头脑。话语要跟进,她紧接着说:"姐呀,您是读过书的人。这样说吧,当您为错过太阳而流泪,您将错过群星。机会来时,就如闪电,全靠您不假思索地利用,赴机在速。您的娃,在给您机会,您咋就不抓呢!"孔家娘一脸疑惑，蒙圈了。眼神凝滞地看着小老妈，眼角露出乞求的期待，讨好地说："妹妹呀，请您说得明白些，具体些。"

小老妈低头不语，黑眼仁子叽里咕噜转动几下了，抬头说："姐呀！俺和您说句私房话，不过口，不出门，您也别生气，不然，俺就不说了。"

孔家娘猜出了几分，还是果断地摆摆手说："妹妹，您但说无妨，俺不生气，不生气。您能救俺闺女，俺给您做牛做马，俺愿意！俺娃，是俺的心头的肉，若有三长两短，俺也不活了！"小老妈抓住时机，趁热打铁，一鼓作气，事不宜迟地说："姐姐，俺问您，您家小姐，假如她不悲不愁不叹息，不哭泣，如正常人一样过日月，您难道就忍心，这二十出头的娃，在家活守寡一辈子吗？你们做父母的，百年以后，娃咋办？您告诉俺！""俺不知道！"孔家娘越发没了主张。卖足关子的小老妈，自觉该到破题的时候，直说了："办法倒是有，就看你们父母，是真疼娃，还是假疼娃。"她继续煽风点火，吊情绪。"俺但凡有一点办法，俺也要坚持为娃作想，丝毫不含糊！"孔家娘一而再，再而三，表明心迹。"最好办法，找个适合的殷实人家嫁了，才是上上策！"小老妈前边所有的铺垫，都是为这句话服务的，终于到图穷匕首见的时候，她会像荆轲一样勇气过人，杀伐果断。

在原则问题上，孔家妈非常严谨，不留茬子，她说："贵人此言差矣！这不是好主意。有背常礼，天下的正规人家，哪有寡妇再嫁之理，遭人唾骂，辱死人哩！丈夫死了，女子要守三从四德。改嫁万万不可行。私通定被浸猪笼沉海。俺想过，俺闺女无娃，从谁呀？改嫁？俺龙王荡的风俗，绝对不中。尤其像俺这样的家庭，不必想！"小老妈也是一脸的不屑，不卑不亢，不退让地说："能顶住别人的辱，就不会被辱死。而自己悲痛欲绝，就一定会死人的。再说，寡妇嫁人，多的去哩！就在俺们龙王荡，南头队成大雪家、北三队左秀才家、金老拐家，南六队袭福五家。寡妇闺女再嫁，八抬大轿，敲锣打鼓，吹五音，办得红红火火，风风光光，还都是百日拖呢。丈夫死了，百天内就重嫁了，谁说啦？谁骂啦？谁污辱她们啦？谁家没有难事，说嘴跌嘴，迟早会遭报应。再说，总乡团廖四太爷，还有廖夫人都提倡支持再嫁，看龙王荡还

第四章 乡规民约

有哪个人,敢嚼舌根子骂人辱人!"小老妈这张嘴,就如尖利的锋刃,切在豆腐上,唰唰唰,刀剁水洗,干净利索。关键时,搬出靠山。

哪来的成大雪家,左秀才家,金老拐家,袭福五家。她信手拈来,为寡妇再嫁,求得旁证,为说服孔家娘,满嘴跑马车,现编出来的。这种乌有的信息,在百里荡中,也无法核实,小老妈临场发挥,算得上天才!这样一折腾,孔家娘口气软了:"俺们都是女人,娃是俺的,俺心疼。俺咋不想让娃再嫁呢?还是顾虑面子呗。其实,嫁了也省心。她有她的日子,俺有俺的日子。现在,俺母女俩人,整日在家里哭丧,哪天是个头哟!"小老妈加快进攻节奏,不让孔家娘有任何再思考的余地,有礼有节,步步逼进:"您若愿意,伊芦山东头倪庄倪牧家,算得上书香门弟。有一百多亩地,天字号粮田。房屋十几间,骡马大车,一应俱全。男娃今年二十五,父母不在,去年娶一房媳妇,生娃时大出血,大人小娃都没保住。男娃读过四书五经,写一手好字,诗词歌赋,样样精通;耕耙播种,事事在行;待人接物,大事小情,处理妥妥帖帖。若和您家千金相配,可谓天作之合,良缘美满。堪比鱼水之欢,可谓秋水银杏鸳鸯比翼,天风玉宇鸾凤和声!"能把一根麦穰,说成金条,把一堆牛屎,说成一座金山,把死人说睁眼,把活人说背气的小老妈,很轻松地拿下孔家娘。两盏茶工夫,孔家娘坚如磐石的理念动摇了。女人再嫁,其实并不是想象中的刀山火海,身败名裂。过了自己这个关,啥也不可怕。人不是被鬼吓死的,是被自己吓死的。什么面子呀,什么舆论呀,什么风俗礼仪呀,固然重要,但它们只能索取闺女的性命,绝对给不了闺女幸福。既是这样,也罢!豁出去了。

孔家娘心动了,听了小老妈关于新婚优厚的条件,良好的人品,她个人做出大胆决定,再嫁女儿,越快越好,刻不容缓,迫不及待。她过够了每天用心陪哭的日子,讨厌无法驱逐萦绕在家里的哀丧晦气。

话说到这份上,孔家娘才大致明白这贵人的身份,诚恳地对小老妈说:"妹妹,拜托您帮忙。此事非同小可,俺一妇道人,做不了主,必须过先生的关。"孔家娘把攻破先生关的希望,寄托在小老妈身上。小老妈手拍胸口,大包承揽。她让孔家娘放心:"孔先生,他只要是人不是神,总有办法让他开窍。俺找个时间,帮他洗洗脑子。再顽固的金刚不坏之身,俺亦要放把大火,把他给熔了!"

孔家娘内心很激动,像绽开的朵朵鲜蕊,花嘣嘣地跳跃在眉梢,掩饰不住喜悦情趣!从床头五斗橱抽屉间拿出二两银,悄悄塞给小老妈:"妹妹,美满良缘,全靠妹妹成全;天公作美,也不能没有妹妹牵线搭桥。俗话说,天上无云不下雨,地上无媒不成婚。妹妹,拜托!拜托!事情办成或办不成,全仗妹妹辛苦!办不成,也不怪您,俺信您,您是好人。这二两银,给您买杯茶喝,不足挂齿,略表心意。事情办成了,老姐俺还有重谢!"小老妈满心喜欢,假假推辞两下,兴奋地收下银子。寻思,只剩下围魏救赵一个计了。那就是说服所有亲戚、朋友、近邻,一起软磨硬泡,两手兼施,多管齐下,围攻孔老夫子,以救小姐再嫁。

小老妈把接下来要做的事情,周密、完整详细地交代给孔家娘。孔家娘明确表示,一定做到,百折不挠。小老妈更加神神秘秘,故作难以捉摸、高深莫测姿态,对孔家娘说:"姐!俺和您说的话,暂时不要告诉小姐,以免伸出别的权枝来。"然后,她独自进屋看望孔小姐。孔家娘只有唯命是从,不敢有丝毫差池。她悄悄告诉孔小姐说:"事情正朝着有利方向进展。苦肉计,将伴随事件全过程,直到牵手那一天。再嫁的事,也不要答应得太干脆,急吼吼的,显得没出息、没文化。把真实内心半露半藏,但不能自己把这条路堵死了,懂吗?留出空间游刃有余。要做出黄袍加身推辞不掉,不得已而为之的勉强状,如此,你大你妈你自己,才都有面子。"说着,搂着孔小姐肩头,拍拍后背肯定地说:"你就放一百个心吧!"转身向房门口走去。忽而,又转回头,轻轻地唧喳:"偷偷吃点喝点,别真饿坏了。"

眼见着闺女脸色发黄,肌肤消瘦一副弱不经风、病恹恹的样子,孔家娘实在按捺不住,不敢懈怠,差人去南头队德庆书院,叫孔先生速速回家,迟疑,闺女就没命了。孔先生被婆娘召回,一进家门,见女儿行动迟缓,精神恍惚,脸上再无以往的光彩,眼睛无神,郁郁寡欢,披头散发,不人不鬼的模样,心中疼痛,脱口而出:"闺女呀!咋这般槁项黄馘,让为父肝肠寸断,万箭攒心!"女儿见父亲如是说,二话没说,凄凄惨惨,嘤嘤啜泣。婆娘乘机又陪上许多肥硕的大泪珠子。

孔先生没经历过类似之事,不知所措,一时也拿不出啥主张,唉声叹气，心底忧伤，愁得团团转。

依婆娘说辞，让女儿改嫁。然，亦非绝对不可。就是俺这张老脸，往哪搁。荡里荡外，同门同窗，同道中人，圈里的鸿学大儒，他们咋看。

唉！世事，凡不关己者，大道理，说起来滔滔不绝，如悬河泻水，注而不竭，哓哓不停，侈侈不休。说的比唱的好听。一旦割自己心头肉，舍身取义呀，大公至正呀，铁面无私呀，便大打折扣。皇帝老子亦如是。孔先生脊梁还硬挺着，心却软了。

在孔家娘心中，孔先生一辈子治学研礼，已形成自己一套完整的思想体系。著作等身，不可能很快改变立场。闺女再嫁，铁定过不了他的关。在他心里，闺女死无大碍，再嫁万万不能。撼泰山易，撼先生意志难。抽刀可截长江水，截不断先生传统礼观。想让先生改变一贯秉承的主张，除非长江西流泰山倾。不中，这一次，哪怕与先生翻脸，宁可自己去死，也一定要改变闺女命运。老太婆掉下井——尖脚（坚决）到底。生，俺都不要了，还要什么脸；不怕死的人，还怕什么？

没有任何人知道，孔先生内心对传统儒家之礼，早就悄悄发生改变。迫于自身学术界地位、身份，平常不便发表被别人认为离经叛道的言论。每当学界对儒家礼学发生争论时，他只能扮中庸角色，含糊其词。用为尊者讳耻、为贤者讳过、为亲者讳疾的借口，搪塞糊弄。回避太敏感、太尖锐的话题。他十分明白，儒家礼教的初心，早变得一塌糊涂，面目全非。为维护礼教，这块不能丢失的遮羞布，需要时，就拿出来抖一抖，涂一些颜色，就又变成传统文化，而富时代精神。其实，王公贵族、士大夫们的上层社会，礼已演变成颠倒黑白、指鹿为马的非礼了。礼是政客们手中的大水袖子，甩给别人看，欺骗底层社会的魔术。孔先生认为，礼学不外乎礼法、礼俗、礼仪三种内意，最初礼法崇尚约束力，庶民与君主同受礼法约束。君王对大臣无礼，大臣可辞官，亦可直接诉讼君王。儒家创造的这种所谓礼法，本身就是天大的笑话。千年来，这种约束力的礼法，多么苍白无力，幼稚可笑。历朝历代，哪个君主、皇帝，被儒家礼法约束过？哪一个大臣，敢诉讼皇帝？除非他找死。礼法呀！礼法，只不过是用来愚弄社会底层的鬼把戏，老样翻新的戏法、幻术。而像俺们这些食古不化，抱着僵尸不撒手的、迂腐的、冥顽不灵、蒙昧无知、所谓学问家大师，为所谓的礼法，涂脂抹粉，唱赞歌，真他妈的让人笑掉大牙，愚蠢之极！

而礼俗，本来就是一种约定俗成的东西，是习惯。有些东西，残酷、残忍、野蛮到非人类所为的地步，不管合不合理，存在便是合理。谁要是改变了，就是儒家的叛徒。更是倒行逆施，犯上谋反，罪大恶极，不合正轨，不合道德，必遭揭露、痛斥、责罚，必遭天谴。一条沉海的规矩，千年不变。一条杖毙陋习，千年不变。一条剥皮抽筋、千刀凌迟的恶俗，千年不变。一个寡妇，可以去死，不可再嫁，再嫁便失节，千夫指、万人骂的畸形社会，千年不变。给女人裹小脚，弄得女人不能正常走路，给女人套上精神枷锁，还不够，还要戴上物质的镣铐。

反人性、无人性的伤害、杀戮，成了千年不变高尚的清规戒律，让人绕足顶礼，敬之如神明，见之而严肃敬仰。真的合理吗？合人性吗？不用怀疑，这只能让日落西山，黑暗无光的大清国，更加风雨飘摇，内忧外患，动荡不安，终将难逃倾覆灭亡的宿命周期。

那天到家，中午饭间，不慎摔碎吃饭碗。孔大师起身，双手剪背，绕外院转了不下十圈。他终于从困惑中转出来了。就是真的丢了饭碗，他也选择保闺女再嫁。退一万步，还有五十亩地，哪怕重操犁梢，甩起长鞭，一年收成万把斤粮，不愁养家糊口。

他回到堂屋，坐下吸烟喝茶。

受孔家娘拜托，孔大师的妹孔妮和莲歌的三姨母进门。一个叫哥哥，一个叫姐夫，拐弯抹角，呼吁莲歌再嫁……两妹刚出门，家族的长辈二大爷、三叔、四太公，咳咳嗽嗽，弓腰驼背，藜杖进屋，善意提醒，破破规矩，让娃有个善终……邻居王婶、张姨、刘妈，也赶来劝说大师，为闺女的事，做回父亲……

孔家娘也想好了，若这批人说不成事，下一步，将亲自求廖夫人出面。若还是不中，就选择和闺女一起死，义无反顾。

亲戚、朋友、邻居，包括孔家娘，真的不了解孔大师的内心世界。都认为他固执、傲慢、僵化、死板，听不进金玉良言，他的心，如坚冰里的生铁板，焐不热。其实，他们真的误会了孔大师。在时机成熟之前，孔大师不可能对任何人说出自己的心里话。否则，学界将地动山摇。别说孔大师的心里已有了主张，话说回来，再铁的心，无缝钢板，也经不住心爱的女儿、可怜的婆娘、善良的亲友、和睦的邻居……轮番软说硬戗。甚至婆娘女儿宁愿赴死，为俺遵循的所谓俗礼殉道。这俩烈女，说到做到。大师闭起眼睛时，便是两具一顺头的尸体惨状，吓得他魂飞魄散，浑身哆嗦！

孔先生赞成破旧立新，寡妇再嫁，其影响力，犹如龙王荡上空一颗无形的爆炸物，毁灭震裂一个旧世界的体系，震慑一部分顽固的守望者。他的行为，成为龙王荡普及《乡规民约》，践行《乡规民约》一面旗帜，一个导引，一支标杆。荡里有影响的文人，红白事的主持，阴阳八卦的大师，人神鬼三界皆通的巫师，还有严九爷、端木浬、夏侯廪，桓商乔万斛，大盐主许怀宁，钱庄主褚三财，杏林大医堂南宫济，秀才詹凤轩、越麒麟……纷纷表态，发文拥护，保证维护、贯彻、推行新《乡规民约》。

牵住孔大师这个牛鼻子，何愁旧礼不破，新规不立。文化人的作用，常常胜过千军万马。夫人明白，孔先生通了，一通百通！好菜趁热端，好事不能拖。孔家愿意再嫁女儿，消息在荡里广泛传开，夫人抓住此机，树其为典范，奉劝荡里所有的鳏寡，无论新旧，追求幸福者，以孔家小姐为楷模，勇敢走出家门，寻找心仪的爱伴。

这个时候，四十多媒婆为各自利益，跳蚤般深入龙王荡南北二十队、二十乡、百保千甲村村寨寨，大小庄户、集市街巷。走村串户，走街串巷。荡里那些凭着一双手掌，一双脚板，下死苦，熬日月的单身男子，心急火燎，捋臂张拳，跃跃欲试。看好哪个寡妇，自己不好意思霸王硬扳弓。私下托媒人，穿针引线，一经接上头，浑身带劲，精神十足，使出许多笨拙可笑的手段，穷追猛打。平时和小寡妇娘们，挤眼弄鼻，勾勾搭搭，又不敢贸然下手，以致内心苍凉，暮霭茫茫，如饥似渴，迷茫怅惘的穷秀才，做小生意、小买卖的鳏夫光棍，不再空惹啼痕，泪水沾湿衣襟袖口。不再伤心悲情，哀姿凄婉。而公开让媒婆转告爱慕者，转送红头巾、花纸伞、牛角梳子、小银拢子、桃木簪子、青铜的钗，表达爱意。

单身女人，特别是寡妇，也想乘风赶浪。一边怕失此大好机会，一边又顾及面子。这时候，如果按捺不住，急于求成，被外人看出生性浮浪，水性杨花，淫荡靡色，定被众人称耻。所以，寡妇们在心急猴跳的男人面前，也仅仅是扭捏扭捏，有限度地卖弄一下骚情。不等男人上钩，立马收起压住内心如火的欲念。红杏在墙头招摇，不能出墙。春心荡漾，关不住，也得象征性地关，不能任情马脱缰。小寡妇以及想从良的小尤物，见到光棍故意装出低头不语，或欲言又止的姿态，勾得男人魂不守舍。死要面子的寡妇娘们，怕招惹是非。过去不敢随便出门，将自己关在屋里，幽州思妇十二月，停歌罢笑双蛾摧。倚门望行人，念君良可哀。何言戒困兽，无易簧中尸，哀哀歌苦寒，郁郁独惆怅。过着艰辛历尽谁得知，望断天南泪如雨的日子。如今，既有媒婆子虔言上门，小舟终得下海时，岁月不再空蹉跎。大幸啊！

　　明白的单身男人，请来媒婆，塞足银子，让媒婆铆足劲说服。聪明的寡妇，见好就收，时不时地释放一些顺意来，自己控住"度"。男追女，隔座山；女追男，一层纸。媒人出面，主动权在女人手中，既不必隔座山，惹得性急的男人灰心丧气，也不能隔层纸，让男人轻易得手。寡妇再嫁，绝不可草率。这是寡妇娘们的通识。

　　四十多个媒婆，苦口婆心，不厌其烦，语重心长。跑断了腿，说歪了嘴。为了银子，不怕苦，不怕累。二十天，她们两腿两脚四个驴蹄子，踩遍南北二十队、二十乡的边边角角。凡是有寡妇、鳏夫的地方，都留下了她们的声音、身影和足迹。

第五章

倭贼夜袭

1

　　德庆堂书院议事室，孔先生、孟先生、颜先生，围着一张条桌坐着。一人一杯茶，一杆烟枪，轻松闲聊，说的是，明天大校场众人结婚典礼之事。

　　孔先生精研儒道释，诸子百家，传统经世之学。孟先生擅长先秦典论论文和汉赋，研究不同历史时期文学现象、流派，类似建安七子、竹林七贤、唐宋八家、明代四家、明清小说等等。颜先生自称："三人中，二位兄长，皆为吾师。自己研习面窄，只有《诗经》、乐府、民歌、唐诗、宋词、元曲之属，兼修音乐曲谱。别的学问，浑然不知。"

　　今日话题，与各人专长无关，只对明天大校场上众人婚礼感兴趣！孟先生左手握一拃长、亮晶晶、反光的旱烟袋，紫铜锅子，黄铜嘴，金镶玉竹杆，蓝色松紧口的烟包袋子。烟杆不长，烟锅不小，像喝小酒的牛眼杯。右手持精细发亮，锥子粗细，木制一头尖的小棒棒，一丝不苟，在烟锅里挖黑油垢。眼神不好，近视，看不清，只凭感觉。而鼻子特灵，挖一下，闻一闻，挖一下，再闻一闻。通过嗅觉，便晓得烟锅里的烟油垢清理成果。有人说他是狗鼻子。他说，视力不够，嗅力来凑，叫作取长板，补短板。现在，他寻思，孔子说克己复礼，复的是周礼。而婚礼，当属礼制，在西周时就已确立，并很完备。那么古代婚礼到底是啥样？明天俺们龙王荡众人婚礼，又将是啥样？二者之间，有何联系，又有何区别？立新婚规，好处在哪？将来龙王荡里，所有结婚人是不是都要到校场来，集体搞一下子。想到这些，他眯起眼，尽力缩小视角，想让眼底成像，清楚一点点，可是无济于事。他把飘忽、不明确的眼神，在孔先生脸上游移，却分不清孔先生五官的坐标，当然也不知道孔先生的表情，冒昧地问孔先生："俺说哈，孔先生，你可知道，有案可稽的古代婚礼，到底是个啥样子，明天，夫人兴办的众人婚礼，又将是啥样，请你给俺说说！"

孔先生也不推辞，不客套，向近视孟先生摆摆手说："天壤之别，天壤之别哎。古代太繁琐，太神秘。如今很简单，很平常。两个极端，删繁就简，省钱省事省力，喜庆、热闹、效果更好，生儿育女，不妨碍。"

颜先生插问："古代有多繁？到俺大清国的婚礼，还有多少古代元素？"

孔先生烟袋杆子长二尺六，杆长锅子小。他平常把烟包和烟杆交叉，挎肩上，不影响干活做事。瘾来了，取下，捏点烟丝，含住烟嘴，伸开长臂，点火，"叭嗒、叭嗒"，吸满两口，烟丝顿成灰烬，跷起一脚，下如金鸡独立，上如白鹤亮翅，将烟锅子对着鞋底，磕两下，烟灰散出。现在，他从肩上取下烟袋，习惯地将拇指、食指，伸进烟包里，捏出一小撮烟丝，摁进烟锅，不多不少，正平锅口。点火，猛吸一口，咽了，呼出；又吸一口，又咽了，又呼出。两个循环，完事。抓住烟嘴，使烟锅口在桌腿上"嗒、嗒"敲两下，烟灰脱落。他过足烟瘾，思路大开道："古时婚礼，多选在黄昏时刻，为的是阴阳交替，男阳女阴，天黑交合，回归自然，与日月合其明，与四时合其序，与天地合其流。民族之生，可得源远流长，永不断绝。古代婚礼，程序、礼仪繁杂，至少有六道程序，每道程序里，还有许多礼俗仪式。"

颜先生从纸盒里摸出一张小纸头，捏烟丝，放在纸头间，娴熟地卷纸烟。卷的纸烟，用舌头上的唾沫蘸封纸口，点火吸纸烟。门牙被烟熏得黄黑混合。一口吸进去，眼睛一闭，额上掀起一层波浪，两条眉毛趴在眼角上，像两条瘆人的蚂蟥，纹丝不动。又插话："俺只晓得说媒、下礼、迎亲，完事！"孟先生有点不耐烦道："别打岔，细听着。"

孔先生说："六道程序，第一道叫纳采。男方家主想和某女方家结亲，首先请出媒妁，往女家试探，提出男家结亲意向。得到女方当家人应允后，再请媒妁正式向女家纳'采择之礼'，即男方知道女方的态度，象征性向女方送一两件实物，表示双方皆有结亲意向。古纳采礼，与现代不同，古采礼只有一只或者几只大雁。女方收下大雁，表明结亲有意向，暂时不与其他男方瓜葛。第二道叫问名，男方加快节奏，约请媒妁代表男家，询问女方名字、出生年月、生辰八字，以便男家问卜凶吉。顺便问清女方娃嫡庶生母。女方及时给出生庚，表示女方没有变化，愿意加深结亲联系。第三道纳吉，男家将男女双方生辰八字合问后，若卜婚不合，呈凶兆，双方无条件解除口头结亲意图，互不埋怨，互不追究。当然，当初'采择之礼'的几只大雁，也就白送了。若卜婚为吉兆，媒妁在第一时间转告女方，随之，男方备一套比大雁更厚重的礼物，通过媒妁送给女家，表示正式订婚，并履行相关书面契约。第四道是纳征。简言之，过大礼，这是男女双方结亲关键一步，越过这步，大概率没啥回旋余地。男家准备大礼，多大面子，多大的礼。女方估摸男方家资，论男方送过来的聘礼，衡量男方对女方的重视程度，更表明女娃嫁过去，在男家的地位。纳送聘礼，称之为婚礼，即完聘，过大礼！纳征之后，男女双方进入婚姻嫁娶正式准备阶段。

"第五道请期，男家择定嫁娶日期，用红笺纸，书写男女生庚，以正式书面形式，合约定日期，即正式婚约。媒妁携此约，往女家，和女家当家人商量迎娶日期。第六道迎亲，一般都由新郎亲自到女家迎接新娘，少不了高头大马，披红挂彩，五音班子，大红花桥，通常八抬，即八个轿夫抬的轿。明天举行的，是现代婚礼，按新《乡规民约》，省去这六道程序，既不用采择之礼，也不用订婚厚礼，更不需完聘过大礼。双方愿意，多少随意，有没有礼物无所谓。两情相悦，你情我愿。寒窑虽破避风雨，夫妻恩爱苦亦甜。不用父母之命、媒妁之言。直截了当，对河上岸。大校场上，过一下仪式。礼成。一样生儿育女过日子，没啥妨碍，多好！夫人搞这场声势浩大的集体婚礼，是破旧立新的开局之作，为今后新式婚礼，确立新式程序。至于会不会年年搞集体婚礼，没必要。"

腊月二十八，上午辰时。龙王荡里，五十对鳏夫寡妇；五十对龙荡营的兄弟姐妹；各乡镇适龄小伙子、大闺女，准备在大年前嫁娶的，通通请到大校场。今日大校场，披上盛装。中心旗台上、旗杆上，红旗飘飘。校场四边，更挂千盏大红灯笼。阅兵台前楣上大红标，红底金字："龙王荡乡规民约大行动开幕仪式"。两边十丈长大红底金字纵式对联："迎春月悬星空，光照鸳鸯成好梦；过腊韶奏舜乐，曲抒鸾凤换新声。"台上条桌几椅，皆蒙大红缎套，盛装满场，喜气洋洋。虽非九天阊阖开宫殿，万国衣冠拜冕旒之气象，而南北二十队，二十乡新人集中此地，鼓乐齐鸣，盛况空前，车马骈阗，花天锦地，笙歌鼎神，繁弦急管，人喊马嘶，也是一片喧嚣欢腾景象。车轴河收去暮雨，龙王荡摘展新泽。芦蕟傍山明，寒林带天碧，风舞芦花落满。劝君今夕不须眠，宝马雕车香满路。今日良宴会，欢乐难具陈。齐心同所愿，含意俱未申。校场上，参加集体婚礼的新郎新娘，及其亲戚邻人朋友前来助阵的，各乡各村前来看热闹的男男女女，千人聚集，熙来攘去，人流如潮。凤箫声动，玉壶光转，满场鱼龙舞。

所有新嫁女，一式喜庆的大红袄，大红棉裤，大红花鞋，大红头巾。所有新娶的男人，一式亮丽潇洒的海沧蓝礼帽，海沧蓝长袍。海沧蓝帮子，白底的棉鞋。激动的新郎、新娘，不知是初穿了新装的原因，还是别的啥原因，大多不是原先走路的模样，两脚竟成了外"八"字，劈腿的形态十分明显。新郎们心中热乎乎，脸上亮晶晶。个个欢天喜地，激情难掩。欢庆此日成佳偶，且喜今朝结良缘。平常的女人，本是水性，一到冬天最怕冷。冬天里抓住女人的手，就像抓住雪里生铁条、冰鸡爪。今天不是往昔。新娘，不是一般意义的女人。檀口微含闻蕙麝，樱唇浅抹露瓠犀。花月团圆除宝扇，香去袅娜身轻绡，识雨倍含娇。逢喜事精神爽。精神一爽，心便热。心一热，血循环快，手脚自然暖热起来。合卺逢春月，芳菲斗丽华。鸾笙锁竹叶，凤落合娇花。新郎新娘今日正是天上双星并，人间两玉夸。一堂缔约，良缘永结，以白头之约，书向鸿笺。将红叶之盟，载入鸳鸯谱。岂不热烈神爽情荡。

二百新人，两横排，被围在茫茫人海之中。伟岸的大统领东方瓒，挺括蓝装，笔立雄健，右手紧紧搂住廖文琴娇巧、柔情绰态、细软如柳的后腰。五大三粗，敦实健壮的虎头鲸，学着大统领的样子，有点不自然，笨拙地搂着碧玉玲珑、体如凝脂、贵气温润的虞墨兰的后腰。这两对新人，不经意的打破常规的举动，感染了许多人。

一个陌生的，个头高挑、肤色黑滋滋的青壮，他，就是莲歌的新男人，伊芦山大倪庄的倪牧，小伙子精悍且敦劲。为方便今天大校场婚礼二人共同参与，昨天，倪牧征得孔先生、孔家娘允诺，按《乡规民约》要求，简便礼节。他骑高头大马，带八个轿夫，抬一顶新红大花轿，将莲歌请回家。喜庆的晚饭后，没啥悬念，莲歌早就情心荡漾，精心梳洗打扮一番，移步上床。试一试床上，铺三层棉褥、两层盖被。好像刚被热烘过，温暖的被窝里，放颗菜籽就能发芽的感觉。满心欢喜，口中唱吟："降绡缕薄冰肌莹，雪腻酥香，笑语檀郎，今夜纱厨枕簟凉。"倪牧是谁，差一点中了秀才的人，心中当然明白啥意思，莲歌已发起床笫邀约。他老马识途，若驷马驾轻车就熟路，对付眼前一切，绝对游刃有余。他不慌不忙，心中早有暗谋，掀开红罗帐，上了八步顶子床，口中念念有词："半抹晓烟笼芍药，一泓秋水浸芙蓉。神游蓬岛三千界，梦绕巫山十二峰。"唱唱诺诺，钻进烘热的被窝，莲歌早裸得精光，胸峰簇起，潭水波涌。倪牧吮吸两峰上的红樱桃，又舌测乳沟、腹沟，伸手摸那潮湿蔓草潭底。牙床起战戈，两身暗推磨。莲歌芙蓉脂肉，贴体伴君，翻来覆去，任郎了情。戏蝶吮花髓，狂蜂隐蜜窠。粉汗干又湿，去鬓枕上作。此乐真无比，风流第一科。当恋不甘纤刻断，鸡声漫唱五更钟。二人重温久违的错位之媾，犹如干柴烈火，更胜于前交。莲歌体验倪君壮实、坚挺，感觉前夫郝九鑫那器物，就是一根小牙签。丰乳肥臀，金钢翠钻，一夜无眠，云雨火炮，七战七捷。

今早，用过丰盛精致餐馐，二人同乘一辆马拉轿车到达大校场，并肩队中，比翼连枝，耳鬓厮磨，形影相顾，如异体同心。二人单臂互搂后腰，有点腿间打晃，双方皆以对方为支撑，以解昨夜七战之疲。

队间，八爪鱼搂四爪飞鹰后腰，大虾迋搂雪里红，刀螂蛇搂萃海罂，韩鲙搂凌霜菊……

二百新人中，最显眼的，要数爨老橛头。白发白胡的老杆子，精神矍铄，老而弥坚，行走矫健，站立如松，身板子笔直，不失传统军人的风采。身边紧贴一女。其女清扬婉兮，年交二九，眉如翠羽，面如粉桃，肌如白雪，腰如束素，齿如含贝。远望，皎如太阳升朝霞；近观，灼似芙蓉出绿波。轻盈杨柳腰，娴静如娇花照水，行如弱柳扶风。刘海一面齐，头顶二四鬏，红飘带。小手伸出，如剥了皮的葱根，名唤小景瓶。一月前，老橛头出荡，去海州会友，回荡路过板浦镇，见天色不早，太阳落山，便有意在杨柳巷青竹楼雅客居寄宿，两块银洋，得小景瓶侍夜。小景瓶打了热水，老橛头洗完上炕。白天走得急，身心疲惫。老橛头本以为能淬一火，放放松，解解乏。谁知，手脚冰凉，浑身痒痒。这一夜，心口在"嘣嘣"乱跳中，下流好几次，终究没做成那事情。于是，就让小景瓶给他焐脚，扤痒痒，敷衍到天明。事情没做成，看着眼前小女子，娇巧而清丽，他心都融化了。他不甘心，不愿意草草离去。天亮后，他找到老鸨，要赎小景瓶。老鸨没有为难他，在十块银元能建起三间竹楼子的杨柳巷，老鸨咬了咬后槽牙，向老橛头伸出指头，要三十块大洋，同意他带走她。老鸨是个精于算计，又会谄媚、讨好、眼里透着精明的徐娘。暗想，放在火上能烧着的老棺材瓢子，选上这等尤物，不出三月，这把老骨头被吸了髓，填了棺材。小景瓶，还是小景瓶。三十块出租三月，何等划算。临走时，老鸨诡秘地拉着小景瓶的手，低声地说："龙王荡里过不习惯，就回来，妈妈给你开着门呢！"

老橛头携小景瓶，回到龙王荡，回到老橛头环境里，他向小景瓶证明他白首之心，宝刀犹锋，毫无老气横秋、老态龙钟衰竭状态。小景瓶的生理心理，同样得以快活满足，那两道沟涯，也不再像在杨柳巷青楼那晚的奇痒难忍。有吃喝，有穿戴，还有零钱花，自由自在。有人疼，有人爱，还管多大岁数干啥？年轻帅气，上顿不接下顿，饿得嘴里淌黄水，总不能扎着脖子过日子吧！俺就是一妓女，俗称婊子、卖淫妇，图个啥？图个实惠，日子过得宽裕了，至于肚皮上趴的谁，吹熄灯都一样。

令小景瓶心中不快的是，和老橛头外出，或逛小市，稍作亲密状，便看见背后有人指指戳戳，叽叽咕咕，骂骂咧咧。没错，俺过去是婊子，俺今天不是，俺只跟老橛头一个人。在青楼里，俺不算头牌，也算是人物，从来没人敢骂俺。这日，小景瓶偶得《乡规民约》，读完之后，揣摩一会。低眉自语，成人未婚男女，相互爱慕，可自由恋爱结合，无须父母之命，媒妁之言。她果敢地拽起老橛头说："老橛子，俺俩一起，去乡团、廖家大院，找夫人讨个公道。俺跟你过日子，凭什么遭人吐骂。俺招谁惹谁啦！俺过去是婊子，现在俺跟了你，一心一意，再无勾引过谁，凭啥让俺抬不起头，俺不认这个理，俺没违反《乡规民约》。"

二人出了家门，沿小路，走进静谧而神秘的冬日芦苇之中。小景瓶第一次感受到芦苇原是如此可爱。

冬日的芦苇，不再是春夏的新叶舒展，蓬勃如海，碧绿得让人心醉的翡翠世界。没有嫩绿、浓绿、碧绿、黛绿的沧海浩瀚，却充斥着灿烂辉煌的金色。金色的芦秆，金色的芦叶，层层尽染。叠叠铺陈，色重霜浓，璀璨绚丽，豪迈浪漫。明媚的阳光，斜洒在芦苇间，抱金挂彩，摇曳着斑斓的密影。密密麻麻蓬松涌动的芦花，在芦苇梢头，仿佛覆盖着绵白无际的蚕丝被，又如萦绕着层层茫茫漫渺的浓雾，白云。阵风吹过，竟是漫天白雪，骚情飞舞，展现丰富的诗韵，亮丽明澈的弦律，和独特娇妍婆娑的风采。进入鸟界，鸟儿品类众多，还是像夏天般热烈，秋天般深情。飞舞和歌唱是它们的天性。雄阔、大气、奔放的芦苇荡，有鸟族，才生动、惬意和美妙。远处传来不知名水鸟的喳喋声。附近水塘里、沼泽边，天鹅"嘎嘎"呼唤；成群野鸭，掠过芦梢，"嗖嗖"地飞入车轴河面。鱼鹰在芦间拍打翅膀，发出"沙沙"的杂沓声；丹顶鹤从芦丛里盘旋而起，引颈高亢；白鹭如一团一团雪白的棉花，"呼啦啦"一跃腾空。还有飞凫、鸳鸯、鹳雀、老鸹、呱呱鸡、黄翁、野雉不停地聒噪……啊！龙王荡芦苇里的鸟鸣，那就是美妙悦耳、一听难忘的交响乐！如同步入仙境、梦幻的小景瓶，紧紧抓住老橛头的手，边欣赏美景，边聆听漫曲，第一次沉浸在龙王荡这大自然的快乐海洋中，感受自然世界、快乐世界和自由世界的轻松和舒畅。身上曾经俯卧过各式不同男人的小景瓶，简单而不单纯，不复杂也并不天真。她觉得，她喜欢上了这个全新世界；她觉得，这里便是她可以托付终身的幸福世界。她牵手老橛头，徜徉在这金黄的芦苇丛里，仿佛置身在金浪起伏、耳无俗声、眼无俗物、胸无俗事的梦幻奥妙的神奇之中。她如翠鸟般快乐。她自知，三年来，她的身子被无数男人碾压过，可那只不过是，在行没魂灵的公母、雌雄之事。今天，她要结婚了。是自愿的，快乐的，所以是神圣的男人女人的情爱之事。这一天，来得很突然，来得没有心理准备。贵人老橛头，让自己终于回归了人的尊严。

夫人在前厅热情接待了这对老少情人。得知两人来意，言简意赅告诉他们："自古以来，婚姻不讳年岁。只要是未婚成人，若无血统联系，就无乱伦之说。别人说你老橛子老牛啃嫩草，这也没啥。嫩草不给老牛吃，给谁吃呀？你们走到一起，合理。腊月二十八，来校场参加龙王荡千年不遇的集体婚礼，合法。又不是抢亲、强奸，谁敢再骂你们，捆嘴。回去吧！"

出了廖家大院，老橛头、小景瓶顺便在头队小街上，买两张红纸。婚事加过年，双喜临门，值得庆祝一番。二人合计，找詹秀才写对联，先贴上，再去参加大婚礼。二人直接到詹凤轩家。老橛头和詹秀才熟识，见了秀才，说明来意。说罢，老橛头从袖笼里掏两块银洋放案上。秀才眼前一亮，假惺惺地说："老爨，你看不起俺，俺又不是靠卖字讨生活。"三推两攘，秀才就假装勉强，收下银子。老橛头说明两条幅，一幅是堂屋大门两边，一幅是房门两边，其余的红纸，写福禄寿喜财之类的吉祥字。詹秀才歪头，捻须，想起苏东坡写给老友张先一首绝句，正好四句，两条幅。他裁了纸，磨了墨，又倒来半碗清水。毛笔在清水中发开，又轻轻在碗边上捋刮。待笔毛捋直了，放在磨成的墨里蘸透，又在砚边上再捋再刮。欣然落笔："十八新娘八十郎，苍苍白发对红妆。"秀才告诉老橛头："这是大门两边的条幅，别贴错哟！"小景瓶识字，早知道这诗。原先的小姐妹们，也常说这诗中的故事。她对秀才说："鸳鸯被里成双亲，一树梨花压海棠。俺喜欢这诗，浪而不淫，詹秀才您调侃俺们。不过，没事的，您写吧，没错，实话。"秀才写完，二人回家，男人抓把面粉，添水搅和，女人烧锅。一会儿，黏稠的白糯糊出锅。老橛头起了骚心，用芦黍梢把撩稀糯糊，问小景瓶："你看这东西像啥？"小景瓶嗔而不怒反讥道："老色鬼。"

老橛头家，里里外外，贴得一片红，显得格外热烈喜庆。枯木逢春，老橛头心中大喜。一辈子，当过兵，扛过抢，到过戈壁，去过边疆，末了末了，总算过上几天人的日子。

最后一排，最后两对，是蔡小诡和死鬼邱二豹媳妇牛三丽，章先虎和蒲七叶。

邱二豹死后，埋在四队大乱坑西外侧，离路边不远。当初，蔡小诡的意图，邱二豹娃小，女人胆子不大，逢年过节，给邱二豹上坟、烧纸方便。乱葬坑西外侧，原本就是拾边田，无主地，现在，被没地的穷人种上麦子。冬天，布上许多大粪堆子。冬至这天，牛三丽上坟烧纸，看这里仿佛添了许多新坟，不能准确判断哪座坟是邱二豹的坟。凭模糊记忆，她觉得眼前这座坟就是邱二豹的坟。她放下篮子，掏出火纸，一碗水饺，两个甜梨，一双筷子，一瓶小酒。还有金箔纸、麦穰金条。小竹筒里，抽出火纸煤，火刀敲火石，"叮当"两声，火星四溅。有俩火星喷到火纸煤上，引燃火纸。三丽熟练地"呼"一声，火纸煤上跳出蓝色火苗，点燃金箔纸和麦穰。女人的眼泪现成的，随着"呜呜哇哇"号啕，拖腔拉魂，自由发挥，诉天诉地诉辛苦，数落没男人的日子没法熬。往日里，男人在，小康日子，穿吃不愁。如今，时挑野菜和根煮，旋斫生柴带叶烧。黄连的日子，天天煎熬。诉衷肠、数哀怨。昔日里，日日呢喃，夜夜云雨；现如今，霜露纷兮交下，木叶落兮凄凄。妾心感兮惆怅，守长夜兮思君。只哭得乌云滚滚，鬼风旋起；雪花飘飘，周天寒彻。鼻涕眼泪和口水，伴着风烟迷尘，混合连接五官。脸上眯得灰膛落色，好像黑脸的包公，又像白脸的曹操，悲切哀怨，不能自已。

蔡小诡的半瘫子、瞎眼驹老娘，看完秋季大祭之后，回家不久，知足并快乐地喝了一碗豆丹汤之后，撒手人寰，呜呼哀哉了。冬至这日，蔡小诡给母亲送寒衣、烧纸之后，从乱葬坑里出来，凑巧遇到三丽嫂子哭得伤心欲绝。他脚底小跑，过去扶住她，劝她别哭。三丽多日不曾同男人近距离接触，今得蔡小诡搂抱安慰，心里有点暖气。黑暗焦渴的内心，忽然燃起一盏明灯，又注入一股甘露。仿佛找到温度和希望。新寡乍缺男人，心里空荡荡，失落难忍。白天没人说话，晚间上床没活干。春潮来袭，长夜无眠，只能把枕头、被角当男人，搂抱得结结实实，以解一时之困。今天寒风里，本来浑身冻透，得蔡小诡一番温存，心里平复，好受许多，竟然顿生奇想。这女人直肠子，嘴上没把门地说："四弟啊！你二哥在时最疼你。嫂子孤苦伶仃，可怜俺们孤儿寡母，咋过活呀！"蔡小诡当然知道他们娘儿俩人难熬。父亲去世早，自记事以来，自己就跟着半条命的老娘，孤儿寡母熬日子，没有人比他更能体会艰辛。他劝三丽说:"慢慢熬呗!娃大了,从儿,便是希望。女人嘛!在家从父,嫁了从夫,死了丈夫,从儿啊!"这是蔡小诡母亲口头禅,女人的道德规范。"俺不想从。要么你当你二哥的面,告诉他,你过来照顾俺娘儿俩。你说行吗?这不是两全吗?"蔡小诡回过神,一看,这哪里是邱二豹的坟,分明就是一个大粪堆子。他对三丽说:"哭错啦!二嫂!""俺哭啥?哭错啦!俺哭你二哥呀!""你哭错坟了,这是大粪堆子,二哥的坟,在那边。"蔡小诡手指邱二豹的坟,拽起牛三丽:"走吧!去那边!"牛三丽反应过来了,她说:"你不说,俺没注意。你这一说,俺真闻到臭烘烘的屎味道!算了,纸烧光了,饺子倒了,梨也埋了。不去了。粪堆也罢,坟也罢,也就是这点念想,意思意思!死了死了!哭,他也不知道。是坟,还是粪堆,都一样。"

从牛三丽认错坟、哭粪堆之后的日子里,蔡小诡腿脚似乎勤快许多。死了老娘,一人待家里没啥意思,习惯一抬脚,就往二嫂家里跑,帮二嫂排忧解难。邻居都知道蔡小诡和邱二豹八拜的把兄弟,天天看到蔡小诡的身影,不足为奇。有时候,晚上跑到二嫂家,逗娃玩,有意无意,多待一会,迟了,不想回家,和牛三丽假意推推就就,搂搂抱抱,就挤在三丽炕上,将就眯盹一宿。第一宿眯盹过了,再想节制,节制不住了。这种眯盹,好比抽了大烟膏,有瘾,戒不掉。

媒婆上门前,早就掌握许多线索,等于将一根绳两头一抻,齐了,一拍即合……

章先虎身边女人叫蒲七叶。蒲七叶出生在泗水县一个贫苦人家。当初,她母亲的肚皮争气,但不架事。争气是十年里生十胎,不架事是清一式黄毛丫头,无一带把子的。蒲七叶排行老七,他爹蒲大岛,不甘心,不认命,不屈服,矢志不渝,不弄出个带把子的,决不罢休。继续白天黑夜一有空随时随地,锅门口、案板上、墙跟、草垛边……念念不忘,驾驭着女人这部永不生锈的造人工具。女人像下蛋的母鸡,不停产蛋;又像一块天字号的良田,只要蒲大岛肯种,就必有收成。一直到蒲十三、蒲十四、蒲十五,一顺三胎,皆是带把子的男娃。

十年前,泗水县发大水灾,冲散蒲家造人进程。蒲大岛用家中有效的可乘工具，一口二十四印大铁锅，一架大牛车，照顾三个带把子的儿被浪头带走了。十二个黄毛丫头交给女人，女人让十二个丫头，抱着屋顶上冲下的三根桁条。十三个女人随波逐流，大浪中两袋烟工夫，三根木头各自分散。蒲七叶和造人工具老娘，最后流落到了龙王荡。母女二人，确有几分美色，是大多男人普遍喜欢的那种，肉而不肥，腴而不胖，性感柔和。不久，母女俩嫁给龙王荡北三队的光棍父子俩，汪夏至和汪秋分。这父子，用龙王荡俗话说是"戳牛屁眼"的，啥意思？就是在牛市上，充当公牛、母牛交配和买牛卖牛的中介人，从中获取中介费。这种钱，正常年景天天有，没多有少，能赚一些。十朝半月，银收也有二三两，家用，维持缸里的稻头，锅里的粥，没太大问题。不想这两年，大涝又大旱，最饥荒时，草根树皮都啃光，哪里还有牛啊！戳不成牛屁眼，没了银子，生活停摆，又没接上乡团赈灾舍粥，父子俩一前一后，双双饿死。不久，曾创下十五高产的老娘，也死了。一家只剩蒲七叶，孤身一人。七叶圆脸，脸盘子不大，眉清目秀。如龙王荡大柴莺，不很贵气，却十分俊美、秀丽。亮晶晶的长发，彩云一样，从后脑轻柔叠起，用一支细巧的桃木钗，横跨地别在叠起的云鬓之上。两腮边，秀发从耳朵边兜过，留下半圆的两个弧。一朵粉色纸质五瓣儿小梅花，斜插在左额上方发间，典雅中生出几分骚情。笔直的脖子，连着笔直的肩脊，冰肌玉骨，步步莲花。几经打扮之后，藏不住的天生丽质，更似初发的芙蓉，颇有惊鸿艳影的妍姿。楚楚娇秀，让人遍生怜爱。两胸隆起，仿佛隐着一对肥硕的大白鹅，扑棱翅膀，蠢蠢欲动。圆润灵活，肉嘟嘟屁蛋儿，一步一摇，昭示着勾魂摄魄的本能。虽曾纵欲过男女之欢，绝对算不上残花败柳，却更添许多韵味。一般的男人，无论从她前面还是后面，一经眼神扫过一回，便是罪愆心魔的起始。她杏眼桃腮，平时最爱穿天蓝色小花裙。小花鞋帮子上，缀一颗粉色毛绒小球，说话时莺声燕语，千般妩媚。真是慢藏诲盗，冶容诲淫，尤物移人哟！怎么能不诱使男人浪生奸淫之心？

　　灾后有了粮食，温饱不愁，想法就多了。晚上，她身心盈汐，自己一人，闷在屋里，便轻浮靡丽，刁声浪气地自慰，无论咋弄，也填不实自己内心空虚和对情淫的渴望。蒲七叶想勾男人，又担心村里的大嘴巴、长舌头、喜欢听壁根的邻居，嚼蛆捣鬼，一旦发现异常，便描绘出许多画面来。蒲七叶一直以为，俺是淫荡女人，俺浮花浪蕊，俺云心水性。可是，这些只有俺自已知道。俺可以私下里，把最容易出卖自己的腿裆让渡给男人，但俺绝对不可以出卖自己的脸。女人，靠脸赢得男人心。千人千脸。男人睡女人，其实睡的是脸。任何一个不要脸的女人，男人可以睡她奂她，但绝对不会喜欢她。再说，在龙王荡，做男女淫嫖之事，万一事情败露，东窗事发，绝对不是脸面那么简单，按规矩，挨鞭子、打板子，严重的，还会被装进猪笼里沉海。命没了，脸还留在世人的嘴里。想到这里，七叶脊梁沟冒冷汗。让她无法摆脱的，是抑不住的夜夜情潮来袭，搅得她难以入眠。闭起眼情，脑壳里浮现出村田里强健的半稀；帅气的阳刚小伙子；上街时，曾经见过的，戴黑礼帽，穿长马褂，身材魁伟的汉子。臆念出他们和自已做那种事的感觉，越想越难挨。那眼晶莹的泉水，止不住向外涌射。每到这种时候，她顾不了许多，随便从土窾里，抓起一朵成熟的生葵朵子，剥一颗，嗑一颗。在自家门前小路上转悠，留神过往的男人，见到顺眼的，主动迎上去，搭讪说话，三言两语，拽回家，劈一腿，吃个快餐，以解情急焦渴之需。自己不过二十五，男人大到五六十，小到十六七，一发难收。男人不用花钱，而自己也仅仅为一时快活。双方无亏无赢，情绪得慰，各取所需。提起裤子各走各路，明天大街上遇见，不认识，没那事。

　　章先虎避战下山不久，有一次路过七叶家门口，和七叶说话，章先虎驴性驴劲驴脾气，三句话之后，双双坠入欲壑，"嘿唷"一夜。第二天日上竿头，七叶房里躺着三摊软泥。俩人自不必说，还有就是那土筋炕，被揉成畚土，加上两人大汗搅拌，遂成软泥。从那天起，蒲七叶害怕招人耳目，惹出是非，唆使章先虎半夜里来，黎明前回，不要弄出太大动静，意在维持长久。蒲七叶继承老娘的优良传统，那块肥沃、芳草萋萋的上乘良田，被章先虎这个勤劳能干的长工种上了。两个多月，眼看着，这籽种发芽生根起鼓了。老天成人之美。蒲七叶、章先虎在各自乡保所学《乡规民约》，又听说总乡团校场将举行集体婚礼，自觉条件符合，第一时间找来媒婆商议，这事三花两绕，妥了。

　　红彤彤的朝霞，倾情地洒向乡团兵演大校场。宽敞的校场，弥漫着一片祥和气氛。金红色的龙王荡，覆盖着绚丽和繁华。大年来临之际，处处结彩披红，处处盛装焕发，处处喜庆欢腾，就连水里、空气中，都融进幸福和吉祥的瑞意。村寨的树顶芦梢间，杂映艳红交织的华冠红云。树芦荫下，居住着朱门红户的小康人家。大校场上空仿佛有金鸟衔着喜报，从彩云中飘然而出，喧鸣龙王荡空前盛事。突然间，校场阅台上，一面十人共擂的、大红色宏天象皮大鼓；一面五人同敲的、金黄庞地大锣，猛然响起。鼓声轰隆，震颤苍天；锣声霹雳，撕裂大地。人间八方，响彻阵阵雷鸣。"嘣得隆咚哐，当当当，嘣嘣哐，嚓当当！"……

大院管家邝镛手拿木板条合成的、锥形报告筒子，上了阅台。今天，将由他主持这场空前盛会，众人集体大婚礼。邝镛身穿二色，上身红棉袄，下身蓝棉裤，代表男女双方。蓝礼帽、白手套、蓝布鞋。校场上，里三层，外三层，看热闹的人把校场围得水泄不通。人挨人，人挤人，像蚂蚁般，黑压压一片。邝管家嚷着，让场上的乡丁维持好秩序，然后宣布婚礼仪式开始。

锣鼓声中，施仪的姑娘们身穿紫红蓝花旗袍，扶新娘新郎父母登台。凡是父母还在世的，不管多大岁教，只要还能喘气眨巴眼的，都请来了。父母已过世的新人们，一致要求，请廖总及夫人代表父母，登台受礼！廖总和夫人，并无思想准备，即被红袍加身，拥上台了。邝镛仰起脖子，让吞嗓子发挥最大振幅效果呼道："集体三拜，各位新郎、新娘，拉开距离，注意哇！原地跪——一拜天地龙王，起！跪——二拜父母高堂，起！跪——三拜新娘新郎，起！"台下的二十名支客，已把二百新人分成十组，按次序上台给父母敬茶。父母喜得脸上大花盛开，嘴角不自主地淌着口水，接过儿子、媳妇、闺女、女婿捧来的热茶水。抖抖拂拂的手，把茶杯送到唇边，水没沾唇，心就热了。象征性碰碰嘴唇，其实也不渴。放下水杯，从袖笼里，掏出两个大红纸包，里面装铜钱若干。大户人家，可能包银锭子，或者小黄鱼之类……

台下二十多团丁，分两组，每组抬五个笆斗。笆斗里，盛满糖块、红枣、花生果、板栗和桂圆。分别沿校场内外圈，向看热闹的人群撒糖果。讨喜、看热闹的人们，满地捡糖果。场面十分热闹、喜悦、开心。新娘新郎，人人神彩飞扬，容光焕发，个个眉飞色舞、气宇轩昂。

邝管家一声令下：放烟火爆竹。校场南边，燃放鞭炮烟花区域，升起道道蓝烟，千条万条烟火线，在蓝烟中，"吱溜吱溜"升向天空。紧接着，天空传来"砰咔砰咔"爆炸声，天空顿现一朵朵洁白的蘑菇云。当白色蘑菇云倾落时，很快形成仿佛云的瀑布，云的洪流，汹涌排空，凝聚成直线、弧线、盘旋之后，洒向大地。金色的阳光透过时，便呈现出五色斑斓、色彩华丽，十分壮观的空间彩图。爆竹烟花之后，嘹亮的长号，清脆的唢呐，四面五音，同时奏起，将这场集体大婚礼推向高潮。邝管家伸长脖子高呼："请夫人为今日新人，颁发大婚契书。"

四乡丁累巴巴地抬一口大木箱。二百人排成长队，不停留地从阅兵台经过，夫人向每对新人颁发契书，以证明婚姻合法合规有效，受乡团保护。从此，任何人试图拆散合法婚姻，必遭惩罚。发完契书，邝管家代表乡团，严肃地向台下新郎新娘发出严正忠告："结婚男女，拿了这张契证，不能视作儿戏。男人不得随便使休书，解约婚姻。女人不得随意反悔，离开男人。无论是富贵，还是贫穷，无论是健康，还是疾病，双方都须不离不弃，相濡以沫，相互爱护，相互尊重，相互搀扶，白头偕老，直到永远。今后，荡里谁家婚姻出了问题，必经队、乡、保调解，调解不成，报乡团统一处置。是非曲直，皆由乡团、乡约会议视情裁断。请媒婆留下，夫人设午宴招待，授赏银。南头队秦老妈子，获金牌媒婆光荣称号，成全十对新人，赏银二十两。南二队王媒婆获银牌媒婆光荣称号，成全八对新人，赏银十两。北五队李媒婆、北六队朱媒婆……全部获好媒婆称号，每人赏银五两。最后，俺宣布，龙王荡践行《乡规民约》，集体大婚，礼成！"

2

腊月二十九下午，廖家商贸船队，十船虾皮卖了非常好的价钱。三爷培伦率船队绕道江南，从昆山带回大米千担。还从上海滩，置办了一台脚踩棉籽轧花机和豆油压榨机。三爷召来滕大山、阙小海、辛驰，长工郇大龙、串二胡子、娄小驹，使杠撬绳拖，把轧花机安置在后院外棉库中。三爷反复读了说明书，然后脱了棉大氅，蹬上轧机踏板。让郇大龙提来一袋籽棉，掰出三股之一，摊在轧机入口面板上。随着"咔嚓咔嚓，呼噜呼噜"的声音，入口面板上的籽棉被均匀推进入口。棉籽脱落在漏斗里，绒抖抖的无籽皮棉从出口翻卷出来。不消一盏茶工夫，轧出好几斤棉籽。

宝贝神器摘下棉籽，弄出皮棉来，消息很快传遍大院。大院上下，扫地抹桌子的佣工，带孩子的保姆，烧饭的大厨、外工、内勤工，个个跑来看热闹，每人轮番上机，体验一把。为将来昼夜不停机，加工皮棉做好人才储备。半截庄子的老老少少，男男女女，都挤在后院看热闹。他们不敢相信，又拍手称奇。天下竟然有这等神物，真是宝贝呀，太厉害，老卵。皆摇头，不敢相信。却又是亲眼所见，心中谜团无法解开。有几个老头老太，迷惑不解地说："三爷一定把啥神仙也许是妖魔，藏在机里面施法的。""如此神器，不是一般人家能受用的。只有廖府这样人家的气性、运道，能扛得住。""这机器，四周都用白铁皮蒙住。里面有啥鬼颠倒，外面人看不见摸不着。没有神鬼作怪，那棉籽咋能自动跑出来呢？"……

廖子章听说三儿回来带回轧花机、榨油机两件宝贝，特兴奋，口中念道："志不强者智不达，言不信者行不果。"他赶到棉库，看培伦在示范，教人操作，觉得神奇。"三儿，你下来，让俺来试试！"廖子章学着三儿的样子，踏上轧机板，脚下用力，踏出节奏，均匀着力。不能一脚深，一脚浅，一脚重，一脚轻。两手既要稳住把手，也要不停添棉花。一踩一松，一添花。节奏要稳，吸口气，再重复。机器声音匀了，去籽的皮棉，就"呼呼"地冒出来。棉籽，就"嘀嘀嗒嗒"落入容器中。

廖子章上机一炷香的时辰，很快总结出几个操作要点。将来，这皮棉可高价卖给江南大织厂。棉籽可以榨油。棉籽油通过熬制，滤清，和豆油一样，能食用。棉籽粕沤肥，发酵，上地种庄稼，不比大粪差。一举多得。

廖子章和周围看热闹的人们说轧花机的妙用。卫士滕大山来报："廖总，严九爷管家严雨川求见。"廖子章说："请他进来，看看俺这宝贝，让严九爷也弄一台。"话音未落，严雨川到棉库门前，看廖总在一部洋玩意机械上磕棉籽。严雨川第一次见这玩意，也不知啥东西，问滕大山："大山兄弟，廖总捣饬啥玩意？""轧花机，上海买的，专门摘棉籽。"严雨川从滕大山口气中，听出了自豪和骄傲，但并无轻慢的意思。他有点心急，也想上机踩几下，沾点喜气。忘记自己代主子请廖总吃饭的事了。滕大山说："喂，严兄弟，别忘记正事，赶明有空，专程过来踩吧！"廖子章见严雨川来了，不好意思，停下机说："雨川呀！啥事呀？"

严雨川抱拳施礼："四太爷好，在下受俺家老爷指派，特地请您赴宴去。大年初二，俺家俩少爷，和端木家少爷端木槿，夏侯家少爷夏侯鸿，去东洋留学，今晚俺严家请客。三天前，向道过您了。怕您事头多忘记。俺老爷让俺赶轿车过来，接您过去。有向无请非礼也！""哦！俺不会忘记。晚上的事，俺快马一鞭，两盏茶工夫就到。你跟九爷说，你前脚到，俺后脚跟进。俺骑马习惯，来去方便，不须接送，九爷的事，哪能忘！"

3

晚上，严九爷家餐厅宽敞明亮，悬灯结彩。这里原本摆四张八仙桌。眼前，是一张大圆桌。昨天九爷吩咐管家，找木匠杨连夜赶制的，还没来得及上油涂漆。圆桌面套在一张八仙桌上，再罩上一块大红绸缎的桌帘，最多可容二十人的盛宴。木匠杨创造性地在大圆桌面上加了一张带转轴的小圆桌。菜肴放在小转桌上，转着吃，方便许多。从这日起，龙王荡几百年八仙桌请客用餐习俗，转向圆桌时代。这是严九爷的创意，木匠杨的创举。现在，摆十二人座位，很宽松。严家父子三人，三房婆姨；夏侯廪父子两人；书院最有影响的孔、孟、颜三位先生，廖总。共十二人。八仙桌，一桌，坐不下；两桌，人不够。这才使严九爷有了办圆桌的动机。严九爷安排主宾就座，非常客气地说："感谢在座各位给俺严九面子。到年根啦，忙年啦，请客不易。大年初二赶行程，前天才得日本国的知会。俺跟夏侯爷合计，请一桌谢师酒。诸位都知道，

第五章 倭贼夜袭　　　　　　　　　　　　　　095

端木与俺，尿不到一个壶里。俺与他，没啥仇，没啥恨。两人就是不对眼，相互瞧不起，见着不舒服，估摸着俺请他，他也不会来。不提这个，感谢多年来，四太爷对严九府上照顾有加，感谢德庆堂书院各位师长、先生对俺们两家娃的精心呵护、培养、严教，先生辛苦。来吧！俺们严、夏侯两家，给你们鞠躬致敬！"

严九爷说完，做个手势，让两家在座各位家长和娃站起来。严九弯腰九十度，夏侯禀见机紧紧跟上，其他人学着，恭恭敬敬向三位先生和廖总鞠躬敬礼！廖子章连忙站起，几位先生有些拘谨，慌忙起立，齐声说："感谢！感谢！免礼！免礼！"廖子章说："严九爷不必如此客气，同是荡里同胞。再说，你九爷，年年对书院，额外没少帮衬。"

夏侯禀是个小抠门的脾气，铁公鸡，一毛不拔。铁算盘，绝不会乱拨一个珠子。在娃身上，除了每学期两斗小麦的学费，绝不多花一文。此刻心中有些不安地说："惭愧！惭愧！俺夏侯禀做得不好，做得不好，以后弥补，以后多多弥补！"

晚宴的菜，上齐了。八荤八素热菜，外加十二道凉菜。严家厨子做的严家菜。小炒、清蒸，以淮扬菜系为主打，辅以鲁菜。诸如软兜长鱼，爆炒虾仁，清炒菖蒲根，肉汁炖萝卜，平桥豆腐羹……烧焖菜，诸如葱段烩海参、红烧鸡公、鲈鱼，油焖大青虾，姜汁青铜蟹……

喝的是自家酒坊酿的，三十年地下窖藏的，优质芦黍大曲酒。八只白色透明的薄瓷小酒壶，轮番放在开水锅里加温。龙王荡人明白酒后寒的道理，冬天不喝凉酒。四个美女丫环，一个比一个俊。倒酒、搛菜、换骨碟，分工明确，训练有素，彬彬有礼！酒过三巡，菜过五味。廖子章从随身带的一只锦囊中，取出三个精致的牛皮匣，一一打开，三块一式，巴掌大，厚薄长短一致，祖传的和田羊脂玉。每一块玉，连一条黄色的精美流苏。玉体纯洁平滑，柔光温润，流泽吐乳，雕有二龙戏珠半截镂空图。洁白无瑕，堪称玉中绝品。仨学子，每人一块。严九眼光毒辣，稍视一眼，自知价值连城。他不敢相信，天下竟然有这样的人，竟然把祖传宝物，赠送毫无血缘关系的人。莫非他有比这三块宝物更重要的目的吗？是阴谋？再大仁大义，也不至于吧！出手如此阔绰！知道四太爷慷慨，不知道如此慷慨。严九憋不住了，说："就是您四太爷舍得。

德隆望尊呀！俗话说，富贵不淫贫贱乐，男儿到此是豪雄。今天，俺严九才晓得，这里的真谛，高山仰止，景行行止。您哪！太让人崇拜！如此稀罕之物，绝世之宝，世上再无二家能拿得出的。您拿如此贵重宝物，送这几个尚未入世，十来岁轻飘飘的少年后生？"

夏侯禀也是识货之人，见此玉眼前一亮，心脏无名地抖动起来，心中霍然叫绝，接严九话茬说："四太爷，您一出手，俺惊呆了。高深莫测，不解其意。俺的几千亩地，加在一块，其价值也不过如此。这绝不是舍不舍得的事，没那么简单！您有啥意图，就明说呀！"廖子章心中暗想，地主呀！不管多大的格局，他的尺子，总是为了衡量吃亏讨巧。唉！俺们的民族呀，地主越多越衰弱。该给他们解释了，妄猜无益："俺希望，俺书院出去的娃，像这玉，干干净净去，干干净净回，保持年轻人的纯粹，是其一；安安全全离家，安安全全回国，去时身体健康，回时心脑健全，是其二；和田玉，乃民族财富，国之宝物，暗喻俺德庆堂书院学子，乃民族之瑰宝，学成归来，为民所用，必成民族大器，是其三。玉是有魂的，她的魂，就是中华龙。中华包容天下，龙行天下无极。守住宝玉，就是要守住民族之魂。民族的命运，靠你们这代人去改变。国难，将靠你们去拯救。这几句话，不出三十年，在座各位，必有全新解读。"严九理解廖子章的意思，他是聪明的地主，不想在娃娃面前过度解析，说："俺们的娃，须铭记在心，时刻不敢忘怀。俺代表娃，谢过四太爷！"廖子章抱拳回示说："九爷不必如此，俺不是为了一个'谢'字。龙王荡的娃，都是俺们自家的娃。说真话，俺仅有四块老货，祖上传下的。俺赠给俺们出国留洋的娃，比留给俺四个儿子，更有意义。俺华夏之族缺人才啊！俺比西洋、东洋国，脚步整整慢了差不多百年。再不奋起，差距会更大。到那时，俺们的民族就危险喽！弱肉强食，连不会思考的畜生都明白，何况人类！"孔先生说："这四娃同龄，十六岁，在俺们德庆堂书院高学部学子中，成绩优异，四书五经抱本，诗词、歌赋、典论、论文，无不精进。去年院试，皆入生员。书院实指望，再苦二年，秋闱中举，大有希望。"孟先生说："龙王荡这几名优秀学子，不走科举之路，走留洋之路，站得高，看得远呀！怀大憧憬，寄大希望啊！俺们书院先生们，都大叹可惜，观念恐怕陈旧些。其实，读万卷书，需行万里路。啥叫行万里路，不仅看你走多远。重要的，看你在行万里路时，遇到万事之困，你持何态度，能不能具备解开万事之谜的办法和能力。从而，增长见识。学以致用，入世为民为国。俺希望俺龙王荡的娃，将来坐朝理政，有大作为啊！"

严九说："本来，这几娃是明年夏秋入学。问题是他们不通东洋话，无奈只能提前半年先过去，学东洋国的语言。明年秋，再正式入学。既去了，好好学，不着急，啥时学成，本事大了，能挑重担子，啥时回，八年十年都可以。可不能半途而废，功亏一篑。"颜先生问："不知几位学子，学啥科。洋学分类分科具体，培养方向明确。"夏侯廪说："怀腾学文科，怀达上军校，一文一武；俺家鸿儿学医科；端木家娃，学机械，机械不知啥玩意。"廖子章说："机械，就是轧花机、榨油机、小火轮……"廖子章刚要详细说明机械是啥意思，隐隐听到远方传来牛角号声。大年期间，最忌讳的莫过于这声音。龙王荡有规矩，民间绝对不许吹这类号子。廖子章十分警觉，猛然站起，刚要离席确认，卫士阙小海猛推门进入，气喘吁吁，抱拳："报廖总，南十队传来警报，发现倭贼海盗船贴近河口，有闯车轴河迹象。"说着，滕大山、辛驰跟进。廖子章说："车轴河从海口上溯至六队，海水倒灌，这个河段不结冰。五队向西，受淡水影响，结成厚冰。倭贼海盗船，不会突破六队，向内河出发。六队向东，是他们的重点进攻区域。到年根，海盗击袭，荡中必遭祸殃！明天就是大年除夕，一定要让百姓过一个平安年。滕大山听令！""廖总，请吩咐！""速告蔡先福，率大年备战队三百人，把守七星塘、六道水、八段河、九回洲。封锁车轴河出海口。调水寨大舸，围住九、十队车轴河河面。不让任何可疑人、可疑船经过。遇贼必杀，一个不留。若贼寇已进车轴河，断其归路。若没进车轴河，就在进海口消灭他们。""是！""阙小海听令，你的马快，抄近道，径直去铜钱岛，通报东方大统领，让他派五百人，沿五十里海坝，五个道口设防，贼寇在哪个道口出现，就在哪个道口消灭，不放过一个活口。""是！"

"辛驰随俺来。各位慢用，子章告辞！"这突然情况，令人毛骨悚然。倭寇海贼，杀人不眨眼。观廖总现场指挥，如此足智多谋，果断应战，个个目瞪口呆，不知所措！严九站起道："四太爷，你俩人出去太危险，俺派二十家丁，跟你一起，护驾！"廖子章说："严九爷，你的家丁，留下守好自家仓库、牲口场、家院子。别让贼寇突袭喽。你家，也是俺乡团戒备重点目标。说不定，倭贼目标，就是你家。人高影子大，树大必招风。不能含糊，警惕第一，有备无患。"严九心中不安，俺家那些家丁，哪里是日本武士的对手。俺家遭倭贼抢劫，又不是第一次，虽然这种抢劫，伤不了啥元气，却总是要死几个人，一条人命一家毁，搅得人不安顺。前车之鉴，历历在目。他吩咐二婆姨说："夏菡，你主持，继续宴席，不能让倭贼搅了咱家的酒局。俺去去就回。各位不必担心，喝酒喝酒。"说完，又对外边喊道："雨川，雨川呢？"严雨川开门进屋问："老爷，在哩！""你带五十人，把守粮库。再派五十人守住油坊、酒坊和牲口场。俺集合现有院子里的百十人，保家院。"

夏侯廪岂能坐得住，起身向严九爷告辞。可惜了葱段烩海参，红烧鸡公，油焖大青虾，还没动筷子。严九说："夏侯爷，你爷儿俩，现在回，外边黑灯瞎火，很危险。万一遇上倭贼，咋办？"夏侯廪一时没了主意，说："九爷，您出个主意吧，俺家仓库、院里头，还不知道他们知道不知道这消息。太可怕了，俺得回呀！家里的人，没有主心骨！"

严九爷很客气地说："你爷儿俩，是俺请来的，俺派轿车送，再派五人护卫，你意下如何？""如此甚好，如此甚好。九爷，大恩不言谢！"严九明白，万一遇上劫匪，这五人也打不过一个日本武士。

廖总、辛驰快马上了车轴河大堤，登上烽火台。驻守烽火台的二十多乡丁，已接到海贼已入河口的信号。烽火台建在龙王荡中心地带，南五队的车轴河的大坝上。能容千人的屯兵场，分地上、地下两层。广场四周筑有堞墙、炮台、哨位。广场常年堆放五个大柴垛。遇到紧急战况，廖总亲自上烽火台，直接指挥，点燃柴垛，百里龙王荡都能看到。视情况轻重缓急，确定点燃柴垛数量。若十万火急，会把五个草垛一起点燃。廖总卫队，三百铁骑，会在半炷香时内，火速赶到烽火台下集结受命。廖子章手握长枪，立台上，正朝河面观察。守台头领关屹，迅速跑过来报："禀廖总，守台首领关屹，率部二十人正在巡逻，请吩咐！"正说时，东两里半处的哨所，有四支火窜子，钻入天空，紧接着传来钻天猴"啾啾啾啾，砰砰……"的声音。

十队车轴河入海口，蔡先福部署三百人，在九回洲、六道水和八段河，守住咽喉，堵死倭贼进出通道。临时调二十艘大舸，严防死守九、十队河面。车轴河面火把通明，万灯齐放，亮如白昼。

东方瓒接到通报，亲率两艘大舸，抽调火器营一百名巾帼女将。亲点金枪不倒震山象，惩恶夺命枪赤臂罗汉，清月白夹山大虫，腾岩兽大马猴，离、坎、震、兑四营副将，各领一百精锐，皆持刀枪剑戟，分别守住海堤五个道口，不点火把，暗中设伏，不露声色，诱贼上岸，困而歼之。

四响钻天猴，表明倭寇四艘海雕式飞鱼船，火速溜进六队车轴河南岸，经月牙河进入六汊磨盘口。磨盘口是一片圆形湖，湖岸低洼，分别有六条支流。这里地处芦苇深处，多年无人采伐，芦壮苇实，丛生多代，沟壑纵横，地形复杂，旁通咸水、淡水，水情混合。重湖湿地，叠沟错溪，柴深蒲丰，灌丛杂芜，乱象遍生，不见天日。若没有十分熟悉地情水情芦情人帮忙引路，纵有高精度指向仪，哪怕大白天，船舶也不敢随便闯入，何况晚黑。这一回，倭贼真是聪明了，他们进入车轴河，落帆卸桅，不声不响，摇橹钻进龙王荡腹地，直接蹿进磨盘口蜘蛛流。

磨盘口的蜘蛛流，在乱苇之中，隐藏得最神秘，是六条支流中，唯一咸水河，不结冰。其他五条汊河，分别是黄蜂流、黄鹤流、乌龟流、水獭流、花貂流，都是淡水河，结成厚厚的冰，船进不去。蜘蛛流到严九家牲口场，直线距离八里，到夏侯禀家，直线距离十六里，到端木渥家，直线距离二十里。倭贼目标，应该是严九家牲口场。大年，海贼专为杀猪羊，宰牛驴而来。四艘船，一百人，二十五辆平把板车，四人一组。黑乎乎的队伍从四艘船上，按顺序先后上岸，列一条长队，秘密潜行。黑暗中怕暴露行踪，不敢燃火把。长队第一个人，弯腰如猫，脖子伸如螳螂，身材瘦小。穿长袍，走起路来，似仙若鬼，飘飘悠悠。过会儿四处张望，辨别道路，观察动静。其实，脚底没啥路，都是浅水结成的厚冰，不止三尺。后边的人紧紧跟上，不敢迟疑。一个拖平把板车的矮个子，脚下没踏实，"轰唪"一个大损，车把磕地，屁股被压车下。还好空车，没啥斤两。旁边一个手握钢刀的家伙，脱口痛骂一句："八嘎。"顺手将车把扶起。车下这家伙，不知咋的，两腿刚撑起，没站稳，抖动一下,"轰嗵"又是一声,跌一个屁坐子。后边跟着的,连人带车,"轰嗵轰嗵"声,接连不断。

廖子章听到四声钻天猴声响,果断地呼唤:"关屹。""在。""焚烧三个柴垛,加食油、白蜡,放大火头。""是!"

三百卫士身背枪戟,腰插火器短枪,手持火把,从四面八方驱马而来,火速集结。廖子章立马背,对卫队将士们大声说:"兄弟们,倭贼四艘雕式飞船,至少一百人,驶进月牙河。注意:月牙河向南六里,是磨盘口,磨盘口上有六条支流,其中五条是淡水河,现在必结厚冰,无法行船。只有蜘蛛河是咸水河,贼船定进蜘蛛河无疑。这说明有龙王荡人指引。蜘蛛河离严家牲畜场、粮库最近,贼人有指向,目标明确。咱们三个支队,第一支队左雷、左良听令:你二人率部,火速赶往严家牲口场,绝杀贼寇。灭掉火把,秘密潜行。见给倭贼引路的人,不管是谁,格杀勿论。""是!"第一支队主副将并肩率部而去。廖总继续吩咐:"第二支队徐天福、徐人福听令:你二人,率部坚守严家粮库,灭火潜行,遇贼杀贼,不留活口。""是!"第二支队主副将并肩率部而去。廖子章目送两支马队之后说:"第三支队狄虎、狄豹听令:狄虎率五十骑士,在海堤外护堤河至磨盘口蜘蛛河密芦丛中设伏,严防后续倭贼,从海面越堤,过护堤河,增援接应。一旦交手,放火烧大柴,然后猛摇鼙鼓,吹响海螺号,吸引在海堤道口设伏的龙荡营的兄弟,协助围剿。""是!""狄豹率五十骑士,随俺而行。今晚,俺给胆敢侵入的倭贼海盗,布下天罗地网,完全、彻底、干净地消灭他们,一个也不能少。"廖子章杀伐果断地说。

月黑杀人夜,风高放火天。黑暗如一层大幕,笼罩在芦苇纵深处。天上没有云,人仿佛置身全封闭的铁桶里,繁星一点一点,镶嵌在黑色的远空,像残废的萤火虫,像隐约的猴腚头,像群狼的眼。带刀锋的寒风打在人脸上,仿佛被剐下一层皮的感觉。寒风在密扎的芦苇中,掀起恐怖的黑浪,发出狂妄的咆哮。芦苇间没有现成的路,只有结冰的洼地。在这种环境中,别说打仗,行走已经很艰难。一纵队的倭贼,磕跟绊跌,一路摸爬滚打,向严家畜场方向前行。

左雷、左良、徐天福、徐人福,先后到达指定位置,和严家护院家丁首领接上头议好方案，各就各位。按兵不动，以近待远，以逸待劳，以饱待饥。等到倭贼盲目进犯时，迎头痛击，克敌制胜。两场地，通通熄灭墙里墙外的所有灯火。粮库、牲畜场，分别由左雷、徐天福指挥协调。此次作战任务，只有一条，绝杀倭贼，不放走一个。

严家牲畜场占地三十亩，每十亩一个单元。单元之间，有一道五尺高，二尺厚的矮墙隔断。防止牛羊马驴混合，抢食争斗。矮墙，是软烂泥拌麦穰，掼成泥饼子，一沓一沓摞起的。墙面用锋利铁锹，带线铲齐，稀泥抹平。外披麦秸，差不多给矮墙披上蓑衣，如此，风吹雨打，天寒地冻，可经久不蚀。第一单元，牛场有牛一百多头。白天在牛场上活动，在外槽上进食饮水。晚上，按犍牛、骟牛、牯牛、生牛、小犊子，分类进舍，各睡各觉，互不侵扰。沿牛场四周，是"口"字形，四条边牛舍，每条边十间牛舍，四条边四十间牛舍。人、牛通过南边穿堂大门，进入牛场。这里有八个牛倌头，每条边牛舍由两个牛倌头负责，还有两条狼狗。白天给牛放风，晒太阳，管理牛的活动；给有意味的雌雄二牛之间拉皮条；还要严防不安分的牯牛对孕牛下手，霸王硬扳弓。晚上，收牛进舍，等牛尿，铲牛屎，与牛共眠。沿牛舍内墙，有石凿内槽。槽口上，每五尺钻一石眼，缰绳一头穿在牛鼻上，一头穿在石眼里。每头牛在五尺范围内吃草进料，不可逾界，也逾不了界，牛缰绳长度锁死。牛，春夏喂青草，秋季喂青僵草，冬月便是豆秸、麦穰，拌熟麸、熟黄豆。今日牛群，正安详地在牛槽边上，有的继续啃草进食；有的，把白天吃进肚里未消化的草料，从肚子里返回到嘴里，再次咀嚼，以促进消化和营养吸收。它们不知道，这里即将发生针对它们的一场血腥而惨绝的杀戮和反杀戮。

第二单元是羊舍。羊舍比牛舍简易。一百多只羊，一半山羊，一半绵羊。绵羊，用来剪毛，捻线，织毛衣。山羊，供食用。羊舍，沿四面围墙。墙内用梁柱支撑，顶上搭成内高外低的一檐坡，茅草修缮。白天羊在舍外活动。晚上，舍内铺麦穰，绵羊山羊，混合一起。两个羊倌头带六条狗，两支长梢喷砂子猎枪，值守羊场。

马骡驴在第三单元，这个单元全封闭。三幢平房，每幢十几间。大通间，有梁栋无山墙。晚上，穿堂大门，从内起杠加锁；舍厩里，闭门横闩加圆木杠子。

今晚，防守重点，无争议的意见统一，牛和羊。这也是倭贼往日抢袭重点。牛羊肉香，骡马肉酸，驴肉虽可口，却是大发物。这些倭贼都明白。现在，倭贼使一式一米长的大鬼刀。二十五架平板车，一架挨着一架。深一脚，浅一脚，歪歪斜斜，跌跌撞撞，一路迎风，已接近牲畜场。引路人在最前面，身形瘦弱，身影飘忽。在黑暗中，犹如一副画皮，裹着一副骨头架子，忽闪忽闪。身后，似一伙幽灵、鬼影攒动。

到了牲口场，他们悄悄分散，分别溜向一、二单元的穿堂大门前和门两边高墙脚下。

一单元徐天福率五十人，隐蔽在牛场舍外牛槽里，密切监视倭贼鬼影。熄灯之后，黑暗中难以看清墙头上情况，只能凭耳力分辨动静。徐天福对身边助手说："听俺枪令，一人一枪，瞄准再打。第一轮火枪之后，要眼尖手快，迅疾展开面对面的肉搏。"二单元徐人福率五十人，隐于羊场东边，下水道旱沟中。这条旱沟，雨天排水之用，平时无水，今日派上用场，正好做战壕。他对身边人说："准备弓弩、火枪。等那些狗日的鬼影全部进入场内，关门打狗。先发弓弩、火枪。靠近再打，弹无虚发。最后跃出地沟，拼刀枪，听俺的枪令。"

黑咕隆咚的牛场、羊场，寂静无声。贼首鹤田心下有些不安，为啥没有一点动静。小声问引路人："你的，确定，这里是牛羊场？"引路人镇静、严肃，小声回复："拿钱办事，这是规矩。您给俺钱，俺忠心替您办事。确定，这边是牛场，隔壁是羊场。一墙之隔，一墙之隔，懂吗？"倭贼疑惑地说："八嘎！少说两句。有牛、有羊，为啥这般安静。有问题！"狡猾的鹤田从地上捡起半截砖头，从墙头上方扔进牛场。他仰头，半张嘴巴，等了半响还没动静，连一声狗叫都没有："八嘎，睡觉，睡得透透的，天下无贼！"便哈哈大笑："愿天皇保佑！"

徐天福率部潜伏在牛槽里，不动声色。隐蔽在羊场旱沟里的徐人福部，也按兵不动。狡猾的鹤田，对身边矮个子、黑胡子、光秃顶的柴崎说："柴崎君，你的，羊场的干活，你们先动手，我的，保护你，懂吗？"

柴崎听明白鹤田的中国话，意思比较明确，让他先抢羊，鹤田率部保护。鹤田暗想，只要柴崎动手时，场内还是没动静，他便不用保护柴崎。他就可以在牛场动手，万一柴崎遭遇抗击，自己可抓紧逃跑。

羊倌头冯白车、马厚炮，抱着顶火的长梢子带铁砂子的鸟枪，搂着两条头狗，不让它们发出吠声。抚摸狗头，让狗安静，再安静。六条狼狗，如杨二郎神犬，昂立挺胸，端坐如钟，屏住呼吸。鼻子不停向两边扭动，品着随风蹿进来的气味。两耳朵如截面春笋，尖挺直竖。柴崎一挥手，领一队人车去了羊场门口。他们在大门两边甩起铁锚，钩住墙檐，噔噔噔，四五人上墙，跳下墙，拉开大门闩。一队倭贼涌进院内。未见院内有啥动静。

鹤田见柴崎的人进场如入无人之境，激动得抡起手中武士钢刀，朝着木板门中缝，"噼嚓、噼嚓"，两声巨响，门闩被劈断，第一个破门而入。一挥手，身后十三辆平板车鱼贯而入。四贼一辆车，按原定计划，冲入牛舍，砍掉牛头，将牛拖上车，原路返回，上船。宰牛上车，必在须臾间完成。他们进了牛场，直向牛舍冲去。牛场、羊场，几乎在同一时间，埋伏在场外的严家家丁，齐声呼杀，声势浩大。点燃场内场外所有的灯笼、火把同时点燃场内的草垛。一瞬间，火光冲天，光芒万丈，照亮大半个龙王荡。百名家丁分两部，关上穿堂大门，从门外加锁。倭贼听到突如其来的喊杀和四处火光，虽感惊异，但并不十分害怕。家丁在他们眼里，就是一帮乌合之众，不堪一击。他们自认为是优等大和民族，天皇子民，天下无敌之武士。这支那国地主家的喽啰，只不过是他们用来祭刀的羔羊，不足为惧。

倭贼接近舍墙外牛槽时，冷不防，跑在最前边的鹤田助手小岛一郎迎来徐天福的致命一枪，血窟窿穿过心脏，子弹从前心进，后心出。扬起手中钢刀，在空中摇了两下，一个趔趄，栽倒在地，口中念道："支那猪。"仰面朝天，龇牙咧嘴，在疼痛难忍中，翻过身，两手撑地，妄图站起来。徐天福不是倭贼想象中的地主家丁，是身经百战的勇猛之士。冲出牛槽，一支冷枪戳进小岛一郎的血窟窿，用力一挑，举起，将他摔出墙头。

徐天福手下众将士，听到首领的枪令，不由分说，瞄准蜂拥而来的倭贼，一枪撂倒一个。冲在前边的两列倭贼，就像意大利人玩的多米诺骨牌游戏般纷纷倒地。"口"字形牛槽里，伏兵向"口"中间，喷出一轮火窜子之后，众将士跃出牛槽。从四面包围过来，刀枪剑戟，斧钺钩叉，如天兵天将，一起杀向贼群，身手利索。这一突如其来的袭击，心中万分瞧不起地主家丁的倭贼，被杀得措手不及。牛场上，倭贼死伤过半。剩下的，蒙圈了。这些正宗的盗贼，虽不是正宗的武士，近赤近墨，也受武士的几分影响。所使日本武士刀，能砍能刺，武功虽不是一流，但绝对不是三流。双方都使冷兵器，在力量相当，技艺相当，意志和精神相当时，兵器一寸长、一寸强，一寸短、一寸险。乡团勇士多使长戟大刀，胜负基本没啥悬念。

中华民族，自古就有尚武精神。真正的武士，所追求的是义、勇、仁、礼、诚、名誉、忠实和克己精神。有准则，有道义。敢做敢为，光明磊落，坚韧不拔，武艺高强。绝不干烧杀抢掠的非人勾当。武士讲宽容，讲情怀，讲爱心和关怀，讲诚实守信、尊严、品德和信念，绝不会伤害和杀戮无辜。倭贼海盗的武士道，仅仅是一种没啥人性的杀戮精神。非正义的单纯杀戮，他们手中的武士刀，在龙王荡乡勇们青龙偃月刀、峨眉枪、杨家枪、方天戟、青龙花杆戟面前，只不过是被一缕缕死魂灵握着的一支支搅屎棍，不足为奇。龙王荡的龙人，具备龙的特质，坚定、勇敢，百折不挠，砥砺前行。小小倭贼，自不量力。

五十多倭贼受内外夹击，无处躲藏，无处逃遁。他们自投罗网，飞蛾扑火，自寻死路。

东边隔壁的羊场，徐人福一声令下："杀。"一轮弓弩箭，加上一轮火枪，像云像风像火又像雨，迎着倭贼扑面而来，近距离绝杀，容不得倭贼做出啥反应，已死伤三分之一。柴崎率领余贼，拼命还击，打斗得十分顽强。狡猾的柴崎知道上当了。眼前，正面冲杀的对手，绝非地主家看家护院的狗奴才，而是身经百战，经验丰富的乡团将士。暗想，现在不是抢宰羔羊的事，而是设法杀出一条血路，赶紧逃生。他看到门口拥进的一帮人，更像虚张声势的家丁，他转身杀向门口，欲夺门逃出。徐人福盯住柴崎，一眼识破柴崎诡计。他手握丈二长戟，一个撑杆跳跃，自柴崎身后从头顶飞过，拦住紫崎去路。就在这刹那间，柴崎钢刀已插进身边一严九家丁肚里，刀口顺势一拉，把那家丁棉袄棉裤，齐刷刷撕切开。可怜那家丁，手中握长梢猎枪，机头已经打开，没来得及扣动扳机,大肠哗啦啦地拖出来,袅袅地冒着热气。又给严九爷增加一笔抚恤的开支。徐人福翻身,跃到柴崎前面五六尺,亲眼看到那家丁惨死景状。徐人福没回头,更没来得及抽回长戟,他从自己腋下直送出一个回马枪,迅疾不及眨眼,只听得"噗嗤"一声,长戟从柴崎左肋进,铁戟尖子从右肋出,将柴崎肝肺肚脏,串在一起,举在半空,猛然摔下,"叭"一声,地面上的青石板,被砸成两截。柴崎四肢撇开,头颅粉碎,脑浆四溅,两颗眼珠子激出来,像荸荠一样紫中带黑。牛场、羊场的战斗,还在激烈进行中……

粮库那边,左雷知道牲畜场已经打起来。左良对左雷说:"哥!俺们去增援徐天福吧?"左雷回应:"再瞧瞧,防止狡贼调虎离山,声东击西,围城打援。"左良觉得,还是大哥想得对,自己还嫩着呢!

廖子章亲率五十骑士,正在磨盘口寻找贼船,断其后路,并防倭贼从海堤道口过来支援。忽见严家牲畜场火光冲天,杀声一片,知道那边已干起来了。他率骑士把倭贼四艘海雕飞鱼船浇上松籽油,一把大火烧了。然后,径直赶往严家牲畜场增援。

牛场上,引路人拽住鹤田衣角说:"将军,俺们中计啦!"刚想说逃吧,又怕恼了鹤田,或者引起鹤田怀疑,自己小命不保。换了口气:"撤吧,您若不怀疑俺的忠心,俺带您冲出去,以图将来。"引路人为不让别人识破,脸上涂满黑灰。不知他哪里来的本领,纵身一跃,上了五尺的单元隔断矮墙。顺着矮墙,跑到牛场围墙边上,又是纵身一跃,上了围墙,只听"嗵"的一声,跳下围墙。拍了拍屁股,缩着脑袋,拼命躲进暗处,鹤田紧跟其后。混乱的拼杀之中,场内无人发现。场外的人集中堵在大门口,凡从大门口逃出的贼,都被绝杀。围墙外被忽略了。引路人和鹤田,逾墙而走。出了场外,一时间迷失方向。跑了三百多尺,发现很多战马隐蔽在此。引路人和鹤田,慌忙地上了战马。引路人仰观天上"三星",看了北斗。确定了位置,然后,向磨盘口蜘蛛河奔去。路滑,不敢快跑,两人举起火把,钻进芦苇丛中。一边跑,一边点燃芦柴。小命豁出去了,身后有大火燃烧,不担心后有追兵。

廖子章的马在前边奔跑,左边是滕大山、阙小海,右边是辛驰、狄豹。借着火光,清楚看见对面五百尺处,有两人狼狈逃窜,还明目张胆举着燃烧的火把,点燃身后和身边的干苇。廖子章当机立断,此两人,必是逃窜的海贼。凝神一瞅,前边引路的家伙,不是别人,竟然是龙王荡著名酒仙兆醪桶。这家伙老兵出身,身手不凡,轻功了得。廖子章最痛恨的,就是荡里的人做了荡里的叛徒。这绝不能饶恕,他心中骂道:"好你个兆醪桶,给你足够的钱,便能出卖自家人,出卖灵魂,出卖祖宗。龙王荡的叛徒、败类、无耻,看老子今天咋收拾你。"

廖子章命令:"滕大山催马迎上,一鞭子把前边那个兆醪桶抽下马来,捆了他,俺要问问他,为什么。""是!""狄豹,用你无敌饮血狂刀,把那个倭贼的头,提来见俺!""得令!"二人一前一后,飞鞭催马。滕大山与兆醪桶擦肩而过的瞬间,扬起一鞭,马鞭卷在兆老仙的脖子上,猛用力一拉,"唰"的一声,兆醪桶摔下马。阙小海、辛驰驱马过去,跳下马背,把兆醪桶五花大绑,捆得结结实实。两人像老鹰捉住一只小鸡,将兆醪桶提起,一路小跑。将这只小鸡,扔在廖总马脚下。

再看狄豹,离倭寇鹤田十几尺时,八尺饮血狂刀在手中转动起来。倭贼首领鹤田不装孬种,见势举起武士刀,迎面扑上来。狄豹不看他手中耍的是啥刀,只认准他的脖子正中间喉结位置,寻思那里应该是下刀处,上下对称,不偏不倚。鹤田毫不退怯,亦无偏让之势,对准狄豹的马头,对撞过来。狄豹看出鹤田的心事,心想,俺不傻,和你对撞,不够本。就在两马头即将对撞时,狄豹左手绕住缰绳,猛地向左边一抖,腰背一弯,右手握住刀柄,刀口端平,对准鹤田的喉结回身一刀,犹如轻风吹过,"嗖"的一声,鹤田无头尸立在马背上跑下三十多尺,"哐啷"地摔下马,又滚了几圈,被芦柴丛挡住。鹤田的脑袋,平放在狄豹的大刀片上。这是何等的技术!狄豹收刀,提着鹤田头发,转身,见廖总已到阵前。狄豹将鹤田的首级扔在地上:"禀报廖总,狄豹复命!"自己亲自训练出来的勇士,个个身手不凡,更何况像狄豹这样,高手中的高手,上了战场,如云在天,如鱼在水。一刀在手,如庖丁解牛,游刃有余。动作潇洒、敏捷,杀敌就像表演。廖子章自豪地呼道:"如此甚好。狄豹派俩兄弟,把这很坏的兆醪桶,押往乡团,先关了。明天游庄、示众之后,斩首。这新的一岁,他恐怕加不上去了。"

羊场上的六条狼狗,看到敌对双方大开杀戒,别说这神犬,一下认出谁是倭贼谁是自己人。冲出去，站起来，魁梧的神犬形象，竟然和这些倭贼高度相差无几。不由分说，就在倭贼脸上、手上、耳朵、鼻子、脖子上，动了外科手术。一口咬下去，犬齿见骨，摇头狂撕，既狠又坚定。一声不吭，咬住，使劲撕、拽、拖、扯。然后将对手扑倒在地，改咬喉咙管子。撕下肉，不吃，嫌腥。再撕，就这样，许多倭贼被狼犬活活咬死。有两条十二年的老狗，行动稍微迟缓些，不幸被倭贼钢刀拦腰斩断。两羊倌头痛失爱犬，扔下鸟枪，拖起铡草料的大钢刀，拼命发疯一般，横七竖八乱砍过来。斩狗的俩倭贼，见势不妙，想逃，来不及。想躲，无处藏身。咬紧牙齿，抡起钢刀，迎战羊倌头。俩羊倌头，失去理智，狂骂道："你个狗日的，驴肏猪搞出的杂种，爷与你拼命！"左一刀，右一刀，上一刀，下一刀。一倭贼，刚举起手中钢刀，欲架起大铡刀。谁知道锋利的铡刀，猛烈剁下去，剁在倭贼刀背上，"咔嚓"一声，竟然将倭贼手中刀剁成两截。震裂倭贼的虎丫，鲜血顺着刀柄流下。两羊倌头，相互递个眼色，一齐举起大铡刀。雪亮的铡刀，映着火光，闪了闪。两把铡刀，分别对准两倭贼的左肩，使盘古开天地之力，"噼噼"劈下去，大铡刀从右大腿外侧出。哎呀！十分惨烈，心肺肝胆，血刺刺的肠子，撒了一地。瘆人，太瘆人。激战半个多时辰，没有悬念，倭贼血染严九牲口场。

待廖总到达牲畜场时，徐天福、徐人福已命兄弟清扫战场，清点死尸。对倒地后还在喘气，眨巴眼的倭贼，在要命处再补上一刀一枪。廖总说："俺们不是两军对战，不存在俘虏的说法。兄弟们，放心补刀补枪，不留一个活口，查仔细喽！横向到边，纵向到底，一个一个过关。"徐天福很遗憾地向廖总报告："徐天福禀报廖总，牛场倭贼尸首四十八，羊场五十。按进门时清点的活人，牛场少两具尸。不知去向，何时逃脱的，没人发觉。这是俺疏忽大意了，请廖总责罚！"廖子章并无责备之意："你们大意了，逃脱的人，被俺们撞上了。引路的，竟然是丰乐镇的那个酒仙兆醪桶，已被抓获。另一个倭贼首领，让狄豹削了脑袋。"……

倭贼前来接应的后续船，远远观察车轴河的入海口灯火通明，九回洲、六道水、八段河，戒备森严，知道车轴河进不去了，进去的船也出不来了。倭贼四艘接应船，改施第二套方案。停靠海堤道口，意在跨跃大堤，通过结冰护堤河，去磨盘口，至蜘蛛河，既可增援，也可把掠货接上船。万一第一批人马失败，在严九家丁清理战场，乡团收兵之后可再来个二次奇袭，定然大有收获。

龙荡营五百兄弟，分别埋伏在五个道口。狡猾的倭贼，一百多人集中一起，从第三道口上岸。如果遭遇抵抗，则以数量优势，强行突破。倭贼从第三道口秘密上岸，跨过海堤大坝，排列三条纵队，朝磨盘口蜘蛛河，呈掎角前行。赤臂罗汉手持夺命枪，率坎营一百兄弟和坤营分配过来的三十火枪手，埋伏在倭贼必经路边的芦苇丛里。赤臂罗汉让兄弟们清点倭贼人数。三人过数，核对统一，一百零三人。

倭贼全部出了护堤河，赤臂罗汉率众人分散成半圆队形跟踪。预计到磨盘口外密苇丛中，点火烧苇，三面火攻，一面人攻，一举歼灭。

狄虎的五十兄弟，在磨盘口前的密苇之中。狄虎竖起耳朵，耳轮抖动两下，对身边兄弟说："注意，上火，待倭贼接近时，第一轮使火枪，瞄准喽打！紧接着刀劈斧剁，各显神通。"狄虎仔细听音辨别："各位兄弟，注意喽！前面一百人左右。后面三百尺处，还有一百人左右跟踪。龙荡营的兄弟，在海堤道口设伏，跟踪的，一定是他们。作战时，要特别注意，千万别伤着自家兄弟姐妹。倭贼接近俺们不足四十步……三十步……二十步。打！"五十支火器枪喷出红紫色的闪电一般的火线，四处火把一齐点亮。狄虎在最前面领众兄弟，冲出密密丛苇，齐声喊杀。风吼马叫，混合一片，响天彻地，穿透黑夜的芦苇。赤臂罗汉对身边人说："倭贼遭遇乡团兄弟阻击，打起来了。快！各位姐妹，火器枪从倭贼背后打一轮冲锋，立马撤出，别误伤自家兄弟。其他兄弟，听俺指令！"坤营姐妹早已瞄准，"打！"，赤臂罗汉一声令下，三十支火器短枪一起开火，倭贼像稻秸个子遭遇大风，背脊开花、挂彩、扑倒打滚。

增援的倭贼没想到，从这条绝密的道口入荡地，咋会遭遇前后夹击。本以为此次计划周密，又花了钱买下带路的人，可大获全胜，满载而归。大冬天，可屯积两个月的牛羊肉。没想到，不但没得到一块肉，却弄得命途岌岌可危。

四处火焰张狂，干枯的大芦柴，烧得"噼里啪啦"，炸出一团一团的火花。苇丛中的野狗、豺狐，发出恐惧怪叫，纷纷葬身火海。乡团勇士与龙荡营的兄弟,又一次会同作战。长枪短刀,钩叉剑戟,在天地烽烟中,恶斗绝杀。这一批倭贼海盗,绝非平庸之辈,个个凶猛,自以为天下无敌,蛮横跋扈。做梦也想不到会遇上狄虎、赤臂罗汉这样的天下高手。血光喷涌,火花四溅,在黑暗中,相映生辉。又一批野狼,被大火逼出狼窝,嚎啕奔逃。

呼啸的北风,刺骨的寒冷,你死我活的绝杀,在撕扯和吞噬人的意志,考问人的灵魂。任何闪失,都是生命的代价。乡团一勇士脚底打滑,在与一倭贼拼斗中,脚未站稳,身体歪斜,一个踉跄,被倭贼抓住战机,举刀砍下。千钧一发,赤臂罗汉眼到手到,从侧面使夺命绝杀枪法,顺势一挑,四面出锋的枪尖,从倭贼左肋进去,用力举起,再摔下,扔出十几丈远,砸翻两个正在奔逃的倭贼。俩倭贼刚爬起,就遭遇狄虎的悬风枪,拦腰戳杀……两盏茶工夫,此战结束,清理战场,倭贼一百零三具尸首,齐了。乡团丁勇中,也有几个死伤。战争,就是这样,不管多么周密策划,牺牲难免。狄虎很自责,多好的兄弟,十几年情同手足,一场战争,说没就没了。明天就是除夕,如何向廖总交代,又如何向兄弟的父母妻儿交代……

昨晚,荡中剿灭了大批海盗,激烈火拼,并没有搅乱平民忙年的大好兴致和一片祥和的气氛。

4

大年三十,浓烈的大年味道笼罩着百里龙王荡。大村小庄,集市水寨,家家户户,无不沉浸在忙年的幸福之中。除夕,已忙到最后时刻了。过大年,穷人有穷的过法,富人有富的过法。龙王荡普通百姓,过大年一定是倾其所有,不管将来日子咋过,那是将来的事。眼前,大年,才是顶上功夫,头等大事。先期从河里、海里捕来的鱼、虾,从荡里乱坑里抓来的雁、兔、獾、狍、野鸡野鸭……先前宰的猪、羊,今天要通通变成餐桌上的佳肴了,人们忙劐鱼,煎炸。鸡、鸭、鹅、雁、兔、狍分开,在大草锅里,烀了焖,焖了烀,骨脱肉,肉离骨,稀花烂。哎呀！香味随热气升腾、扩散、弥漫整个荡区。平时过惯节俭日子的平民百姓人家，舍不得往锅里倒油，省吃俭用，只为了这过大年的潇洒快活。今日，他们慷慨拔开油壶塞子，"咕噜咕噜"往锅里倒豆油，煎鱼，炸坨子，炸油条、年糕、豆腐泡子、大麻团子，还有皮鳔……

六印锅上的蒸笼，摞了七八层，大烟小气，从门楣、窗户棂，从一切透气地方冒出去。蒸馍、蒸发糕、蒸荤素两味包子。哎哟！那马齿苋菜干子，兑卤好的猪油渣，做馅子，包子筋拽拽、油津津、鲜沉沉，吃了之后，梦里回味，止不住流口水。还有一庹长的坨笼卷子，暄和松软，一口咬下去，陷没了鼻子，陷没了下巴。那感觉，天上人间，神仙也无可比拟。

许多人家忙着自家做豆腐，做一桌豆腐，可以奢侈一个正月。南头队窦家，豆腐世家，靠卖豆腐维持生活。一年三百六十五天，三百六十四天卖豆腐，只有大年三十这天做的豆腐是不卖的，留下自家吃。现在，厨房里，一大锅沸腾的开浆像潮水一样，不声不响猛涨起来。灭了锅膛里大火，换成小火，锅里"咕噜咕噜"冒泡，眼见着快要潽浆。灶前一个沉着冷静的中年女子，围蓝色小白花大围裙，头发拢起，圆润的苹果脸。一脸微笑，不慌不忙，把龙王荡特产大卤膏，敲碎加少许水，搅拌后舀一勺，浇到沸腾的大锅里。口中喃喃哼着："传得淮南术最佳，皮肚褪尽见精华。一轮磨上流琼液，百沸汤中滚雪花。"锅里上涨欲潽的豆浆，"沙沙沙"地落去泡沫，凝成一锅豆腐脑子。在锅门口烧锅的小姑子听嫂子口中念念有词，对曰："寿阳鸡犬仍做事，八公仙人化旧尘。笑煞淮南练丹术，炼丹不成豆腐真。"以典对典，颇有几分文化含量。锅上锅下，姑嫂二人，相视嘻嘻而笑。岂不知，这家家主老翁，名窦宴三，原是扬州人，是第一批绿营解甲，入住龙王荡的。进荡后，成家立业，重操旧业。几十年来，把这门手艺传给下代人，也把他所掌握的豆腐文化，毫无保留地教给儿子、媳妇和女儿，光描写豆腐的诗词，就有上百篇。一锅的豆腐脑凝成之后，小姑子灭了灶膛的火，嫂子使大水舀子，把豆腐脑舀进铺有大块纱布的大箩筐里，纱布口围在筐口外，大箩筐蹾在缸口上，让残浆落入缸内。豆腐脑聚拢在箩筐里，再叠起筐外纱布，盖上芦秫梃子锅盖，压上专用的石头，半个时辰，掀去石头，揭开纱布，把箩筐翻倒在桌面上，一桌豆腐就出来了。想吃老豆腐，点卤时稍微多加一点卤膏，想吃嫩豆腐，稍微减点卤膏，全在于自己掌握。这桌豆腐留着自家吃，完全按老爷子窦宴三的口味做的老豆腐。豆腐虽老，没有牙一样嚼得烂。窦宴三十分满意媳妇和女儿合作的老豆腐。每一次吃豆腐，口中都会念上几句"……大釜气浮浮，小眼汤洄洄。顷待晴浪翻，坐见雪花皑。青盐化液卤，绛蜡蹲烟煤。霍霍磨昆吾，白玉大片裁。烹煎适我口，不畏老齿摧"之类。窦老翁可三天不吃饭，但绝对不可以一天没有老豆腐。人啊！老了老了，就好这一口。孝顺媳妇每天出门卖豆腐，最后必须留下一块，这块豆腐留给老爷子，给金条也不卖……

辞旧迎新，三十，旧年最后一天，新年前一天。这一天最重要，女人忙蒸、煮、炸、烧、炖、煎、焖。男人忙晒鞭炮、挂灯笼、贴对联。喜庆日子，贴的挂的，都是红色的。也有人家贴挂黄色或者紫色的。黄色紫色，不是随便乱贴的。那是三年内，家中有亡故的上人。去世的是爷爷辈分以上的，贴挂黄色；父母辈分，贴挂紫色。过年，不贴不挂没新意。而丧了上辈，孝期不能喜庆，贴挂红色不合适。龙王荡的先辈们，就发明了黄色和紫色。久而久之，就立下了这条习俗。

这一天，大人、小娃换新衣。实在没新衣，也须把旧衣裳洗得干干净净。辞旧迎新，这是非常庄严的事情。龙王荡人十分讲究，大年期间，从旧年腊月开始，到新年的正月，说话不带一个杂字、脏字。平时口头上不吉利的习惯用语，必须改成吉利用语，啥"晦气"呀，"倒霉"呀，"倒运"呀，"倒头鬼"呀，"嚼蛆"呀，"躁死"呀，"懒痨病"呀，"睡死觉"呀，"榻尿龙"呀，"小掼鬼"呀，"狗日的"呀，"屄色"呀……绝对不许出口，谁出口，谁倒霉，毫无疑问。言必称"高升""发财""恭喜"。"吃饭"叫作"揣元宝"。"吃饱"叫作"揣足了"。饺子叫作"弯弯顺"。不小心摔碎碗碟叫作"岁岁平安"。"不吃"不说"不吃"，说"存着"。来客拜年，喝茶叫作"吃糕（高）茶"，吃点心叫作"撞撞彩"。瓜子叫作小元宝。就连尿尿拉屎，也叫作"出恭"。……总之，都拣好听的说。这些都是龙王荡的大年专用语。

大年三十，龙王荡里还有一支特殊队伍，正在做最后的演练。那就是玩麒麟，老百姓最喜欢，不复杂，看得习惯，听得明白，最贴近自己生活，最普通的大年间娱乐形式。这是有偿服务的娱乐活动，过年期间，荡里有相当一批人，几百个班子，提前一两个月就开始准备。并且，总结往年的经验、教训，预测新一年的收益。

玩麒麟的主要道具是麟麟。主要乐器，算是击打乐吧。大锣、鼓、小堂锣、镲。一个麒麟班子，五六人。分工明确，扛麒麟、敲锣、打鼓、击小堂锣、施镲，还有一个重要岗位，收钱物。一个麒麟班子收入如何，关键看这个伸手要钱要物的人，如何迎合主人的心态。这个人，头脑灵，绝对微笑服务。见主家人，九十度弯腰敬礼，并且爱说恭维话和喜话。演唱不是目的，目的是这个伸手人和肩上的帆布口袋。

麒麟在龙王荡里，历来被认作吉祥神兽，鹿身、龙头、狮子尾、猪肚子、豹子腰，全身附带鳞甲。龙王荡人认为麒麒是仁义象征。凡麒麟出没过的地方，必有瑞福。凡麒麟踩过的路，人走了，必逢喜事。在龙王荡人心中，龙，无所不能，无比高尚。麒麒一定给人带来好运道。年期间，玩麒麟的人，将就算是民间艺人。他们根据传说中麒麟的形象，再加上自己对麒麟模样的想象和理解，用竹条或柳条，扎成如山羊大小的麒麟形体骨架。骨架扎好了，要放一挂十八响的小鞭，祝麒麟有了雏形。因为麒麟是神物，放鞭是通知麒麟，民间有人在为它立像，希望它明白、理解、愿意。扎好骨架，再糊上一层香蜡纸，装饰它的各部位，做到形似神似，生动活泼。艺术形象，非常逼真，神合志通。最后一道工序，是丹青点彩，放爆竹，火蹿烟花，迎接麒麟神灵登位。从此，在整个大年期间，这竹扎纸糊的麒麟，就被视作真麒麟，与人们同庆同乐。麒麟艺人，在一个班子中都是老对手。他们根据各家不同经济状况，有的买锣，有的买鼓，有的买小堂锣，有的买镲。这几样设备，缺一不可。平时分开保管，过年前，集中汇合演练。一个班子，基本是固定的，年年凑在一起，配合相当默契。从初一早上开始，他们走街串巷，走村串户，村村寨寨，大街小巷，一户不落下。说他们卖艺吧，也没啥艺，一般人都能办。说他们拜年吧，那就是个幌子，借拜年的名。说他们为了表示迎祥纳福，祈求新年祥瑞、国泰民安、人寿年丰、六畜兴旺、风调雨顺、五谷丰登的美好愿望吧，也不是他们的最终目的。最根本用意，就是以玩麒麟、卖艺形式，抓住大年普天同庆好时机，变着法子乞讨罢了。越是荒年、饥荒大灾之年，玩麒麟的人越多。欸！龙王荡人，再穷再苦，他们也要脸，所以，只能以喜剧外形，祥和氛围，掩盖最为低下、卑微、可怜、悲悯、流泪的灵魂！

人要活着！

据龙王荡老年人说，玩麒麟这活，本是大明皇帝朱元璋干的。明太祖少时，家贫如洗，父母早亡，饥寒交迫，饿得嘴里淌黄水。过年时，他想个主意，肩扛非牛非驴的竹扎纸糊品，美其名曰麒麟，到人家门前，说几句吉祥话，乞讨点残汤馊食。这种经历可怜可悲。可是，他居然当了皇帝，事情则另有说辞。那些有高超学问的臣工，用瑞意目光，把明太祖这段悲催的往事，美化成天子送麒麟，送吉祥，为民祈福，情操无比高尚。绝非讨乞。明太祖玩麒麟故事，在民间广为流传，少不了大明文人添彩加工，谱以小调，配以锣鼓，推陈出新。于是乎，就演变成别具一格的娱乐表演形式、民间传统曲艺，被继承下来。

龙王荡过大年期间，几百个麒麟班子，这村连那村，每一个村，每一户门前，都在玩麒麟。这班前脚走，下一班后脚来。调子是统一的麒麟调，唱的内容，五花八门。每到一户，见景生词，随机应变，即兴发挥。见啥唱啥，点啥唱啥。唱段开头一句，都是用"锣鼓一打"四字开头，第二句唱所见人与物，第三、四句，是吉祥语。亦如诗歌般起承转合。诸如：

锣鼓一打响嗖嗖，眼前两间大丁头。只要今年收成好，扳掉丁头盖大楼。（锣鼓镲）嘣嘣哐，哎！扳掉丁头盖大楼。

若见到主家才盖新房，就唱道：

锣鼓一打格牌牌，这家新房好气派。紫气东来添祥瑞，金玉满堂放光彩。嘣嘣哐！哎！金玉满堂放光彩。

若见主家墙上贴"囍"字,则唱道:

锣鼓一打响当当,新娘贤惠又漂亮。樱桃小口赛西施,一双大眼水汪汪。嘣嘣哐!哎!一双大眼水汪汪。

若见到主家有孕妇挺着肚子,就唱道:

锣鼓一打喜徘徊,麒麟送子进门来。养儿及第状元郎,诰命夫人挂金牌。嘣嘣哐!哎!诰命夫人挂金牌。

见啥唱啥,见娃唱娃,见老人唱寿星……麒麟词最大特点,就是喜庆、顺口、风趣、幽默、妙语连珠。主人听了顺耳,听了惬意,听了心花怒放。一个好的麒麟班子,要准备百首唱词,至少也得四五十首。一般的村庄四五十户人家,唱的词,不带重复的。看热闹的人里三层、外三层,有的人上了瘾,跟着麒麟班子跑一庄,不满足,跑两个庄、三个庄。重复,就乏味了。一个班子,在一家门前,唱一至两段。收钱物的人,主动勤快,进门拜年、恭喜,说发财一类的吉利话。拿到钱物,迅速转身,伸出手势,转头到下一户。也有的家主,故意拖着,迟迟不给钱物,就是要班子不停地唱。唱到主人不好意思挽留为止。慷慨的主人,自然也会多给一点钱物。大年期间,只要麒麟到门前,任何主家,也不好意思拒绝。拒绝麒麟,等于拒绝时运,拒绝吉祥。再穷的人家,也不愿意放过麒麟登门的好机遇。所以钱物嘛,无多有少。收钱物的人,也特灵活。主人给一文不嫌少,百文不嫌多。实在拿不出钱的,两个馍或俩包子,也中。两个逢双,吉利数。没馍没包,抓两把山芋干,或者两把稻粒子、小麦、黄豆也将就。有粉就为白,不在乎多少。一家不多,十家许多。两个村庄过来,光山芋干子和杂粮,可聚一两担。一天跑十个村庄,那收益,确实可观。谁个染上这行,还舍得罢手吗?

初一到二十五,大年小年,中间夹个元宵节,没出正月,都是年。龙王荡里,主要娱乐形式是玩麒麟。没有条件玩麒麟的人,打莲花落、说门头词、说快板、唱小曲、道喜话,散财神,跳大神……新年头月,任何一种形式，只要给人带来娱乐，都是有偿的，都算是卖艺，不算乞讨。即使性质是乞讨，也不算乞讨。到任何人家门前，开了口，伸了手，就没有回背口的理。没多有少，来者不空过，或多或少，有点彩头。这，就是龙王荡。主家即便不高兴，也不会挂在脸上，必强装笑眯眯，为啥呢？关系到一年之中，是不是愁眉苦脸过日子的大事。新年不高兴，一年不高兴，谁愿摊上这种晦气！

大年三十，家家户户，已经把在正月里吃的、喝的、玩的、乐的，通通准备完毕。最后，检查一遍，明天凌晨发五更纸的香、火、鞭炮。烧锅的柴草，下弯弯顺的水，娃娃枕头下边的"开口糕（高）"，鞋窝里的大葱，桌上发给散财神的零钱，来客拜年撞彩喝糕茶的四碟糕、果、糖。乡邻庄亲、娃娃来家里拜年磕头用的花生、米花、糖果，玩麒麟的钱物……是不是一切皆备了。总之，初一早上，任何一件事，必须顺顺利利，不能出差错，不能走弯路。每一个细节，皆关系到一年的运气。过大年，龙王荡人，准备好了。

5

廖总、管家、芦飞、蔡先福、东方瓒、虎头鲸、青铜蟹，还有龙王荡知名的建筑设计大师查礼义，大年三十这天，在泰山娘娘庙的选址上，做建筑设计之前，最后一次现场考证。大桥、大庙建设项目的总指挥部，设在双层芦席加封的大工棚里。工棚中间放一口直径五尺，砖头砌的圆形大火炉。木炭烧得鲜艳，红火，蹾在上边的大茶壶，"嗞嗞"冒着热气。炉边，围着几张大案子和一张睡觉的大通铺，铺下边垫麦穰，上边有几条卷起的黑色棉被。在场几个人，坐在一张长条桌两边。廖子章正对他们说话："……方案，就这样子，定了。个别细节，建造时可灵活调整。再强调一下分工，继续由青铜蟹管制账目。青铜蟹可找俩助手，帮助协理账务。协理人，素质要好，手脚要干净。海堤滚石坝工程，青铜蟹做的账目，条理清楚，收支明白，经得起稽核审查。要继续管好大桥和泰山庙的账目和银两，绝对不允许浪费一个铜子，更不许有任何贪腐靡费行为。钱、物，账、表，总、分，内、外账目必须一致、清楚，钱、账分人管，不得有误。收支两条线，一支笔管控。俺当仁不让，俺任两个工程总司管，东方瓒任副总司管。蔡先福、虎头鲸分别任大木桥和娘娘庙司管。俺若不在工地，两处工程，由东方瓒全权负责，代理俺的职。俺这里把话说透了，俺若遭遇啥不测，大木桥、娘娘庙工程，不能停。银子、粮食、用工、技术，全部齐备了。此乃造福当代，功在百年之大计，拜托各位兄弟，全心竭力……"

廖子章最后几句话，让在座各位不理解。廖总仿佛在交代后事。东方瓒忽然想起，一个月前，在海堤大坝工地上，老哥曾提到过公孙觋在背后干坏事，加之鲍育西被捕，东方心中有数了。十有八九，与"剿匪"有关联。这种事，要么不出，要出，必出人命。廖子章话音刚落，卫士辛驰从帐外急忙进来报道："禀廖总，帐外海州衙门两公差，请您去直隶州衙门问话。"廖子章不屑地说："说曹操，曹操到。邪门喽！"

东方瓒一脸严肃，一时不知所措，急着说："咋办！老哥，你不能去！"

廖子章早料到，该来的，迟早会来，那就让它早点来吧！沉着地说："别急，俺若三日内不归，估计被押进京了。朝廷大员间内斗，俺去当他们的替死小鬼，小腿扭不过大腿。俺走后，你们要密切关注公孙觋动向，他用告发俺的阴招，欲置俺于死地。然后得朝廷贪官扶持，当上龙王荡总乡团。（他转头对东方瓒说）你那个韩鲙——公孙觋的外甥，反围剿细节是他透露给公孙觋的。有意无意，俺不知。他是在公孙觋家吃酒时讲的。说得头头是道，还虚构许多神秘细节，公孙觋自觉抓住了俺的把柄，似乎胜券在握。听着，各位，打死不认这壶酒钱。龙王荡的匪和朝廷剿匪大军，都已葬身海洪之中，咬死口径，如此，衍子民才有回旋余地。俺相信衍子民不会改口，他也被架在火上烤。一改口，万劫不复，一辈子功名，灰飞烟灭。这种利害权衡，他不会不清楚。"

廖子章从怀中掏出总乡团令牌，对老蔡说："这是龙王荡乡团总令牌，蔡兄，凭此调动乡团三军兄弟，抗外敌，灭倭贼，维护一方平安，这是俺这辈人的责任，含糊不得。"蔡先福眼圈红了，伸手接下令牌，一切尽在不言中。东方瓒跳起来，一只脚踏在桌面边上，从马靴间拔出匕

第五章 倭贼夜袭

首,猛地插在木桌面上说:"他娘的熊,老狗日的公孙觊,俺现在就去,宰了那条老狗。就他的德行,还想坐总乡团的椅子,来世吧!韩鲶挡不住几杯烧酒,吃不住诱引,完全可能,这事俺会处置!"

廖子章心情有些沉重,担心东方瓒虑事草率,用深沉的教诲口气对他说:"东方兄弟,遇事冷静,激动是魔鬼。遇牵一发动全身的大事,要谋定而后发。直隶州请俺过去问话,多客气,给足俺面子了,没带枷锁,没来囚车。明日,出了海州,就不一样了,免不了缧绁之厄,明正典刑。各位兄弟,拜托,龙王荡的俩工程,不能停。必须按质、按量、按时完成喽!三年后,廖某无论在天堂,还是在地狱,一定和你们在一起,庆祝大桥、大庙竣工。到那时,你们给俺置杯酒,俺会开怀痛饮。东方兄弟,俺仍放心不下,统全局的人啊!难事面前,三议三思,多听慎断,千万别鲁莽。一脚踩错,万丈悬崖,万事皆休。俺提防公孙觊多年,还是大意了,死在他的套子里,不甘!救俺,除了衍子民,别无他门。千万别无谓浪费银两,朝廷就是他娘的无底洞,谁沾谁走霉运。中国的历史,又到拐点了。朝廷,江山末尾,一片贪腐景状。政治瓦解,经济崩溃,到大厦将倾前的情景了。只对治下百姓动手,惨无人道,耍威风。被外国坚船利炮,吓湿裤裆了。两场中英鸦片战,朝廷已被打残了。今后,还会有中俄战、中美战、中日战……国家大事,俺想管,轮不上。龙王荡的事,俺管得上,朝廷不让俺管。人生啊!活得真他娘的无奈。现在,朝廷就像一棵枯死的大木桩子。朝里朝外,大官小吏,以那个西宫为首,活脱脱一窝蛀虫,早把那棵大木桩子给蛀空了。他们都知道,朽木已腐烂,彻底化为灰烬是早晚的事。他们觉得,拼命捞钱财,国没了,至少自家还有饭吃。所以朝廷无底洞,凭俺现有家业,绝对买不回俺的命。切不可为救俺动用工程银两,那是百家银。有一大半,是俺求来的,乞来的,专款专用。任何人,无权动用。各位保重!传公差!"

公差竟是郜二花和送歪嘴。芦飞眼尖腿脚快,很熟悉,穿过去,低声问:"二位兄弟,辛苦!"郜二花见芦飞,一把拽住,说:"兄弟,借一步说话!"两人到门外,河堤外,一大土堆旁边,郜二花神经兮兮地说:"兄弟,不瞒你,公孙觊送了告发信说龙王荡剿匪反剿匪,都是你家老爷一手策划。荡匪未伤一兵一卒，衍大人全军覆灭。你家老爷救衍大人，得老佛爷、皇上恩赏，又是钱呀，又是粮呀，还有绸缎，犯欺君之罪。还添油加醋，说你家老爷横行乡里，欺男霸女，吃拿卡要，无恶不作。上书要求灭九族。朝廷炸窝了，老佛爷、皇上感觉被愚弄了。你家老爷，死罪哦！朝廷都察院派来的人，就在海州衙门。知州丁大人，让俺私下告知于你。另外，还叮嘱俺，多留些时间，让廖总安排一下身后的事，和家人告个别。这一去，怕是再难回了。"

芦飞听后，心已碎，老爷心底无私，心心念念半辈子，为荡里人和事操劳，最终落下这般结局，情绪激动地说："兄弟！"便从胸袋里掏出二三两碎银，拿起郜二花的手，放在他的手心说："今天大年三十，明天就是大年初一，天大事，出了正月再办，这是规矩，朝廷的人，不过年吗？"芦飞明知这是废话。除此之外，无话可说。郜二花一脸无奈的样子，摇摇脑袋说："兄弟，你想想，这事，俺不做主！"芦飞回到桌面旁，把郜二花所说的，向在座各位详述一遍。

廖子章听了，对生死看得很透，他说："俺已交代完毕，让他们来，俺跟他们去！"芦飞说："您还是回家安排安排，妥当了，再走！"廖子章说："芦飞兄弟，俺们在一起，又不是一年两年，你了解俺。俺廖某无私事，家中无牵挂。见了面，搞得生离死别惨样子，俺看不得亲人难过！"东方瓒不知该如何安慰这铁杆兄弟，情绪激烈，说脏话又怕老哥难受，不发几句狠话，自己难受，想来想去，他说："老哥，你先去吧！俺随后就到，陪你进京，守护你一路平安。"廖子章微笑地说："兄弟呀！无妨。他们真要动手害俺，防不胜防。路上不动手，押进天牢里，随时可以动手。你们不好办的。你们想办法，尽快把俺被捕消息，转达给衍子民。当前衍子民没有任何证据，证明俺与他全军覆灭之间有啥关系。所以，丢了俺的命，打了他的脸。俺相信，他的脸，比俺的命更有价值。"

蔡先福暗想，难道这就是生死诀别？说好做一辈子兄弟，难道这不足五十岁，就是他的一辈子吗？廖兄若没命了，还要那大木桥、泰山娘娘庙做甚呢？别看荡里地主、豪绅、大财阀，个个本事大得很，没了廖兄，龙王荡必群龙无首，谁也不服谁，没一盏省油的灯。蔡先福不想说啥伤感的话。他说:"老兄啊!龙王荡人,与你共存共亡。龙王荡若没了你,平民百姓又要回到黑暗迷茫的日子里。俺们将放弃一切,一切,尽全力营救你!大不了,俺们兄弟共赴黄泉。没了你,俺乡团三千兄弟,独活无聊!"廖子章制止蔡先福说:"蔡兄、蔡兄,万万不可。你莫让俺遗憾,莫让俺失望。俺们俩共事三十年,俺们继承先辈遗志,锻铸出这支钢铁意志的乡团队伍,绝不可因俺而毁。拜托你,带好乡团的兄弟们。若真的是公孙觋接任总乡团,你就看着办吧!芦飞兄弟,开门,牵马!"廖子章上马,回头看一眼静静的车轴河,沉默的龙王荡,心中涌起:风萧萧兮易水寒,壮士一去兮不复还……郜二花、送歪嘴的马,跟在后边。太阳落进西北天空乌云之中。风来了,雨已不远。

第六章
进 京

1

廖子章离开工棚之后,在座几人心情都很沉重,不知咋会有这突如其来的变故。东方瓒的眉头拧成一个红里泛青的疙瘩,似乎气愤到了极点,心灰意冷地说:"各位兄弟,俺说实话,没了廖兄,龙王荡这两项工程,还能做得起来吗?俺觉得,当下,龙王荡最要紧的事,营救廖兄。廖兄没了,龙王荡何去何从!那大清国,对俺们来说,就是祸害!"蔡先福理智地对东方瓒说:"大统领,你是不是回营,找韩鲙问明事实原委,想一个处置的法子。明日或者今晚,带些银子,找几个可靠的兄弟,私下跟廖总一起北上。大管家,你回去,把廖总被直隶州衙门的人带走的消息,转达夫人。芦飞最好跟大统领一起进京,有事和三个卫士商量,彼此有个照应。需要银子,捎信回来,俺们先从公银中挪出来。救不出廖总,俺想,大桥、大庙别建了。留公银干啥!"

廖子章的枣红马迎着西北风,仰起高贵的头颅,仿佛知道背上主人遭遇灾祸,不愿迈出长腿奔跑。任凭主人两腿不停紧夹,扬鞭催促,始终碎步小跑。郜二花的花白马跟在后边,有些得意,嫌枣红马跑得慢,试图挑衅,翻起嘴唇,用平整白门牙啃枣红马的屁股。枣红马看花白马的得意劲,早就烦了。枣红马不动声色,表示忍让。这一忍让,被花白马认为软弱可欺,啃得起劲。枣红马向前跑了几步,花白马紧随其后,追上来,又狠狠地啃一口。枣红马拉开适当距离,对准花白马的脖子,猛尥蹶子,后腿伸开,踢中了花白马下巴颏子,痛得花白马嗷嗷怪叫,吓得再也不敢靠近！

廖子章身穿瓦灰色长棉袍，戴一顶旧的洗得发亮的西瓜皮式单帽。立在马背上，一条黑得晶亮的长辫子，几乎没有白发，安坐如钟。既然枣红马不急不躁，他也不急不躁。他在寻思：万一此去回不来，东方和老蔡，十有八九，会放弃大桥和大庙工程。东方一定会做出不冷静的选择，首先他会杀了公孙觋，杀公孙觋无足轻重。如果公然拉竿子造反，凶多吉少。虽说，大清千疮百孔，摇摇欲坠。对外，奴颜媚骨，软弱无能，走投降卖国路线。割地、赔款、开埠港口、设租地，尚得一息苟安。可是，对内却毫不手软，杀伐决断。单凭东方目前的能量，现有的格局，率领一支队伍，绰绰有余，却很难影响全局。对清廷，构不成势均力敌的对峙，终将被朝廷所灭。朝廷辛酉政变，八位顾命大臣没了，先皇托孤，完了。有六鬼子奕䜣在，两宫还有依靠。东宫没了，甲申易枢，罢黜六鬼子。眼下，像衍子民之类，力图再兴大清的忠臣、贤臣、能臣、廉臣，虽说极少，但还有。他们若下决心，灭掉东方瓒区区两千多人，不费事。

廖子章的卫士滕大山、阙小海、辛驰，手握青龙剑，紧跟其后。滕大山对另两人说："主人在，俺们在。主人若不在，俺们决不苟活。主人对俺们恩重如山，俺们为主人而活，为主人而死。关键时，不能尿！"阙小海、辛驰异口同声："大哥放心，俺们的心，在一起！"天色渐晚，荡里荡外，爆竹声不绝于耳。队、乡、村、寨，家家户户，已进入过大年的幸福时刻。南头队的天空，仿佛闪电雷鸣，爆竹声声，烟花四起，千门万户，笼罩着喜乐祥和气氛。"噼噼啪啪"夹杂"哧溜哧溜"的火串子，升向夜空，迅速滑动，炸开万朵金花。家家户户，张灯结彩，欢天喜地。人们兴高彩烈，围着餐桌，把一年中最丰盛的鸡鱼肉蛋，荤素烧炒，拾掇满桌。老老少少，开开心心，吃酒吃菜，享受平安快乐的大年三十晚。晚餐之后，洗刷完毕。家家在大灶锅上，忙着炒花生、黄豆、望葵籽。这些，是过年不能忽缺的，讨喜彩头。

大人在给自家的娃们，分配桂片糕、芝麻糖、花生糖、米花糖、黄豆玉米花糖，还有不多的压岁钱。这是明早，大年初一发五更纸之后揣元宝（吃饺子）之前或说第一句话之前，必须吃的"开口甜、开口糕

（高）"。因为"高升""发财""揣元宝"三句话，是发五更纸之后专用语。吃开口糕之前，大人、小娃不许随便说话，这叫作闷声大发财。现在，不少人家，小麻将已"唏里哗啦"地响起来了。往年是赌钱的，今年《乡规民约》出台之后，麻将、牌九、骰子、黑纸牌，只用来娱乐。赌钱必被抓，这是新规，谁也不敢破。

2

公孙觋今天下午，在举家喜悦中，被海州衙门请去了，只是先廖子章一步。公孙觋心有诡计，临行时，把三个婆娘叫到一起，兴奋地说："好事，大好事。你们在家等着，好消息，很快就会到来！"三婆娘武美娘，不知哪根筋搭错了，总觉心中不安，又不敢乱说，半信半疑地说："好事？咋不让在家过完新年再去？官爷不过年吗？"……

公孙觋大院里，每年大年初一，都是公孙觋亲自主持发五更纸，几十年如一日。发五更纸之前，全家人，各房头，不许起身。待公孙觋发完五更纸，任何人不许继续睡觉，通通起身，吃开口糕，烧开水，下弯弯顺，揣元宝（吃饺子）。公孙觋把发五更纸，看作一家之主神圣天职，牢不可破，把持几十年。大儿子濑，无权过问，便不敢过问，怕有夺权嫌疑。今年，公孙觋不在家，发五更纸这一神圣天职，自然而然，光荣落到长子濑肩上。公孙濑从未发过五更纸，一年就这么一回，不知啥环节、程序，更不知每个关节，与新一年中人口、牲畜、生活好坏，有啥关系。这要是错了哪个程序，得罪哪一路神仙，是埋下后悔莫及的祸根。公孙濑好在忠厚老实，不懂就问。晚饭后，他去二姨娘屋里。二姨娘烫完脚，无聊，又不想早睡，正在火炉边上烤火，剔指甲灰。濑敲门进屋，跪地道："二妈在上，濑儿给您请安！""濑儿，无事不来二妈屋里。大年除夕夜，你来找二妈，何事呀？"二姨娘慈祥地问。

"二妈，明早上，五更头，按习惯发五更纸，不知您有何吩咐？"濑儿谦逊谨慎地问。"你大在家，你大发。你大不在家，你是长子，你发。这不用吩咐！""可是俺没干过这事，咋办？请二妈示下！""哦！这就是你大的不是了。快快起来,坐下说话。四十多岁的儿呀,尚不会发五更纸。濑儿,别愁,俺教你便是。只要不是太离谱,胡乱瞎折腾,神仙也没那么讲究,更不会那么小气。一个半个程序,走错了不要紧。这些事,仅仅是人的心中,觉得太要紧、自责。神心,宽着呢!"

濑儿爬起,循规蹈矩,半个屁股搭在椅面上,挺直腰板,两手平放在大腿上,严肃、恭敬地说:"请二妈教俺,俺照着办就是了。"公孙濑一副唯命是从的憨实面孔。

"噢,发五更纸,就是发纸马。各路大神,一年四季,皆忙人间事。按天制,明天早上,大年初一,大神们起早,回天堂过大年。人间每家每户,必起早,五更天,将扎好糊好的纸马烧掉,意在送天地全神,上马回天。过去,发纸马很讲究,要在除夕和初一这两天里,选最好的吉日、吉时。若除夕日子好,就在除夕五更发纸马;若初一日子好,就在初一五更发纸马。现在不讲究了,通通选在初一五更头。天地人神,皆统一了。所以说法也统一了,叫发五更纸。俗话说,一夜连双岁,五更分两年,发过五更纸,才是新年。

"在引火烧纸马之前,先拾掇供桌,装上水饺。水饺必是'素馅',扁捏,饺边不打折。人吃的水饺边上打折,这是人神区别。水饺我和你三妈帮你备好了。上供前,要用清水净手、净脸。上完供,烧大香,烧完大香叩四个头。龙王荡的规矩,敬人叩三头,敬鬼神叩四头。叩完头,在院里点燃一堆明火,明火用谷崩焦干的芝麻秸烧,芝麻秸见火就着,火头旺,预示新一年日子红红火火,六畜兴旺。这些,都给你备好了,堆在院中间空地上。明天五更,用火纸引火。今晚,须备好火纸煤子,到时候顺顺利利,不费周折。初一顺利了,一年顺利,懂吗?

"然后,用芝麻秸和芦柴混合扎成的火把子,屋里屋外,院里院外,每个犄角旮旯,关关节节,照个通遍,意在驱邪逐晦。各屋照完之后,火把撤到外围,如地沟、猪圈、茅子、粪塘……通透照一遍。最后,再向各路大小神仙,烧金纸箔、银纸箔,带足盘缠。最后烧纸马。一匹纸马,一尊神,包括老天爷、土地爷、石头爷、山神爷、龙王爷、灶王爷、财神爷,还有门神、场神、仓神、船神、车神、路神、炕神、河神、海神、春神、夏神、霜神、冬神、禾神、花神、草神、六畜神、天花神、瘟神……还有那个管理茅子的紫姑神。欸！你呀！第一回发五更纸，怕是不周全，挂一漏万，惹得诸神动怨责备。干脆，等一会儿，你叫上几个伙计，扎一匹大纸马，找一块大红纸，使毛笔写上'天地全神'四个大字，糊在大纸马身上，一并全烧了。有道是，管它大神、小神，神神有份，也就不必计较了。二妈说这么多，你可记下了？"二妈毫无保留地对濑儿说了一遍。公孙濑唯唯诺诺，言听计从，十分感激，附和地说："知道了，多谢二妈教诲濑儿。"

二姨娘一本正经地说："发过五更纸的人，才算得上是大人。濑儿，快见孙子的人了，还不算大人，说起来，让人笑话。好了，万事开头难，明天做一回，以后就没啥忌惮了！"

廖子章的书房里，夫人、管家、芦飞、培忠、培明、培伦、培仁、蔡先福、东方瓒、虎头鲸，正在议论廖子章被带走的事。夫人面有歉意地说："今天除夕，家家户户忙着辞旧迎新，这时候把各位请来，实属无奈。俺家老爷，被朝廷请去也罢，抓去也罢，这是俺家事，俺家想办法，能救则救，实在救不了，俺尽力。龙王荡车轴河大木桥、外口泰山娘娘庙，这两件工程大事，想必老爷临行时，定有交代，望东方兄弟、老蔡兄弟、郭兄弟，不辜负老爷愿望。否则，俺家老爷，死不瞑目。这是他一生中，很重要的两件事，并为之努力多年，希望你们能理解、成全。正月初八，准时开工，一点也不含糊、不商量。管家邝兄弟，你留守廖家大院，主持廖家内外生意、工场、贸易等一切事务。培忠盯住地里的农活，培明开年后，春季海洋捕捞，一刻不能停。俺们去京城，救老爷，需要很多银子。芦飞、培伦、兰馨、彩莲，和俺进京。另外，请东方兄弟，务必先把韩鲙管起来，告诉他这里面的利害关系，俺不允许再闹出啥麻烦。目的是让公孙觊三封举报信，成为诬害、孤证，找不到证人证物相互验证。形不成证据链，就定不了老爷的罪。想办法找到霍大掐，保护起来。朝廷抓鲍育西，当前罪名，是暗杀衍子民。至于他事先把剿匪信息，传递出来的事实，伺机再捅出去。霍大掐杀了鲍育西捕快鲍大瓮，立功是事实，霍大掐是证人，有证物，既可剪除鲍育西，也可保全霍大掐的性命。东方兄弟，你那个天象师白蝙蝠，俺家老爷一直

第六章 进京

以来怀疑他,但没有确凿证据证明他的身份。反正,老爷觉得此人来路不明,神神道道,有故事,行踪可疑。如果,他跟朝廷某方面扯上啥关系,老爷命途必很惨。白蝙蝠知道的太多了,必须针对白蝙蝠身份,做一次详细甄别。"

东方趱脸色忽然沉下来,很有感触地说:"坏了,白蝙蝠告假一个月,说是回青城山过节去的。这好办,明天派俩人,火速赶去青城山,一打听,便知原委。"夫人警惕地说:"东方兄弟,不能麻痹大意呀!但愿白蝙蝠这阵子没坐在朝廷哪个王爷、臣子家中。芦飞今晚赶去直隶州衙门,带些银子,和滕大山他们三人会合,保护好老爷,先保证他在路上安全。俺和培伦、兰馨、彩莲收拾一下,马上出发,先走一步。俺们要赶在老爷到京之前,将消息转达衍大人。走一步,看一步,见招拆招。现在,直隶州衙门也罢、朝廷也罢,尚无确凿证据证明老爷有罪,他们不会草草处置老爷。但要防止万一,在那些草菅人命,惨无人道的奸人狗官眼里,俺们平民百姓的命,好比一只蝼蚁。"

芦飞说:"是,请夫人放心,芦飞明白。"蔡先福、东方趱、虎头鲸,出了廖家大院上马而去。

海州城海鲜大酒店,丁诺做东,在二楼雅间桃花厅,宴请京城来的三位差吏,竟然还有廖子章和公孙觋。

除夕夜,店主、后厨里的大厨、店小二,原本放假过大年。谁知衙门来人打招呼,京官到此就餐。店主不敢怠慢,给了大厨、跑堂店小二三倍工钱,留下他们在店里过大年。在京不大,出京不小。天子脚下,哪怕是条狗,也是相当于二郎神的高贵神犬。这仨差吏,本不是啥官,一个是都察院副左都监察御史身边跟班的,名侯伯;一个是刑部左侍郎手下跑腿的,名冯仲;一个是大理寺司直,名展季。知州丁诺,一日三餐紧紧跟陪,唯恐得罪。这三人,代表朝廷的"三法司"。这是丁诺任知州后,第一拨到海州的京官。这对于丁诺而言,是足以吓掉魂的,因为他们来自掌管贪官性命机关,绝对得罪不起。这次来海州龙王荡"请"廖子章、公孙觋,是巩仁举一手策划的掩人耳目的秘密行动。既然悄悄行动,就只能把"抓",改成"请"。

在天下普通平头百姓、朝廷和地方各部门大小官员，都沉浸在过大年的忘形之中，在全力释放激情，无节制消耗酒肉，满足口欲之时，在快乐享受纸醉金迷、芳美娇馨的艳福之际，巩仁举会同固礼乾、许义坤，从督察院、大理寺和刑部，各抽一人，抓捕与剿匪相关的当事人、证人，争取在正月十五元宵节之前，搜足扳倒衍子民的一切证人、证言、证物，形成互相验证，牢不可破的证据链。让衍子民在铁证面前，有口莫辩。在巩仁举眼里，只要一举扳倒衍老怪，其他都不重要，包括性命。巩仁举身为都察院左副都御史，小兄弟遍布都察院、刑部、大理寺。他和刑部左侍郎固礼乾，大理寺少卿许义坤，皆是两肋插刀、割头、过命的兄弟，绝对老铁。巩仁举要把在朝廷经营一二十年的老本加利息，全部赌上。否则，对十二家铁帽子王，乃至皇上、老佛爷，这些年贿赂的金银财宝、碧玉翠器、名人字画，价值过千万，岂不是打了水漂漂。那些平时豢养的所谓小兄弟，能架事的无名小辈，看上去，好像是指哪打哪。一颦一蹙，心领神会。再硬的骨头，也能嚼嚼咽下去。一窝忠诚的走狗，关键时刻到了，也该拿出点狠劲了。养兵千日，用在一时。下死手，对付衍子民这条老怪物。衍子民一天在朝堂之上，一天位高权重，一天行走在权力中心，咱巩仁举一天骨鲠在喉，芒刺在背。不斗倒衍子民，咱死不休。

海鲜大酒店二楼，有一排多间餐厅，其中一间，门楣上雕有青底红字的"桃花厅"三字，室内圆形大桌，红绸桌布，花梨木镂雕木椅。顶上红烛吊灯，壁上是双层灯架蜡烛，将一间宽敞厅室，照如白昼般明亮，如清水般澄澈。餐前，酒店老板邓膏方，特意亲自买来麝香玫瑰露，在这屋的墙上、窗上、门上、桌上、椅上，喷洒三遍。整个空气中，弥漫着舔人肺腑的馨气。客人刚进门，就嗅到甜丝丝、香幽幽沁人心脾，吸人脑髓蚀人骨质，无可名状酥酥麻麻的清新气味。令人舒畅，飘飘欲仙地进入超凡脱俗的境界。从头发梢到脚指头，浸透并融化在温润香液蜜乳的丝滑梦幻之中。没有人知道，邓膏方在麝香玫瑰露中，加入何种精粹，让人觉得从肤表到内瓤，有千万只蜜蜂在心尖上，轻轻丝丝糯糯地采撷时，才有的那种似痒非痒的舒服和畅快。又如绝世美人，用丰泉般甜柔的唾液，滋润着在骄阳若火的沙漠里干裂枯竭的灵魂。进

第六章 进京

屋的人们，在某种欲念中等待。就在此刻，美女们捧着美酒、美馐，裙幅带风，飘入餐厅。人啊，有时与狗呀，猪呀，有共同的条件反射。不过，人为了将自己区别于狗或猪，常给自己冠以美词，叫作交感神经刺激反应。酒店老板邓膏方精于此道。丁诺的授意，他心领神会。用麝香玫瑰露，揭开京官无法填满的食欲、性欲和贪欲的心壑。他们齿间和舌根下的口水，涌泉般泛溢出来。

这大冬天，不知哪来的鲜花，虽不是桃花。但这些不知名鲜艳蕙蕊，仿佛感通人性，红黄绿尽情争放，开得热烈而娇艳，冶情悦心怡性，让人不得不生出许多遐思。当然，这些遐思，只属于知州、官差，也许还有公孙觋。酒桌上，觥筹交错，佳馐品繁，盘杯成丛。清一式的海鲜大菜、棒菜、硬菜。少不了筷子长的深海大青虾，盘口大的青铜蟹，豆粒大的新鲜鱼子，肥白细嫩的大乌蛋，洁白无瑕的鳕鱼肉，柿红鲜美的三文鱼薄片……

丁诺京城有靠山，后台立挺。自鸣得意，沾沾自喜，自我陶醉。一会儿老成持重，老谋深算，独掌直隶州的乾坤，自命不凡模样。一会儿又秀谦和，秀平易近人。视三法司无名黄口小儿为高朋贵宾，竭尽讨好、卑贱、奉承之能事。谄媚阿谀之辞，溢于言表，不绝于耳。

在丁诺眼里，朝廷的人，别看今天是无名小辈，说不定明天就是个三品四品，直管头道。朝廷的水池里，抓起一条小黑鱼，后边定跟着大黑鱼。别看小辈，都有来头。

廖子章看在眼里，对这位过去曾经的交好，有了更深层次的认识，无心观丁诺的表演。心下盘算，至少眼前，巩仁举并未抓住俺啥把柄，光凭公孙一面之词，尚不足给俺定罪量刑，故客气地"请"俺进京。

这是巩仁举软硬兼施的第一步，派仨小鬼来请，阎王藏在幕后。估摸着进京后，可见其狰狞面目。软的不好使，必来硬的，施以重刑。公孙觋和俺一起进京，是为了当堂对质。现在，公孙觋很得意，到京城，必坏俺大事。对这种人皮兽瓤的东西，不能手软了。这些年，俺看在子孙后代的面子上，不结仇。他把俺对他的善良、宽厚、仁义，看成软弱可欺，弱智无能。俺迁就他，他得寸进尺，舐糠及米，步步紧逼。现在，到了你死我活的时刻了，没退路了。俺绝不会让你，在公堂上乱咬诬攀。必要时出手,让你永远闭嘴闭眼。

公孙觌踌躇满志,得意洋洋,自觉距坐上总乡团的椅子,只差一小步之遥。这趟进京,捎足够票子,一旦机会来了,绝不错过。廖子章兔子尾巴——长不了,去死吧!充其量,一介武夫,和俺斗,阴招也罢,阳招也罢,俺有的是招,你不是俺的对手。多少年,你压住俺的头道,挡在俺的前头,出人头地,凭什么!龙王荡的穷鬼们,把你奉为大神,俺就不买你的账,你奈俺何?平时,俺没发力,俺厚积薄发,故意给你点阳光你便自以为灿烂。今后,俺要压着你的头道,俺就是你头顶的那块乌云,让你暗无天日,永入黑暗之狱。你的钱花在穷鬼身上,穷鬼能救你?能保你?能让你升官发财?幼稚、愚昧、蠢货!俺的钱花在刀刃上,俺花一百万,何愁当不上你那小小的总乡团。嗨!总乡团,龙王荡,不够大。俺也是一条真龙,咋能趴在龙王荡的水洼里……

公孙觌脸上露出掩饰不住的喜悦,很快就消失了。再装出不忧不喜、不矜不伐、成竹在胸的状态。

滕大山、阙小海、辛驰三人,在雅室外,屏风后餐桌旁,点了三碗面条,一碟猪头肉,一碗白菜烧豆腐。三人一边拖汤纳水吃面条,一边用卫士特有的职业眼神,观察周围环境,倾听桃花厅里的动静。三人几乎同时,听到窗外轻微的马蹄声。阙小海眼角飘过窗外,见芦飞在门前下马,进屋上楼。阙小海对滕大山说:"芦飞到了!"说完,走出屏风。芦飞抬眼看见,两人对视一下,芦飞领会其意,一路小跑,轻脚上楼。滕大山对身旁店家伙计说:"小二,再来碗洋葱清汤白雪面。""来了,客官稍候!"几人吃完饭,滕大山对芦飞说:"芦兄呀!你赶来好啊!俺心踏实多了。俺们几个,在老爷所住客栈边上一家小旅馆住下了。小旅馆的楼顶上,有个大平台。站平台上,可直接瞭望到老爷寄宿的房间,无遮无挡,一览无余。俺三人,分三班,观察老爷房间窗户、屋脊盖子和门当,确保老爷平安无事。"

东方家,文琴穿一身新衣裳,在餐桌旁等丈夫回家吃饭,丫环香萼立身边。饭菜已经回锅重热两遍了,人未回。文琴心中不安,情绪烦闷起来，总觉着要出啥事。大年三十晚，家家热热闹闹鞭炮连天，欢天喜地，俺家咋冷冷清清。口中小声念叨："东方哥，去哪啦！到现在，也不知道回家。"又过了两盏茶的工夫，东方瓒到家，文琴迎上前，替丈夫脱下棉大氅，关切地说："冬天白天短，早点回，饭菜热了又热，差不多又凉了。你尝尝，凉了，再热。天冷，不吃凉东西。（转身对丫环香莺）给老爷打盆热水洗洗脸，吃饭。"香莺回答："是，太太！"

文琴边说话，边观察东方瓒神色。东方瓒沉默寡语，毫无过大年的喜感，她知道遇上难事，问："东方哥，你心中有事，闷闷不乐。若不妨，说来听听，俺替你解忧！"

东方瓒心情沉重，面带愠怒说："大哥被捕了，都因他娘的公孙老狗。"文琴乍听，一时语塞，莫名其妙，好像自己听错了，重复东方的话："大哥被捕了，都因公孙觋？啥意思啊？谁抓俺哥啦？""谁能抓大哥！朝廷呗！"东方低沉声音回复！听说朝廷抓了她哥，文琴手中举着东方脱下的大氅，向后倒退两步，目不转睛，一脸惊愕，定格站半晌，不知所措。东方知道吓坏媳妇，转过身说："文琴！咋的啦！别着急，俺正在想法子营救大哥。公孙老狗告了大哥的黑状，说大哥吃里扒外，使朝廷剿匪全军覆灭。""公孙觋咋如此黑心哩！难道他不知道，这罪名坐实了，那是要灭族的。俺们廖族、公孙族、东方族，在龙王荡里共邻几百年，没听说过有啥深重的黑仇啊！"文琴气愤地说。东方说："从现在起，算是结下深重的子孙仇了。不说这些，吃饭，吃完饭，俺要去铜钱岛，带上几个兄弟，暗里保护大哥进京。只要发现公孙觋威胁到大哥生命安全，随时让他闭嘴。俺们结婚第一个新年，不能陪你了。香莺你好生伺候太太，不出正月，俺就回来了。"香莺有礼貌地向老爷深鞠个躬说："老爷放心，香莺好生侍候太太。"文琴关切地说："东方哥，你和俺哥，都是俺亲人，俺要你保护好大哥，也要保护好自己（她含情脉脉，看着东方的脸，害怕失去的样子）。轻易不能露面，别忘了，你在朝廷，是出了名的匪首。你和俺哥，一个不能少，平平安安归来，俺在家等你……"

东方打马一路长跑，到天生港客栈。二更天，客栈里灯火通明，院子里、门楣前，处处悬挂大红灯笼。兄弟们嬉笑声，一浪高过一浪。好几个场子，在打牌守岁，谁输了，在谁脸上贴一张红纸条。差不多一屋的人，每人脸上，都贴上横七竖八的纸条。韩鲶早就听到隐约的马蹄声越来越近。他放下手中牌，警惕地站起身，朝门外走去。大统领在院中下马，大声问道："谁在当班轮值？""是俺，韩鲶！"韩鲶回答道。听是大统领话声，韩鲶知道必出大事。今天是啥日子！大年除夕，大统领不在岛上，不在家中，到客栈来干啥？

大统领和韩鲶进了天生港客栈密室。半个时辰之后，韩鲶出了密室，派出三条石压舱丁鱼舟，顺着西北风，拉起小黑帆，船头挂两只小马灯，起桨向铜钱岛飞驰而去。

大统领把某天某日，韩鲶在公孙家吃酒，说了啥话；公孙觊的野心；和向朝廷告黑状，陷害廖总之事，通通告诉韩鲶。韩鲶不孬种，承认自己错了。绝对想不到年六十大几岁的舅舅，却如此丧心病狂，奸滑地利用自己的纯粹和亲情，干出非人的勾当！韩鲶痛心疾首。他从未想过，自己亲舅舅，母亲的亲哥，在世的唯一亲人，出卖了自己，出卖了龙荡营，出卖了龙王荡，出卖了他心中，至高无上的廖总和大统领。还想当龙王荡总乡团，白日做梦。如此恶毒的舅。韩鲶睁圆眉下眼，咬碎口中牙，悔恨愤怒到了极点，恨不能一刀宰了，食肉寝皮。口中默念道："舅呀！舅呀！万般皆是命，半点不由人。你的死期到了，就算廖总、大统领放过你，你的外甥韩鲶，也绝不饶过你，你触犯的是天条、人伦，等死吧！你死了，也够本了。"并不是韩鲶冲动，断情绝意。凡是进了龙荡营的勇士，人人都是赤胆忠心，肝胆相照，全心全意，忠于龙荡营、龙王荡，为营而生，为荡而死的钢强铁汉。不是他们六亲不认，亲爹出卖龙荡营、龙王荡，定当天公地道，铁侠肝胆，铁面无私，大义灭亲，毫不留情。这是龙荡营的铁律，人间正道，谁违背，谁将尸骨不留，遗臭万年，不配为人。韩鲶当即要求和大统领一同进京，保卫廖总平安，如需取公孙觊项上头，他一定果断出手，提头来见。大统领相信韩鲶，这就是龙荡营的兄弟，爱啥恨啥，是是是，非是非，泾渭分明，白璧青蝇，一点也不马虎。

子时刚过，丁鱼舟回栈，接来坤营凌霜菊和得力助手白青、非红，艮营萃海罂和干练精英小妹火绿、水秀。她们每个人手提一个黑皮囊，

第六章 进京　　　　　　　　　　　　　　　　　　　　　131

从小舟中相继跳上码头,身手敏捷。

东方、韩鲙、凌霜菊、白青、非红、萃海罂、火绿、水秀,一式黑草皮大衣,狐毛围巾、兔毛领尖、袖口,一身时尚装束,咋看也不像土匪。土匪穿得不管咋高贵,看上去还是土匪。他们本不是土匪,当然不像土匪。马背后边,驮着卷起的麻席绒毯,十足的长途远贾。一式八匹青灰花斑骏马,每人一支火把,乘夜色向海州城进发。

除夕夜,龙王荡、板浦、凤凰城、新浦、海州,连成一片红色火光,白色电光,闪耀奔放,灿烂辉煌,回映红黑色夜空,照亮隐约城郭。千门万户,成片成片,连绵起伏,不间断,无空隙的"噼噼啪啪"鞭炮声。铺天盖地的草炮、雷子炮、钻天猴、火铳子,混合一起,搅动寒彻周天。给冰天冻地、沉默乌暗的黑夜,带来了无穷劲拔与生机。一支八人队伍,在爆竹的海洋中,穿过板浦,继续向北挺进……

丁诺在衙门侧后,自家小院里,发完五更纸马,揣足元宝(吃水饺),到茅子尿完仅有半泡的尿,"滴滴答答"一阵子,然后,捏着仿佛还没睡醒的紫色鸡鸡,向两边摇了摇,屁股向后一撅,小鸡复位,提起厚实兔毛裤。头顶上冒着热气,披羊羔皮的棉袍,盖上貂皮棉帽。两耳轮套上外光内毛的兔皮耳焐子,翻毛牛皮鞋,手插袖管中,悠闲迈步,至海鲜大酒店。酒店门口,大红灯笼高挂,大门两侧,丈二红联耀目。上联:下马停车,酒香扑鼻实难拒。下联:菜美汤鲜,肴味侵肠不能辞。横批:心念四海贵客五洲宾朋。地上落下厚厚的鞭炮纸屑,空中弥漫着浓烈火药硫黄味,还未散去。远看去,后厨是大烟小气,他挺起肥嘟嘟圆肚子,迈开外八字脚步,不紧不慢,进了后厨。

老板、大厨、店小二,忙着炒菜、温酒、煮弯弯顺。三法司差吏、廖子章、公孙觋进店,在两个花姑娘指引下,自觉上二楼桃花厅雅座候餐。

3

喧阗的除夕夜,震撼苍穹的爆竹,如暴雨般响彻一夜。无尽爆炸声，驱赶那双迟疑慵惰的黑夜脚步。黑漆般的夜幕，被无形大手撕开之后，大年初一的天空，并不明朗。凝重的黑夜，换来滔滔不绝的滚滚寒流。南下的阴霾，伴随西北风的怒吼，如狼嚎般，阵阵呼啸；如木棍捶打墙壁，轰轰震颤。低飞的乌云，被树梢划破，发出鸽哨的鸣响。天空飘飘荡荡，降下疏疏落落、白天鹅的翎毛，着地即化，这给海州衙门萧瑟的广场和将要北上人们的心里，罩上几分零乱和凄凉。雪稀落，风刺骨。广场上的青砖、石板，板起如哭丧般铁青的面孔，垂肩低目。场中央独竖的旗杆，没有飘扬的旗，只有扯旗的绳索，在阵风中敲打旗杆，发出哐啷哐啷的饥寒哀怨之声。广场边上，连着酒店的地方，有几株老榆、老槐、老槄。光秃秃的枝杈，在寒风里，瑟瑟颤抖、呼嚎。只有那棵刚毅的龙柏，卷曲的枝叶，盘缠在一棵笔直的松干上，不屈地迎着怒风，睥睨残酷的寒空，独立挺拔，蔑视降雪。

新年第一天，广场上将要进京的几条孤立的汉子，后脑勺下坠着死蛇一样长辫子，伫立风雪之中。每个人揣着不同的心思。面对严寒酷冰的恶劣形势，聚积在心头的，只有飘零、寂寞郁结。

衙门差役早将各自的马，用完料，饮了水，牵了过来。都察院的侯伯，刑部的冯仲，大理寺的展季，三人以侯伯为首，上马前，对廖子章和公孙觋训诫道："二位听好喽！直隶海州城到京城，一千五百多里，咱们在路上只有五天时间。准备好了，就出发。"廖子章一脸不屑，心想，黄口小儿，俺跑一天八百里的时候，你他娘的，还没转世哩！坚定地说："只要马还能跑，俺体力没啥事。听官爷的！"这倒是难为了公孙觋，不管咋说，一把老骨头。加之，近来迎娶了心尖宝贝，斤花小婆姨。老仙仅存的一点陈货精血，也被掏空了，吸干了。他的身体，事实上已成了脱掉粒子的稆瓢，冬天里的糠心萝卜或者千年的木乃伊。总之，只是空壳子。能不能顺利进京，看他的造化了。

新年头月，丁诺为图个吉利，让手下人弄来一挂草炮子。在一片脆炸声中，几人一齐翻身上马。可是坐惯轿子的公孙觋，老胳膊老腿，绝对不是骑马的料。左脚插在马镫里，双手握住马鞍前的抓手，像金鸡独立，又如白鹤亮翅。一条腿撑不起身体重量。左腿不着力，右腿跷不上马背，屁股歪上歪下，就是歪不上马鞍。在场俩牵马衙役见状，过去帮

第六章 进京　　133

扶，连拖带拽，连捧带掀，好不容易把他右腿扛上马背。

侯伯叹气说："唉！咱说公孙老仙，这种样子，还能进京吗？"言下之意，都这把年纪，还折腾啥嘛！

公孙当然听出话味，挺胸抬头，大有老骥伏枥，志在千里，烈士暮年，壮心不已之英雄气概，豪迈地说："能，俺，身体硬朗哩！您看，杠杠的！"侯伯已看透他外强中干，朽木无本的虚相，对他说："你知道吗？一天三百里，跑不完，不能歇息，不能打尖，不能住店吃饭，你能撑住？"公孙觋气喘吁吁，呼吸还未平稳，却斩钉截铁，刚毅果敢地说："咋不能撑？这不是好样的吗？大人放心，小的没问题！"公孙觋嘴上说得顺溜，暗自心慌胆虚。十五个吊桶打水——七上八下，明显没底气。眼看着就要当上龙王荡的总乡团了，不能在马背上认输认怂，功亏一篑。

世上有一种悲哀，就是连自己都不相信自己。自己毫无一丁点底气，更无一丝一毫把握，却告诉别人，自己能、中。用这种愚蠢、无知、妄臆和蒙昧，去蒙骗一眼看穿自己的人。这绝非掩耳盗铃、掩目捕雀那么简单。公孙觋奉行"不入虎穴，焉得虎子"的信条，没有错。至于凭什么奉行这一信条，公孙觋认为，凭运气。现在，他确信自己红运当头。要么，凭什么睡了十几年的三婆姨美娘居然近期怀孕了，睡不足一个月的小斤花，居然有喜了。这就是红运来了，山也挡不住，何不乘运而上呢！

一挂草炮子炸完了。五匹骏马，一字拉开，侯伯在前，紧接是廖子章、公孙觋、冯仲，最后是展季。他们迎着"呼啦啦"的西北风和零散的雪花，匆匆上路。芦飞、滕大山、阙小海、辛驰，四匹青鬃骁骢随其后，保持百丈距离。前边快跑，他们快跟；前边慢跑，他们慢跟。前边休息打尖，吃饭住店，后边一样照此行事。总之，保持距离，若即若离，若隐若现，若明若暗。让三法司小吏们明白，若路上对廖总不客气，后边的人，对他们几个小吏也不会客气。

芦飞他们只是为了保护廖总，而对他们这些小吏，尚无伤害之意。假若小吏们不晓好歹，杀他们三个小吏不需吹灰之力，比碾死几只臭虫还要容易。

从大年初一早上开始，蔡先福趁拜年机会，谦卑恭敬、细心而积极地访问严九爷、夏侯廪、端木渥,还有桓商乔万斛,大盐主许怀宁,商行老板唐卓恩,钱票庄老板褚三财,龙王荡名士芦云乘、戴锦程,南北二十队队长、乡约、保甲,转达廖总被朝廷带走消息。并把在除夕晚熬了大半夜,写成的龙王荡担保总乡团的万民请愿书表,呈现给他们阅读,请他们按自愿原则,让家人、族人、邻居、亲戚、朋友签字,按指印,当然多多益善,最好不缺一人。蔡先福几天来马不停蹄。每走一处,再三叮嘱,一人一签名,一指印,不强制,不重复。五日内,将其送到乡约所,不得延误。

大年三十晚上,廖夫人、三儿培伦、丫环兰馨、彩莲,几人穿棉袄棉裤,风雪罩衣,四匹快马直接向京城方向飞奔而去。一夜行程二百多里,天大亮时,已进入莽原草地,继续向北。夫人计划,必须比朝廷差吏提前一到两天到达京城,找到衍大人,通报朝廷三法司抓捕廖子章信息。让衍大人赢得时间,面见皇上和太后,争取主动。尽快戳穿巩仁举的阴谋,定让他的以逸待劳,变成措手不及。

同夜,东方瓒一行八人,马队撒开四蹄,迎着北风,也飞速向京城行进。

侯伯一行,半个多时辰才出海州地界,进入百里茫茫的不毛之地。白色苍茫,一眼不见尽头的大平滩。其实,平滩上,并无荒原和道路之分。在这白茫茫萧索素色荒原上,有一条长期被人们踩踏过的印子,被公认为路。蜿蜒连绵,弯弯曲曲,是自然浑成的道路。路印子不很宽,两车道,很平坦。路基是坚硬的冻层,路面铺着厚厚的、洁白晶盐颗粒,指尖子大小,那是夏日卤水高温蒸发后,自然结晶的海盐。这路,不管刮多大的风,不会扬起一丝尘沙。即使千军万马踏上去,也只能踩出一条白印子。路东边,是白皑皑连着大海的天然卤池。夏季,海水大潮信来临,把这片天然卤池灌满海水。潮信退去之后,池中滞留的海水,经风吹日晒,部分水分被蒸发,池中水盐分比重高,通过引流,卤水进入路西盐田,依靠日光曝晒,生长大量海盐。盐河两岸,官路两旁,常年积起高高矮矮,连绵不断,起起伏伏的盐岭。

缥缈荒原在呼啸西北风中,无红无绿,无树无木,无枯草,无人无烟,无鸟羽,无兽迹。迷迷茫茫的盐滩,肃杀萧瑟。严酷无情的滩面，冷漠而寂寥，漫漫长长的盐路，通向北方，通向天边，消失在天地尽头。越往北走，雪下得越大，像松鹤洁白的羽毛，纷纷扬扬，落在茫漫无边的盐滩盐路上，天地间形成莫大的银白色的荒原。高高矮矮的盐岭，南北条状的河堤，连绵的白垄盐圩子，犹如舞动的银蛇，又像奔驰的蜡象和飞腾的骏群。天地河池，浑然一体。阴云连不开，万岭雪崔嵬。寒云昏晴，凝结万里长空；岭崖陡峭，悬挂千丈坚冰。登高鸟瞰，这五个人的队伍，穿越在白茫茫雪原盐滩上，就像五只黑蚂蚁，裹着风雪，缓缓蠕动。

自从踏上这片盐碱地，公孙觊明显感到行途艰难。这是过去不曾有过的辛苦和困顿，他在告诫自己，不能打退堂鼓。多日来，日夜和小斤花在床上床下的甜蜜厮混的舒适、轻松和快活，再想想很快就要上任总乡团，一呼百应，荣华富贵的幸福时光。无论如何，俺也要咬牙坚持。到了京城，就是希望。若坚持不到京城，一定客死途中。如果现在退场，必被认为诬告了廖子章，一定是凌迟处死并犯欺君罪，保不齐灭族。权衡两者，宁愿选择客死途中。万一挺住了，死不了，当然是前程锦绣，步步高升。到那时，俺就是龙王荡里一等人物，受千人爱戴，万人景仰。俺那细皮嫩肉，正当时的小斤花，名正言顺，享受总乡团夫人的崇高身份。那样的日子，才叫精彩，才叫快活逍遥，堪比神仙。如果可以的话，再纳一房更年轻小娇娘，朝朝迷情，暮暮欢愉，日日嬉戏于肌肤表里，再泄体内体外的浓蜜稠液。想到这，公孙觊觉得能量无限，信心百倍，浑身充满快意，脸颊凹陷处红润起来。皱皮幽暗的老脸，顿时轮廓亮了。

公孙觊徜徉在一种无须理性的，绝非虚无缥缈的理想王国之中，勾画了担当总乡团的浪漫美妙状态。公孙觊屁股下的五花马，是他的专骑。平时，有专人伺候，享受特殊待遇，精饲料，纯井水。马夫早晚两次牵出厩，沿田头、河边遛两圈。其余时间，尽在槽头，想吃便吃，想睡便睡。无风雨之患，无寒热之忧。膘肥体壮，连毛花上都能滴下油来。公孙觊常以他的青白五花马骄傲，炫耀，几年也没上一次马背。今天，青白五花马派上用场，和主人第一次长途跋涉。

平常，公孙觊爱坐轿子。在龙王荡南北二十队看风水，观阴阳，算命测字，推演五行八卦。五十个铜镚子脚夫费，一顶蓝帷黑盖子小轿，轿里一张椅子。轿夫那条弹性十足的轿杠子，抬上肩。俩轿夫心领神会，步调一致。两步之后，开始摇摆，有节奏地颠簸、晃悠。公孙觋在轿里，眯着双眼，尽情、惬意、陶醉着放松和舒坦，他特享受这种感觉。一般情况下，上了轿，一袋烟工夫，就颠迷糊了，呼噜了。有时候时间促迫，也想过骑马。他不习惯爬上爬下，老腿老胳膊，不听使唤，害怕跌下马来摔伤肩臂，摔断腿。宁愿多花几个铜镚子，让轿夫抬起来，风不打头，雨不打脸，晃悠晃悠跑起来，那才叫自在。

今日不是往昔，没有轿子坐了，只有五花马。这匹绅士般高贵的良马，身材魁伟、英俊，体形圆润，坠着暄肉的长脖上，套着一副缀满铜铃的银项圈。青白毛发服服帖帖，晶亮闪光，绒抖抖的尾巴，犹若一束细腻柔韧的银丝。俗话说，槽头拴不出千里马，温室里培不出万年青。公孙觋常引以为骄傲，摆脸面的五花马，四蹄蹬开，却不像前边骏马那样飞奔洒脱。显然，不是想象中的轻盈、利索。驮着公孙觋这个干瘪小老头，亦如背压千斤，半个时辰之后，"呼哧呼哧"疾速喘息，力不从心，两瓣子嘴张开如瓢，赶不上呼气吸气。可是前有引带，后有催促，夹在中间的五花马，被逼得没有选择，无奈坚持拼命奔跑。

忽然间，一阵狂风呼啦袭来，风头打在五花马脸上，也许是大雪花吸进五花马的鼻眼里，也许是马蹄踢起盐珠，掉进它张开的大嘴巴里，年轻的五花马"嗯突突"猛地打起响鼻，随之前腿扬起，后腿站立，雄风犹在，"嘘嘘嘘"怪叫起来。五花马受惊了。马背上的公孙觋，被这突如其来的变故，吓得魂飞胆破，惊恐万状，失了常态。他来不及避让、躲闪，猝不及防，被掀下马鞍。可是，左脚卡在马镫里，没有脱落。五花马前蹄着地，惊魂未定。左边拖着公孙觋，马体失衡，半边重，冲出道路，向西边盐滩蹿去。

那个侯伯只顾驱马前行，耳朵被长时间寒风刺痛，早已失了知觉。头脑里只有一根筋，那就是不停摇动马鞭，两脚不停敲击马肚子，让马拼命奔跑。没发现身后公孙觋的马跑下道了。

廖子章心想，这种环境，策马赶路，真是难为公孙觋了。其实，这点风雪，算啥。想当年，俺乡团攻打太平军，那寒风打在身上，像棍擂

第六章 进京　　　　　　　　　　　　　　　　　　　137

一样。打在脸上，如锋利刀片，划割般钻心切骨地疼痛。俺们执行的前锋，一夜奔袭六百里，将太平军北路纵队拦腰切断。冲进敌阵，在凛冽的风雪里厮杀，一刀砍下，喷出的血，瞬间冻成一支血冰棍。廖子章眼角瞟了瞟公孙觋，估计冯仲、展季会救他。这种惊马勒缰站立的动作，哪一个骑马的人，没有经历过几回。没事，命无大碍，懒得过问，装着没瞧见，继续驱马跟着侯伯前进，继续聆听耳边风啸，继续迎接大雪花的亲切爱抚。

　　冯仲和展季见状不妙，明白公孙觋的马受惊了，来不及讨论如何受惊的原因了。二人抖动缰绳，跟在公孙觋马后，斜插过去。公孙觋的五花马见后边马追上来，更加惊慌失措，一边狂奔，一边狂跳，想甩掉公孙觋，甩不掉。公孙觋的头颅，坠在地上，被拖着跑。脚始终卡在马镫里，出不来。公孙觋觉得快要死了，马若不停，不出一杯茶的工夫，必气绝而亡。后边追得越急，五花马越拼命发疯似的奔跳。渐渐地，五花马有些体力不支，马蹄慢下来。冯仲向展季扬起一个手势，冯仲冲到五花马的前边，一边斜跑，一边堵住五花马的去路。后边展季勒住马缰，挡住五花马转头。前后两马两人，将五花马牢牢夹住，五花马原地打转。再看那公孙觋，毁了，满头满脸，全是血。那顶非常珍贵的野生狐狸毛皮棉帽，远远蹲在雪地里，就像一坨水牛屎，很显眼。冯仲、展季相继下马，冯仲冲到五花马前，奋不顾身，一把攥住缰绳，勒紧五花马的丫口铁皮，抱住马头，不停地抚摸五花马的脸膛，口中念道："乖马、别动！乖马、别动！"五花马仿佛受了某种委屈，安静下来，眼窝里，挂着两颗泪珠儿。

　　三法司三个无品无级的小吏，都没上过战场，也没啥处理突发事件的经验。展季下马，见公孙觋满头脸皆是血，口中吐着血沫，惊慌忙乱，束手无策，原地站着发愣。冯仲急着说："展兄弟，发什么愣呀！赶紧，赶紧把他弄下来。这样挂着，他会死的。鞋卡在马镫里。"展季完全不知道该咋办！冯仲喊："你过来，扶住马头，不能再跑了，再跑，公孙大仙就死定了。让我来取下他。"冯仲过来，左手抱起公孙觋后脑，右手顺着脚脖子向前搓、揉，费了很大力气，终于把公孙觋弄下来了。大仙背气了。

公孙觊人事不知，昏迷状态，瘫在雪地上，一动不动。冯仲试了试他的鼻息，又摸了摸他耳根下方的动脉："无大碍，还有气。过一会还阳过来，不知能不能上马！"又过了一会儿，平躺的公孙觊手指动了动。腿弯子伸了伸。"呼啦"深吸一口气，睁眼了，头向两边转动一下，好像在找啥东西。挣扎地坐起来，摸摸自己的头、脸。流出的血，已结成冰屑，他十分虚弱地对冯仲说："大人，俺活着，俺无大碍，歇一歇，再上马，没问题。"他努力地想站起来，两手撑地，刚刚站起，又瘫坐在雪地上，双手抱住左脚，带着哭腔说："哎哟喂！俺的脚，又麻又疼呀！"他心中暗想，也许，这是老天考验俺。"天将降大任于是人也，必先苦其心志，劳其筋骨，饿其体肤，空乏其身，行拂乱其所为，所以动心忍性，曾益其所不能。"上天对俺的考察，才刚刚开始，不能经不住考验，半途而废。否则，这亏不是白吃了吗？想到这些，公孙觊虽然衣服撕破了，帽子丢了，辫梢子散乱了，脸上肮脏，全是泥血污迹，差一点五官错置，但是，他不想让冯仲、展季看出他的疼痛、狼狈。

冯仲说："怎么样？要么，再起来试试？"公孙觊想好了，死不改口，他回答说："请大人放心，俺没啥事。请二位大人，帮俺一把。"冯仲、展季二人，抬起公孙觊，放在马背上。展季小跑到二十尺外，捡回狐狸皮棉帽子，给公孙觊戴上说："我说哈，公孙大仙，这顶狐狸皮帽子，暖和，挺架事。这种贵重物，可不敢再丢了。这比脑袋还值钱的东西，咋能丢呢！"几人调转马头，继续上路。公孙觊这个时候，才觉得腿裆里湿漉漉的。原来连惊带吓，连吊带拖，人没吓死，屌吓死了。尿失禁，他自己也不知道，如此慷慨地将满满一泡尿，灌溉在干涸的棉裤里。欸，尿是倒着尿的，棉裤腰都湿透了，湿得很均匀。这种事情，也不好意思说出口。瞒着吧！闷着吧！现在身上没有一丝的暖和气。若结了冰，腿裆里夫妻四人精心服侍的小鸟儿，可就受委屈了。

就在冯仲、展季追赶五花马，营救公孙觊的时候，官道上，四人快马闪电般穿越而过。

两个多时辰的飞奔，又是顶风，又是逆雪，侯伯明显觉得，马的速度慢下了，抽一鞭，冲出几步，放下鞭子，又慢下来。风稍微小些，而雪花更大更密。人在马背上，早被冻透，身上没热气。人困马乏，急需

第六章　进京　　　　　　　　　　　　　　　　　　　　　　**139**

补充给养,稍作休息、调整。侯伯转眼一看,从西南处,蜿蜒弯过一条河流,如白色的丝带,向这边飘过来。这是一条运盐河,在这里,和这条官道平行。盐河东岸,是盐岭,有运盐码头。道西河东,和码头断续连片的,有一处官家驿站和一家小酒店。大冬天,又是新年,不是捆盐季节,也不是收盐时令。码头、驿站不见人影,只有这家小酒馆,几间南北走向、门朝东开的茅草房子,东歪西斜,在风雪中龇牙咧嘴,苦巴巴地撑住房顶上的茅草。草房中间,正门前,有凉棚和草房对接。凉棚顶上,苫两层盐芦席,南北两边,亦由盐席封住,东西棚口成了进入房屋的穿堂过道。棚前口,挂细芦柴把子勒成的大吊搭子。细柴除裤,细麻绳穿扎,每一小芦柴把中间,夹着菖蒲,确保风不透、雨不漏,隔绝室外寒气。材糙工精,大吊搭成了茅店亮点。

  吊搭两侧墙上贴一副大红对联,每联自上而下,从天杆到地头,八尺长,一尺宽,鲜红艳亮。上联,屈尊下马歇茅店,下联,酌意斟茗品素荤。横批,来了即是回家。凉棚两边柱上,飘着崭新的蓝底大红字酒旆,上面写一个大隶字"酒"。凉棚前檐下,挂四盏大红灯笼,分别有黄蜡纸剪贴的"元旦吉祥"四个大字,在风雪中摇头晃脑,给小酒店增添几分生动、朝气和活力。

  侯伯勒住马缰绳,叫一声:"吁——"牛马比君子,它也是血肉之躯,也累也渴也饿。想叫马儿跑,又想马儿不吃草,天下哪有这等美事。侯伯转过头,见廖子章紧跟其后也勒住马。这时候,侯伯才知道,后边三人掉队了。问:"廖总,可知道他们三人?"廖子章知道,但不能说知道。心想,面对朝廷的人,不知深浅,不能随便。俗话说,人不真诚,是一种危险;如果太过真诚,就是致命。便随口应一声:"俺也不知道!"侯伯说:"就在这里歇脚,俺进店,点酒菜,暖暖身子。浑身冻透了,不得劲。你在此等他们,估计他们三人,尿尿小解,耽搁了。"

  廖子章干脆回应道:"是!大人!俺在这里等。"侯伯没停留,马缰绳递给廖子章,掀起吊搭进屋。

  廖子章站门前,看这吊搭两侧对联,这上下联,虽说不是啥对仗工整的经典名句,也算说得过去。只是这横批,俗了些,但妙就妙在这个通俗。意思是,只要你不嫌弃小店,下马进店,你就是俺家里的人。多亲切，多温暖，多有人情味。廖子章在默默看对联，感觉风雪中，有四匹骏马飞奔而来。谅他公孙觊三人的马，跑不出这般神速，这般节奏，这般斩钉截铁，这般高超的技艺。这种迎风雪而飞，奋勇奔腾，破风斩雪的架势，只有俺龙王荡的乡团马队，才有的水准。百步之外，他就认出，第一个是芦飞，接着滕大山、阙小海、辛驰，这是跟俺十几年，形影不离的生死兄弟。他们的心情，俺知道，他们宁愿为俺去死，与俺同死。他们是俺连心的兄弟。

廖子章将感动放在心底。芦飞第一眼看到廖总，十步之外，飞身下马，后边三人先后下马。他们见面，不说废话。芦飞先开口，把他早晚想周全的事，准备在途中笼络和收买侯伯的动意，低声告诉廖子章。廖子章低声回复芦飞："看来这个都察院的侯伯，在进京后，会起一定作用，你先试试，看着办！"

芦飞单独进屋，见侯伯对店家说："三斤白干，五斤牛肉，烤只小羔羊，烧鸡公，老鸭煲，烤肥鹅……"店家问："官爷，几人吃？""别管几人吃，吃不完，咱们带在路上打尖，你再准备十斤煎饼，要小麦的。五斤大葱，山东的。"侯伯年轻人，不怕累，就怕饿。见到好吃的，不嫌多，只怕少。芦飞凑到跟前，低声对侯伯说："大人，点菜哈！"侯伯抬眼，看身边这个瘦高个子，好像比自己大几岁，气度不凡。自觉自己是京官，并未在意眼前是谁，随口问："你是谁？""大人别多心，借一步说话。"芦飞客气地低声说。侯伯对店家说："照咱说的，速速准备吧！"转身和芦飞到了一边。芦飞故意讨好奉承地说："大人，俺叫芦飞，是廖家伙计。"侯伯警惕的眼神，上下打量一遍，说："你跟踪咱？什么意思？"芦飞急忙带着阿谀、巴结的口气，解释说："大人误会，既不是跟踪，也没啥意思。俺家老爷，随大人进京，一路风雪交加，您也十分辛苦，倚重大人对俺家老爷，多多照顾，俺们做下人的，便可以放心吃饭睡觉。"嘴里说，手从怀里掏出一张银票，塞给侯伯："大人，请笑纳，不多，区区五千两，路上买碗酒吃，暖暖身子。"

侯伯都察院小跑腿的，干杂务的，十年的俸禄也没有这么多。再说，在京城，眼见那些王公贵戚，高官大吏，往袖笼塞银票，家常便饭，从不避讳。但有一条，收人家钱，替人家办事，这是咱大清官场的

第六章 进京　　141

规矩。咱亲眼见巩大人，几万两、几十万两，往袖里塞。人家有权有势，能量大，能帮人办大事。咱是一个小跑腿的，说白了，就是大人的一条狗而已。大人吃肉，咱喝口汤。银子，是好东西，平时，哪有机会收银子。侯伯没有拒绝芦飞的意思，说："咱知道你啥意思，你家老爷是好人，比那个公孙觋强，强多哩！在路上也罢，进京也罢，咱还不知道巩大人调他们干啥！估计必有大事。俺留心就是，可有一条，咱拿你的银子，你得替咱守住嘴巴。这种事，不能张扬出去，否则，于咱、于你们，都没有好处，你知道其中的利害关系。"芦飞忙说："大人不用多心，规矩，俺懂。俺家老爷进京后，仰仗您了，只要俺家老爷安全，俺必有重谢！今后俺俩单线联系。银子，不成问题。"

侯伯有些得意，回话自然干脆："进京后，有啥事，找咱就中，咱决定不了你家老爷生死，但能把所有关于你家老爷的消息传递给你。以后，你也别叫啥大人小人的，咱和你一样，伙计，都为主子办事，你就叫俺兄弟，不生分，好吗？进京后，咱不知道会发生啥事，不管啥事，俺第一时间告诉。从咱这里，绝不会为难你家老爷。还有，咱们还有另外俩兄弟，是刑部和大理寺的，你千万别和他们说咱俩的事，免得节外生枝"。

芦飞肯定地说："这一点，您放心，俺知道。俺也有仨兄弟，随老爷进京，俺们和你们吃饭、住宿，各做各的，出了这个门，俺们互不认识。"

侯伯说："是的！是的！为了今后把事办好，咱们绝对单线联系。不惹事，不生非，咱拿银子，你得内情，兄弟之间，扯平，对吧！你们那里，有一个叫白蝙蝠的吗？他可是俺主人派往龙王荡卧底的密探，他已把廖总和匪首东方瓒勾结的事，全说了。龙荡营根本没有全军覆灭，乡团也安然无恙。咱想哈，这人一定会给你家老爷惹麻烦。你记住，此人是大内高手，是俺主人的拜把子兄弟，武功高强，切不可小视之。咱收你五千两，你得这一消息，不亏吧！"

芦飞内心仿佛被重棒击了一下，知道问题严重，不光是公孙觋的诬告，还有白蝙蝠。此时，他还装出不介意的样子说："白蝙蝠卧底，俺们早知道，他所掌握的情况，都是假的。也是想从你家主人那里骗钱的，他的话，不必当真。俺们两兄弟，从此以后相互照应，你的话，俺记住了。"芦飞、侯伯二人伸出右手，击了掌，合了腕，扳了膀子，表示一言为定，不再反悔！

芦飞出了门，把刚才和侯伯见面经过，一五一十转告廖子章。廖子章说："转告东方，到京两日内，必除掉白蝙蝠，此人是大患，不可留。可让萃海翳使点手段，在京城，若没十分把握，别硬拼。另外，刑部冯仲、大理寺展季，争取在这几天，单线联系，使银子，通通拿下。进京后，俺们这边有衍子民，对方有仁内应，给俺们转送内情，事情会好办些。这又是一场不可小觑的战役，不能做到知己知彼，便无决胜把握。俺估摸，夫人、东方还有老蔡，可能已经动身了，先后也会到京。到时候，俺可能先被软禁，然后关进天牢，若被暗杀了，那是俺的命途不济。告诉东方，俺若死了，公孙觊、鲍育西、巩仁举，以及巩仁举在刑部、大理寺同伙，绝不可活。告诉夫人，要抓住衍子民这根稻草，他是俺走出京城的希望。但衍子民是君子，心太正，注定斗不过巩仁举那帮子奸佞小人。俺若出不了京城，俺们车轴河大桥、泰山娘娘庙、外口小集市，龙王荡桃花源，东方和老蔡再无心去做了。俺了解他们，胜过了解俺自己。他们都是好兄弟，就是太执拗。"芦飞说："放心吧，老爷，您不会有事……"

侯伯私下里掏出银票，心中暗喜，眼中发光。主子办事，得大银，咱们也有发点小财机会。芦飞呀，芦飞，你给咱真金白银，咱绝不辜负你。

餐堂里，一张八仙桌上，摆上五只酒盏。

芦飞四人牵马去上料，他们单独花钱，买煮熟的，热气腾腾的黄豆拌麦麸子。给廖总和自己人的马，喂精饲料，喝温开水。马和人一样，吃好、吃饱、喝足，消除疲劳快，恢复体力快，跑起来，才有劲，有精神。侯伯他们那四匹马，主人没经验，只是让店家喂草料，只吃稻草、豆秸、麦穰混合草料，喝的是刚从冰窟窿里打上来的冷水。扎牙的冷水，喝得马们翻起嘴唇，露出大门牙，直打喷嚏。

芦飞四人在另外一间小屋里，一张桌子四个人。黑土陶盆，一盆大白菜烩羊杂。热腾腾，黄澄澄的，揭油皮子。羊肠羊肚羊肺头，羊眼

第六章　进京

羊脸羊口条，羊蛋羊蹄羊腕羊脵子，那叫一个鲜。又干切一大碟子卤牛肉，一海碗汪豆腐。一小筐的朝牌饼，炕得杏黄，咯啦嘣脆，十几棵剥了皮的大葱白子，还有生姜、大蒜、辣椒酱。

这四人也是真饿了，"呼噜呼噜""嘶嘶哈哈"，连汤带水，狼吞虎咽，风卷残云。嚼大葱、大蒜、生姜，蘸辣椒酱，"嘎吱嘎吱""叭唧叭唧"连吃带喝，那叫一个过瘾。热乎乎，出了一身大汗，酣畅淋漓，浑身汗毛孔挓挲，再无一丝寒气。正好，屋里暖和，又有一堆麦穰，几人倒在麦穰上，眯盹了。年轻就是好，倒头一觉，一炷香，体力恢复如初。

廖子章在屋外，看雪花越下越大，越下越密，左望右望，白雪覆盖，天地苍茫弥漫，百步之外，不辨人马。隐约回看，三匹仿佛跛腿羸弱病马，顶着风雪，一步一点头，艰难跋涉。不用猜，定是冯仲、展季、公孙觍。这条路上，在今天这样特殊日子里，除了朝廷的马，就是俺龙王荡的人马。俺乡团和龙荡营，绝不可能有这样的，丢人现眼的人马。果真如此，第一个是冯仲，一副信马由缰、孱弱、不自信的模样。接着是展季，簇起双肩，缩着脑袋，眉毛胡子全是冰。公孙觍在最后，趴在马背上，一眼看不出是死是活。他的五花马，马蹄抬不起来，蔫头耷脑，百无聊赖，耳朵疲软下垂，半闭沉重的眼皮，睫毛坠满冰晶，鬃毛如层层雪衣，五花马万念俱灰了。再仔细看看其他两马，马屁股上爆出横七竖八、拇指宽的鞭痕，还冒着血珠。造孽呀！骑马的人，咋能如此狠心，对待同舟共济的骏马呢？马若记仇，不弄死你们，那才叫怪哩！

可怜的马，还忠诚地履行自己神圣天职，背着可怜的主人。连马也知道患难与共，惺惺相惜。它们不知道，在这风雪冻死鬼的恶劣环境中，冰寒彻骨的日子里，还要坚持多久，还能坚持多久。它们的身体僵了，神经麻痹了。现在仅剩下的，就是一份责任，在驱使四蹄前行。鞭子在它们身上，不起作用。它们任凭你抽打，仍然不辜负你。打吧！抽吧！打死抽死，一起死，看谁死得更难看。马，已把生死置之度外，视死如归，还怕鞭子吗！

廖子章对冯仲说："冯大人，侯大人让俺等你们，在这路边店，吃食、补水、小憩。"冯仲、展季相继下马,腿脚有些不灵便。公孙觋在马背上直起腰,抬起脸。裤裆难受极了,棉裤外表并无殊样,里面因先前尿失禁,现在已结成冰块,两腿完全失灵,下半截子没知觉了。

公孙觋的头脑还算正常。现在他知道了,告发廖子章,是一场严重错误。不进京是死罪,进京便死在路上。就眼前形势,这才过来半天,已撑不住了。这风、这雪、这马、这身体,看不到转机。倘若再下场大雨,俺是必死无疑。死也罢了,抛尸荒野,最后葬身于野狗之腹,当个孤魂野鬼,俺心犹不甘。俺公孙觋,一生也算是富贵有余,难道最终是这种结局吗?公孙觋呀,公孙觋,你放着好好日子不过,家有千亩地,有几百万两银子,三房婆娘,儿孙满堂。干吗一定要当那个总乡团?当了总乡团,真的就那么抖威吗?不可一世吗?万人之上吗?为所欲为吗?唉!安逸满足现状的人,也许活得自在圆满。而不停折腾,倾心改变的人,大多是在作死,而且会死得很难看。直到今天,现在,公孙觋才明白这个理。他却不敢反悔。俗话说,骑虎难下。公孙觋今日骑马难下。自知尴尬,不好意思请子章帮忙。毕竟两人现今成了生死对头,要么你死我活,要么我死你活。人家两京官,没有义务帮俺。可是俺冷、俺累、俺渴、俺饿,俺浑身麻木瘫痪,俺还要拉屎尿尿,俺得换下内裤,俺急需活动一下身子骨。否则,俺真的会死,不骗人。咋办?公孙觋鼓足勇气,仗着脸皮厚,抱拳,用抱歉的口气对廖子章说:"子章兄弟,全是俺公孙觋瞎眼,做了错事,俺对不住你,俺后悔。请兄弟你,帮俺一把,把俺弄下来。俺认尿,俺的智力和体力,皆不是你的对手。俺不玩了!"廖子章并不介意,知道公孙觋精神基本崩溃。一向养尊处优的人,哪知道艰苦卓绝的滋味。不到万不得已,像他这种软骨头硬嘴皮的人,不会言善的。于是不温不火地说:"公孙觋呀!你不用求俺俺也会帮你。俺不像你内心阴暗恶毒。多年来,俺顾的是几百年乡邻之情,左一次,右一次,让着你。不管你咋出格,俺不计较。没想到,纵容了你,也害了你,竟让你发展到丧心病狂的地步。你以为,你告了俺,害死俺,就能登上龙王荡总乡团的位子,你问问龙王荡南北二十队、二十乡的乡亲们,他们能让你活过明年吗?说一千,道一万,俺不会动手杀你,你也活不成。第一,进京的路上,就你眼前这状态,很快就会惨死

第六章 进京

途中，连收尸的人也没有，你觉得够本吗？第二，即使你活着进京，和俺在朝堂对质，俺若三更死，你活不到五更。第三，你就是顺利坐上总乡团的位置，俺那二十个队长，二十个乡约，乡团三千兄弟，龙荡营两千兄弟，能让你活吗？你纵有千个脑袋，也不够他们砍的。灭你公孙一族，不废吹灰之力。不信？你试试！公孙觊呀，公孙觊，为啥你年龄在不停地长，人却长不大呢！幼稚！"

廖子章边说，边来到五花马身旁。见公孙觊老眼昏花，半死不活的、可怜、可恶、可悲的样子，伸手将公孙觊从马背上提下来，问："你还能站得稳吗？先试试！""俺裤裆里，结冰了！"公孙觊自觉奇迹，居然能站稳。

店家来一人，牵马上料去了。廖子章领三人，掀吊搭进门。屋里，八仙桌上，满满一桌，佳馔喷香，热气腾腾。两边大火炉，烧得正旺，火红的木炭，燎起红白色的火焰，烤得人不敢靠近。公孙觊两腿不敢并拢，走路像鸭子一样，一跛一跛，迈开不大不小的八字步，不敢快走。冰块像碎玻璃片子，划破大腿内侧嫩皮，麻麻煞煞，不知疼痛，却十分难受。公孙觊想象中的腿裆，已经血肉模糊了。他急需找个背静地方，拉屎尿尿，换内裤，顺便观察一下腿裆内情。好在这酒店后厨的柴堆外，有一间通上暖气的封闭式茅子。夹皮墙里有热道，气温还可以。公孙觊进了茅子，心急如焚，火烧眉毛，颤抖的双手摸了一会，才抓到腰带结，慌乱中解开腰带，倚在茅子墙壁上。一手扶门框，一手解开绑腿带子，脱棉裤不小心，连内裤一起脱下。内裤贴在大腿上，撕下一层皮，剜心疼痛。没等到内裤脱掉，失去开关功能的尿尿器物，又不自主地滴滴答答地流下了。

这时候，公孙觊才想起，替换内裤放在马包里，没带过来。细细瞧见，大腿内侧，正如想象中的模样。再看脱下的内裤，都是血的冰屑。他咬咬牙，狠心把昨天才换上身的新内裤，扔进茅屎坑里。龇牙咧嘴拉起棉裤，又褪至脚脖，蹲坑拉屎。未料，两腿不得力，在家里坐在马桶上拉屎，这里哪有现成的马桶可坐。刚蹲下，两条不发达的大腿外侧，肌筋拉断般剧痛。他咬牙弹起，蹲不下去，撅着腚拉屎。可是，拼命挣，挣了半晌，挣不下来。眼前浮现大老婆生濑时难产的景状。真的，太难喽！后来，挣出一颗类似驴屎蛋一样的黑球球。再挣，没完，挣不出。公孙觍没劲了。

忘记带揩屁纸。无奈，从墙脚下，捡一块屁眼大小的石块，象征性地揩了腚眼。再想立起来，他站立不起了。老腿实在不听使唤，茅坑旁，有一个积尿的尿桶。尿桶里，已积了半桶尿。他判断尿桶很稳，抓住尿桶把子，借力使自己站起来。可是，连他自己也没想到，哪里来的这股大的劲。猛一拉，尿桶拉倒了，自己是站起来了。这猛然站起，眼前发黑，一过性眩晕，没持住，栽倒在地。过一会，醒过来，自己四仰八叉，竟然仰泳似的，躺在尿汪之中。该如何是好。可惜辫子被五花马拖了一次，形象不整。拖散掉的辫梢，胡乱地扎起来。现在，整个辫子，又是烂泥，又是尿，如拉稀屎老水牛腚眼下的尾巴，烂唧唧烂唧唧的。半边棉袍虽未浸透，也是尿迹斑斑，臊气熏人。

公孙觍懊恼、颓废，想找个地方，梳洗一下辫子，然后再烤干棉袍。因为肚子饿，他选择去餐堂。远看着，人家早就开吃了，几乎忘记公孙觍的存在。侯伯很客气地端起酒盏子，对廖子章说："廖总，来！干一个！"廖子章也很礼貌，用尊重口气说："俺敬你，俺敬你，先干喽！"

冯仲看侯伯主动敬廖子章的酒，也客气地对他说："廖总啊！光喝不行，来吃菜，吃菜。"说着，擫起大块烤羊肉、烧鸡公，送到廖子章的碟里。

侯伯看到公孙觍腿下不利索，向这边挪过来，喊道："哎！公孙老仙，还磨蹭啥？过来，先吃饱喝足了，再处理别的事！"公孙觍努力装着若无其事，讨好地回复："哎！来了！"众人抬眼，看着公孙觍湿漉漉的泥浆辫子，还在往下滴尿，个个哭笑不得。侯伯一见，立刻调侃说："啊呀！公孙老仙，你是用辫子拉屎尿尿的呀！咋这么又臊又臭哩！倒胃口，快！快去洗了再回来。臭死人了。"侯伯直起脖子，反感地喊："小二，打盆热水，帮公孙大仙洗梳辫子。把他那棉袍子给烤干喽！要么，怎么上路呀！"店家回叫道："是，大人！您放心用餐！即就办！即就办！"……

午餐，侯伯心情舒畅，多饮了几盏酒，吃得饱头饱脑。室内暖暖和和，有些泛困，想眯盹一会再走，转脸一想，不中，赶路要紧。对展季

第六章 进京

说:"展兄弟,向店家要个蒲包,把没吃完的牛肉、烤羊,还有大烧鹅、煎饼大葱,通通带上,路上饥饿可打尖。别忘了,每人灌一袋开水。"展季回答:"好嘞!"

几个人出了酒店,马匹早在门口等候。外面大雪铺天盖地。地上积雪漫过脚面,能迷糊地辨别前进方向,绝对辨不清前方道路。只能凭感觉走。几人先把公孙觌弄上马,继续往北。再跑半个时辰盐碱路,是二百里荒草丘陵地带。荒草丘陵这段路,最难行。走完这段路,便是一马平川,有村庄、城镇、集市,随处都可歇息吃喝住宿。侯伯知道,距此地大约一百六十里外,有一处叫鲁柒驿站,规模比较大的酒馆。现在到天黑,大约不足两个时辰,力争赶到鲁柒驿站的酒馆寄宿。按正常天气和正常马力,近两个时辰,跑一百多里路,没问题。侯伯在默默祷念,老天保佑俺顺利通过荒草陵地。他真的担心,这段险路上,出啥预料不到的事情。

公孙觌仍排第三,他的五花马慢慢适应了。本来就不是孬种马,膘底厚,紧跟廖总的枣红马屁股后边。公孙老仙到底是上了年纪的人了,原先腿裆结冰,浑身冷透,四肢麻木,换了内裤,吃了两盏烧酒。搞不清咋回事,也许是当时侯伯催得紧,自己的牙口不太好,牛羊鸡鹅,嚼得不到位。上马短短一袋烟工夫,吃饭时氽开的汗毛,一下子收拢了。随着两个喷嚏,打得透心彻肺。接下来,只是张嘴,鼻子酸酸,喷嚏卡在鼻孔深处,"喊喊"出不来。

公孙觌肌肤上,感觉好像罩上渔网,在收紧,收紧。又像豆浆开锅里,洒下卤水,在紧豆腐聚拢。风雪似箭,穿心而过,心如雪花一样寒冷。浑身开始发抖,上牙下牙,打抖很激烈。吃进肚里的小酒,晃荡晃荡,晃荡到脖子根了,还有朝上漾的趋势。光是小酒晃荡,凭老仙能力,还能控制住。可是,肚里的牛在"哞",羊在"咩",母鸡在"咯嗒,"鹅在"嘎"。老仙肚里,办起家畜家禽演唱会。

老仙的小肚子,咋能受得了。一阵阵疼痛,搅肠剐肚。先是浑身冷得打战兢,现在又疼得冒虚汗。老仙趴马背上,用马鞍前边的把手抵住肚腹,开始嗝气,嗝气不自主。第一口,第二口嗝的是气,第三口嗝出小酒。接下来,嚼烂的,没嚼烂的,牛呀,羊呀,鸡呀,鹅呀,似乎活跃起来，夺口而出。能走鼻子的，走鼻眼里出；能走嘴里面，从嘴里出。不知啥东西堵住他的鼻眼子，他擤呀！擤呀！擤不出。公孙觊判定自己不是醉酒，是受风寒了。吐掉几口，觉得舒服些了。谁知，在身后边紧跟着的冯仲和展季，遭遇公孙老仙嘴巴吐出来的，连干夹稀的物质，随风打在他们脸上，他们下意识满面拍打，顺手抹去，却满脸留下臭烘烘的味道。风在吼，雪在飘，马在奔驰。明知是公孙觊的呕吐物，也没办法，无话可说。半个时辰过去，马队在风雪中穿出盐碱滩，进入荒草陵原。初进原野，路两边一望无际，地面隆起的绵延的丘体，像大波浪一样，南北走向。丘岭上，有一丛丛矮小，贴着地面的海英草，也有凸起的碱蒿、大麻蒿、黑驴蒿，成片成片，冻死倒伏，如一群一群的干尸，横七竖八躺在雪地里。

再向前，原野渐渐平坦，整个原野皆是被冻死的稗草、沙浪苗、草狼、小蒿、拉拉藤、大瓢瓢、肿脸菜、野田菁、棉槐柳、观音柳。再向前，进入莽原腹地。原野生满半人高密密扎扎的小芦苇，每枝芦苇梢头，结着一小撮毛茸茸的芦蓬蘴，如雪花一样白净、苍凉。小芦苇混合着一片一片的茅草荒。茅草茂盛，形如菖蒲。因为生长得太过浓密，以至于到现在，过了三九四九天，天寒地冻，只冻枯上半截。下半截呈青紫色，似乎并未冻透。

道路被茅草挤得不透气，不透亮，只有弯弯曲曲的路印子，茅草把马队夹在草丛里。路成了一条冻死的长蛇，或隐或现地通向前方。马队在这样的路上飞驰，犹如一条起伏穿越的长线条。马肚子从茅草上滑过，可听到"嚓嚓嚓"的摩擦声。马队进入荒草原野腹地的纵深处。前方风雪中，有条东西走向不高的山脉，隐约如云，横在前边，仿佛欲挡住去路。侯伯他们在去海州时，曾走过这条山路。他知道，越过这个丘陵山脉，再跑三十里，就到鲁柴驿站了。

公孙觊刚觉得肚子里舒服一点了，身上又冷了，嘴唇发紫，腿脚发抖，手发颤。公孙大仙确认自个在发烧，而且烧得够厉害。口中发干，上颚干裂难受。两鼻孔在向外喷火。眼睛模糊，时常跳出重影。喘气有些吃力。胸口里丝丝痒痒，有痰出不来。喉咙里，仿佛有几条蚂蟥叮在喉头下，咽不下去，也咳不出来。他自知，成了别人的累赘，而自己业已心力交瘁。一行中的人，都帮过自己。面皮再厚，也感到抱歉和内疚。公孙觊头脑昏昏沉沉，咬牙硬撑！他趴在马背上，任凭五花马奔跑。他的意识还清楚，紧紧抱住马鞍上的把手，不让自己摔下来。死生由命。

　　天色渐渐暗下，风雪没有示弱的迹象。不算很高的九莲山，就在眼前。侯伯想一鼓作气，翻过山去，再坚持一炷香的时辰，可赶到驿站。马队到达山脚下，正准备沿着一条斜道上山，公孙觊摔下马了。五花马自从受惊之后，似乎懂得许多道理，对主人曾经挂在马镫上，多少有些愧疚。现在，见主人落马，便扬起前腿，"嗷嗷"怪叫，十分焦躁。前后的马，听到五花马如此恐怖怪叫，立住马蹄。冯仲、展季看到公孙觊从马背上摔下，急忙下马。五花马低头，焦虑地看着公孙觊，用舌头舔公孙觊的脸。眼眶里，闪动着泪花。

　　众人皆下马，跑过来，仔细一看，公孙觊已不省人事。廖子章拔了手套，用手背试公孙觊的脑门，说："哦！好烫呀，烧昏了。"又试他的脉搏。用手指试他的鼻孔，说："没死，有脉，还有气息。麻烦来了，他是走不了喽。"侯伯心急，用马鞭子抽路边的茅草说："担心的事，还是发生了。不能按时到京，交不了差，这可咋办？"廖子章问侯伯："大人，今晚住鲁柒驿站吗？"侯伯指望廖子章出个主意，急切回复："是呀！你也知道鲁柒驿站？""知道，俺走过这条路。俺想，砍一堆柴草，点火，俺们一起烤火。给公孙觊灌些水，使火烤他出汗。只要退烧了，便无大碍。若是不退烧，恐怕真的不好办了！"廖子章以征求意见的口吻说着，眼睛看着侯伯，等他示下。侯伯也干脆："廖总说得有理，走路耽搁一时半会，无大碍。人命关天，不开玩笑。咱们大人，要的是大活人。弄进京，张不开嘴，不变成废物了吗？"公孙觊被放在路边草地上，侯伯旁边候着。廖子章、冯仲、展季使随身的刀剑，在草地上薅草。不大一会，三人割了一大堆芦柴和茅草。侯伯问："冯仲、展季，谁有火？"

　　冯仲看展季，展季看冯仲，两人发愣，又同时摇头。廖子章笑了，龙王荡人随身带着打火家伙。人在野外，大冬天，没了火，就没了命。他从棉袍内层，掏出小包裹，取出火刀火石和竹管里的火纸煤。左手捏着火石、火纸煤，右手捏火刀，清脆两声"叮、叮"，火星四溅，喷在火纸煤上，幽黑的灰煤红了。廖子章抓住卷起的火纸，轻轻摇一摇，噘起嘴唇，"呼"地一吹，火纸煤上的星火，渐渐放大，形成一个小火球。再吸一口气，猛"唿"一声，懒洋洋的红黄带蓝的火苗，"啪噜啪噜"很不情愿地冒出来。廖子章稳住火苗，抓一把枯干的小毛狗绒草，抖落了草上的积雪，火苗伸到毛狗草中间，"骗"的一声，干草上的火苗蹿出来。廖子章把小毛狗草放在茅草里，外边覆上芦柴，一堆篝火"叭啦，叭啦"燃烧起来。火是烧着了。三小吏并不知道该如何让公孙觊在这堆火中受益。廖子章知道他们没野外生存的经验。主动上前拽一把茅草，掸去周围的积雪。拉公孙觊立坐起来，解开棉袍，靠近火堆。自己抵住公孙后心，让他前胸对着火，又招呼一声："哪位大人，请把公孙水袋拿过来。"展季从五花马背上解下公孙觊水袋，交给廖总。廖总把水袋放火上边烤一会。水热了，他让侯伯抵住公孙觊后背，自己捏开公孙觊的嘴，轻轻将水袋掀起，温水"嗞嗞溜溜"地流进公孙觊嘴里。然后，轻轻按压、拍打公孙觊心口窝子，让公孙觊尚未熄火的心脏，恢复动力……这招果然奏效，公孙觊鼻尖上沁出细微小汗珠。然后，腿弯子抽搦两下。然后，猛烈咳嗽两声。然后，上眼皮居然缓缓地抬起来。第一眼，看到廖子章，正给自己按摩、舒筋、活血、解疲累，给自己灌热水。口中小声念道："老弟呀！干吗救俺。你的秉性，改不了。你若让俺死了，你便消停。你不让俺死，俺可要置你于死地。你真的是大慈大悲的菩萨吗？你，何苦来哉？你难道不知吗？俺是谁，俺是被农夫发现的，冻僵了的那条蛇。俺是中山里被赵简子射伤的那条狼。俺既要你的位置，还要你的命。"

周围仨小吏都以为公孙觊烧糊涂了，嘴里尽是胡说，大惑不解。人家廖总无私全力救他，他说这种没良心的话。岂有此理，不可捉摸，都认为，这种人真的该死。三人瞠目结舌，想骂他几句，又不知深浅。他们知道，廖总、公孙觊之间，有过节，二人进京，也与此有关，但不知道到了你死我活的程度。既是势不两立，不共戴天，你廖总干吗全力挽救他的性命？天下哪有这等事情。阎王不记仇，鬼都不信。难道廖总在玩猫捉老鼠的游戏？龙王荡，都是些啥样的人啊！水太深。廖子章微笑,并不在意公孙觋说啥,他对公孙觋说:"死生由命。人啊,没定生,已经定死了,由不得你我。俺舍不得你死,所以要救你。你若这样子不明不白地死了,俺龙王荡少了一个阴阳风水大师,少一个阴谋家,日子过起来,没有滋味。至于俺的位置,你就别想了。你坐上那位子,死得会更难看。你以为朝廷让你取代俺,你就真的能立足龙王荡,任总乡团啦?别做梦啦!不管你信不信,俺深信不疑。你在拿公孙一族几百口人的命途,开玩笑。俺叫你一声公孙大哥,醒醒吧!放弃好日子不过,你作,作死!"公孙觋闭上眼,口中念道:"老弟,你的量越大,俺就越吃醋。到今天,俺总算明白了,俺以卵击石,蚍蜉撼树,悔已晚矣!你掐死俺吧,俺是到不了京城了。这鬼天气,大雪何时停,它不会停,活罪难受,俺持不住了。"

侯伯看公孙觋醒来,正和廖总咕叽,也不知咕叽啥事。北方的侉子,听不明白蛮话。看公孙觋能自己动了,他不再扶他。侯伯离开,公孙觋觉得前胸烤透了,热了!后心又冷了。他换一个姿势,调过后心烤。后心烤热了,前胸又冷,再烤前胸。循环多遍之后,天黑了。公孙觋觉得身上清爽了。众人起身,准备上马,穿越山路。

忽然,廖子章的枣红马一跃而起,发出十分恐惧的怪叫。廖子章立即意识到:"坏了,有狼群。"马的警觉,有时候比人敏感得多。廖子章纵身跃起,一把拉住受惊的骏马,安慰一下。环顾四周,发现一双双黄中带绿的狼眼,像一盏盏逼人的鬼灯,在草丛里已围着一圈,坐视人马,分明在等待狼王的命令。廖子章非常了解狼性,连忙喊道:"各位,打起火把。"每匹马背上皆备火把,这是侯伯为了夜行准备的。

廖子章挥起一脚,把正在燃烧的芦柴踢向四周,熊熊烈烈的火势迅速伸向茅草丛中,纷纷扬扬的雪花根本压不住旺盛的大火。三个年轻人和公孙老仙没有野外生活经历,但也听过群狼围攻的故事,深知狼的厉害。一圈子狼,虎视眈眈,做冲锋前预备的姿势。至少三四十头,若再聚积增量,这五人五马,定然连骨头也剩不下来。

廖子章果断地对其他几人说:"点上火把,狼怕火,你们在前边跑,俺断后,确保你们安全。"侯伯、冯仲、展季和公孙觋点火把,三个年轻人把公孙觋抬上马背。几人打马前进。

廖子章上马，认准靠前的那头又高又大，粗壮膘肥，眼如铜铃，头如斗的狼王。不慌不忙，将火把插在马鞍前火把座子上。取下挎在马背旁的弓箭，摸出三支箭，搭在弓上。颇有经验的狼王，看得清清楚楚，一时找不到隐蔽点，索性露出凶残的牙齿，哼了一声，猛扑上来。廖子章哪能留给它机会，瞅准它猛扑的刹那间，三箭齐射，"嗖"地射中狼王。三支箭，一支射进狼王头盖骨，另两支，一支锁喉，一支插进狼的右眼。狼王发出凄惨嚎叫，就地打滚。一会儿，半人高的茅草，碾如平地。狼王渐渐软劲，伸出一拃长的舌头，由红变紫。惨叫的声音渐渐没了。狼王蹦跳挣扎一会，死了。众狼知道狼王遇难，不敢强攻。于是，丢掉幻想。尽管饥肠辘辘，也吓得撒腿奔逃。唧唧歪歪，一片混乱，相互告急，纷纷向黑暗深处草丛中，拼命狂遁。

前边几人高举火把，上了九莲山的半坡。廖总扬鞭催马，枣红马迈开四蹄，仿佛肚皮擦地，奋力追赶过去。

4

夫人一行四人和东方瓒一行八人，上午在鲁柒驿站会合后，东方瓒留下韩鲶、萃海英、凌霜菊。派白青、非红、火绿、水秀，护卫夫人一行，提前进京。东方瓒原本想同廖夫人一起提前进京，不放心廖子章安危，留下等廖子章和芦飞他们。另外，还有一个重要目的，在鲁柒驿站除掉公孙觋，免得有更大后患。

鲁柒驿站，兼客栈、酒店一体。驿站是官方设立，客栈和酒店，是百里外一家大户经营的。南来北往的官差、信使、客商、一般过路人，到此换马、歇脚和食宿。这是大草地里，唯一人烟聚集地，地理位置十分重要。驿站马厩里，养马十余匹。客栈客房五十间，酒店能容百人。院子很大，有货场。这里可以代办转运货物。

好一片青堂瓦舍，外围，有一丈高青砖围墙。围墙外，便是一眼看不到边的荒莽茅毛杂丛。驿站是单列房屋，在客栈酒店右边，面向南北马路，门楼檐下有"鲁柒驿站"四个醒目的红底黑色楷体字。五间屋，中间正堂,连接门楼穿堂。后院有洗马台、水井和半封闭式马槽、马厩。另外,大车棚下,停靠轿车和马车若干。

大年初一,酒店客栈除了贴红对联,挂大红灯笼、彩旗、酒旆之外,还在酒店正厅每张桌上,放一大盘子混合葵籽、花生和瓜子。客人随意用,用完再添。每间客房床头柜上,放一大碗混合的米花糖、芝麻糖和花生糖。是酒店后厨自制的,比街市买的新鲜、香甜、味美可口。外堂长柜台上,有一盘盘烟花爆竹,一扎扎三连响的高升大炮仗,客人有兴致玩,可以随便拿,随便放。不许带走。东方瓚四人,早就选择两间最里边,可隐蔽的客房。两男一间,两女一间。中间隔道板墙,壁上敲两下,两边可以沟通交流。四个人将院内院外,前厅后室,餐厅后厨,前门后门,便所茅坑,猫窝狗洞,地井阴沟……摸得一清二楚。为晚上行动提前做好准备。

吃罢晚饭,时不到二更。萃海罂、凌霜菊穿夸张的狐皮大衣,裹羊绒围巾,富贵雍容,一身贵气。她俩在大门外灯笼下,漫步闲聊,室外没有其他人影。二人警觉的目光,几乎同时看到朦胧迷漫的雪花里,有几只火把,一跳一跳地,从远方朝这边奔来。凌霜菊说:"姐,他们来了!"萃海罂说:"别急,再确认一下!"凌霜说:"隐蔽起来!"俩人拐过墙角,隐在两口一米高,裹着防冻茅草的大水缸后。萃海罂一眼认出廖总和他的枣红马,对凌霜菊说:"第二个是廖总。""咋不见公孙大仙呀?"凌霜菊疑惑了。几个人相继下马,走到门前,正准备进屋。只见公孙觋趴在五花马的背上,没动静。侯伯过去推了推,口中叫道:"公孙老仙,不带吓人哈!"靠近仔细一瞧,原来公孙觋用自己一条长腰带,把自己紧紧捆绑在马鞍上。侯伯又摇了摇,公孙手脚动了一下。侯伯自语道:"还好,没死!"侯伯解开公孙觋身上带子,对俩小兄弟说:"老冯小展,过来,把老仙撮下来。"三人六手,一起着力。侯伯叫"一、二、三、起",忽见大仙猛地痉挛一下,接着"哇哇哇"三声,连吐三口鲜血,喷得三人一头一脸的血污。躲之不及,热乎乎,又腥又膻,令人作呕。侯伯大声叫道:"公孙老仙,你咋的啦?"公孙觋看似昏迷,头脑还清楚,低声道:"大人,俺没事,扶俺到屋里。俺累,四肢无力,歇息一会,便好!"

公孙觑平常那笑里藏刀，阴险狡诈，刻薄恶劣，内心傲慢，骨子里要强不服输的样子，现已荡然无存。面部表皮放松，波浪纹不见了，整张脸土灰色，再无多变表情了。亲眼看过死亡前征兆的人，一眼便知，公孙大仙离仙期不远了，恐难进京。而这一点，三个年轻人，没有这方面经验，当然不懂。

萃海嚣和凌霜菊到大统领屋里，告诉大统领和韩鲙，公孙下马时，"哇哇哇"吐出三口鲜血，估计病得不轻。韩鲙在一边说："自作自受，如此正好，老天有眼。省得俺动手，让俺担着忤逆不孝之名！"东方瓒在思考另外的事，觉得不能让公孙觑这么痛快死掉，临死时，他还必须做一件有意义的事。他明确地说："各位，听好喽！先别动手杀一个将死的人。等我和廖总证实之后，再定夺！"

侯伯在门外喊道："店家，先给俺五间上好、暖和的房间，把墙烧热喽！炕烧温了！""是！大人，这边请！"店家跑出柜台，边回复，边请他们进房间。

趁几人扶公孙觑去房间之时，东方瓒在廖子章身边两步处，有意识晃一下肩。廖子章一眼认出，佯装找茅子小解，问跑堂的小二："小哥，可有茅子？"店小二问："小解，还是大解？"廖子章回复："小解，小解！"唐小二说："右手向前，二十步左拐，左手边，便是男厕小解池子。""谢谢！"廖子章转头，按小二指点，找茅子去了。廖子章在前面走，东方瓒跟在后边五六步。东方瓒左右一瞟，见无人过来，快走两步，跟上廖子章，小声地说："哥，咋才到呢？"

走廊顶部，吊着盆口大的油灯。后边的灯，把两人面前长长的黑影子，一跳一跳地缩短。前边的顶灯，又将身后黑影子，一跳一跳地拉长。十几丈长的走道，阴森森的，影子忽而跳到前面，忽而又跟在屁股后，鬼影般瘆人。廖子章言简意赅地说："公孙觑一路上，又是吐又是呕，又是高烧，又是烤火，折腾。半死过几回了。最后下马时，喷出三大口的血。从他脸色看，估计熬不过两日。"东方瓒说："韩鲙跟俺来了，韩鲙要亲手杀了他，就在今晚动手！"廖子章说："欸？真是难为这年轻人了。不用他杀。否则，会让他陷入不孝、忤逆、有悖人伦的境地。将来传出去，不好做人。俺想，让韩鲙找公孙觑，用亲情暖暖他的心,让他留下一份供词,说明前边的三封信,全是诬告,动机是除掉当今龙王荡总乡团廖子章,自己取而代之。现在,后悔了,用死偿还自己亲手制造的这桩冤案孽债。让他签名,按上手指印。把这东西,拿到手,带去京城,交给衍大学士。现在能证明俺和匪相通,唯一证据就是公孙觋三封控告书。只要公孙觋翻供,谅他巩仁举也不能轻易给俺定罪谳案。还要对付的,是鲍育西,俺一口咬定,鲍育西与匪首暗中勾结。你想个法,弄一件你和鲍育西往来的证据,不管啥证据,只要能证明他和你有往来就可以。把这证据,让芦飞交给衍大人。巩仁举必保鲍育西,但是他指使暗杀衍大人,这是事实,也是死罪。让人通知霍大掐,在龙王荡等着,进京做证,不要乱跑。霍大掐到堂后,一口咬定,他是保卫衍大人的,所以杀了鲍育西的心腹。记住,一定要让霍大掐撇清和荡匪的关系。自证不是龙荡营的人……芦飞会买通今天三法司小吏。到京,他们会把内部消息透出来。还有你那个天象师白蝙蝠,是巩仁举的卧底,是巩仁举把兄弟。是侯伯告诉芦飞的,确信无疑。他知道的太多,进京后,尽快除掉他。他是大内高手,精通法术,武功厉害,千万小心。"尿早已尿完,两人只顾说话,手里捏着尿尿的软体器具,定格成尿尿的姿势。

东方瓒聆听老哥一番嘱咐,肯定地说:"兄长放心,俺记下了。"听到走廊里有脚步声,东方瓒提起棉裤,勒上腰带,放下长棉袍子,离开茅子……

侯伯一行用了晚餐,几人一同去看公孙觋,见他已呼呼大睡。各人都累了一天带半夜,非常疲惫,各自回房间歇息去了。

深夜,在迷漫大雪中,孤凋凋的驿站,十分安静。大年期间,四处不见行人。风瘦了,雪肥了,鹅毛般大雪花无声无息绽放,层层叠叠铺在地上。韩鲛溜出房间,飘扬的大雪落在他棉袄肩上,跌碎了。又落上,又跌碎。他手提小布包到公孙觋门前,轻轻一推,门没闩。进屋,滑动插销,闩门。点燃烛台上五支蜡烛。从小布包里拿出小砚台和一个小瓷瓶,磨好的墨汁,倒在砚台里。取出几张麻笺纸,一管鼠须小毛笔,端端正正,放桌上。他坐床沿上,轻轻推推公孙觋的肩,他在打呼噜。韩鲛小声叫道:"舅舅、舅舅!"公孙觋翻了身,似乎在睡梦中,有人叫舅。叫舅还能是谁？声音像韩鲶，正在疑惑。耳边有人继续叫："舅舅，俺是韩鲶。"公孙觋仿佛在云里雾里，迷迷糊糊，嘴里却不由自主："韩鲶，咋来这里呢！赶紧逃吧。你是龙荡营的匪。再晚，就没命了。朝廷的人，就在隔壁。他们三人，你一人，岂是人家对手！快逃。"说着，公孙觋打了个寒噤，惊醒了。

真的有人，坐在床边。公孙觋怀疑自己真见鬼了，半夜三更，谁坐这呢？轻声问："谁呀！干啥！隔壁都是俺们的人，不要乱来噢！""舅舅，是俺，你外甥，亲外甥，韩鲶。听说你进京，这么大的年纪，新年头月，表哥他们有家有口，走不脱，又不放心，就让俺来护你。俺光棍一条，一人吃饱，全家不饿（韩鲶腊月二十八参加集体婚礼，这消息本来是要告诉公孙觋，因为凌霜菊讨厌公孙觋，所以对公孙家封锁了消息）。过不过年，都一样。担心您岁数大，大老远，进京，又下大雪，刮大风，万一身体吃不住，咋办？索性，就跟着来了！"韩鲶的话，很贴心，很暖心。

公孙觋在绝望中，似乎看到一丝希望。原以为被抛尸荒野，外甥来了，至少不会抛尸，不会成无依无靠的孤魂野鬼、游魂饿鬼。公孙觋激动的眼眶里，"叭嗒叭嗒"老泪横流，道："天不弃俺，两个儿，不，四个儿（三婆娘和小斤花，肚里都有了），不在身边，外甥也算儿。相当于，不等于。"韩鲶装着抹泪样子，哽咽地："舅舅，你病啦？"公孙觋悲哀、懊恼、丧气、心里别扭、沮丧地说："舅舅是病了。人啊！命啊！财富啊！势力啊！光环、头衔，强求不得。俺到不了京城了，恐怕也就是今明的事了。俺死后，你得想个法子，给俺置口上好的棺椁，买一驾上好的马车，车外封大轿，把俺带回龙王荡。"边说，边抖抖索索地从棉袍口袋里掏出五张银票，每张二十万两，塞给韩鲶："俺有钱，别怕花钱。把俺的尸，安全带回家，花多花少，剩下的，全归你！"

韩鲶并未推辞，也没接他的银票，说："舅舅，您身体不是很好吗？何出此言？""把银子拿着，揣好，别丢了。俺自个身子骨，俺晓得，今天一摔一冻，新旧疾同袭，这一关是过不去了。俺死了也罢，就是对不住俩人，俺出卖了你和廖子章。"公孙觋气息不匀，不停地深呼吸，结结巴巴，说完几句话，闭着眼睛，不吱声。人将死，其言善。公孙觋后

第六章　进京

悔,不应该做绝代断后的恶事,向朝廷告发廖子章通匪。确切地说,龙荡营的人,个个都是为老百姓谋生的英雄好汉,本来就不是匪,何来廖子章通匪罪,俺是做了朝廷的走狗,咬了善良之人。

韩鲙抓起枕边的银票,捏了捏,揣进胸口内衣袋。想一想,该抓紧时间,正事还没办,真的死了,麻烦。轻声地说:"舅呀,你呀!真的不应该呀!不是外甥怨你,你出卖外甥,外甥恨你,恨也没用,你是俺舅,出卖俺,是俺的命。可是你,平白无故害廖总,不凭良心。廖总为龙王荡做了多少大善事呀!你是知道的。荡里百姓,把他当活神仙供着,你以为是闹着玩的吗?你的三封诬告书,若害死廖总,你能独活吗?龙王荡的人能把你撕成碎片。你出卖廖总,实质上,是出卖了你公孙家族,出卖了龙王荡。龙王荡三万多人,一人一口,吞噬公孙氏一族,骨头都不剩。舅呀!你作多大的恶,老天就会作多大惩罚。千万别殃及你的子孙,更何况美娘舅妈、斤花舅妈,还怀了你的骨肉哩!人啊!头上顶着天嘞!天公地道,善有善报,恶有恶报!"韩鲙点准了公孙的痛穴,他奋力睁开眼睛盯着韩鲙,却轻柔地说:"俺放不下这俩女人。俺还想活,哪怕一线希望!"韩鲙说:"舅啊!想活,这事好办。若这事还有挽回余地,俺明个找郎中帮你瞧病,让朝廷人先走一步。病好了,俺们回家,找地方藏起来,山高皇帝远,谅他朝廷,也无奈何。"

公孙觋被韩鲙的话打动了,不想解释什么,小声说:"算了,俺也想透了。找纸笔来,趁俺还有口气,俺留书一封。俺要翻供,俺不想当那索命的总乡团。俺要说,三封指控书都是诬告,没啥依据。俺是受直隶州鲍育西指使,胡编乱造,陷害忠良,俺承认是俺的错。你把这书信交给廖子章,俺害了他,俺尽力挽回。"韩鲙赶麻溜地说:"舅,这桌上有纸笔,还有现成的墨汁,你写吧!""扶俺起来"……

公孙觋手有些颤抖。他用左手稳住右手腕,好不容易坚持写完悔过书。此书怨情耿耿,自责悔过,言辞凿凿。他放下笔时,脑门上指顶大的汗珠"滴答滴答"落下,最后,工工整整签上"公孙觋"三字。

韩鲙没忘记从怀中掏出一个青瓷朱砂印泥小盒子,打开,握住公孙觋右手拇指,揿了鲜红印色,按在名字下方的日期边上。

一切妥当,韩鲙将公孙觋弄上炕床,盖好被子,把大棉袍盖在被子上。夹皮墙的热气，直通炕床，室内暖和和的。公孙觋睡着了。他梦到自己回家了。美娘、小斤花，皆挺着骄傲的肚皮，欢天喜地，迎接老爷。啊！多么美好，一切不用烦恼了！是的，从此，再无烦恼！

东方瓒拿到公孙觋悔过书，反复看了两遍，揣在怀中，对韩鲶说："你留下来，给你舅善后。完了，在荡里找到霍大掐……你和霍大掐一起进京，不要耽搁。公孙觋死了，他作了孽，但死人无罪，俺们不能袖手旁观。"东方瓒让韩鲶先睡下，他去去就回。东方瓒到隔壁门前，轻叩三声。萃海罂、凌霜菊嘴里咂糖块子，嗑望葵瓜子，并无睡意，等待任务。东方瓒对萃海罂说："让公孙老仙别活到天亮。他病得很重，万一活到明天，朝廷的人找郎中医好了他，麻烦！你掛酌，用点啥好玩意！注意：一定不要留下中毒把柄或痕迹。"萃海罂微笑着说："大哥放心，一定让他死得红光满面，俺又不施毒，俺又不杀他，一点点香精而已，无声无息，无色无味，无烟无尘。融入房间，一盏茶工夫便可散尽，室内人畜毙命，蝼蚁、蟑螂、臭虫、老鼠尽绝，连一只冻僵小蚊子也不放过。尸体上，无可疑之处。再专业的仵作、验尸官，哪怕是宋慈再世，他的《洗冤录》上，也没有俺手中灵幽露的实证。能让验尸官检出来，不是毁了俺萃海罂一世美名了吗？大哥放心。睡觉去吧！俺即去即回。（对凌霜菊说）凌妹，走，帮姐望个风。"二人离开，东方瓒进了廖子章房间……

第二天，众人用完早餐，收拾上路。侯伯不见公孙觋身影，问展季："见到公孙大仙没有？"展季一脸疑惑说："没有啊，没有哩。"侯伯不由自主，夺口而出："坏事，公孙觋起不来了！耽误大事了！"说着，一路小跑到公孙门口，猛地推门进屋。没动静。他以为公孙觋没睡醒，责备、呵叱道："咱说公孙大仙啊！大雪停了，路上腿肚深的雪，行路难，咱们早点走，你咋还能睡得着呢？"床上没动静，侯伯急了，喊道："公孙大仙，别装死，快起来，一群的人，等你一人。"说完，靠近炕边，看着公孙觋，睡得很安详，脸色红润，不像死人。他推了推公孙觋，伸手摸他脑门，冷了。手指碰他鼻息，没气息。再摸摸他耳朵根下大动脉，不动了。翻他上眼皮，眼睛闭得紧紧，眼仁子不成像了。侯伯确信，公孙觋死了。

第六章 进京

侯伯叫来冯仲、展季同看。又着人喊来廖总。经廖总观察确认，公孙觌死了。侯、冯、展三人合计，由侯伯执笔，写了公孙觌从坠马、发烧、咳嗽，到喷血的经过。路经处，两百多里杳无人烟的盐碱滩、荒芜草莽原野，找不到郎中药店，最后病死在鲁柒驿站……仔仔细细，翔实记载一遍。为坐实公孙觌死因，不使上司有任何怀疑，不使自己担责，而搞出分外的麻烦来，侯伯做了详细解释。解释公孙觌一路上，和他们吃在一桌，住在一屋。行在一路，没有任何陌生人接近，更无其他任何可疑迹像，排除他杀嫌疑。确证公孙觌岁数太大，身体弱，本来就有痨病旧疾（根据他吐血现象，瞎猜的）。旅途劳累，马惊摔伤内脏。加之寒风蚀骨，大雪击袭。于鲁柒驿站，喷出三口鲜血而亡……三人签名，按上指印，留着进京交差。

侯伯叫来店家，留下二十两银子，以京官口气交代："店家，麻烦你叫几个伙计，在墙外草地上挖个坑埋了。这大冬天，不担心坏了尸。大新年，这人嘛！死在店里，不吉利，余下银子，就算给你的补偿吧！待咱回京后，给他家传个信，让他家人，过来收尸便是！"店家知道是京官，不知道来头多大，不敢违拗，点头称是。侯伯三人引廖子章，四人踏雪而去。

过一会，东方瓒、萃海嚣、凌霜菊、芦飞、滕大山、阙小海、辛驰翻身上马，跟踪而去。

店家自认倒霉，新年没过初五，仍是大年。按规矩，哪有大年动土埋人的道理，这意味着一年晦气，一年霉运。正当店家为难之际，竟然有人自称是死者外甥，死者是他舅。请店家帮他置办一口上好的原伐十二斗拱棺椁。店家没听说过，啥叫原伐十二斗拱棺椁。韩鲶解释说："原伐十二斗，就是从山林中伐下的十二棵原木，除皮制棺。棺底使三棵原木，棺盖伐三棵原木，两边棺帮子，各伐三棵原木。即由十二棵原木，打成斗拱棺椁，就叫作原伐十二斗拱棺椁。俺有钱，不吹牛，有钱！"店家听韩鲶说得活灵活现，有板有眼，说原伐十二斗拱棺椁，半张嘴巴，绝对不相信世上有这种棺椁。怀疑这后生头脑进水，尽说胡话。六十多岁见多识广的店家，认为这种棺椁天上才有，里面睡的是神仙。人间哪有这种离奇古怪的事。只是摇头，不停重复说："没听说过，没听说过!"哪来的轻狂后生,信口雌黄,一簧两舌,胡诌八侃,不靠谱。韩鲶又问:"既然这样,此地能办一口上好的,'四五六'的棺材吗?"店家还是轻蔑地摇摇头:"不能,这年头,谁家用得起。此地,家资百万,只用'一二三'的棺椁,就了不起喽!小地主、小财东,也就是薄皮材。穷人百姓死了,三张芦席卷起,了事。"

韩鲶心想,和这店家也说不出个头绪。趴地上,给店家磕了三个头说:"叔呀!俺舅就在这客房停两日,您派个伙计照应一下。另外找个人帮俺带路,找个集镇,先随便置办一口棺材。买驾马车,制一顶大轿罩上,俺要带舅舅回家。客房使一天,俺出十两银子,停两天,俺出二十两银。"店家怀疑耳朵没履行职责,听错了。如此之大利,这是淡季时三个月也挣不来的银子。不起眼的后生,如此大口条,店家眼中放光,当然答应爽快:"有情有义的后生,你就放心吧!咱帮你。出了草地向西六十里,就是观灯集,那是个大集市。俺派伙计带你去,你一日供他三顿饱饭,就可以了。"韩鲶被店家扶起来,感激地说:"谢喽,叔哎!"

店家的心事,是速速拿到银子。空嘴说白话,没意思。不客气地说:"后生,店里有规矩,帮忙归帮忙,办事,一定先付银子。你去观灯集办事。去,路上一天。回,路上一天。集上办事,至少一天。先把三天你舅停尸的钱,先交了。大新年,这银子,不能欠。交了钱,咱们双方痛快办事,你说,是不是这个理?"

韩鲶心想,这狗东西,压根瞧不起俺。狗眼看人低,见钱眼开花,还怕爷不给你银子,轻蔑地说:"那是自然,那是自然。"从怀中,掏出一沓五张的银票,抽出一张,冷着脸,递给店家:"看清了,这张面额最小,你有零钱找我?要么等俺办事归来,有了零钱再付。还怕俺跑了不成?"店家不知是不相信自己眼睛,还是不相信眼前的后生,使劲摇头,又使劲点头,眨巴眼睛。眼前后生,不再是他心目中,胡诌八侃,不靠谱的轻狂小子,而是一身豪气,身价百万有意装出普通人样子的大富大贵之人。一沓票子,最小面额二十万两。俺在这里开酒店客栈,十年也挣不来这张票。真是人不可貌相,海不可斗量。这后生,绝对不是一般的人,连忙点头哈腰说:"少爷气宇轩昂,风度翩翩,慷慨不凡,一看便是富豪子弟。就按您的意思办,回来再说,回来再说!"

第六章 进京

……

韩鲶骑上自己的白龙驹，雇了一个赶车的车夫，领着大轿子灵车，返回龙王荡。到南头队，将大轿灵车交给公孙濑、公孙显二位表兄。找到霍大掐，又匆匆赶往京城去了。

按龙王荡的老规矩，在外地死掉的龙王荡人，是不许回荡的，只能外死外葬。在外地死的人，变成野鬼，而野鬼进荡，必惑乱生灵。这属老规矩，本就是几百年前风水世家公孙族制定流传下来的。现在已成龙王荡人遵从的不移至理。灵车一到家，消息不胫而走。现在，已有几位一百多岁的老者，齐坐公孙家门前，要求公孙觍俩儿，尽快将公孙大师尸首拉出去埋了。

韩鲶拿着公孙觍给的一百万两银票，确切花了一百三十两，完成公孙觍生前遗愿。剩下的银子，韩鲶决定，用它去救廖总。舅舅作下的孽，当然由他去补救。不管他付出啥代价，都是应该的，无话可说。舅舅虽死，韩鲶绝不原谅他的罪孽。他觉得舅舅犯下的罪恶，滔天滔海，让龙王荡人耻辱，若把这种事扬出去，千夫指，万人恨，定被人拖出棺材，抛尸荒野，成野狗的盛宴。所有公孙族人，从此，皆用狗皮蒙脸遮羞。令韩鲶费解，想不通的是，舅舅呀，你凭什么和廖总比？你何德何能？龙王荡人尊重你，除了你装神弄鬼看风水，还有啥？啥也不是。那总乡团的椅子，是谁想坐，就能坐得上的吗？那是廖族多少代人共同努力，一脉相承，为龙王荡人开创的基业，岂能让你说篡就篡了呢？假如明天倭贼来犯，假如明天再来剿匪，你能披坚执锐，骑马上阵？还能运筹帷幄，决策布置？荡中遇到大灾大难，你拿啥赈灾济民？你舍得像廖总那样，拿出自己家的全部库银吗？你哪有那么大的格局哦！一辈子，除玩女人玩得出彩，你还做出啥让人高看一眼的事了？真是愚蠢、幼稚之极。这下好了，偷鸡不成，不是蚀把米的事，贴了银子是小事，连自个小命也玩完了。嫁祸于人，坑害自己，这点道理不明白，死了活该！

夫人一行八人提前一天进城，第一时间在东城区锡拉胡同，找到衍家府邸。

衍子民在客厅，约见风尘仆仆的廖夫人。夫人把鲍育西勾结匪首；

公孙觊想当总乡团，上三封诬告书的内容；以及廖总在大年除夕，被朝廷三法司带走消息，转告衍大人。衍大人知道剿匪一事，在巩仁举为首的一伙人心中，没完。但没想到巩仁举如此嚣张、狂妄，卑鄙下流。因自己的政敌，影响廖兄一族安危，很自责不安。衍子民瘦削长脸，胡子拉碴，绷紧腮帮子，两眼炯炯凝视着夫人说："巩仁举用心险恶，利用大年期间，采取诡秘行动，掩人耳目。他迫不急待，搜集证据，咬住老夫不放。他结党营私，欲整垮老夫。老夫一辈子，为朝廷尽忠尽职，心底无私，不怕他出啥幺蛾子。只是连累了弟妹一家，于心不忍啊！请弟妹放心，子章老弟救我，我不能坐视不管。老夫豁上这条老命，也绝不允许那巩仁举坑害子章老弟。"夫人说："俺家老爷是个透明的人，他不求功名光环，不追名逐利。一心只为龙王荡人做点有益事情，让平民百姓的日子，一天天好起来，就这么一点点的心愿，却不让他实现，不知是时代悲剧，还是上天的过错。"刚正秉彝的衍子民说："照理说，咱不该妄议时政。子章与咱一般正直，其生存空间狭窄，既是时代悲哀，也是苍天之眚。当前，巩仁举想包庇鲍育西。鲍育西死罪难赦，证据在子章手中。子章能证明鲍育西索贿行贿，能证明鲍育西派人途中暗害老夫的事实。子章参与剿匪全过程。巩仁举抓住子章不放，目的是要子章做伪证，而置我于死地。以我对子章的了解，就是刀架在他的脖子上，就是在大狱里，严刑拷打，他也绝不会做伪证。那么，鲍育西必死。心狠手辣的巩仁举，发现自己救不了鲍育西，会果断杀了子章，免得引火自焚！"

夫人说："现在请衍大人想个法，先力保俺家老爷安全。问题是公孙觊三封诬告老爷通匪文书，捏在巩仁举手里。这次巩仁举把公孙觊也带来了，其用心明显，是让俺家老爷和公孙觊当堂对质。对质不可怕，可怕的是，俺家老爷是君子，公孙觊是流氓奸佞之徒。而朝堂之上，有些人特喜欢凶狠刁恶的小人。现在的三法司，遍布巩仁举的爪牙。立案、调查、庭审、判决、监察一条线，一边倒。他们承诺让公孙觊接任乡团。所以，公孙觊便揸鳞抖腮，揎拳捋袖，拼死一搏了。"

衍子民说："公孙觊诬告子章通匪，说得再真，也必定不是事实。老夫眼不瞎，耳不聋，通不通匪，咱看得明，听得清。就凭公孙觊三份黑白颠倒的言辞，就真的可以识龟成鳖，乾坤扭转了吗？自咱到龙王荡

第六章 进京

下马那一刻起，到咱上马回京，都和子章老弟日夜相守，形影相随。他要是通匪，那咱也通匪。这就是巩仁举他们想要的逻辑关系。反过来说，子章若通匪，那他第一个要杀的，应该是咱衍子民。上天给他多次机会，他非但没杀我，还尽全力保护我。在那骇人的恶潮巨浪来袭时，他舍命救我。有谁会舍下自己性命，去救自己死敌性命呢？说不通！老佛爷、皇帝，神位肉心人脑子，不会想吗？"

夫人说："当然是鲍育西通匪，有两个动机。一来，他和巩仁举朝野结党营私，共守同盟。巩仁举收鲍育西银子，成了鲍育西在朝廷的后盾，为他升官发财铺平道路。二来，巩仁举通过鲍育西，神不知，鬼不觉，把剿匪大军的全部信息，透给东方瓒。给东方瓒龙荡营有足够备战时间，达到剪除你衍大人的目的。从而嫁祸给东方瓒。现在这俩目的，有可能破灭。这条疯狗作最后挣扎，开始抓人，以求自保。说起鲍育西，与匪首东方瓒父亲，有过一段传奇式相遇。是东方瓒父亲花重金，助鲍育西完成乡试、会试、殿试，金榜题名……鲍育西到任海州知州，和东方瓒往来密切。俺有足够证据，证明鲍育西收受东方大把银子。有足够证据，证明鲍育西敲诈四大盐场主、桓商和龙王荡大地主，累计银子百万两之多，多是以给钦差大人送礼为由。

"钦差巩仁举到龙王荡一次赈灾，就向鲍知州索银二十多万两。这些盐主、地主、桓商、财东，恨鲍育西，敢怒不敢言，生怕被报复。而这些人，无一不是俺家老爷的挚交好友。老爷收集鲍育西索贿证据，不是想陷害谁，只是为了有朝一日，求得自保自救而已！"

夫人边说，边让兰馨从手袋中取出一沓一沓麻笺纸，纸上都是鲍育西索贿证据，有实名签字和印章。衍子民接在手中，皱眉抿嘴，瘦削小脸盘纠在一起，突出了两边较高的颧骨。胡子拉碴，坚硬如针，活像一只防御的刺猬。小眼珠犹如小松鼠抱着松果啃咬时的状态，叽里咕噜地转动。他把手中麻笺粗略瞅了一遍。无奈地咂了咂嘴，面无表情。光凭这些证据，整不垮鲍育西这只毒虎。老佛爷才是千千万万个老虎苍蝇身后的大佬。鲍育西索贿、受贿，多半通过巩仁举这个二道贩子，转手进了老佛爷的袖笼。朝廷的游戏，只可意会，不可言传。今日大清不清，大批官员痈疮刺箭，五欲害身。朝野的红顶子，买妻耻樵、目光如豆，歌舞升平，夜夜笙歌。咱焦虑，咱痛心，咱食不甘味，夜不能寐，又能如何？

衍子民乃国之栋梁重臣，有远见卓识，看到大清的前路，还要一心维护大清颜面，立宏愿，做大清复兴忠臣，力图匡世救国。眼里看到的，心里想到的，绝对不会暴露。他容不得贪污腐化，容不得奸贪污吏，容不得朝政凋敝、衰落。别的同僚臣工，有的同流合污，随波逐流；有的明哲保身，急流勇退，惹不起，躲得起。衍子民自以为不能避，不能躲，为国为民，鞠躬尽瘁。尴尬的是独善其身，孤掌难鸣，满朝文武，找不到坚定应和的人。国是若此，咱有责任振兴图强，岂能坐视不救？怎么救？这次剿匪，初心是为反军中贪腐，亲自带兵南下，不经意动了别人的奶酪和红烧肉，遭到一记响亮的耳刮子。想为大清办事，不易。办成事，没门。早有人挖好坑，在等你往下跳。

没有退路可言。必须打消廖夫人疑虑，眼下顾不得许多，先设法救出子章兄弟。其余事，走一步，看一步！衍子民对廖夫人说："请弟妹放心，咱会向刑部上书，向都察院御史、大理寺卿打招呼。多年来，咱和他们之间，还算得上默契，压得住巩仁举的几个狐朋狗党。那个刑部左侍郎固礼乾和那个大理寺少卿许义坤之辈，谅他们也不敢对子章兄弟用刑。弟妹，你们来多少人？住在何处？留下地址，方便联系！"

夫人说："俺们来十多人，还没着落，等找到住地，尽快告诉大人。"衍子民转头说："这么多人，住不相宜地方，容易生疑生事。来人，传老驼子。"

缁衣毡帽驼背老汉进门："阁老，请吩咐！""你给弟妹他们，物色个背静的大院子，租下来。他们人多，住京城会有一段时日。他们皆南方人，口音最容易辨别，尽量别惹人耳目。大院外围，设明岗暗哨，昼夜轮值。院里人，凭统一令牌进出。凡陌生人，有意图靠近大院周围，严加盘查，不可轻易放行。对前往行凶作恶的，格杀勿论。"衍子民开始全面部署，为下一步迎战做准备。

驼背老汉在衍家为奴几十年，深解主人之意，他说："明白，主子放心。您是否记得，榆市街二大胡同七号，那老院子有十几间屋，四合院子，严严实实，所有家具、设备齐全。本是平民区，不显山，不露水,不会引起旁人注意。一直闲置,稍作打扫,便可居住。离咱们这里,又不算太远,您觉得怎样?"衍子民知道驼子说的,是自家的老院子。心想,现在自己和子章兄弟,绑在一根绳上,也没必要隐瞒,不必忌讳。一荣俱荣,一损俱损。心中无鬼,不用怕鬼。子章兄弟全然为咱而遭此劫难,咱若再不倾心相救,那还算人吗?说:"如此甚好,房子旧些,委屈弟妹先将就歇息。若觉不适合,再设法调换。"

老驼子见主人口口声声,称眼前这位夫人为弟妹,便知道轻重关系,心中不敢怠慢。夫人说:"这是哪里话,大人如此高义,俺万分感谢!岂有挑三拣四之理!"

衍子民看着条几上的小木匣。他抽开小抽屉取出一块,足有豆腐干大小虎头状精致铜牌,铜牌鼻子上穿一撮牛皮的流苏。铜牌正面镌镂阳文,大籀篆"衍府"二字,交给廖夫人说:"凭这牌,今后昼夜十二个时辰,随时可出入衍门,无须通报。请弟妹保管妥当。"廖夫人接过府牌,说声:"谢过大人!"起身随驼子而去。

缁衣老驼子领夫人一行,到榆市街二大胡同七号。这是一条南北大街,街两边多是不起眼的平房。大街北头,是京城较大的木材市场。平时一个月中,逢初八、十八、二十八三天集市,城里城外木材,在这市场上集散交易,常有一些车马行人。平日街上,天上掉下棍,也砸不到一个人。自南向北,五百尺,东边第二胡同,右拐向东,第七号大门楼子,面朝南,是衍府老宅院。这所宅院,是衍大人当初补授户部尚书兼署兵部尚书时,居住的院子。六王爷被革职,衍大人奉命任军机大臣,协办大学士时,老佛爷当时高兴,赏了衍大人现在住的新宅院。老宅院说是闲置,其实不然。这里仍有十几个家丁婢仆,在这边看家护院。勤快的家丁婢仆,把这院里院外,收拾得整整齐齐,干干净净。绿针松,红叶枫,冬青翠柏,和新院一样点装。人气兴旺,生机勃勃。走进大院,天井宽敞。厅堂正门朝南,四周边屋,勾檐斗角,廊庑相通,十几间房屋围成方正大院,既宽阔,又紧凑。老驼子召集所有佣仆,交代各项事宜之后离开。

夫人嘱咐培伦道:"你别歇息,再辛苦些,带两人去进京路口等你父亲,看他们何时进京。并让芦飞跟踪,知道你父亲落脚处。然后,把东方他们，一起接到这边来，便于议事！""好的，俺即就去。您也休息一下，一路累得够呛！"三儿一句贴心的话，说到夫人痛处，泪水在眼眶泅出，没掉下。她向三儿点点头，挥了手势说："去吧，注意安全！"培伦转身上马出去。

5

京城最著名、登峰造极的娱乐休闲大世界，像一艘横卧在浩瀚海面上的巨轮，游弋在偌大北京城西珠市口大街以北、铁树斜街以南地带。自西向东，依次坐落百顺胡同、胭脂胡同、韩家潭、陕西巷、石头胡同、王广福斜街、朱家胡同，李纱帽胡同。这八条街巷，分布百家妓院。八大胡同妓院，多是一等二等的高级妓院。诸如，潇湘馆、美锦院、新凤院、凤鸣院、鑫雅阁、莳花馆、兰香班、松竹馆、泉香班、群芳院、美凤院、环采阁、金美梅、满春院、金凤楼、燕春楼、美仙院、庆元寿、怡香院……

这里离皇朝内城最近，朝廷府衙的达官显贵出来享乐，非常方便。这里是通向城外，纵横交错的交通道场、栈地，聚集全国各地来往京城的各类旅客。这里有前门最为繁华、热闹、货品丰富的商业大街。这里是戏园子、茶馆、酒楼的集中地带。吃喝玩乐，无所不有。八大胡同在京城，论位置、论条件、论生财之源，都无可比拟，汇聚三教九流，五行八作，天时地利，地利人和，得天独厚。八大胡同中，最受人们青睐，妓女层次最高的，当推百顺胡同、韩家潭、陕西巷和胭脂胡同。这四胡同妓院，皆一等妓院。外建内饰，呈现非常鲜明的特征。胡同外建具有明显北方风格。街境豪放粗犷，长条直线，古朴浑厚，且庄且谐。大气磅礴，宽阔敞亮。走进胡同，每家妓院内饰，各具南方精致园林的特色。小桥流水，亭台楼阁，雕梁画栋，精妙玲珑。有飞檐翘角相斗的灵动，有参差错落峻峭秀拔的矫捷。琉璃彩瓦，镶金嵌玉，黄绿青橙，相间映衬。青砖白墙，红柱蓝檐，七彩斑斓，五色缤纷。翠植葱茏，紫气袅娜，青烟飘逸，袅袅留痕。大大小小红火灯笼，竖成串子，横成

第六章 进京

排,火红喜庆。

红绸绿缎,彩带轻扬,鲜艳亮泽。花帆飘摇,花团锦簇,氤氲茫茫,霞晖露晶。朦胧里,四处隐约倩影,勾肩搭背,你侬我侬,如胶似漆,真情炽烈,难舍难分。沐浴春风,柔情如水。不似秋的多愁善感,而如夏的泼辣炎热。真真假假,在无情中,扮演两情相悦,金玉为伴。贴身如同磁石,皆以自身最独特魅力,相互吸引。呻吟在花前月下,交媾于柳间溪边。一等妓院的妓女,被称作清吟小班。清吟以饮茶、下棋、弹琴、吟诗、作赋、说戏歌舞、聊天解忧为名目,并不是单纯的皮肉生意。出入清吟小班的嫖客,多为有权有势有金银的大佬,抑或位高名远的文人墨客。

京城妓院分为南班与北班两类,一等妓院皆是南班妓女,来自江南的姣姣媚女子,多出于苏杭,纤纤娇柔,柳腰轻盈,灵巧精致,文化素养高,有色有才,才貌两全。棋书琴画,吹拉弹唱,吟诗作对,养生茶道……无所不精,这就是清吟小班特点。清吟小班生意,在这四大胡同里,做得声名鹊起。每日里高朋满座,迎来送往,宾至如归,满面春风。风韵犹存的老鸨们,忙着收银子,手都累软了。

街外冰天雪地,寒风凛冽蚀骨,而这里面温暖如春,景花烂漫。野外有十二个时辰的昼夜更替,这里只有白天,永不打烊,永不息业,只有无边的喧嚣和欢乐。野外有极富极贫两重天,这里没有贫穷,没有苦难,只有锦帽貂裘,山珍海味,一掷万金。只有灯红酒绿,只有蚀魂销骨。只有心底处发出的笑声。虽然笑声里,有狂妄,有奸诈,有出卖,有杀戮……而华丽的幸福与奢侈的吉祥,永远在这里招摇、荡漾和洋溢。

这里汇聚了达官显贵的寻花问柳,商贾大咖的拈腥弄粉,文人雅士的偷香窃玉,纨绔阔少的荒淫轻狂。还有借看热闹、微服私访之名,行狎妓嫖娟之实的至圣天子。这里更是庙堂政客、皇皇大员,暗地结党营私,共守同盟,巧施鬼蜮伎俩的阴谋之地。大清国脊梁、精英和善良的子民们,在这里穷尽泄情的本能,无底线地挥霍人的自然本性,慷慨地燃烧布满疮痍的筋骨里仅存的已经望到尽头的激情和欢趣,无私地满足无底的私欲,消耗哪怕最后一滴大清的骨汁。精英们,富豪们,上等子民们，在这里缠绵，在这里云雨，在这里进入肉体的倾诉发泄，消磨灵魂与筋骨合成的人类最后一丝意志。用华丽的彩漆，在断裂悬崖、梁栋上，涂饰繁华的太平世界。用无限自尊，歌咏大清国用血肉筑成的钢铁长城。用狂欢热情，赞美民族景仰的皇朝的灯塔……或许，墙外一阵狂风，即能吹散他们幸福的天堂梦幻和美妙的现实虚影。

　　胭脂胡同北连百顺胡同，南通珠市口西大街，这个胡同里，一等妓院十多家。而最著名的是莳花馆。这是一处深宸三进式，带跨院的大开四合院。这个大院，几乎占去半个胭脂胡同。明朝时，这大院，叫苏家大院，居住闻名朝野的妓女苏三，玉堂春。现在，这大院，几经修缮，装点雕饰，豪华气派。厅堂宽绰，窗几明亮。鲜明华丽，光彩夺目。雕栏玉砌，触目可见琳琅珠玉。别有天地，美不胜收。堂内春温芬芳，桃红柳绿，鸟语花香。小桥拱弯曲迤，流水潺潺，绵绵虬蜒。轻雾迷蒙，翠竹和语，窸窸窣窣。雨打芭蕉，滴滴答答。谁也不能想象，厅堂外，天寒地冻，雪窖冰天，厅内春意盎然。江南杏花春雨，塞北冰封雪飘。南北两重天地，竟在堂内堂外，咫尺之间。

　　在那潺流的小溪边上，有一座八角亭台，小巧玲珑，双层歇顶，犄角飞翘或如白鹤展翅。彩瓦晶亮，润泽生光。青石亭底，平铺一层厚厚金色圆形毛毯，脚底柔软，仿佛踩着一层厚厚的羊毛，温和柔韧。亭中，一张精致的红檀小圆桌，桌上有三个青瓷茶杯，盘中有干果糖果、糕点茶食。桌边半围三张毛料套装软椅。桌子边正围坐三人，吃茶议事。三人年龄相仿，皆未进不惑之界。外套的狐狸皮毛大氅和狼皮毛棉帽子，挂在一边陶瓷衣架上。三人一式的休闲装，这种场合，他们不穿朝服。羊羔毛背心，青紫色棉质套裙，头顶西瓜皮式灰色棉帽衬子。隔着三尺宽的小溪对面，是一片红花绿丛。在云雾缭绕中，朦胧呈现一半圆形、高出地面的木质小戏台子。台子上，用轻纱围成的透明青帐，帐中有一温婉娇媚妩丽的仙女，身着轻如雾纱，薄如蝉翼，透明白罗丝绣红莲青蕖贴身直领长衫。衫长及膝，腋下开衩，可见两峦红顶，可见隐隐香妻三角地。浓妆艳抹，青丝云鬓。发髻上，簪环钗钿，珠莹玉泽。耳轮上方，斜插一朵通红鲜艳的海榴花。柔姿曼妙，娇态迷人。怀抱琵琶，吴侬软语，吟唱江南小曲。为亭中三人开心消遣。

第六章　进京

这三人，不是别人，正是都察院左副都御史巩仁举，刑部左侍郎固礼乾，大理寺少卿许义坤。巩仁举刀条子长脸，仿佛瘦了许多，两腮微瘪，眉浓而短，眉骨越发突出。固礼乾国字脸，偏嘴、长鼻梁，鼻翼不大，稍偏左歪。许义坤圆脸，油津津的，有络腮胡子，连着鬓角，小耳朵圆如铜钱，亦如铜钱大小，耳轮厚实，青紫色。固礼乾咂了口茶，摸两颗瓜子，漫不经心放门齿上"咔嚓"一声，然后放在手指间，剥开壳子，口中说："巩兄，咱担心廖子章不买你的账，软的肯定不行。"

许义坤短脖子，说话后音齁啦啦！底气不足，祖传的慢支，咳嗽说："那个写控告信的公孙觌，不是也来了吗？咱不兜圈子，第一轮，就让他们对质，对质完了，证据形成，不让他有翻供机会！对质不成，下死手，用重刑，三木之下，何求不得！"巩仁举向许义坤摆摆手："据我所知，廖子章征战过太平军，多次和倭寇海盗交手，是个狠角儿。不是咱们当初想象的简单、粗犷、一介武夫，不经诱引，吃软不吃硬的主。你我之辈，除了动大刑，想让他说话，说咱们想要的话，没那么容易。"固礼乾说："别看咱们的手镣脚铐、火烙、钉板、老虎凳、手指穿钉、压杠子……这些东西对付软骨头的，可以。对廖子章这类人，就是小玩意，连死都不怕的人，何惧伤筋断骨。你忘啦？前几年那个杨乃武他姐，就在你们都察院大门前，滚钉板的事啦？你以为人家怕吗？能进京的，皆不是好对付的善茬子。"巩仁举有点烦地说："咱们先来捋捋鲍育西吧！说真话，咱想保他！"

许义坤不愿意地说："我说巩兄啊！这个鲍育西，咱们保不了。既然衍老鬼说鲍育西暗杀他，必有证据。皇上下令抓他，凌迟处死。你再保他，就是抗旨，必惹火烧身。别忘了，咱仨一荣俱荣，一损俱损。他一小小六品知州，就让他自生自灭吧！他在朝中，也没啥根基，死了就死了。皇上高兴，咱们省心，何乐而不为呢？别看皇上不当家，老佛爷那里，也过不了关的。"巩仁举说："他鲍育西，把咱看成他的靠山，咱还是想放他一条生路。前前后后，咱拿了他四十多万两银子。这个数，不大，也不小，足够买他一条命的。是咱负了他，只要他不碍咱们的道，死在哪里不是个死，一定要死在咱们手里吗？"

固礼乾轻率地说："这事好办，弄个人，换出来，砍了头，皇帝面前，交了差。至于鲍育西，夜里弄驾马车，给点钱，叫他一路向西，三千里外，能跑多远，跑多远。这种事，咱们又不是没干过，干的又不是一回。既然有效，照方子，再吃一剂。巩兄这块心病，不就愈了吗！"许义坤说："固兄呀！下不为例，常在河边转，没有不湿鞋的。哪天，真的湿了鞋，莳花馆这样天上人间，悠仙美地，就再也来不成了！"

固礼乾严肃地说："对鲍育西案子，还是要审两堂的，证人证言证据齐了，坐实了。防止衍老鬼作怪。老东西一向不按常理出牌，咱们也不能授人以柄。"许义坤说："巩兄不必多虑，你以为送他到三千里以外，他还能活着回来？现在咱们要坐实的，是廖子章与匪徒之间的某种关系。"巩仁举说："要证明这点，不难，土匪的来源，都是那些兵痞疙瘩，来自龙王荡南北二十队的兵营。东方瓒父子，皆是兵营大统领，而廖子章是兵营南北大营的总乡团，他们之间关系，本来就非常密切，从这一点看，可以认定廖子章通匪，赖不掉。公孙觌把这层关系理得清清楚楚，谁能否定，凭什么否定？有证据吗？没有，不需要有。"

许义坤说："证实廖子章与土匪关系，再证实衍子民与廖子章的关系。"固礼乾说："这一点，更无须证实。公孙觌说衍子民与廖子章，同乘一船，指挥剿匪。所以朝兵全军覆灭。"巩仁举阴险地看着两位好友，摆出下意识的刁钻样子说："廖子章通匪，衍子民通廖子章，所以衍子民通匪。这就是：甲等于乙，乙等于丙，故甲等于丙，简单明了。"许义坤附和地说："没错，就是这个逻辑。"

巩仁举继续分析阐述："剿匪大军全军覆灭，而衍子民独善其身，从这一点看，说明衍子民绝对背叛朝廷，背叛皇上、老佛爷，背叛他几十年信誓旦旦、忠心耿耿的诺言，换回他苟延残喘的半条老命。证据确凿，老佛爷也无话可说，谁也救不了他衍老鬼。"固礼乾有小结之意："好！说定了，咱们三部门，独审也罢，三法司会审也罢，皆围绕这个方向，准备证言证词。只需龙王荡进京的人签字画押，即可完事定谳！"……

榆市街二大胡同七号的衍家老宅里，夫人、三爷培伦、东方瓒、芦飞，围坐一张八仙桌子。夫人说："衍大人说，传老爷进京，不是皇上、老佛爷的意思。是巩仁举私自行为。这行为违规。他们至少目前还不敢对老爷用刑。下一步，他们想从老爷嘴里，得到他们朝思暮想的东西，这东西，就是衍大人通匪证据，他们最终目的，是扳倒衍大人。俺相信老爷，他绝对不会配合那帮流氓。接下来，关系会紧张起来，巩仁举会咋样应对，现在说不准。"芦飞机警地说："在进京途中，已买通都察院左副都御史巩仁举的心腹侯伯，刑部左侍郎固礼乾的得力助手冯仲，大理寺少卿许义坤亲信展季。据三人说，巩仁举、固礼乾、许义坤三人，议事地点是胭脂胡同的莳花馆，青菲八号，他们常年包下了，包括里面的清吟小班。隔三岔五，他们在那里聚会。那里的清吟小班歌妓，名翁小宛，艺名小馨桂。是吴地女子，常年在莳花馆青菲八号坐台。俺虽然买通侯伯、冯仲、展季三人，他们仅仅是助手，有的信息，不一定及时拿到，如果能买通这位翁小宛，俺们定能得到第一手消息。"

东方瓒用肯定和赞许的目光看着芦飞说："芦飞想法不错，俺也在想这事。俺派火绿、水秀二人，与翁小宛见面，若为俺们所用，那最好，若不能，设法子取而代之。"三爷培伦常年在外做生意，阅人无数，知道深浅、分寸，谨严地说："现在问题是，俺们并不知道这个翁小宛，与巩仁举、固礼乾、许义坤之间，是啥关系，马上派人与她见面，有些唐突，切不可操之过急，走漏风声，打草惊蛇，添乱增麻烦，适得其反。俺不是反对接触翁小宛，而是先不动声色，试探试探。对与不对，请姑父周全。"芦飞说："三爷说得对，试探，把握分寸，特重要。俺们初来乍到，京城里藏龙卧虎，天有多高，地有多厚，水有多深，试试便知，不能莽撞！更不能再生出岔子。"

东方瓒说："公孙觋已经死在鲁柒驿站，死前，俺让韩鲹找他写下一件书证，证明他先前三封书信，皆是信口开河的诬告，不算数。没有任何依据，纯属胡编乱造。诬告目的、动机，就是想借朝廷之手，铲除廖姓一族，提高公孙族在龙王荡的地位。自己取而代之，当上龙王荡总乡团。这情况，要尽快告诉大哥，过堂时，心中有数。"东方瓒从内衣口袋中，掏出公孙觋翻供悔过书，递给夫人说："嫂子，这东西特重要，把它交给衍子民。"夫人说："好的，这份东西特重要，俺亲自送过去。莳花馆青菲八号，那个翁小宛，你们去摆平，要抓紧！多一个消息源，就多一条思路。俺们在京城，除了衍大人，再无别的门路。消息的准确性很重要。再说，衍大人是君子，这君子吧，思考问题，太规矩，甚至有些迂讷。"东方瓒说:"嫂子放心,俺具体张罗,派火绿、水秀去,这俩聪明丫头,一定会搞明白。"夫人说:"芦飞去找侯伯,想办法和老爷见上面,把外边情况告诉他,让他从容应对。"

芦飞说:"请太太放心,俺一定做好!"

火绿和水秀通过一番周折之后,来到陌生而熟悉的环境中,找到了翁小宛。几次接触,得知莳花馆青菲八号清吟班翁小宛——小馨桂,本是吴地太湖边上,一大户人家之女。翁家传到她父辈,人丁不旺,家境渐败。三年前,仅剩下一座豪宅和一百三十亩上好水田,却被知府大老爷以欠税银的名义,划到知府的名下。其父亲翁厚福状告知府,谁知知府倚仗朝廷有靠山,肆无忌惮,竟在大堂上下狠手,活活打死她的父亲,不久,其母也随之而去。留下独生女翁小宛,芳龄二八,投告无门。手无分文,只有怀抱琵琶,一路卖唱,一路辛酸,一路隐忍,一路风餐露宿,一路冰霜雪雨,进京告状。谁知道知府钱太坞的后台,竟是都察院左副都御史巩仁举。翁小宛暗访得知,巩仁举有两个难兄难弟,固礼乾、许义坤,三人臭味相投,沆瀣一气,党同伐异,横行朝野。钱太坞勾结巩仁举,给巩仁举送银子,翁小宛状告无门。对这三人,难以靠近,想卖身都难。翁小宛经一番乔装打扮,犹如瑶女下凡,降临莳花馆。这种地方,不管男人女人,进来是白的,出去是黑的;进来是人,出去是鬼;进来是鬼,出去连鬼都不如。

为了报仇,翁小宛可以付出生命,顾不上是人是鬼。做鬼也不放过那刻骨铭心的仇人。她混迹莳花馆,目的只有一个,接近巩仁举,窥见时机,报仇雪恨。一年多,她想尽办法,竭尽媚惑,却无缘近身。最近才知道,这三人有约,在青菲八号,只吃茶、议事、听曲子、观美色,仅此而已!这就使翁小宛掌握这三人许多议事秘闻,却不敢冒失轻率张扬出去。考虑目的性不能过于明显、迫切,而引起怀疑,最终弄得个报仇未成身先死的结果。所以,难以用肉体俘获三人中任何一人,更不必说勾引上床,色而杀之。只能在这里耗着,伺机而动。

火绿家住扬州。当年正是豆蔻年华,姿色美好,举止轻盈,含苞欲放的鲜嫩良家女子,被府衙的师爷勾引,成了师爷家外姘头。不料此事被师爷婆娘知道,再无法掩人耳目。婆娘使心机,将其转卖给青楼,得二十两银子。后来，师爷知道时，生米已成熟饭，一切亦已晚矣！惧内的师爷，拍打大腿，吹吹胡子，瞪瞪眼睛，这事就过去了。

水秀出身贫寒，姊妹九人，其排行老大，一家人无法过活，被嗜赌如命的父亲作赌注，押大押小，押出去了，到底押了几两银子，她不知道，硬生生被那条赌棍睡了半年。赌棍手头紧，把她转卖妓院。大统领烧了妓院，把她们一群姐妹，救出孽海冤坑。同是天涯沦落人，相逢何必曾相识。翁小宛遇上火绿、水秀，三人身世多少有些相似，接触几次，甚感投缘。

同样背景、遭遇，共同目标，使她们形成某种契合，翁小宛不再孤单。她们很快结成异姓姐妹。火绿大姐，水秀二姐，翁小宛三妹。这日，三姐妹在莳花馆的一间茶室里，插上三炷檀香，磕头、发誓、三拜九叩，义结金兰。火绿、水秀时刻牢记大统领嘱咐，绝对不敢暴露其真实身份。火绿爱抚交心地对翁小宛说："三妹，你在青菲八号，若是累了，俺和水秀，可随时替你。"翁小宛感激地说："大姐有所不知，这莳花馆管得严。这里五十几个堂院，尽是王侯将相、富豪显贵、皇亲国戚包下的。在这里的侍女、妓女、艺人，都是经过反复严格考查、筛选的。二位姐姐姿色一流，来路不能暴露，万一让他们查出一二，岂不是前功尽弃吗？还是由我坚守着，闻得消息，立马转告二位姐姐，姐姐觉得如何？"火绿说："如此甚好，拜托妹妹，多留些心眼。姐姐谢你了！"翁小宛问："姐姐，你们要救的主人，是谁呀？"火绿说："是俺们龙王荡的总乡团。""什么名字呀？""廖文焕。""不对，前天，他们在青菲八号亭子间，议论的是廖子章、东方赟、衍子民、公孙覡、鲍育西，什么的！"水秀说："妹妹，正是正是，俺们主人廖文焕，字子章，外人叫他子章。"翁小宛将前日那巩仁举、固礼乾、许义坤三人密谋之事，一五一十，仔仔细细，告诉火绿和水秀……

6

刚过初五小年，初六日上午，蔡先福带上五天来马不停蹄跑下来的成果，龙王荡两万多人的心愿，要求无罪释放廖总的请愿书，和两个团丁，三匹快马，飞奔京城。进京后，他们找到榆市街二大胡同七号。蔡先福将这份万人表交给夫人。夫人打开，仔细瞧见，这清秀小字，出自孔宪圣先生之手。又看附件，几百页麻笺，都是签名、盖章和指印。夫人很感动，看着看着，眼圈红了。热泪在眼眶里打转，哽咽地对老蔡说："蔡兄，大仁大义，俺董氏定当重谢！"老蔡双手抱拳，对夫人说："廖总心底无私，忠君爱民。殷殷之情，耿耿胸怀。光明磊落，天地可证，日月可鉴。朝廷若判廖总有罪，大清再无公道，天下再无公理可信。为追随廖总，老蔡俺情愿和廖总同赴刑场，同受砍头之礼。活在这污泥浊水的世间，还不如死了干净。"

老蔡连日来胸中郁结。廖总大年三十被带走后，他心藏愤恨，叫天不应，叫地不灵。多年来，与廖总在龙王荡配合默契，情同手足。兄弟被带走，死生未卜。头脑空空，充斥着遗憾和失落，惶惶不安。他把所有对廖总的深情都集中在这份万人请愿书上。他相信朝廷、皇上、老佛爷，体恤民情，洞察民意，定会把廖总释放返乡。他认为国以民为本，社稷亦为民而立，而君之尊，又系于二者之存亡。是故得乎丘民而为天子。得天下有道：得其民，斯得天下矣。得其民有道：得其心，斯得民矣。民心向背决定政权兴衰，决定国家兴亡！这些道理，皇上、老佛爷皆治国之君，不会不明白。龙王荡充其量三万人，有两万多人一心请愿，这难道不是民心所向吗！

蔡先福继续说："速速将这万人请愿书，送给衍大人，转皇上、老佛爷。相信双手托着国家社稷的君主，一定会重视民意，释放廖总！"三爷培伦深受感动，掀起棉袍，"啪嗒"一声双膝跪地，给老蔡磕了响头说："蔡叔心胸如沧海宽广，坦荡；如大地广袤，辽远。高德大义，是吾辈典范，请受小侄一拜！"老蔡连忙扶起说："三爷，不可如此大礼，折煞老蔡。俺只做了点力所能及之事，不足挂齿，也不知道能起多大作用!"

夫人说:"万人书十分宝贵,意义重大。老兄,你们先在这里歇息,两天后就回去。没出正月,还在过年,荡中暂无大事。你回去,帮俺家老爷守住大本营啊!荡中,不可一日无主。否则,海盗、潮河荡的真土匪他们知道了,不知又要出啥幺蛾子。若有战事,组织乡团,联合龙荡营,和虎头鲸协同应战,应该不会有啥大差错。"几人围桌子,继续吃茶议事。

韩鲙与霍大捎快马如风,路过鲁柒驿站没下马,向京城方向飞去。

芦飞在侯伯引领下,一路无阻,进了软禁廖总的临时住所。芦飞给侯伯一个小布袋,少不了二三十两银子,侯伯撤下里外看守,亲自忠实地在外望风,让芦飞与廖总见面说话。芦飞见到廖总把公孙觊翻供书已交给夫人,把在巩仁举、固礼乾、许义坤三人中,安插火绿、水秀、翁小宛的新楔子情况,一一转达。又把蔡先福送来的,龙王荡两万多人证明廖总与土匪没有丝毫关系,并以身家性命担保廖总的上书表的内容,翔实说了一遍。最后转述夫人嘱咐,让老爷从容应对。

廖子章说:"请各位放心,并转达夫人,眼下一日三餐,好酒好菜伺候着。巩仁举来过两回,称兄道弟,要俺好好思考思考,并许下宏愿,让俺与他一起,共同除掉衍子民。之后,他让俺出任海州衙门州同,兼龙王荡总乡团。俺觉得大清国这样官治乱套,气数也不会太久。俺犯不着丢失道义人格,和奸佞小人同恶相济,混入污泥浊水之中,随波逐流,做那不仁不义之徒。俺当择善而从,束身自修,泥而不滓,涅而不缁,俺岂能出卖衍子民。衍子民是不是好官,俺不知道,俺知道他是个正派人,是个廉官,值得尊敬,这就够了!"

侯伯、冯仲领巩仁举进了天牢,左拐右拐,找到鲍育西的独立隐蔽的特殊号间。冯仲招呼值班小厮:"过来,打开牢门。"小厮提一串钥匙,找了半响,找到对号钥匙,打开牢门。巩仁举转头,努努嘴唇。侯伯、冯仲与那小厮离开。鲍育西见巩仁举,激动得鼻涕眼泪俱下,趴地上叩头如捣蒜,口中念道:"大人救我!大人救我啊!"

巩仁举面无表情，带着责怪口气说："鲍大人呀，有点骨气，好吗！你没经我允许，干吗暗杀衍子民呢？你既选择暗杀他，就该做得干净利索。衍子民没死，却杀了你的捕快鲍大瓮，还弄出廖子章、霍大掐作证，坐实你的罪名，你是丢了银子又折兵，气死周瑜了。弄出个公孙觋快七十的人，上不了马的年龄，没到半路，就折腾死了。光凭他那控告文书，有啥用？证人死了，证词若不能验证是真实的，那就是诬告，不但没用，还适得其反，你我难脱干系。你追杀衍子民，皇上龙颜大怒，按廖子章的脾气不可能为你做伪证。依律，你罪孽深重，必凌迟处死。索性，你就认了吧，痛痛快快，领个死罪。现今，透个底给你，我是讲义气的，不会见死不救。我在幕后。刑部审理之后，大理寺判你死刑，我给兄弟们打招呼，偷梁换柱，找个和你形体相似的斩了，把你换出来，送你出城，你心中有数。等到时机成熟，再接你回来做官。"

隔壁气窗下，有人贴耳窃听，是老驼子的人。

刑部左侍郎固礼乾秘密开堂问案，审理鲍育西刺杀衍子民案。大堂简易肃静，两衙役立鲍育西身边，鲍育西跪地。固礼乾和风细雨，也没拍惊堂木，和颜悦色，轻声慢语："堂前可是鲍育西？""是，大人！""你刺杀衍大人，有何动机？"鲍育西略作思考，既然之前巩仁举把话说明了，不用转弯抹角，说吧："剿匪无果，全军覆灭，他衍子民，不该活。"固礼乾紧接问："衍大人该不该活，皇上、老佛爷说了算，大清律法说了算。凭你一个小小六品，犯得着管这等闲事吗？"鲍育西对答如流："咱鲍育西为报效朝廷，一时心切，没作周全考虑。"固礼乾直奔主题："那么，你承认，暗杀衍大人了？""承认！"固礼乾装出好奇样子，进一步追问："又为啥失败了呢？""咱鲍育西，有眼无珠，看错人。咱花钱买通龙王荡里'抬财神'第一高手霍大掐，谁知道霍大掐为廖子章所用，割了咱侄儿的头，冒充衍子民头颅，骗了俺三万两银子。鲍育西并未后悔做错了事，只是后悔三万两银子。"固礼乾喝一声："迂腐，愚蠢！"堂内安静。

固礼乾继续以温和口气，镇定自若，处之泰然地说："带廖子章！"

廖子章身着挺括新长袍，挺胸抬头，步履矫健。现在他是证人身份上公堂，所以没上镣铐，散手散脚。进大堂台前，有礼有节，下跪道：

"草民廖子章叩见大人！"固礼乾按约定程序叫道："堂下，可是廖子章？"廖子章想，真够啰嗦，报过名，还要问，爽声回复："是，大人，草民姓名，廖文焕，字子章，在直隶海州制下龙王荡担任南北二十队、二十乡总乡团。"固礼乾突然问："你怎么知道，鲍育西会暗杀衍大人，因而从中保护营救的呢？"廖子章用似乎为难的目光望着固礼乾说："大人，这件事，一定要说吗？"固礼乾漫不经心地说："当然。你难道不知道，为啥请你进京吗？"廖子章似笑非笑，心想，你他娘的脱裤放屁，多此一举，跟俺打哑谜，装糊涂。好啊，那就陪你玩吧，大声道："不知道。可是，俺知道，鲍大人一定会暗杀衍大人。还知道他为啥暗杀衍大人，也知道鲍育西背后的人。都是党争、朝野结盟作的怪！"固礼乾未等廖总把话说完，即打断："请廖子章别节外生枝。你只需回答，你咋知道，鲍育西会暗杀衍大人。"廖总机警地说："这不难，有证据判断。龙王荡剿匪前十天，有人亲眼所见，龙王荡土匪头子，朝廷军营大统领东方瓒，去了鲍育西鲍大人的内室书房。那天，东方瓒提一沉甸甸的木箱，有人看见，那里有金元宝，还有大面额的银票。鲍育西大人，将朝廷剿匪计划、人数、装备、战略战术、何人统兵……全部透露给东方瓒，最后导致朝廷剿匪大军和俺经营几十年的三千乡团子弟，全军覆灭。今天鲍大人在此，俺廖子章没说假话吧！"鲍育西心想，固礼乾和巩仁举是一伙的，现在，他们唯一目的，就是坐实咱的死罪，好让咱早点脱身，不必狡辩。好啊！不如一股脑地都认账，早点离开这鬼地方。夜长梦多，万万不能死在天牢里。于是，随口应答："没错，廖子章说的，都是实情。毋庸讳言，俺暗通匪首。事先，咱把朝廷全部军情，告诉东方瓒了。东方瓒给咱十万两银票，两万两零花钱，咱就是要让衍子民全军覆灭。可是，因为你廖子章的营救，使他没随大军一起覆灭。只说在回京途中，可以结果衍老鬼的性命，没承想，又被你廖子章给救了。天不佑俺，俺认账！咋办？不孬种吧！"

廖总在想，鲍育西这样的软骨头、怕死的官员，居然能说出如此硬话、狂话。看来，他已抱定自己不会死的信心，才敢如此猖獗，胆大妄为。鲍育西为求死刑，耍起泼皮无赖。听了鲍育西的话，驴唇不对马嘴，前言不搭后语。前边说刺杀衍子民的动机，是因为衍子民全军覆灭，他有意为大清国除害。现在又承认通匪，就是为了让衍子民全军覆灭。

固礼乾气得干瞪眼睛，心中愤怒，哀其不幸，怒其不争。真他娘脑子里养鱼——水太大。天生不是做官的脑袋，比驴笨，比猪蠢。垃圾！

鲍育西知道案情已十分明白。自己可以尽快脱身，心底下泛起一股罪恶的快感。狭隘、偏激、无端的仇恨，让他觉得，应该给替自己受死的那个冤魂，拉一个垫背的。廖子章不死，自己会活得很艰难。虽没死在天牢里，出去了，也逃不过一死。以廖子章的神通和处事风格，决不会让自己多活一天。索性，学一回疯狗，死死咬上一口，让他廖子章，跟着冤死鬼一起上路。即使咬不死他，也要让他脱层皮。鲍育西想清楚，便开口道："咱鲍育西通匪这一点，咱不赖账。但是，这并不能证明你廖子章不通匪啊！你也通匪，你也是死罪！"

廖总冷笑一声说："鲍育西啊！鲍育西！你真是一条纯种的疯狗，可惜你不是一条聪明、老练的疯狗。你会不会被判死刑，俺不知道，也许会，也许不会。但是，有一条，是肯定的：你的主子，会保你性命，这一点，无可争辩。你任直隶海州知州，软磨硬泡，威逼利诱，恩威并举，不到半年，欺诈大小盐主十三家，商行、钱庄、票号、大小地主、商号十七家，搜刮白银百万两之多，这个数字，足够买回你一百次的性命。你主子，怎么保你，不外乎三种手段，一是串凿假供，无罪释放；二是帮你交足量的贿银，大事化小，小事化了；三是偷天换日，批红判白，移花接木。这第三种手法，你的主子承担较大的风险，一旦被皇上、老佛爷知道了，整个朝堂之上，将会地动山摇，翻江倒海。你的主子，及其同党，性命不保。"此时此刻，固礼乾真正领教了，什么叫作真厉害。真应了在青菲八号吃茶时，巩仁举警醒的一番话。这个廖子章心思缜密、严谨，绝非等闲之辈，不可小觑。和这种人斗，就算自己占取绝对优势，亦无决胜把握。俺今天一个人，斗不过他。固礼乾立马收住话题："鲍育西今日承认了杀衍大人的罪过。你廖子章也证明了。这算啥呢，算是间接证明。现在，你廖子章能提供直接证据吗？"廖子章微笑地看着固礼乾说："大人，这事简单，找到霍大抬，当面锣，对面鼓。节奏就出来了。再说，今天一审，书记官记录在案，案情不应该再有啥跌宕起伏了吧！如果有，定是人为因素。第一，俺与土匪绝无联系，俺三千子弟参与剿匪，和朝廷大军混合编队，战在一起，死在一起，是其证。第二，俺与衍大人同船指挥剿匪作战，是因为俺三千子弟在作战前线，那是俺多年经营的老本，俺离不开他们，他们也离不开俺。第三，从逻辑关系上讲，衍大人是无辜的受害者，朝兵和俺三千子弟，更是朝廷权贵争斗的牺牲品。这场戏，再往下演，可能会有人自毁前程。大人您说，是这个理吧！"

固礼乾忍不住了，浑身不自在，顿生被人强奸的感觉。拿起惊堂木，抬起来，刚想击打桌面，又轻放下，无可奈何地说："廖子章呀！太放肆！你知道这是什么地方吗？一个小小龙王荡的乡团小民，竟敢如此放肆，咆哮公堂。你以为这里是直隶海州是龙王荡吗？是讲理的地方？这里轮不到你说三道四，下结论。话太多，当心被割了舌头！"

廖子章和风细雨，轻声慢语，微笑着对固礼乾说："大清国明镜高悬，正大光明。公堂上是讲道理、辨是非的场所。除非大人您私设暗堂，见不得人，否则，俺们大清国法条上，哪条哪款，载明因在公堂上讲理，而被割了舌头的先例呀？"固礼乾脸色铁青，欲言又止。屁股在椅面上歪了歪，欲夹住两股间，能松能紧的下出口渗漏某种气体的部位，身体向上欠了欠，不小心，还是放出"呱"的响亮一声。之后，又如吃了潮的草炮信儿，"嗞嗞"地冒着青烟，便无声无息。

屁丝毫不给固礼乾面子，让他当众出丑。固礼乾心中郁结不快，导致上下行气不畅。他认为，是廖子章这块顽石，让他徒生闷气。固礼乾举起惊堂木，"砰"的一声，清脆洪亮。其声，在大堂墙壁、梁顶间，有节奏地隐隐回荡。之后，堂内平静。半响，没声音。最后，固礼乾勉强从牙缝间，从两唇开合间，挤出两字："退堂！"固礼乾站起来，头也不回，从侧门离去。堂记的冯仲，匆匆收拾笔墨纸砚，随之离去。

半个时辰之后，冯仲的快马上了煤山，在那棵著名的歪脖子刺槐树下，前朝皇帝朱由检吊脖子呜呼的地方下马，和芦飞见面。冯仲将今日大堂上堂审实况，转告芦飞。芦飞从后腰带上解下小布袋，足有二十两散银，递给冯仲。冯仲十分满意，说："兄弟，你家老爷真英雄。那叫作机智、心雄、胆壮，咱听了，心中叫绝，却也替他捏把汗。咱主子在大堂上酷刑逼供，死在他手里的，不下百人。今天，连屁也气出来了，没动刑。二次开堂审理，三天后，此时此地等消息。"……

芦飞抱拳施礼，语气中透出殷殷拜托之情："谢了，好兄弟，俺家老爷的安全，全仗老兄，烦心费神。"冯仲也不客气说："芦兄放心，拿人钱财，替人消灾，这是公理，也是大清朝的官德。咱冯某不贪不义之财！女子爱财，无愧于心。君子爱财，取之有道。咱帮你守住你家主子，保证一个蚊子也叮不上的。假使有人想害你家主子，俺定事先告知，让你设法营救。那样的话，恐怕价格要贵一些。"芦飞急忙说："银子没问题，银子没问题。打官司嘛，历朝历代都一样，没银子，打什么官司？"不是芦飞冒充大富豪，在嗜财如命的人面前，在有钱能使鬼推磨的时代，在银子就是真理，在不论公猫母猫，能抓到耗子，就是功夫猫的乱世之中，一切向钱看，打官司不能哭穷装傻，哭穷装傻就意味着认输认命，任人宰割。关键时，激励他们，为了钱，舍生忘死，铤而走险。既能保护老爷，还能弄出准确消息。当为则为之。人为财死，鸟为食亡。能跳出这种樊篱的人，便不会在大清政府当差。二人抱拳施礼，客客气气，打马分头而去之前，冯仲撂下一句话："顶多三百两。"

廖夫人在衍府正堂，向衍大人报告巩仁举私下两次约见子章，封官许愿让子章倒衍的详情；固礼乾一审鲍育西、子章的经过；子章大堂上慷慨陈词，固礼乾气急败坏的表演；知州鲍育西私通土匪罪证。把死鬼公孙觌承认诬告，造谣惑众，承认有意坑害廖氏一族，嫁祸子章，欲取而代之的罪恶阴谋，自暴妄想，作奸犯科的长篇悔过书，一一转告给衍大人。人之将死，其言益善，其言益真，其言益哀。公孙觌竟然把他自己三封诬告信中，每一项、每一条、每一款，据实否定。一悲三叹，一叹三叠，哀怨之情殷殷，追悔之心切切。懊恼自己不该当初，害人害己，其结果，让自己累死马背，抛尸他乡。哀哀戚戚五千言，读得人倍生同情、怜悯之心。

夫人又从手袋中取出一个牛皮纸大包裹，鼓鼓囊囊，这是龙王荡两万多人，力保总乡团廖子章的请愿书表。夫人捧着它，像捧着刚刚出生的婴儿。害怕从手中滑落，害怕弄疼它。两手颤抖，捧给衍大人，双膝跪地，声音哽咽："大人，俺捧着的，是俺龙王荡两万颗滴血的心和两万

第六章　进京　　181

颗鲜活的灵魂，他们以举家性命力保子章。望大人转交皇上、老佛爷。"衍大人从椅子上跳起，双手扶住夫人说："弟妹呀！快快请起。自家人，不用这些俗礼。我与子章兄弟，一荣俱荣，一损俱损。唇亡齿寒，患难与共。救子章，就是救我自己。更何况，子章本无辜，毁了三千子弟，还遭遇如此不幸，此乃老夫罪过。营救子章兄弟，老夫拼上这条命，也决不后退一步。弟妹呀！不简单，你想得周全，做得具体及时呀！巾帼不让须眉，女中豪杰。不是一家人不进一家门，你和子章兄弟有共同的坚忍、机智。其高德，感人之深。有了这些佐证书表，咱胆有筋，心有骨，腹中有底气。子章与我相处，不足五日，亲如兄弟，情同手足。战时，他舍命救我。进京途中，他识破鲍育西之流阴谋诡计，跟踪五百里，护我平安。这样有血有肉、有情有义的大丈夫，岂能栽在一窝疯狗的魔爪之中。他们想借子章之手扳倒老夫，子章心如明镜，岂能和那帮无耻之徒同流合污？弟妹，你放心回去，咱梳理一下头绪，写折子上疏弹劾这帮狗东西。去长春宫，觐见老佛爷，尽快揭露巩仁举、固礼乾、许义坤罪恶阴谋。再说，刑部尚书豪尔泰，都察院左都御史翁彤，大理寺卿方正廉，也算是公允、端直之辈，一旦他们知道此事，决不会容让其下属胡作非为的。我立马和他们打招呼，防止这帮没人性的畜生，狗急跳墙，暗中下手。"夫人双手合掌说："大人，董氏女流之辈，不便出入于官府衙门，仰仗大人出手相救。"

莳花馆青菲八号，固礼乾、巩仁举、许义坤三人吃茶。翁小宛坐定亭外台间青纱帐内。纤纤细指抚琴，美发披肩，裸身薄纱笼罩。柳腰柔软，娇妩乳臀，亦现亦隐。轻雾缭绕，亦虚亦实。在这种环境里，这样媚影摄魂的奇女子，却在演绎一首与之不谐的大曲。

她盘坐帐中，琴台上是一把七弦古琴，用慢商调弹奏历史名曲《广陵散》的正声十八段，取韩、呼幽、亡身、作气、含志、沉思、返魂、狗物、冲冠、长虹……琴声由低沉忧郁，进而豪迈激昂，拨刺、撮音、泛音，旋律哀婉低叹。"其怒恨凄恻，即如幽冥鬼神之声。邕邕容容，言语清冷。及其怫郁慷慨，亦隐隐轰轰，风雨亭亭，纷披灿烂，戈矛纵横。"悠扬之间，难抑沉郁凝重。沉郁凝重之外，更有超旷飘逸。声音之美，清凛高格，美得悲壮，美得震撼。

这三个玩世不恭的纨绔子弟，不懂音律，偏偏比常人更附庸风雅。岂能参悟这首古老、著名古琴曲的意味。哪里知道《广陵散》背后残酷血腥的复仇情景，更不知道翁小宛弹此曲时，流血的内心。她恨自己不能有聂政般武艺胆识，恨自己不能替父报仇。琴声里，充满怨恨、愤慨！旋律哀婉低叹，控诉聂政为父报仇的悲惨遭遇，也表达自己的不幸和劫难。她边弹边仔细听那三人，狂傲得大话流天。言语中，释放着骄横和蛮横。固礼乾向其他两位，报告昨日秘密审理情况。说着说着，渐渐激动起来："……什么东西，案子刚理出头绪，他廖子章已给出三个结论。咱明知，他说三种结论，前两种是障眼法，其实真正结论是第三种。正是咱们之前说的偷梁换柱。廖子章早料到，你们说，这戏，咋继续唱吧！"巩仁举说："之前，我与廖子章会过两面，明确告诉他，扳倒衍子民，他可任直隶海州州同或者通判，照样兼龙王荡总乡团。也许，他是个正义之士，面对封官许愿，毫不动心。现在堂审，又不配合，咋办？"许义坤说："暂时不能动粗，弄出三长两短，咱哥仨兜不住的。"固礼乾咬牙切齿说："按咱们意图，准备好供词，三木之下，何求不得。重刑之后，不信咱拿不到证据。将他搞晕了，昏死了，拽过手指，按个红印子。然后，秘密送出郊外，扔山里，野狼野狗分而啖之，连骨头也不会剩下的。"巩仁举说："这招，固然好。万一他家人找到衍老鬼，衍老鬼通过皇上、老佛爷，向咱们要人，咋办？"固礼乾一副泼皮相，说："莫名其妙！咱们怎么会知道廖子章的去向，谁能证明，是咱们请他进京的？说不定，是衍子民请他进京的呢？谁又能证明，他廖子章跟咱们有啥干系呢？他只和衍子民有关系。万一皇上、老佛爷追究下来，咱们异口同声，栽赃给衍子民，这事也就结了。"

许义坤说："固兄呀！别掩鼻子偷香，弄巧成拙，干一些欲盖弥彰的蠢事。你是如何录下廖子章口供的？廖子章又如何画押，摁手指印的？真是不打自招，廖子章消失得无影无踪，难道不是你搞的鬼，还能是衍子民劫狱，弄走廖子章的吗？朝堂上，那班文武、老佛爷会信吗？别自己挖坑，自己跳！不中！不中！"固礼乾急眼了："这也不中，那也不中，你说，咋办？"许义坤说："从廖子章嘴里弄不出有效证据，倒不如真让他消失掉。咱无须他证明什么，既不要口供，也不要他提供啥证据。咱们压根儿，就没见过这个人。侯伯、冯仲、展季、丁诺，皆咱自己人，铁板一块，怕什么？一杯小酒，解决掉。咱们就凭公孙觋的控告信，三封，铁证，谁能推翻？除非公孙觋再活过来，后悔翻供，可能吗？没有廖子章给衍老鬼作证，衍老鬼就彻底掉进大粪塘里，浑身都是屎，洗不掉，抹不掉，还能说得清楚吗？"巩仁举说："就这么办，留下廖子章，定坏咱们的大事。连鲍育西也救不成了。廖子章不为咱们所用，也绝不能为衍子民所用。留着，便是祸害，干掉他，扫清障碍。"固礼乾说："干掉他，如捏死一只小蚂蚁，谁敢怀疑咱三兄弟，就让他去死吧！"

许义坤狡黠、刁诈、阴险的斜眉三角眼，闪动两下泛黄的小眼珠说："青竹蛇儿口，黄蜂尾后针，量小非君子，无毒不丈夫。敢和咱们较量，死路一条。"三人端起茶杯，得意忘形，摇头晃脑，踌躇满志。巩仁举说："来来来，说定了，这事还是由固兄染指吧！人在你刑部内室软禁着，别人办，不方便。祝你成功，咱以茶代酒，敬你！大功告成之日，咱们再一醉方休！"固礼乾、许义坤举起茶杯，异口同声："干！"

巩、固、许三人，离开莳花馆青菲八号后，翁小苑也收拾卸妆。在莳花馆二十七号乐府歌厅，约见火绿、水秀两姐，赶紧将那三人密谋的每个细节，转达给二位姐姐。三人原本点了三杯玫瑰蜜露，火绿，水秀得到此消息，不及喝一口，匆匆离去。情况严重，不能停留，出门上了黄包车，直奔榆木街二大胡同七号，报告夫人、大统领。

7

清早，天空无风无云。正月的北京城，仍然寒气逼人，滴水成冰。太阳冉冉升起，亲切的朝霞透过湛蓝的天底，将光芒洒向人间。京城的红墙金瓦，沐浴在灿烂霞晖之中。长春宫，年味正浓。正月十五元宵节，长春宫里里外外，宫女太监穿梭往来，鱼贯而入，鱼贯而出，忙得欢天喜地，衣带轻风。新袍新裙，新鞋冠，个个满面春风，人人喜气洋洋。大小官员，一拨一拨，红帽盖子，花翎有单眼的、双眼的，也有三眼的。高高矮矮，胖胖瘦瘦，弓背直背，起起伏伏。出来进去，进去出来。衣饰有麒麟图案，有狮子图案，有仙鹤图案，有锦鸡、孔雀图案；豹子图、虎图、熊图、彪图、犀牛图、海马图；大雁图、白鹇图、鹭鸶图、鸂鶒图、鹌鹑图、练雀图。帽顶上，有红宝石东珠顶、珊瑚顶、蓝宝石顶、青金顶、水晶顶、砗磲顶、素金顶、阴文镂花素金顶、阳文镂花素金顶。各种图案补服、朝冠帽顶子相见时，个个谦卑恭敬，相互弯腰作揖互拜，口中念念有词："张大人吉祥""李大人吉祥"……额手称庆。这些人都是给老佛爷请安，祝福元宵节的。衍子民用审视的目光，观察这种陌生又熟悉的面孔和场景，悉知每一顶红帽子，今日在此出入，都有不同目的，共同形式。向老佛爷祝福，从而得老佛爷不同程度的垂青、关爱。衍子民看长春宫的这番繁荣景象，心中真的瞧不起这些赶场子的官员。可是低头审视自己，这个时候觐见老佛爷，自己又何尝不是别人眼中的某一道风景！唉！无法在乎别人的眼神，由他去。营救子章兄弟，不能耽搁。

宫里忙着闹元宵，大戏台上，张灯结彩，不知今夕，唱的哪一出。

老衍仿佛想起什么，摸摸袖筒、空的；摸摸胸袋，除了弹劾奏折，还有鼓鼓囊囊的一大袋子佐证材料，并无其他金玉珠宝。今天臣僚们纷沓而至，源源不断，主题只有一个，借给老佛爷恭贺新春元宵之机，尽其所能，送礼。现在，老佛爷肯定正在兴头上。俺拜老佛爷，谈案情，不合时宜，岂不是在热闹口上，给老佛爷头上浇冷水、添堵、败兴吗？

管不了许多，时间最为宝贵，再晚了，木已成舟，等巩仁举之流做完假证，案子定谳，不但救不了子章老弟，连自己也将陷入万劫不复的深坑泥潭。过年也罢，过元宵也罢，热闹是别人的，与老夫毫无干系。衍子民下轿车，怀中揣着长长的奏折。佐证鲍育西和朝中大员巩仁举、固礼乾、许义坤结党营私，朝野勾结，暗中通匪、谋逆、暗杀的证据，以及公孙觋悔过书，龙王荡万人请愿书表。他低头，向长春宫走去。一路上，碰见张大人、李大人、王大人……也都抱拳称安问好，心中揣几分委屈，几分忐忑。因为此时，要对老佛爷说一些不合时宜的话，最不受人待见，特别是喜怒无常的老佛爷。

第六章 进京

满脸春意盎然的大人们，无不自豪地认为，今日向老佛爷请安，送礼，做得对，做得值。为啥呢？他们发现，就连油盐不进，荤腥不沾，标榜正直清廉，从不阿谀奉承的一品大员衍子民，衍相，衍大人，也来给老佛爷祝福请安。自己二品三品……八品九品，凭什么躲在家中。请安！就是图个自安。

老佛爷在长春宫里，穿戴整齐，等着看戏。幸福的老佛爷，柔韧长发乌黑油亮，盘起高耸的两个髻，缀满珠翠宝器，金簪玉钗，钻镶笼钿。耳垂坠环，项下璎珞珠串，手腕玉镯宝钏。金灿灿的长袍，红花绿叶。金丝缎面，鹅绒吊里，绵薄柔软。宽大袖口边上和高领上，闪耀着金丝织锦图案。华丽高贵，精致绝美，无与伦比。小指、无名指，套长长细细，镂空嵌丝珐琅指套和金丝指套，上部弧形。套环图案上，缀五朵兰花。兰花用珍珠串成，红绿宝石组成兰叶翠饰。整个指甲套，修秀而妍丽。抬手挠首之间，弯弯的兰花指，香柔娇丽，高贵得天下无二。四五寸厚的花盆鞋，上窄下宽，精工巧妙。金丝银线织的鞋帮。海棠协兰，明丽花瓣儿，一闪一闪，倩影晃动，如鲜花般，呼之欲出，美不胜收。鞋把老佛爷一双金莲秀脚，高高托起，轻盈温巧而绵和。黄袍底边搭在脚面上，五十多岁的老佛爷，看上去，比实际年龄要小得多，丰韵犹存。巧妆之后，靓丽的老佛爷，再现当年兰贵人的美丽。比起当年，更多几分自信，几分华贵，几分内蕴。青春郁勃，楚楚动人。

侍女用凤尾翎，给老佛爷身上洒完花露香液。老佛爷准备出门看戏去。此时，小太监一路小跑，跳进门槛，伏地跪报："禀报老佛爷，内阁大臣、上书房行走、户部尚书、军机大臣、东阁大学士衍大人求见老佛爷。"老佛爷今日神清气爽，情绪欢愉，正在欣赏自己靓装、娇容、小腰身，忽听小太监禀报，心中欣喜，眉梢跳动两下，鼻翼向两边翘了翘，嘴角露出一丝显而易见的快意。衍子民啊！衍子民！自你入朝以来，一年四时八节，你是有意回避，从不到我膝下请安送礼，别人说你恃才傲物，我认你正直廉俭。今日，不管你有何急事，你是聪明人，选在今天进长春宫，意味着啥？众臣工们咋看？

节日的请安问候，捎带咱并不在乎的大钱小礼，这本是俗人干的事，满朝文武，又能有几人不俗呢！你等重臣，贤贵之人，许多年从不主动在节日期间进宫请安。今天，你来了。好啊！真正体现老佛爷隆恩浩荡，威震四海，恩泽山川！你的楷模，做得好啊！老佛爷很幸福地联想，微笑了。

　　一贯提倡清廉俭行寡欲，简朴从事，反对铺张奢靡之风的衍大学士，你真的过来了，没有召见你。你终于放下济世重臣的架子，在元宵佳节，主动来长春宫，弯下你那坚贞的膝盖，直板的腰，叩下你那高贵而不是逢场作戏的头颅。吾心甚喜，吾心甚安。你的叩头，更代表大清国亿万民众的臣服。坚固了我叶赫那拉氏，包举宇内，掌控天下宏基的信心。多少年，你的忠心，毋庸置疑，无可争辩，日月明鉴，天地可证；你的耿直、无私和没有人情味的原则，也常让我总觉你薄情寡意，有悖君臣伦常。当然，不能怪你，这是你为国为民的气质，值得称颂。今日，你衍老臣的表率之范，将影响朝政几十年。从今往后，处理朝政大是大非，定让你发挥极至，即使与我政见不合，咱也让你三分。说到做到，不放空炮。你哪怕空着手来，只磕个头，给众臣工瞧瞧。我不稀罕你这类廉臣送我啥礼物。我一定让你满载而归。不管你私下提出啥要求，除了大清江山，别的，本宫都应你。大清国，不能没有你。老佛爷今日高兴，是这样想的，至于明天还会不会这样子想，说不清。老佛爷笑盈盈，对小太监说："传！"

　　小太监歪着脖子，吊起嗓门，对着门外喊："请衍大人觐见！"

　　今天的衍子民，身体仿佛比平常灵活得多。尽管腿脚还是不利索，却三步并作两步走，刚挪进门槛，就双膝跪地，合掌再拜道："老佛爷万福啊！老臣衍子民，给您拜年叩头来啦！祝老佛爷元宵佳节吉祥如意，永远康宁万福！"

　　门外还没得到老佛爷允见的官员，二品以下至八九品，还有十几个人，挨着排队，个个睁大两眸，眼巴巴看着衍大人，一路畅通，十分地羡慕。突发奇想：生子当如孙仲谋。或者说，生子当如衍子民。

　　老佛爷心情大好："衍爱卿啊！快快请起，快快请起（转脸对一旁小太监），赐座、赐座。我说老爱卿啊！六十大几的人啦！说到就是，腿脚不便，不要动不动下跪磕头了。"衍子民歉意地说："回老佛爷话，我大清朝，礼仪之邦，祖制严训，君臣之道，岂能怠慢。再大的岁数，一天在朝为官，必恪尽职守，越是老臣，越应该率先垂范，不可拥功自重，违反君臣之礼。在老佛爷面前，言不及私，相待以诚。泾渭不混，珠目不淆，'忠心'二字，必铭刻在心头。只有高风亮节，才无愧于一代臣子呀！"

老佛爷很欣慰："皆说人心不古。还不是那些年轻后生，念了几本书，便不知天高地厚，仿佛天下大事，尽藏于胸。年轻人短板多，难担大位重任呀！没经历过生死洗礼的人，飘得很哪！衍翁呀，满朝文武，最靠得住的，只有你衍翁，一片赤诚丹心。年轻人啊！没经过战争，没经过艰苦卓绝的历练，沉不下去的。当了官，轻狂了，办事也毛糙，总是让人不踏实，不放心。老爱卿呀！本宫今天跟你多唠叨几句。你啊！有生之年，要给大清培养出一批精英来。培养像你这样精进、干练、襟怀坦荡、无私无畏、鞠躬尽瘁、死而后已的人。大清江山，千秋万代，永不变色，没有坦荡荡、忠心不贰的新人，是不行的。要有一批新人，做大清的脊梁、大清的筋骨。让他们守住大清祖制，一脉相承，代代相传。让他们把眼光放得远些，再远些。本宫信你！"

衍子民深受感动，从椅上站起，双膝跪地说："老佛爷圣明，高瞻远瞩，深谋远虑。我大清国运，靠的是世代相传先祖的文功武治。老朽这代人，注定早晚要去见先帝爷。当下正需要一批光明磊落，大公无私，敢于担当，励精图治，胸怀天下，继往开来的真君子，为老佛爷所用，将我大清国业，推向巅峰。"

老佛爷谈兴正浓，不知疲倦，呷一口茶，用端茶杯的手比划着说："衍翁，吃茶吃茶！"放下茶杯，老佛爷饶有兴致地继续说："咱们许多年没有这样子，私下里交心说话，今天就多唠几句。咱想啊，从朝中、上书房、军机处、翰林院、六部侍郎中，选一批三四十岁的青年才俊，交予你，定期授课、训诫、考查、择优委以重任，把总理衙门、各部尚书房中，那些虽然忠心可表，却又老于事故，圆滑、残喘、办不成大事的老糊涂，无论满蒙回汉，逐步换掉，大清要强国励志，必改变眼前局面。"

衍子民万万没想到，难道是这个新年元旦的光明伟大吗？元旦前，还是那么自私、阴毒、无能、可恶、鼠目寸光的老虎婆子，元旦后，竟变得如此目光如炬,远见卓识。是过去看扁她啦?还是今日被她迷惑了?不管如何,得接她的话,往下说:"老佛爷洞如观火,渊图远算,鉴往知来,千古一人啊!"为了营救廖子章,迎合老佛爷高兴,巧施韬略,衍子民在老佛爷面前,十足地阿谀了一回。心里却在自嘲:现在才知道,有些人为啥总爱阿谀谄媚,投其所好。是因为皆有企图。不是吗?咱衍某人今天似乎也不知耻了。

衍子民又在心中,为自己狡辩,咱不是为自己,是为了救子章兄弟。为了子章,其实也是为自己。为自己,其实不是有私心,是为了伸张真理和道义,阿谀一点,不为过吧!呸!为啥不能义正词严?算了吧!过去义正词严,都没好结果,只会让事情更糟糕。阿谀一回,下不为例。否则,定然救不了子章兄弟。

老佛爷从身后垫背下,抽出一折子:"衍翁,我这里有个折子,拟的是一批青年后生,请衍翁过目,看看这里面,是不是有可塑之材。"

小太监接过折子,恭敬送给衍子民。衍子民小心接过,轻轻打开,巩仁举、固礼乾、许义坤赫然在列,内心惊讶。老佛爷折子里十人,一下子占三成。干脆耿直的脾气,如同一条火串子,刚要点燃衍子民草炮子的风格,仿佛火信子又湿了。衍子民压住了,嘱咐自个,不能冲动,试探一下。"老佛爷,这名单,您过目啦?"衍子民明知是,还要问,目的是想让老佛爷尚有回旋余地,以避免自找难堪!

老佛爷心想,明知故问,衍子民这只老狡兔子。从我手里出的,我能不过目吗?你既问,必有想法。咱今日,没把你老衍当外人,索性给你一个台阶,让你把想法说出来。老佛爷装作不经意地说:"大年前啦!有几个王爷来串门子,是他们荐估的。这不,请你最后把把关,看还有哪个不适合的,提出增删。"

衍子民离开座位,下跪,急忙从怀中取出一摞三个纸袋:"老臣衍子民死罪。"老佛爷似乎惊诧地问:"衍爱卿,这是唱的哪一出。有话好好说,起来好好说。恕你无罪。"衍子民没站起来,继续说:"老臣衍子民,有本要奏。请老佛爷先看奏折。老臣要弹劾巩仁举、固礼乾、许义坤这三个谋逆之徒。他们正在酝酿宫廷争斗的巨大阴谋。他们大年三十,在龙王荡秘密逮捕龙王荡总乡团廖子章,关押在刑部秘室。他们威胁利

第六章 进京

诱,软硬兼施,要廖子章伪证老臣暗通土匪,葬送朝廷剿匪大军。他们事先把剿匪信息告诉鲍育西,又让鲍育西转告匪首,欲致我全军覆灭。现在,廖子章危险,他们马上要对廖子章下毒手,暗杀廖子章。请老佛爷开恩,制止这场无辜杀害,草菅人命的恶行。朝中不幸,千万别殃及我大清忠良之士啊!"

老佛爷有点蒙,今日衍子民造访长春宫,原是为一个八竿子打不着的民间小小乡团。迂腐得真让人匪夷所思。一直以来,巩仁举在自己掌心跳,作恶不少,但能抓得住,越不了雷池,不至于跑得太远。抓捕廖子章,整垮衍子民,绝非本宫之意。你小巩子,公鼠偷睡母猫,胆子也忒大了些吧!你究竟想干啥,取替老衍?嫩了点!想干掉老衍?老衍是你能动的吗?幼稚!蠢猪!上次老衍在朝堂上,揭你一大堆劣迹。你让鲍育西暗杀老衍,无法无天,这笔账还没算,你又玩出新花样,太让我失望。巩仁举呀!巩仁举,倘若不是看在你平时真心孝敬分上,早把你给骗了。老佛爷接衍子民递上的长篇弹劾奏折一字不落地看了一遍。折子里,列数巩仁举十大罪状,有根有据,句句入骨,字字见血,不容置疑。她被激怒了:"巩仁举、固礼乾、许义坤胡作非为,胆大如斗,肆无忌惮,目无朝廷,胸无律法,干尽坏事。简直就是大清的蛀虫、败类,无耻、无耻之极。在我大清司法、执法、都察机关,肆意践踏、蹂躏大清政令、律条。残害忠良,诬我老臣,毁我大清根基。愚弄大清皇帝,欺我女人软弱。定当剐了他们,拖出去喂狗。"老佛爷泼劲上来了,不管她说的是真是假,着实让老衍心中平复一点了。至少能阻止他们暗害廖子章恶性事件的发生。

俗话说,一支笔有时能抵千军。这是文人的一绝,比武人更厉害之处,更何况衍子民,文武双绝。只要动笔,字字戳中要害,读来无人不动容。老佛爷动容了,五官纠集到一起,整个一张脸,能拧下水来。脸上肌肉跳动,刚搽的厚厚一层粉,纷纷落下粉屑子。

老佛爷明显感到口干。呷口茶,茶有点凉,竖起杏眼,瞪一眼倒茶的侍女。吓得那侍女,腿一软,眼前一黑,险些摔倒在地。赶忙抖抖索索,上前续上热茶。茶杯口的热气,慢悠悠盘旋上升。老佛爷从激动中缓过来说:"先别惊动他们,剿匪早有定论,不必再议。他们若真敢调包鲍育西，毒杀廖子章，丧心病狂，丧尽天良，穷凶极恶。眼无大清律法，心无大清皇帝，脑子里没有本宫皇太后，想死吗？很容易！"

衍子民似乎有了点安慰，心中仍有顾虑。安慰的是老佛爷当前有了明确的态度，却不知今后如何。因为老佛爷心中变数大。顾虑的是万一子章兄弟被他们坑害了，再追究他们的罪，有何意义呢？

衍子民鼓足勇气，生怕再激怒老佛爷。先前激怒，怒在巩仁举之流。现在再激怒，恐怕怒到自己头上。所以，他怯生生地试探："老佛爷呀！不能让他们滥杀无辜呀！廖子章三千子弟为剿匪玉碎了。万一他又死在朝廷，这种结果，肯定不是您愿意接受的。"

老佛爷能有今天，全靠手段。她很阴险，更有主见。她慢条斯理，从容地说："衍翁呀！你应该多换几个角度看事情。想个法，把他们毒杀廖子章的证据抓在手上。人赃俱在，还怕他们抵赖？他们要调包鲍育西，偷梁换柱，你也变个法，把鲍育西劫了。有时候哈，对待恶人，就要用恶人手段。他黑，你更黑，以毒攻毒。马善被人骑，人善被人欺。这么多年，我是领教了。你衍翁是正人君子，所以他们才敢耍流氓。没证据，如何能治他们的罪呀！竟然敢调包死刑犯，真是，这胆晒干了，比笆斗还大。大清国豢养如此豺狼，想想，真恶心可怕。衍翁啊！你的折子，提供的佐证资料留下，容本宫细细揣摩揣摩。"老佛爷有一种感觉，自己豢养的狗，似乎正一步一步地逼近自己。这狗不是为了咬自己，而是生吞活咽。这十大罪状，她信，她也不全信。此刻，她有点想尿尿。过一会，她补充说："衍翁呀！动动脑子！你是不是留下，看场戏。在长春宫，用完膳，再回去？"

衍子民知道老佛爷逐客了。一时不知如何弄证据，暗杀廖子章，还没杀，哪来的证据。到了有证据的时候，人已杀了。有了证据，还有啥意义呢！老佛爷的心底太深邃，简直无法捉摸。衍子民愣神了。也罢，回去琢磨琢磨。站起身，恭敬地说："谢过老佛爷！"趴下，又恭恭敬敬地磕一个头。爬起又说："老臣不敢耽搁，廖子章危在旦夕，老臣按您的示下，弄证据。老臣还是很迷茫……"

老佛爷露出一丝说不清楚的笑容，说："是呀！弄证据，不择手段，按正常思维，到哪去弄证据？谁干坏事会留下证据给你呀！你跪安吧！"

第六章 进京

老佛爷怀疑衍子民不明白，又做了解释。看来衍子民是老了，思维迟钝。想当年，他在山东清剿反民，也曾制造过许多证据！现在官大了，经历多了，胆子倒是小了。是的，聪明的人，在前行途中，不断修身，赎救自己的灵魂。而愚蠢的人，才会在歧途上，越走越远。

衍子民回到家中，召集驼背老奴、廖夫人商量，弄证据，很快就有了方案。

8

深夜子时刚过，下弦月爬过西屋脊，把一片迷蒙的清辉，浇在沉静、乌森森的京城里。白蝙蝠家，是一个小型的四合院。三间南向正堂，两侧各三间东西屋。南面边墙中间有一小门楼，门楼下边，门楣上方，方形木牌上写两个白底黑字，隶书"白宅"。大门两边，吊两只黄白色灯笼，灯笼映出一个"白"字。正堂客厅里，灯光透明。有人说话，话音不大不小，不是很大意，也没有很留神。在院子里，能听到说话内容。

伏在屋檐上方的芦飞、韩鲙，隐蔽在门外花坛下的东方瓒、萃海罂、火绿、水秀、凌霜菊、白青、非红，隐蔽在绿植丛中的滕大山、阙小海、辛驰，都清楚听到一个中年男人在说话，声音有点沙哑，音域比较浑厚："……白蝙蝠，自你进京，咱没让你出门乱跑，你知道为什么？"

白蝙蝠以藐视轻蔑的口气说："咱自然知道，廖子章被押到京城，他的家人也一定跟到京城，你怕咱出去，被人家发现，是吧？其实，你不用担心，现在这种时候，咱就是把真实身份亮给他们，又能奈我何？干气罢了，谁让他们有眼无珠，认不出咱的身份。老实说，龙荡营也好，乡团也罢。一对一，两对一，或者三对一，和咱交手，靠他们武功，杀不了咱的。"男子说："不可麻痹大意，大意失荆州。你呀，还是别出门了。必要时，安排你大堂作证。你要把廖子章勾结土匪，导致朝廷三军覆灭，说得清清楚楚，明明白白。在细节上，还要添油加醋。你的话若打动老佛爷和皇帝，将来让你担任大内次总管，仅次于李大人，岂不呼风唤雨吗？这样，咱们有公孙觐的证词，有你这个证人证言，便可形成一系列证据链。杀廖子章，追责衍子民，此案可做成铁案，谁也找不到一丝瑕疵。到那时，云开日出，咱们以气吞山河的磅礴气概，擒妖捉魔，破除衍老鬼兴风浪，胜利尽在咱们手中。咱们平步青云，扶摇直上，飞黄腾达，便指日可待。老兄啊！你等着吧，让你有享不尽的荣华富贵。"白蝙蝠白发、白胡、白须、白癜风、白衫、白裤、白鞋、白手套，跪伏地上，五体投地，行一个实实在在的大礼。

那人正是巩仁举。他扶起白蝙蝠，安慰地说："自家兄弟，何需如此大礼。天色不早，咱得回府。记住我的话，证人证言要具体。假的要说成真的，捕风捉影，捕到的，捉到的，都是真实的存在，而不是影子。没有的事，说成一定有。时间、地点、人物、情节，要有鼻子有眼地说得鲜活活的。已有的事，有利咱们的事，要增加可信度。虚构情节，也不要让人发觉夸大其词。关关节节听起来客观可靠，让人听了着迷，无懈可击，无可挑剔，无可争辩。好了，咱回啦！"白蝙蝠送巩仁举出门，上轿车而去。白蝙蝠回院内，插上门闩，他警觉的神经忽然觉得正堂屋檐上，有一黑影晃动一下便不见了。他转身，从过道门后剑架上抽出宝剑，大喝一声："谁！"

韩鲶侧身拔出腰间毒镖，想在白蝙蝠回屋时，在十分有效射程中击杀他。可惜身影一动，竟被发现。东方瓒隐在花坛边上，也发现韩鲶身子晃动一下。此刻，也没必要继续掩饰。刚要发声，只听得"嗖"的一声，如闪电般白羽影子从眼前穿过，随之听到"哎哟"一声。芦飞想，若此刻韩鲶发镖，射程远，毒镖够不到，不起作用。灵机一动，瞬间发箭，射中白蝙蝠的左胳膊。白蝙蝠折一只翅膀，便无法自如飞跃。

东方瓒跳出花坛外，说一声："上！"凌霜菊、白青、非红三人，同时发火枪，向同一个目标射去。白蝙蝠绝非庸辈，轻功高手，即使折了一只翅膀，还能勉强启动，连奔带跳，身手仍然敏捷。飞檐走壁，喘口气工夫，院内所有灯光，架子灯、壁灯、地灯，挥剑斩灭。院内，只剩下隐约的月光。自家的院子自己熟，动起手来，方便借用地形地物，以长补短，得心应手，应付自如。东方瓒了解白蝙蝠的阴险、奸诈和武功，早就对他有怀疑，平时在龙荡营里多有提防，核心机密绝对不让他

第六章　进京

知道，这一点白蝙蝠也是心中有数，从来不敢正面表露出啥不满情绪。

正在熟睡中的白蝙蝠的徒子徒孙，基本上是杂耍的喽啰级别。闻听枪声，知道出事，从四边屋里，手握刀枪棍棒，虚张声势，冲进院子。芦飞和韩鲶居高临下，瞄准众喽啰黑影近距离发镖，远距离射箭，众喽啰冷不防中，纷纷倒下。个别有经验的喽啰，知道对方冲主人来的，自己的小杂耍，根本挡不住这些武艺高强，大有来头的人。故找个隐蔽点，藏身自保。

此刻，白蝙蝠悬在花坛外的梧桐树上。这棵百年梧桐树，虽没茂密绿叶，但干臂粗壮，细枝繁盛，高大入云霄，别说藏一个人，就是藏十个八个，也不易被发现。东方瓒隐身观察，认定白蝙蝠藏身在树上。虽然这树有枝无叶，但树枝层层叠叠，密密匝匝，很难确定他藏在哪个方位。晚上看这棵梧桐，上方就是一团一团浓黑的乌云。东方示意凌霜菊三人，朝树上开火。三人从同一角度，向树上乱枪扫射，"哗啦哗啦，噼噼啪啪"，折断好几根细细的树枝。白蝙蝠伏在粗臂干枝后边，子弹打不中。东方瓒向三人挥挥手，让三人散开，从三个不同角度发射。三人猫腰离开。

白蝙蝠也找到最佳藏身处，一根旁逸斜出粗臂上，分立三根向上的枝臂，中间有大空当，可以隐藏两三人，周围更有其他主干的密枝，遮挡得严严实实。白蝙蝠果断地拔掉胳膊上的箭，撕开蝙蝠保温服，草草包扎了伤口，白色蝙蝠衫上洇着殷红的鲜血。白蝙蝠知道，对方不是一个人，是不同兵种的一伙人，这事和廖子章的案件有关。他们有备而来，绝不可掉以轻心。否则，三年的卧底，白卧了。

现在想办法，把他们的人都调出来，让他们在明处，咱在暗处，伺机反扑。不能这样长时间耗着。手下的众徒弟，不是龙王荡人对手，更何况还有刁蛮、顽强、足智多谋，坤营首领凌霜菊火枪营的人。他十分熟悉龙荡营人的打法，明现明打，暗藏暗打。狗抓老鼠般，挖地三尺，也要把你扒出来。咬定目标，从不半途而废，从不留活口。今日是龙荡营的人专程来杀咱的，恐怕难逃一劫了，祸来躲不掉，只有硬碰硬。

白蝙蝠从腰间抽出一支五寸长细细竖笛，向天空吹响，声音不大，很高很尖细，极具冲击力。这种刺耳声音，如同铁尖尖划在搪瓷盆上，钻脑刺心般的难受。随声音传播，四面八方的蝙蝠披着月色，发出叽叽唧唧的鼠叫般声音，黑压压地落在梧桐树的黑云团里。成千上万的蝙蝠抱成团，里三层，外三层，挡在白蝙蝠周围，为白蝙蝠遮箭挡子弹。

东方瓒寻思，白蝙蝠不敢轻举妄动，使法术招来这么多的蝙蝠，除了替他挡箭，挡枪子之外，这些讨厌可恶瘆人的东西，一定会主动攻击，也许嘴爪上有毒素，一旦感染，会引发大麻烦。若不能尽快除掉这些蝙蝠，等到它们主动下来攻击，必十分被动，便没把握取胜了。不中，无论如何，不能让白蝙蝠活到天亮。否则子章大哥必遭算计。

东方瓒对身边萃海罂说："海罂，你想法，灭了这些害瘆的臭蝙蝠，如何？"

萃海罂早有准备，冷静回复："老大放心，俺备着啦！你设法让人在树下点燃两三堆篝火，把俺这小药瓶里的香精倒入火中，此精药经火烧烤，生出一种新的烟气。院内无风，不必担心烟气跑了，直冲树杪。只要是能飞行的东西，不管它是蝙蝠、乌鸦、麻雀、凤凰、大鹏，哪怕乌龟王八，只要它能飞起来，闻味必死。熏死的蝙蝠，落在火上，'吱溜吱溜'就烧煳了、焦了。可是熏不死白蝙蝠这只贼蝙蝠，他本性是人。"东方瓒知道，最大隐患就是这些成千上万的蝙蝠。白蝙蝠的核心武器，不是他手中的剑，而是他随身带的金罗盘。那只金罗盘，带悬转刀片。打出、收回，十分应手，不管何人，中招即倒。现在，要主动出击，先干掉黑蝙蝠。

东方瓒令滕大山、阙小海、辛驰三人，去院东南角厨房外的草垛下，隐蔽从走廊里潜入草垛，抱来三捆麦穰黄豆秸和劈好的木柴。白蝙蝠被千万只蝙蝠团团困住，加之滕、阙、辛三人从走廊里潜入，白蝙蝠看不到树外面形势。而隐蔽的白蝙蝠徒子徒孙，刚想溜出隐蔽点，屋檐上的芦飞、韩鲙发觉，远一点的，"嗖"的一箭，应声而倒。近一点的，"唰"的一镖，倒地毙命。

三堆干柴烈火呼呼燃起，有人想跑出来救火，刚一露头，"砰"的一枪，倒下。又出来一个，"砰"的一枪，又倒下。两个之后，再无人敢出头。这就叫"枪打出头鸟"。非常浓烈的紫红色火焰，冲出一丈多高。萃海罂小瓶里的药效开始显现。感知被麻痹的黑蝙蝠们，"呱嗒呱嗒"纷纷落入火坑,"嗞嗞溜溜"烧着了。三堆火,围着梧桐树干。斧劈的木柴,一经引燃,火力就更加瓷实,眼看树干就要接着燃烧了。白蝙蝠自知,万只蝙蝠冲锋阵已被破掉。做梦也没想到,龙荡营里有如此高手,难道追风蜈蚣也来啦?持不住了,再不出击,大树烧倒,火势可想而知。自己难逃烧死的下场。索性拼个你死我活吧!

白蝙蝠从树上向下飞跃同时,伸手掷出手中金罗盘。罗盘发出"嗡嗡"的响声,径直向堂屋檐上黑影子飞去,还发出一道金灿灿闪光。芦飞眼尖手快,猛地推开韩鲹,只见那金罗盘"轰"的一声,在堂屋上檐部砸开一个碟口大的洞。砸开后,金罗盘迅速回身,向白蝙蝠飞去,白蝙蝠两脚着地,收回金罗盘。

白蝙蝠落地,凌霜菊三人咋能放过他,"砰砰砰"三枪点发,从三个不同角度射向白影。只见白影子将白色蝙蝠服一甩、一抖、一撸、一收,闪身侧翻,躲过三枪。竟然没打中,狡猾的家伙,功底太深。三枪虽未打中,白蝙蝠却被吓出一身冷汗,还没来得及稳稳神,滕大山、阙小海、辛驰三鹰战蝙蝠。别看白蝙蝠左胳膊受芦飞箭伤,看来并无大碍。他左手使金罗盘,右手使剑,打斗的动作,招招到位,稳、准、狠。轻盈敏捷,潇洒飘逸。忽然飘起,忽然落地。忽然右手出剑,忽然左手使出金罗盘。神出鬼没,频出怪招,防不胜防。

滕大山三人,打得很谨慎。因在白家院子里,白蝙蝠特别善于利用环境和各种障碍物,或隐或现,或出或躲,或飞或落,剑无常招,罗盘更加曲线追打,指南打北,声东击西。三人疲于应付,一时难取白蝙蝠的性命。白蝙蝠的徒子徒孙,见主人已和来者干起来了,也不用躲避,又纷纷冲出来。从外围包围滕大山三人,欲里应外合,消灭滕大山三人。凌霜菊三人见势不妙,手持双枪,"砰……"六枪齐发,倒下一批。又是六枪齐发,又干掉一批。外边包围意图破灭。此时的韩鲹和芦飞,跳下堂屋檐口,二位使剑,和其他白府喽啰干起来。

白蝙蝠看似腿脚利索、轻快,其实内心已感有些疲惫,芦飞的一箭,穿透了他膀骨,使他流了许多的血。这一阵子,被滕大山三兄弟团团围困,他觉得口干舌燥,很难受,想喝水。

在一旁隐蔽观战的东方瓒,看出白蝙蝠手中剑有些软劲,剑剑阴招，皆想杀戮，却招招落空，后劲明显不足。东方瓒从暗处一跃而起，加入滕大山三人队伍，四人协同作战，想尽快结束这场战斗。省得夜长梦多，变数不可预测。东方瓒高喊一声："兄弟们，别犹豫，直取白蝙蝠狗命，他的气数已到。杀！"东方瓒号称万夫不当之勇，双手使剑，剑剑掏心，招招斩首。白蝙蝠除被动接招，推挡应付，再无还手之能。他想投降了，喊话说："咱就知道大统领到此。放咱一马，咱离开京城，再不回来，如何？"

东方瓒未加思考，一口回绝："算了吧！你这种人，不值得相信。如果你在俺龙荡营告诉俺，你是巩仁举的卧底，俺不但放过你，还把你当上宾，当兄弟！现在，受死吧！"白蝙蝠实在挡不住四人齐攻，边打边退，退到墙脚下，退无可退。想飞飞不起，像一条被群殴的孤狗，屁股抵着墙壁，比划手中剑。龇牙咧嘴，穷凶极恶。如疯狗般狂吠，绝望地喊道："东方瓒，四战一，算啥英雄好汉，有种，和咱单打独斗。"他想拖延时间，寻找脱身机会。东方瓒岂能上当受骗。东方瓒冷笑一声，果断高呼："兄弟们，别上当，不听他废话。滕大山上，干掉他！"

滕大山手中剑，明晃晃地振动抖擞。滕大山向剑锋哈了一口热气，在自己衣袖上撸拭一下。剑通人性，只要主人一个示意，剑开八面威风，直取对方性命，丝毫不含糊。

滕大山握住剑柄，剑尖插在墙基石上，支撑身体。跃起，侧身，两腿并拢，两脚蹬向白蝙蝠的胸口。白蝙蝠后背抵在墙壁上，只听"咔嚓"一声，胸骨粉碎性断折。几乎在同一时刻，滕大山、阙小海、辛驰三人三剑，闪电般刺向白蝙蝠胸膛。同时拔出，再刺进去，白蝙蝠左手罗盘，右手剑，叮叮当当，落在地上。白色蝙蝠衫在地上"噗噜噗噜"几下，被鲜血浸透。白蝙蝠魂归爪哇国，享受巩仁举为他备置的黄粱米饭去了。

白蝙蝠死了，喽啰们灭了。东方瓒见室内还有白蝙蝠的女人们，有的发抖，有的筛糠，有的尿裤子，有的直接吓死。他对芦飞说："让京城从即日起，再无此院。白家见证今晚事件的人，一个不留。别怪俺无情，怪只怪，你白蝙蝠当了巩仁举的狗，就是这个下场。"这所院子烧到天亮，只剩下残垣断壁。人连骨头都化为灰烬。

第六章　进京

第二天，巩仁举察看现场，得出的结论："唉！也许，这是一场天火。"巩仁举寻思，前边死一个公孙觋，现在又死了白蝙蝠。也许，这里有某种联系。难道……

9

东方瓒召芦飞、萃海嚣、凌霜菊、白青、非红、火绿、水秀，部署营救廖总。东方瓒问萃海嚣："海嚣，能不能在早晚之际，研出让人假死的香药。用这种药，置换出毒杀廖总的真毒药，目的是取证。"萃海嚣不假思索地答应："小技耳！老大放心，俺随身带了许多奇药，略做调剂，按比例混合了，一个时辰内，便可出货。不复杂，能让人假死两个时辰，两个时辰之后，自然苏醒，如睡了一觉，其间，呼吸、脉搏、心跳，都是停止状态。其对身体无害，醒来，各脏器像被清洗过一样更健康，头脑更清醒，精神更爽，身体轻松。要强调的是，所有事情，必在两个时辰里完成。"东方瓒知道萃海嚣本事。这种药，她搞过。他信任地看着萃海嚣说："香药制成，交给芦飞，告诉他咋操作，确保万无一失。白青、非红跟芦飞去营救廖总，一切听芦飞指令行事，不得有误。"芦飞很警觉，问大统领："那个鲍育西呢？不能让他逃啦！"东方瓒沉着微笑，不失幽默地说："拯救鲍育西，衍家老驼子包下了。"

为了保险起见，衍大人反复思考之后，决定找刑部尚书豪尔泰、都察院御史翁彤、大理寺卿方正廉，揭露巩、固、许三人阴谋，请他们暗中帮衬，欲擒故纵。豪、翁、方三人听后，十分惊诧。豪尔泰撩起又长又密、白苍苍的大胡子，嘴里骂道："小狗崽瞒天过海，跟俺们玩躲猫猫，老夫非劈了他不可！"三人商量，暗中盯梢，欲取故予，派人配合老驼子，并与芦飞联手，暗地行动，保护廖子章。

朝廷中，臣僚们之间关系微妙。若从正义出发，他们重臣，可坚定地和衍大人站在一起，正面下令，阻止巩、固、许的阴谋行为。他们当然知道，巩、固、许三人，在老佛爷眼里，年轻有为，大红大紫。害怕他们有朝一日执掌朝政大权，于己不利。所以不想正面交锋。但是，又不能驳老衍的面子。折中的办法，暗中相助吧！保廖子章一命。

衍子民回到家中，心里并不十分踏实，总是觉得，还有某个环节不到位，让人叫来老驼子问："驼子老兄，你跟咱三十多年，我知道，你办事严谨，没出过大差错。今日不同往昔，咱们的对手，不是政客，是一帮没规矩的流氓、混蛋、痞子，没人性的畜生。你要加派人手，和芦飞他们联手，里三层，外三层，保护子章兄弟。据探子消息，他们早晚要动手。子章兄弟的饮、食、起、居，哪怕是漱口水，每个细节，必须掌握在咱们手里，不得有一丝一毫的差池！"驼子眯缝起小眼，聚精会神，盯着衍大人的嘴唇接话说："是，老爷。全力以赴，放心，万无一失，万无一失。"老驼子说第二个"万无一失"时，非常坚定，字字千钧，低沉而铿锵，不容怀疑。

固礼乾的书房暖烘烘，铁架子铜质火盆里燃烧的木炭，青烟如发，火红如心，烈焰燎燎。固礼乾一身休闲夹袄，安乐地躺在罗圈椅上，冯仲端起一杯红茶，递给他："大人，请用茶。"固礼乾问："冯仲，跟咱几年啦？""回大人，八年三月零四天。"冯仲流利回答。固礼乾说："好记性，咱固爷，对你如何？"冯仲感激地说："恩同再造，天高地厚！"固礼乾话闲一样问："今年南方几个知府的炭敬，如期来了吗？"冯仲回复："直隶海州衙门，丁诺当任，送来五万八千两。淮安府魏忠君当任，送来六万三千两。扬州府……杭州府……"固礼乾扬起手："不报了，咱信你。冯仲呀！眼下有一事，只交代你一人，你找几个心腹，敛声息语，干净利索，不留任何蛛丝马迹，来，附耳过来。"……

大理寺秘密开堂审理鲍育西案。堂下只有鲍育西跪伏地上，两边各立一个狱差，许义坤理堂，展季堂记。许义坤问："堂下跪伏的，可是鲍育西？""正是在下！""刑部审你的口供，是你自愿说出的，还是有人刑讯逼供呀？""自愿的，大人，没人逼供。""你暗杀朝廷一品大员衍大人，可有证人？"鲍育西心想，即使走过场，也不能提问这些愚昧的问题，刑部逼不逼供，你大理寺管得着吗？证明我有罪，还让我自己提供证人，真是他娘的草包昏官，咱做官水平不高，这许义坤比咱还差一大截。既然问，咱就答呗："有证人，龙王荡总乡团廖子章是证人。咱买通的霍大掐，虽说帮了倒忙，可他是证人。"许义坤扬起脖子叫道："带廖子章！"廖子章有礼有节，堂下跪着说："草民廖子章，见过大人。"许义坤问："廖子章，你在刑部大堂，证明鲍育西派人暗杀衍大人的证词，是否受人指使，或者受人胁迫作出的？"廖子章回应："没人指使，也没人胁迫，亲眼所见。鲍育西欲杀衍大人，从剿匪之前通匪，到剿匪之后暗杀，司马昭之心，路人皆知。在下说的是事实，句句真实无误！大人若有疑惑，可传霍大掐，一问便知。"许义坤心里想，其实就是走走程序，遮人耳目，防止别人提出程序不合法。你廖子章也是快死的人了，真实不真实，没啥意义。向台下叫了一声："传证人霍大掐。"

韩鲶和霍大掐站在门外，听到传声，韩鲶对霍大掐说："记住了，咋说，别胡乱嚼！"

霍大掐大步堂前，跪下说："草民霍大掐见过大人。"许义坤说："你是霍大掐？""没错，在下是龙王荡唯一姓霍的，名大掐。"许义坤问："霍大掐，鲍育西曾买通你，刺杀朝廷大员衍大人，可有此事？"霍大掐想了想，刚刚韩鲶教他的话，抠抠头，说："确有此事。青天大老爷，您想想，鲍大人是俺的父母官，他赏俺的银子，爱民如子，俺岂有不要之理！可是，他要俺杀衍大人，不中，衍大人，朝廷命官，一品大员，不能随便杀。俺霍大掐犯浑，不能浑到没底线的地步。再说，衍大人若该死，也应该由您大理寺判刑，由皇帝、老佛爷拍板。你鲍育西，小小直隶州知州，将将就就，正六品小官僚，一枪打癞蛄头上，你算啥鸟！俺霍大掐，只杀十恶不赦的坏人，咋能杀朝廷大员。人啊！可愚蠢，不可没是非标准，没有处世规矩，心中不能没有俺大清朝的律法。杀朝廷一品大员，你鲍育西，小巴狗想吞日，心也忒大些。俺是笨，没有笨到给钱就杀人的光景。大人！您说，是这个理吧！"许义坤没想到，霍大掐明明是混世魔王，流氓、杂碎，也能说人话。龙王荡的人，都他娘的一套一套的。继续问："海州一等捕快鲍大瓮，是你杀的吗？"霍大掐知道这句话的斤两，事先和韩鲶商量过，连忙解释："大人，鲍大瓮提剑刺向衍大人时，关键时刻，情急之下，为保护衍大人，俺不得不出手拦他的剑，可是，您知道，两剑相遇，力大者优势，力小者劣势。为保护衍大人绝对安全，俺宁愿承担杀死鲍大瓮的责任。俺一时失手，刺中鲍大瓮的心脏，救下衍大人。要不是俺出手快，衍大人早没命喽！俺救了朝廷大员，没捞到皇上、老佛爷的赏银，只收了鲍大人三万两赏银。后来听说，衍大人的脑袋，远远不止三万两。越想越后悔，让鲍大人讨了巧！"许义坤的任务，是走过场，听了霍大掐一番调侃，感到可笑，说："不要胡扯了，鲍大瓮的尸首在啥地方？"

霍大掐回复："身首异处，尸身埋了，埋在当地马路边，头骨带来了。"霍大掐边说，边从黑棉袍后边勒腰带下取出小布包，里面是鲍大瓮的头骨，扔在地上，说："这是鲍大瓮的头骨，大人，可找仵作，一验便知。"许义坤心想，霍大掐真够狂，应该追究他杀人罪。鲍育西让他杀衍子民，他却杀同伴鲍大瓮，还收了鲍育西的三万两白银。鲍育西你这蠢货，真够冤大头的。太精彩，够传奇。回过头想想，算了，不要节外生枝，越来越复杂，多一事，不如少一事。对霍大掐说："头骨留下，人可走啦！"堂审并未结束，许义坤继续审问廖子章："廖子章，有人举报你通匪，是你做奸使衍大人全军覆灭，这事，你必须交代清楚。"廖子章未加思考，随口而出："无稽之谈，拿出证据来。"许义坤漫不经心地说："好啊！给你证人证言证据。"

廖总在想，公孙觋死了，他有证据，是孤证，何况公孙觋还有翻供悔过书。再有就是白蝙蝠，白蝙蝠也死了。俺进退两便，除非你们耍流氓，暗地里杀了俺，否则，你们所有的证据，都是自说自话，吃不住推敲。廖子章用装糊涂办法，揭穿对方阴谋："你们大概不知道，公孙觋的三封诬告俺的书信，都是假的，老佛爷手里的那封举报信，才是真的。你们啊，何必呢！机关算尽太猖狂，反误了卿卿性命。你们认为，把白蝙蝠派驻龙荡营卧底三年，就能抓住俺与土匪的联系证据，你让白蝙蝠到堂来，俺和他当面对质，他敢来吗？"许义坤出乎意外的是，廖子章说公孙觋三封信是假的，老佛爷手里还有一封，那是真的。很可怕，抓紧除掉廖子章，一刻也不能拖！许义坤无奈地说："算你狠，人算不如天算，白蝙蝠先你一步，昨晚黑，死了。"廖子章说："头顶三寸有神灵，相信报应。白蝙蝠死了，下一位，挨到俺啦？那就动手吧，这大堂上，冤死鬼，俺不是第一个，也不是最后一个。"许义坤蔑视的眼神，看着廖子章说："你现在回心转意，愿与咱们合作，保你后半生大富大贵。还

第六章　进京　　　　　　　　　　　　　　　　　　　　　201

可以考虑考虑！"廖子章笑盈盈地说："俺一草民，贱命，不算啥！欢喜的话，随时取！不用再考虑。"许义坤也不再啰嗦："今晚，便是你的忌日。退堂！"

韩鲶、霍大掐二人，找到榆市街二大胡同七号，见了东方瓒。霍大掐把堂审情况，说了一遍。韩鲶把公孙魏留下的银票，除已开销的一小部分，剩下的悉数交给大统领，留京城开销之用。芦飞约了冯仲，私下塞给他一万两银票和四五十两散银。冯仲安排芦飞、白青、非红三人，乔装进入监狱伙房，充当给廖子章备餐、送餐专职人员。

天色已晚，厨房中灯火通明，一切安排妥帖。芦飞跟在冯仲身后，进了刑部软禁内室。冯仲室外望风，芦飞把今晚行动方案转达主人，为了取得巩、固、展三人毒杀廖总的证据，将其一网打尽，只能委屈主人了。廖子章满不在乎地说："只要能消灭这窝奸狗，我的生死，可忽略不计。"……

厨内，白青洗菜、淘米，非红炖鸡、爊鱼、暖酒。两炷香工夫，廖总小灶，三菜一汤、一饭、一壶小酒，全备好，装入传盒。这时，冯仲进了内厨，将五步断肠粉小纸包，塞给芦飞，然后神秘离开。芦飞接过小纸包，塞进棉袍下边夹裤的裤脚里。又从怀中掏出一蓝花瓷瓶，将萃海罂配制的七香脑醒丹，倒入酒壶。提起紫檀吃食传盒，向廖总禁室走去。

禁室斜对面，二楼监室内没有灯光。冯仲站在固礼乾身边，把夜视望远镜递给固礼乾。固礼乾轻轻推开一扇窗，将窗帘轻轻挑开一条缝。通过窗户，看到禁室壁灯齐亮，廖子章吃饭桌上，几支白烛同时点亮。看到芦飞把食盒放桌上，布好饭菜，提起小酒壶，给廖子章酒杯斟满酒。廖子章端起，二话没说，喝了，掾两筷鸡肉，吃下。

芦飞抬头，向门外斜对面的窗子看了一眼。提起酒壶，又倒一杯。然后向门外示意、点头，放下酒壶。看到固礼乾和冯仲离开窗口。

廖子章吃饱喝足，晕晕乎乎地歪在桌面上，真的闭气了。芦飞从怀里又掏出另一只小瓶，向廖子章的嘴角、鼻孔、眼窝、耳眼里，滴了几点鲜鸡血。一切做得完美无缺，无懈可击，比真的还要真。固礼乾和冯仲进了禁室，看廖总已闭气，嘴角、耳鼻七孔流血，面容可怖。固礼乾对冯仲耳边说:"尽快处理,越快越好,干净利索,不留后患!"

冯仲点头:"主子放心,万事皆备,万无一失。"

一辆马车,早已停在门口。芦飞、冯仲、白青、非红四人一起动手,将廖子章轻轻抬上车。身底垫两床棉被,头上戴貂皮老棉帽,连头带脸,捂得严严实实,防止冻坏了。又垫了软软的棉枕头。身上再盖两床棉被,暖暖和和,舒舒坦坦,进入梦乡。冯仲凭刑部通行令牌,骑高头大白马,前边引路。芦飞、白青、非红同车,滕大山牵马,阙小海、辛驰跟在车辕两边。各人皆穿黑衣,头裹黑巾,脸蒙黑布。一路小跑,出了南城门,一路向南。冯仲勒马停立,芦飞跳下车,两人耳语之后,冯仲撤回,芦飞赶马车继续前进。

冯仲按约定,在城里小儿河的断桥堍边,几棵刺槐树下,和固礼乾会合。二人又低声嘀咕几句,便跳上马背,打马出城。

城南十里外,一片荒丘,无人烟。按之前预约,东方瓒、韩鲹、霍大掐、莘海罂、凌霜菊早已在一段丘坡上,挖好一穴宽大的深坑。坑边精心准备了细细软软的齑土,做填坑之用。之后,他们就隐蔽在周围,以防不测。

城外的夜,无风无云。冰冷的寒气,不受任何阻隔,显得十分清透蚀骨。荒丘上,成片成片,半截高的旱芦和茅草,似断还连,更增加深夜的朦胧、隐晦和迷茫。半个月亮,从南向西飘移。神秘的天和地,神秘的荒丘和枯丛,神秘的车马和人影,正在上演一出大清官员的阴谋、残忍和罪恶的悲剧。黑暗中,芦飞借弯月弱光,指挥滕大山、阙小海、辛驰、白青、非红,抓住廖总身下垫被的边角,将廖总轻轻抬下,又轻轻放入坑内,并向他的盖被上撒齑土。

冯仲和固礼乾打马从荒丘中的小路上,斜插而来。到坑前,固礼乾匆匆下马,上前提过芦飞手中的小马灯,弯腰朝坑里细察,百分百认定坑里就是廖子章,便退回坑沿,轻松地吐了一口气,说了声:"没错,抓紧!"转头对冯仲说:"撤!"二人上马往官道,扬起马鞭,"啾!啾!"快马如箭,蹿了出去。大约跑了千尺,不知道,前路为啥有个暗坑,两人二马,一起栽了进去。马急吼叫,人急跳脚。固礼乾在坑里,头顶离地面五六尺,跳着仰头高声呼号:"有人吗?救救咱!快来人呀!

第六章 进京

救救咱!"还真的有人,坑沿上出现七八个身手利索赭衣壮汉,面罩褐布。在坑边,手持拳头大的白灯笼,向固礼乾和冯仲照去。固礼乾以为遭遇劫匪。自己和冯仲拳脚不差,又在京畿之地,并未害怕。他对冯仲说:"小心,来者不善。上!"二人跃上马背,一个翻身大跳,旋即跃上坑沿,手握宝剑。有些灰头土脸,衣着不整,显出几分狼狈样。固礼乾顾虑的是,自编自导自演的这场闹剧,万一露了马脚,东窗事发,必致大麻烦,忍一口气,早点脱身最要紧。脚踏坑沿,还未站稳,就做出姿态,双拳握抱说:"各位好汉,要多少银子开个价,在下要务在身,不可耽搁。"虽处劣势,言未服软,有点公狗精神。

路人头目,细细瘦瘦,中等个子,看似长期的营养不良,倒不像是车匪路霸。这家伙聪明,很会来事。他就是长春宫慈禧老佛爷贴身小太监,李进喜的干儿子李十九。长春宫的太监,上百人,见过固礼乾的太监不少。固礼乾能认识这些不出名的小太监不多,谁是谁,固礼乾拎不清。李十九明知固礼乾不认识自己,大着胆子说:"这位爷,像个大官,误会,误会。这坑,不知谁挖的,咱们路过,两兄弟坠下去,这不,刚捞起。你和咱,素不相识,咱一不是强盗,二不是匪,不绑架,不勒索。你们二位,有事先忙去,骑咱们的马。你们的马,咱帮你们捞上来。改日,若有机缘,咱们再将马换回。若无机缘,两马换两马,也说不上吃亏讨巧,如何?"固礼乾觉得公平有理,装作和善地说:"哎!哎!那哪成!不好意思啊!平白无故,麻烦别人。"嘴上这样说,心里巴望赶快离开。李十九心中有数,说:"没啥!这位爷,若不过意,留下你腰带下那个荷包,做个纪念。哪日见面时,便是自家兄弟!"老佛爷让咱来取证,取得证据,赶紧撤!心眼坏的人,不死板,处理紧急事件,显得特灵活。固礼乾二话没说,解下荷包,递给小太监说:"好兄弟,够仁义。但愿后会有期!"冯仲从李十九手中,接过两马缰绳。二人上马,作别而去。

误了自己性命的人,往往是因为太聪明。李十九望着俩人背影,掂了掂手中荷包,诡异得像具诈尸,他说:"小样,小小的左侍郎,心够大,手段够辣,办法够狠,主意够毒。留下这个小荷包,骑走咱的马。咬了咱的饵,看你咋脱钩。机灵的人,真够笨!"老佛爷啊!真的天下绝顶圣明，奸臣贼子乱象，看得一清二楚，尽握掌心，法力无边！想到此，李十九仰起脖子，得意地说："来！兄弟们，辛苦点，想个法，搭把手，把下边俩牲口捞上来，好向老佛爷交差！"几人齐动手，将大坑铲出一个坡，拽住缰绳，两马连蹦带跳上了岸。

原来，衍子民正月十五离开长春宫后，老佛爷一宿心情不爽。她相信衍子民的奏折不会扯谎。衍子民不是奸诈之徒，不会为整垮政敌不择手段。他言不及私，相待以诚，算是高风亮节。当然这是他的长处，也是他的劣势。本宫还是怀疑，巩仁举应该没有坏到如此十恶不赦程度。现在让衍子民取证，是不是太为难他，衍子民玩阴招，根本不是巩仁举他们的对手。凭衍子民公信正直的思路，也许，取不到啥证据。想来想去，另辟蹊径。本宫应该掌握第一手资料，不再听他们两边禀报，各执一词，影响咱客观判断。孰是孰非，天平控在咱手里。即使向谁倾斜，必须掌握住"度"，有助于平衡关系。她召来心腹小太监李十九对接衍子民，看固礼乾到底如何作恶。如果真的逮个正着，再加上衍子民换下的毒药，人赃俱在，他姓固的，再狡猾，也无可抵赖。

出了正月，朝廷各部陆续恢复正常秩序。这日，固礼乾跪见豪尔泰说："大人，为把鲍育西一案澄清查实，卑职元旦期间未得休息，会同都察院左副都御史巩仁举、大理寺少卿许义坤，分别审理此案，三法司一致审定鲍育西罪名成立。"说完，递上一摞资料："这是全部三法司堂审资料，请大人批阅，送大理寺审判，定谳行刑！"豪尔泰武官出身，性情豁达、粗犷，而内心精细缜密。抬眼皮望了望眼前这位精明的后生，"哼"一声，声音从鼻孔中出来。接着说："皇上早有圣谕，三月前就该处死。又让他赚了一岁。过大年，没休假，该让皇上、老佛爷恩赏！既已弄妥了，抓紧办吧！注意，死刑犯程序要严谨，一丝不苟，验明正身，不可出一丁点差池哈！"豪尔泰嘴上这样说，心里想：龟孙子，耍滑头，老夫陪你玩玩。固礼乾奴颜媚骨，巧言答应："遵命！是是是……"豪尔泰瞟一眼那一摞子卷宗，随意地说："不看了，你办事，一向不用老夫操心，你签了字，就可以了。老夫老眼昏花，看不清。好好干，老夫这把椅子，早晚会交给你。"固礼乾心中高兴，表面上诚惶诚恐地说："您老身体硬朗，掌着舵，晚辈还嫩着呢，给晚辈十个胆，也不能觊觎您那把座椅。"豪尔泰心想，算你小子识相。随之扯一句："卷宗齐了，证人证言证据齐了。证人呢？都放回啦？"固礼乾面不改色心不跳，说："回了，回了，回老家了！"这个双关语，豪尔泰有意装着没听出来话味，脸上布满快意，意味深长地说："你们年轻人，办事啊，就是他妈的利索、果断。老夫很满意呀！起来，起来吧！同朝为官，你我同僚，不兴趴下叩头。有事说事，说完拉倒。跪来跪去，老夫看着不习惯，脱裤放屁。"固礼乾站起来说："晚生年轻，不谙世事，望前辈多多赐教。"豪尔泰笑说："这是哪里话，你呀，会办事！会办得很！挺聪明，很懂事。别啰嗦，还有事吗？没啥事，办差去吧！"豪尔泰心烦，直接把他撵走。

明天公审判决，对鲍育西凌迟行刑。今晚，侯伯、冯仲、展季不约而同，接主子口令，要他们在天牢大狱里，寻选鲍育西替身。他们找遍牢狱所有号间，要么脸似，形体不似；要么身材差不多，脸型差多了。一句话，没适合的。匆匆忙忙，时进二更，侯伯急了，报告巩大人。巩大人骂道："没用的东西，早做啥啦！到现在，才说没合适的。不会上街去找呀！八大胡同，对，八大胡同，除了百顺胡同、胭脂胡同、韩家潭、陕西巷之外，其他各胡同，都是乱七八糟的烂处，烂妓女、烂嫖客、赌钱鬼、大烟鬼、拾垃圾的、讨饭的、小偷、混混、地痞、流氓、流浪汉……哪个没有劣迹，哪个不够杀头。随便拉一个，差不多就可以了。这点鸡巴毛的事，再做不利索，你就别回来了。"

侯伯出门，伙同冯仲、展季，打马穿梭，来到八大胡同的一家妓院外。这里，有一栋三间通梁的大屋子，似庙不是庙，似庵不是庵，里面有东倒西歪的泥菩萨，门牌又刻着"无量天尊"四个大字。烂幕布裹一大木雕，身边趴一条黑狗，人们皆以为是杨二郎。台阶上，卧一位断了一只陶瓷胳膊的、原大的陶瓷关二爷，右手撑一把大砍刀，却站不起来。地上铺着稻草、麦穰，草里横七竖八，睡一片的人。满屋子灰喵喵，烟沉沉。逃荒的、要饭的、画彩的、唱小曲的、小混混、小流氓，流离失所、无家可归的。老的少的，男的女的，有五大三粗的汉子，有体形单轻的后生。有瘦骨伶仃，赶考落榜，没了盘缠回乡的穷酸。大屋子当门地上，点燃一堆木材炭火，烧得正烈，乌泱乌泱一大屋的人，有的没精打彩，面色蜡黄。有的癞痢头，烂得流脓淌血。有的在发高烧，口中说胡话。有的一丝不挂。有的在吹牛,说大话,复述白天外边的所见所闻。有的饿得"哼!",有的干号没泪……屋里乌烟瘴气,臭气冲天。东北墙角处,一张又长又宽的土筋炕上,有两盏黑窑碗油灯,围着乱糟糟一群人。看上去,是这屋里人中的上等人,个个精气神十足。衣破纽亏,赤脚裸胸,披头散发,蓬首垢面,癞头疮腿,浑身肮脏不堪。站的、卧的、趴的、坐的、蹲的,围成一圈,一阵阵起哄,一阵阵嚷嚷,激起一波一波的尘灰。"押大""押小""押大""押小",他们在掷骰子,赌铜子。

桁梁上,蜘蛛网吊起丝丝络络灰挪子,在空中挂着,似一朵一朵不规则的云,摇摇晃晃,就是不落下。墙根西南拐角处,存放一大堆草木灰。这群人拉屎撒尿,全由这摊草木灰加以混合,掩饰不雅。

侯伯、冯仲、展季顾不上肮脏环境,进屋子,没有引起任何人的注意。

这三人睁大六眼,像鹰隼在搜捕猎物,四下打量。三人转了一圈,最后聚焦赌场,不约而同,六只鹰隼的眼同时发出穿透性的光芒,射线指向蹲着的一个赌徒。三人相互递过眼色,努努嘴,意见一致。侯伯一个箭步跨上炕沿,冲上去抓起这人破衣领。"嘶"的一声,用力过猛,撕下腐朽的衣领。抽出弯刀,横压其肩,大喝一声:"都别动。"

冯仲、展季同时出刀,四目圆睁,逼视众人。室内所有的人,都定格正在进行时的姿势,无人敢动。刚才还一片嘈杂,顿时鸦雀无声。不知是谁,在这严肃的空气凝固时刻,"咕咚咕咚"肆无忌惮胆大包天,连放两个响亮臭屁。放得痛快,一点也不磨叽,声音相当清脆。平时这屁声,定会招来一片嘲弄和嗤笑。此时此刻,众人见三人武官着装,气冲牛斗,不是平常人,吓得呆若木鸡,等待下一个环节。侯伯故意提高嗓门,神气活现,耀武扬威,咄咄逼人地喊叫道:"好呀!好呀!鲍育西,狗东西往哪跑。终于给老子抓到了,这下子,你藏不住,躲不掉了。带走!"

众人呆滞眼光,目送叭狗子脱离苦海。有人小声议论:"噢!藏得够深,看不出来。一直说没名字,叫他叭狗子好几年。原来这个龟儿子叫鲍育西。狗日的,不说真名,一定是惹过大祸的。"众人皆晓得,住这里的人,屁股都不干净。被抓呀,蹲大牢呀,充苦力、砍脑袋,早晚

第六章 进京 207

的事。叭狗子平时没做过啥好事，偷鸡摸狗，扒米店、抢包子铺。扒一扒他的老底，黑得很。搂妓女肚兜、内裤睡觉。黑月头，跑西市街猪行里，日过老母猪。在石头胡同老鸨锅里拉屎。在妓女小月红茶杯里撒尿……不知是哪件事惹的祸，叭狗子被绑走了。乱哄哄的屋内，很快恢复平常，不影响炕上继续掷骰子。

  侯伯三人把叭狗子投入大牢，放在鲍育西的隔壁，开始怕不像，反复对比。最后断定，活脱脱同卵双胞胎坯子兄弟，一个模子，两块砖头。侯伯问："你叫啥名字？"叭狗子答："叭狗子。官爷！"侯伯又问："学名？""啥学名？""就是大名。""噢噢噢，没有大名。"侯伯说："自今日起，你有大名，叫作鲍育西，知道吗？"叭狗子点头："知道，谢官爷赐名！"

  侯伯问："你叫啥名？""鲍育西。"叭狗子干脆利落，叫响自己大名。叭狗子并不觉得可怕，这种大牢，进去出来，进去出来，大概有几十次，具体多少次，自己记不得。叭狗子这类人，对生死不是很在乎，憨皮厚脸地对侯伯说："官爷，可有吃的？咱两天没吃东西，肚子饿啊！"

  侯伯心存感激，终于让他找到这货，简直就是鲍育西的平装版，明天像模像样一装束，绝对分不出彼此。心情很好。侯伯对一旁看门小狱厮说："给他弄俩馍，烧碗回锅肉，外加二两老烧，暖暖身子，吃饱喝足，不做饿死鬼！"

  叭狗子一怔，咋的啦？断头饭？问侯伯："官爷，咋说话呢？要杀鲍育西？鲍育西不该死罪呀！"侯伯瞪大眼睛，喝神瞪鬼，立即制止说："你他娘的，别追问，你这几年，干的坏事还少？累加起来，杀你十回也够！吃饱喝足了，美美睡一觉，有啥事，明天再说！"叭狗子低下头，心有不甘地说："那好吧！"转过脸，小声嘟囔："干坏事，又不止我一个，为啥该我死呀？"冯仲吼道："还犟，犟。一个一个来，都得死，别攀了。一下子都抓来，牢里盛不下！"值班牢炊，拿来饭菜、小酒壶。叭狗子十分急切，不可等待，扑上去饿狗般狂饮大嚼。

  侯伯三人，又到正版鲍育西号间。鲍育西跪地匍匐磕头，口中不住念叨："大人饶命，鲍育西给你们磕头。"鲍育西以为，关键时刻该到了，来的都是管着他生死的人，尽量卖乖，越乖越好！侯伯一脸不屑，心想，一个正六品的官，咋如此不值，还不如叭狗子，鄙视地说："鲍大人，大小也是正六品官，能不能有点尊严，死又何惧，连条狗都不如。算了，跟你说不着。即现在起，你的名字叫叭狗子，永远皆是。记住喽，不能忘，忘了那一天，便是你的死期！"鲍育西不解地说："大人，当真？叫咱叭狗子，能不能起个好一点的名字？"冯仲藐蔑、鄙夷地说："委屈了，好听名字，救不了你的命，知道吗？"

侯伯向外边招招手，展季和一狱差进来，众人不吱声。狱差解下鲍育西手铐、脚链子，换上一身富家貂皮便服，绵羊毛圈边棉帽。紧接着，又过来一高一矮两个黑衣人，高个名叫山佳驹，矮个名叫广由僧，带鲍育西出了天牢大门，上了一辆轿车，匆匆离去。三人一辆马车，鲍育西坐在轿车里，山佳驹、广由僧坐在车辕上，驾车护卫。轿车前顶两角，挂两盏白色马头灯。出了城，沿官道，潇潇洒洒一路向西。山、广二人，武功高强，是巩仁举豢养的心腹，他们受巩仁举盼咐，护送鲍育西出京三千里，保他一条性命。出城十多里，天没亮，狗没叫，正在路过一片半常绿落叶乔木林。半个弯月吊在树梢上，平整的林间路，落满枯黄树叶。冷飕飕的北风打在脸上，如锉刀摩擦般疼痛酥麻。行道沟的水面结成厚冰。

轿车在寒冷深林间穿行。山、广两人几乎同时发现，前道中横有两棵大树。他们警觉起来，抽出弯刀，准备迎战。驼背老汉左边是心腹拐子，右边是助手锤子，他们率二十多黑衣白袖人，伏在路边不远处灌丛中。看目标渐近，摩拳擦掌，准备动手。驼子抬头一看，轿车后有四人马队追赶轿车。情况不明，仔细观察。轿车上俩护卫已感觉到，车后有人追赶。山佳驹回头一看，不淡定，四匹黑马驮着四条汉子，白衣、白布蒙面，头戴宽边白斗笠，手中摇动闪闪发亮的长柄子朴刀，"唰唰唰"飞奔而来。

山佳驹说声："不好，冲咱们而来，兄弟应战。"说完，山佳驹、广由僧二人拔出弯刀，迎战四人。马背四人以疯狂之势，无可阻挡之力，冲向轿车。他们仿佛对护卫不感兴趣。四人中带头的，两脚踩马镫，身体立起，伸出长长朴刀，认准轿子全身使力旋起一刀，随着"轰咚"响亮斩断声，轿顶被大刀斜劈离开轿身，咕噜咕噜滚进路边冰沟中，撩起一地树叶。后边人欲跟上来，被跃起的山佳驹、广由僧挥刀拦住。鲍育西吓破了胆，趴在轿底，浑身如触雷电，颤抖不止。山佳驹、广由僧虽武功十分厉害，但没有骑马，不占优势。好汉不敌双拳，双拳难攻四手，四手架不住多人。更何况，攻方四人，也是一等一的高手，武功不在山、广二人之下。山、广二人，摆出拼死决战的姿态。这四人想短时间取鲍育西性命，也不是易事。山、广二人下定决心，死保鲍育西，这是主子之命，不可违，除非自己阵亡，否则绝不屈服。

山佳驹守住车头，广由僧守住车尾。四马难靠轿车。山佳驹寻思，如此拼斗，持不住一个时辰，必是惨败。这四人武功、体力，不比咱俩差，咱们不能这样和他们耗。皱了皱眉，心生一计，一边推挡砍剁，一边瞅准靠近的马腿，扬起一个旋风刀，砍断靠近两匹马的前腿。只见勇猛骏马后腿站立，发出凄惨的哀嚎声，紧接着"哐哐"两声，同时摔倒。马背俩白衣人，"呼噜噜"地滚到路边，撞在一棵大树干上被弹回。这俩人白斗笠滚到沟里，歪嘴斜眼，五官变形，狗一样夹着尾巴，露出可怖狰狞的牙齿，手撑大刀。一个左手捂胸，一个左手按住腰。这俩人仿佛断了肋骨。广由僧见状跃下轿车，伸出弯刀，欲砍另两马腿。马背上人知道意图，猛然勒马转身，避过广由僧的刀锋。

地上俩人又勉强站起来，继续投入战斗。

没人知道，这四人马队正是许义坤的家奴，受许之命前来刺杀鲍育西。在许义坤眼里，鲍育西不死，自己、巩、固三人，必被逼上风口浪尖。违抗皇命，定遭死罪。绝对不可因为一个鲍育西，赔上三兄弟性命，划不来。巩仁举不忍动手，这个万难之难，就由自己面对吧！许义坤告诉这四个心腹说："只取鲍育西性命，别伤及他人。"这道命令下得容易，执行颇难。控不住护卫两人，如何杀得了鲍育西呢？

驼子在灌丛中仔细观察，确定四条白衣汉子是为取鲍育西性命而来，他们并不想杀死护卫，而车上的俩护卫一心想杀死四条汉子。

赶快出手，咱们是为了劫鲍育西而来的，不能让别人抢先杀了。若不慎，鲍育西被杀，阁老的全盘计划就泡汤了。驼子一声令下："放箭，掩护兄弟们冲锋。"只听"嗖嗖嗖"，响箭鸣镝离开弓弦，紧接着，杀声混起，冲出灌丛。

乱箭射伤一白一黑，鲍育西仍活着，仨白衣人岂肯罢休，还在努力接近轿车。广由僧左臂中箭，随手甩起垂胸的长辫子，咬牙拔箭。撕开衣边，一头咬在嘴里，一头绕在手上，死死裹缠住肩臂，继续迎战。这六人没弄清，林中冲杀出来人的意图，共认不是好人。不知何因，六人一下子形成某种默契，合力共同对付扑上来的黑衣白袖人。一时间，刀枪剑戟、斧钺钩叉、镋棍槊棒、鞭锏锤爪，"叮叮当当"、"噼里叭嚓"，翻云覆雨，飞龙走蛇，寒光凉影，乱成一团。

拐子率众兄弟把黑白六人隔在轿车外围，分割三个部分，困得死死的。锤子率五人，前后左右，四周警戒。锤子挥起手中几十斤重的铜锤，砸开半截轿子，伸手抓住伏在轿底，正在抖动、抽搐的鲍育西腰带，提上马背，"啾啾啾"，五人一溜烟向事先约好的黑山口蹿去。

这里距离黑山口不过七里路，飞马奔腾，上马即至。锤子五兄弟带着鲍育西，得意马蹄疾。飞马四蹄蹬开，仿佛数道飘逸波浪，飞流向前。快接近黑山口，怎知脚下横着绊马索。锤子咋能想到这一层呢？五匹战马几乎同时仆地打滚，人仰马翻，无一幸免。没等锤子他们反应过来，山口内外，黑压压冲出二三十人，围攻上来，不由分说，生生摁住锤子六人，五花大绑，捆得结结实实，嘴里塞上布团，用一根粗壮绳索联结成串。放他们走。爱走不走。来者只劫走了鲍育西。

这边的厮杀，仍在激烈之中。一炷香工夫，山佳驹、广由僧战死在黑衣白袖人手中。白衣四人，一死一伤，剩下两人上马逃遁。驼子下令："穷寇勿追。"驼子心念黑山口会合。抓住鲍育西，实现本次出击的目的，于是提高嗓门："兄弟们，收拾战场，带上还有用场的车马和死人，黑山口会合。"老驼子很满意这次战斗，速战速决，没有拖泥带水，逮住鲍育西，自家兄弟无死伤。阁老面前，可有一个圆满的交代。他率众兄弟到了黑山口。弯月已跌进黑山口外，天空的风在打盹，几朵白云不知从何而来，棉絮一样，懒洋洋，飘浮不定。黑山口被白云映出微亮。锤子五人背对山口，一路磕跟绊跌，连滚带爬，沿着过来的路艰难返回。驼子见锤子此番情形，急得差点背了气，忙问："鲍育西呢？"锤子委屈得不行，跺脚仰脖子，自悔辜负驼子希望，对不起师父，对不起阁老。竟然呜呜嗨嗨，泪流满面。众人下马，解开五人绳索，掏掉嘴

第六章 进京　　　　　　　　　　　　　　　　　　211

里臭布团子。驼子好像明白其中奥秘，他认为，必是宫里人。问锤子："他们离开多大工夫？""一杯茶的工夫。"驼子对拐子说："你带弟兄们回府，秘密禀报阁老，别声张。"又转头对锤子说："上马，随我跟踪过去。"驼子、锤子飞马，朝长春宫方向赶去。很快发现前方人马，押鲍育西进了长春宫的后院。驼子说："不跟了，再跟，就给阁老惹事了。撤！"

第二天，莳花馆青菲八号，翁小宛早在纱帷中，怀抱琵琶，清弹的江南小曲。巩、固、许三人，知道鲍育西失踪，猜不出谁干的。固礼乾一口咬定："肯定是衍老鬼干的，鲍育西落在他手里，大事不妙，大祸临头了。这叭狗子，明天杀不得。杀了，岂不是大笑话？"许义坤说："大难临头，咱们不能束手待毙。想个法，安全第一！"巩仁举说："兄弟们别慌，事情还没到危急关头。我在想，咱们背后好像有只大手，罩在咱们头顶上，咱们的每步棋局，隐约都被一个人控制。你们想想：公孙觋半途中死了。正准备让白蝙蝠上堂对证，前一天夜里，一把火烧得真干净。幸亏固兄想得周密，昨晚毒死廖子章，埋了，做得干净。昨夜，送走鲍育西，出城被劫。这是一张网。这种神操作，不可能是廖子章的人干的。他一个龙王荡乡团，在龙王荡，伸手够到天。在京城，他绝对无此法力。衍子民是怀疑对象，但这事部署得如此周密，而且既杀死公孙觋，又杀死白蝙蝠，衍子民心狠，但不至于如此歹毒。不知道这背后黑手是谁，现在不能盲目行动。叭狗子不能放，弄死掉，拖出埋了。以除后患。"

抢走鲍育西，是老佛爷授意大太监李进喜干的。李进喜是老佛爷最知心的太监，大内总管，二品大员。宫里人都知道，看不看皇帝的脸，无所谓，但必须看李总管的脸色行事。

近日，李进喜给老佛爷梳头时，见老佛爷手里拿同一本奏折翻来覆去看了十几遍，只是叹气，没拿定主意。这一天，他给老佛爷梳完头，趁老佛爷没注意，翻开奏折，仔细一瞅，原是衍子民弹劾折子。春江水暖鸭先知，李进喜是老佛爷贴心知己，咋不知老佛爷的心思呢？

李进喜对衍子民，早心存不满。自衍子民任军机大臣，授东阁大学士，监管户部以来，宫里大事小情，花销银子，向衍子民伸手，就像割他的肉一样，舍不得，不愿意，哭丧着老脸。有时不买老生的账也就罢了，连老佛爷面子也不给。送去一个开销的计划，他审了又审，删了再删，久拖不批。更何况，老佛爷修园子，要用钱，他也一口回绝。他是本朝大臣中，最不知好歹进退的臭石头，早就想敲敲他，逮不着机会。今日让咱捉住尾巴，看你这只老狐狸咋脱身。老夫今日不剥你一层皮，也让你掉一堆毛。李进喜看完折子，已知事件来龙去脉。想点子，出馊主意，给老衍使绊子。

李进喜是明白人，不会违反大清律法，去勾结巩仁举之流的轻浮后生。他摸准老佛爷的心路。这些年，老佛爷收巩仁举金银财宝，能用银两衡量的，不下六七百万两。有的珠宝价值连城，无法用银子衡量。老佛爷咋舍得丢了巩仁举这条财路呢？又咋能不领巩仁举的孝心呢？杀巩仁举，比割老佛爷的阑尾、痔疮，还要疼痛。巩仁举就是犯死罪，顶多回家待上年把，很快会重返朝堂。

朝廷正是用人之际，罢了六王爷军机大臣之后，衍子民任军机大臣，授东阁大学士，还管着户部。当下，暂无人能顶下老衍这摊子。老佛爷与巩仁举之间，更多的是私事；与衍子民之间，更多的是公事，没有私事。在老佛爷心中，公就是私，私就是公。老佛爷就是大清朝，大清朝就是老佛爷。衍子民不懂这层关系，在他眼里，公就是公，私就是私，不可混淆。迂腐。

若只有公情，而无私情，公情悬空，有危险。有私情，又有公情，公情才有基石，安全。现在，衍子民有危险，而巩仁举安全。李进喜摸准老佛爷的脉相，知道老佛爷肚子里发酵和酝酿的，究竟是葡萄酒，还是地瓜汁。

这日又给老佛爷梳头，李进喜突然发现，藏在乌发里的，有一根晶亮的白发。立马跪下磕头，流下痛心的眼泪说："圣主老佛爷！奴才服侍不周。""怎么啦？惊慌失措的样子呀？"老佛爷漫不经心地问。"一根白发，呀！一根白发！"李进喜很焦急。"一根白发而已，用得着大惊小怪，伤心欲绝。我以为头顶生了癫痫呢！"老佛爷还是漫不经心。

"怎么就有了白发了呢？"李进喜仿佛很困惑，故意弄出百思不解的花样。老佛爷喜欢这种花样，她只要见到这个太监的样子，就觉得喜庆。所以她赐他名字，叫进喜。其实，他的本名，叫李莲英。在太后宫里，太后从不叫他李莲英，只称他进喜。

"唉！朝中事，朝外事，洋人的事，真够烦！多了几根白发，情理之中。起来！头还没梳好哩！"老佛爷还是漫不经心。李进喜爬起，继续梳头，心中已考虑有数，问道："老佛爷，老祖宗呀！朝中有事，不妨给奴才说说，奴才也好给您解解闷啦！"老佛爷转过身子，深情地看了他一眼，随后转回身子说："不省心的巩仁举，不知深浅。这孩子，怎么就长不大呢？死咬住衍子民，做出许多出格的事。大年三十晚，抓什么廖子章，你去抓他干什么，一个龙王荡的乡团，没干啥坏事，不是找麻烦？想斗垮老衍，想替他表兄报仇，还盯着衍子民的位置。他表兄的事，前朝的事，过去多年了，老是烫那碗馊饭，有意思吗？想老衍的位置，满朝文武虎视眈眈，凭他的根基，又没啥功绩，坐得稳吗？那衍子民是谁，道光年间进士，经历咸丰、同治、光绪，共四朝，清勤直亮，练达老臣，动不得的。现在，老衍动真格了，掐住巩仁举七寸，死罪难免啦，这十大罪状，条条都够杀头，十条啊！进喜呀，你说，怎么办？咱眼睁睁地看着巩仁举掉脑袋，忍心吗？"

李进喜立即安慰说："老祖宗呀！您不好办，就交给奴才办，您哪有闲心，问这类鸡毛蒜皮嗑牙喘气的小事。老奴出面，比您出面更方便。万一老奴有啥闪失，您再从中调整，那满堂文武，也说不出啥不妥。"老佛爷多么希望，有人接她手中烫手的火叉。李进喜办事，稳重、具体、有分寸，很合老佛爷的意。她笑盈盈地对李进喜说："进喜呀！给你一个原则，处理这件事，急不得，缓不得，不要太顺，要有反复。不能轻易满足衍子民，也不能轻易放过巩仁举，但要保他的命。至于固、许二人，你就看着办吧！这一次，好好敲打敲打年轻后生的轻狂。这三人一条裤子，惑乱大清律法，早够杀头。前些年，为了制衡，放任了他们。今天不同往昔，往昔的顾命大臣没了。大事小事，都想掺和的慈安太后，走了。喜欢专权卖弄，拉帮结伙的老六一伙，散了。该退的退了，该死的死了，没啥可怕的。衍子民的折子，你也看过了，你去办吧！"……

廖子章假死，鲍育西没死，皆老佛爷授意衍子民所为。而案情并未按衍大人想象，在朝堂上公开弹劾巩、固、许的罪行。而是又从榆市街二大胡同七号抓走廖子章，和鲍育西一起，投进天牢。交刑部、都察院、大理寺三法司侦查会审。从这日起，三法司由李进喜暗中掌控。李进喜根据衍子民弹劾的十大罪状，和巩仁举控诉衍子民剿匪全军覆灭案，来一个两案大融合。硬把巩仁举之流贪污受贿，践踏司法，结党营私，勾结地方官，杀人越货，草菅人命，截留国家治海治河银两，致海水泛滥，黄淮决堤，百万民众葬身洪患，千万百姓流离失所，无家可归的大案要案，与衍子民通匪的莫须有罪名扯在一起，混淆搞乱，乱搞，烩成一锅糊涂粥。

豪尔泰、翁彤、方正廉明知，这是大内总管在搞事，目的是修理衍子民。总管身后，是老佛爷撑腰。为求自保，睁一眼，闭一眼，不敢与李进喜对抗。李进喜要求三法司重新立案，重新调查，重新审理。

让鲍育西认供、翻供，再认供，再翻供，反反复复。再调查，再过堂，再审理。

然后，全盘否定，推倒重来。然后，再放一放，审一审；再放再审。紧一阵，松一阵。再紧一阵，再松一阵。就像难产的母狗嗷嗷嚎叫，惊天动地使劲挣扎，狗崽子只出来一条腿。

三年过去了，主审和被审差不多全部崩溃了。唯独那个廖子章，不急不躁，开堂审理，他不紧不慢，供词倒背如流，前后一致，不增不减，时间、地点、人物，事情经过，一板一眼，始终如一。

李进喜觉得折腾得差不多了。衍子民的锐气已基本丧失，在同僚中亦被渐渐孤立。原本那种为大清国鞠躬尽瘁，死而后已的雄心壮志，也被李进喜磨得差不多了。仅剩下东阁大学士一职，业已有名无实。朝中决断大事，有他无他，无足轻重。

一切并没有按照大清法条追罪判刑，是由老佛爷下一道懿旨，结束了这场旷日持久、遥遥无期的大案要案。李进喜以他那非常特别、尖细的男人腔，向三法司办案人员和全体涉案人员宣读老佛爷懿旨："……三法司仔细审查验证，反复比对，分析论证证人证言证据，今得定谳。判令衍子民剿匪有功，原奖赏成立不变。判令巩仁举削职为民，发回山东老家，戴罪思过。判令固礼乾、许义坤斩监候。判令鲍育西凌迟处死。

廖子章擅自涉足朝廷内斗，剿匪期间，有拥兵自重嫌疑，念在护卫朝廷重臣有功，判令罚交保释银二百万两。交齐银两，即释放回乡，继续担当龙王荡总乡团。恩准衍子民告病返乡休养。"

又过了一年，衍子民强抑忧愤，心堵垒块，郁结而亡，享年六十八岁。老佛爷重新启用巩仁举，上任总理各国事务衙门，军机大臣，直管户部。

廖子章变卖京城茶棉门店，丰乐镇、杨集、板浦、南城、海州等地十六个店铺，又举债三十万两，筹足二百万两白银交缴后，无罪释放。进京时，一头乌发，粗壮长辫子。回来时，辫子沧桑了，细了，白了。

临回龙王荡的前一天，火绿、水秀，又见翁小宛，欲带她回龙荡营，被翁小宛拒绝。巩仁举未获死刑，翁小宛决心已定，继续留京等待巩仁举归来，杀父之仇，一日不报，死不瞑目。

第七章

捕大蛇

1

刚入初伏，京城的天气就像烧开水的锅边子，"嗞溜嗞溜"地干炕起来。廖子章的马队顶着烈日，从京城出发南归。前边有滕大山、阙小海、辛驰三人引路，廖子章左边是东方瓒，右边是芦飞。后边跟着夫人，夫人左边是彩莲，右边是兰馨。后边是萃海嚣、凌霜菊、白青、非红、火绿、水秀。韩鲶殿后。廖子章滞留京城四年，枣红马平添四岁，似乎有些力不从心。它非常忠实地驮起主人，尽量平息粗气，尽量不让主人发觉自己虚衰而担忧。廖子章看出老马心思，伏在马背上，轻轻拍了拍马脸，抚慰地说："老伙计，受累了，这次苦役回去，该让你享享清福了。"枣红马听懂主人安慰的话，摆了摆头，扬扬尾巴，打了两个响鼻子，撇了撇嘴唇，仿佛同情主人的遭遇，抑不住流下两行晶亮的泪。

说句心里话，廖子章明明知道，这场旷日持久的所谓大案要案，其实就是一场上不了台面，进不了史册，臭名昭著的闹剧。这场闹剧，唯一赢家，是老佛爷。唯一输家，是大清国。这几年来，巩仁举没闲着。他家在鲁地，是远近有名大地主，土地千顷，大小店面几十爿，钱庄票号，典当租赁，一应俱全。家资厚实，银子充足，古玩字画，珠玉宝翠，堆积如山，辉煌半个山东。自巩仁举被判令削职为民，戴罪思过那天起，他就成了自家资财宝贝的搬运工，来往于自家到长春宫之间，两点一线。老佛爷也常常赐宴安抚："小巩子，好好思量，有了机会再回来。机会是有的，别着急。心急吃不了热豆腐。这么大的事情，总得平复一下朝臣们的心。他们恨你,也恨我,这一点,我的心跟明镜似的。"……

难得巩仁举有一开明的爹。他爹说:"儿子,宫廷政治博弈,明争暗斗,千年不歇。为父知道你小子不是等闲之辈,只要还能保全性命,老巩家祖传的家业,全交给你去折腾。生不带来,死不带去,由你施展拳脚去吧!俺就不信,那老佛爷她不开眼!"啥叫老佛爷不开眼,对巩仁举,老佛爷撒网,还会开一面。眼睛从来没闭过,一直照应着哩!

廖子章寻思,自己的罪状,让天下人觉得可笑。可笑归可笑,二百万两白银,一两不少,交了出去,才重获自由。老佛爷缺钱花。半是窝火,半是幸庆。窝火的是那位衍大人,终究敌不过一条母狗裙边下的,一窝不公不母的疯狗。一位正直贤良,公正廉明的君子,国家栋梁、重臣,就这样倒台了,被活活窝囊死了。究竟是谁的悲哀。俺自己也落得个倾家荡产,还负了几十万两债务。好歹青山还在,不愁没有柴烧。从今往后,俺一心无挂碍,建俺龙王荡的娘娘庙,车轴河的大木桥,万亩花果地。开发俺们自己的桃花源。想着想着,苦巴巴的脸上绽开细细碎碎的笑花,稚雅得像个孩子……在外人眼里,俺龙王荡就是偏僻封闭,不见天日,与世隔绝,芦苇锁定的破烂荒野坑,兔子不拉屎的盐碱滩,魔鬼出入的土匪窝。依俺看,俺龙王荡,是俺奋斗待诞的世外桃源。再给俺十年,就十年,俺让盐碱荒野,变成碧绿绵延的良田桑竹之属;盐湖咸塘,变成清澈的,秀荷亭立、莲花翩翩、白茭繁密、菖蒲葱翠,岸边垂柳依依,万木俱荣,芦苇丛簇的仙泉美池。

廖子章仿佛看到他的憧憬世界。春日景明,惠风和畅,芳草鲜美,落英缤纷,风光锦绣。芬芳桃花粉天地,雅洁梨蕾媲霜雪,嫣红杏蕊融霞蔚,带笑艳李赛新月。旷远荒野,百树千竹。苍松翠柏,遍植千门万户;百里苇荡,四季花开不谢。梅兰竹菊,应有尽有。槿桂丹葵,各色俱全。瓜豆菜茄,夹畦成行。鸡鸭成群豕满圈,棉麻叠岭谷盈仓。禄米獐牙稻,园蔬脆果甘。骡马牛羊,膘肥体胖。漫坡麦菽喜丰,苗健体壮。田原绿海翻滚,直接天边。数不尽白鹭绿莺黄鹂,漫天翱翔,好似祥云瑞彩,炫丽斑斓。天然彩卷,谱写俺农人心曲,呈展俺农人希望。

傍晚渔归,鱼虾满舱。年轻渔娘,有说有笑,走进自家温馨幸福小院。看海鸥和红嘴鱼鹰，成群结队，于瀚海空中，翻覆云舞。观车轴河上，参差帆影和牧鹅舟楫，映着夕阳余晖……大伙相聚飘香桃园中，群季俊秀，皆为惠连。月明松下房栊静，日出云山鸡犬喧。春来桃花水，不辨仙源处。三步一景，五步一画，意趣横生。白发老人，垂髫娃娃，浪漫天真，自得其乐。

  人尽其才，物尽其用，人们均衡享受阳光和空气在内的物资，安适愉快而满足。平民畅然生活，无忧无虑。开琼筵以坐花，飞羽觞而醉月。觥筹交错，相聚欢饮。趁兴敬酒，推杯换盏。寻幽访景，抚琴陶情，焚香品茗，听雨赏雪。候月花期临，人生不虚行。舟遥遥以轻飏，风飘飘而吹衣。木欣向荣，泉清始流。天地华宇，四时常乐，自是数年之后，荡内升平，路不拾遗，夜不闭户，商旅野宿。人人温良谦和，刚正不阿。民众食有余，则自不为盗。遵尧舜之德，循孝悌之风。幼有携，老有养。有酒盈樽，引壶觞以畅酌，眄庭柯以怡颜。姹紫嫣红，园涉成趣。四季融润，八节明通。天好出游，农忙耕种。登高长啸，临水赋诗……给俺十年，就十年。

  ……

  这日上午，太阳也嫌天气很热，钻进乌云中纳凉去了。干燥天空，没有丝毫下雨的迹像。马队过了山东沂州，离海州还有一百多里路程。前锋滕大山发现，三千尺外，迎面而来一帮散乱的人群，有一两百人。他把单管望远镜递给阙小海，说："小海、辛驰，前面有一群不明身份的人，你们两个注意观察，俺去报告廖总。"滕大山勒转马头，一路小跑，到队前向廖总报告情况。廖子章让芦飞前去打探。芦飞近前，看得清楚。前边，有马拉平板车，牛拉太平车。车上载满粮草、面粉、土豆、地瓜、洋葱头、西瓜、青瓜、面佛头，连鸡笼、鸭篮子也通通码在大车上。男劳力推独轮双耳车，平架小单车，车上摞锅碗瓢盆、行囊被褥。还有新婚不久新娘子的红漆小马桶，很鲜艳，很耀眼。女人们抱娃、挎包。老头老婆子，赶着自家的牛、羊、驴、猪。

  男男女女，扶老携幼，走得不疾不缓，却很疲累的样子。芦飞卷起额头上的波纹，一边望，一边想，明天六月初三，是海州民间很重视的"小白龙探母节"，这些人为啥不在家过节，举村转移，个个一脸茫然失措,莫非海州地,又闹出啥大灾难?百步外,芦飞一眼瞧见,这群人原是龙王荡的平民,劳二耙子、纪登楼、邬士祐,皆是南二队小庄庄主。芦飞疑惑不解,夏收夏种刚过,为啥率本庄人,带着刚打下的小麦,如此不堪地北窜呢?芦飞打马近前,忙问:"喂!邬士祐,明天六月初三,你们不在家中过龙节,干啥去呀?"

邬士祐听到有人叫名字,定神一愣:"哎呀!这不是乡团芦协理嘛!你不是陪廖四太爷,京城打官司了吗?咋回来呢?"芦飞急切地问:"俺问你们干啥去?"邬士祐反过愣:"别提啦!出事啦!出大事啦!荡里乱成一锅粥啦!"芦飞追问:"出啥事?能让你离开龙王荡呀?"邬士祐干咽一口唾沫,伸了伸长脖子,舌头舔一下干巴巴的嘴唇说:"一个月前,荡里来一巨型怪物,见人吃人,见牲口吃牲口,从头队到十队,队队有人莫名失踪。"芦飞惊异说:"何种怪物,如此能耐,啥样子?"邬士祐只顾自己的说话逻辑,答非所问:"一口吞下一头水牛,就在眨眼之间。见人百尺之外,大嘴张开,'呼噜'一口,吸进嘴里,嘴一抿,便咽下去。"芦飞莫名其妙地问:"俺问你,那怪物,啥样子!""那怪物,身子长至少三百尺,有碾盘子粗,那头啊!差不多三角形状,差不多有牛车架子那么大。脱下一片鳞甲,比簸箕还大一圈。人力对付不了。七队小汪庄庄主汪小羊,率庄上十几个胆大的壮汉子,杈把扫帚,扬场锨,和那怪物搏斗。谁知那怪物无腿无脚,能站起十几丈高,张开的大嘴伸出几丈长,青紫色分叉的舌头轻轻一舔,十几人手持工具,不由自主被怪物卷进口中。第二天,只拉出几把铁叉、铁锨头。那十几人,连骨头渣都没剩。端午节晚上,怪物到严九爷家牛场外,两眼如炬,笸斗大,射出黄色光柱。人啊,看到那双眼发出的光,头晕眼花,骨头也吓酥了。怪物的头在半空,从牛场墙外伸进牛场,一口吞下两头老水牛。平常人家的猪呀,羊呀,驴呀,只要进它的嘴,就被它打牙祭,塞牙缝了。天哪!廖四太爷不在龙王荡,龙王荡没了主,怪物趁机出动。龙王荡人的日子,没法过了。"邬士祐说着,委屈地挤下几滴眼泪,操起袖头,无助地擦拭眼睛,继续说:"俺们惹不起,只能逃呀!躲呀!谁舍得离开祖祖辈辈的故土?何地又能容下俺们两百多人呢?只是暂时避一避,走一步,看一步。芦协理,你可有办法,救救俺们吗?"

邬士祐，南三队邬家沟庄庄主，五十来岁的小老头，个子不高，敦实，黑滋滋的皮肤，短发平头，秃尾巴辫子。老实巴交，一脸的悲哀和恐惧。上身穿一件无领无袖的白布对襟背心，下身穿一条大悠裆裤衩子。黑色勒腰带上，挎一支尺把长的旱烟袋。脚踏菖蒲和杂色布条混合编制的草蒲鞋。走起路来，倒是很轻快。这个庄稼汉子，无可奈何地看着芦飞。芦飞一时愣了，不知咋安慰是好，又问一句："原是这样，你们为啥往北跑呀？"邬士祐说："听说，这怪物是从北方来，往南方去。凡它走过地方，人畜尽灭，生灵涂炭。现在俺们龙王荡里，家家户户，白天晚上，都关门上锁，人牲都锁在屋里。这大热天，关在屋里，不透气，日子咋熬啊？锁在屋里，也藏不住。那怪物鼻子灵验得很，藏在屋里的牲口，百尺外它能闻到味，可怕的三角大头轻轻一推，三间石基砖墙屋，訇然倒塌。什么牛呀，羊呀，猪呀，人呀，没处逃遁。"

说话时，廖子章一行十几人已跟上来。邬士祐一眼认出廖四太爷，连忙趴伏在地叫道："哎呀！四太爷，您可回来了！"转身爬起，对着大伙，挥手呼道："大伙听着，四太爷回来啦！快！给四太爷磕头请安。俺们有救啦！龙王荡有救啦！"前边的人听明白了，纷纷趴下磕头。后边的人没听明白，看到前边人趴地上磕头，无论男女老少，通通跪地，给廖四太爷磕头致礼！

廖子章见此情景，急忙跳下马，无法阻止众人磕头。情急之下，面对众人，他也跪地，向众人磕头还礼。众人中，几个有心眼的智慧女人，兴奋地跑到路外荒野地里，摘了许多野草野花，扎作两束，献给廖总、夫人。其情其景，令人十分感动。邬士祐见廖四太爷跪下，给众人磕头，"噌"地从地上爬起来，趔趔趄趄跑到廖四太爷面前，拉他起来说："四太爷呀！四太爷！使不得，您快快起来，快快起来，折煞贱民了！"邬士祐转身，对众人呼喊道："你们起来吧！何能让四太爷给俺们磕头呀！"众人听了，惊慌失措。使不得，使不得，四太爷高贵的头颅，咋能给俺们磕呀！那不是乱纲常了吗？绝不能，众人纷纷站起！

邬士祐一时激动，早知道四太爷回来了，俺有了底气，有了主心骨，打死俺，俺也不会领众人，逃离龙王荡的。为寻求一条生路，离开祖祖辈辈坚守的这块故土，岂不知，要下多么大的决心，故土难离啊！

第七章 捕大蛇

邬士祐一时间，又不知咋解释是好，竟然一把眼泪，一把鼻涕，呜呜嗬嗬大声哭号起来。

廖子章理解邬士祐的心情，龙王荡人不到万不得已，谁都不愿离开故土，尽管那里贫穷、艰苦、荒芜，可是那里是养育祖祖辈辈龙王荡人的一方水土。那里有大海、大河、湖泊、沟壑、圩丘、堤坝，有辽阔的盐池，广袤的原野，无际的芦苇……斗不过那怪物，选择逃避，无啥对错。责备，也无济于事。邬士祐是第一批，估摸着接下来，会有第二、三……批。廖子章的心情一下子沉重起来。他对邬士祐说："唉！俺龙王荡的百姓，又遭罪了。士祐呀！如果俺没猜错，这怪物，是一条千年的魔蛟，实质就是大蛇。跑起来，比马快。站起来，比十丈高的大树还要高。能呼风唤雨，腾云驾雾，能在龙王荡芦苇梢上穿行。它的身体，不是圆的，是扁的，食肠大，一次进食量，差不多两头老水牛，三天就能消化完。平常，没有两三头水牛的食物量供它食用，它天天吃不饱，就到处乱窜，见可食的，猪也罢，羊也罢，人也罢，一口吞下，垫肚子。这种魔蛟，一般出没在大泽大湖中，或青障里，如树林、芦丛、山林之中。二十多年前，俺在水泊梁山与太平军交战时，曾经见过这种魔蛟，军营里架起红衣大炮，向它出没的深水处，猛轰一天一夜，之后，再没见到。有人说，它被炸死了，其实不然。这东西鬼得很，不可能让人轻易得手。千年魔蛟，它的见识，比俺们广博丰富。雷电，奈它不得。"

邬士祐说："四太爷，那咋办？"廖子章安慰说："士祐！你是庄主，率众人就在此地，找块可安营扎寨的栖身地方临时住下，别再劳心费禄，继续北上了。好在天气不凉，搭个棚子，防雨防晒，就可以了。晚上在上风头，沤几堆烟火，熏熏蛟子。俺回龙王荡，把这事处理喽，你们就尽快回去。"

廖子章的队伍继续上路。廖子章对东方瓒说："兄弟，俺们得加快速度了，赶到海州吃晚饭，简单打个行尖。连夜赶回龙王荡，商议捕大蛇。"

廖子章的马队，进海州城天已黑定。又到海州海鲜大酒店。还是那个店，却不是那个老板，不是那班伙计，不是那个大厨了。为啥？打听得知，去年七月，丁大人宴请一位京城贵客。这位贵客，对海鲜大餐没兴趣，专好一口蛇鲜。又嫌此地的火炼蛇、青草蛇这类无毒蛇，肉质纤维太粗糙，有土腥味，不好吃。他喜欢吃毒蛇，剧毒蛇，吃蛇肉、喝蛇血、吞蛇胆。丁大人派手下捕快组织一百多人登上云台山，一天工夫，抓了六条不同类型的毒蛇，竹叶青、乌梢蛇、白花蛇、银环蛇、土灰蛇，还有一条眼镜王蛇。送到海鲜大酒店内厨，做惯海鲜大餐的大厨师没弄过蛇宴，面对毒蛇，心发慌，腿发抖，不敢下手。

　　大酒店老板咋能放过政府招待，一本万利的机会呢？臭骂大厨胆小怕死没出息之后，亲自操刀杀蛇。前四条杀得很顺利，斩了头，剥了皮，剽开肚皮，消除内脏，剁成段，红烧、清蒸、油炸、煎汤、凉拌……等待大厨发落。挨到第五条，是最大的眼镜王蛇，身长八尺多，茶盅口粗，站起来一人高。老板很威猛，伸手掐住眼镜王蛇的七寸，身后七八个小厮按住眼镜王蛇身段，挺在长案上。老板面对毒蛇，调侃说："眼镜兄弟，莫怪老夫狠，只因为你歹毒。今天一搏，到底是俺的狠，压住你的毒。还是你的毒，胜过俺的狠。就看这一刀下去之后的反应了。"老板咬牙切齿，挥起手中锃亮锋利快刀"咔嚓"一声，蛇头整齐地剁下了。蛇无奈，身体扭曲，块块肌肉拧成一团团的肉疙瘩。七八个小厮死死按住，暗红色蛇血"咕噜咕噜"地冒出来，接满一盆。

　　老板放下手中刀，以胜利者姿态轻松一下，准备剥蛇皮。剁下的蛇头，就在手边。在场的所有人，没有一人警惕被剁下的蛇头。那蛇头瞪大明亮的蛇眼，张开大大嘴巴，对准老板的手一口咬定，死死地不松嘴。把老板的手背、手心，咬个通透，并把牙齿里的毒液，毫无保留，注进老板掌心。老板没等到和郎中见面，气绝而亡。大厨跑了，小厮散了。随后，大酒店就易主了。

　　二楼大堂，众人分坐两张八仙桌。每桌三荤两素一汤，面条、米饭。席间，东方瓒问廖子章："哥，抓捕那怪物，你可有法子啦？"廖子章说："不瞒你老弟，法子没想好。但有一点，这怪物，必死在龙王荡。"

　　东方瓒莫名地问："为啥？这么说，你一定有办法了！"廖子章说："它犯了地名。俗话说，将军犯地名。三国时，庞统道号凤雏，死在哪？他惨死落凤坡。北宋老令公杨业撞死二狼山，二狼对一羊，不死才怪。《说唐全传》中，那个隋唐第三猛将，力大无穷的裴元庆，命丧庆坠山。

李密死于断密涧，刘备薨于白帝城，闻太师死于绝龙岭，黄巢自刎灭巢山。这条魔蛟，蛟龙蛟龙，龙王咋能让它祸害龙王荡？不管它什么道业，什么来路，定当命殒龙王荡。"

东方瓒说："哥呀！这魔怪，靠人力抓捕，几乎不可能。它腾云驾雾，出没无常。它的栖息藏身无规律，龙王荡百里芦苇，湖塘遍布，沟河纵横，没有目标。俺们红衣大炮，派不上用场。再说那魔蛟，鳞甲比铜、铁还硬，刀枪不入，杀不了它！

"如果用网捕，谁能造出如此结实、坚韧的天罗地网？即便能造出，又如何能控得住呢？它有摧毁一个村庄的劲道。若用毒药涂抹在牛羊身上，让它吃，毒杀它。此蛟，千年魔怪，百毒不侵，毒杀无门。火烧，它可能钻入水底，或飞上天空。想灭它，难哪！"

廖子章说："兄弟所言极是，俺也想过。俺龙王荡单二爷讲古，是咋说的？孙悟空钻进铁扇公主肚里，闹腾那可怜的魔女，就地打滚，疼得死去活来。孙猴子的目的，是借扇子，没要她的命，她只有乖乖从命。想象一下，若俺们俩配四把宝剑，进它的肚里比划比划，搅它的肠，剜它的肺，割它的心，会是啥情景。必成它心腹大患！想不死都难。下策，是同归于尽，但龙王荡保住了！"

芦飞担心，阻挠说："使不得。那孙大圣会缩身术，在铁扇公主肚里耍大棒，游刃有余。你俩进了魔怪肚子，转不过身，那肚里，咋喘气呀？一会儿就憋死了！使不得，使不得！"东方瓒笑说："主意，真是好主意。魔蛟肚里有化骨散，人进去几个时辰就化成腐体，被它吸收了。骨头渣子成粪便，拉了！"廖子章说："古代有一个叫周处的人，曾经不干好事，祸害百姓，遭千人恨，万人怨。众人推荐他斩蛟，目的是让毒蛟吃了他。据说，他先用剑，割下一片鳞甲，在鳞甲脱落处，刺进一剑，蛟在逃脱中，血流尽而死。俺们面对的这魔蛟，可比周处面对的蛟厉害百倍，近不了它的身，也剥不下它的鳞片。明天啊，俺去云台山，上三清宫太极殿，求乾道老祖，指不定他老人家，会给俺指点迷津。"

东方瓒说："哥呀！俺不想放过这次机会，俺想和你一起去，好吗？"

廖子章说："好啊！对付这条怪物，还得俺们兄弟联手。不过，俺想准备两班人，以防万一。"……

乾道老祖，今年一百一十六岁，是一位救世济民，心系百姓，善行天下的得道高仙。一百岁前，经常下山，他捉狼捕虎，斩蛟杀鲸。采百草，尝百药，煎汤剂，除百虫，灭百害。为平民消灾避祸，深得百姓爱戴、尊重。人们通称他乾道老祖。百岁后，深居简出，闭关修炼。徒子徒孙，成千上万。二十年前，乡团随王师攻打太平军，出发前，乾道老祖送给乡团一车妙药。行军中，将士们拿它煎汤喝，百病消除。涂伤口，三日必愈。宿丛草洼湿地带，百虫不近。也就是这位高人，当初见俺，端详之后，道出五年后，俺必执掌乡团大位。十年内，龙王荡必遭三次祸。二十年后，和朝廷有一次纠葛，并有性命险境，若防患得法，可免亡族灭种之难……

天下真有先知先觉的人，由不得你信或不信。后来的日子里，乾道老祖的话，句句应验了。这不得不让廖总佩服、爱戴和信任。

亥时三刻，廖子章的马队从西路进入南头队，过西河闸向校场走来。龙王荡的天，和京城的天，明显的两重天。上弦月，早已落去。璀璨的寰宇，炫丽的夜空，繁星点点，像闪闪发光的钻石，像轻轻飘逸的萤火虫，像无数娃娃们明亮、可爱的眼睛，像一颗颗晶莹剔透的珍珠，像一块一块洁白润泽的白玉。北斗领航众星，展示奇妙景象。北极星像一座崭新的灯塔，炫目耀眼；清丽皎洁的牛郎星和织女星，隔着天河，深情遥想，交相辉映，仿佛在私语，在倾诉。龙王荡的星空多么沉静宁谧，如大海一样浩瀚，铺展起一幅无边的美丽画卷。

京城天空是灰色的，除了雾蒙蒙的沙尘，就是昏暝暝的乌风。昼不见天日，夜不见明月。看不到阳光，看不到星辰。只有藏在乌云背后的阴谋，和令人恶心的罪恶面孔。还有一座座摇摇欲坠的星座，仿如即将倾覆的深宫大殿。

静静的车轴河，没有潮汐，没有浪涛，只有恬谧，只有微风吹皱后的粼粼波光。幽蓝苍穹中的钻石、白玉、珍珠嵌在水底，形成天水一体的静态景致。空气，像被过滤过一样，清新纯净，带有一点点咸味，混合在青色苇丛中，散发出特有的清新气韵。

路南侧，成片粗壮、高大身躯的芦苇，连着一片茂密的栾树林。"嗒嗒嗒"的马蹄声，惊动了熟睡的鸟族。起初，有一只极为敏感的雄鹰，

第七章 捕大蛇

它跟踪一只老苍兔一天带半夜，没能得手。现在老苍兔就躲在雄鹰脚下树底的洞穴里。鹰瞅准机会，正准备下手时，忽听到混乱的马蹄声，这分散了它的注意力。经验丰富，快成精了的老苍兔子，溜走了。雄鹰在林杪间，气愤地发出"嘎嘎嘎"三声怪叫，扑棱扑棱，无奈地拍打翅膀，愤激地从林空掠过，飞向芦苇丛中。夜鹰的怒鸣，唤醒了酣眠的黑眉苇莺、黄眉姬鹟和东方大苇莺。开始，它们还迷迷糊糊，懵懵懂懂，惺忪蒙眬，不知发生什么。在惊慌恐惧中，发出"唧唧呱呱"欲逃无路的凄厉声。叫着叫着，观察观察，好像无啥危险状况，那救急的声音，渐渐变得轻松愉快起来。进而相互对唱重唱合唱了。苇莺和黄眉姬鹟，是芦苇中百鸟之主。百只千只的苇莺、黄眉姬鹟，"呱呱唧、呱呱唧""咯咯唧、咯咯唧""唧唧呱呱"混合，欢快、明亮地唱和，一片沉静的苇丛、栾林沸腾了。几只竹鸡"叽叽咕咕"，嘴巴张得不小，声不很大，音很高，尖细，好像在炫耀。最爱唱歌的画眉，耐不住寂寞，歆羽抖翎。自知其美声嘹亮，不输竹鸡。亮出娓娓动听的"唧唧啾啾"的声音，婉转流畅，飘逸洒脱，堪称完美。老实巴交的董鸡趴在树臂上，伸出颈项，"咚、咚、咚"，断而不停，每一声斩钉截铁，如敲打鼙鼓一样铿锵。

乌灰鸫"喳喳喳咯咯咯"，响亮和谐。清丽的歌声，在林中弥漫。领角鸮的"吱吱啾啾"，如浑厚瓷实的男中音，在茂林繁叶中荡漾。红翅绿鸠"啁啁啰啰"，仿佛在边说边唱，边唱边诵，声情并茂。煤山雀的"嘟嘟噜噜"，像伴眠的母亲拍着婴儿的肩，唱着催眠曲。声音不高不低，不响不亮，不尖不细，而十分温柔体贴，轻声慢语。绿翅金鸠"咕咕呵呵"，强脚树莺的"叽呱叽呱"，蓝歌鸲的"喔喔噜噜"，树鹨的"唵唵溜溜"，赤翡翠的"呱啦啦啦"，鬼鸮的"眯呢吗啦"，珠颈斑鸠的"咕噜唧噜"，布谷鸟的"刮谷、刮谷"，凤头百灵清脆悦耳的"嘀哩嘀哩"……更有红冠大公鸡的"喔喔喔"。

曼妙的歌声，完美的交响曲，这才是龙王荡夜晚独特的美景良辰。四年多，廖子章又回到了他非常热爱、非常熟悉，朝思暮想的美境之中，聆听这永远听不够的新奇、美妙、盘旋的歌声。这曼妙的歌声，仿佛洗刷了他的一切冤屈，冲去了一切玷污，消去了一切的精神苦痛。他回到了他牵肠挂肚的龙王荡。他觉得自己像鱼在水里，像鸟在林梢上，像昆虫在草丛中。自由自在，无拘无束，放飞心情，舒畅而快乐。他真的想吆喝几嗓子。他抑制内心的愉快，在马背上转过头对夫人说："夫人呀！家在千步之遥，此时此刻，你在想啥？"夫人说："俺想对星空苍穹玉宇，向九霄云汉，吼上几声。不过现在最要紧的，俺想停下脚步，平心静气，侧耳倾听路边草丛中，安然如故、逍遥自在的昆虫们悠闲的歌声。""好啊！终于轮到俺做主。俺们也不用下马，就在这路上，停下一杯茶的工夫，集体静听一回鸟鸣虫叫，咋样？"廖子章问。

众人齐声回复："俺们愿意，听鸟虫演唱！"路边的草丛，稗草、龙须草、毛狗草、茅草、沙浪苗、小芦通，密密匝匝，深过膝盖。一匹匹骏马，遇到青郁鲜嫩的夜草，忘记背上的主人，嘴巴像收割青草的镰刀，"咯吱咯吱"咀嚼起来。哎！家乡的青草，味道真好！深草丛的昆虫们仿佛高山流水遇知音，引吭高歌，尽情尽兴，音质优雅响亮，娓娓动听。大个子蝈蝈，形如蝗，身染草绿，触角细长。雄虫前翅，震荡抖动，开合摩擦，发出"呱呱呱"清悦声。专食各类鲜花、瓜花的纺织娘，扁平的后翅敲打出"哐吱、哐吱"的节奏明快颂赞声。蝼蛄、蟋蟀，在夏日，它们都不拒绝热情，痛痛快快地在草丛里，"嚁嚁唧唧""嗡嗡唧唧"地欢唱……夫人陶醉般对左边的彩莲说："彩莲，听一听，你能听出几种虫鸣呀？"彩莲说："脚下边，是蝈蝈声，前边是蛐蛐和油葫芦。左边是大黄蛉和山仙子的声音。还有的，听不懂了。"夫人笑着说："傻丫头，这方面，你不如兰馨。"夫人转头对右边的兰馨说："你能听懂几种虫鸣呀？"兰馨睁大眼睛，手中攥着缰绳，自信地说："俺从小就在草丛里，和虫子一起成长的，咋能不知道呢！癞蛄子、蟋子、知了、蟀鸣、猿啼、鹤唳、羊咩、牛哞、狮吼、狼嚎、虎啸、犬吠、龙吟、鸦噪、马嘶、猫喵、乌啾、鸭嘎、猪哼哼……俺都能听得明白。"

彩莲嘻嘻哈哈，连忙打断兰馨："夫人问你懂几种虫子叫声，你跑题啦！"兰馨说："没注意，随口溜出来。对不起，跑题了。回到家，太兴奋了。昆虫嘛！除了彩莲说的那几种，俺仔细辨别，前方草丛里，还有小黄蛉、金钟、马蛉、竹蛉、电报蛉、紫竹蛉、宝塔蛉、扎嘴、巨拟

第七章 捕大蛇

叶蠡、蛟子、甲壳虫、屎壳郎……哈哈哈,不说了,再说,又跑题了!"

兰馨一口气,又报出十几种虫叫声,引得众人哈哈大笑。

这四年,兰馨因为机智、灵活,每天给老爷送饭送菜,送生活用品,送换洗衣服,这类事情,都由她去做的。短短几个月,她就和看管老爷的狱卒、小吏,混得透熟,出入狱禁之地,如同回家般方便。再说老爷又不是重刑犯、死囚犯,看管松懈。兰馨小甜嘴,大哥小弟,叫得狱吏心中舒畅。加上芦飞隔三差五前去打点,小钱小礼经常塞。这四年,虽然老爷被收监,人身安全还是有保障的,没受过小狱吏、牢头们的虐待,相反,还得到他们的许多帮衬。这与兰馨的聪明、伶俐和机敏,是分不开的。这就是四年前,夫人带上兰馨进京的缘故。

夫人说:"走啦!众人归心似箭。看那校场上,灯火通明,人头攒动。大伙在等俺们呢!"廖子章仿佛年轻了几岁,憨实可爱,兴奋地高声喊道:"走嘞……"芦飞早已把一挂事先备好的五百头的鞭炮,妥妥地摆在路上,对最后边的韩鲙说:"越是到家了,咱们的队形越不能乱!四年间和朝廷周旋,老爷健康归来,不是凯旋,胜似凯旋。还是应该整出点动静来。你殿后,这炮仗,还是兄弟你来点燃,如何?"韩鲙说:"兄弟,你赶紧去吧,回到廖总身边。这事,当然由俺来办!"队伍启动了。最后边,五百头炮仗燃起,如流水般,"噼里啪啦!"无间隙在西河边闸口,闪电雷鸣般炸响起来!

2

四年前,大年除夕,廖子章被带走。第二天是大年初一,廖家大院前门来了两个道士。一个穿黑袍、平顶黑毡帽,黑胡子齐胸,垂眉连耳髻;另一个白发白胡白须,有条理地拥成一体。两道士,身形瘦削,道袍宽松,皆有明显的驼背特征。道袍很有个性地展示前襟长后襟短的状态。这俩似神若仙的道士,要求进西祠堂,在祖见龛下方,为廖子章做法事。也就是说,在廖子章离家第一天起,每一天必须在祠堂的祖见龛下添一盏光明灯。此灯长期供油,油灯不能灭。直到廖子章安全返程那日晚上，把所有的亮灯通通移入校场，加上灯罩，至第二天天明举行熄灭仪式后，方可熄灯，以确保廖子章性命无忧。否则，犯天忌。两道士非常神秘地传达他们的意思，再三强调，这是乾道老祖的圣意，不可违。

受乾道老祖之命，此黑白二仙，坐阵堂内护灯，两人黑白天两班倒，堂内不许他人靠近。其间只供二仙一日两餐，稀粥萝卜头，其他分文不取，直至廖子章返程之日止。邝管家将信将疑，不敢怠慢。请来本族各分族长和在家的大爷、二爷、四爷，一起商议，最后敲定，按乾道老祖意思办。道法至高无上，该做的关目做了，万一老爷有三长两短，也不用后悔。

添油加油，四年多，德庆堂议事大厅，增加十五层条板，每层条板放置一百二十盏油灯。眼见得，祠堂灯满，再无空间。今晚，德庆堂灯架条板，移装到校场了。四年六个月零八天，拢共一千六百四十八盏灯，在大校场中心位置旗台下，摆起灯阵。阵外，固定两道栏杆，由二百多人护灯，围成一周，不让任何人近灯阵，确保每盏灯从今晚亮到明天早上，绝对不能熄灭任何一盏。这关系到廖总的阳寿。

灯阵摆放完毕，黑白胡子两仙坐定阵中，太极图内操劵唱经，添油守盏护灯⋯⋯

打更人报子时。邝管家在大阅台上，手持木制报告筒，大声叫道："吉时已到，放鞭炮。"校场向南三百尺处，有人传声："放鞭炮！"又向南三百尺处，有人接力传声："放鞭炮！"鞭炮、烟花燃放点在校场最南端，离灯阵千尺。几十挂千头鞭炮，先后点着，"噼噼啪啪"炸响起来。附近村庄上，闻听廖四太爷回家，百姓们待不住了，都想前来一睹尊容。四年未见四太爷身影，岂能不想念？百姓们有的伫立阅台前，等待四太爷出现；有的拥向爆竹烟花燃放处，看热闹去。鞭炮声足足响了一炷香工夫。鞭炮放完，广场沉静下来，阅台上又传出邝管家声音："鸣礼炮四十六响！"为啥四十六响？五天前，接到老爷归程快马通告，邝管家激动得一宿没合眼，找到蔡先福。老蔡说欢迎仪式要好好操办，不能简约，龙王荡乡团不缺这点银子。老蔡又召集二十队的队长、乡约，东书院的孔、孟、颜三位老先生，虎头鲸，集体商议，敲定四十六响礼炮，代表廖总进京四年零六个月。一朝归来，弄出点动静，不过分。老蔡和虎头鲸到铜钱岛，着人把龙荡营的二十三门红衣大炮全部调过来，架在大校场东侧的炮台上。东侧只有二十座炮台，老蔡现起意，率兄弟们临时急赶急，又筑了仨炮台。老蔡让虎头鲸找来龙荡营火器部执事郎，大铳铁蛋，冷器部执事郎大匠炉司马淬，要他们三天内，设计并制出红衣大炮礼炮彩弹。

铁蛋、司马淬领十几个助手，精心设计，反复试验，三天两夜，终于弄出各类型的彩弹。热烈的、喜庆的、震撼的彩色炮弹，随着第一道刺眼火光冲上天空，传来第一声轰隆的巨响，之后，二十三门红衣大炮，嘭嘭嘭……射向天空。炮声穿云裂石，响遏行云，地动山摇。一声声巨响，一道道火串，此消彼长，直插云霄，在天空"砰咔砰咔"爆炸，喷出无数火球。四十六颗彩弹，四十六种形状。红如柿、黄如杏、蓝若海洋、白若闪电、绿似荷叶、紫似薰衣。霎时间，天空绚丽多彩，五颜六色，光怪陆离，千奇百态，金光耀眼。礼炮声中，蔡先福引领返程全员登上阅台，在前排就坐。廖子章和东方大统领，分别接见在阅台后排就座的龙王荡的头面人物，严九爷、端木渥、夏侯禀、乔万斛、许怀宁、南宫济、褚三财，南北二十队队长、乡约，龙荡营八营四部首领，乡团三纵六部首领，书院的孔宪圣、孟凡尘、颜复礼。

众人中，最显眼的是公孙老二，撅起鲜明的大白胡子，两手从两边梳理一下，不无肃敬地站起来，抱拳施礼，真心问候："四太爷吉祥，公孙全族恭贺四太爷还乡。"廖子章抱拳还礼："过去的事，翻篇了。相逢一笑，见证未来！"

公孙觋死后，两儿子无心族长位置，三婆娘武美娘难产，一尸两命，死得干净利索。小婆娘小斤花产下一子，年纪轻轻，岂能耐住寂寞。把娃丢给二婆娘，自己跟二婆娘儿子公孙显，日日厮守，夜夜鬼混，竟然离家私奔了。公孙族人共推公孙觋堂弟公孙晷任公孙氏总族长，实至名归，受之无愧。昨日得知廖总还乡，公孙老二备了厚礼，今日早早过来。他有心改善和廖家关系。

众人坐下，观赏礼炮过后的烟花。

"吱溜吱溜"尖锐刺耳声，伴着条条烟火金光，在空中喷发。漆黑的夜空，流光溢彩，万紫千红，流动着灿烂，相映辉煌。夜空跳跃了，舞动了。黑暗不再可怕，光明振奋人心。揭开黑幕，无数个花骨朵在云霄中霎时绽放。百花齐放，争奇斗艳。黄色的金丝菊花；千层散开，夸张的牡丹；洁白的芍药；酒红的玫瑰；不沾一丝尘埃的昙花、栀子、茉莉、白玉兰；还有鲜艳华丽的蔷薇、丁香、郁金香……高贵、典雅，如真如幻。还有爆炸声过，又从云霄中落下九天瀑布，展开如云如潮的壮丽画卷。各种难以想象的惊人景致。时而天女散花，时而星云流雨；一会儿满天飞雪，一会儿日月相映；一会儿凤凰舞翅，孔雀开屏；一会儿虎咆龙啸，雄狮戏彩球……

绚丽的烟花在黑暗夜空绽放，像无尽的燃料，把黑夜烧红。黑森森凝固的长空，被点染得光彩四射，鲜明耀眼，灿烂辉煌！

阅台上，廖子章走到前台，高声对台下众人说："各位父老乡亲，各位亲朋好友，廖某万分感激。四年前，大年三十，俺被朝廷抓了。四个年头，哎哟！这一别，耽搁不少事情。感谢至爱亲朋，为救俺丢下手中活，进京探视慰问！廖某在此深表歉意！俺们的泰山娘娘庙、车轴河大桥、龙王口街市、万亩花果园，搁置四年了，俺心里急了！可是，万万没想到，俺荡里又出灾难。俺在途中，过沂州，还没到海州地界，就碰见南三队小邬庄的邬士祐兄弟率众外逃。得知荡里又遭涂炭。俺和各位心情一样，焦急万分。请乡亲们给俺几天时间，俺定给乡亲们一个交代，一定设法抓捕怪物！请众兄弟姐妹、老少爷们，回吧！夜里不太平。各族主、各队长乡约要管好自家人，看好自家门。这怪物在荡里频繁作孽，请各位防御几天。怪物一定被灭，龙王荡一定会恢复太平。大家回吧！回吧！"廖子章说话后音有点哽咽，热泪从眼角掉下来，不停向台下挥手。大伙见台上人没散，也不肯散去！

东方大统领见状，上前一步补充说："大伙晚上行路，走官道、大道。避过深芦丛、湖边、塘口、河边。不要点火把，点火更容易暴露目标。若不想走夜路，各队统计一下，就在大校场上，搭临时帐篷，将就一宿。"

按规矩，黎明卯时，撤掉灯阵。二仙速回云台山三清宫太极殿，向乾道老祖复命。就在寅时三刻，灯阵里黑白二仙清点灯数，准备撤阵时，发现少一盏灯。这对于二仙来说，是天大的事，他们是护法使者，不能犯这种低级错误。他们不相信，在这关键一夜，瞪大双眼，盯住每一盏灯，一夜巡视多遍，没想到临了，还是不周全。白胡子口中念念有词："团辞试提挈，挂一念万漏。"自责、遗憾，罪不可恕。没有任何人进出，黎明前有一只花狸猫在阵外转了一圈，似乎想进灯阵，被黑胡子赶走了。夜里，天空有一只夜莺飞过，两只蝙蝠绕飞两圈后飞走了，没落下，和灯阵没有干系。不可能少一盏灯，但就是少一盏，不争的事实。布阵时，二仙反复清点五遍，数据没错呀！二仙无可奈何，只得等到卯时天亮，最后再清点一遍，不管少不少灯，不能耽误撤灯的时辰。千般戒备，万般提防，还是没防住。最终他们发现，有一盏油灯被挪了位置，从条板架上挪到条板架子下边。

有两只硕鼠，将满满的一盏油喝得精光，肚子如鼓，逛荡逛荡。灯灭了，硕鼠醉了，幸福满足酣睡在灯盏旁边，做着美梦：啊！这么多的豆油灯，正宗豆油呀！一辈子，也喝不完！香呀！糯呀！丝滑呀！油腻呀！有豆油喝，真好！二仙瞧见，脸上挂霜，平添几分杀气，咬牙切齿。黑胡子对硕鼠说："师父常说，仙道贵生，无量度人。俺们四年半的功夫，因为两只鼠给毁了，功亏一篑，付诸东流，实在羞于向师父禀报。"两只硕鼠坏俺大事，对不起了，就让俺用一颗慈悲仁爱善良贵生之心，送你们极乐去吧！说完，一手抓起一只，将其掐死，扔在地上。天机不可泄，草草收灯，趁天未大亮，二仙悄然飘去。

<h2 style="text-align:center">3</h2>

晨露凝聚成芝麻粒大小的透明晶珠，立在青草的尖头。太阳还没有升起，廖子章、东方赟、芦飞三人，在车轴河码头，引马上船渡津。

车轴河北岸，有一河一路，向北延伸。路西，是严九爷家的一块天字号旱田。路东，是许怀宁家的千亩优质海盐基地。河，是官河；道，是官道。这片绿油油的农田，一眼望不到边的稻头。水分、营养、阳光充足，秆茎又粗又壮，棵棵笔立挺直。稻叶子翠色欲流，十分茂盛、青郁。

千亩稻田，稻梢整齐，秀出相似的青黄色稻穗。穗头正在挂花。稻秆腰间，斜生出喜人的稻槌子。槌子尖上，吐出一抹细软、柔韧、青白、鲜紫的丝蕊缨子。穗头上的花粉，纷纷掉落在丝蕊缨子上。稻头繁衍，生生不息，从这里开始。秋季肯定丰收。今年春天，没来得及维修沟渠水道，夏天雨水多，沟边荆棘泛滥，杂草丛生，河坡软泥坍塌，影响排灌。通向田间的小沟、毛渠，断断续续被堵塞，急需清理。正是长稻槌关键时节，任何旱涝，都会影响产量。

　　这段时间，严家长工正在这片稻头地里，修沟疏渠。廖子章、东方瓒、芦飞骑马从这边经过。大地主家的长工，也许有某种优越感，也许有点倚势欺人的心向。个别人心眼不正，故意挑逗行路人，有意把铁锹挖起的软泥块，乘人不备甩过去，溅路人一身烂泥巴，然后，一起哄堂大笑。以此逗乐，寻开心。廖子章、东方瓒、芦飞三人，今日路过，也遇到此情。好在人马灵活，躲闪过去。他们急着赶路，没理会这群无聊的人。

　　三人在太阳升上东屋脊的时分，到了云台山青峰岭下，下马仰望上山石级阶路，很宽敞，可容十几人并排上下。三人牵马上山。石级路两边林间，道家弟子，一式银灰短衫，褐色长裤，足踏黑鞋，白布袜套紧裹两腿。在茂林内外，诵经、舞剑，讲学论道，各忙各的事。

　　青峰岭在云台山中段，中间平如砥，四周簇峰，飘在青山和蓝天之间。洁白浮云，如刚剪下的羊毛，丝丝络络，萦绕着茂林丛翠，混合在姹紫嫣红中。规模浩大的三清宫，由前殿、中殿、后殿、左殿、右殿组合，巍峨雄伟。殿殿之间，有长廊边庑连接，长角宽檐，构造和谐，错落有致。殿外，更有群阁道舍起伏于松柏之间，层峦叠翠。整个建筑，黄墙红柱、青砖碉楼、琉璃金瓦，斑斓多彩。殿外青松傲柏，巨樟红栾，杉楸榆槐，顶天立地，绿盖冠幅，遮天蔽日。岭坡上百花盛开，娇妍精绝。空气中散发甜果芳馨气味。殿藏翠峰之中，青茂连绵，薄雾升腾，轻纱袅袅，彩霞笼罩，香烟缕缕。千岩竞秀，绚烂艳丽，苍梧环抱，逶迤隐约，旖旎葳蕤。百花间千种蝴蝶，竟是昨日出门，迷失方向，而不知归路。冒着热气的细流，弯弯曲曲，若隐若现，从山林深处，潺潺而生。岩缝间灵泉，似滴若流，"吱吱咻咻""叮叮咚咚"，溜进浅溪。人在云中走，云在林间游，如梦如幻，亦实亦虚。画眉婉转吟咏，朗朗上口；鹭鸶在清丽唱和，声情并茂；百灵在深情放歌。金凤银雀、红鸾紫莺，优美颀长的身段，千娇百媚的高贵神态，瑰丽惊艳的羽毛……

　　三人无心体味三清宫仙境的神圣，径直向后殿走去。后殿门前，三人拴马。到门口，向守门道士行拱手礼。廖子章恭敬地说："敢问道兄，吾乃龙王荡廖子章，有万急之事，欲求见乾道老祖，烦请道兄通报一声。"正说之时，后殿正门，"吱呀"一声打开，出来两道童，仿佛八九岁女娃，红扑扑圆脸，眉宇间点一个红豆豆。头顶两侧，环起弯弯发髻。发髻下，连两条闪闪发亮的蓝色丝带。白衫白裤，腰束青丝绦，小红鞋。向后殿前门小跑而来，守门道士紧张不安地瞧着道童。这后殿，专属乾道老祖独隐大殿。一年当中，只在大年初一开一次，要么就是老祖无比重要的贵客来访，破例开一次。一道童对门前道士说："老祖昨晚吩咐，今日巳时，有重要客人来访，让俺俩门口迎接，请放行！"

　　两道童引廖子章三人进后大殿。殿里凉爽舒适，不像殿外湿热。天窗上透进一束圆形光柱，斜射在乾道老祖背上。乾道老祖坐在一丈直径的圆形蒲团上，鹤发童颜、白胡苍苍，身披一件鱼肚白宽襟大袖清丝水缎道袍，清瘦如风，仙气逼人。三人见到乾道老祖，尊敬跪伏，给老祖行一个圆满的稽首大礼。老祖挥手阻止，随之招手，让三人与他同坐一席。乾道老祖不寒暄，不废话、一语破的："与子章一别，十五年九个月又三天，你遭劫四年六个月零八天。得知你昨天回龙王荡，估算你今日必来。定为荡中那食人怪物而来。唉！刚出火海，又进深坑。自古英雄多磨难，逆境与贫困，是造就英雄的熔炉炼狱。神龙涅槃，浴火永生。荡中怪物，千年修行，呼风唤雨，非一般人力可制。"廖子章拱手请教道："望老祖指点迷津，救俺百姓于灾祸之中！"乾道老祖低头思考，口中念念有词："行道之理，尊生贵生，生道合一。天地人三界，唯人之生命最为宝贵。养生护命，观生、修生、存生、保生、贵生、爱生，天道之本。人法地，地法天，天法道，道法自然。天地万物，皆须法道。龙王荡那怪物，本是大兴安岭天地之气育养之物，春夏秋三季，岭上穿梭，觅食虎狼之辈，冬日眠于岭下密林邃穴之中。千年前，原本一窝九蛇，人称土龙。千年度劫，天地只容得两条。谁知此二蛇，这几年，违天地，逆大道，频频下山食人。去年夏天，激天怒，遭雷击，惊惧而逃出大兴安岭，一路向南，欲入闽、鄂、赣、云、贵之境。过境山东水泊梁山，为捕蛇者发现。千年魔蛇，浑身是宝，得之可获万金。雌蛇为捕蛇者诱杀。雄蛇趁夜色，仓皇而逃。由此，更引发雄蛇对人类复仇之恨，疯狂残害人畜，作恶之极，天怒人怨，命途该归结于龙王荡。可是，若不得法，恐致更大灾难！"

廖子章诚惶诚恐，内心焦急，坐卧不安，请求说："望乾道老祖授俺降蛇之法！"老祖说："子章呀！吾知汝为民除害捕蛇心切。吾仅借你两把宝剑，仅此两把。此剑非人间之物，是天庭老君炉中护丹之剑，此乃神物。锋利无比，专斩妖魔鬼怪。此剑与掌剑者，有心灵感应，斩石如割肉，削铁如泥。你三人附耳过来，吾授汝辈掌剑秘诀。"

三人附耳于前，乾道老祖理开白胡，嘴唇开合，叽咕一会。三人皆点头示意，表示明白。

乾道老祖继续说："如何与这魔怪斗法，本道不知。你三人，去伊芦山仙游洞，找吾师叔仙贤老祖。吾有一信，予你们捎去，师叔定有办法，助你三人，实现除魔大计。伊芦山仙游洞石门，三百年开一次。上次，吾曾祖师爷，为济贫纾困，开了一次，给郑大发带几枚金箔出来，郑大发误解，只为自家发财，无奈之下，曾祖将金箔换成铜箔。普济众生宏愿未得实现，倒是给郑家留下不少铜锄子。明天上午辰时，是正时正点三百年，师叔会等你们。你们必须准时敲门，门开后，有道童引你们进洞。这次开门，若能为人间除一大害，保护民生，定是一桩大幸之事！"廖子章问："敢问乾道老祖，如何叫门？"老祖答："伸出你右手，五指揸开，手掌贴在石门上方，轻轻摁三下。石门表面，必摁出你的掌印，口中轻念：'石门石门开，云台令人送信来，请把门儿开！'连念三遍，石门会自动打开。"……

三人和乾道老祖密会一个时辰，拜别老祖，得除魔宝剑，牵马原路返回。芦飞骑马在前，廖子章居中，东方瓒紧随其后，在官盐道上奔跑。严家修渠疏沟的长工们，专心干活。当他们三人匆匆过来时，早上那个有意向廖子章马头甩泥巴的长工，待廖子章的马刚过，猛地一锹，将烂泥甩向东方瓒的马头，没砸中马头，马冷不防，惊惧地一声怪叫，火烧屁股般拼命狂奔乱跳。只因为东方瓒是驭马高手，知道马受惊，两腿紧夹马肚，"嚯嚯嚯"猛喝三声，勒紧缰绳，骏马"嗷嗷嗷"嘶鸣，前腿弯环蹄起，后腿直立，东方瓒贴住马背，踩紧马镫，抓住马鬃，喝一声"定！"，骏马四蹄着地，立定不动。东方瓒转过头，望了望二十尺外那长工，那一群七八个家伙，旧斗笠没顶，烂衣衫没领，破裤衩没裆，敝鞋没帮。狂妄地扭捏屁股，伸出长臂，摇晃肩拐子，发出卑鄙的淫笑，浑身抖落着戏谑和邪恶。

东方瓒心想，犯不着和这样的人怄气。用蔑视眼神，君子般口吻，撂下一句："无耻，可怜的人。"廖子章打马上前问："咋样？没伤着吧！大地主家的长工，有优越感。这样子不知悔改，早晚闯大祸。"

第二天黎明，廖子章三人上马向西去伊芦山。天空可数的几颗星，和地面上的石块一样，没精打彩，潮漉漉地流着汗水。凭经验，这几天，要么有大雾，要么有大雨。这对捕蛇无益。

三人起了大早，害怕误时辰，寅时三刻，就到了仙游洞石门口。门口杂草丛生，灌藤密集，枸骨蒺藜野菱刺，交错横生，严实封住石门，插不进脚。幸亏早有准备，三人从腰间取下大柴镰，不一会工夫，砍了灌藤荆棘，割下芦苇稗茅，石门清清爽爽现出来。门面很潮湿，上半截平滑如打磨过一样，青石润泽明亮，滴水珠子。下半截生满子孙百代的青苔，黛色厚厚千层，像裹上毯子一样，毛茸茸的。时辰刚到，廖总说："俺敲门，进去后，仔细聆听仙贤老祖教诲，不要遗漏任何细节，不懂多问。"东方瓒、芦飞点头称是！

不知道石门打开会有啥样情景。廖子章对着石门，心中油然升起一种莫名的神圣感、神奇感和神秘感。过去，只是在戏文、神话、故事里，才有这种不可思议的情节，今天却发生在自己身上，仿佛做梦。百年后，可能会被人添油加醋，撒上诸多花椒五香粉，虚构出更多曲折离奇古怪的情节，成为似真非真、可信可疑的神话。

东方瓒、芦飞立廖子章两边，相互能听到对方心脏"咚咚咚"的跳动声。因兴奋而紧张。廖子章恭敬肃然，不知道门开了会不会整出啥动静来。他伸出右手，在石门上方，深深摁了三个掌印，口中念道："石门石门开，云台令人送信来，请把门儿开！"石门并无动静。又重复念两遍，还是没动静，就在三人疑虑，心跳加快时，看到石门晃动一下，随后"吱吱嗡嗡"，整块青石，三尺厚、三丈宽长，稳重地慢慢地启吊起来。石门吊起，现出一道二尺高、一尺厚的石槛，槛内立一道童，和云台山三清殿道童一个模子，八九岁的样子，见仨陌生人，也不觉生分，很礼貌地说："三位辛苦，请吧！"三人刚踏进石门槛，石门"吱吱嗡嗡"落下。洞外正值六月，天气湿热。三人在门外砍割乱荆，浑身出了大汗。进洞，清凉舒爽。不知光从何处来，洞里明亮如昼，岚光闪闪，溪流深深，曲径旁歧。向前跨进几步，眼前是极其精致的江南园林。四处青茂氤氲，水声哗哗，雕甍画廊，曲桥飘逸，灵泉叮咚，清溪潺潺，溪边小林青青，小鸟叽叽喳喳。水边仙鹤漫步，白翅、黑尾、丹顶；孔雀抖动翠羽，白色、蓝色、金黄色，媲美开屏。脚边有肥嘟嘟又萌又灵活的松鼠，蹿上蹿下。树丛里，钻出两条纯白如绒球般的哈巴狗，用鼻子嗅了嗅来人的裤脚子，厚脸皮的小公狗当众人面跷腿，在小树根抖动地激了一泡黄尿。

　　道童引三人，沿小溪边的卵石弯道向前行走。小溪边有风车在慢慢转动，带动水车搅起清莹莹的溪水，随着巴掌宽的毛渠流进绿植地里。精致的畦块，有奇石、金镶玉竹、凤尾竹、罗汉竹，还有许多不知名字，细溜溜的，青色、黄色、紫色的景竹，被称为百竹园。百花园、百草园、百果园……葱郁萋茂。面积不大，却十分精致。再往前，溪边有一座精美绝伦，镶嵌珠玑宝石，点点闪烁光芒，金碧华奢的水榭。无梁无柱，仔细辨认，是一块完整的青白玉雕凿而成。

　　水榭中间有一圆形茶桌，桌旁席地而坐一位老者，头顶光滑，闪闪发亮。三边有稀疏白毛，又长又白，细腻而柔韧如丝。眉毛拖挂两边，连着耳眼里生出的白毛，披搭在肩上。额头又大又圆，和脸连在一起，像一只倒挂的瓢。鼻梁像瓢把子，长长向下延伸，坠着一个秤砣般的鼻头。宽阔大嘴，没有胡须，厚实的嘴唇，像两个横放并列的红皮萝卜，红得鲜明亮泽。身披一件蚕丝轻薄道袍，宽松肥大，无扣无袖无领，衣边抛开，拖在水榭外边的溪旁。肥硕两胸间，卷起黑油油的胸毛，从膻中向肚皮下方延伸。一条宽松大裤衩，象征性地兜在脐上。悠然、闲怡，一边享受绿茶的滋味，一边享受独处清静闲适的快乐。手执黑白棋子，自己和自己欣欣对弈。

水榭边上，有一堵半截高，半圆弧形影壁，壁上挂几辫黑色大蒜，几串红辣椒，黄稭槌。墙根戗一把俩人使的大方筛子。影壁弧墙下边，有一盘大石碾和一盘小石磨。石碾旁一头牲口，头顶上伸出两支白橙色、多叉的角，是驴非驴，是鹿非鹿。身上系带子，推碾杆，在转圈。碾磙子碾轧黄豆，把黄豆轧成一块一块圆圆的豆花箔儿。黄豆从上方漏斗里，不紧不慢漏进碾盘上碾眼里，豆花饼箔儿通过槽口流进下方笆斗里。小磨旁，一道童，右手娴熟盘旋。左手从一木质香料盒里，抓起类似小黑枣，或者像羊屎蛋的东西，但不是黑枣，也绝非羊屎蛋，磨出细面粉。飘出香喷喷的气味！

小道童引二位，走近老者。老者两目如炬，盯住棋盘，旁若无人，不理不睬。差不多一袋烟工夫，拆棋子，补棋子，挠头咂嘴。廖子章三人立其身边，根本看不懂他的棋局。没人知道，他摆的不是棋局。他摆的是龙王荡这条魔蛇，从大兴安岭南下的线路，和沿途所糟蹋的人牲，以及被追杀的经过，和棋局最终结果。这是推演，局外人如何能看懂？仙贤老祖终于抬起头，欠欠庞大身躯说：“别客气，坐下说话。”

廖子章三人跪伏青碧地面，向老祖行了大礼。廖子章递上乾道老祖的信，直起身说：“魔怪侵占龙王荡，荼毒生灵，除魔刻不容缓，请仙贤老祖指点迷津！”仙贤老祖理一下道衫，咧开阔嘴，微笑地说：“三位，不用拘谨。过来，蒲席上坐下说话，别忙着叩头。你们有意追捕那条魔蛇，别妄想，捕不到。想抓捕它，说真话，本道也不是它的对手。”廖子章满怀希望，一腔热血而来，被仙贤老祖的几句话，说得有些发凉。

发凉归发凉，斩蛇除害，决心已定。不管能不能讨到办法，既然那条雌蛇在山东地界被捕杀了，就一定有办法对付这条雄蛇。哪怕和它同归于尽，也至死不悔。廖子章为何要带东方瓒和芦飞，一起上云台，来伊芦？他想好了，如果他和东方瓒斩魔失败，葬身蛇腹，将由芦飞、虎头鲸吸取教训，再斩魔蛇。廖子章留下后手，以图前仆后继。

他几乎用乞求口气，而坚不可摧的意志，对仙贤老祖说：“老祖在上，俺岂能忍心，让那怪物伤害俺的平民百姓，食俺们的牲口，毁俺的龙王荡呢？哪怕只有一丝丝希望或可能，俺定当投入百分百的努力，若能降除怪物，保俺无辜百姓平安，无论咋样险恶，刀山、火海、炼狱，俺决不后退一步。俺们三人，不惜用自己性命，去铤而走险，祈求老祖给俺一个法子。"

　　仙贤老祖明白廖子章心迹，不怀疑三人决心和勇气。只是为了让他们百倍谨慎，万万马虎不得。若不得法，不是说伤了几条性命，就能斩掉那魔怪的，而关系到整个龙王荡人的性命。如果得法，也不用伤命。老祖说："和这魔怪斗，不光要勇气，更要有韬略和智慧。此怪物，形如龙，头像虎，比虎头大几十倍。长至数十丈，声如牛鸣。多居于密林河湖深渊寒潭之中。上天入地，湖海不惧。腾云驾雾，日行千里。注意，龙有四肢，蛟有两肢，而此物无爪无肢，只是蛇，是千年蛇魔。十分顽固，本领通天，不是容易被斩杀的。千年来，史书典籍，志怪传记，均有详载。对付此魔，唯一办法，就是送到它嘴边，让它吃掉，没有第二种法子。你三人诚心，勇气可嘉，斗蛇魔，风险特大，转眼就没命，这不是闹着玩的。赌的不是金银财宝，赌的是命！懂吗？"廖子章说："生命可贵，不用于民，徒贵一场。若能为龙王荡万民赢得安全，舍命！值！"老祖说："那好！此举，不仅需有高贵品质和英雄气概，更需智慧、胆识和力量。本次与蛇魔斗智慧，若行为当，则无命之忧；行为不当，你三人，即刻化为腐血，尸骨就变成那怪物屁门上沉闷的一响，而冒出一缕青烟，完了。"东方瓒说："哪怕就是一缕青烟，也决不放弃，决不后悔。只不过一个'死'字，举大义而死，没啥遗憾。"老祖内心认定这三人必是蛇魔克星，蛇魔将进入困局，定死于三人之手。他说："既然如此，请三位看好了！"说话之间，盘磨的小道童，把磨下的褐黑色细粉麕末，分装两个丝袋，送到桌上。在碾槽中，抓了一把黄豆饼箔；又一把未碾的黄豆颗粒，放进一个拳头粗的瓷瓶里；和一把长柄子闪闪发光的黄质钥匙，放入一只檀匣里，送到老祖面前桌面上。

　　生死早有定论，都藏在仙贤老道的心中，他对三人说："三位回去，和家人好好团聚一天，生离死别。后事，无须准备，死不见尸骨，还要那些繁文缛节没啥用。后天早上辰时，龙王荡里，有二十年不见的晨雾，三步之外，不见人影。辰时三刻退雾，那蛇魔在南四队南，深荡平坝口寻食物，是动手最好时机。失去了，就不会再有。（对道童）取四件炼衣来！"道童疑惑，三人，为啥取四件炼衣。这炼衣来之不易，价值不菲。正在疑惑之时，老祖说："还疑惑啥，你以为廖子章那么简单，他早想好了。出来三人，向别人求法，人数足了，咱这仙游洞，三百年开一次，一次只许进一人。这次进三人，破天荒，是第一次，也是最后一次。"

道童取四件炼衣，里子白色，外面黄绿色。摸在手上，光滑细腻柔韧，裤、衫、帽子连体，递给老祖。老祖理开炼衣，审视一下说："这衣裳，穿上身，如一层薄薄紧缩的皮纸，活动时，伸缩自如，有柔韧弹性，不用担心扯破了。套头的帽子，不妨碍眼、鼻、耳的功能。"说着，老祖招手，让道童过来，他把炼衣给道童穿上，做了示范。又拿出另一套宝贝，搁手上掂了掂，有点神秘地说："这是面罩，套在脸上，保护眼睛、鼻子、嘴巴。在黑暗中，这装置自行发光照明。呼吸时，能避滤浊气、瘴气、毒气。这东西，别看它像个猪鼻子，套在脸上，进入大蛇肚子里，确保安全。还能吸到新鲜空气。这套炼衣、面罩，到底是啥玩意制成的，不需要知道，你们只管使用便是。穿上它，可下油锅、钻冰窟，不会伤及身体，专克蛇魔妖怪肠胃里的化骨散。明天，带上乾道借给你们的降魔斩妖剑。那剑，在世三千多年。相传，有许多故事。在俺这一脉，代代相传，斩妖除魔，经历颇为丰富。这是三清宫镇殿之宝。据说是天庭老君炉里，炼出的神用之物。使用前，喝下一粒小金丹（老祖从木匣里，取出拇指大红瓷瓶，倒出一粒示意），就这东西，能让你们瞬间剧变，臂力可拔泰山。这两袋齑粉是迷魂蛊，撒在炼衣上，可诱那蛇魔吞食。涂抹在耳朵、鼻子、眼睛上，可心明眼亮，耳聪鼻敏。关键是用它来抵御怪物腹中一切恶浊脏气和毒液。好在此怪物，五百年前，偷食二郎神哮天犬未成，被二郎神敲了满嘴牙齿，没有咀嚼功能。只要它张嘴吞食你们，你们就放心往它肚里钻。炼衣在蛇魔腹中，可抵挡五个时辰，五个时辰内，你们二人合力，在蛇腹中先剖开它的胃。它腹中一片漆黑，比黑夜还要黑。别忘记充分利用照明和呼吸喘气的装置。出了它的胃，使降魔剑，搅掉它的心、肝、脾、肺，截断它的大肠小肠。它在疼痛难忍之际，会上天入地，在空中扶摇翻腾，在地上蜷曲打滚，还会钻进湖河，甚至大海，拍击闹腾。然后，再蹿出水面，在芦苇梢上，无目标地乱窜。它不会很快死去，会闹上三四个时辰，停下歇息，然后再闹。你们在它体内，找个可靠地方，牢牢控住自己。否则，必被它颠晕、击昏、揉碎而亡。待它千年道业折腾完了，它的五脏六腑开始腐化，便不能归位。它会再攒足最后力量，沿着坦地穿行。

"你们要敏感，把握时机，在它的肚腩下，猛插入降魔剑。一剑到底，穿透它那厚重坚韧的千年老皮和钢甲铜鳞。一定要将宝剑，插入地壤里，紧紧抓住剑把，蛇魔的疼痛，将趋使它猛烈穿行，你们必须借它加速穿行之势，剜腹而出。请记住，若不能毁其脏器，它不会死得彻底。若不把它的身体斩割分段，它有极强自愈力，只需七天，它就能再生出新器官，功力会增强百倍，祸害作恶也会增加百倍。天下苍生，必遭大劫。一旦它逃进闽赣云黔的深山老林里，必大行其害，祸乱天下！一经斩杀，就让龙荡营的炮营，点燃红衣大炮，炸掉它遍体鳞甲。再率乡民，用大开锯、利斧、大刀、石锤、铁钩、钢钎，砸碎其头骨。再把它大卸八段，每段分开，运至三里之外，独立存放，防它体外有灵，再行连接。它的皮、肉、油，皆可入药。交给南宫济大医堂，把皮肉风干入药，可医脑中风，心路堵塞，痉挛。油加工炼制成膏，可医疗疮痈疽血蛊，刀枪硬伤。可接骨生肌，消除溃烂，杀死人体内各种虫害、病毒、细菌。两目，除腐晾干，斗大的夜明珠，无价之宝，还有……总之，必将其碎尸，不能有丝毫含糊，丝毫侥幸心理。关于蛇魔之事，俺这里，只能提供这么多了！"

东方瓒轻轻倒吸一口凉气，内心十分激动，感觉比想象的要复杂许多。芦飞听得入神。这一切，回去后，完整地和虎头鲸交流。万一廖总东方大统领首战失利，俺们必乘势而上，决不让蛇魔有喘息机会。

廖子章冷静地说："听了仙贤老祖一席教诲，吾辈茅塞顿开，神灵顿悟，玄虚深奥之理皆通。千年蛇魔，绝非浪得虚名，欲杀之，真不易呀！请老祖放心吧，俺们当全力以赴！"

仙贤老祖由刚才说话时的严肃和狠劲，变得温柔和蔼、慈祥。他补充说："捕蛇话题，太严肃，太沉重。说点轻松的。回头，走的时候，带上这把豆花筢子和这把钥匙。铜钱岛，名不虚传，它就是铜钱的岛，有一处地下钱库。在岛的东南隅,有一条猴头石铺成的,凸出海底的石路,通向深海,这路叫魔路。路自岛向东南海底,有二十七个弯,每次跌潮,会现出三五个弯,不明显。今年六月二十七大跌潮,这条魔路将现出十二个弯,在第九个弯内有红石陡崖,那崖下有红色乱石,其实那是一处红色珊瑚礁,礁石里有一堵石门,长宽厚各一丈二尺。用这把钥匙,插进石中锁孔里,自左向右转五圈,再反转七圈;向右转一圈,再反转两个十一圈,即五七一二二。然后,在石门上,猛击三掌,石门打开,内有影墙,高八尺,宽三丈。影墙后,并排三个石洞,皆无底洞。三洞从左向右,一洞中有铜钱,取之不尽,任意搬运。二洞中白银,本次只允许取出两船,不论何船,不论载位,只取两船即可,不可贪念。三洞是黄金,本次允许取出两箱。助汝辈完成龙王荡千秋大业,建桥筑庙,开荒垦园。"

东方瓒吃惊,两眼炯炯,盯着老祖嘴皮说:"俺龙荡营,在岛上经营二十多年,不知道有这条魔路。只听过传说,千年前,有人在岛上山洞里发现铜钱,但真正钱库,没人晓得。"

仙贤老祖不无遗憾,叹口气,说:"现在世上,只有两人知道此洞和开洞秘诀。开洞的钥匙和秘码,都是一次性,不可重复使用。除了本道之外,另有一人,便是本道师妹仙虞……这道石门,三百年开一次,一次开一个时辰。这次破例,开俩时辰,能弄出多少铜钱,任你们全力往外搬。两个时辰后,海水上涨,石门自闭。兴建龙王荡,你们缺钱。你廖子章交给朝廷两百万两银子,换回一条性命,想在一时恢复元气,很难。你啊!人做得很完美,荡里平民认你是真神,供你,为你敬香祈福。相比之下,老天就不完美了。龙王荡人,可指天骂娘,绝对无人骂你子章。唉!老天,握着人的命哩!不说这个。你们所有大船,皆弄出来,把岛里岛外,所有能存钱的地方,都腾出来。六月二十七辰时起,两个时辰,车装船载,任你们抢运,两时辰后,必须撤出钱库。时刻一到,海水上潮,库门关封,人力不可违,想开门,再等下个三百年。出洞前,把这把豆花箔子和金钥匙放在洞内,洞内金银、铜钱,不日即恢复原数。今日,本道所说之事,只限你三人知晓,不得乱传。六月二十七,凡参与运钱人,必发誓,不得外传钱库之事,否则,命途堪忧。今之嘱，绝非戏言。好啦！你们可以回啦！"

老祖说话间，奇怪插了一句，让廖子章三人听了，有点奇怪，他说："你啊！人做得完美……老天就不完美了。"啥意思？三人没做过多思考，滑了过去，心里正盯住钱库哩！日晷刚进午时，廖子章、东方瓒、芦飞出了仙游门，上马回荡。

三人在大校场阅台前下马，看到端木苇地主，端木举人的轿车。廖子章知道端木渥来访，刚想车前询问，端木渥已从阅台后边，乡团会客厅中出来。四人见面，寒暄几句，拱手施礼，又回到客厅。刚坐下，端木就站起来，拱手弯腰鞠躬，十分沉痛、悲哀，又十分激动地带着哭腔说："廖兄啊！给俺拿个主意吧！俺的亲外甥，俺妹家的独生儿子，名叫呙玄，被人害死了。您知道的，俺那妹，二十得子二十三丧夫，独守这根苗。如今二十岁的儿，去年在直隶州衙门讨了一份邮差，干不到一年，遭如此横祸，人为横祸，这让俺妹咋活下去呀！"廖子章很同情，端起茶杯，递给端木说："端木兄节哀，喝口茶，平复一下，慢慢说。"

原来，事情是这样的：

昨天中午，午时三刻，车轴河北通向云台山的官道上，发生一起命案。那个向行路人、马头、车头上甩泥的长工，正挖上一锹泥，看到一匹快马自北向南在官道上奔驰。骑马人身背帆布包，背上插两面蓝底白字"邮"字旗，沿这条路朝龙王荡方向飞奔。正当路过严九家稻子地沟头时，那长工猛地甩出一锹泥，正中马头，不知道那锹泥块的作用力到底有多大，飞马顿失前蹄，一头栽倒在石头般坚硬的路面上。马背上的邮差甩出七八丈远，头着地。可怜啊，那头骨当时就碎了，脑浆脑渣渣就像西瓜瓤拌白米饭，撒满路心。邮差直挺挺，趴在路上。

一窝子七八个长工，竟然哈哈大笑，起哄叫道："独大黑子好厉害啊，今天终于被你砸中一个。"个个跳着、乐着，幸灾乐祸。再仔细看看路上的马，路上的人。那匹马马头着地，前腿劈开，后腿蹬起，尾巴扬了一下。摔扁了的头，翘了翘，便不动了。再看马背甩出去的人，头碎了，遍地是血。这窝长工傻了，知道闯大祸了，撂下手中锹锨，一齐跑了。北边工段的长工见状，向马路这边拥来，十几人围着两尸，一马一人，看热闹。"他娘的独大黑子，这狗日的，不干人事，惹祸，不怕

第七章 捕大蛇　　　　　　　　　　　　　　　　　　　243

祸大。真的惹下祸来，孬种，溜了！""这六月天气，这两尸，等不到明早，就臭了。""管家呢？这种事，瞒不住，赶快禀报九爷，九爷不出面，人命关天，独大黑子死定了。""这种混蛋，世上不多一个，不少一下，心底迂曲，阴暗，一肚子坏水，真他娘的黑心黑肺。""俺们也别乱说了，关键看严九爷咋说。""严九爷护犊子，他家的狗，咬伤人宁愿赔点钱，也不伤自家的狗。"……

端木越发激动。本来，他和严九，酒不逢知己，话不投机。当面互相捐，背后互相挖苦。你看我不顺眼，我看你不服气。在外人眼里，谁对谁错，没有公论。一个近视，一个老花，都是看不清的货；一个半斤，一个八两，没有出入。端木渥是龙王荡两个举人之一，另一个是孔宪圣。论学问，那都是真材实料。端木是得理不饶人的主，加上脾气有点偏激，想让他冷静下来，可不易哈！

端木渥愤愤地说："那个独大黑子躲了，俺找不到他，情急之下，俺去找严九。可严九，更是满嘴三角棱。他说长工是俺家没错，俺又没叫长工去杀人呀！你找俺严九，俺严九管得着吗？廖总，您给评评理，他严九，说的是人话吗？人命呀！人命哎！在他嘴里，轻飘飘，仿佛三斤萝卜、二斤菜，不当事！"

廖子章心里盘算，明天斩蛇大事，还有许多细节没讨论，许多外部的事没部署。当前，龙王荡里天大的事，莫过于斩杀大蛇，不能让其他事给搅黄了。他用安慰的口气说："端木兄，俺非常理解、同情，家里丧子，天都塌了。可是端木兄呀！你知道荡里，当下天大事，是啥吗？"端木渥未加思考，说："俺理解，是捕杀大蛇，它已致龙王荡里许多人家家破人亡。"廖子章赞许地说："您说对了，俺和东方兄、芦飞兄，明天要斩杀大蛇，俺们要到蛇肚子里走一遭，是死是活，并无万全之策。您外甥之事容俺斩了大蛇，若有命归来，俺承诺，一定设法斡旋此事，请端木兄理解！"端木不好意思再说啥，非常识趣地说："廖兄，俺理解！斩大蛇之事，若用得着俺端木，请开口，端木不遗余力协助！俺听您的，家事是小，当服从大局！端木代表端木苇子一族，祝您斩蛇成功，平安归来（拱手）！端木渥告辞！"廖子章当然明白，端木渥未达目的，心情极不平静。也只能如此，明天捕杀大蛇，还有很多事没准备好，不能因此而耽误大事。廖子章起身拱手相送说:"端木兄走好!"

端木虽说满腹经纶,在处理外甥的事件上冲动了。他出了会议厅寻思,你廖总无暇顾及此事,俺只能用自己方式去解决。按大清律,杀人偿命,还怕他严九护短、抵赖吗!一不做,二不休,让家丁们,抬外甥和那匹马的尸首,去严家大院闹他一个鸡翻蛋。

端木家闹事的队伍,刚踏入严家地界,就有人向严九爷禀报。严九岂能忍他端木这一招。论实力、论人脉,端木差得远。严九叫来管家,耳语几句。管家心领神会,大摇大摆地出了门。

端木家闹事队伍离严九家还有二里多距离,严管家吩咐身边的人:"只放狗,别动手。"严雨川集结家院的看门狼狗,牧场看羊、看牛的狼狗,又调动了粮库、酒坊、油坊、染坊的护坊狼狗,一共十八条。严家狼狗皆训练有素,有灵气,通人性。

狼狗的身材高大,健壮如牛,尖牙利齿,在严家大院正前门三百尺处,一字儿排成横队,端坐如钟,稳实如山,双双狗眼睁圆,张开大嘴巴,拖出长长血红的舌头,汗水通过舌头,哩哩啦啦地滴在地上,"哈哧哈哧"地喘粗气。虽说天热狗燥,但严家的狗经过严格训练,不管冷热,环境好坏,皆不影响狗们执行任务的意志和状态。它们不急不躁,兴奋地死死盯住前方端木家抬死人、抬死马的队伍,它们知道将会发生什么,两耳直竖,屏住呼吸,等待命令。

端木的家丁,一个个脱去上衣,脸上身上,涂上黑锅底灰,扮成地狱厉鬼。来了,就没打算活着回。说不上雄赳赳,气昂昂,也不是稀稀拉拉,松松散散的乌合之众,至少算是站着尿尿的,不乏汉子的血性。脚力不软,腰杆不弯,一路小颠,步调一致,直奔严家大院。他们有备而来。来,就是闹事、打架的,还怕你几条狗吗?后边十几人,手握长梢子鸟枪、短梢子土炮,装满火药、铁砂子,大机头张开,左手托枪,右手食指放在扳机上,随时扣动。

持枪人不孬种,视死如归,他们从队伍后边,转到最前边,准备对付严家狼狗。紧随十几人,肩扛长矛、大砍刀,总共三十多人。这些不要命的主,之前都拿到端木举人书面承诺,若在此次挑战中,丧命或负伤，端木举人以端木家田产做担保，包养死伤者全家，以解穷兄弟们后顾之忧。端木家丁们的忠诚，和严九家的狗一样，坚定而无二心。

狗中老大，狗王，沉着冷静，坐在狗队中间，似乎在思考，既然当主子的护院狗，何曾怕你们几条烧火棍。一狗对一人，若能咬死十八人，俺当狗的，就是全军覆灭，也够本。养狗千日，用狗一时。报效主人的时刻，就在眼前。它竖起尖尖耳朵，如一尊雕塑，纹丝不动，双目有神，正视前方，严阵以待。严九明白，那条食人怪，就在附近几里外深芦渊泽之中，动静闹大了，凭那怪物敏锐的听觉、嗅觉，和它那疾风迅雷、流光闪电之速，只需一眨眼工夫，伤及人命。俺还是听廖四太爷的话，关门锁院子，看好自家的门，管好自家的人。你端木渥有兴趣，来而不迎，非礼也，俺让狗去迎战。你们挑战吧！开枪吧！放炮吧！那怪物，可不怕你那土枪土炮。整出动静来，让那怪物渔翁得利，打牙祭、纳纳馋。

严家院子外，炮楼顶上，堞墙瞭望口，管家严雨川两眼和狗王眼，同步紧盯来者。来者目的很明确，把发臭的人、马二尸，硬抬进严家大院，触严家的霉头，逼严家交出肇事长工，否则，就不让严家安宁。距离大约百尺，严雨川吹响手中骨笛，发布命令，狗王抖动一下耳朵，确认命令哨声，"嘭"地跃起，如虎啸般，一声狂吠，十八条狗迅速疏散。从四周对来者形成合围之势。然后，以"S"形奔跑线路，四腿蹬开，肚皮擦地，左拐右拐，左躲右闪，灵活机动，曲线迂回狂奔，不成群，狗狗之间，保持二十丈左右距离，向前，向前，引诱对方开枪。

严家狗，绝非普通柴狗、菜狗。狗当然知道，鸟枪土炮，放一枪之后，再装药，装砂子，装引信，没半袋烟时间，是做不全的。狗还知道，鸟枪土炮，那喷砂子，若打不进脑袋里，绝无夺命之忧，顶多负些小伤，不影响战斗力。狗更知道，只要能跳起来，咬住人的气管子，一撕一拽一嚼，结果一条人命，很容易，特别是人的血液，既消渴，也压饿，还解馋。

端木渥的家丁，都觉得，严九孬种，软蛋，厌货。天下人中，骨头最软的那种人，没啥本事，让看门的狗，出来忽悠，真他娘的可笑，可笑之极！俺们三十多人，还怕你几条狗？队伍中的头高声叫："兄弟们，停下，宰掉这几条狗，晚上，回去烀狗肉，纳纳馋虫。靠近再打，听俺口令。""瞄准喽！预备——打！"那头领一声令下，十几支枪同时发声，"砰砰砰"的枪声，硝烟弥漫，尘土飞扬，地上干死的茅草、乱柴着火了。战场的情景，顿时展现出来。跑曲线的狗，真的瞄不准，不好打。既然发令打，那就扣动扳机。能不能打到狗，说不准。第一轮，打中了一条狗。没等第二轮枪响，群狗一窝蜂似的，从四周围攻而上。每条狗配合默契，选准一个攻击对手，不由分说，冲上去，跳起来，抱住对手的肩，一口咬下，鲜血喷出，接着用那尖如钢刺的铁爪撕抓对手的心口、肚皮。没穿上衣的对手，那心口、肚皮，几爪子划过，就抓烂了。这些人光上身，装神弄鬼，也有极强的战斗力，手持钢枪大刀，奋力拼杀，乱捣乱砍乱剁，和狼狗厮扭在一起。在狗眼里，涂不涂锅底黑灰，都一样，不可怕，是人是鬼，一口咬下去，见血见肉。顽强的狗们用尖利犬齿，死死咬住人的气管，至死不松口，吸着新鲜热腾腾的血液。有十七个持枪手被严家狗咬住，几番较量拼命折腾，很快倒地，和狗掐在一起，扭曲、翻滚、转身。有人掐住狗脖子，有人使手指，抠进狗眼窝里，狗眼珠血淋淋，坠在狗脸上。有人，勒碎了狗卵子蛋。还有人，咬住狗耳朵……而狗，本着一条铁律，死死咬住对方气管子，至死不松口。人多势众，十七条狗，只能死死叮住十七人。还有那些手持长矛、大刀、铁锤、斧头的人，岂能罢休，冲杀过来。有几条狼狗，被大刀剁成两截子，牙齿还深深嵌入人的气管里，撬也撬不开，直至同归于尽。严家的十八条狼狗，丧命了。端木家有八个家丁，气绝了。哦！忠实的狗，勇敢的人，愚蠢的争斗！

　　人狗酣战，并未注意到丛芦深处的动向。西南的苇泽中，升起一股浓浓的黑色雾气。是枪声，惊醒正在午睡的蛇魔。蛇魔在睡梦中，愉快地与雌蛇在龙王荡车轴河中，两蛇缠在一起，身体用力扭曲，它们在做愉快喜乐的事情。这蛇魔在梦中，美滋滋地发出"咯咯咯"的笑声。忽听得"砰砰砰"的枪声，蛇魔熟悉这种枪声，这是人类用来打兔子、捉野猪的土枪土炮，也有愚蠢的家伙，用来对着咱大蛇发射的。这枪、这炮，对咱毫无威胁，达不到挠痒痒的力度。蛇魔伸伸懒腰，张开阔嘴，"叭嗒叭嗒"，打个醒后的哈欠。弯过头，脸在身上蹭，蹭去眼屎。轻松地仰首，观察天空，红花大太阳，无云无雷亦无电。感觉肚子饿了。它立起扁阔的身子，伸向天空，朝着枪响的方向瞧一眼，喜了，多日来，未见过这么多的一群人，还有狗。蛇魔凭经验和口感，觉得狗肉比人肉鲜美，筋道，禁饿。人肉有点像马肉，酸叽叽的。最解馋的，当数狗肉羊肉，猪肉尚可；最压饿的，是牛肉、马肉。想要长威风，要大牌，降伏人类，必须见人就食。即使味道差一些，为震慑人类，让他们惧怕，失去抵抗力，也是必要的。这世界，若征服了人类，便由咱蛇魔说了算。咱可胜天龙，独来独往，任意挥霍、凌虐和践踏一切，俺必成为征服和支配世界的真主。说实话，别看人的个头不如牛大马大，可脑子灵，对咱蛇类威胁最大。所以，必须铲除人类，任何时候，见人必食，哪怕不饿，咱肚里，也不嫌多十个八个人。现在，饿了。蛇魔飞身跃起，在空中扫视，旋绕两圈，闪电般迅疾至事发地，俯冲而下，身未落地，伸出一条紫色的舌头，只听到"呼噜噜"一连串的声音，卷起了被多人抬着的躺在门板上的一人一马。明显感觉，味道不新鲜，但不难吃，这种发酵过的人和马，别有一番风味。

　　蛇魔在落地的瞬间，又"呼噜、呼噜"连续两次，吞进几个活人。饱了，真的饱了。蛇魔旋风般卷起一层黑烟，旋转身子飞上乱苇丛梢，落进车轴河。蛇魔出现，结束这场肉搏战。剩下的死人、死狗，躺在地上。活人，全逃了。没了死人死马，闹事就没了名堂，那就真犯法了。激战结束，硝烟散去，地上还有几堆接近尾声的篝火，冒着不大的火苗，渐渐地灭了。

　　严九爷听了管家的禀报，摇动黑纸扇。穿青缎子裤衫，半躺在摇椅上，端起小紫砂壶，咂了一口茶，不经意地说："大蛇怪，倒是很架事。可惜丧了俺的十八狼狗，俺的爱狗，正值壮年。"端木渥呀，端木渥，这种事，就算俺严九同情你，同情你的妹子，可怜你死去的外甥，又能咋样？你若放下举人的架子，说几句软和的话，和俺好好商议商议，不中吗？你斗不过俺，还装作大尾巴狼，尾大不掉，就你那实力、势力，能斗胜俺吗？做梦吧！你不知俺严九吃软不吃硬吗？只要你谦虚一点，和俺商量，都好办。俺就是不吃硬上硬攻那一套。跟俺斗，你赢过吗？俺严九是谁，你看清喽，俺既不畏君子、贤贵，也不惧伪君子、小人。任你是君子还是小人，尽管放马过来。

端木渥的家丁逃回苇子，见了端木老爷，连哭带号，失魂落魄，连吁带喘，复述惊心动魄的场面。端木渥目睹这丢盔弃甲，散兵游勇，七零八落的自家队伍，不忍心再听他们说什么了，沉重地摆摆手。现在的问题，不是死了一个外甥的问题，这么多人没命了，哪家的亲人受得了这个现实。俺端木渥，就是个混蛋，轻狂粗鲁，不计后果。他向幸存的人，摆了摆手："好了，不说了。点点人数，看看都少了谁！"领头的清点之后，禀报说："老爷，现在有完整四肢，手脚齐全的，只有十三人。"端木渥有些呆滞的眼神，看着那个领头的，心想，这么说，失了大头子，回来小头子。

端木丢了外甥和那匹死不瞑目白马的尸体，还贴上近二十条人命。而严九只断送了几条狗，这官司没法打了。端木渥气得面色如土，唇色如蜡，眉宇间皱出一个发红疙瘩。手发抖，脸上、脖子上，挂着一串透彻、带温度的水珠。恨之入骨，怒目切齿道："严九，这事，没完！"

4

中午时分，阳光直射，气温陡升。龙王荡里，大小村庄，家家关门闭户，室外不见人影，更无牲畜。树林芦苇丛中，亦无鸟鸣、兽吼。高温蒸腾地气，热烘烘地在旷野湖边，无色无形地袅袅升起。鱼虾鳖蟹潜入深水底，鼬獾狐兔早钻进土丘深窟之中，纳凉去了。龙王荡笼罩着沉闷和压抑的气氛。

烈日里，虎头鲸率炮营的兄弟，卸掉炮船上的红衣大炮，重新装上炮车，裹起大红绸布。每炮配上一篓筐货真价实的铁球炮弹。在端木苇河北岸上，筑起工事，二十三门大炮，黑洞洞的炮口，对准北边一片乌森森平旷的芦苇荡平坝口。蔡先福率三千乡团子弟，集中荡里四十把圆木大开锯，刀枪剑戟、棍棒斧锤，铁叉钢钎，一应俱全，静静等待。三纵队分别隐蔽在四队、五队界河坝下。一旦大蛇带伤坠地，两轮大炮轰过之后，三千子弟兵一拥而上，动手分割解剖，决不让蛇魔有丝毫作祟再生的机会。乡团子弟兵任务，凿掉蛇鳞，割断蛇身，分成二十段，尽快运出现场。分布二十个队，扒皮楦草，腊其油，风其肉，晾其骨，吸收其髓。让它的千年幽魂，不得近其尸，不得恢复原身，终至幽魂消散。得元气于天地，还魂魄于自然，一切归零。

夕阳西下时，廖总和东方瓒在二十几个兄弟护卫下，进入南四队南部，仙贤老祖指定的、芦苇遍生的、大平滩平坝口。这里地势平坦低洼，湿地水位不深，淡水漫过脚面。大芦苇、小芦丛，祖孙百代芦叶多年腐烂，形成层层深厚的草炭泥，加之高温作用发酵，冒出发臭幽幽瘴气。好在之前，每个人都服下萃海罂秘制的抗瘴六全金丸，一粒能顶三天。在这大平滩坝口中间位置，有一块突出的丘地。过去有砍柴人，冬季在这里搭建临时窝棚，小野场大的面积。兄弟们一起动手，把四周芦柴踩平，铺上油布，撑起野营纱帐。乡团三纵六部、龙荡营八营四部首领，在此聚齐，为死士壮行。

晚霞将尽，夜色朦胧，弯弯半月，薄薄浮云。微弱淡淡青白的光线，印着婆娑的苇柴影子落在丘地上，兄弟们点燃拳头大的红灯笼，在丘地上摆放一圈。今晚，没有人兴奋，没有人开玩笑。气氛有点沉重。兄弟姐妹们在丘地上，摆下随身带来的酒菜。说实话，大家都经历过无数次生死战役，每次壮行，皆慷慨激昂，大义凛然，齿剑如归。今日不同，纵有浑身本领，也无法同这非人类的魔怪类比。它来无影，去无踪，风行电闪，非人类思维。干脆地说，知己而不知彼，胜败各半。

在座各位，心知肚明，谁也替代不了当前两位首领。众人心情沉重，不好受。可是这九死一生的活，其他人干不了。进了蛇腹，能出来，可能性微乎其微。这种不吉利的想法，又不能说出口。钻进蛇肚，又不是孙悟空，那里的未知空间，到底啥样，也无法模拟。能顺利逃脱，又要斩死大蛇，概率几乎等于零。

就是因为这是无奈之举，二位首领才把生存机会留给了别人。廖子章、东方瓒，当然知道兄弟姐妹们的感情。在生与死长期战斗中结成的深情厚谊，不带一丝虚伪，不掺杂一丝虚假成分。活生生的人，明天早上，就可能无影无踪，永不相见，谁能受得了这残酷的事实！廖子章故作轻松，若无其事，和众人话别："今日兄弟姐妹们既来给俺俩壮行，就抖起精神来，你们心情沉重了，弄得像生离死别的悲情，说明你们不自信，也不信俺和东方了。龙王荡的人啊！俺们祖祖辈辈，斗天斗地，斗海斗河，若斗不过一条蛇，岂能繁衍千年？放心吧！各位，相信俺们，一定斩蛇得胜而归，没有万一！"

东方大统领端起盛满酒的黑窑碗说："来来来！端起酒，有啥可沉重的，有啥好难过的！俺们龙荡营、乡团的兄弟姐妹，谁放不下生死二字呀！咱们为龙王荡而生，为龙王荡而死！来！干！"脖子一仰，碗底朝上，"咕咚咕咚"干了一碗，众人的情绪热烈起来！"来！干！"……

廖子章、东方瓒二人一觉醒来，天色大亮。两人收了灯笼，卷起纱帐，穿上炼衣，一切按仙贤老祖吩咐的，装点全身。二人又相互检查对方的脸罩，涂抹的迷魂蛊，调整头顶上的照明灯。一切准备妥妥帖帖，紧握手中降魔剑，等待辰时到来。

在渺茫的海面上，似乎有一山脉，由北向南缓缓移动。黑色山峦，逶迤跌宕。峰峦比黑煤炭还黑。长条状，层层叠叠向前推动。黑炭峦头，不停地向上空膨胀扩散升腾。那不是山峦，是乌云。太阳在升起前，喷涂通红通红的魔幻般的紫霞。紫霞从高空反射在黑炭之上，形成两种隆重的红黑云潮，翻腾激荡，大有吞日蔽空之势。太阳真的被渐渐吞没，混沌的空中，陡然泛起雪白的浓云。白云遮盖了红潮乌风，向龙王荡上空集结。一场大雾，严丝合缝，裹住了百里龙王荡。廖子章观察白云来临，不无感叹地说："哎呀！人心昼夜转，天变一时间。老天考验俺们，让俺们盲捕蛇魔，增加难度。从现在起，进入实战状态，时刻准备着。"

昨天坠落在车轴河里的蛇魔，吃饱喝足，打着饱嗝，回味着人、狗、马，发酵与新鲜混合的腥醇感觉，美滋滋地闭上眼睛，享受满足食欲的幸福快乐。身体拖在车轴河里，蛇头伸在南七队河汊里。这里人迹罕至，安谧宁静，湿地潮热，芦苇和树林混生，没干扰，没搅和，正是消化食物，安稳睡觉的好地方。大蛇呼天吼地，鼾声如鼓，睡了半天一夜。天亮时，觉得下半截子沉甸甸的。它知道自己想干啥。它将尾巴甩到河岸上，"噼里啪啦"，排出灰白啦唧，恶臭无比的糟粕，垒成一座坟丘。毫无疑问，这坟丘里，就是昨天被它卷入口中的人狗马的残渣。拉

第七章 捕大蛇

完粪便，大蛇觉得肚里空了。它盘起下半截子，上半身"唰"地蹿上空中，弯起三角形的脑袋，四下观望。谁知蛇魔的眼睛，是可以透过迷雾的。龙王荡的村村寨寨，大街小集，家家户户，关门上锁，不见行人，不见牲畜。它把身体再伸高些，仔细向边缘地带搜索。忽然，不知第几感神经作用，它顿时兴奋起来，它发觉南四队平坝口有俩人，似乎在捕鱼或捉雁，也许在砍柴割草。这些都不重要，重要的是有两个真实的明确的人。它心中得喜，摇晃一下身体，哈出一口魔气，放了一个沉闷的蛇屁，喷出一股黑烟，腾空而起。

廖子章通过照明罩，竟然能观察天象，忽见东北五六里处上空，乌云缭绕，黑气熏天，他警惕地对东方说："兄弟，注意，它出现了，它发现了俺们，准备！"东方瓒激动不已说："准备好了。他娘的，来吧！老子铆足劲了！"廖子章说："俺先进去，你跟上，别忘了打开照明！"东方说："明白，放心吧！俺中！"两人话音刚落，只听见东北方向传来"嘭嗵"一声，劈山炸雷般响声。车轴河上爆起几十丈高的水柱，狂风搅得空中云彩旋转抬升。两道闪亮电光穿透云层，直射南四队芦苇丛的平坝口，两道光柱死死盯住廖子章和东方瓒。廖子章说了声"预备"，东方抬头迎着光柱，眼罩上方一阵灼热，他看到一条紫色长帘向他们伸过来，长帘后边是乌森森的黑洞。千钧一发之际，廖子章打开照明罩，二人一前一后被卷进大蛇胃里。

黑洞的空间很大，差不多半间屋子大，软软的、厚厚的胃壁，流淌着又酸又腥臭的黏液，据说这东西，就叫化骨散。二人顾不得观赏环境，廖子章挥了手势，两支斩妖降魔剑猛插在一起，同时反方向拉开，二人从蛇胃里落入腹腔之中。大蛇明显觉得不对劲，有一阵剧烈的疼痛，想立马吐出食物。二人已入腹腔，咋能吐得出呢！大蛇恶心了，胃中撕裂剧痛，随后一口接一口，吐出大量紫黑色的血液。没等蛇魔反应过来，二人"唰唰唰"三下五除二，从大蛇贲门处把大蛇胃割下来。

按分工，在第一时间，廖子章直攻大蛇肺，割断气管，然后搅碎它的心肝。东方瓒从大蛇幽门处搅断小肠，从肛门上方搅断大肠，以及大小肠周围的各种零部件、附件。蛇魔千年来，第一次遭遇这无法忍受的剧痛，彻底恼了。发出一声如猛虎的咆哮，昂首飞向天空，无头无脑无目的，在乌云里翻覆穿梭滚动，乱蹿乱跳。先波浪式前进，又螺旋式上升，多鳞抖腮，龇牙咧嘴，口鼻喷涌鲜血。

它在发泄凶狠。剧痛无法抑制，它在云中拼命拍打自己身体。而剧痛加重，愈演愈烈，变本加厉。痛得它一头扎进荡中一咸湖，失血过多，口干，喝了一口盐水。哎哟！内伤处遇上盐水，再疼痛，已无法形容。咸湖卷起百丈高的波澜，蛇身随卷起的浪头，扶摇直上，天空中耍两圈，俯冲进车轴河。在车轴河里，上下卷腹，左右拍打，弯曲滚动身体，欲将腹内两人挤扁，碾碎。二人虽有准备，但这里面，处处黏滑，手脚无处着落，完全凭体力、功夫和技巧，拼搏、周旋，体力还是有点招架不住。有时，像从山上被推下，失重失落；有时在山坡上滚动；有时身体被摔在墙壁上，又弹回；有时，仿佛被挤在狭窄的石头缝里，无法喘气……

按先期分析进入蛇肚里的各种状况，他们顽强地坚持，用降魔剑把大蛇肋骨和大脊骨之间抠出一个缝隙，两手死死抱住大蛇肋骨。身体缩成一团，任凭它升空、俯冲、翻动、跳跃、拍打、挤压，贴紧肋骨，让大蛇的肋骨保护自己身体。等它第一波、第二波折腾累了，稍稍消停时，二人又飞舞降魔剑，斩掉既定目标，然后加以搅碎。

大蛇自觉食下的是捕蛇人，死期来临。但绝不甘心，千年道业就此罢休。它想吐，吐不出；它想拉，拉不掉。吐和拉，两条通道都失灵。它又从车轴河上一跃而起，飞上芦苇梢头。在芦苇梢上东西穿行，南北穿行。穿行荡起的狂风，舞动一大片、一大片的芦苇。它想用不停穿行，不停运动，缓解剧痛。可是，刚刚消停一点，二位又在腹中狂舞双剑，把腔中所有部件刮削一空。腹腔里充斥着血液、黏液、不知名的残渣余孽，残棉败絮，污泥浊水，通通被搅成碎沫稀浆。大蛇翻转时，腔内浆糊糊"呱嗒呱嗒"四处喷洒，大量的血污"哗哗啦啦"乱流。好在炼衣不沾血液黏液。

大蛇又一次狂啸，不像虎啸，不像水牛叫，不像野狼嚎。奇怪的"嗡嗡呜呜"轰轰隆隆声，震颤芦苇荡，回荡在七村八寨的上空。可怕的声音，仿佛从海底下翻上来的。又仿佛山峰倒覆塌陷的沉闷声。也许这是最后的吼声，无助的招魂声。蛇魔以它千年经历自负，它并未绝望。

它知道自己有能力恢复被损毁的器官，只要它的身体还在。它需要时间，只需要七天时间，照样可以再生出新的器官。有了新器官，便可恢复元气。它觉得，两捕者会很快死于腹中。它觉得有些疲乏，想找一块平整的湿地休息一会。

蛇魔从芦苇梢上蹿回平坝口，这里苇深水浅，与世隔绝，正是修练恢复元气的好地方。它从芦苇梢上落下，身体没有蜷曲，放松平躺下来，身体内外正处麻木状态。自觉筋骨无力，浑身酥软，难再动。它想攒积最后实力，使元气再生器官。

廖子章和东方瓒进入蛇腹，差不多两个多时辰。大清早辰时被卷进蛇肚的，现在估计接近未时了。二人感觉大蛇安静了，落地了。这个时候，才真正觉得空气稀薄，呼吸有些困难。赶紧抓住机遇，撤出，再迟，必危及性命。廖子章向东方瓒做了一个手势，最后一搏时刻到了，胜负全在于这最后一剑。二人口中小声念起老祖授意的降魔剑秘诀。二人点头示意，握住降魔剑，用尽全身之力，猛猛地从大蛇肚腩下立定插向地面，插进深泥。大蛇猛地痉挛起来，身体不自主地抽筋、抖动、扭曲、蜷起。二位咬紧后槽牙，死死握住正在抖动摇晃的剑柄。大蛇通过扭曲蜷起，攒尽全身之力，也是最后的力量，"嗖"的一声，闪电般蹿出百丈之远，再无力量。要的就是这个结果。

廖子章和东方瓒从劐开的蛇肚皮下滚出来，被大蛇快速前进的身体惯性，抛下十几丈远。二人握剑站立，趁大蛇尚无察觉，向大蛇前进的反方向，飞奔而去。大蛇又前进，将将就就行不过二里，距离端木苇子河边不过百丈，耗尽了最后一丝余力。静静地趴在苇荫中，水洼里。它知道肚里的二祸害被它甩了，自己终于安全了。接下来，先使魔力，愈合肚腩上的剑痕。再发魔咒，孳生新的内脏器官。

虎头鲸拉开单筒望远镜，看清大蛇已进入红衣大炮最佳有效射程。清晰听到北边三里外，发出"吱溜、吱溜、吱溜"三声钻天猴响声。虎头鲸断定，廖总和大统领安全撤出。一声螺号后，二十三门大炮对准大蛇魔的身段，"嘣、嘣、嘣……"货真价实的黑铁球大炮弹，在蛇魔身上爆炸，这条千年道业的蛇魔瘫痪了，它再也无力腾飞、蹿走了。魔力全失，只有那簸箕大的铜鳞铁盖，被大炮弹生生扒下，四处飞崩。

几轮炮袭之后，虎头鲸率大虾逛、四爪飞鹰、刀螂蛇、八爪鱼、震山象、赤臂罗汉、夹山大虫、大马猴、雪里红、凌霜菊、萃海罂、飞天神姑、韩鲶、秦驼、司马浑、铁蛋，全副武装，一拥而上。

哎哟！耳听为虚，眼见为实。这条蛇魔至少五十丈长，身体立起，比普通家院围墙还要高出二三尺，昂起的头有三丈高。死得不屈，死得傲慢，保持千年魔性的本色和尊严。凸出的两眼没闭，足有笆斗大小。眼神里，带着遗憾、仇恨和蔑视。望着远方，放射出金灿灿的光亮。虎头鲸看那双仇恨和睥睨的眼神，愤怒了，拔出宝剑："狗日的，刺穿你的狗眼，看你还瞪不瞪！"大虾逛一把拉住他说："副统领，犯不着和死蛇斗气，留下那眼，不忙处理，说不定是件宝物。不能因为冲冠一怒，糟蹋了宝贝。"虎头鲸愣住了，是啊！据说这蛇魔，浑身是宝。他笑对大虾逛说："好你个大虾逛，看不出，有点文化！"虎头鲸拔剑的手，换拔腰间短梢火枪，示意在场各位，和他一起朝天空鸣枪，祝贺捕蛇大捷，并给老蔡发信号。

蔡先福听到枪炮声，率乡团众兄弟从四面八方的苇丛中围上来，立即动手分解蛇魔……

第二天，南宫先生派出十几名药师，奔忙指导风干、晾晒蛇皮、蛇肉，熬制蛇油。

龙王荡里，百村千庄，家家户户，开门见日，暴晒发霉的身子。各村各庄，一连三天，鞭炮不停，老老少少，喜笑颜开，奔走相告，释放一两个月被困在家里，快要崩溃的情绪。又有许多老年人，在家里摆起香案。供起活神仙廖总、大统领的牌位，为他们祈福。

廖子章、东方瓒、蔡先福、虎头鲸、青铜蟹、邝镛、芦飞正在乡团会议厅，商量恢复重建车轴河大桥、泰山娘娘庙之事。

东书院的孔、孟、颜三位德高望众的先生来访。三位先生请示暂缓其他议题，强烈要求廖总和东方详述斩蛇的惊险情节。他们合计，一定要把这段千年不遇、人神难为、不可重复、意义非凡的奇闻异事，记入龙王荡的历史。把这惊险的斩蛇经过写成故事，永传后世，教育后人，让他们明白，什么才是龙王荡精神，什么才是真正的崇高和伟大……正

第七章 捕大蛇 255

说之时，有人来报，南宫先生来访。

廖子章起身迎接，南宫先生进屋落座。廖子章顿时想起一事，刚坐下，又起身。从会厅内屋，搬出一个牛皮大冰袋，对南宫说："南宫先生，据说这玩意，是蛇宝之一。俺在大蛇肚里，千般谨慎，万般小心，把它圆满割下。费九牛二虎之力，把它带出蛇体。这可不是三五十斤重，足有一百多斤，没渗漏一点一滴。它本身的皮囊，非常柔韧结实，一般的刀剑，割不破的。弄出来，半个时辰内，冰镇保管，害怕有所闪失。俺现在把它交给你了，俺算是完了一桩心事！"

南宫先生惊疑地问："啥东西，如此金贵啊！"廖子章故意神秘、卖关子说："您猜猜？"南宫先生想，蛇体内千年的五脏六腑都可入药，好东西太多，到底哪一样，值得廖总万般谨慎！南宫恍然大悟，豁然开朗地说："啊！啊哈！您的苦心，实在令人敬服、钦佩呀！俺知道了，是千年蛇胆！哦啊！千年蛇胆，治百病，解千疾！宝呀！宝呀！无价之宝贝呀！百万金也无处求呀！"南宫激动的热泪哗哗哗地流下来。谁的一生，能如此幸运，能见到千年蛇胆，能亲手制作千年蛇胆药剂，能面对病人，亲手使上千年蛇胆治病。千年、万年，能有几人？太幸运！现在，在场人才真正明白，一位名医遇到千年不遇的珍贵药材，那是咋样的心情，比中了亿两银的大彩，还要激动！

廖子章竖起拇指道："先生高明，高明呀！和俺想到一起了。人们常说，心肝宝贝，心肝是宝贝，那么胆，定是宝中之宝。据说，这蛇魔的胆，有极高的药用价值，俺给您摘来了。接下来，咋捯饬成药，就难为您费心思了。既然是无价之宝，送您了！"南宫先生一反常态，再也稳不住那不急不躁，沉着冷静的神情，欣喜若狂，跪伏在地呼道："首先，请让俺代表龙王荡里，贫病交加，请不起郎中，拿不出药费的乡民们，用俺龙王荡，敬大神，敬龙王的最高礼节。二位端坐，受俺南宫济一个正规的稽首大礼。千年蛇胆，万应灵药，成千上万的捕蛇人，欲求何得。治百病，疗千痛，解万毒呀！"说完，五体投地，行了一个跪拜大礼。廖子章手中搬着一百多斤重的牛皮冰袋，一时不知如何是好。东方瓒立马站起来，从地上抱起南宫先生。用若无其事，轻松的口吻说："哎——大蛇肚里，都进得，取一颗蛇胆，探囊取物，区区小事，何足挂齿。这东西，钱、银子，当然买不到。世上哪还有千年大蛇，没有了。"南宫先生凝神看着东方，又有惊疑，指着东方瓒说："大统领？您？"东方瓒问："俺咋啦？"南宫先生问："您的左耳轮？"东方瓒不屑地说："少了一圈！"南宫忙问："是呀！咋的啦？"东方瓒轻松地说："那千年老怪物，肚子里有它娘的化骨散，强力化骨。为防它的化骨散，俺涂了药，俺大意了，涂少了，抵挡不住。幸亏出来得早，再晚一晚，俺这俩耳朵，可就全没了。"南宫先生兴奋，满面挂泪，站起身子，四处寻视，廖子章说："南宫兄，您咋的啦？找啥呢？"南宫说："找脸盆洗面、净手，接圣物！"

廖子章把手中袋放在桌面上，略有所思说："免了！免了！有牛皮冰袋，两三天，不会变质，临走时，请管家派个车，给您送过去。（转脸对蔡先福、虎头鲸）明儿，召二十队、乡、镇、保、甲长，龙荡营的八营四部首领，乡团的三纵六部首领，在南四队南平坝口子，举行禊事，被除不祥，斩了大蛇，以作纪念。往后，定于每年三月十八，吉亨之象日，万物复苏，气清景明，阳春开泰时，在南平坝口子举行春季禊事活动，除害兴利。龙王荡的南平坝口子，从今日起，易名'大蛇'。请书院三位先生，把这件大事，记入史册。让龙王荡后代人记住，遭遇任何灾难，都不可怕。俺龙王荡人，在千百年历史进程中，遭遇天灾人祸，千难万险，从不断代，从不泯灭。生生不息，走过去，跟上来。倒下去，站起来！为何？就是因为有脊梁、有气节、有魂灵。说到底，就是民族的精神、智慧和力量……"廖子章正说之时，忽听得校场传来轰鸣的锣鼓声和"噼噼啪啪"草子炮、铳子雷的轰响声。

芦飞急忙出了会议厅，来到校场，迎来的是公孙暑率领的队伍，公孙族祖孙四代代表五十多人，前边人抬一块八尺长、三尺宽的紫檀木匾，红绸子饰边，上面刻金字阴文"福泽万民"四个大字。后边人抬着刚刚屠宰的两口膘猪，四只羊，两筐鲜红桃，两筐西瓜，一缸豆油，十坛高粱大曲。祝贺斩蛇大捷！

再向东方、南方、西方看，官道上源源不断的队伍，举旗、击鼓、吹唢呐。有严家的慰问队伍，夏侯家的慰问队伍，端木家的慰问队伍，桓商乔家的慰问队伍，盐主许家队伍，钱庄褚家队伍，丰乐镇队伍，四

第七章 捕大蛇

队街的队伍，平民老百姓自发的千人慰问团……

　　荡里一切，恢复了正常秩序。人们又可放心地自由行动了，门开了，人笑了，牛羊出栏了，鸭鹅在河面漂了。镇上、集市上，买卖交易，又繁荣起来。邬士祐、纪登楼领本庄平民，二百多人回来了。街头说大鼓书的艺人，已经把廖总、大统领斩大蛇魔的事件，编成四十回大鼓书，搬上书场，赚得盆满钵满……

第八章
撒银钱

1

　　六月二十六，这年的中伏二十天。傍晚太阳甩西，气温稍微缓了缓。廖子章、东方瓒率旗下一百多人，引千万担大舸船队，从龙王荡水寨，经车轴河入海中，顺西北风向铜钱岛出发。在岛东外侧海域落锚。夜间海风固然有些潮湿，但海面上凉快，没蚊子。众人晚餐，又酌了几杯小酒。在凉风里，夹板上，仰巴拉叉，心无挂碍，吹了一阵牛×，呼吼地酣睡了。五更头，廖子章、东方瓒睡不踏实，不约而同在船舷上观潮。海潮退得真快，寅时，天大亮。仙贤老祖说的魔路，浅水中仿佛鱼脊梁的魔路，隐约露出，两人作了简短交流，让哨兵吹响螺号，卯时吃早饭。早饭后启锚，船队沿魔路，顺着退潮水汛至第九道湾口，按事先部署顺序列队、靠路岸等待吉时。

　　海平浪静，晓雾孳生，太阳出来，红霞笼罩海空，紫气东来。报时官敲报时锣，扬声道："吉时到！日晷正指辰时！"廖总身披缃色风衣，内束牛皮单背心，马靴皮裤，铜胄。左手握剑鞘，右手按船舷，飞身从一丈高的大舸上跳上路，向红珊瑚礁走去。东方瓒手捧那一把看似黄铜的金钥匙，紧随其后。在路南边礁沿下，廖子章和东方瓒仔细观察，看到几处类似门形石板，一时难以确定。所谓红珊瑚，已不再鲜艳多丽，空有其名。石铺路基上，尽是黑不溜秋的猴头石。今日潮汛，留下脚面深、稀软的新海淤。明日回潮，这些新淤将被带走。所谓魔道，其实没有道，只是堆积的猴头石，落潮后，也无法正常行走的路印子。现在才明白，魔道的含义。

廖子章和东方瓒在魔道九弯深处，最不像石门地方，廖子章仡立说："兄弟，石门就在这里，不用怀疑。看这上面，叮着千层万层的贝壳生物，吸盘蛤、爪子螺、生蚝、牡蛎……贝类把石门、路基石、珊瑚石，连成一体。它们死死凝固一起，锤砸刀剁，这几尺厚的东西，比石头还坚固。"哎呀！这要多少世纪的沉淀。也许经历过孛儿只斤·铁木真的马蹄，也许是陈圆圆娇巧的梦境。廖子章仰面看到一群喜鹊，衔沾有泥浆的树枝，从上空飞过。如何能找到开门的锁孔？眼看时间分分秒秒地过去。廖子章没有更多耐性。左手握紧剑鞘，右手"嗖"地抽出宝剑。这把还没归还乾道老祖的降魔剑，猛地斜插进快要成精的百年贝壳体下，使劲铲除。几个动作之后，石门上贝壳纷纷掉落，露出平滑碧青的石板面。石板中间，现出明显锁孔。藏不住了吧！廖子章毫不犹豫，接过沉甸甸钥匙，对准锁孔用力一推，这钥匙如三百年未见媳妇的壮汉，立马复位，没一丝缝儿。金钥匙插进锁孔，按仙贤老祖传授的密码数字，五七一二二，左转右转，没啥奥妙，没费周折，石门"吱吱"打开。一股冷气，扑面而来。石门内壁和石门框，皆有凹凸石槽相吻合。滴水不漏，空气不流。下边门槛高二尺，宽丈二，厚二尺。门内，正是高八尺，宽三丈的影墙。廖子章抬头一看，冷不防，浑身汗毛乍开，哆嗦一下。八尺影墙上，挂着黄、白、青三条扁担长，碗口粗的大蛇。廖子章心想，又是大蛇，俺咋跟蛇摽上了呢？三蛇眼冒凶光，张开血盆大嘴，口吐青烟，张牙舞爪，狰狞可怖，还发出瘆人的"吱吱"怪叫。刹那间，无数条细细长长，尖头八怪的毒小蛇，从影墙后如流水般流出，挡在门槛里。廖子章冷静沉着应对，区区小妖，雕虫小技，阴沟风浪而已。既然仙贤老祖没啥交代，说明这类俗物，既可杀之，亦可置之不理。难道是三个钱库的守护者吗？

廖总一贯的风格，战术上重视对手，不能被这不明不白东西拖下水。对东方瓒说："暂不伤它们，俺来说服，听懂人话，则是灵物；听不懂人话，敢阻止俺们，那必定晦气东西，杀了它。没时间和它耗。见俺眼色行事！"东方瓒点头说："明白。"廖子章立门外，横眉冷对，面若冰霜，满目杀意，把降魔剑握手中，狠狠用力插进石槛上，剑身喷射出寒冷的光芒。高声道："不管你们是妖是魔，俺没时间和你们佯打耳睁的。降魔剑在此，廖子章奉仙贤老祖之托，前来取货。识相者，让开路径，井河不犯，互不相扰；不识相者，敢犯俺秋毫，杀无赦。"

三蛇立化原身，三个道姑。年长道姑开口笑道："哦！廖子章，刚杀了蛇魔，真英雄，崇高、伟大。咱们并非蛇身，只是化蛇唬唬你们。既是仙贤的人，必是道中人。咱们是太上老君三道童，在这里已守千年，替太上老君守这人间钱库。这钱库本是人间物，理当用于人间。三百年开一次。好了，两个时辰，仅有两个时辰，从现在算起。按仙贤的嘱咐，你们动手吧！"说完，一挥手，如潮涌般细溜小蛇不见了。三个道姑扬起手中拂尘，分立三个洞口。东方瓒转身挥手道："兄弟们，装货喽！"……

2

车轴河大桥，泰山娘娘庙，复工了。仅三个月，凭车拉担挑，筑起两道横跨大河，阻断上下游洪潮堰坝。横空出世，二龙长卧。龙王荡人将在这两堰之间，建一座前无古人的大桥，改变千年船运津渡时代。现在，两坝上，成百上千人使人工抽水车，人工拐水车，人工戽斗汲水，转动风力吸水车……连天带夜，昼夜不停，半月过后，坝内积水全部抽干。堰外，烟波浩渺的河面，碧波荡漾，百帆竞发，争先恐后，旌旗飘扬。船头浪涛翻卷，浪花高咏，两岸青障对簇，芦苇翩舞。水间鱼虾欢跃，草丛蛙鼓虫吟。

龙王荡，车轴河，沸腾了。马头港湾，船挨船，船连船，船碰船。首尾相接，舷舷相拥。龙荡营八营四部，二千多人，一百二十艘大船，在河面上穿梭。撑篙的，拉纤的，掌舵的，升帆的，竖桅的，挂旗的……满载负重而来，空船扬帆而去。桥基、庙基的石料，全由这些大舸，从云台山、罘山、东陬山运过来。

大虾逛被晒得红里发紫的脊背，披着厚厚一块麻布，刚卸完石料，没来得及取下麻布喝口水，就回到船上，高呼道："兄弟们，不能怠慢，返航哟！"他手握长竹篙，撑船离岸，仰起脖子喊："升帆！"几个壮汉理顺帆绳，用力扯帆，随着"嘎吱嘎吱"有节奏的声音，灰色布帆一尺一尺，爬上百尺桅杆。三帆扯满，船头慢慢挪动。大虾逛向后艄喊道："右满舵。船多不碍港，赶紧腾位置，锚地里排队的船，急着进港哩！"

四爪飞鹰立于另一艘大船船头，粉色夹衫束袖大摆边，青色长裤，脚蹬半筒皮靴，束一条牛皮宽腰带。英姿飒爽，八面威风。神采飞扬，两手叉腰。大船从河心，朝这边驶来。她仰面喊道："虾逛子大哥，你今个，又是第一啦！第二趟卸完返航，真的了不起呀！妹子真心夸你啦！俺紧赶慢赶，还是晚你一步！"大虾逛答道："你们昨天是第一，今天，就讲点风格吧！"说话之间，两船擦舷而过。另一侧，刀螂蛇的大船，也负重而来，刀螂蛇兴奋地叫道："飞鹰妹子，你们也不赖，紧随第一。"飞鹰知道刀螂蛇心中不服气，但力度不够，不服也得服。飞鹰答道："你说笑吧！紧随第一，还不是第二吗？不管谁第一，谁第二，你第三的位置，暂且无人打破。不过，你不能卖呆哟！"刀螂蛇识趣地说："看来俺的船，只能紧随第二了！"飞鹰当仁不让地说："准确说，就是第三，你若卖呆，有可能滑到老四的位置上。不要不服气！"刀螂蛇有点奉承地说："服呀！服气哎！今天，咋没见着八爪鱼兄弟呀？"飞鹰回道："乡团的木筏队，到大伊山，盐河口有一段淤塞，水道窄，出不来。他和震山象、夹山大虫、大马猴、赤臂罗汉五只船，迎筏队，运木材去了。"飞鹰婚后四年多，肚皮没啥变动。刀螂蛇蛇眼珠子转了一圈，本想说两句骚情的话，开个玩笑，想了想不合适，没张嘴。

坝底清淤工程，大头落地。清理河淤，按队、镇，划出二十多个工段。速度、质量，通通承包到队长、乡约人头。清淤不合格，打板子、罚金，对号入座。百年大计，质量第一，基础更是不得差之毫厘。这是廖总反复叮嘱的。蔡先福挂着一副判官的脸，严肃得像一块生铁板，让人心寒生畏。他的头上那顶柳编、遮阳、安全功能二合一的宽边圆顶帽，除了睡觉之外，吃饭、尿尿、拉屎，从不取下。瓦灰色对襟无袖短衫，黑色大悠裆裤衩，烟袋插在黑腰带上。两手习惯地握紧拳头，显出踏实守规，不含糊，不马虎的风貌来。他的身后，跟着一个五十多岁的家伙，平头，尖脑袋，没留长辫子，圆脸，眯缝眼，吊眼梢子，被人们美称为凤眼查。他的脖子就像一棵枯树桩子，又直又硬，上边撮一颗永不低下的头颅。他是龙王荡的桥梁专家，建造大师，查礼义。这家伙一根筋，丁是丁，卯是卯，在技术质量面前，没一点人情味，没有一丝回旋余地。命可不要，工程质量不可大意，否则，他一定跟你拼命。大伙见了他，又敬又畏，又怨恨，又埋汰。他不管别人咋看自己，整天胳肢窝掖一卷图纸，手里抓自制角尺，一分一毫，尺子说了算。

他们俩沿着坝底桥基淤面上竹笆木板路，测量每个工段的清淤指标，身后跟随一条长队。第一个是南四队队长兼乡约戴景耕。这老家伙，话不多，很较真。有人把鸡毛当令箭，他把鸡毛当泰山，是有名的倔种脾性。也是二十队中，有名的免检队长。接下来，一个挨着一个的是脏活累活，冲在前面的南五队队长兼乡约辛三福；精明能干，长于抓机会的，丰乐镇镇长时俊杰；喜欢随大溜，看别人，比自己，不争先，也不愿落后的，北六队队长夏秋丰；心里放不下一句话，嘴上没把门的、直肠子的，南八队队长龚大嘴；精打细算，不想讨巧，不愿吃亏的，南二队队长乔保禄；乐观积极，有点惧内怕女人的，北七队队长邱景水；头脑简单，中不中，猛一冲，撞上南墙，头破血流，不回头的，北八队队长胡大捏……

他们治下的民工，干的工程，他们心中明白。害怕抽检出瑕疵，因此，一步不离，紧随其后。若全部抽检合格，下一步，就开始方石砌桥基，围石井，垫桥墩。进入大桥建设第一阶段，关键之关键一步，因此必须一扣不让，毫厘不差。

南岸引桥左侧，是占地千亩，四进式泰山娘娘庙大殿群。基础深挖丈余，回填碎石，混合黏土，下桩铁碾夯实。虎头鲸、青铜蟹一左一右，在大殿基础上，检验砸碾夯石的质量。五大三粗的虎头鲸，一身肌肉疙瘩。蒲扇一样又大又厚的手掌，握起的拳头，石锤一样粗壮结实。他手抓一把六尺长的角尺，仿佛有许多文化，有许多的技术含量的样子。虽然有点笨拙，却是一副认真、严肃又庄重的面孔。这符合他大事谨慎，原则面前不糊涂的性格。他不怒自威，震慑着手下的一班兄弟。青铜蟹手捧一个竹筒子，里面装着查大师绘制的泰山娘娘庙地基图纸和主要数据质检说明书。青铜蟹脑子灵，自从在海堤大坝工程中给查大师做助手以来，学会了看图纸操作、验收。大殿地基，相对大桥桥基，图纸更容易掌握。查大师同意，让青铜蟹在大殿地基质量验收上，独当一面，查大师定期过来核检。青铜蟹倚仗副统领的威望，虎头鲸依赖青铜蟹的知识和精明。现在两人正在韩鲶小队夯过的地基上检查。飞镖神手韩鲶，充当铁硪头，两手掌铁硪杆，其他六个兄弟，两手拉扯铁硪链子，"嗨唷、嗨唷"，单调重复机械动作，夯砸地基上的碎石块。"嗨唷"一声，砸一下；"嗨唷"一声，砸一下。时间长，不光肌体疲劳，精神也疲劳。眼看各人，手中乏力，铁硪没高度，砸下没力度。速度上不去，效率低下了，上午半天的任务难完成。

精神枯了，必须调剂一下。韩鲶想出了馊主意，他按下硪杆，示意停下，开口道："兄弟们，照这速度，今天上午任务是完不成了，中午别想吃饭休息了！咋办呀？"这六人，皆韩鲶铁杆兄弟，弁大弁二，顾三颜四，辛五辛六。几人中，数顾三个头相对稍矮一些，脖子朝一边倾，脸上的曲线疤蚯蚓一样，青里发紫。打硪夯，个子矮点有优势，相对省点力。看来顾三知道韩鲶心理，猴刁地看着韩鲶说："哎！头！来一段，提提神，兄弟们快睡着了。"顾三平时察言观色，最了解头的心思。他这一说，各位来精神了，众人齐声："来一段，荤的！"韩鲶心想，顾三你小子，是个坏种。俺的心思，你个小杂毛子，一猜一个准。韩鲶笑着说："来一段？提提神？好啊！夯完这趟，俺们歇歇、喝茶，咋样？"众人仿佛注了鸡血，皆说："好！"韩鲶有点顾忌，一来新《乡规民约》有规定，不得在公开场合嘴上没把门的，乱说乱道。开玩笑，不许说促寿话，有损文明。二来自家的媳妇在工地后勤，传到媳妇耳眼里，找收拾。韩鲶和往常一样，说促寿话之前，板起脸。他说："荤一点，不要过分。噢！影响不好！就弄一段子，八句，八句一转头的那种，好吧！手里活，可不能停哟！"众人抖擞精神，皆说："中！"

韩鲶稳住硪杆，开始唱道：

兄弟们要注意哎！
嗨唷，
铁硪往前移哟！

嗨唷。

圩下小媳妇哎！

嗨唷，

美腿高又细哟！

嗨唷。

离地三尺三哎！

嗨唷，

一条小水沟哟！

嗨唷。

萋萋芳草地哎！

嗨唷，

月月红潮流哟！

嗨唷。

没见羊吃草哎！

嗨唷，

汉子洗洗头哟！

嗨唷……

另一组夯土基，打的是石碾子，掌碾杆子的是金枪鱼。他们听韩鲶这边唱荤段夯调子，心里撩得痒痒嘘嘘。一小伙子嬉皮笑脸，对金枪鱼说："头，听韩鲶唱啥玩意？荤的。俺们不来一段？压压他们，鼓鼓士气。"金枪鱼觉得，这半个时辰，各人的确又渴又累，进度不快。俺金枪鱼又没有望梅止渴的本事。能弄段荤段子，解解乏，也不是不可以。但自己的肚里，确实无啥新鲜的荤段子。一本正经地说："他们唱的又不是啥正经段子，有啥压头！"众人不让，混声道："金协理，来一段呗！"金枪鱼一本正经全消，换一副轻狎的笑面说："就一段，好吧！"

各位兄弟们哎！

嗨唷，

用力提石碾嘞！

嗨唷。
东边二号手哎!
嗨唷,
绳子带肚子嘞!
嗨唷。

二号夯手正竖起耳朵听他唱荤段子,忘了手中活,被金枪鱼点了名,绳索带肚子,松了,弯了,没拉直,没用力。二号夯手一边用力,一边说:"荤段子呢?你倒唱出来呀!"

兄弟莫着急哎!
嗨唷,
下边听俺言嘞!
嗨唷。
村上有四香哎!
嗨唷,
众人尝一尝嘞!
嗨唷。
开江小白鱼哎!
嗨唷,
下蛋母鸡汤嘞!
嗨唷。
早上回笼觉哎!
嗨唷,
怀搂二房妻嘞!
嗨唷。
村上有四香哎!
嗨唷……

众人不干了,放下石碾子。二号手说:"头,你耍滑头,日弄人。

这段子，本来就没啥劲，你还来一个四句一转头哈。"说着，众人打起哈欠。这个说，俺去撒泡尿。那个说，俺去拉泡屎。还有人说，吞嗓眼失火了，喝口水，润润嗓子。金枪鱼急了："各位兄弟，各位兄弟，是俺不对，来来来！莫走。来一段，正宗的，正宗的荤货！中吧？"其实，各位没有真心散，只是逗逗乐子！金枪鱼说："来来来，拿起硪绳，拿起硪绳，听好了！"打夯继续：

兄弟们想开心哎！
嗨唷，
逗逗乐子玩嘞！
嗨唷。……

这个时候，小景瓶上穿宽松青白长衫，衫面上绣两朵很夸张的大红花。头裹宽松粉色丝巾，下身穿大摆边绿色莲叶花裙子。胳膊肘上，挎一柳编篮，篮里放一大瓷罐，罐里肯定是啥大补品。从官道上扭起细软的小蛮腰，摇晃肉嘟嘟紧绷绷活络络屁股蛋，两腿夹得紧紧的。小开步，踏着一条直线，绝对标准的，职业妓女的步子。刚上大堆，就嗲声嗲气喊道："老橛头，喝鸡汤喽，下蛋鸡的鲜汤哟。"鲜活灵动，丰姿倩影，勾人心魂啦！金枪鱼听了，瞥一眼这尤物，心里一热，有点想法，随口唱道：

嘴小阴门紧哎！
嗨唷，
龙珠肉中藏嘞！
嗨唷。
花心升泉水哎！
嗨唷，
一竿插到港嘞，
嗨唷……

二进殿那边，奋蹄骉秦驼率兄弟们抬石料，垫基础。三进殿的基础上，大匠炉司马淬和众兄弟们一起，使大铁锤把大石块砸成小块，往地槽里填砌。四进殿工段，大铳铁蛋领一部分兄弟，把船上刚卸下的石头，车拉人抬，从码头运往工地。留一部人，在这边地槽里垫石回土。

　　这边几个人，大多四十往五十岁上数的汉子，个个颇有来头。当初大统领把这几个有来头的人，交给铁蛋管，就是看中铁蛋脑子灵，有狠劲。在铁蛋眼里，不管谁，过去多么辉煌，那都算个屁。现在的龙荡营里，小鸡觅食，刨一爪子吃一爪，谁也没特殊可言，没老本可吃。这些人，似乎被铁蛋管得服服帖帖。铁蛋心里有数，他们内心里不舒畅，只是不敢表露出来罢了。

　　原来在绿营里，他们大小都是官，都有家室，都曾经有过几个乃至十几个婆娘，后来，时运不济，官途多舛，前程如渊。女人死的死，逃的逃，大多成了别人的婆娘。目前，这些人都是老光棍老鳏夫。他们看到小景瓶浑身骚情的影子，如公狗闻到母狗臊尿味，躬不住了，顿时燥起来。秃子裴庚矜，贼眉大眼，双眼前突。黄眼珠滴溜溜盯住小景瓶隔着大夹衫，颤颤悠悠两个大肉奶子，心中"咯噔"一声，"啪嗵啪嗵"地乱撞起来，结巴地说："乖乖，真他娘的俊，要命啦！"话音没落，"噌"的一声，烂裤裆抻出一个洞，露出憨憨萌萌，比大秃头还亮的小秃头来。

　　柳时雨瘦高个子，曾经当过户部的大官，可是那张始终苦巴巴的脸，逃不出祖宗八代没有营养的枯模子。他的官位，曾一度冲到户部侍郎，就是因为不老实，据说睡了哪位阳萎王爷的侧福晋，德不配位，犯了事，被打发到即将解散的绿营。好久好久，没见过女人，憋得难受。口口念道："小骚精，小狐仙，哪天让老子沾上了，非干得你尖叫求饶不可！"深深咽下一口唾沫，罢了！在绿营时，柳时雨挂总兵的职，二品大员，手下有万把人。当时，有一个叫作翁里鑫的人，家中排行老八，被人称之为翁八，在柳时雨麾下担任把总，是掌管百把人队伍的小吏。翁八是个官迷，为了让柳时雨晋他一档，上任千总，使出千般手段，可是没奏效。

　　巧于经营人际关系的翁八，投其所好，把自己女人舒筱筱送给柳时雨睡了四回，睡出个男娃，柳时雨不让娃姓柳，只能姓翁。后来女人死了，娃成没娘的娃，翁八就成鳏夫，娃的错种爹。柳时雨他爹害大病，久拉不愈。懂一点医道的翁八，亲口尝柳时雨他爹拉下的屎。

柳时雨他爹死了，翁八穿戴孙子辈的孝服，趴在棺材头磕头，手扶棺材檐烧纸、流泪、抹鼻涕，大悲大哀尽大孝。小眯眯眼连哭带揉，肿胖胖的，像卵子上开了一条细缝。这种表现，出于真心，还是假意，不晓得，目的很明确，逼柳时雨提拔他。效果不错。受感动的柳时雨，擢拔翁八当一个副千总。到现在，阴差阳错，两人都成了铁蛋手下普通一员，混口饭吃。可是，在翁八最得意时，未能谋上正位，这是他一辈子的心痛。现在翁八瞧不起柳时雨，赔了女人，又尝他爹的屎、充当滴孙子，还帮人家养娃，他觉得亏大了。这桩桩件件的丑事，又拿不上台面公开叫板，心里实在窝囊。柳时雨骂翁八是狗娘养的，忘恩负义，翻眼贼，狼心狗肺，贪得无厌。当了把总，想当千总；当上副千总，又想谋正。倘若帮他谋正，他一手够着天了，一定是盯住俺总兵的位置，说不定，哪天还想做皇帝呢！奸佞小人而已！这昔日两条蛇，如今是两条毛毛虫，一个虎落平原，一个褪翎凤凰。他们明里暗里，相互辱骂、拆台、争斗，常常擦出火花。翁八敢在柳时雨面前示威，倒不是抓了他许多短处，而是翁八有一帮狐群狗党。有一个叫庚觯，是翁八的拜把子兄弟，也在大铳手下干活。这家伙，个子大如驴，大头大脸大腮帮。一直以来，庚觯就是翁八豢养的一条恶狗。是一条摇尾乞怜、仗势欺人、专干龌龊事的、丧家的乏走狗。早在绿营期间，大奸翁八不便出面干的，杀人、放火、欺男、霸女、掠货、敲竹杠子、抬财神、逼良为娼……的罪恶勾当，全由庚觯替翁八干。到龙荡营之后，他们不敢不收手。现在，他手中拄大锤杆，已是一杯茶工夫没动锤了。偷懒滑唧溜，阳奉阴违。干活，全看翁八的眼色。天生一副高大的奴颜婢膝的形象。现在，他眼看着翁八虾皮眼色眯眯，远远盯住小景瓶的两条轻盈的小腿，发出奸滑的淫光。庚觯心领神会，顺溜舔腚道："什么世道，人心不古，好×都给狗日了！老橛子这条老狗，登徒子，老而不死。临了，临了，竟弄得这般绝世的货色，真他娘的，辱死天下好男人了！"翁八的干儿子尤连珅，据传言，是贾珍和妻妹尤二姐的私生子。写《红楼梦》的人，为了给贾珍的面子，把这个无辜的私生子尤连珅保护起来，没做叙

第八章 撒银钱

述。这才使后来的贾琏深信尤二姐是未破处的纯货色。尤连珅是翁八干儿子,其实,他比翁八还大一岁。翁八当上副千总那年,提拔尤连珅担任把总。尤连珅激动之余,跪在翁八面前,磕了头,叫一声"干爹,再生父亲大人,受儿一拜!",磕了一个响头,从那时起,他就成了翁八手里的一把刀。三人停下手中活,盯住小景瓶的身影,看她的背影、圆屁蛋,晃悠晃悠,一会儿,晃出了他们不甘收回的视线。

尤连珅眼尖,看到铁蛋从河堆后边过来了,立马狠狠干咳两声,示意,头来了,赶紧干活!各人不吱声,翁八不情愿放弃小景瓶的美臀、美颜、美步子,调笑无时,云雨无缘,无奈地收回盯住小景瓶屁股的那双意淫的贼眼。神经质地抡起手中大锤,在猴头石上发泄那股心火燎烧的情绪,砸得大石头分崩离析。

铁蛋非常了解他们。当初他们在绿营呼风唤雨,目无同僚,搞独立王国,骂老佛爷是婊子、老鸨。最终被削了官职,一撸到底,做一名普通士兵。他们的狐朋狗党,也跟着一损俱损。当士兵,扛活卖力气的事情,干不了。拿刀弄枪,战场拼杀,又没有实实在在的真本事。幸亏头脑灵一点,在铁蛋手下干零活,造枪、炒火药、制火器枪,混下一天三顿饱肚子。这几个害群之马喜欢玩阴的,铁蛋早已心中有数,有意不动声色。一旦时机成熟,必将彻底清理门户。龙荡营里人人都有故事,林子大,啥鸟都有,不足为奇。这些人,只不过是一块铁板上,几颗麻点而已。谅他们也尿不出波浪来。

后来,这几人所筑殿基工段偷工减料,验收不合格,被虎头鲸勒令去罘山石塘,由铁蛋带队,开山炸石。不久,石坡塌方,几人被斗大的乱石雨埋在石塘之中,一个也没逃脱。幸亏铁蛋毫发未损,在石塘崖上为他们烧纸送行。

泰山娘娘庙开工前,东方大统领让金枪鱼在龙王荡二十队、乡范围内,招募身强力壮,吃苦耐劳的中青年汉子,来工地做义工。

不消三日,竟然招来二百多人。

章先虎、蒲七叶天天晚上去乡约所里,学习《乡规民约》,两人互相监督,互相促进。会背诵通篇的内容,还能理解每句含义。章先虎找到这个丰韵皮实、肉感,又多几分风骚的婆娘,如愿以偿。蒲七叶找到这个能扛重活不挑肥拣瘦，不讲究吃喝，不怕受苦受累，可托付终身的汉子，心满意足。建立了稳定、舒心、幸福的小家。蒲七叶的肚皮，更如一块上等天字号肥沃的土地，播下种子，准时发芽、生根、开花、结籽。四年间，她给章先虎产下两个胖墩崽娃。小日子，过得有板有眼。章先虎身上衣服整洁了，脸色活泛了，性情也温和了。不再腰挎大砍刀，四处晃悠了。不干那些偷鸡摸狗的缺德营生了。家里的二亩三分地，交给蒲七叶，忙得像一枝花似的。他自己给夏侯廪家扛长工。

因邱二豹的死，章先虎认识夏侯廪，时间长了，那无意义的仇恨淡了，更何况廖总说邱二豹不是夏侯廪杀死的，章先虎也相信。夏侯家地多人少，章先虎揽下重活累活，不讲价钱，不讲苦乐。夏侯廪家十几个长工，见他膂力过人，一顶三或顶五，能吃苦，不多言，不冒语，不耍奸，不刁滑，个个信他，服他。他耕地、撒种、施肥、耘耥、装车、打谷、扬场、扛谷、楦囤子；清淤泥、掏粪池、挖沟、筑渠、排涝、灌溉……绝对老把式，全能技术，无人能替。长工们佩服他，夏侯老爷也尊重他。

建桥建大庙初期，正好地里活不很多，他便向夏侯爷提出，上工地，干义工。夏侯廪前几年，在荡里对公益漠不关心，人缘不佳，给人们留下小气抠门的不好印象，现在也急于扭转人们看法。瓮头瓮脑的章先虎提出去干义工，触动了他的心思，一口答应。又多派了几条汉子，还明确承诺，干义工期间，工钱由他夏侯廪支付。

眼前章先虎，两肩扛两根圆木，从船上踩着"嘎吱嘎吱"的跳板，一步一晃，有节奏地、稳稳当当地、踏踏实实地走下船来。四人抬的圆木，竟由他一人扛下船，这是啥效率！谁能不服气，谁敢不服气。同来的夏侯家长工牟小五说："章老大，悠着点，这活是一天干完的吗？俺不明白，你哪来的劲道头子，人家休歇，你还干，为啥？"章先虎内心瞧不起牟小五这类人，偷懒滑激溜。板起脸说："你牟五，整天干起活来，啰里啰嗦。当真包工干活，你狗日的，八成拖得有皮没毛，翻白眼。夏侯爷给俺工钱，四太爷管俺三顿大米干饭白面的馍，俺们再偷奸耍滑，还算人吗？力气今天使完了，明天又有了。留着力气，干啥？带进棺材呀？"本来，他还想说"养儿子，日媳妇，凭的是良心"，话到嘴边，咽下了。《乡规民约》明文规定，公共场合，不许说脏话。刚才，没介意，已经说了一句不干净的话。现在想想，有些后悔！

丰乐镇兆醪桶儿子兆棱桶，死鬼父亲为了买酒吃，当了倭寇海贼的带路狗，被砍了头。之后，乡里乡亲，左邻右舍，蔑视痛恨兆醪桶，殃及家人。全家人没脸见人，走路脸朝地，不敢抬头挺胸。娃娃出去玩，被邻家娃欺负、打骂，硬说是倭狗孙子。鼻破脸肿，不敢还手。有人要求，把兆家赶出龙王荡。有人要求趁黑夜放把火，灭了这坏种人家。还有人威胁，抱兆棱桶的娃喂野狗去。这家人，吓得哆哆嗦嗦。兆醪桶的老伴，兆棱桶的妈，见了外人身上就筛糠，尿就自动流下。一家人，不敢随便出门。

廖子章得悉此情，嘱咐蔡先福找丰乐镇镇长时俊杰，说明一人有罪一人当，家人无罪不株连。街坊邻居心情可以理解，绝不要做出出格的事。动了人家的娃，烧人家的房，同样是违法犯罪。几年来，兆棱桶夫妇表现得老老实实，不敢乱说乱动，安分守己，害怕惹是生非。力所能及，帮左邻右舍做了一大堆好事、善事，以求得别人谅解。人们本来那轻慢鄙视冰冷的眼神，才渐渐淡化出一丝温度。金枪鱼招募义工当天，兆棱桶带一腔真诚和热情，第一个报名。到了工地，他不声不响，肩挑臂扛，车拉担挑，落下周围许多人的赞誉。兆棱桶心里想，俺苦点累点，无话可说，只是为那不争气的老子赎罪。他祸害龙王荡，俺多做点益事，兴许龙王爷保佑，让俺兆家将功折罪，给俺下一辈积点阴福。兆棱桶媳妇已经养了两个男娃。今年初，肚皮又鼓起来。走起路来，还是左腿软。他媳妇凭经验，估摸着又是个男娃。多子多福，眼看第三个男娃就要呱呱坠地，内心经常有点得意的兆棱桶，背地扳着手指算下来，照这速度，给婆娘那口钻井里加加油，至少还能养下五个娃。现在，啥话不说，拼命干活。在荡里乡亲们面前，夹住尾巴，做善事，重塑形象，是俺兆棱桶对家、对外、对祖上、对《乡规民约》，唯一正确的交代。他行动在大庙工地。他的独轮车上，装的石头比别人多出三分之一。不吱声，不吭气。车绊儿搭上肩，一劲领起，脑门上卷起深刻头纹沟子，汗水潺流。他咬紧槽牙，腮帮上咬成挺硬的肉疙瘩。肚皮两侧，明显隆起三块结结实实的腹肌。有人喊："兆棱桶，天晚了，收工啦！黑月头，看不见啦！你还能推到何时？"他兴奋地大声回复："小车不倒只管推，一直推到俺龙王荡的桃花源。如果需要，俺继续推下去。"

听听，多么敦厚善良，纯真老实。多么朴素豪迈！虽然听上去感觉有点假，有点像喊口号，但还是让人相信。是的，正能量的口号，比骂街强，足以给人力量和振奋。

大庙地基槽中，夯铁硪的人群里，禚大歪、阕二猴子，原本是两个无耻之徒，曾干下丧天良的坏事。两人肚里，曾装过对方娃的骨肉。娃用自己没有生命体征的躯体，成全了两家人的性命。从道义上讲，有悖人伦。从维持苟延残喘的生物性本能来讲，废物利用，善莫大焉。没有当初的易子而食，哪来禚大歪、阕二猴子如今生龙活虎在此夯铁硪子呢！爨老橛子、蔡小诡劈柴、捡柴、挑水、淘米、和面粉、扛白菜、洗萝卜……汗流夹背，喜笑颜开。廖文琴、虞墨兰、牛三丽、蒲七叶、小景瓶、秦媒婆、孔莲歌、雪里红、萃海罂、飞天神女、凌霜菊，她们都成了妇女的带头人，分别领一班妇女，洗衣、做饭、烧茶、送水、缝补、浆洗、纳鞋底……分工明确，忙得像过大年似的，欢天喜地。各队各乡妇女们学了新《乡规民约》，不再沉默，都放开又长又臭的裹脚布，走出家门、走出村口，奔向大桥、大庙工地，和龙王荡的男人一道，自觉做大桥大庙的建设者、见证者。廖夫人有序安排人手，分工细致，后勤保障充裕、井井有条。

田家的鼓，甘家的锣。河北拉歌手望天吼、年大妮，河南的张大喇叭、阎大花，自带乐队，活跃在工地上，现编现演。白天在工地转，发现好人好事好素材，编成快板、顺口溜、门头词，编成大秧歌词，说唱表演。晚上白灯笼，红灯笼一扯，把新人新事，搬到临时大戏台上。

章先虎、兆棱桶、爨老橛子、禚大歪、阕二猴子、蔡小诡，白天良好的表现，晚上就被搬到大戏台上，赞颂表扬。任何一件不起眼的好事情，经这说唱表彰，情况都大不一样。工地上，再也看不到懒人了。原来有个别人，像牟小五这类人，借上茅子机会，躲在大圩下晒太阳，睡懒觉。现在工地上，一次次掀起比学赶帮超新热潮，人们内心深处的那股劲，那股热情，被激发出来了，大干快上，已变成每个工地人自觉的行动。大桥大庙工地，每天皆有新人、新事、新变化、新气象。

附近十里八村的娃,书院里放夏假,他们聚集工地外围看热闹,看着千年不遇的壮观场面,见证这世纪性的美丽传说。他们在大堆外追逐、嬉闹、捉迷藏、做游戏、捣铜钱、滚铁环、打冰溜、掼纸牌、掼蛋子、跳格子、踢毽子、捣拐……这里成了娃娃的乐园,洋溢着娃娃的纯粹、快乐、无忧无虑,天真烂漫的喧嚣、喜悦和歌谣声。

这边一群,有男有女,娃娃们混合一起,摇头晃脑,声音整齐,唱他们的歌谣:"讲古讲古,讲到板浦。板浦筛锣,讲到黄河。黄河打卦,讲到老大。老大挑水,讲到小鬼。小鬼迷墙,讲到大娘。大娘扫地,'呱呱'两个屁。"另一群女娃,听了觉得不雅,喊道:"不好、不好,咋叫大娘放屁。听俺们的:赤脚奔,赶南山。南山有,植古柳。古柳垂,紫花梅。姑娘、小脚、蚂蚁、环起!"又有一群男娃说:"不好不好,现在,俺们龙王荡不兴姑娘小脚啦,俺姐、娘、婶、姨,都放足啦!小脚,过时啦!听俺们的吧:小老唧,尿尿和烂泥。丑烟袋,上街卖。卖俩钱,好过年。年不够,买块肉。肉不香,买生姜。生姜辣,买棉袜。棉袜暖,买只碗。碗不团,买艘船。船会翻,买毛弯。毛弯不上路,买白布。布不唧,买公鸡。公鸡不下蛋,买雁。雁会飞,买只龟。龟会爬,买个娃。娃会喊,买破灯盏。破灯盏会耗油,买老犟牛。老犟牛不当墒,买破水缸。破水缸会漏水,买油炸鬼,给老爷老奶油油嘴!"

哦!兜了一大圈,原来是个孝顺娃,说半天,动机是买油条,目的是留给爷爷奶奶当点心。

一群男娃坐河堆顶上,围观两娃锤子剪刀布。谁输了,谁自动坐地上,脱掉鞋,脚心跷给对方,对方用鞋底子击打他脚心,口中念道:"老母猪,站大圩,不放屁,紧紧搣。放不放?"被搣的娃,脚底又疼又酥又痒又麻,龇牙咧嘴,似笑非笑的样子,脸也变形了,咬牙坚持说:"不放不放!"既然不放,继续挨揍。一边揍,一边念:"老母猪,站大圩,不放屁,紧紧搣……放不放?"被揍的娃,实在忍不住,忙叫:"放放放!""你放呀!"被揍的娃口中叫道:"呱呱呱!"周围一群看热闹的娃,哄堂大笑,七嘴八舌:"他用嘴巴放屁!用嘴巴放屁啦!"这个娃娃游戏,要的就是最后这个结果。

一群文雅的女娃在掖蛋子，口中咏唱：

俺数头哇，头赶头呀，脚赶脚步撵上你呀。头成头啊对对头啊，一对对啊头赶头啊。
一掖头哇，头大嫂啊，不学好呀，两边捣蛋就变恼呀。
一掖二哇，二月二啊，挑荠菜呀，荠菜包饼筋跩跩呀。
一掖三哇，三月三啊，清明安呀，大红头绳绿宝簪呀。
一掖四哇，柿柿柿啊，小李子呀，李鸿章是软柿子呀。
一掖五哇，五月端啊，五月红呀，吴越小姐扣红绒呀。
一掖六哇，绿绿绿啊，摘豆豆呀，摘下红豆馇米粥呀。
一掖七哇，喊喳喳啊，喳喊喊呀，两个学子在作揖呀。
一掖八哇，说八仙啊，道八仙呀，八仙过海做神仙呀。
一掖九哇，九九九啊，柳柳柳呀，杨柳枝上结石榴呀。
一掖十哇，石大娘啊，开店门呀，手拿金砖照见人呀。……

官道上，一队人马，有男有女，驴驮担挑，一路歌声，一路欢笑；一路打情，一路骂俏。架子车，平板车，"嘎吱嘎吱"两耳车，伴着锣鼓家伙，唢呐五音，双响雷纸炮。迎着凉风，高举百面猎猎彩旗。声势赫赫，浩浩荡荡，向工地生活区拥来。这是廖家二爷发起的，得到龙王荡大户和平民广泛支持的，第一批工地慰问队。大车上，白面、大米、白菜。刚宰的冒热气的膘猪。一筐筐，刚上岸的带鱼、马鲛鱼、狗腿鱼、大青虾、梭子蟹。慰问队伍，陆续经过彩虹门，进入工地后勤大院。锣鼓、五音、炮仗、火铳子、钻天猴、挂浪鞭，"噼里啪啦！嘭嘭嗵嗵！轰轰隆隆……"，气氛太热烈了。

后勤各屋里的人们，放下手中活，跑到院里。周围的娃娃们一窝蜂，从四面拥过来。满地找小鞭，拣炮仗。二爷叫来十几个青壮，将那七色彩旗，插向大桥和大庙工地。沸腾工地，仿佛披上新装，面貌焕然一新。

彩虹般大拱门，所有人打这门里过，都平添几分自豪、骄傲和荣誉感。走过清江，到过淮，上过燕京，下过江南，没看过如此高大雄伟，青松傲柏、鲜花红旗装点的彩虹大拱门。这是秀才詹凤轩的力作。去年詹秀才在江宁乡试，没中举，却对省城考试院新建的彩虹门印象深刻。回乡之后，一直等待荡里的大喜事，终于被他等着了。

他有意在官道和工地连接处建彩虹门，给二工地添光加彩，树形象、增荣耀。他把创意禀报廖总，廖总同意，并表示支持。聪明的詹秀才自画图纸，直接去找大地主端木举人。端木渥正为外甥被害一事没个结果，心中郁闷，苦思冥想该如何对付严九。詹秀才来访。

詹秀才早知道他外甥遇害一事。就拿这事做引子，表哀悼，示同情，劝其节哀自重，还义正词严地提出，应当为死者伸冤招魂。比秀才聪明的端木举人，当然知道，詹凤轩登门，不只是为了说几句同情安慰话，必有所图。他也不想绕弯子，兜圈子，直接问詹今日上门何所图。詹也言不绕舌，说明来意，只是"化缘"。端木问，这事廖总可否知道，詹实话实说。端木最后说："不管廖总知不知道，这事，总归是好事。秀才登门找举人，文人相亲，不可扫兴而回。你说吧，要几个钱。"

秀才在举人面前，不敢虚妄，实打实地说："不奢不侈，不铺张，不贪不腐，不靡费，十块大洋，足够。木料是工地上的，不用买，木匠杨领俩徒弟，是义工，吃饭在工地食堂。至于松枝、鲜花，发动村上几个人，原野、树林中去采摘便是。花钱的地方，就是买些七色绸缎，做成巴掌大的彩旗，买几桶桐油、红绿漆，装点装点，六块大洋足够，多讨几块，不是为别的，是为了不可预见意外事件，留着机动。既然做，一定要做得豪华气派，宏伟壮丽，任何人见了，油然而生震撼、感叹和自豪……"

拱门做好了，并无啥不可预见的事情发生。秀才私下里掏一块钱，给婆娘扯了一块花布，买一袋大米，割一斤猪肉，顺带半斤老烧，塞给村西头小寡妇陶芸芸一块钱。这两块钱的去向，天知地知，秀才早把账抹平了。剩下两块，秀才说，做将来维修费用。

彩虹门宽五丈，顶高三丈，木框固定，马尾松、扁柏的树枝编织门框。碧绿马尾松，苍翠扁柏，色泽浓烈，生机无限。

松枝间插满鲜花、艳旗，五色斑斓，绚丽多彩，质雅高贵。门楣下方横悬十盏大红灯笼，门边两外侧，纵挂两串大红小灯笼。两边门框中间，各有一副大红底，白色大字对联，上联：千载祈盼，壮举惠及当今万众。下联：百年大计，伟业造福后代子孙。横批：物华天宝，人杰地灵。

3

今年龙王荡的天气，风不鸣条，雨不破块，五风十雨，天平地安。是个圆圆满满的丰收年景。夏收三麦进屋，家家户户囤满仓溢。就连一亩二分地的小农户也欢欣鼓舞，喜上眉梢。何况那些百亩、千亩、万亩的大户。秋收，稻拐尺把长，拳头粗，一根稻秸上，结两拐、三拐，掰下稻皮，满顶壮腚，一圈十二颗粒子，一排排整整齐齐的大白牙，粒粒饱满。少有的好收成。黄豆叶子脱了秸，满枝豆荚，鼓鼓囊囊，过去皆两仓豆，今年稀奇古怪，长出了三仓四仓的豆，指头大的豆粒，金灿灿，亮晶晶，圆滚滚，看着喜人。荡里秋场，都打完了。豆子暴晒干了，一斗一斗地扛上肩，人们再不用担心绵绵秋雨了。

眼看八月中秋团圆节就到了。端木渥的妹端木玫子，想起儿子。二十多年，年年和儿子过团圆节，今年这个团圆节，咋过？她从海州城雇一辆马拉轿车，来到龙王荡端木苇的娘家。这几天想念儿子，越想越伤心，越想越自责。后悔没拦着哥哥，去严九家闹事。眼泡哭得像两个红桃子，见到哥哥端木渥，更是悲痛欲绝，隐忍抽泣。本来儿冤死，有尸首，还可以办个丧事。听了哥的话，找严九家闹事，讨个公道。出了这档子事，哥哥也自责万分，又咋忍心，赖哥哥无能呢！端木渥被妹妹哭得没了主意，唉声叹气，力劝妹妹节哀，莫悲伤过度，保重身体要紧。这种劝说安慰，根本不起啥作用。就是把凶手现场活剐了，妹妹疼儿子的心情，也不会削弱。端木渥一心想把凶手捉拿归案，以命抵命，别无他法。但严九不会答应。咋办？告状！告凶手偿命，告严九窝藏庇护罪犯。大清律条款明明白白，杀人者偿命，窝藏庇护，以同罪论。举人写状词，小菜一碟。更何况，他一腔愤怒，一腔哀怨悲情。言辞凿凿，据理力争。铁证如山，信誓旦旦。他把肇事者，犯罪动机，犯罪构成要件，事件来龙去脉，可判死刑的法律条款，写得明明白白，无懈可击。端木渥当然明白，"衙门朝南八字开，有理无钱莫进来"的深刻含义。写好状词，备好两万两银票。他以为，当前这桩官司，自家占据理法，若海州州官公正廉明，不用花一文钱，一定是赢的。现在，通过朋友关系介绍，再递上两万白银，只要他丁诺收下银子，这官司便万无一失。

端木渥做了充分准备，在第三天大清早，和妹妹二人分乘两辆轿子车，出了端木家庄园，上了官道，直奔海州城。因为朋友事先沟通协调了关系，丁诺知道该咋办。他没在大堂上鸣鼓开堂，正规受理。而是在自家书房里，接待端木兄妹二人。既然是自家书房，无啥忌讳，有话好说，有银子尽管掏出来。

端木兄妹两人进丁诺书房。求人办事，礼节不能少，"扑通""扑通"两声，兄妹俩一前一后，跪地上，欲行大礼。丁诺瞧见端木渥，讲究礼仪，形象不俗，行为得体，气度不凡，不失地主财东的那份殷实厚重，又有读书人的清气高雅，心中有几分敬意。他又腾出飘忽的眼神，瞅了瞅端木玫子。家宽出少年，这女人风韵未减，大家闺秀，凄清婉丽，面目端庄姣好。丁诺内心，生出多层的遐思。他从椅上跳起来，拉起端木兄妹，口中不停叨叨："哎哎哎！端木兄、端木妹子，快起快起！在家里，又不是在大堂上，不拘礼节，坐下说话。"仰头向外道："倪妈，上茶水。"一中年妇人，微胖，身材均匀，干净利索，青夹衫，白色短围裙。进来，把茶杯放在茶几上，退出，掩门。

丁诺看到这兄妹俩，是心慈面善，不会太惹事的那种人，他心中暗喜。这案子，人命案，不能进展得太快，太顺，太理想。慢慢审，慢慢理，可能会补充许多情节，要有弯弯绕，让它充分复杂起来，审出许多花钱的空间，理出许多送礼的余地。审出案中滋味，理出财源头绪。总之，要谨而慎，不可轻言结案，不可草草定谳！这篇大文章，慢慢写。

端木渥是海州地界上，可数的几个举人之一，学界有头脸的名士，社会上小有名气的地主。状告严九长工杀人，一旦出手诉讼，不会轻易收手。严九绝非等闲之辈，拔一根汗毛，能压断俺的脊梁骨。他不会买端木的账。这俩家伙撑起来，将给俺创造一个绝佳的敛财机会。丁诺谋划得很周密。有意思，当然不是雁过拔毛，先扒下他们的一层皮，再作理论。这场官司，对俺丁诺来说，不能说生意兴隆，但可以说财源滚滚。还有，眼前这个，不上年纪，气质贵雅，婉丽凄美的女人……

有了这场官司，俺丁诺五年内进京上供的银子，足够了。五年后，俺丁诺，可就不是小小的正六品知州了。

端木兄妹从地上爬起，双手作揖。端木渥看出面前的丁大人，心里有所思，但表面上在尽力掩饰，没等丁诺开口，他就以恳求口吻说："丁大人，在下端木渥引妹妹玫子，拜见大人，专为外甥遇害之事，恳请大人烦心劳神，端木兄妹当铭记于心，以图来日报偿！"

有人说，读书人酸涩迂腐，不像正常人的直截了当。之乎者也，文气冲天。小题大作，简单事情复杂化，隐晦曲折，无理讲三分。转弯抹角，闪烁其词，含沙射影，把事情搞得极其复杂，仿佛只有这样，才能体现读书人的学问渊博。其实并非如此，真正传统的，称得上读书人的，没那么复杂。心里有文化，身上有正气，不谋人，不害人。端木渥算得上真正的读书人。从小到大，接受的仁义礼智信、温良恭俭让的教化。读的是《诗》《书》《礼》《乐》《易》，文赋、论文、典籍。心中只有知识，只有公平正义，道德廉耻，社稷秩序，真理法条。为人真实、质朴、单纯，有时有些自矜、孤高，有曲高和寡、知音难觅的骄慢，但绝对不会搞啥乱七八糟的阴谋阳谋。

因为他饱读诗书，即使是一个很直率纯粹的人，在那些恶毒人的眼里，也往往被认为是很恶很毒很复杂，很不可轻视的奸人、狂人。也就是这样纯粹的人，一旦登上朝廷官府的大墨场，任了职，当了官，一定会被浸染成一团漆黑的恶毒之徒。丁诺是后者。这是千古不变的公理，与社会形态无关。丁诺坚决要把这件并不复杂的案子，搞成扑朔迷离，虚无缥缈，错综复杂，看上去眼花缭乱，极其繁琐，曲折庞杂，而又丰富精彩，盘根错节，根深蒂固，千头万绪的大案要案。最终，让神仙也难以分辨清楚案情。一来可从中伸手，大肆搂银子；二来床笫之上，又增加许多精彩销魂情节。丁诺根本无心听取端木的陈述。

天下所有的事情，都是被那些专干坏事，坑人害人，愚弄百姓，鱼肉平民民脂民膏的官僚、官痞，贪婪腐烂，内心阴毒的政客、政治流氓，为达一己肮脏龌龊，不可告人之私利，有意识搞复杂的。

从现在起,端木和严九两家,为这场官司,将面临一场空前的浩劫。丁诺要穷其所能,逼着两家掏银子,目标一百万两白银。没等端木渥把话说完,丁诺迫不及待地表态了。他挥了挥手说:"端木兄弟,端木妹子,你们的心情,丁诺万分理解。发生这种不幸之事,很意外,很悲痛,丁诺感同身受,非常同情。你们通过关系送来的状词,咱仔细阅读了,很震动,触目惊心。严九家大业大,就连一个扛长活的,亦敢如此嚣张跋扈,好啊!你严九不管,俺丁某管,天下还有老百姓过的日子吗?犯了死罪,畏罪躲了、跑了,目无大清律法。严九庇护,态度傲慢,仗势欺人,着实可恨,太过分。端木兄弟、妹子,咱丁某替你们做主。杀人偿命,欠债还钱,天公地道,不管他独大黑跑到天涯海角,哪怕是掘地三尺,也要把他捉拿归案,绳之以法,严惩不贷,给死者一个交代,给丧家一个安慰。本州决不姑息养奸,决不让贼人逍遥法外,祸害他人。本州从明日起,派出三支侦缉队伍,在直隶州,以至江浙一带秘密侦探,寻找独大黑子。侦缉中,若遇独大黑子负隅顽抗,垂死挣扎,格杀勿论……"

在丁诺说得最起劲时,端木渥从袖笼里摸出一张银票,送给丁诺。丁诺眼睛一亮,瞄了一下,是两万两银票,嫌少,这不是他期待的数字,有点不屑地说:"端木举人,这是啥东西?"丁诺脸上的微妙变化,没逃过端木渥锐利目光。端木知道这个丁诺,必是大贪。看来这场官司,打的不是理、不是法,而是钱。麻烦即将开始。丁诺嘴上说,派出三股人侦缉独大黑子,话里话外,含骨露刺,花银子,这将是一笔可观的数目。他丁诺当然不会派出三股人侦缉,谁管他?查他?只不过是变着法子要银子的幌子。

端木又觉得自己是不是太疑心了,心眼小了,小看人家朝廷命官了。他可能会贪点小钱,不可能敢明目张胆地敲诈吧!端木接过丁诺话茬说:"哎哟!大人呀!第一次见面,端木不知水深水浅,带了区区上不了台面的随手小礼,不成敬意,大人买杯茶喝。这点小小意思,意思意思。大人莫见外,事成之后,端木是有恩必报之人,定当重谢大人!"这样说辞,丁诺接受了。

噢!原来这两万两银子,是块敲门砖,探路银,试试深浅。你以为咱老丁，是廉政代表，不收银子？端木呀！真够愚蠢。大清天下，还有不收银子的衙门吗？你呀！你！书他娘的都读到狗肚里了。傻×，你把官府想得太他娘的"正大光明"，太美妙，太敞亮了吧！官府里，哪来的廉者？从他娘的中央内阁、军机处、六部、八旗都统，到地方的督抚、布政使、按察使、抚台、藩台、臬台、守道、巡道、都司，再到军中守备、总兵、千总、把总；督、抚、司、道、府、州、厅、县衙门；学教、漕运、盐务、河道、税关；农村基层的乡里、坊厢、保、甲、牌。哪有廉政的地方？哪来廉政的人？打灯笼也找不着一个。咱丁诺又不是神。这年头，连他娘的神也是贪神，别说凡人了。

都他娘的廉政，官，谁做呀！做官，图啥？为民服务呀？屁话。皇帝老子，为民吗？呸！努尔哈赤起兵，多尔衮破山海关，从进京那天起，爱新觉罗的家天下，取代了朱家天下。千年来，秦始皇、汉高祖、唐太宗，都他娘的为自己家，妄想千秋万代。咋能为民呢？坐江山都为老百姓，这江山，还关他嬴政、刘邦、李世民、玄烨、弘历、载湉啥事？做皇帝，都为自己家。大臣小吏为谁呢？当然也为自己家，咋为？要银子呗！卖官鬻爵，擢拔晋升，哪一步没银子行得通？哪一个官，不是抻大口袋，要银子。嘴上鬼喊狼叫，廉政呀，廉政，一个跟上十八个叫。行动上，似乎比土匪抢劫文雅一点。而实质上，比土匪狠百倍。土匪干一票就跑。做官不一样，绝不会干一票就跑，而是搂空榨干洗净，还要他娘的敲骨吸髓。否则，那就不叫官。也只有像端木之流，相信他娘的嘴皮子，相信言官所谓廉政呀，弹劾呀的鬼话。言官、皇上、老佛爷，一个比一个贪。说啥也不好使，银子是公理！

丁诺听了端木的话，觉得端木办事有点笨，头脑还算灵光，能看眼色行事，悟性高。于是，客气地说："端木兄弟，您太客气，不可以，不可以，这成啥了吗？俺是朝廷命官，理当为民办事，为民除害，公正廉明。收了银子，坏了朝廷规矩，必影响咱今后对案情的决策。您还是拿回去吧！"丁诺想试探一下端木，到底有几分诚意。端木早看出端倪，从心底蔑视丁诺小人。可是，官司抓在他手里，不低头，不阿谀奉承，官司必败。再说，天下乌鸦一般黑，就是上诉，谁敢说，占着理法，就能赢？今天这两万两银子已经拿出来了，绝对不能再收回了。他

第八章　撒银钱　　281

对丁诺说："大人，见外了，这点小意思，算不了啥！您若是不收下，俺端木兄妹俩人，无地自容。这点小礼，咋能影响决策，您说笑呢！您若嫌少，俺带回便是，您若不嫌少，先收下。俺端木渥知恩图报，决不食言！"丁诺早把银票捏在手里，并无松手的意思，装着大大咧咧的姿态说："既是你兄妹二人之意，咱丁某恭敬不如从命。请你兄妹放一百个宽心，直隶州衙门是伸张正义之所，是清除邪恶之地，咱一定亲审此案，一定给你们一个公道。"……

端木刚从海州回到家，就遇上廖子章来访。二人边吃茶，边说话。

廖子章说："端木兄弟，实在对不起呀！回来不久，捕大蛇，恢复大桥大庙工程，耽搁了你上次找俺的事情。今来，想和你商议这事咋处理比较妥当。凶手独大黑子，理当偿命，地主再大，也必须遵律法，守公理，循龙王荡的规矩，这事没的商量。严九护短，不合法。俺不管他买不买俺的账，理是理，法是法，这要是含糊了，那不乱套了吗？你让俺从中斡旋，你没等俺腾出手来管，就匆忙闹事，弄出了现在这状况，被动了。现在俺想和你统一个说法和口径，以免日后误会。下面的事，交给俺帮你料理。俺立马去找严九，争取把这事摁在龙王荡里处理。砍下独大黑子的脑袋，祭奠你外甥在天之灵。你看如何？"端木心里矛盾了。后悔自己唐突。他回想丁诺最后一段宽心的话，从丁诺态度、表情、语言上分析，似乎可以信任。于是，端木有点踌躇满志，认为这事不通过龙王荡，一样能摆得平。再说，银子已经花出去了，两万两啊！不是小数目呀！不能打了水漂漂。如果放弃丁诺那头，再捡龙王荡这头，似是而非，脚跟不稳，举棋不定，最终必是两头不就。在衙门，银子就白花了；在龙王荡，还担着人情。算了，盯住丁诺的官方衙门，是正道。他对廖子章说："首先感谢廖兄您，百忙之中，有心想着俺的事。俺和严九之间，没的商量。不瞒您了，俺已递上诉状，告凶手偿命，告严九窝藏包庇。海州衙门丁大人已受理此案，不日将开堂审理！"

廖子章有点惊异，他了解端木脾气。你端木自信有余，自恃学问高深，学识渊博。深思不足，仓促决断，是其短板。但不相信端木如此莽撞、性急、冲动。丁诺若不扒下你一层皮，就不叫丁诺。你有银子，由你吧！你端木硬戗严九的毛，严九温顺吗？让你戗吗？你端木起诉，没错！但必败。不信吗？骑驴看唱本——走着瞧吧！

　　看着端木坚定的样子，廖子章觉得，说啥也是多余。简明地说了几句："噢！既然你已递了状子，这事出了龙王荡，俺也管不着了。对！那就让州官管去，可能会更公允，更可信。可是，俺提醒你端木兄弟，这桩官司，已经超出一个人命官司范畴。你必须有万全之策，否则，开堂容易，判决难！你和严九拼实力，你觉得，你有几成胜算？俺瞅着，你没有一成的把握。俺叮嘱你一句，你这样鲁莽下去，定然倾家荡产，最后还会输了官司。你若不信，就让事实说话吧！算了，多说无益。如果今后还可能有用得着廖某的地方，可吱一声，别草率！祖上传下的家业，几代人的努力，不能给你毁了。"

4

　　廖总离开端木家，端木瘫坐在椅上，后悔自己太过骄纵，行为鲁莽，自以为是。事情办砸了。看形势，与严九斗实力，绝对斗不起。斗不起，就意味着倾家荡产。为打官司而倾家荡产的地主、财东，俺又不是第一个。所有倾家荡产打官司的主，最终多是输了官司。走一步，看一步。廖子章出了端木家庄园，感到事情严重了。龙王荡这两家斗起来，最后定是严九灭了端木家业，严九兼并端木的土地、财产。可怜的端木，必走上绝路。一个渊博而无知的倔种。罢了，找严九去，试探一下，俺有责任阻止这种悲剧发生。廖子章打马直奔严家。这日严九爷正在家中客厅里，听他的商务协理浪游屺禀报今年夏粮，在苏、沪、杭、湖一带销售情形。浪游屺说："……老爷，您有所不知，小麦和面粉，这之间差价太大。卖小麦，不如卖面粉。俺们若在上海卖面粉，盈利比卖小麦，至少平添三成。"严九若有所思地说："面粉，靠俺这大碾子碾？人工的筛子？罗子？四十目？六十目？还是八十目？一百目？人工花销算上去，一万斤面粉，三碾齐磨，昼夜不歇，至少俩仨月，天方夜谭！"

　　浪游屺说："不是的，老爷，上海有一种磨小麦面粉的机械，英国进口的装置，一台机械，三天就能磨出一万斤面粉。手不忙，脚不乱，只需两三人。"严九豁然开朗，说："莫非，如廖家三爷从上海弄回的轧花机？"浪游屺说："哎，相当于，不等于。面粉机，不是人工的，大多用蒸汽。神啊，小麦进去，一边出面粉，一边出麸皮。粗粉、细粉随便调。麸皮丰年做饲料，喂骡马；馑年穷人当粮食吃。一个铜子不少卖。"

严九爷脸又沉下来，说："说了半天，空欢喜。俺们还是没法用，蒸啥汽？汽哪来？"浪游屺说："老爷，俺算了一笔账，俺把麦子运到上海，找一家面粉厂，代加工，支付加工费。俺加工两种面，一种出麸面，高档面粉；一种不出麸，低档面。上海有富得流油的大富豪，也有一天吃不齐三餐的穷人。价格拉开档次，面对不同消费群体。俺们可在大上海买个大点的门面，或者先租下门店。从此，取消粮商中间盘剥克扣扒皮，俺把中间商拿去的差价，直接让利给消费者，绝对能吸引上海滩上，那些长于算计，小抠油的精明市民，绝对有的赚。"

严九十分欣赏浪游屺的精明、干练，眼光远，找准商机。他说："你小子，成精怪了。有道理，有道理。你绝了中间商的活路，中间商不把你撕成碎片，那才怪哩！"严九爷、浪游屺正说得开心，有下人来报："禀老爷，廖总来访！"严九眼前一亮，正好，听听廖总高见。挥手，让浪游屺回避，对下人说："快快有请四太爷，快快有请！"站起来，去门外迎接。二人见面，寒暄进屋，落座。严九爷吩咐上茶，递水烟壶，上点心、水果。边用边聊。

每一次廖子章到访，严九都以上等客规格接待。今日严九正在兴头上，并未直截了当直奔主题，而是绕着弯子说："四太爷啊！朝廷搞了一场误会，委屈您滞留京城几年。严九俺多次想进京探望，皆因俗事缠身，未能成行，实在抱歉！"廖子章心中清楚，你严九处事按价钱衡量。就是人情，你也能称出多少钱一斤。若对你没价值，或者不划算，你才不会多事哩！廖子章这样想，嘴上却说："有您九爷这番透心的话，廖某知足了！再说，您俺之交，心相印，意相随，何拘小节俗套！"严九顺着话题："有您这话，严九感动，您和俺，君子之交，取义也！您这刚一回，家里板凳还未焐热，就钻进大蛇肚里斩了大蛇。谁知道，您奇人出奇招，担着天大风险，斩那千年怪物，这奇迹，俺想都不敢想。千年的大蛇，遇上千年的奇人。您拯救龙王荡于万分危急关头，解了俺严九家的困局。有良心的龙王荡人，当万世铭记呀！"

廖子章双手抱拳说："蒙上天开恩，得仙道指点，俺不敢贪功自诩。"

严九想知道廖子章此访之意，问："四太爷，没大事不登门。今日不知何事光临寒舍，若有用得着严九的，请开尊口！"廖子章低头，想了想，说："这事吧……"话刚出口，有下人来报："禀老爷，海州衙差送来公文。"话间，将公文呈给严九。严九自觉奇怪，边拆，边叨叨："海州衙门，有啥公文？"他拆开一瞧，心中之火一下子蹿上来了，面孔严肃起来，满脸的肉浓缩成几个肉疙瘩，颤巍巍地抖动起来。没说话，把公文递给廖子章说："四太爷，您瞧瞧，端木真有种，太自以为是了。这桩事您也知道，龙王荡的事，他端木难道一定要嘚瑟到直隶州去吗？本来俺想，杀人者偿命，不管故意，还是过失，人命关天，不能坏了荡里规矩，俺若仗势欺人，保下长工一条命，对您四太爷也不好交代，毕竟是一条人命，不是一条狗命。在龙王荡里犯的事，理当由您一手托两家，给予处断。这是规矩，多年的规矩，假如您四太爷出面调解，或者他端木出于解决问题的心态，主动来和俺商量。这事，俺真的会妥善处理。俺不想臭名昭著。既然他把俺告上衙门，俺也没的商量了。他丁诺抓到这桩官司，还能松手吗？看来是没的回旋余地了。您四太爷恐难控制局面了。他端木依律办事，中啊！俺奉陪到底。"说完，严九也未听廖子章说啥，仰起脖子叫道："来人。"一下人进屋道："老爷，您吩咐！""叫管家！""是！"

严雨川进屋，严九当着廖子章的面说："雨川，明天拿着公文，带五万两银票，俺写个书信，你一并交给丁知州！"廖子章插话："九爷，一定要这么办吗？想想，还有没有变通的法子。"严九果断地说："四太爷，不是俺严九不仁不义。他端木渥老大不小，又不是愣头青。举人嘞，咋就一根筋呢？书都念到狗肚啦！要么，让家丁抬死人死马，来俺家闹事，此举，荒唐可笑之极。要么，把俺告上衙门。他想让俺蹲大牢？幼稚！说一句不狂妄的话，俺严九啥都害怕，就是不怕打官司。用钱能解决的事，那都不是事，俺有钱。他端木若能打赢这场官司，俺严九从此，用头走路。举人未入仕，狗屁也不是！"严九横起来，如一头公牛。他生气了，弄得廖子章一时不知说啥是好。本来，廖子章急着见

第八章　撒银钱

严九，是想提前提醒严九，万一端木行为过当，让严九别生气，别过激，冷处理。避过气头之后，再接到衙门传唤公文，就有了心理上的缓冲余地。接下来，再说服端木撤诉，两家坐下商榷，以避免冲突升级。这下完了，杠上了。廖子章说："九爷，别写啥信了，授人以柄，何苦来哉！再说，为这官司，你们两家，都把银子送给丁诺。丁诺又会如何呢？丁诺会无限期地拖下去，拖个三年五载，吸银子呀！你们两家到底要花多少银子，才能有个结局呢？独大黑子惹下的人命案，犯得着九爷花如此代价吗？俺敢断定，只要丁诺还在海州任差，这案子，休想有啥结果！"

严九气咕唠叨地说："四太爷呀！您是知道的，端木渥和俺较劲，又不是三年五年了，总归有个了结。这次俺理亏，俺家长工，故意也罢，过失也罢，事情因他而起，俺也不想保他。俺在龙王荡里，不想当恶霸地主，俺没有欺男霸女，不会杀人掠货。俺要脸，俺讲理。再说，有您四太爷掌控乾坤，俺也不敢瞎搞。说良心话，俺有上万亩地，在龙王荡的外围周边，俺倚仗您四太爷的威，才有收成。打死俺，俺也不敢得罪您四太爷。只要有您出面调解，啥事都好办！可是，俺今天就不买端木的账，俺哪怕花上百把万两银子，俺也要治一治端木的骄狂傲慢、愚妄自恃的毛病，教一教他咋做人。看俺的钱厉害，还是他人厉害！"

廖子章心想，严九这个土豪，土地老爷，下决心借这机会收拾端木渥。端木在严九面前，区区几千亩地，岂能是他对手。打官司，打的不是律法，不是公理，打的是银子。相比之下，读书人端木，更多选择相信律法；而种地人严九，更多相信银子。端木不如严九看得透。

严九交代严雨川代表他，请丁大人多关照，严九知恩图报。严雨川走后，严九很放松地对廖子章说："四太爷呀！这次您别拦着俺，俺就是教训一下端木。"廖子章说："俺不想让端木死在你手，不想让你拿缠绳去量他的地。如果是那样，你的声誉，会大打折扣。"严九明白廖子章的意思，连忙解释道："听四太爷的，严九会适可而止。不说这事了，很扫兴。换个话题，四太爷呀，您听说过有一种磨小麦面粉的机械吗？"

廖子章知道严九有实力置办这种机械。卖面粉，当然比卖原麦赚得多。说："俺家培伦从上海回来，说过这机器。你要开办小麦加工？这条先河，只有你能开！旁人没这实力！"严九说："唉！小麦加工，没那么容易。机械，那都是技术活。谁懂呀！大清国没人懂吧！再说啥蒸汽呀？烧的是一种气，煤气。俺哪里弄那种东西？大清国是没有的。在上海，都是外国人、老毛子摆弄的。俺这土掉渣子的土地主，只发地里的财。机械，隔着千里万里！以俺的实力，能办，可办起来以后，就成累赘了。不中！洋玩意，俺鼓弄不了！"廖子章疑惑地问："那你啥意思啊？"严九说："四太爷有所不知，俺想去上海滩兜一圈，乡巴佬开开洋荤去！"廖子章说："此话咋讲？"严九说："俺想在上海弄个门店，专营南方的大米、北方的小麦。俺把麦子弄到上海，不卖原麦，而是找一家加工厂，代加工，然后卖面，您说可行吗？"廖子章说："这办法好，赚头大。"

严九说："四太爷呀，这大上海十里洋场，有正经做生意的君子，也有坑蒙拐骗的乌龟王八、牛鬼蛇神。那些人坏主意多，俺怕上当受骗。还有啥这个码头，那个帮的，都是不要命的主。俺这江北乡巴佬，在上海人眼里，就是土狗子。土狗进了大上海，万一被人讥了、诈了、欺负了，可咋办？在上海，俺举目无亲，两眼一抹黑，不是听人家日弄吗？俺在龙王荡，在苏北、海州，处处有您罩着，俺心安。到上海滩，不比俺们龙王荡，俺心里闹得慌！"

廖子章说："上海在俺外人眼里，很神秘。那是俺们不了解的世界。大清国鸦片战争失败后，就允许英国人进上海，设租界。后来美国人、法国人也不甘落后。你把生意做到租界里，反而保险安全。这就是俺们大清的国情，别奇怪！"

严九说："俺这次去，主要想结交商界有头面的人物，包括洋人老毛子。俺家每年原粮销售，只有产出的一半左右，陈粮积压太多了。俺得想个法子，把仓库陈粮销了。年年积压，年年扩库，万一霉变，损失就大了，必须广开销路哎！"廖子章说："想咋办？直说吧！俺俩说话，不兜圈子。"严九说："俺有顾虑，听俺商务协理说，上海人瞧俺这类人是乡巴佬。就连上海滩上乞讨要饭捡破烂吃垃圾的人，都自以为是上海人，高人一等。看不起俺乡巴佬，也不知他们哪来的底气。有钱的人，眼睛长在头顶上，朝天上瞧。俺江北有钱的人，在他们眼里，是土鳖子，土气，没文化，不上档次。粗鲁，恶俗，不屑一顾。和他们做生意，难嘞！万一俺的生意，被人家讹了、抢了、砸了，岂不是竹篮子打水——一场空吗？说实在的，那么大的市场，没有俺严九一席之地，俺心有不甘！"廖子章说："你的顾虑，有应对招数吗？"

严九说：第一，俺要让上海滩的人，知道俺严九，知道俺严九有钱，知道俺严九不但有钱，还慷慨。攻其不备，出奇不意，打出严九这张标牌：江北佬万顷地主严九爷，上海滩十里洋场，打马撒银钱。俺准备十八笸斗的银圆，九笸斗的铜镴子，每天三支马队，从黄浦滩到静安十里洋场的马路大街上，撒钱。俺就是想看看那些高贵的，富得流油的和那些饿得两眼发绿的，或是生活拮据，捉襟见肘的上海滩人，见到满地白花花的银钱，是不是和俺江北佬、龙王荡的土鳖子，是一样的反应。看他们脚下踢起银钱的时候，是冷漠傲慢地不屑一顾；还是踩在脚下，趁无人发现时，偷偷捡起来；还是如饿狗扑食般，两眼放光地冲过去。第二，俺认准几个在上海滩上有影响的生意人，包括老毛子，每个人送上两万两白银，做见面礼。俺一不是卖富，二不是傻瓜，是为了下一步做生意。生意鬼，无商不奸，无奸不商，他们如戏子般无义，像婊子一样无情。满嘴仁义道德，善良诚信，其实皆他娘的道貌岸然。但有一条，他们喜欢银子。俺白送他们银子，他们能不要？一份银子，一条路径。就是土匪们常说的买路钱。第三就是保安，俺家那些家丁，都是兔子身上肉，上不了宴席的东西，虚张声势还将就，关键时根本不起啥作用。龙王荡里武艺高强的，除了乡团子弟，就是龙荡营的镖局。俺想请龙荡营镖局，做长年护卫。俺支付经费。这三件事办妥了，俺才能放心，让浪游屺他们在上海滩上做生意。这次去上海，俺想请您抽个空，和俺一起去。您是龙王荡的大神，更是俺严九的主心骨。您和俺去，俺这心里，才能沉得住，您要不去的话，上海滩的市场再大，俺从此死了这条心。"廖子章明白地说："噢！知道了！既这样，俺建议，带上一人，人家喝过洋墨水，西方英法德都待过，会说啥'英格丽斯'。"严九马上作出反应说："南宫先生！"

廖子章点头说："是的，不然的话，俺们听不懂外国话。花钱请翻译，万一跟俺们不是一条心，那不是听人家摆布吗？据说，上海滩上做生意，那契约，不像俺龙王荡，简单写几行，作如是观，算是凭据。人家那东西叫啥'合同',一桩买卖,写出十几张纸,也有几十张纸的。那体例,都是夷人弄出来的。条款里,话中有话,计又生计,谋中套谋,处处挖坑,等你往里跳。人家在岸上,拍手为你鼓掌,你不知啥意思,还屁颠屁颠兴奋着,洋洋自得。

"人家的每个环节,都会设个套。套子后面放块肉,诱你往里钻。结果那肉还是肉,而你却被套牢了。想出套子,行啊,掏钱呗,花呗!那就是个无底的洞。俺大清国会玩文字狱,夷人老毛子会玩文字游戏。俺们为了杀人,人家为了挣钱。"

严九听得入神,竖起拇指说:"四太爷,您说得太好了,高!就是高!那些小聪明小抠油的上海滩人,绝不是您的对手。为安全起见,烦请您和东方大统领说一声,让龙荡营镖局跟俺走一趟,俺带些贵重礼物,走陆路。"廖子章说:"这龙王荡自家的事,好说。"

廖子章离开严府前,对严九说:"九爷,那桩官司,再请您斟酌斟酌,俺觉得,若能冷处理,尽量别给丁诺大把大把塞银子。贪官污吏,无底洞,肉包子打狗。银子都是血汗换来的,不是车轴河里淌来的!"

严九没松口,说:"四太爷,俺不驳您的面子,俺也想让您省点心。官司全看端木表现,俺也不是一定要打这场官司,俺让端木看看,俺连个秀才也不是的人,能不能让他这个大举人心服口服!"

严雨川到海州衙门,给丁诺送了银子,带上严九几句客套话,丁诺含混地对严雨川说:"回去告诉严九爷,俺和他有交情。这官司,谁输谁赢,现在不能定论,人命关天,案情重大,不可草率,容本官细细查验!总之,俺不会让九爷太难看!"严雨川明白,丁大人审的不是案子,审的是银子。端木完了,死了外甥,丢了钱,还要输了官司。秃子头上的虱蚤——明摆着。端木渥不吐血才怪呢!也许,从此一蹶不振,龙王荡再无端木一族。走着瞧吧!

端木渥于自家书房中,坐茶桌旁,左手捧水烟壶,壶嘴堵在自己唇间,吸得壶里"呼噜呼噜"地响。他在静思,这状子递上去,有些日子。这案情很简单的人命官司,照理,早该让原被告到堂审理了,咋没一点动静呢!

又过数日,端木渥坐不住,等不及,抓耳挠腮,咋办?再去海州,

第八章 撒银钱

求丁大人。

衙门大堂的内室里,丁诺在临写毛笔书法。见师爷领端木进屋,没抬头,明显态度傲慢,垂着眼皮,挂着脸,爱理不搭。端木心中生疑,难道案情有变化?他惴惴地试探发问:"丁大人好!在下请教大人,此案何日审理啊?"丁诺放下毛笔,王顾左右而言他,指着临帖说:"丁举人,你来得正好,你看看大王的内撅和小王外拓,要表达什么样的意境呢?大王的绞转笔法,到底妙在何处!"端木想,俺一百多里路,一路颠簸疲惫,跑到海州衙门,难道是为了和你切磋书法的吗?哦呸!却又怕扫了丁大人兴。好吧,以此引入话题,不失自然。

端木看着丁诺练习的王羲之十七帖,回答道:"在下愚见,大人请勿笑话俺班门弄斧。两种笔法,皆性情所致。大王性收敛,情弗张扬,多用内撅,更遒劲。小王性开朗、超拔,情多浪漫夸张,使外拓法,更易表达大自在、大痛快之意趣。绞转其实就是使转提按,妙在骨坚筋劲。端木不擅书法,说不好,大人莫见笑。另外,这次端木来访,想请教大人,俺外甥那个案子,可有进展?"丁诺正了正身子,屁股未离座,抬头簇起两颧的肌肉说:"端木举人啊!你真的好无趣啊!咱和你切磋书艺,说得好好的,咋就扯到案子呢?难道咱俩之间,只有案子吗?不能有点共同爱好吗?唉!你呀!你!扫兴!"

端木被丁诺这一数落,倒真的觉得自己背理,只好抱拳,装着讨好,动作却十分笨拙,笑得极不自然,作揖如小牛拜四方,惶恐不安,心慌意乱地说:"是、是,是端木无趣,迂腐、拘泥、呆板。大人莫扫兴,继续、继续切磋书法!"丁诺低下头,喘气的声音有点粗,一边卷纸一边说:"你的状词,写得堪称完美,不愧一代文人。可是,那只是你一面之词。审案,不能偏听偏信,你说独大黑子是凶手,当时,那马失前蹄栽倒在地,与独大黑子的一锹泥,到底有多大的关系,没证据。也就是说,也许是马腿一时抽筋,失了前蹄。也许是地上打滑,失了前蹄。当然,也不能排除独大黑子一锹泥,吓得马失了前蹄。你没证据,俺也没证据,要调查、勘验、研究。如果是独大黑子一锹泥,致马失前蹄,是马栽倒的原因,让马背上的呙玄摔下马。而呙玄跌死路上,并非独大黑子亲手杀人,这里有过失情节。即使独大黑子过失,也是过失杀马,怎么能说是过失杀人呢?独大黑子的动作,与呙玄的死,存在因果关系,但不能判定独大黑子是杀人凶手。还有你告严九窝藏包庇独大黑子,没有证据。独大黑子是严九爷的长工,这不假,可是长工行为,是个人行为,这和主家有啥关系?你是龙王荡人,假若龙王荡人犯罪,还要追究龙王荡总乡团的责任吗?龙王荡在海州治下,难道还要追究俺直隶州衙门的责任吗?显然不合适。大清律也没这项规定。这事,就事论事,不可如此放大,无限上纲,对吧!当然,严九是否担责,还需周密调查,咱这里无心为严九洗责,若真如你说,他包庇窝藏罪犯,另作一说。端木举人,你听明白俺的意思了吗?"

端木渥低头思考,一时不能否定丁诺的言辞。丁诺的态度,变了。估摸着丁诺收了严九更多的银子。咋办?俺再砸上两万两?端木哪里知道,再砸两万两银子,也等于撂下水,一点反响也不会有。再加两万两,共计四万两,严九呢?万一严九一次性出手十万两,俺咋办?唉!真被廖总一语成谶了。唉!既然带来两万两银票,还是交给他吧!拿出去,心安。不管起多大作用,一定会起点作用吧!尴尬了。这样和严九斗下去,恐怕真的要倾家荡产了。

丁大人来者不拒,伸了手,从丁诺手里接过银票,放进抽屉。端木在递银票之间,似是而非地说:"丁大人的话,俺没完全明白。俺多说无益,仰仗大人秉公执法,俺相信大人。"丁诺露出诡异的笑脸说:"这就对了,兄弟呀!下次莫给咱送银子,咱公正取证,公正审理,公正断案。绝不营私舞弊,中饱私囊,更不会乘人之危,落井下石,趁火打劫。咱是父母官,为官一任,造福一方,咱决不可昧良心办事。你和俺是朋友,有交情,俺若不收你的银子,倒是显得生分,你的心也不安。收下你的银子,你才觉得案子有希望赢,对吧!钱是好东西,啥叫多,啥叫少,只有比较,才显出多少。今天你送八万,明天他送十万,能掂出重量。可是,俺是朝廷命官,不能以给银子多少论输赢,大家都是朋友,情同手足,谁输谁赢,都在一个'法'字上。你和严九爷,谁输了,咱的心都不安,你说,是不是这个理?俺不能以银子论官司,俺不是贪官污吏,决不会睁着眼睛说瞎话。你也莫着急,容俺细细侦查、分析、推理、判断,俺一定以事实为依据,以大清律法为准绳,公平断案，决不让死者蒙冤，让凶手逍遥。你放心回家等消息，案情一有进展，咱随时向你通报。你花了银子，咱咋能心中无数呢！"

端木渥猜到严家使的银子多，多多少，不晓得。他不知咋说才算恰当，又不敢多说，怕引起丁诺反感。心里着实不痛快，有些茫然。他的头脑里，是黑乌乌的森林，挡着去路，没有边际。树缝里，露出探头探脑妖魔绿色的眼仁。他忐忑了。又有漆黑的漩涡，搅起翻卷的狂澜，仿佛有一把雪亮的巨斧，劈向他的头颅，头颅嗡嗡剧痛。恶浪如山，向他倾覆地压下来，他觉得无处逃生，十分惊惧。他打了一个寒噤，心中泛起无名的怨恨和失意，无话可说。现在他觉得自己十分清醒，大清朝二百多年，到于今，冤假错案，多于天上星辰，地上牛毛，何止万千。昏君当政，惨无人道，逆臣贼子弄权，奸佞谄媚小人得势，豺狼遍地，牛鬼蛇蹈。前瞻那个真文人金圣叹，庙堂之上，状告贪官，进了大狱，断头台上，血染白发。追忆大清功臣年羹尧，东征西战，吃尽苦头，保雍正奠基稳固，终落得，三丈白绫，冤赴黄泉。回溯杨乃武和小白菜，下了大狱，都因官官相护，巧言奸谗，而遭严刑拷打、逼供、折磨。遥想顺天乡试案，吕留良文字狱案，莽古尔泰谋逆案，汤若望案。哎哟！哪一桩冤案背后，不是穿凿多少扑朔迷离的故事，凝结多少不散的冤魂，上演多少哀痛和壮烈的悲剧，留下多少凄戚和遗憾的谜团。而这些案件中，哪一个被冤者，又不是妻离子散，家破人亡，家徒四壁，一贫如洗的结局。骨子里刚愎、骄慢的端木渥，强压愤怒，不悦地瞅着油滑，打着官腔的丁诺，和那一副贪婪无耻，令人恶心的嘴脸。无可奈何，拂袖而回。端木渥右手甩起短袄下套裙，果断转身，再无客套的颜面，大步出门。

丁诺用睥睨的眼神，瞅一眼端木背影说："身板倒是挺直。小样，割肉噢！两次出手，才他娘的四万两。人家严九一出手，五万。想赢官司，大方点。咱有耐心，慢慢耗！"

5

廖总、严九爷、南宫济各乘一辆轿子车，严雨川、浪游屺和另外两个严家雇工，四人一辆轿子车。银车在前，轿车在后。滕大山、阕小海、辛驰骑马执锐，紧贴廖子章轿车行驶。凌霜菊率白青、非红、橙瑰、缁牡沿银车左边；神镖手韩鲙引震山象、赤臂罗汉、夹山大虫、大马猴，沿银车右边，两列纵队。"马作的卢飞快，弓如霹雳弦惊。"女将士风度潇洒，秀美矫健，英姿飒爽，英俊挺拔。男将士背宽如虎，腰壮似熊，威武勇猛，气度非凡。在立冬这天上午，队伍抵达上海。天色晴好。上海滩、龙王荡，南北两重天。在龙王荡，立冬，意味着秋去冬来，天气骤冷，天地两寒，生气闭蓄，万物休养，草木凋零，蛰虫入眠。出门人穿棉袄棉裤，外加老棉袍。即使如此，还被冻得青头紫脸。撒泡尿，裤没提起，地上就结出一层带泡沫的冰块。上海滩，哪里穿得住棉衣呀！一件棉背心，外套一层夹袄，一层单裤，身上汗涔涔的。众人不明白，上海滩的太阳，咋就比龙王荡的太阳暖和呢？

龙王荡的树，过了秋分，秃了枝梢。芦柴叶子渐渐脱落，成了枯黄的光杆司令。人家上海滩，街边、路旁，到处可见绿树鲜花，没啥冬天气息，比俺们龙王荡秋天还要温热。说实话，黄浦江相比起俺们的车轴河，又短又窄，冬天却没结冰，俺们车轴河，早已冰冻封河了。

车队上了黄浦滩滨江大道，正南直北。地面上，由煤屑镶嵌鹅卵石，铺成平滑的双车道，油光乌亮，不见泥尘。车道两侧，紧挨六尺宽人行道。车道和人行道之间，隔着低矮葳蕤的绿植带。人行道外侧，摇曳着高大青郁的行道乔木。绿得流油的树叶，入冬季节，不黄不落。人行道内侧，沿路崖边，耸立一排整齐等高白色的煤气路灯杆，每根杆顶端，吊挂一盏方正的阁灯……这条道，在龙王荡人眼里，是奇迹，应该是通向天堂的康庄大道。龙王荡的马路，海州的马路，没法比。严九无比激动地说："乖乖！这路，就是下过大雨，小娘们穿一双绣花鞋，也沾不上一丝泥沙。不可想象啊！"严九坐在轿车里，抑制不住内心激动，他想象中的十里洋场，风花雪月，和现实中的上海滩，不知有啥区别。

第八章 撒银钱

他不停掀开窗帘，向外东西张望，又觉得，太不过瘾。索性吆喝下车，他和严雨川，廖子章和南宫济，自由活动，晚上戌时三刻，到苏浦大公馆前厅会合。

廖家三爷培伦，在苏州卖出五船皮棉，买进两船丝绸。三日前，乘顺风到了上海，在苏州河南岸一小码头靠港。提前两天，在外滩苏北进沪的必经路口等候。今日，终于见到父亲和南宫先生。他们合计，去一家商行，考察榨油机，再买几台轧花机。在龙王荡开发洋式榨油新法，继续扩大皮棉加工规模。廖子章此行上海滩，还有一个尚未公开的重大举措，为龙王荡招商引资，兴建天生港码头和原盐精加工项目，开发龙王荡至上海的盐业海路路线，缩短河运和陆运里程。

凌霜菊五姐妹，身披蓝、青、白、红、黄五色斗篷。韩鲶五兄弟，全副武装。他们马不离鞍，身不解甲，处于高度警惕状态。守护银车，寸步不离。他们都知道，上海滩不光有风花雪月，也有血雨腥风，不敢掉以轻心。眼观六路，耳听八方，不放过周围任何可疑的蛛丝马迹。每个人始终留一只手，放在背后枪把上。这支队伍行走在滨江大道上，形成一道既土里土气，而又非常庄严壮观，让路人不禁肃然起敬的亮丽的风景线。路边有许多人，不自觉伫足观望。有人在议论："一看便是江北佬。土豪都是如此显摆。""乡窝里伶。""俗得嘞要死。""伊拿出啥子洋相，游侠堂吉诃德！""土鳖子。""乡巴佬。""赤佬，小瘪三。"……

严九刚下车，看见迎面过来一辆马拉四轮白色铁架子洋车，豪华富丽炫美。三匹白马，四蹄如霜，扬起长长、绒抖抖的尾巴。车后排半卧半靠的软席，吸住严九爷的眼珠子。那软席上，倚靠两位洒脱，仿佛飘动的、活泼灵动、多情性感的妙龄女郎，他心里一忑，哎呀！这辈子，总算见到啥叫仙子神女，生得比自己四房婆娘好看一百倍。金色飘逸长发，白色头箍，蓝眼睛，长鼻梁，柳眉杏眼，红唇亮泽。高高脖子，细皮嫩肉，白洁如雪。俺的乖乖呀！大冬天欸，居然穿长裙光腿。哦呀！俺的小心肝哎，你们不怕冷？还是不怕冷？唉？太好看，好看极了。严九用醉眼，迷茫淫邪的神情，特意盯住人家姑娘几处足以击碎他灵魂的敏感部位。严九目不转睛，傻×呆脑，半张的嘴，馋狗一样，滴滴答答，流出狗子般的哈喇子。心口，莫名地"嘣嗵嘣嗵"乱跳一阵。人家姑娘的马车，早已远去，他还不舍地追视那车那人那影子。而那影子，留给他一串子黑乎乎的马屎橛子。无趣的严九爷在路边原地转一个圈子，仰望耸入半空的大厦。平生第一次见到如此巍峨雄伟，壮观豪奢的高楼，觉得墙壁歪了，正在向自己倾斜过来。他的心，仿佛有股强烈的震动摇晃眩晕感，发出莫名的感叹声："哇！"

他甩掉羔皮大氅，穿一件貂皮背心，和上海滩人穿的棉花背心相比，自然多出几分优越和自豪感。可是，地主老财那条大悠裆老棉裤出卖了他，咋看咋戳眼。黄浦滩上，找不到第二个人如此着装。他知道路边不远处，有人指指点点，耻笑他，嘲讽他。他是从那些人的表情中判断的，他压根听不懂那些人说啥。他觉得那些人，嘴里衔着猪卵子在说话，所以说不清，道不明，听不懂。所以，他满不在乎，若无其事。严九没觉得有啥不好意思，特意歪脑袋，梗脖子，迈开大步，径直向路西高楼下走去。在高楼墙脚下，他低头、仰面，看大楼外墙的石头。他不确定这是石头，先用手指试着摸摸，又使劲搓搓，不敢相信，这是石头，打磨得油光发亮。他怀疑这石头，不叫石头，不叫石头应该叫啥呢？一块一块，一样大小，一样平滑，一样细腻，一样坚硬。边对边，缝靠缝，连一根细针也插不进去。这细密精致，照见人影的大石块，无情击碎了严九心中对龙王荡四周的云台山、东陬山、伊芦山、罘山石头的美感。他一边触摸眼前的石头，一边寻思，相比之下，俺那边的山，咋能叫山？俺那边的石，咋能叫石？这石，简直就是玉哎！此刻，严九否定自己对石头的认知，过去所见的山，那就是不值一提的、贱拙的、微不足道的荒山。所见的石，都是粗皮丑陋，不足挂齿的顽石、臭石。

严九脑袋歪到一边向上望，高楼的每个窗子、窗台、窗框、窗楣子，相互连接，所形成的方、圆、弧，还有很夸张的浪漫波纹图案，都是石头打制的。他无法相信，也无人为他解开谜团。石头咋能如此平滑？如此晶亮？又如此之柔韧呢？他第一次见到从英国进口的花岗岩、大理石，他却不知道，眼前这东西咋叫花岗岩、大理石。就觉得，比自己家里收藏的那块和田青墨玉，还亮、还细密。

严九正在欣赏大厦的大理石，隐约听到一种似雷非雷，似雨非雨，有节律，"轰轰隆隆"的声音，他转过脸向传来声音的江面上看去，映入

第八章　撒银钱　　　　　　　　　　　　　　　　　　　　　　295

眼中的，是一艘不使风帆，不用拉纤，冒着浓浓黑烟的船，屁股后拖拉几十艘一样形制，载满货物的木船。这大概就是传说中的外国小火轮。小火轮，没有轮子，比有轮子跑得快。其实，在水里，就是有轮子，又如何呢？百思不得其解的是，火轮烧的是煤炭，如何能使船，有如此大的劲头？那炭，烧出来的火，咋就能转化成拉力的呢？乖乖！不敢相信，上海滩，真诡异！小火轮从严九眼前消失时，严九没看够，怅然地把贪婪目光无奈收回，眼珠子在外滩的江滨草坪上碾压，在千红绽放的鲜花中寻觅，在花园的座椅、林荫小路、路灯间搜索，在园中神态各异的人物铜雕塑像和纪念碑上扫视。

严九眼中，绽放出灿烂新奇的光芒。他注视那没有围墙，没有篱笆的外滩公园，各种各样蕨类植物，木结构的花房。隔着透明玻璃的房里，姹紫嫣红。冬天能看到鲜花，本来不易，而这透明的玻璃温房，神奇地隔着外界，又能看得清清楚楚。严九不知道，这叫作玻璃，他以为是冰块，是水凝固而成。把冰块弄成房子，在温暖阳光下晒不化。这里有诡计！有诡计！别说龙王荡没这玩意，海州直隶州也没有，这大概就是人们所说的啥"技术活"。看得入神的严九，拍一下严雨川的肩头说："那花园，比俺家园子大些，敞亮些。整齐、好看，有新气。过去遛遛？"严雨川早就一脸迷蒙晕乎乎的脑雾。仿佛在梦中，乍进城，陡然环境变了，大管家不大适应，一直觉得恍恍惚惚，迷迷糊糊，连天上的太阳都变得生疏。高大的楼房，宽阔的马路，繁华的街道，整齐的地火路灯，华丽的洋车，穿梭往来的黄包车。大胡子、鹰钩鼻子，是人，却"叽里呱啦"不讲人话。身上臭烘烘的白脸、黑脸的家伙，看着就让人恶心。他以为如果这些畸形、怪状的东西，也算得上人的话，那么，猪牛驴马，穿上衣服，扎上领带，都是人。看到这样的人，他心生恐惧。金发鬈毛、蓝眼睛的女人，穿一身长长的花裙子，雪嫩洁白的大腿，高跟贼亮的皮鞋，走起路来，挺拔傲慢，高冷得像一条花狸猫。肉嘟嘟的丰胸，在半透明的衫里，隐藏着可想而知的景致，毫无羞耻感，在人们眼前摇摇晃晃，还不怕惹出是非来。这若在龙王荡，如此伤风败俗的风骚女人，是绝对不能活的。外滩的花园、草园、竹园、鸟园、石园……足以使他茫然不知所措，他早就迷糊得不知东西南北。他转向了。

严雨川跟在严九身后，在江滨马路中端，随人流从路西到了马路东，上了外滩公园。严九很好奇，这公园里，人物塑像、纪念碑，不是俺大清国的皇帝、名人，而是啥马嘉里纪念碑，啥巴夏礼铜像。他们到底有多么伟大？比俺大清皇帝还厉害吗？他挪动脚步，欲靠近铜像，想看个究竟，刚到公园的边缘，被人叫住。看园子的人，长得很艰苦，有点像严九家管花园的花工谷大牙。龇牙咧嘴、歪瓜裂枣，个头不高，黑皮枯瘦，像个大烟鬼。头顶裹紫褐色头巾，故意学洋人，留两头翘的短胡子，看着很别扭。这人露出一副严肃面孔，上下打量严九爷和严雨川。心中首先将他们定位为江北佬，不怀疑是坏人，但绝对没用看待好人的眼神看他们。他仿佛在欣赏猴子或者狗熊，其目光非常怪异。这两人，穿的倒是新衣裳，古怪得有点不合时宜。一个貂皮背心，毛朝外，上海天气有那么冷吗？"三块瓦"老棉帽，兔毛的；大悠裆的新棉裤，栗壳色绸缎面子。裤腰上，还围一圈绵羊毛，你不热吗？腿裆万一失了火，烧了鸡毛，麻烦就大了。这另一个，穿一件半截长的黑棉袄，袄边齐膝，大袄前襟，从右胳肢窝下，开到棉袄底边。布扣子解开，敞胸露怀。大悠裆黑棉裤，黑色老头帽，抓在手上，老虎头黑棉鞋。不用明说，这人，定是那人跟班的、助理一类的。看园人盯住严雨川的脚，这么热的天穿棉鞋，估摸着鞋里，能养鱼了吧！难道这两个人，一身行头，是花钱租来的吗？不穿可惜了吗？土地佬穿上新衣裳，他还是土地佬，土得掉渣子的土地佬。在看园人眼里，这两个人就是个枕套子，不管绣几朵大花，里面揣的还是草。这两个乡巴佬，还不是江南的乡巴佬，纯粹典型的江北佬。

　　在这个看园人的印象里，江北佬就是愚妄、粗鲁、低俗、强暴、戾气、凶恶、鲁莽、野蛮的代称。眼前这两人的样子，充分证实自己的看法，当然也是上海滩人的看法。憨头脑，愣头青，戆子头。没文化，没修养，没素质。不懂高雅温馨，吴侬软语。不会婉转清新，不知道柔美娇绝。不具备男人应有的，最起码的儒雅、风流倜傥的气质。简直就是野猪，大叫驴。而江北的女人，没有女人的娇巧贵气，更没有上海女人与生俱来的玲珑剔透，曼妙袅娜，温存内敛，细致伶俐。江北女人，村女野妇，说话像骂街，大板大调，生怕满街的人听不到。像汉子一样大大咧咧，自以为是，粗枝大叶，不重细节。做事不过脑子，处事直肠子驴，嫉妒不猜疑，没心没肺，凶悍没心机……江北女人，在这个看园人眼里，不叫女人，叫母狗。

在看园人心目中，江北佬没开化过，还没进入他们的所谓文明时代，是一群把盥洗间说成茅子，把大便说成拉屎，把小便说成撒尿，没有头脑，没有灵魂的蠢猪。他所看到的江北佬，在上海滩，男人只佩当流氓、瘪三、赤佬、混混。混得最好的，就是在码头上，扛扛麻袋包，拉拉黄包车；女人嘛，讨荒、要饭，站街头当妓都不够资格。

总之，看园人从内心里，瞧不起江北人。江北人就是一无是处，一塌糊涂。他歪着脑袋，对严九说："离开这里，江北猪，这里是洋人公园，有明文规定，哪怕是受尊敬的、品质高尚的大清国人，也必须事先申请，认领游园券，才可入园，每周不得超过一次。这是租界，是洋人的乐园，就你们俩，灰头土脸江北猪，先撒泡尿，照照自己，有什么资格进园子？去吧！去吧！别处白相去！"严九紧锁眉头，眼睛凝成一条缝，努力克制自己情绪，他听不懂看园人在说什么。从看园人说话时那蔑视的眼神和唾沫星满天飞的口气中，判断眼前这家伙，不怀善意。明知他在骂自己，却不知说的是啥脏话。

他在想，上海滩的人，都有一种莫名的优越感。因为他们靠近洋人，就以为在国人面前，自己也是洋人。因为他们最早接触所谓洋式文明，自以为其行为，是全大清国最文明的，代表着大清国人，并成为大清国人垂范标准，便可以趾高气扬，目空一切。其实，他们在洋人面前，低三下四，舔腚吮痈，充当叭儿狗的角色。既无底气，亦无灵魂。鹦鹉学舌，邯郸学步，扭捏作态，天生的一副尿样，贱骨头。

他的右嘴角向上提了两下，右边的颧骨隆凸成一个疙瘩，傲视睥睨。操一口龙王荡口音说："幸亏你娘的也是大清国人，看模样，你狗日的也不是地道的上海滩人。不知道你这条蚂蚱虫子，哪里来的对江北人的歧视感。江北人抢了你的娘，还是奸了你婆姨？更不知道你这条冲自己家人吠吠的疯狗，哪里来的瞧不起俺江北人的优越感。什么东西，狗眼都能辨清贫富贵贱，俞你妈的，俺严九拥有的粮田，比你娘的一百个上海滩还大，你连狗眼都不如。俺就是搞不明白，这园子是敞开的，洋人能进得,老子大清国自己家的人,咋就进不得?"

看园人没听明白严九的话,知道大概的意思,并不知严九话中带骂人脏话,爱理不理地说:"侬弗要搞错哟,格里大英帝国的租界,阿拿弗和侬轧三胡,阿拿认侬老激棍,侬别处白相去!"几句宁波话,夹着上海滩调,洋泾浜语气。严九爷一句也没听懂,斜视看园人。腮帮上肌肉抖动几下,气得眼睛、鼻子皆走位了。他压住一头一卵子火气,垂下的手攥了攥拳头,又松开了。细想,这里不是龙王荡、直隶海州,是上海滩,初来乍到,还有许多大事没办。犯不着和这小人啰嗦,弄出啥不光彩的勾当来。严九放松身体,摸摸肚皮,饿了。转头对严雨川说:"撤,找地方,吃东西,补充给养!"严雨川早已吓得浑身冒汗,额头上滴答滴答往下流,害怕两人杠起来,已做好拉偏架的心理准备。

严九看雨川的熊样子,骂道:"咋这副孬种呢!怕啥?""不是!不是!天热!天热!"严雨川连忙掩饰回答。两人又从马路东越过马路,到路西。严九站路边,向行路人打听哪里可以吃饭,没人理睬,无趣地低下头,耸了耸肩膀,搓了搓手,无可奈何。

严九看到人行道外的一侧,有七八辆黄包车。一帮车夫,脚跟垫腚蹲在地上,手拿一式黑色破毡帽,扇凉风,打牙撂嘴说闲话。心生一计,招呼黄包车,伸出俩指头。一群车夫中,迅速蹿出两辆车。严九和雨川,分别上车。严九误以为拉车人也是上海人。寻思,要想找到吃饭地方,还是要客气些,否则,人家不带俺玩。严九费了好大的劲,害怕说不明白。想了半天,边说边停顿地:"小兄弟,俺们想找吃饭、吃小吃的地方!"谁知拉车人是苏北咸水口子的人,离龙王荡南边缘直线距离不到二十里。严九一张嘴,人家就知道是龙王荡人。

"爷!您是龙王荡人吧?"拉车人试探地问。严九看对方,不足二十岁的小伙子,咸水口子的人,自知龙王荡百里方圆,不知大地主严九爷的人,还在娘肚里。欣然问起:"小兄弟,尊姓大名?"车夫说:"回爷话,小的贱姓独,家中排行老大。俺刚出生时,父亲请他的主子,给俺赐的名,叫独耀宗。"严九爷十分地惊异,这叫咋回事?天下说大,真他娘的大。说小,真他娘的小。在这里相遇独大黑的儿子。这名,十八年前,是严九爷给他起的。独大黑狗日的头脑灵,就是有些才不正用,他闯下人命的祸,一跑了之,把俺严九架在火山口上。他断定,独大黑子一定躲到上海了。算了,不和他儿子讲这事,知道他躲到上海,又如何!押回龙王荡吗?那就没命了。暂时不说破。于是问道:"小兄弟,俺包你们两辆车,每天每人一两银,你可愿意?"独耀宗怀疑自己听错了。没听错,明明白白,每天每人一两银,当下,一两银,能兑换一千铜子,至少也能兑八百,天上掉馅饼了。唉!难怪上海滩的人,称江北佬是土豪,冤大头,张嘴大口条。于是脱口而出:"中!中啊!随爷赏,赏多少,就多少。俺乐意替您跑哩!"

黄包车一路小跑,左拐右拐,过大街,穿小巷。又沿着一条弄堂,直线跑。越过一行大树,跨过菜场、米店、酱油店、修鞋摊、裁缝铺子、剃头摊子、锔锅摊、旧书摊子、小吃部。巷子里隐约传来"阿有坏的洋伞修哦!"和摇货郎鼓的声音……

黄包车在石条铁箍门、风火山、马头墙、观音兜山墙的石库门海洋里飘移穿行。严九明明看到小吃街上摆着薏米杏仁莲心粥、大暄饼、黄油条、糍粑饭、鲜豆浆、面条、馄饨、馒头、糕团之类,严九想下车尝尝上海滩小吃"四大金刚",和龙王荡豆腐脑加榨菜、虾皮、葱花、酱油、油炸鬼、烤牌、大米饭,到底有啥不同的风味。可惜,独耀宗没有停车的意思。俩车夫脚底抹油,火烧屁股般,把黄包车拉到城隍庙小吃街上,在一家叫作福佑美味轩的店门前停下。独耀宗手指这家店名说:"爷,这是上海滩最著名的小吃美食店,想吃啥,进去点,俺在这里等你们。"严九很兴奋,对雨川说:"今天的银子,提前兑现,让他们托俺的福,饱餐一顿。"严雨川从袋中摸出一两重的两只银元宝,一人一只。二人伸出颤抖的手,接过小元宝,紧紧攥在手心,激动得嘴唇直哆嗦,鞠躬作揖,口中不停念叨:"谢爷!谢谢爷!"

二人进店,店小二伸头探脑,见是独耀宗送来客人,心意相通,心领神会,知道来的必是有钱的主。独耀宗和这家福佑美味轩老板,早有口头约定,每送来一位客人,无论消费与否,得三枚铜镏子。店小二瞧这俩客人,不像上海本地有钱人的那种贵气、儒雅、精致。地道的江北佬土豪架势,财大气粗的鲁莽派头。口中呼道:"二位高朋贵客,楼上雅座请!"店小二一改洋泾浜的娘娘腔,捋直舌头,标准江北人说话语调。

他担心洋泾浜话，外客听不懂，江北的话他也说不清爽，呼出的调，比唱难听一点，比哭好听一点。假如饭后听此调，一定会吐翻胃子。还别说，店小二机灵。他的话，严九听懂了。他当然不失时机，摆出江北土豪的大派，迈着坚定、稳实、骄慢的步子，气盛中夹带笨拙，内心说不准是强大，还是虚弱。不屑满屋子热热闹闹吃饭的形势，梗着脖子，半歪着脑袋。双手插在貂皮背心小操袋里，翻毛黄皮鞋，踩着木板楼梯，"咯噔咯噔"上楼。

严九在二楼雅间入座，店小二连忙上前倒茶。严九扫视室内装饰，满脸不屑。不过如此，比自家餐厅，少几分豪华，多几分雅气。严格地说，将就算是雅。一米高白板墙裙，白色石膏板饰顶。椅子、餐桌，罩一层白色绸套。两面白墙上，分别挂一幅立轴小品画，一幅是两个黄鹂鸣翠柳，一幅是一行白鹭上青天。窗户上，是落地式白纱透明窗帘，帘上印有浅浅淡淡的青枝绿叶红梅图案。两墙角的花架上，有精致的、鱼肚白的花盆。一盆盛开的茉莉，一盆绽放的含笑。都是白花，散发出香醅的气味。壁灯和顶灯，皆是汽灯。室内总体印象，窗明几净，白洁新丽。严九从店小二手中接过小吃食谱，翻过几页，又翻回。对店小二说："小兄弟，点餐！""好嘞！您报，咱记！"店小二奉承地说。"蟹壳黄、小绍兴鸡粥、鸡肉生煎馒、糟田螺、排骨年糕、南翔小笼馒、开洋葱油拌面、素菜包、虾仁蟹黄大馄饨、油氽馒、擂沙圆子、酱汁肉、鲜肉月饼、松鼠鳜鱼、响油鳝糊。每样来两份！"严九漫不经心，随意点完餐。店小二不淡定了，急忙问："先生，两人用餐？这是十人的量！"

严九奇怪了，开饭店，怕大肚子，怪事？对小二道："怕爷付不起银子？俺先付银，再上餐，如何？"一句话，噎得店小二张开嘴巴，再没说啥！转头备餐去了。其实，在严九内心，只是摆个谱。肚里不缺油，嘴上不缺吃，点了这些，都是严九不曾吃过的东西，好奇！绝对吃不完。

严九有意让他眼里的上海小瘪三、小赤佬看看，俺江北人有钱，俺就是富豪款爷，俺今个，就在这上海滩上数一数二的吃食店里，来一把挥金如土，穷奢极侈，暴殄天物。俺有钱，俺任性，俺不在乎龟儿孙子王八羔子瞧俺的眼神。看不起俺江北人，气死你这帮狗日的猴子。

两个穿旗袍制服的小娘们，笑盈盈地往返折腾几番，终把严九点的餐食上齐了。其中一小娘们扭动屁股，弯腰鞠躬，对严九说："先生，您的餐，上齐了，请慢用！"严九很受用的样子，示意雨川，赏。严雨川心领神会地从内袋里摸出一两一只的银元宝，一人一只。俩小娘们激动得泪花直挂，恨不能以身相许，千谢万谢，退出包间。

两人"叭唧叭唧"，一会儿吃饱喝足，打着饱嗝。严九口中叼一支牙签，满足的样子。看这桌上，还剩下大半。对雨川说："你下去，叫那俩拉车的上来，把桌上剩下的给吃了，丢了太可惜，吃进肚里，心不疼。"

严雨川穿下楼，跑到门口，向独耀宗招手说："二位，别傻待着，上楼，吃东西。"二人以为听错，用怀疑的眼神，一动不动地看着严雨川。"还愣着干啥，叫你两人哩！上楼就餐，九爷请你们！"严雨川严肃的口吻不容怀疑。独耀宗放下黄包车车杆，向前挪了两步，不敢肯定地问："爷，叫俺们？""是啊！还犹豫啥，上来吧！"严雨川向二人打个手势，不容怀疑。让他二人上楼吃饭，竟让他们心慌意乱，不知所措。这种上海滩上数一数二的吃食店，以他们的身份、地位，只配在门前八尺外往里观望，绝对不敢踏入门槛的。这里是富人和洋人出入的地方，像自己这样叫花子，贸然进入，轻的被轰出来，重的还会加以拳脚。二车夫，第一次被人当人看，请上楼，雅座亮厅吃食，何等地荣耀，何等地光彩，激动不已，差点失声痛哭。二位取下车夫标志的破毡帽，挟在胳肢窝里，随雨川上楼。二位跟雨川身后进了雅间，惺惺地又有点胆怯地，用眼神瞄了瞄严九，局促低头，相挨靠在墙角，等严九发话。

严九如长辈般口气："怕啥？客气啥？蛮机灵的人，咋的？上了楼，变呆了？"指桌上饭菜继续说："俺专门给你们留着的，不是吃剩下的，又不要钱，咋的啦？嫌弃？吃吧！不饿吗？"平生第一次闻到这复杂的香气，独耀宗心里发慌，差点晕倒。另一个，眼睛瞟那松鼠鳜鱼、响油鳝糊，完整得仿佛还没动过筷子。觉得天堂才有这样鲜香美味，腿肚子打晃，眼睛直冒金花点子。他使劲摇了摇头，定了定神，两手互相抓得紧紧的。口水从嘴角悄悄地流下。独耀宗反应快，连忙接着严九爷的话说："谢谢爷！谢谢爷！大仁大义！"一时间，百感交集，无话可说，眼睛红红的。二人在桌旁坐下，学着上海滩人的斯文，绅士般将餐巾夹在衣领扣子下，拿起筷子轻轻夹起一个菜包子，小口慢嚼。

严九看这两人，装得很不像，直截了当地说："你们就是拉车的，吃东西，就别装了，放开喽，大口吃肉，大口喝酒，像个车夫的样子。你们学人家上海滩人的文雅？算了，别糟践人家了。拿出你们的本性来吧！好别扭！"二人听了，冲严九傻笑之后，便一口一个生煎包子，嚼几下，脖子一伸，咽下了。再扒开鳜鱼，一人一半，拖到面前的骨碟里，猫一样歪头啃起来。二人吃得正尽兴，严九说："你二位，也不是白吃。天下没有白吃的理哟！"独耀宗一听，坏了，上当了，定是受骗被讹诈，吓得急忙放下筷子，站起来，准备逃身。被严雨川双手搭肩，按住坐下。独耀宗委屈地说："爷，说好的，不要钱。俺挣半年，也付不起这顿饭钱！"一脸无辜。严九笑了笑，安慰地拍了拍独耀宗后背，说："小兄弟，咋这般敏感？误会，误会。俺让你们给俺讲讲上海人，用这顿饭做酬劳。俺进外滩公园，被人家鄙视，硬生生撑出来。俺在马路边问路，找饭店，问仨人，那仨人，个个冷漠得像家里死了头号人一样，哭丧的嘴脸，没理俺。那奇怪的眼神，像看一只恶心臭虫蟑螂，这究竟为啥？俺又没得罪他们，咋这副德行？"严九话音刚落，独耀宗就接上说："您有所不知，说起这上海滩的人啊！真是一言难尽，一言难尽啊！"严九向独耀宗挥挥手："边吃边聊，不着急，慢慢说，慢慢说。"

"上海滩的人啊，小气、刻薄又刁钻，心里不敞亮。表里不一，死要面子，活受罪，虚伪、虚荣、虚情假意。明明穷得叮当响，一个铜子掰成几瓣花销的主，对外充富有。少吃两顿饭、三顿饭，也要装出有余钱。置办一身体面的行头。最流行的一句话，叫作嘴吃千口无人知，身上无衣被人欺。宁愿不吃不喝，也要穿得端庄体面。大街上饿死的平民，都穿戴得整整齐齐，你说怪不怪。"独耀宗一边吃，一边说，把自己对上海滩人的感觉，添油加醋，滔滔不绝地说出来。

严九刚刚听出点味，饶有兴致，对独耀宗说："继续！继续！说得好啊！"独耀宗见严九爷听得出神，津津有味，继续说："爷，您初来上海滩。上海滩人，骨子里瞧不起俺江北人。您是有钱的主，他们叫你江北佬。你是无钱的主，他们叫你小赤佬。上海滩的男人呀！没一个高大魁梧，挺拔威猛的男子汉形象，都仿佛祖宗八代就没吃过一顿饱饭一样,长得十二分吝啬,身材矮小,尖嘴猴腮,可怜的苘秸小腿,碰碰就可能折断的感觉。不长个子,光长他娘的心眼子。表面上人模人样,见面时,客客气气。暗地里,坑蒙拐骗。笑嘻嘻地给你挖个坑,哄你跳下去,然后,他在坑沿上,为你鼓掌,一边夸你勇敢,一边毫不留情,把你活埋了。交易场上,热情地和你拥抱,袖口里早伸出匕首,在你背后插进去。桌面上,兄弟情深,推杯换盏,桌底下,四条腿,早打得不可开交。奸刁猴精,耍嘴皮,不办实事,花言巧语,假仁假义,不厚道。装腔作势,扮成很有文化,很懂礼仪,谦卑恭敬的样子,实则浮滑低俗,卑劣猥琐轻贱。说话舌头捋不直,要么在喉咙里呜哝,要么在舌尖飘着,奸兮兮,一口太监娘娘腔,让人瘆得慌。他娘的,有的人,一肚子男盗女娼,还扮成绅士、君子,装出高尚儒雅的格调。可怕、可怜、可悲又可恨。穷得吃上顿没下顿,始终不忘衣服上的几道叠缝。睡觉前,把那半截假领子衬衫和穿得发亮,洗得掉色,衣边起毛的西式裤裤,叠出长条直缝,垫在枕头底下。第二天早穿起来,摸摸饥饿的肚皮,还不知一家老小早饭的着落。"独耀宗光滔滔不绝,只顾说话,嘴巴抽不出空间吃东西。严九爷听得津津有味,不忘记鼓励说:"吃、吃,边吃边说!"

"谢谢您!在租界里那些已经贫困在窘境中挣扎的人,还必须装出贵族式的典雅端庄。一个咸鸭蛋,吃上好几天,每顿饭用筷头子蘸蘸,放嘴里咂咂,出了门,见人便说,今天家里煮的咸鸭蛋,吃多了,不舒服。一颗咸豆粒作小菜,吃了三顿饭,仅仅啃掉一层咸皮。唉!奇葩的事,多着呢!俺们隔壁那家人,最爱面子,男人一年四季,始终穿一套单薄发亮的西装。女人穿一件不知哪个年头的旗袍,看见布丝子。男娃七八岁,基本上是光腚无衣。每回遇见那男的,都在俺们面前显摆说,生活嘛,不宽裕,但每天鱼肉还是有的。其实一段带鱼,豆腐干大小,一家人吃上七八天,娃娃多攫一筷子,被那男人臭骂半天:'咸鱼、败家子,多攫一筷,鮈死你。'吓得娃睁大眼睛,吧嗒吧嗒,不知所措。后来,带鱼段子臭了,还舍不得倒掉,一家分享了,晚上吃下去,后半夜三口人腹泻,拉七八天,没钱请郎中。还有的人家,不奢望吃红烧肉,买火刀宽一条肉,切成细麻线粗的肉丝放锅里,卤出来。一家五六口人，每顿饭，每人分得一根肉丝，一小勺子汤汁，往往吃上半个月。出门时，嘴唇抹一层猪大油，让外人知道，他家日子小富，经常吃肉，很风光。

"上海滩的人，骨子里瞧不起江北人，对俺大清国皇帝，也无所谓。只是在洋人面前，比孙子还要孙子，夹住尾巴，鞠躬作揖，点头哈腰。洋鬼子、老毛子就是他们祖宗。他娘的，天生的贱骨头……"

也许这个独耀宗，对上海滩人有偏见。也许吃过上海滩人的亏了，忌恨！也许他没善心，喝黄浦江水，吃上海滩烧饼油条，挣上海滩人口袋里钱，还把人家说得如此不堪。总而言之，他的话，有点贬人的意味，上海人听了，连杀他的心都有。

严九觉得，上海滩的平民，过得不比龙王荡人强。相比之下，比龙王荡的平民还可怜。因为他们伪装、虚假，没有龙王荡人真实。

既然如此，俺严九就让上海滩的洋鳖子，改变一下对俺江北人的认知。俺的生意，想在上海滩立足，必先赚个好声誉。不管你猪（租）界、狗界，先占领上海滩平民的心界，然后再赚你精明刁钻人的银子。先让你们尝到甜头，接下来，再一茬一茬地割你们韭菜，薅你们的羊毛。

俺做一回大仁大义，看看你们穿笔挺的、磨得发亮的西式洋装，油头粉面娘娘腔的男人，和穿带补丁旧旗袍，露大腿，温柔贤惠，婉约曼丽，嗲声嗲气的小娘们，在天上落下银子的时候，会是啥形象。还是不是绅士、君子，是不是高冷孤傲的大家闺秀，玲珑剔透小家碧玉。

严九坚定了他的构想，他想尽快满足自己的好奇心。想目睹十里洋场，真假洋鬼子抢银子的场合。他断定，自己的行为，在上海滩空前绝后，也许在伦敦、巴黎、华盛顿也绝无仅有。上海滩人，一定是一边抢银子，激动不已，一边骂俺江北人严九老爷，是傻瓜、憨种、神经病。啊哈？要的，就是这个结果。印象，深刻的印象。

廖子章三人，在英租界中大街，仁记洋行前伫足。这是一幢英国安妮女王时代建筑风格的大厦，在大街口的转角处。大厦两边墙体，簇拥起圆锥顶塔楼，以此构建大厦建筑中心，并由此向四边延伸。清水红砖立面，砖拱的层与层之间，楣梁上，爱奥尼柱头上，是红色砖饰雕刻。花雕、波浪纹雕、动物雕、人物雕，生动鲜明，呼之欲出，做工相当细腻精巧。立面的各类线条，弧形、圆形、弯曲形，波纹展开。阳台、栏杆、门窗、内廊、厅堂和陈列馆、展厅，都呈现非常别致、典雅、高贵而精密的，文艺复兴时代的风貌和品格。三爷培伦在这里买过轧花机，今日熟门熟路。前两天，又来过几次，看到轧花机、榨油机，皆有现货。他领父亲和南宫先生，登上二楼展厅。展厅陈列牌匾上，记载了这家老牌洋行在英国的发迹史。介绍在上海滩的经营范围，包括轮船、火车、鸦片、机械、茶叶、丝绸、棉花、驼毛、羊毛、木材、矿产、瓷玉器、纸张、五金、海运、保险……三人在牌匾前，没来得及看完介绍，展厅里屋走出一个干练精明的英国小伙子，操一口标准流利的京腔汉话，听起来没啥障碍。

他非常客气地说："热烈欢迎有远见卓识的大清国朋友，光临大英帝国第一批进驻上海的仁记洋行。请让我介绍一下，我名叫埃文斯，仁记洋行业务经理。需要我为您服务吗？"廖子章以友好态度，不矜不伐，有礼有节，向埃文斯点头示意，并把眼神移向南宫先生。为了表示礼貌和尊重，南宫先生用精准英语回答：Thank you（谢谢你）! We want to buy two ZY101 oil presses（我们购买两台 ZY101 型榨油机），A cotton grn（一台棉花轧花机）。"热烈友好地交流之后，双方沟通满意。埃文斯拿出三套中文说明书，仔仔细细解说一遍。三人通过短暂培训，掌握了机器基本性能、拆装、加工、维护保养、故障排除方面的基础知识。办完手续，埃文斯叫来七八个装卸工。他们讲话皆江北口音，有盐城人、海州人，还有邳州人。埃文斯要求装卸工负责把三台机器设备装上船，固定好，凭乙方签字，回来领取装卸费用。

……

过去几年，三爷做棉花、粮食、茶叶、盐运生意，和上海滩各大商户皆有往来。按父亲的构想，也曾多次和商号老板讨论过，联合开发龙王荡粮、棉、盐、茶基地事宜，许多商号老板对此很有兴趣。这次廖子章上海之行，更重要的是联系商户，推进通力合作，共同开发意向。以此举带动龙王荡的农产品、盐产品走出海州，面向大清国经济贸易窗口，大上海。

下午申时，英租界钟楼上的大钟，敲击十五响。三爷培伦在苏浦大公馆租一套小型会厅，邀请上海滩有代表性的粮、棉、渔、盐、食油、芦、茶、麻大商户——原太源、大亨通、德隆驰、大开阜、裕晋升、道日新、大济豪、银盖特八家代表，会谈在龙王荡开发以粮油棉为主的农产品，和瓜果葫芦菜、桃李柿枣梨之类副产品，盐产品、芦篾制品，海带紫菜养殖加工，构建上海滩市场大后方。开发建设鸡心滩盐场、天生港海运码头，开辟龙王荡至上海滩海运线路，缩短漕运时间，提升货流速度。初步达成二十个项目投资意向，会谈在愉快、欢乐中圆满结束。下午十九点，廖子章在苏浦大公馆，举办一小型西式酒会。气氛热烈，轻松愉快。临别时，每个客人领取一盒精美礼品，一束玫瑰，一条东海水晶项链，一枚绿翠钻戒。礼品不算贵重，足以打动人心。

上午，在黄浦外滩滨江大道分散活动之后，浪游屺和龙荡营镖局一干人等，进了苏浦大公馆，安排好休息、就餐、住宿事宜。把银车送进大公馆银库，加岗加哨，安置妥当。浪游屺按途中商量好的步骤，开始行动。他跑遍租界工部局各相关部门，张罗明天重大活动。银子开道，一路绿灯，事事周全顺利。他仿佛两腿生风，脚踩风火轮。当日上午，在《新报》《申报》发行之前，赶到两家报馆，买下当天全部报纸，给执编、主编塞了数目可观的银票，迅速把当日报纸部分内容撤换下来，临时改版，重新印刷发行。改版后，在第一版头条醒目位置，用大号黑体字，隆重推出爆炸性消息："明日上午九时，江北大富豪严九爷，在十里洋场，有惊天地、泣鬼神的特大惠民举措。千载难逢，绝好机遇，开天辟地，空前绝后。走过、路过千万别错过。请市民朋友，穿单衣，系紧裤带、鞋带，让身体充分舒展，灵活自如。别忘记带上安全的手包，绝对有惊喜。所有在场者，将感受到天上掉银圆，把地面砸得'当啷'响的滋味。"这条广而告之的大消息，没有明说撒银子，而是含骨露刺。这是执编亲自拟的文稿，特意留下的神秘感。

《申报》执编胡昭文，恰巧是江北盐城人，五十岁上下，瘦削长脸，三号个头，身上没膘，骨感很重，一看就是穷根子。他饱读诗书经传、文史典论，可他无心科举入仕。在上海滩打拼二十年，不说上海话，不食甜食，不穿洋装。凭实力，从一个自由撰稿人，一路过关斩将，成了《申报》执行编辑。他在周围一群上海滩人中间，记者也罢，编辑也罢，递茶倒水、刷厕所的也罢，始终秉持公事公办，一视同仁。有不苟言笑，特立独行的江北人脾性和态度。

胡编辑左手捧旱烟斗，右手捏着刚拟好的消息文稿，送到主编美查面前。美查是一个差不多六十岁出头的小老头，阔头脑，洼脸心，秃顶。英国人。自然鬈的大白胡子中，掩隐两片薄如秋棠瓣儿的嘴唇。白衬衫，褚色马甲背心，伸出洁白纤细的右手，接过胡编辑递过来的文稿，犀利得如绿豆般的眸子一眼扫过，说："胡先生，为什么不明确告诉咱们的市民，严九爷十里繁华大街上撒银钱的事？"胡昭文知道美查一定会发问，早有准备地说："美查先生，问得好。我们亲爱的市民朋友，他们只有揣着极端的疑惑，才会像采花蜜一样，不顾一切地拥向十里洋场。悬念，是牵住他们敏感神经的绳索。更有意义的是：让那些不看咱们报纸而失去一次发财机会的人，在忏悔中，永远不忘看《申报》。从明天起，咱们《申报》的销量，将增长百分之三十！""是吗？"美查耸肩，歪头，装出幽默而滑稽的姿态，两手按在桌面上，半信半疑地瞅着胡昭文。"美查先生，上海滩的人，聪明，好联想，会分析。咱们把话说到这份上，呆子也明白，江北佬造孽撒银钱，除非他不是上海滩的呆子。"胡编辑解释说。"胡先生，你很有意思。我相信，你的文思，总会收到意想不到的特殊效果，我同意你的看法。"说完，签上自己的名字，交给胡编辑说："胡先生，抓紧排版刊发吧！今天的时间很紧！"

浪游屺听出胡编辑的江北口音，便有几分自来熟了，试探地问："胡先生，上海滩的老百姓，相信这报上的消息吗？"胡编辑瞅了瞅浪游屺说："你相信吗？""俺信，俺信的！""你信，那不就得啦！跟你说实话，咱们《申报》，在上海滩创办十多个年头了。是报纸，培养了上海滩平民读报的习惯。上海滩的老百姓，可以不信大清皇帝、老佛爷，不信上海道的道台，知县。但是他们绝对相信洋人的报纸。因为《申报》不登假大空的文章，不传假消息，不做假广告。一句话，一颗钉。现在，上海滩人就像洋人相信《圣经》一样，相信洋报。他们可能不读释迦牟尼、孔夫子、李聃的经书，他们一定会天天读洋报。"胡昭文对浪游屺说。

浪游屺听得入神，奉承道："胡先生，你们真厉害，有神通，能让平民百姓如此信赖！"胡编辑好像沉浸在某种回忆之中，"叭嗒叭嗒"吸了两口，烟锅里烟丝燃尽，只剩下一抹白色烟灰，他慢条丝理，剔去烟灰，不咸不淡的样子。又从纸包里捏了一小撮烟丝，正在往烟锅里放，兴味盎然地说：

"说来也怪，骨子里与生俱来，有排外习性的上海滩人，在最初英国人登岸时，他们用鄙薄、厌恶、害瘆的心态和眼神，从不正眼瞧那些丑八怪的'夷人'。一开始，上海滩人说外国人，不说洋人，而是'夷人'。而当租界里宽敞的街道上，华灯流彩，雄伟大厦耸起，条条街巷里弄秩序谨严，头裹彩巾的高大锡克籍巡捕，训练有素，指挥交通，街边悬挂各式各样金色招牌的中国店铺纷纷兴起的时候，上海滩的人，被征服了。他们不再拒绝洋人的拥抱和热烈的亲吻了。性格里，那点软弱的排外尊严，再无底气。上海滩的人啊，眼睛里盯住的是实惠。过去，这里漆黑的街巷，夜行人，鬼影般手提半眠不醒，若隐若现，昏暗的灯笼。走起路来，烛光晃悠，如幽灵一样徘徊，随时都有可能油尽灯灭。大清国和上海滩一样，一潭死水，一丘败土，一间风雨中摇摇欲坠破旧的老房子。如今，滨江大道旁，楼厦林立。外滩公园，一片绿洲，百花竞放，树木丛生，百草丰茂。江水滔滔，洪波涌起。江岸霓虹闪烁，灯光灿烂。轮船、码头、电报、电话、地火灯悄然兴起。燃烧煤气的棉纺厂、造纸厂、火柴厂、缫丝厂、粮食加工厂，相继起建。上海滩人，不服不中。洋人在气数已尽的大清国的黑洞里，燃起一束现代文明的希望之火。上海滩，不自觉地被动地充当了东西方交流的隧道和桥梁。现实改变了人们的认知。上海滩的美丽景致出现在油画、明信片和摄影照片上。上海人风光了，自豪了，上海人对夷人鄙视的目光，一下子换成灿烂迷人的光芒。崇敬、羡慕和景仰之情，油然而生。

"他们愉快地忍受夷人的强势，欣慰地接受夷人的霸凌，心甘情愿地融入洋味之中。原本的夷人、夷场、夷门、夷屋、夷园，全部改口，用'洋'字替换。上海滩的人，夷化了。他们再也不用寻找自家的祖坟了。

"上海滩前所未有地兴旺了，三千年的基因消失了。鲜花灿烂，树根却断了。幸福的人啊！找不到回家的路。江山如画，是千疮百孔的花朵。青原绿水，建的是别人的豪墅花园。"

最后几句，浪游屺看出胡先生有点伤感的神情，没听懂什么意思。

浪游屺觉得，报纸的大编辑，真不是一般的人。见多识广，看问题极深刻。话到人家的嘴里，说出来，耐听！他用钦慕的目光，聚焦胡编辑的嘴皮子，然后，谨慎地问："胡先生，您觉得俺们严九爷此举必要吗？或者说，上海滩人，会像相信《申报》一样，相信严九爷吗？"浪游屺一直认为，严九爷此举，牛嚼牡丹，挥霍浪费，很难收到预想效果。胡先生从鼻子里"哼"了一声，不客气地说："你眼光，不如你家老爷。在上海人眼里，严九爷是谁，他的存在与不存在，如飘过屋顶上的一片白云，无关紧要。像横过门前的阴沟，里面有没有臭水，无所谓。但是，如果自家米缸里，没了米，油壶里，没了油，而严九爷送银子给你，让你买严九爷米店的米，油坊里的油，每斤比起市价，还便宜两三个铜锄子，那么，所有饿得发黑的眼神，就会突然亮起来，毫无夸张。那一张张窘促得缩成一团的，巴掌大哭丧的脸，顿时就会舒展、活泛起来。江北严九爷的地位，在他们的心里，一下子就能拉升，并超过端坐在城隍庙里的三个城隍老爷的地位。你若不信，看明天的十里洋场，一定有人当场给严九爷磕头。有奶便是娘，与社会风气和社会形态无关。人性使然。"胡编辑滔滔不绝，口若悬河，说得浪游屺点头称是，哑口无言……

租界钟声，响完八声。外滩的早晨，十分清朗明丽，金黄而温馨柔和的阳光洒在金色的黄浦江上，映出一片绚烂，一片辉煌，一片秀美斑斓。在苏州河流进黄浦江口的三角洲上，苏浦大公馆，迎着明媚，迎着朝霞，沐浴和煦阳光，开启新的一天。公馆门前的广场上，五辆西式马拉洋车，一字排开。第一辆是严九的检阅开道车，最后一辆是廖子章、南宫先生的殿后车。中间三辆洋车后排座上，均放三个杞柳笆斗，每只笆斗外壁，贴五个纸剪大红字：江北严九爷。洋车载龙王荡人装粮食的土笆斗，还贴江北人的称谓，用廖子章的话说，这叫作洋钢枪配土拐球，中西合璧。这笆斗，就是要让上海滩人明白，是江北人特有的土物器，关键看这土物器里，装的是啥货色。九个笆斗，盛满白花花的银圆和金灿灿的铜锚子。

严九爷换了一身海沧蓝底子，白色宽条子西式洋装，白衬衫。脖下系一条红宝石饰结的蓝花领带。右肩斜挎一条红色绶带，绶带上印白字：江北严九爷。西式洋装左上袋里，插一撮不知名的带缨子的红白相间的小鲜花。头顶黑色礼帽，左手里抓着一根没有拐的西式文明手杖，右手扶着车厢把手，活像一尊彩色的西式铜雕。微胖的脸盘，红铜般饱满的双腮、庄重、高贵、矜持而不失亲和。从表象上看，十分慈祥、宽厚、仁爱并富魅力。今天的严九爷，给"江北佬"这个专有名称，长脸了，添彩了，增光了。

江北人穿西式洋装，站洋车上，检阅游行，连英国驻沪领事阿礼国也没有享受过的待遇。上海滩的人，咋不另眼相看？不由他们瞧不起江北人，这是严九爷的初衷。

租界工部局，为啥乐此不疲，津津乐道，为严九装潢门面？在拿到严九可观银票之后，目的只有一个，地不分南北，人不分尊卑，只要是真正有钱的大咖大腕、富豪大佬，就可融进租界，做生意，做公益，做慈善。这是对文明的尊重，对进步的肯定。胸怀广阔，海纳百川的大英国租界，无条件热烈欢迎，并积极支持和参与。严九爷十里洋场撒银钱游行义举，得到英国领事馆、租界工部局全力配合和关注。为防止混乱、哄抢，以及其他严重意外事件发生，租界工部局在十里洋场，集合警局所有交巡警，三步一哨，五步一岗，在十里洋场大街两边严阵以待。

游行队伍前边，是租界仪仗队。八把黄铜洋号，是仪仗的开路先锋，依次十面银灰鼓腔、白皮蒙面大洋鼓，十面小洋鼓，十副大洋钹。

大英帝国租界的仪仗队，当然仿照大英帝国皇家仪仗队的形制特征。队员们头戴喜鹊窝似的黑色绒毛熊皮帽子。上身是红底子、金色条状对襟礼服套装。腰间束一条白色腰带，黑裤笔挺，黑皮鞋锃锃乌亮。队员个个精神饱满，容光焕发，神彩英俊，气度非凡。立在仪仗队最前列的，是一个细高个子小伙子，手持一支三尺多长的黄色指挥棒，棒顶部有一朵白色雕花，花萼下是一圈金红色流苏丝绒穗子，随着指挥者动作，一上一下，一右一左，一斜一正，金红流苏在空中摇晃、抖动，指挥洋号、洋鼓、洋钹钹，按节奏，"呜里哇啦，嘣嘣嘭、嚓嚓嚓"，悠

第八章 撒银钱

扬、铿锵、震撼。

十里洋场，东起外滩，西至静安寺，横跨静安、黄浦两个区域。迄今为止，是被大英帝国经营四十多年的上海滩最繁华的商业大街。大街分东西两路，全长十里。东路被上海英国领事馆称为远东商业第一街、西路被租界工部局誉为上海顶级商业区。也就是英国人所说的上海南京路。南京路附近，有以英国麟培洋行大班霍克为首，集资组建的上海滩第一跑马场。

十里洋场，是上海滩人口最稠密，商业最集中，最热闹、最繁华的新世界。严九在这里举办的，绝非一般过眼云烟式的大型活动。它是用银子，往人们心坎砸的活动。是被砸一回，一辈子也不会遗忘的、非常实惠的活动。虽然这种行为，一定会被上海滩有识之士认为最笨、最蠢、最可笑、最愚妄，是脑子进水的活动。可是，一定会收到严九想要的效果。其影响力一定会超过有识之士想象的广大、深刻。可以预见，江北人严九爷的称谓，将风靡南京路、租界乃至上海滩、大清国。

这六笆斗银子，三笆斗铜锎子，又能给江北人严九爷，赢回多少笆斗银子和铜锎子，上海滩的人，一百年以后，也不可能弄得清楚。

十里洋场大街两边，挤满了绅士、贵妇、平民、老人、娃娃和小偷。杂沓的人群中，男的、女的、老的、少的、高的、矮的、粗壮的、苗条的、健健康康的、病病恹恹的、硬硬朗朗的、歪歪斜斜的；穿长衫的、穿短袄的、穿西装革履的、穿时新花旗袍的、穿洗得发亮底边发毛素格子旧旗袍的；穿长裙的、短裙的；也有衣衫褴褛的，拖乞丐棍的、提打狗棒的；还有裤裆破败，形象不雅，两腿间卵蛋晃荡晃荡的，胳肢窝挟讨饭瓢的、赤脚奔的，腿肚害疮流脓淌血的，光腚的，癞痢头的……

现在，街边的人们很守秩序，君子般立于大街两边。即使人群里，不乏小偷、小瘪三、小赤佬，在租界警察鹰隼眼里，也被逼成绅士贵族的言行举止。小瘪三归小瘪三，小赤佬归小赤佬，只要装出彬彬有礼的样子，就不会遭到警察甩棍打屁股。风度翩翩的绅士们，很有礼貌地挤挤扛扛，气质秀丽的贵妇们高雅地推推攘攘，也有油头粉面的正经人，暧昧地紧紧贴着贵妇人的屁股。人们身体前倾，有毛、没毛的脑袋，在鸭脖子支撑下，执行统一方向，侧向东边的游行队伍。

车队左边，凌霜菊、白青、非红、橙瑰、缁牡，内穿紧身黑色皮装，脚蹬高帮子马靴，分别披紫、青、红、黄、黑色的宽松大披风，骑一式枣红骏马。右边的韩鲙、震山象、赤臂罗汉、夹山大虫、大马猴，铠甲钢盔，内藏火器短枪，外持冷器长枪，骑一式白色骏马。个个英姿飒爽，意气风发，八面威风，气势不凡，令人敬畏。排在严九爷检阅车后边的第一辆银车笆斗边上，是严家商贸协理浪游屼，第二辆银车上是大管家严雨川，第三辆银车上是严家车辆协理牛二耙子。这三人，之前在这十里洋场上，已来来回回走了四趟，模拟六笆斗银钱、三笆斗铜镚子，在十里路程中，咋均匀分配。现在，心中有数，保证最后一把钱，一定撒在第十里的路界内。

第一把银钱，按廖子章意见，必由严九亲自撒出去。这第一撒，用啥名称合适呢？《新报》《申报》记者，等回复。有人提议叫"揭幕"，有人强调叫"剪彩"，还有人说，干脆叫"奠基"。廖子章寻思之后说："你们说的有一定道理，但都不合适。对外统一口径，就叫'十里洋场第一撒'。意思是，在上海滩，撒银钱，开历史先河，无与伦比。活动之后，要让两报头条专版介绍龙王荡，介绍严九，每报加印五千份，买下全部版权，免费发送每一位市民。要让街上、路上、巷里、弄堂，无论男女老少，识字的，不识字的，每人手里，都捏一份报纸。让龙王荡、严九的产业，在上海滩家喻户晓，妇孺皆知。唱响龙王荡，唱响严九爷……"

万事皆备。随着租界钟楼上九点钟声响起，银车在"噼噼啪啪"爆竹声中，在轰轰隆隆洋鼓洋号中，从苏浦大公馆门前广场，驶进十里洋场路口。队伍前后，是工部局雇用的，上海滩市民千人旗手。高高矮矮，胖胖瘦瘦，男男女女，手舞大大小小的旗帜，所有旗帜上，皆印有"大不列颠及爱尔兰联合王国"，深蓝色海洋间，横着一个红白大米字形纹。所有的旗手，皆趾高气扬，挺胸抬头，眼睛向着蓝天，迈着傲慢的大不列颠贵族才有的步伐，踏着这块大英帝国租赁的土地，俨然自己已是大英帝国的公民，得意洋洋，大模大样，甚至耀武扬威。

车队刚入路口，银车队被一群记者叫停，一《申报》女记者冲在最前面，示范严九爷摆一个撒银子的造型，让周围摄像记者拍照。严九言听计从，微笑地打开手中金丝楠木的银匣子，抓出一大把银钱，向左边亮相，并随手撒出去。然后，左手握住匣子，使右手抓出一大把，向右边亮相，随手撒出去。只听得银车周围，几十架相机，"咔嚓、咔嚓、咔嚓……"响不停。冒着青烟的相机，将严九爷撒银子的潇洒形象，定格在上海滩的洋报上，定格在大清国龙王荡的历史画卷里。银车徐徐蠕动，接下来，江北人严九的唯一任务，是代表整个江北人的富贵形象，像狗熊一样，接受上海滩人的观赏检阅。人们早已从江北人红绶带上，看到"龙王荡严九爷"的字样。把严九爷和银子放在一起，其实，上海滩人只对银子感兴趣。

这支撒银子队伍，是大清国龙王荡的最现代化文明的队伍，似乎正在充当上海滩租界里现代文明的小丑。今日，繁华热闹、兴旺发达的租界大街上，正在游行着西方人似曾相识的，三百年前，欧洲中世纪的骑士时代的骑士、骏马、长矛的文明队伍。其实，这就是龙王荡的现代文明，直接地说，是大清国的现代文明，重复了西方三百年前的文明。廖总在车上，眼见此番情景，心潮如涌，翻江倒海。大清啊！俺的大清。可堪回首，正当俺们的康熙大帝、乾隆爷，自我陶醉，向世界展示辉煌、强大之际，自豪沉迷于天下第一，这井底之蛙的甜美梦想之中，正当今天上海道台、知县，还在研究地火照明灯是何妖孽，火车道斩断上海滩龙脉之时，西方已超越俺们三百年。一八四〇年鸦片战争，毁灭国人羸软孱弱的心脑，横扫了苟延残喘，气息奄奄的清廷威风。不知何时，再有重拳一击，上海滩恐怕永远回不了大清国了，大清国也回不了大清国了。那将是何种国途命运！俺们的龙王荡，又将如何？

严九两把银钱，白花花地出手了，迎着金灿灿的朝霞，反射出炫目耀眼的银光，翻了几身之后，浪漫地落在鹅卵石路牙间，只听得"当啷啷啷"神圣、美妙、清脆、悦耳的银铃声。这是天籁之声，非常明确地敲击着路边所有人的心坎。人们的灵魂，早已飞出天灵盖，落到路边躺着的银圆身上。

一位裹着绿色头巾，白皮、黄金发鬈毛、蓝森森眼睛的西式中年女人，傻傻地忙着在胸前画十字手势，激动得嘴唇颤抖，口中念念有词："我的主啊……阿门！"她看银钱落在自己面前，想一想，天下竟有如此乐施之人，太伟大。有心弯腰去捡，但没有表现得十分急切。就在此时，她身边一个穿旧旗袍的年轻清瘦的妇人，闪电般侧身弯腰捡起两块，放入手包之中。然后，很有礼貌，娴淑文雅地对那个没来得及捡的西式妇人，微笑点头示好。西式妇人一脸的愠色，但并未发作。正在旧旗袍妇人微笑之际，浪游屺的一大把银钱，带着"嗯、嗯、嗯"云雀的和鸣声，已从天上飘逸、超脱、潇洒而降。紧接着严雨川的第一把，牛二耙的第一把，相继落下，再就是如雨点般的铜镚子，纷纷而下。人们开始涌动，警察挥舞着甩棍，制止住混乱。旧旗袍的妇人连续弯腰，也顾不上啥优雅的姿势。这是手快打手慢的活，她很迅速，身体矫健、反应灵敏机智，动作快，也没忘记文明地抢。她一连抢起六七块银圆，又若干个铜镚子，手包沉甸甸的。

谁的动作利索、干脆、果敢，谁就捡得多。明白人都知道，一会儿银车就过去了，说得白一点，不是捡银子，是抢银子。抢银子，不是礼让三先，不是温文尔雅，不是绘画绣花，是冲动，是我推开你，你攮开我的占有行动。警察不允许你跟着银车跑。裹头巾的西式妇人，不再矜持，不再装×，不再"阿门"，也不再微笑沉默，放下手中的镀金柄的晴雨伞，捡起自己面前的两块银钱，脸上呈现一抹成就感，又怕被熟悉的人看见不好意思，转头走了。金发蓝眼的妇人，很满足的样子，气喘吁吁跑回家，高兴地打开手包，欣赏她的战利品，崭新的两块银圆。她用拇指与食指的指甲，夹住银圆两面，吹了一口气，放在耳边听，她听到了清莹之音。她确认江北鲁莽的汉子，或者说土财主，没敢欺骗上海人。满足之余，她忽然想起了出门时，手里拿了晴雨伞。她确认，伞丢了。丢在她抢银钱的那个瞬间。这把伞，是自己在大魏商场精心选购的，花了六块银圆哩！正宗的法兰西制造，纯真十八K镀金柄子，镀金撑条。这妇人，无奈耸一下肩膀，歪了歪脑袋，小幅度张开两臂，撇了撇鲜红的嘴唇，装出既令自己难受，又令自己可笑的样子，自言自语："纵身一捡，得两块，亏四块。江北人严九爷，我记住你了！"

旧旗袍女人，愉快地捡了六块银钱。她心中激动，很兴奋，再弯腰，再蹲下，去捡遍地的铜镚子，狼狈、难看的事件，发生了。只听

第八章 撒银钱　　　　　　　　　　　　　　　　315

得"吱咕",沉闷的一声。这件她母亲穿了一辈子,文物级宝贝,在她结婚那年传承给她,快半个世纪的古董旗袍,咋能经得起反复拉扯的折腾哟!身边一个戴鸭嘴帽,穿银灰色劳动布吊带裤,二十岁左右的人,不像男人,但绝对不是女人。他以为旧旗袍女人,为争抢银钱,不慎放出肚中空气。冲这清瘦白净的女人,心生歧念,诡秘地笑了一声,有意讨好她,把抢到手的一块银圆,递给她,她没理他。旧旗袍女人觉得,这男人看到她大腿了,正在生出邪念。她知道,那沉闷的一声,不是屁,是旗袍挣裂声音。年代久远的旧棉布,不可能如新旗袍撕破那样清脆。两拃长的口子,旗袍边缝沿着大腿边,直接撕开至腰间,露出鲜艳的挂在大腿丫里的红裤衩子。好在是侧边,只露出后半个屁盘,没有走光,关键处仍被藏得严严实实,无大碍。

随着银车前进,车后大街两边人群躁动起来。上海滩的人,也是人;洋人,也是人。谁个在一把一把银子面前,能持得住,不动心呢?谁会像道德楷模柳下惠一样,怀中搂着女人,只是为了取暖,而不起色心呢?谁还愿意守着那条本来就是虚伪的绅士、淑女的底线呢?就是那些平时视金钱如粪土、给报社写稿子、在学堂里教书、提倡绅士文明的、双料子的正义之士,大儒圣贤、钦定的隐士,在吃了上顿没下顿,一个咸鸭蛋吃上俩礼拜的现状中,他们对脚前落下的白花花的银钱,也绝对无法顶住诱惑,难免笑嘻嘻地弯腰捡起。看着那印有龙头龙身、马和剑、维多利亚哥特式皇冠女王图案、老鹰图案的银圆,谁能不激动呢?在一块银圆能买下两斗米,在饿得两眼发绿、口吐黄水,用猪大油抹嘴唇,装门面的时代,谁会和银子结怨呢?

一个穿西装,留着长辫的中年男人,肘里掖几张报纸,刚刚捡了两块银圆,放入西装下口兜里,他集中精力,注视后边过去的银车,他觉得自己有能力再抢几块银圆。不料身边一个蟊贼,已从他的兜里,用中指和食指,轻轻地捏出两块钱,扬长而去。涌动的人群,被警察驱赶着,甚至有的警察扬起手中的甩棍,向不绅士的人示威。

在人群中,有一个短腿、大肚子、南瓜脑袋,五十上下的男人。一脸的横肉,跛扈霸气的派头。身边跟随两个瘦子,贼眉毛,鼬鼠的眼。一个腮上斜开一条青紫发亮的刀疤,一个膀臂上纹黑色蟾蜍、蝮蛇、蜈蚣、壁虎和蝎子图案。这三人，不捡不抢，不挤不攘，银钱落在脚面，也不动声色。他们不是啥大贤大圣，是嫌少。他们跟着银车，平行移动，看热闹。租界戒备森严，龙荡营镖局的人，个个生龙活虎，没有人敢对银车生出觊觎之心。那两个瘦子，跟在南瓜脑袋身后，黑色长夹袄，敞开襟怀，内束白布对襟衬衣，吴钩半挎腰间，隐约可见。租界巡警和廖子章，镖局成员，早已发现他们的动向。警长十分警觉，派四个便衣警察，紧随左右。风不动，则雷不动；风若动，必以雷霆之勇，迅捷不及掩耳之势，一招制服，保障银车绝对安全。

廖子章心中清楚，白天大街上的安全，不用担心，工部局打下包票的。再说龙荡营十大保镖，绝非等闲之辈，绝非装装样子的尿包假骑士。个个身经百战，杀伐决断，武林高手。都是以一当百的英雄好汉！即使没有租界的警察，谁也别想沾银车的边。夜间，就不好说了。

……

十里洋场撒银钱，行车不紧不慢，匀速前行。这十里路程，足足用了两个时辰，也就是西方人所说的四个钟头。严九回到苏浦大公馆，两腿如杠子一样，不能弯曲。这才是第一天，明后还有两天。他对浪游屺说："真他娘的花银子买罪受！"

中午饭，严九、廖子章、南宫先生和严雨川，在一张桌上吃饭，其他人分散就餐。廖子章凭直觉，晚上可能出事。他在今日游行中，发现有不轨人混入游行队伍，迫于警戒严密，没敢公开动手，今夜必作祟。还有大头子的银两，装在封闭的银车里，一旦被贼人盯上，必是一场浩劫！他让人传来浪游屺，当着严九的面，问："浪协理，你们的银车，安置如何？妥当吗？安全吗？镖局咋布防的呀？请你细细说来听！"浪游屺做得具体，说得充分、明白。他说："公馆有地下密室，专为商业贸易客人设计了银库，俺们银车，通过地下密道，直接进入密室。密室石门，二尺厚的石料，外加铁箍。密室墙壁，由三尺方块立石砌成。从通道口到银库，共有三道门，分别有六人管钥。每道门，需两人到场，两把钥匙同时开锁，也只能打开一道门。这三道门的钥匙，由六人保管。现在钥匙全部交到俺们自己人手里。密道口周围，住俺们镖局的卫士。道口俩人一轮放哨守卫，半个时辰轮换一次。周围有地火汽灯，照明没有死角。若有意外发生，全体卫士随时集合应对。另备战时火把，以防不测。请四太爷、九爷放心。浪游屺在，银车在。浪游屺不在，银车还在。"

严九十分放心，不怀疑浪游屺办事能力，更不怀疑浪游屺的为人。浪游屺跟随自己快二十年了，忠心耿耿，大事不糊涂，从未出过差池。放心地对廖子章说："四太爷不必担忧，有龙荡营镖局的小兄弟、小姐妹在，无论上海滩的人咋厉害，谅他们也叼不走俺的一两银子。"在廖子章眼里，浪游屺报告的情况，都是表象上的安全。三道石门，一条密道，石砌银库，很难阻止真正的贼人。

今天的游行现场，看得出，已有贼人惦记了。只是俺们不知道贼在哪里，有几股贼，方案是什么。以俺们现有实力，不怕劫贼硬抢，怕他们暗地下手，神不知，鬼不觉，盗走库银。严九、浪游屺没见过江洋大盗的厉害，把上海滩想得太简单，把黄浦江看得太清澈了。盲目自信，必陷入被动危机。他问浪游屺："浪协理，你可知道那密道通往何处吗？银库密道的对应地表方位，在哪里？"浪游屺语塞，还想辩解："这个，真的不知道！俺们也没必要知道。"廖子章以不容商议的口气说："俺们带这么多银子在身边，绝对不能把银子的安全交给银库。与其这样，不如直接把银车拉到广场上，让镖局的兄弟们围着银车过夜，倒是更安全。俺们银车进城，在明处，是公开的。俺们铁罐里能装多少银子，明眼人一眼就能看穿。市面上所有人都知道俺们的活动是三天。就是说，俺们还有大头子的银子，没露面。太有吸引力了。眼下，十万两银子，在上海滩，能买下几千亩甚至上万亩荒地。俺敢预言，严九爷的银子，今天晚上，一定有人盯上。否则，这里就不叫上海滩。俺们绝不可盲目自信。有钱买不到治后悔病的药，贵在预防。"

浪游屺辩解道："四太爷的话，当然有道理。可是租界工部局，和俺们签了协约的，银车若在租界出了问题，工部局负责全额赔偿。"廖子章笑着说："别看大英帝国肥得流油。俺严九爷的银子，真的出了差池，它工部局，哪怕是领事馆，都拿不出几十万两银子赔偿。永远记着，任何时候，都不要把自身安全寄托在别人身上。你们没有经历过，不知道厉害。调整护卫让凌霜菊、震山象、赤臂罗汉、白青、非红，直接潜在银库里,和银车在一起。韩鲶、夹山大虫、大马猴、橙瑰、缁牡撤出密道口,到银库的垂直地表上守候。密道口留给俺几个卫士,滕大山、阙小海和辛驰三人足矣。贼人一定会想到密道口必有重兵把守,所以,他们不会从密道口强入,更何况三道石门,进之不易。俺的思维,不能和贼人一样。"

中饭后,浪游屺询问公馆业务经理茆凤轩,想知道地下银库垂直地面在何处。得到的回复是:"我们已把三道门的密钥,都交给你们了。安全由你们自身负责,更何况,租界警局,也把这一带列入重点保护区域,你们还怕什么?至于银库的地面位置,绝密,不能因为你们在公馆银库里存了银子,就有权知道银库秘密,不可以。"

饭后,廖子章、严九、南宫先生,正在公馆一楼茶馆里吃茶。浪游屺蔫耷耷进来,回复廖子章说:"对不起,四太爷,银库地面垂直位置,公馆对俺保密。"廖子章手里剥一颗望葵籽,说:"这不奇怪,但愿他们的秘密是真正的秘密。你把保管三道门密钥的人叫来,俺和严九爷、南宫先生亲自沿密道走一趟。""好的!"浪游屺转身出去。

浪游屺引管钥六人,先打开第一道门,廖子章、严九、南宫先生走进密道,浪游屺先行一步,点燃地火汽灯。廖子章手持茶盅口大的镀金小罗盘,他看着罗盘指针,判断密道是东西向。进入密道,方向朝东。向前走五十七步,是第二道门。过了二道门,密道拐弯向南,走二十二步,进入第三道门。过了第三道门,密道朝西南方,又走了一百二十八步,进入银库。三道门,三个方向。不带罗盘,感觉不出。银库里的银车,安然无恙。

这是一间宽阔的圆形房子,和严九家粮库大仓囤相似。墙壁用光滑的大白石垒砌,洋灰扣缝密封而成。内顶半圆,白料涂染,表面有碎瓷般装饰图纹。廖子章仰面看内顶图纹,没有内梯,看不真切。又摸了摸墙壁,有点潮湿,没发现啥明显可疑破绽。廖子章内心想法已实现,转头对严九和南宫先生说:"有数了,俺们回吧!"严九丈二和尚——摸不着头脑,疑惑地问:"这就完啦?""完了!"廖子章仍在思考房内顶上的碎瓷纹,不经意地回答一声。出了密道的门,廖子章、严九、南宫先生三人立于大公馆大门外。严九问南宫先生,银库有啥不妥,两人小声讨论。

廖子章手捧金灿灿的罗盘，在门前左右端详，上下观察，仔细辨别，反复目测地面和地下的对应距离，计算对应卦象的角度。确定一个基本方位后，他右手五指并拢，放在额上打个眼罩，逆光扫视灿烂阳光下的湖面。公馆广场前，是大约三十亩面积的人工湖。平滑洁白，反射光芒。不规则的湖岸，立石护坡，岸边蜿蜒曲折。围湖一圈，是打磨得十分光滑的石栏和石柱子。每根石柱上，镌雕类似虎、狼、狮兽的塑像。造型凶猛可怖，表情又憨萌可笑。这种造型，是西方洋人设计，融入东方某些文化原素，配搭得还不够自然契合。

在上海滩的大清人眼里，简直是亵渎、糟蹋这些猛兽的形像。千奇百怪，荒诞不经。有的差不多像雄狮和雌虎交媾，弄出来的杂交狮虎；有的像雄虎雌狮杂交出来的虎狮。要么狮身虎头，额上有明显"王"字。要么就是虎身狮子头，脖子上的雄狮毛比雄狮鬃毛还要粗壮，还要稠密，还要长出好几倍。还有人身驴脸、狮身人头、猪身牛头，等等等等。在大清人的眼里，为什么老毛子，脸上胸窝里都是黄毛，可能与狮子老虎，有某种关联。他们祖先肯定干过不光彩的勾当。就是这样造型栏杆，像一条首尾相接青白彩带，围着平坦宽阔的湖面，起伏舞动。栏外，是鹅卵石铺成的六尺宽环湖人行道。道外，每五十尺，植一棵高大的垂柳，柔韧青翕稠密的细条，越过人行道上空，坠入湖面，随微风飘拂，撩起一层一层的涟漪，引来一条条尺把长的青头混子。鱼嘴对准柳梢，纵身一跃，"嘣嗵"一声，咬下梢头，拍打水面，弄出不小的动静。人行道外围，逶迤的绿化带，地面植被，是小叶黄杨、海桐、小扁柏和鸢尾兰、麦冬草、素心兰、剑兰、墨兰、蝴蝶兰、君子兰、虎皮兰。草木本植被，分层次相间隔断。每个隔断界间，植一株冠幅六尺的灌木红叶石楠。

上海滩的季节，比龙王荡至少晚两个月，到目前为止，这里还没有迎来第一场霜，青绿仍是这里的主格调。人工湖岸上，碧绿沾渥，青枝茂繁，红叶正旺，琳琅满目，生机盎然。这景致本身，就是一种审美创造和审美体验，是自然景象，经过设计者丰富的心灵映照，梳理加工，体现出来的，具有丰富层次感、秩序感的诗化镜像。不得不承认，洋人设计者艺术思维的独特性。廖子章的视线，围绕湖里湖外，不停移动。

湖面上大致可分出三个层面，靠近湖岸的浅水带，没有茅稗杂草，只有环绕内湖坡下大面积稠密整齐葱浓碧绿的菖蒲。蒲心间，有直立出水面三四尺高的蒲梃，蒲梃顶端结出两拃长的赭褐色蒲棒，像烤熟的香肠。在微风中，骄傲地摇晃着肩头。茭白叶密密丛丛，疯长得透不过气来。一个个茭白槌，肥壮得像稛拐，青绿外衣紧紧裹住她的玉体，羞涩地藏在苒苒的翠叶之中。在浅水向深水过渡区域，又是层层簇簇，高高矮矮，覆盖水面的莲叶和莲蓬。蛙声喧嚣，鱼影蠢动，风抔淡香。荷舞秋风，柳岸迴香。菱湖碧影，骄阳动彩妆。香远益清，亭亭净植。虽然不像夏天那样热烈、奔放，生机蓬勃，虽然莲叶渐渐泛黄，那美艳高贵，雅洁花朵，已经蔫萎，但她那与生俱来的丰腴韵味和成熟馨香美感，却鲜明地留在清澈的湖面上。

跨越莲叶区，开阔清澈的深水区，如一面不规则的大镜面，倒映着午后太阳的金色面庞和垂柳黛绿色的长发。一阵微风吹来，恬静的大镜面上，泛起温柔和谐，如鱼鳞般细腻的波纹。小鱼忽然在湖心跃起、落下，激起一团小白花，很快又消失了。湖边的小码头旁，有几艘一度长的舢板船，有人正在操桨，通过荷间水道向湖心划去。渺渺幽香人惬意，蜻蜓翩舞双双戏。

廖子章目光转移到湖心，仔细观察那块有几张芦席大小的绿洲。绿洲上，伫立一座古朴、厚重，且华丽典雅的明式建筑，八角亭子，红柱、紫椽、琉璃金瓦。立在洁白炫目的大镜面中心。精致、巧妙，造型独特。油漆亮丽，极为抢眼。亭子四周，植一周大叶冬青灌丛，冬青灌丛外围，是比冬青灌丛高出三尺的珊瑚朴。亭子进口处，在亭南边下方可停靠一艘小舢板船。进亭子，从水平面的台阶向上，共有八级青石台阶。绿植将八角亭下半截，围得严严实实。廖子章的心里，已经有了结论。他把严九和南宫先生拽到一边说："二位，看到广场前那宽阔的人工湖面了吗？先别欣赏湖中美景，先看湖中央绿洲上的八角亭。俺可以断定，那座亭子底下，就是俺们的银车库。那是银库的秘密出口。英国人设计地下银库，不可能只有进口，而无出口的。出口的设计，是为了防止万一进口受某种不可抗拒的外力影响而被堵死，出口就是应急通道。"

严九爷惊诧地说："真的吗？有这样神奇的事？若真是这样，事情会变得复杂（他指了指亭子说）。看上去，上亭子，无桥无路，来回还是挺麻烦的！"南宫先生若有所思地说："直觉来自经验的总结。四太爷的直觉，一直以来很精准，是因为他的阅历太丰富。不用怀疑四太爷的判断，俺们应当警惕那个亭子。既可能是出口，也一定可以认为是进口。那湖面上有好几艘三板船，荡舟爽女闪莲塘，笑曳骄阳动彩妆。船上的靓男倩女，在划船、戏水、喂锦鱼，一片怡人的谐和景象。仔细看，亭子里，好像还有人影晃动！"严九一眼看到亭子里一男一女，好像搂抱在一起，胆大妄为，没有礼仪廉耻感，做起不堪入目的不雅事情。侃道："哦嚙！真他娘授受不亲了，这要是在龙王荡，早被装进猪笼子，沉海了。上海滩的风气，被老毛子祸害了！"

廖子章担心的是银车的安全，他说："上亭子，很容易，没有船，潜水也能上。一个猛子，就到了。"

廖子章早就听说过，当下在上海滩，最大的，也是最猖狂的帮派，当数吴钩帮。此帮根深蒂固，在市面上活动着祖孙四五代。其他帮派，绝对不是吴钩帮的对手。早在五十多年前，大英帝国第一艘帆船阿美士德号停泊黄浦滩时，吴钩帮就称霸上海滩。后来，他们曾经对没拜码头的英国人动了手，抢了英国人的大烟土和洋钉、洋火、洋油、洋碱。第一任英国领事巴富尔，向大清国当时的上海道台宫慕久提出抗议。宫慕久告诉巴富尔，大清的上海滩有不成文的规矩。你找到吴钩帮老大，拜个码头，以后，你在上海滩办差，就顺了。你用武力，可攻下大清，你不可用武力，攻下民心，你信吗？傲慢的巴富尔，选择相信宫慕久的话。

巴富尔在两个助理陪同下，带上西洋出产的，貌似大饼，能转圈，"嘀嗒嘀嗒"的稀世宝贝，报时钟，二十打洋火柴，两瓶洋葡萄酒，三条英国造洋旱烟，登了吴钩帮老大的门，并承诺，每年给吴钩帮一定数额银子协调费。一次造访，成效明显，在巴富尔任期内，吴钩帮再没找英租界的麻烦。

现在，第七代掌门人吴差，手下有一万两千多人，在上海、苏州、昆山、湖州、宁波、杭州一带活动。他们不编辫子，不留发。打家劫舍，明火执仗。大清朝政府拿他们没办法，向来得过且过，只要没威胁大清官员的人身安全，没危及大清根基，地方官也不想操这份心，省得惹是生非。吴钩帮控制本地漕运、陆运，收取保护费。苏州河、吴淞口至黄浦江十六铺码头，远近贸迁，都在他们的势力控制之中。凡是进上海的大小商号，第一时间，都会带上不薄礼品、银票，去拜见帮中老大差爷。四时八节，少不了上门孝敬。这样便可放心做生意，平安无事。进了上海滩，不给差爷上香进供，一定会遭到吴钩帮的干涉和捣乱。这一点，浪游屺忽略了。

严九爷以为有了租界保护，便可高枕无忧，也没多想。再加上龙荡营镖局的保护，冷热兵器齐全。这趟镖，也花了不少银子，安全不会有问题。廖子章的顾虑，绝不是多余的，谨慎能捕千秋蝉，小心使得万年船。严九不得不同意，按廖子章部署，重新定位安全，调整护卫。

严九上海滩十里洋场撒银钱，其行为聪明也罢，愚蠢也罢，已震动了整个上海滩，震撼所有人的心，引起了上海滩各大商行、洋行的注意。上海道台、知县百思不得其解，认为这样败家的东西，咋能富甲一方呢！那些唯利是图，视钱如命的商界大咖，无法接受，难以理解，江北佬想干啥？

那些经营与农产品相关的米厂、面厂、纱厂、粮行、油店、棉布庄老板，聚在租界商会会馆里，集体讨论破解江北佬严九撒钱之谜。一天六笆斗银钱，足足实实，没有虚头。三天十八笆斗的银钱，少说也有一二十万两，加上九笆斗的铜镴子，撒了，回不来了。江北佬，神经病，臭狗屎，他有多少财产？敢这样在上海滩撒野任性。以上海滩本地最大商行老板战久丰为首，集结七八个有代表性的行业老大，合计着探探江北佬严九爷的底。

战久丰发出请柬，邀请亨通米厂老板路峥嵘，太沪禄面粉厂老板妫淼，洪福旺纱厂老板皮怀谷，怡和洋行老板史密斯，仁记洋行老板哈里斯，四季顺粮行老板梁通业，经纬天下棉布庄老板罗友琛。战久丰派人，送三封请柬到苏浦大公馆，分别邀请严九爷、廖总、南宫先生。

请帖到手，三人一合计，去。善意恶意，不用管，有请帖，不去非礼也。随手礼，严九在家早就备齐了，现在派上用场。须发齐全的老山

第八章 撒银钱

参,漂亮透明的水晶项链,长长挺梆实硬带蛋的鹿鞭干子。都是用精美的金丝楠木椟封装的。

严九选了老山参,廖子章选了水晶项链,南宫先生自然选了鹿鞭。另外,又带上十多个小礼盒,里面装严记金戒子,戒子外边铸一个大大的阳文"福"字,里面阴文"严记"二字。五千两面额的汇通银票,备了十张。严雨川、浪游屺跟班陪同。就在租界,富贵通商行老板战久丰自己经营的大酒店,此店集中西两种菜肴酒水体系。晚上,按请柬时间,七点钟前,本地食客都已陆续到达。战久丰以主人姿态在门口迎接,寒暄客气,作揖打千。严九、廖子章、南宫济三人,正点到场。在门口,严九在前边,先打开礼盒,笑道:"感谢战老板美意,严九小礼,不成敬意,请笑纳。"战久丰笑答道:"严九爷来就来了,还带礼物呀!出手如此不凡,战某谢过严九爷!"接过礼盒,顺手交给身边随从。廖总和南宫先生送出手中礼盒,抱拳礼让,相继进屋。

严九穿今天游街时的大西服,挺着微鼓的肚皮,领带结上那颗红宝石,鸽蛋大,货真价实,让所有在场的识货人,眼前一亮,为之震撼,这罕见的稀世宝物,在上海滩也不多见。可惜了,戴在这位江北佬身上,不配。廖子章、南宫先生,皆穿银灰色传统的麻布长褂,头戴一式的蓝色圆顶翻边礼帽。路峥嵘、妠淼、皮怀谷、史密斯、哈里斯、梁通业、罗友琛都客气地从西式软沙发上站起来。史密斯用汉语说:"欢迎你们,严九爷、廖总、南宫先生!"为尊重对方,南宫先生代表严九爷和廖总,用英语回答:"Thank you, Mr Smith!(谢谢您,史密斯先生。)"

史密斯吃惊地看着南宫说:"南宫先生,大清国的郎中,开处方,用草药,却会说英语?"南宫先生不卑不亢,继续英语回答:"I studied medicine at St Andrews University for six years.(我曾在圣安德鲁耶大学学过六年医科。)"史密斯更为惊异地说:"啊!了不起,那是大英帝国排名仅次于牛津、剑桥的第三古老大学,是苏格兰最古老的大学,学生穿红色长袍。"两人一见如故,直接用英语交流,旁若无人。一直到战久丰邀请大家入席,才停下来。史密斯主动要求,和南宫先生坐在一起。南宫先生已瞧见了史密斯四十岁左右,脸色白里泛枯,黑眼圈,头发稀疏,干枯无光泽，说话还有点口臭。断定这家伙，肾虚精竭，肝火虚旺，内分泌失调，若不注重调理，活不到五十。

席间，众人热热闹闹相互敬酒、夹菜，交流甚欢。上海滩的商人，正如独耀宗所说，表面文章做得漂亮。总是那种温文尔雅的面孔，说话，不急不躁，慢条斯理。举杯饮酒，半掩着杯口，显得彬彬有礼。嚼菜不露牙齿，嘴唇抿得紧紧的，桌上红白两种酒水，英国人习惯红酒，大清人习惯白酒。战久丰觉得，酒过三巡，菜过五味，应该交流交流正事。他在想，这严九爷，也无啥特别之处，和许多江北佬差不了多少。主动找话讲："严九爷，直隶海州龙王荡人氏，尝咱们上海本帮菜，还习惯吗？"严九爷不假思索，随口应答："俺习惯的是鲁菜，焖、炸、烧、煮，大碗大盆，实打实，那才叫菜。俺家的厨子，都善做鲁菜。俺那里，靠近山东，吃鲁菜，得门。南方菜，小碗小碟。上海菜，其实就是苏州菜、杭州菜的混合，甜白拉几。说实话，不习惯。将就着吃呗，又不是在自己家里，挑剔不得。您热情款待，俺不须说三道四。吃饱喝足，到了肚里，吞嗓下三寸，都一样。"严九爷有意摆出大大咧咧的气派，对唧唧嘎嘎的上海滩人，不反感，也不热崇，毕竟自己的目的，要和他们做生意，打交道，当包容，还应该包容。

战久丰知道，江北佬都是直戆头的脾气，直肠子，心中不装事，有啥说啥。这样的人，好处，也最容易被利用。最大缺陷是遇事不过脑子。所以江北佬，在上海做生意，十个九个败，还有一个也不例外。他觉得严九爷吃得不满意，眼睛盯着严九爷，看他一边说话，一边伸筷子攥了一块酱汁牛肉，不小心，酱汁滴了一点在西装的翻领上，严九爷自己没注意。战久丰想调侃他，笑眯眯地说："严九爷，牛肉好吃，可慢慢攥，汤汁滴到西装上，不好洗呀！"连说带笑，仿佛并无恶意。

严九爷知道战久丰说自己的吃相不雅，也不愠不怒，笑着回应道："这服装，万把大洋，还洗啥，一次性，扔了。可惜了这滴汤汁，少了它，牛肉没啥口味！"战久丰在自家的酒店，比较随意，对身边的服务女娃说："严九爷没吃好，咱的菜，他不过瘾，上硬菜！"

仨穿旗袍的妞，躬腰称是，出了雅室。过一会，每个人单手托着大盘。一边走，一边扭动小柳腰，飘飘柔柔地过来。上了三大盘的河蟹。

第八章 撒银钱

战久丰用有些骄傲的口气说:"大闸蟹,阳澄湖的大闸蟹。严九爷,阳澄湖,听说过吧?"严九爷说:"阳澄湖,没听说过。可是,这蟹,在龙王荡里,是河蟹。车轴河,您听说过吗?车轴河的河蟹,个头比这湖蟹个头大得多。其实,龙王荡人,不吃河蟹,罾到河蟹,使刀剁一剁,喂鸭子,所以俺们的鸭子,食水好,下的是双黄蛋。那鸭蛋腌出来,煮熟了,淌油呀!河蟹,没啥吃头。俺们吃蟹,当然是吃俺们海州湾的铜蟹,你们叫它梭子蟹。一只一斤,一斤一只,俺一顿,啃四五只,咂几杯小酒,很满足!"战久丰愣了,暗中琢磨,真是他娘的江北佬,一只梭子蟹一两银子,他拿梭子蟹当饭吃,难怪他,牛×吹到上海滩,还撒银子。不可与他斗嘴斗富,斗得心情不舒畅。

看严九爷吃蟹的样子,说轻的糟蹋,说重了,伤天良。战久丰及其朋友心痛。他扳开蟹盖,剥掉蟹脐,中间掰开,一边咬一口,嚼嚼,吐掉了。真是个大块朵颐,水牛吃荸荠,霸王风月的家伙,没文化,说得难听一点,没素养。蟹腿、蟹戟子,随手丢了。不用刀叉,不用锥子、钳子、攮子。这也算是在吃蟹吗?战久丰瞪了瞪眼,心中难受,也不好意思说啥。阳澄湖的大闸蟹哎!在严九爷眼里,个头比车轴河蟹小,只配剁剁喂鸭子,难怪人家不吃。其他的客人,一只蟹吃了半个时辰。费了一番周折之后,蟹总算吃完了。

服务的妞小心谨慎,端来一大碗,盛满热乎乎冒着白气团的清水,水上有几根半漂不沉、青梗梗的新鲜芫荽,稀拉拉的小葱花,两片薄薄的柠檬。随热气,散发出清香、酸甜的美味。妞首先把这大碗热水,端到尊贵的客人严九爷面前。严九没有过这种经历。几百年来,龙王荡里没有人立过这规矩,吃完蟹,喝汤!既然人家的妞,客客气气地端给俺,俺先接过来,这是基本的礼貌。

喝了不少白酒,此刻也觉口干,这酸甜味道,正好解解渴。严九爷接过这个大海碗,端详里面的食材,清淡得没有一滴油星子,从心里佩服上海的厨子,汤不油腻,才能喝得舒坦。身边的廖子章,知道要坏事,严九爷将要把洗手的水,当汤喝了。他急了,胳膊肘不停地抵他,示意洗手。严九自以为领会其意,意识到廖四太爷的意思,是让自己不要喝完,多留一些,人多,匀开喝。

严九呀！你不经意的口渴，将犯下让上海滩人，百年千年后，都会传为美谈的错误。坐实了江北佬狂妄无知的把柄。

只见严九爷端起汤碗，吸一口气，深深地喝了一大口，"咕咚"一声咽下去。脖子伸一伸，啊！好舒服呀！他把大碗推到四太爷面前说："四太爷，汤不错，趁热喝！"廖总反应极快，端起汤碗，转身对妞说："凉了，端回去，重上一碗！"战久丰心中暗喜，这个江北佬，原来是没见过世面的土包子。路峥嵘、妫森、皮怀谷、梁通业、罗友琛、哈里斯相互对视，偷着笑。

妞端走了汤碗，到后厨转了一圈又端回来，送到廖总面前，廖总没有接她碗，直接把手伸进大碗里，搓两下，拿出来。另一妞送上热毛巾，揩揩手，递回毛巾。这个时候的严九知道上当了，他怀疑，这是战久丰有意戏弄他的，没人告诉他是洗手水，又后悔误解四太爷的抵肘。有点头晕，糊涂捣酱。他娘的，这叫啥事，掫打六七的。史密斯用英语，对南宫先生说："Does your ninth master Yan have a habit of drinking hand washing water?（你们的严九爷有喝洗手水的癖好吗？）"

南宫先生知道严九爷出笑话了，应该立即打圆场。他未加思索地用英语回来："The custom in our hometown is to eat crab, serve a bowl of coriander soup or ginger soup, and take a sip, which can make it cold and remove the fishy smell. Hands don't wash, just wipe them with a towel！（我们家乡的风俗，吃过蟹，端上一碗芫荽汤，或是姜汤，喝上一口，可以驱寒除腥味。手不用洗，只用毛巾擦干净，就可以了！）"

史密斯莫名惊诧，又用汉语说："天下之大，风俗天壤之别，一不小心，闹出笑话。今天，不知是严九爷没有入乡随俗，还是战老板没尊重龙王荡的习俗，是谁的错？是战老板的错？还是严九爷的错？"南宫先生说："他们都没错，是时间的错，也是空间的错！是时间的错，俺们昨天刚到上海，大家互相不了解；是空间的错，龙王荡到上海滩，南北相隔千里，习俗怎会相同呢！"廖总觉得，这事不能再讨论，再讨论，严九的脸挂不住，一生气掀了桌子，大家都没面子。

严九的脾气，廖总熟悉，他干得出来。于是，连忙端起酒杯说："来来来，俺敬各位，敬各位，请端起酒杯！俺先干为敬！先干为敬！"说完,仰起脖子,干了一杯。大伙便嘻嘻哈哈,端起酒杯,齐声附和:"干杯、干杯……"就在此时,浪游屺神色恐惧,脸色苍白,匆匆进屋,对严九耳边叽咕了几句。严九听后,觉得情况不妙,对着廖子章耳边说:"湖上有动静!"廖子章回应说:"你装不知,若无其事,继续放松喝酒,俺过去。放心吧,有俺在,一定摆平喽,确保明天继续撒银子。"说完,廖子章起身,向各位拱手作揖道:"各位至爱好友,不好意思,俺有点急事,先行告退。你们继续,慢用!"转身离席,战久丰客气地转身离席,欲送廖子章出门。廖子章说:"战老板,兄弟不必客气,不送!"大步出门,随浪游屺而去。

苏浦大公馆前门外的湖岸,地火汽灯,照亮湖岸。水面夜色朦胧,看不清爽。无风无浪,仔细辨别,有舢板船分别从不同角度,慢慢驶出莲田,向深水区漂移。一艘、两艘、三艘……八艘。向湖心八角亭集中。这时,是晚上亥时四刻,照洋钟计时,是二十二点。廖总命令韩鲙带四人,从湖边菖蒲水芭蕉丛中下水,用最快速度,扎猛子潜水,赶在贼人之前,登上湖心亭。潜伏在亭周围的冬青珊瑚朴丛中,潜伏伪装。等到贼人将银子搬出洞口,在装船之前截获他们,人赃俱获,再交租界巡捕房处置。若遇反抗,可致伤致残,勿夺其性命。为将来在租界做生意,留条后路。多带几条绳索。

韩鲙五人得令,带上随身短器,火枪火药装入防水牛皮袋中,潜水进亭。廖子章转身,对六个管密钥的人说:"速速进入地下道,告诉银库里的凌霜菊等人,隐藏好自己,别惊动贼人。尽管让他们搬银子,待他们搬走第一趟银子时,拿下库中贼人。多带几条绳索,尽量抓活的。"管钥人应声而去。滕大山、阙小海、辛驰三人,继续坚守道口。

廖子章手握青龙剑,坐镇大公馆前的湖岸水轩中,观察湖心的动静。

韩鲙五人上了湖心亭,脱掉外套绿色潜水衣,隐藏在大叶冬青和珊瑚朴丛之间。亭里亭外两面,都很难发现他们身影。贼人从舢板船底,相继露出八颗人头。舢板船泊在亭子口,八颗人头在水里,相互示意,东张张,西望望,没发现可疑迹象,相继露出身体,上了亭子台阶。贼头子进了亭,打出手势,有四人守在亭子边上。贼头子从后腰间,抽出一根大约三尺长的铁棍,伸进亭子中间石桌下边,用力推动石桌。石桌如磨盘般转动起来。随石桌转动，八角亭的台阶上现出一个正方形的洞口，足够一个人通过。贼头子第一个腰系绳索，另一头固定在亭柱子上，慢慢向洞里滑动。到下面，两脚踩在库房的外顶上，等待后续三人。

隐藏在库房中的凌霜菊五人，听到动静，几人都贴在银车底部，屏住呼吸。贼头子打火点燃蜡烛，插在类似旱烟袋的烟锅里，蜡架柄衔在嘴里，在库房圆顶上照来照去，在寻找啥东西。哦！找到了，在圆顶中间，找到两个并列的铁柄门把子，门把上有一把碗口大的铜锁。他从腰带间取下一个布袋，掏出一把铜钥匙，打开铜锁。两手握住铁柄门把，向上猛地一拉，现出两扇圆门。门上连着一把密码锁，贼头子熟练地转动密码。通向银库最后一道顶门，自动打开。他系着绳索，从银库顶部悬挂着，慢慢松开绳索，直到两脚尖踩到银车全封闭的罐式盖子上。他松了口气。非常小心，害怕弄出啥动静。幽魂一样，在库房内，上下左右，观察一番，未发现异常。鬼鬼祟祟，十分警惕，持烛向银车底部照去，微暗的烛光帮不了他大忙，没瞧见贴住车底板上的凌霜菊等人。

寂静的库房，如地狱般黑暗沉闷。空气仿佛凝固成铁球铅饼，压抑着贼头子的胸口。他呼吸受阻，他并不害怕，激动得有点发抖。他深深吸了一口气，确定安全了，才解下腰间的绳子，向上摇动两下，不一会，又下来一个。再下来一个。四人到齐。该动手了。

时辰，接近子夜二十四时。路上的地火汽灯都熄灭了，大公馆湖岸上汽灯也熄了。廖子章仔细看着水面，残月倒映水面。深水区没有植物，没有遮挡，将就能看得清楚。有一处湖面，在波动。哟！依稀可见，从东南方的荷丛里，露出一艘舢板前半截，上有人头晃动。船身很小，轻轻划向湖心亭。再细细观察，舢板船上，两个猫腰的黑影子。廖子章想，这贼人，在增援吗？他立即又否定了，绝对不是。而是另外一拨贼人，和前一批，不是一伙的。

天，如同一口黝黑的大锅底，残月缺口朝东弯，像镶嵌在黑锅底上一片残缺的瓷片。四方安静，天地无声，就连苏浦大公馆广场旗杆上，大英国米字旗和大清国黄底蓝龙红珠旗，也都垂头耷脑在打盹儿。第二批贼人显然是为了"吃现成"而来的。他们是等第一批贼人已获取银子时，硬生生从他们手里抢一部分。这样省去进银库的麻烦，也规避风

第八章　撒银钱　　　329

险,手到擒拿。这两人的出现,让今夜的行动,更加复杂起来。相信韩鲙能做出正确判断。

英租界巡捕房值班室,探长萧响弩,上海本地人,端坐办公室,查看今日警力部署,重点保护区,苏浦大公馆今日值守记录。门外有人敲门报告,萧响弩应一声:"进来!"

在英租界,巡捕有英捕、汉人捕和印度捕。特殊时,警力不足,三类巡捕混用,也是常事。门外进来的,是一个印度巡捕,也学着用汉语说话。他头上裹紫色条形头巾鸟窝帽,浓硬胡须,两头翘。进门立正,向萧响弩举起右手,手心向前,敬了一个自认为很标准的,其实不标准的警礼说:"报告探长,重点警区,苏浦大公馆湖面上有异动,是否实施抓捕?"萧响弩抬起头问:"只是异动?""是,只是异动!"印捕回答干脆。"抓不住把柄,不要妄动。只是湖面异动,咱们不管闲事。被人家倒打一耙,你就被动!继续观察,密切监视,若危及江北佬库银安全,立即抓捕!"萧响弩说得很明白,没有证据,不许抓人。危及库银,不能含糊。"是!"印捕转身出门。萧探长又叫了一声:"站住,一定要人赃俱获,要活的,不要死的。"

萧探长是老江湖,死人身上没油水。弄得不好,倒打一耙,逮不到狐狸,惹一身的臊。凡是刑事案件,只要经他的手,能控住局面的,从来没伤亡。他目的,遇事多抓几个人,不管有无关联,朝牢房一关,熬过三天,便可以抻大袋口,收银子,再放人。哪怕双手沾满鲜血的杀人犯,也须敲得他倾家荡产,再敲碎骨头,实在榨不出一滴髓时,才按程序枪毙了事。下午,萧探长早把自己三天值班信息告诉浪游屺,浪游屺是明白人,私下塞给萧响弩五千两银子通票。出手大方,萧响弩当然恪尽职守。

韩鲙第一时间看到俩黑衣蒙面人。他寻思,第一批有四人守在亭子里,这两人若和第一批是同伙,见面时,是相安无事。若不是同伙,相互一照面,必动手干起来。静观其变。两蒙面人泊船上亭,刚上岸,亭中就有人压低声音问:"谁?"蒙面人没回答,不问青红皂白,挥手一剑,撂倒一个。亭子里另三人见势不妙,一人守住洞口,俩人对俩人,在八角亭亭里亭外，不大空间，借虚弱的月光，你来我往，拼起刀剑。

洞口上的绳索不停摇动，守洞人知道库银已经得手，便抓住绳头，用力拉扯，第一布袋的银子，已拽出洞口。

银车下的凌霜菊五人，察觉到第一袋银子已出了洞口，银子出了洞口，上边的韩鲹可能已经动手了。下边也可以行动了。五人悄悄从银车肚底下钻出来。震山象在银车左边，赤臂罗汉在右边，凌霜菊在车前，青白、非红在车后。几人分工明确，配合默契，一起动手甩出手里绳索，分别控住银车上四人的腿，猛然一拉，没等四人反应过来，只听到"啊哈""啊哈"几声，摔下银车，跌在石头地面上，库壁汽灯顿时全亮。贼人刚刚反应过来，早被五花大绑，捆得结结实实，动弹不得。凌霜菊耻笑他们说："就这点本事，还敢劫老娘的银车。这上海滩的贼，脑子里进水，本事不大，胆子够肥！真以为江北人傻呀！无耻！起来吧！走啊！"

相对应的外面亭子间，第一拨的贼，又倒下一个。韩鲹觉得该出手了。他向其他四人打出手语，以示分工负责。随后，抽出腰间双镖，认准后来的黑衣蒙面人的腰部软肋，"唰唰"两镖齐出。这种打法，中镖不死，镖进即瘫。神镖手，不是浪得虚名。两位蒙面高手，冷不防被暗镖击倒，不能动弹。橙瑰、缁牡闪电般冲出，三花两绕，把两人捆绑停当。夹山大虫、大马猴几乎和神镖同时出招，跃出灌丛，使长枪铁杆，向另外两人小腿胫骨砸去。只听到"咯啪、咯啪"清脆两声，两个刚刚活蹦乱跳，大战蒙面人的贼人，跪在亭子间，试图爬起，努力撑两下，绝对站不起来。腿胫骨断了，断得很利索，只有外边的皮还连着。俩泼皮在地上打滚号叫。

廖子章估摸着事情差不多结束了。在大公馆大厅里，找到值班巡捕，对他们说："走吧！外边有情况，有人劫库银呢！"舢板船队押四个活贼，两名死贼，一袋子被盗出的现银，列队向岸边小码头划来。凌霜菊等五人，也押着五花大绑的四个贼，从进库的密道原路返回。出了道口，在苏浦大公馆前门外广场，向巡捕交割。严九、南宫先生乘独耀宗两辆黄包车，也回到公馆门前。

第一批贼人，正是吴钩帮吴差徒弟吴骨打等人。第二批两贼人，是

第八章　撒银钱　　　　　　　　　　　　　　　　　　　　　　331

上海滩遐迩闻名的江洋大盗，王大虫和牛耳刀。全部交由公共租界巡捕房发落。审了三天，最后巡捕房抓走了苏浦大公馆业务经理茆凤轩。这是后话。

当夜，严九小酒微醺，到广场，才晓得有两拨贼人盯着自己的银子。幸亏四太爷有先见知明，思虑缜密，想得周全，判断无误。否则，这第二天、第三天，再撒银子，就抓瞎了。那样的话，丢人就丢大了。再想在上海滩立足，人家怀疑俺的人品和信誉。俺真的就成了上海滩人眼里不作数的江北佬了。严九回到宾馆房间，这夜的觉，不好睡。

上海滩的奸人让自己喝了洗手的水，贼人劫自己的银子，今后这生意，还能在上海滩设铺子吗？严九爷动摇了。他让严雨川请来四太爷。这一夜，两人彻夜未眠，抽了一夜的旱烟袋，喝了一夜的铁观音。全面分析了英美的公共租界和法租界里的经商形势，租界以外的平民生活。最后认为，机遇很多，风险很大，开拓上海滩市场，不能动摇。这里是世界的窗口，但缺乏龙的灵魂。说到底，严九还是担心在黄浦江翻船。上海滩的水头大，水太深，弄得不好，苦心经营，而落得个鸡飞蛋打的结果。

为打消严九的顾虑，廖子章做主，举龙王荡之力，拓展上海滩市场。龙王荡里的人，龙的传人，大海里长大的。水头越大，水势越猛，水越深，才有更深更广的空间和活动余地。才能抓到更多的鱼虾鳖蟹，才有利可图。廖子章对严九说："你若还是担心，俺还有一个想法，说出来，不知你咋看法？"严九说："四太爷，你对俺客气啥！说来俺俩合计合计。"廖子章说："俺们也学租界洋行做生意的经验，组建股份有限公司。把在上海滩的生意，擗出五个股东，注入五百万银两。严九爷你占四成，廖家大院占两成，东方瓒占两成，夏侯凛一成，端木一成。你若觉得还是不放心，俺拉几个盐主、桓商、钱庄主进来，利润分成，风险共担。你觉得咋样？"

严九说："既然四太爷铁了心做上海生意，就俺们三家搞，俺业大，占百分之五十，您和东方，各占三十、二十，这事就算成了。股子擗多了，结构复杂，将来也不利于统一行动。"廖子章说："好啊！就依你！"

廖子章出招，让严九一下子消除顾虑。两人就公司命名，注册资本到账，公司董事会、监事会、经营管理、机构设置、经营理念、中长期的愿景，做了大致预想。

不觉天色大亮。二人从西洋沙发上起身，伸伸腰、踢踢脚、漱嘴、刷牙，用早餐，准备今日的游行。银车早就在广场列队，等待严九爷和廖总登车。轻车熟路，八时登车，九时出发，十时半结束。车队撒完银子，回到公馆。廖子章、严九、南宫先生坐大厅内室休息议定，今晚，回请战久丰等客人。严九让人叫来严雨川、浪游屺，定菜肴，发请帖。

昨晚的原班人等，一个不变。还是战久丰的酒店，还是那间最豪华的包厅。

严九心情大好，自命不凡地说："俺要让上海滩的假洋鬼子、真洋鬼子，开开眼。知道除了坐在井底吃那所谓本帮菜、阳澄湖大闸蟹外，天下还有啥好吃的东西，啥叫满汉全席。雨川，俺说，你记。战久丰吹大牛，说他的酒店，是上海滩数一数二的大酒店。俺说出的菜名，一道不许改动，上午送过去，让他家的大厨备料！"廖子章插话："哎！满汉全席一百零八道菜，俺们摆那个谱干啥？十来个人，撑死也吃不完的。吃不完，浪费，太可惜。"严九正在兴头上，被廖子章截了话题，仰头翻了翻眼，好像被提醒了，立马改口："四太爷说的也对。这班家伙，也配不上满汉全席。本来请客是为了将来可以做生意的，弄成斗宴、斗菜、斗酒，就没得意思了。从简，从满汉全席中，抽出几十道来，让他们见识见识江北人的九底码子。俺是俗了点，但俺不轻贱。"

廖子章接话说："严九爷说的对极了。都说俺们江北人土气，可是俺们不是没文化没文明。俺们应该学习和接受比俺们好的东西，创新思路。但不是拜上洋爹了，却找不到自家的祖坟。乱了纲常和基因，俺这个民族，就危险了。好了好了！扯远了！"

严九说："昨晚的每道菜，照上不误。在昨晚菜肴基础上，俺们增加葱段烧海参，要九年成的深水海参。燕窝银耳羹，要上乘上品的马来金丝燕窝。生吃猴脑，要超过五十斤的猴。姜汁鲍鱼，要直径超过三寸的大个头。澳国龙虾三吃，笼蒸霸王蟹，蒸羊羔，蒸熊掌，蒸鹿尾。烧花鸭，烧雏鸡。焖白鳝，焖黄鳝，焖甲鱼。清炒对虾球，麻酥油卷。熘鲜蘑，熘鱼肚，熘鱼片，熘鹿肉。烩三鲜，烩鸽蛋，烩腰花。清蒸江瑶柱，炒木耳，炒肚尖，炒鲤鱼须。熘蟹肉，炒蟹肉，烩蟹肉，清拌蟹肉。鸭羹，蟹羹，鸡血羹。红丸子，白丸子，南煎丸子，三鲜丸，籴丸子。金汤鱼翅，马牙肉，一品肉，坛子肉，红焖肉，扣肉、松肉……"

严九不停点菜，让严雨川每道菜不得落下，记实了。廖子章制止说："够啦！够啦！太多了！吃不完，吃不完，浪费，造孽！"严九任性地说："吃完了，俺没面子。俺没白当一回江北人。在他们眼里，俺江北人，就他娘的缺心眼。四太爷，您说，俺缺心眼吗？还有一道菜，是俺从老家带来的，特意为龟儿孙子准备的。不能忘了，在坛子里，晚上一定带着，俺亲自分到每个人盘子里，逼他们吃。"廖子章问："你神神秘秘，啥东西？"严九诡异地说："娘的，屎螺！"廖子章知道严九的眼里容不得灰星，睚眦必报，笑着说："你这般高规格的宴席，上屎螺？合适吗？"严九悔恨地说："四太爷呀，您有所不知。昨晚那情景，地上若有条缝，俺就钻进去了。丢人啦！辱死啦！喝了他战久丰的洗手水！今日，俺必须让战久丰之辈吃屎螺！这玩意，龙王荡特产，走出龙王荡，吃不到这鲜美可口上乘下酒的螺肉。若吃不得法，吃进嘴里，尽是螺屎。最讲究吃相的，大清国上海滩有头有脸的人，吃下去，也不好意思吐出来。见此情景，俺的心里，才会舒坦起来！他借乡俗，日弄俺一回。俺也借乡俗，再操他一次，有来无往非礼也？"……

晚宴开始了，酒店经理苟百里站在大厨的锅口外，不敢指手画脚，怕得罪大厨，惹人家撂挑子。又不敢去宴厅，怕菜不对味，被战爷数落。

今天，自接到严九爷差人送来菜单起，苟百里拿着菜单，差点吓尿裤裆。和后厨简单对接之后，咬紧后槽牙，决定接下这笔大买卖。他亲自率七人，全城搜索食材，费九牛二虎之力，总算照单操办凑齐了。至于能不能弄出适合严九爷口味的货色来，天知道。平常时，张嘴闭嘴，天下大菜，无所不懂，无所不会的三个大厨，本帮之外的菜系，有的，过去学过，不扎实，也没亲手操作过。有的，过去听师父讲过，自己没看过，师父早死了。今日三人一见这几十道菜，真是豁嘴吹横笛——越吹越不响。外乡人过河，心里没底。你看我，我看他，同时叹了一口气。三人自己心里清楚，过去的牛×，吹大了。三个大厨中的老大说："兄弟们，硬着头皮上吧！没有退路可言。咱们的原则是，一是老规矩，把东西弄干净喽，吃过了，别拉肚。二是凡咱的心中无底的大菜硬菜，主料，确保烀透、煮熟。口味嘛！用高汤（鸡汤、鱼汤、骨头汤）勾兑。用酱油、麻油、香醋、滴醋、料酒、冰糖、蜂蜜、肉桂、八角、丁香、花椒，加小茴、红椒、青椒、牛角椒、灯笼椒、朝天椒调制，确保酸、甜、苦、辣、咸味味俱全。就这样，不妄议。三个大厨分工负责，菜品摊到人头，谁做好了，是谁的荣誉。谁做砸了，谁担当，不推诿。这是行业老祖宗，伊尹他爹，立下的规矩，三千年不变。"

今日晚宴，是苟百里入职二十年以来，第一次接到的单桌规模最大，菜肴最经典的一次，也许是他一生中唯一的一次，大多是满汉全席中的菜。有的菜，是满汉全席里，缺席的稀世绝品。譬如生吃猴脑，做好了，这将是战久丰大酒店开山镇店宝品。做砸了，白冤死一只猴不说，上海滩从此再无战久丰大酒店了。这道菜，仨大厨听师父讲过，谁也没亲自目睹过，别说亲手操作了。万事开头难，好在这仨人，不退缩。敢为。生吃猴脑，吃法很绝，很残忍，很兽性。把活蹦乱跳，类似于人的猴，用千道绳，自脚至肩，捆扎起来。用柳筐木架子，固定在宴桌底，桌面制一个紧紧卡住猴脖子的圆形豁口，让猴三分之一的头顶部，露在桌面上。厨老大将磨得雪亮锋快的鬼头刀，握在手中，刀口对准猴的头顶，平行贴住桌面，刀锋一闪而过。只听到轻轻的"嚓"的一声，削去猴的头盖骨，冒热气的猴脑瓢子，呈现出来。猴在桌底，动弹不得，发出绝望的"嘶喊喊"悲惨瘆人的嚎叫声。每位客人面前，放置一个碗口大的小火锅，兑好佐料的汤汁，"咕噜咕噜"地沸腾，青烟袅袅，香气诱人。此时，每一位客人，操起小铜勺，在猴的惨叫声中，掭一勺红白相间的猴脑髓，放入火锅，涮一涮，焯一焯，攥出来，蘸蘸佐料，送入口中，鲜美、柔嫩、丝滑，不腥不腻的猴脑髓，"嗯喇嗯喇"，入嘴即化。吃脑补脑。猴子动作敏捷，攀爬跳跃，反应特快，从这一点来讲，猴脑比人脑好使。据说许多呆子、傻子、愣头青，吃了猴脑，就变得猴精猴精的了。所以，咱们大清国生意场上的大咖、大腕、富商巨贾、富可敌国的官二代和六扇门里的官爷，爱猴脑，胜过爱亲爹。把食猴脑想象成食人脑那般享受，那般傲慢、骄横、跋扈和猖狂。其实，他们也食人脑……

后厨内，大大小小十口灶锅，通通燃起，木炭盛旺，火头不大，火力极强，灶膛熊烈，锅炝红火。焖、烀、炖、炒、蒸、炸、焯、煮、熬、煎。"咕噜咕噜，嗞溜嗞溜"，大烟小气，五味串杂。三大厨，十三嫡徒，汗流浃背，撸掉上衣，肩挂一条湿巾，不停揩汗，不停流。他们在偌大的厨间，"叮叮当当、乒乒乓乓、噼噼啪啪"，轰轰烈烈，发起一场史无前例的攻坚战！三个传菜靓妞，旗袍的后心，已经湿透，大腿丫止不住地流汗。小腿溜快，肩托捧盘，从后厨到前厅，往返不停。即使如此，大厨还不住嘴催她们："不能闲下，趁热端，凉了就走味啦！"

刚刚上完一道本帮菜拔丝苹果，大厨便催道："快快！上纯净水，拔丝过水吃，那才叫酥脆，晚了，就硬了，拔不出丝了！"可怜那妞，脑门上尽是汗珠子。不停擦汗，害怕汗珠子滴到碗里。一边将捧盘里的五小碗纯净水，托在肩上，十分地小心，十分地小心。可是，脚底一滑，摔倒了，跌了一个端正的屁蹲子。而手上捧盘里托着的五小碗水，丝毫没有外溢。乖乖！这功夫，炉火纯青呀！让人惊赞！

瞬间跃起，把纯净水送到桌上，不耽误拔丝。这一有惊无险的动作，真的吓坏了苟百里，也让苟百里刮目相看。

苟百里认为，每一道菜出锅，都是对他生命的一次考试，一次挑战，也是一道关卡。一个自己还能不能在餐饮服务行业立足的紧要关头。对于他的命运来说，生死就系在这每道菜上。他的心，"怦嗵怦嗵"，激烈地跳动。他又急又怕又担心，六神无主，十五个吊桶打水——七上八下。三条棍撑起的床腿——坐卧不安。万一哪道菜，出了点纰漏，给战爷蒙羞，砸了酒店的招牌不说，以后战爷，咋能在行业内抬头呢？千斤的担子，扛在苟百里一人肩上。必须明白，今晚请客的主，是在十里洋场上，撒银子的大佬。不用跺脚，十里洋场已经震动了，上海滩震动了。他绝对不是一般人眼里的江北佬。万万不可小视。为方便每位客人，苟百里特意准备了一张可自动旋转的特大型圆桌，这在上海滩，也是首创。他们自以为这也是全国首创。他们不知道严九家五年前就用了这种转桌。

大菜丰盛，足以惊倒在座各位上海滩客人。吃过大餐的，绝对没吃过如此齐全丰盛的大餐。他们从心底，改变了对严九爷、廖总、南宫先生，这三位江北人的看法。今日许多大菜、硬菜，尤其那活吃猴脑，没见过也没听说过。今日一饱口福，太惊羡，太仰慕，不枉在世上走一遭。酒正酣时，大家吃兴很浓烈。严九爷对身后严雨川说："雨川哪！快给众兄弟布上乘的，最鲜美的下酒硬菜。"各人一听，还有比眼前更好的上乘的下酒硬菜。天哪！这严九爷真是见过大世面的人。今日桌上菜，只有在一百零八道满汉全席上，才会有的，可是在座的上海滩大咖，谁也没吃过满汉全席中的菜呀！即将端来的上乘下酒菜，到底啥菜呢？

严雨川挥挥手，让服务的旗袍妞们用大捧盘，里面放上若干小食盏，每盏内盛十颗，拇指甲大的屎螺（雅号米螺）。现在严九说它是米螺，名字文雅，好听，有食欲、快感，不会引起众人的怀疑。既然上了这道菜，就必须让他们吃下去，那才叫痛苦舒坦。严九沉着冷静，装腔作势。众人都没看出，他有啥阴谋诡计，只见他和蔼可亲地说："众位兄弟，这道下酒菜很珍贵，每人仅有十粒，这是俺们大清国满汉全席上，最有代表意义的硬菜。味美特别，解馋解酒。吃下十粒，滋阴壮阳，恰到好处。清肝脾，益心肺，不可多食，多食容易流鼻血。吃下十颗，千杯不醉。来！俺率先吃了！"说完，严九爷拿起筷子夹一粒，门齿一咬，筷子一捋一拽，取出螺壳，大致是一秒钟一粒，十粒吃了，端起酒杯，猛饮三杯。众人拍手叫好。于是乎，皆学着他的动作，攥一粒，门牙一咬一捋一拽，也都在短时间，吃下十粒，嚼呀嚼呀嚼。

严九对身边战久丰说："兄弟！咋样？味道特殊吧！"战久丰点头，新奇地说："味道特殊，鲜、美，就是有点沙感，还有点酸，或是臭豆腐的味，不是。臭鳜鱼？也不像！臭鲥鱼？不像。没法准确表达奇特的味道，怪怪的。"严九对战久丰说："对啦！对啦！能表达出它的味道，那就不是绝货啦！嚼、再嚼，咽下去，喝杯小酒，那才叫回味无穷呀！"

战久丰没有提防，十分赞同地伸了伸脖子，咽下了。说实话，吞嗓里，有点麻酥酥的，并无多少快感，更不是想象中的美味绝品。

严九看着战久丰咽下去了，很愉快地说："吃酒、吃酒，回味、回味，美吧！"战久丰没感觉咋美，还是兴奋地点点头说："美！美！非常美！美极了！"他的话，鼓励桌上所有的人，抓紧嚼嚼，也都咽下了。南宫先生知道众人吃了严九爷的闷亏，便端起酒杯，说："来、来、来，

第八章　撒银钱

各位吃酒，俺敬众兄弟一杯。"

史密斯、哈里斯咽下屎螺后，不知啥滋味，撇嘴、斜眼，也跟着端起酒杯，把积在喉咙管里咽不下去的螺屎冲刷下去。史密斯怪怪地扬起眉毛，眯着眼，张开鼻孔，隆起颧骨说："严九爷，你的米螺肉，沙沙的、硌牙，有点酸酸的，腥腥的，臭臭的海淤味道。但是不难吃，吃下去，真的有想喝白酒的欲望和冲动。"

严九爷看着上海滩生意场上的大佬、真假洋鬼子，连螺肉带螺屎，一起吃了、咽了，酒宴也近尾声，他主动解释吃米螺的意义。他说："各位兄弟，感谢给俺严九的面子，准时赴宴。今后严九来上海做生意，仰仗各位厚爱。俺龙王荡，可作为大上海粮、棉、油、盐及其他农副产品的基地，咱们经常走动，增强友谊，全面开展合作。现在说说米螺，这玩意雅号叫米螺，俗名叫屎螺，是俺们龙王荡特产，生在海里。卤渍、下锅，加葱姜、五香，豆油焯炒，封罐。会吃的人，使筷子夹一粒，放在唇边，用门齿咬住螺舌尖，筷子夹住螺舌，一捋一拽，螺肉进入嘴里，而螺的沙包屎包，留在螺壳里，食其肉，很鲜美。若吃法错了，连肉加沙包屎包，就一起吃了。所以，俺龙王荡人，揶揄不会食米螺的外乡人，叫作吃屎的人。还好今天各位，都没吃屎！"史密斯很遗憾地说："严九爷，您为什么不早点告诉我们吃米螺的方法？我们都吃屎了！"众人皆矢口否认史密斯的说法："没有、没有、没有，我吃的是螺肉！"嘴上这样子说，心里却在暗骂，江北佬不是好惹的，昨晚咱们让他喝了洗手水，今天他开始用高档大菜硬菜迷惑、糊弄咱们，最后的压轴菜，让咱们吃屎。咱们一个个，竟然愉愉快快地吃下去。这个严九爷，等于抽咱们的耳刮子，绝非善茬子。今后，还是别惹他了，和气生财！战久丰暗中思忖，这个严九爷，敢在上海滩十里洋场撒银子，一撒就是三天，当然不可小觑。战久丰为昨晚，有意无意嘲弄他，感到后悔。

……

龙王荡三股东在上海滩的第一家粮油店"泰德恒通"，在南京路最繁华、最热闹、最显眼、最聚财的风水宝地，开业了。从此，龙王荡人，为上海滩和龙王荡架起了"粮、油、棉、盐、加工贸易"的第一座桥梁。

第九章
打官司

1

　　廖子章、严九、南宫先生上海滩一行，八十三天，腊月二十七下午回到龙王荡。应严九盛情邀请，廖子章、南宫未及回府，二人去严府吃酒洗尘。老爷回府，严家大院顿时沸腾起来，婢仆们如开水锅里不停翻滚的水饺，忙得不安生。扫院子、打水、抹桌、泡茶、净水烟壶……里里外外，热热闹闹，个个手脚利索，裙边带风，眉眼盈笑。

　　三婆娘甄雪莹在小鱼花菱儿帮助下，精心梳妆，穿红戴绿，抹红嘴唇，搽雪花膏，洒花露水。大婆娘邱胤不停往黑白参半的头发上，浇掸头油。严九、廖子章、南宫先生在客厅吃茶用点，回忆大上海一行许多的趣事、所见所闻和开创龙王荡在大上海贸易窗口之艰难不易。

　　严九饶有兴致，谈起人家让他喝洗手水，他让人家吃螺屎的情景，忍俊不禁。三人说得有滋有味，忘情地沉浸在大上海的妙趣之中。忽然有仆人慌张进门禀报："九爷，直隶州衙门，有差役送文书来！"严九爷听说直隶州衙门差役送文书来，说话兴致一下子飞到九霄云外，气愤地说："又他娘的直隶州衙门，不是给了丁诺五万银子吗？大过年的，真是他娘的不要脸皮子，上门'收时旺'来了。叫严雨川弄几个钱，打发了！"

　　严雨川从门外进屋，连忙解释道："老爷！不是银子的事，明天直隶州衙门开堂会审，丁大人要您亲自到堂，参与会审！"严九怒了，从座位上猛地跳起来，口中骂道："丁诺这条老狗，审他娘的熊。狗日的，心够贪。就这破官司，收了俺五万两银子，还想打哈哈！俺没时间跟他耗，听他啥会审过堂，你再给他送去三万两，能断则断，不能断拉倒。再不断，就把已经给他的银子要回来，这官司，俺不打了。老子不买他的账，他爱咋咋的！独大黑犯的案，关俺屁事，俺不替他埋单。"

端木渥正在堂屋里，和妹妹端木玫子说话，端木渥疼爱地说："玫子，今年的春节，就在哥哥家过吧！别回海州了。一个人在家，孤清，寂寥，没意思！哥家有娃们陪你说笑、打牌、闹闹，减轻你的思绪。"

玫子接受了哥哥的挽留，说："哥！玫子也是无奈，守了半辈子，却是这般下场，妹的心，不甘啊！"二人正说话时，有家仆匆匆送来一封公文。端木渥接过公文，拆开外封，掏出文书，理开一瞅，眉头皱起。丁诺要俺到堂会审？端木明知，醉翁之意不在酒。大过年的，会啥审？不就是变个法子要银子呗！他把公文递给玫子："你看看，这个丁诺啊，真不是个东西。"说完，匆匆带上两万银票，赶紧上路，往直隶州衙门。

丁诺又一次收到两家的银子。他对端木说，严九爷忙年，未到堂，你也回吧！端木走后，他又对严雨川说："端木忙年，未到堂，你回吧！"

官司还没审理，双方未曾到堂，八字没见一撇，丁诺收了十四万两白银，妥妥的。丁诺面对两家大富豪，一家良田过千顷，资产几千万两，现银至少过千万两。一家占地过百顷，资产过千万，现银也有大几百万两。暗自思忖，垂涎三尺。这两家撑上了，又是人命官司，这点小钱，九牛一毛。堂审？明年过年再说吧！真以为咱丁某好对付！咱就是个瘪皮虱子，吸了你的血，让你痒痒，不舒坦，那又咋样。你们愿意割肉，不想逵交，咱陪你们慢慢割。清水煮蛙，有你们难受的时候。到时候，刀刀见骨，让你们知道疼是啥滋味。

开年后，时日已出了九九。车轴河冰冻融化殆尽，紧接着，天上鸿雁、燕子、布谷、斑鸠、刮刮鸡，相约回到龙王荡。荡里的农户，在湖坡、苇边、绿茵如毯的麦田里，整理排灌沟渠和田间耘耥。在槽里，给牛骡加料追膘。修理犁耙、耧耩、筹稻种，以备春耕。眼看就到春分时节，气温渐渐升高。春雨绵绵，空气温湿。去年寒里的冬肥，经一冬冰冻，酥松了。随冬季雨雪消融，营养渗入小麦发达根系。水分充足，肥效强劲，阳光明媚，日照丰富，小麦昼夜长。春稻子也全面播种。

　　夏秋季的小麦、山芋、稻子、黄豆、芦黍、棉花，一切农作物都喜获丰收。严九爷家，今年仓满廪溢，仓外还有百万斤粮无法进库，只能装进麻袋，堆在简易工棚里。这使严九爷想到三十年前，爷爷过世前，曾经发过的宏愿。那时严家只有两千多亩粮田，爷爷很骄傲地对第九个孙子说："小九呀！你十个兄弟中，数你最聪明。将来要守住龙王荡的田地，这是俺严家的本。更要走出龙王荡，为俺严家开枝散叶。爷爷这辈子，只有一个宏愿，爷爷实现不了。你大大这辈子，也恐难实现。爷爷把这宏愿寄托在你身上。"十岁的严九天真烂漫，问爷爷："爷爷，你有啥宏愿，说出来，俺帮你实现就是！""你若能实现爷爷宏愿，到爷爷的坟庙里，摆一桌酒席，放三声火铳子，爷爷便安心九泉之下。"严老太爷故意卖关子，急得严九不停地催问："啥愿不愿的，快说出来，俺试一试嘛！""俺的宏愿，就是让俺严家，坐拥千顷粮田，仓廪满，粮食溢，上京城朝廷，挂个千顷牌，捐个像模像样的三品四品的京官。俺严家子孙，书念得不好，念书求官这条路行不通。地种得好，种地求官，倒是条门路。读书求官，种地求官，凭的都是本事，没啥不妥。"三十多年过去了，爷爷的话音，时不时地绕着他的耳边回响，不敢忘记。五年前，他已坐拥一千五百顷良田，今年又获丰收。家中粮库满了，银库满了，自己还是个土地主，该到兑现对爷爷承诺的时候了。这次去大上海，在十里洋场，撒了十几万两银子。可是，在上海滩人心目中，俺还只是一个没文化的乡巴佬、暴发户、土豪。

　　俺再不能让子孙后代，顶着这乡巴佬的头衔。爷爷预言，俺严家子孙，书念得不好。恰恰相反，俺的儿子，书念得不错，出国留学。他日学成归来，有朝一日，进京入朝，便可出人头地，光宗耀祖。严九掐着指头，算了一算，俩儿东洋念书，眨眼四个年头，再过四年，学业期满。俺现时最应该做的事情是为他们回国入朝，铺垫好一条康庄通衢，以图日后的锦绣前程。严九心中，充满无限憧憬。如果先给两个儿捐个四品五品，或三品四品的官衔，再加上儿子留学的资格和自身的努力，

第九章　打官司

上位就更容易些。一旦儿子做了官,有俺这样家业做后盾,何愁仕途不顺!到那时,不仅仅是俺严家光宗耀祖,也是龙王荡的光荣、骄傲。他喝着茶,吸着水烟袋,自言自语:"这事,把廖四太爷请过来,好好商议商议。不谋万世者,不足以谋一时;不谋全局者,不足以谋一域。该出手时,就出手。不可不动,不可轻举妄动。时机稍纵即逝,识时务者为俊杰。将来进京,挂千顷牌,也须请他一起去!"

廖子章在严府门前下马,径直进了严九书房。两人稍微寒暄后,坐定吃茶。严九不绕弯子,开宗明义:"四太爷,您知道,犬子留学东洋四个年头了,再过四年,学业期满,就回来了。俺想替他哥俩铺条平坦的路,简单说,进京,上朝廷,挂千顷牌,为他们捐个官!您觉得如何?"廖子章深知,有钱人总是自信的,有时也很任性。更何况严九不是一般意义上的有钱,大清国一年的税银不过四千万两银子,严九家的现银过千万两。这样的有钱人,大清国为数不多。严九敢在大上海,十里洋场撒银子,一撒就是三天。宴请一桌客,掷出一万两。没有过千万的底子,谁敢如此折腾!现在他想进京,挂千顷牌,想法很大胆,但是很危险。说不定,这一着不慎,必输得屁蛋精光,世上再无严九爷。必须制止他的冲动、妄动、盲目自信。太后老佛爷根本就不知道国内还有如此埋橛子的大户。他想去挂千顷牌,正好,自投罗网。

廖子章对严九说:"九爷的想法,正中老佛爷的心窝,老佛爷想钱快想疯了。你想给俩公子,捐几品官呢?朝廷对捐银买官,有明码标价。捐四百两银子,或者八百石大米,可获八品顶戴。捐三百两银子,或者六百石大米,可获九品顶戴。可是这八品九品,都是不入流的小官,差不多也就是县丞呀,主簿呀,钦天监博士之类的职位。可是,一万六千四百两白银,能捐来一个四品道员,一万三千三百两白银,可捐一个知府从四品。这区区万把两银,也就是九爷你在上海滩上的一顿饭的价格,手丫里漏出的小钱,不算啥。其实,捐来的官,就是挂个虚名,根本没有职位。大清律条规定,京官大学士、尚书、侍郎这些职位,是不出售的。地方官中,总督、巡抚、布政使这些实权官,也是不出售的。俺们今天的《光绪会典事例》中规定,现任文武官员,捐两千两银子,或者两千石大米,可在现有级别基础上,再加晋一级。

"捐官花银子或者大米，这些对你老严家财产而言，小得不值一提。可是，捐来的官，在朝堂上也没有地位，常常受那些通过科举考试上位的官员看不起。你这不是为娃们铺路，你是在糟蹋娃的前程。"

严九爷听出廖四太爷的意思，不赞同他捐官。廖子章觉得，捐官这行为，不利于两娃的成长。正因为这种特殊地位的优越感，最有可能毁掉娃的前程。严九爷马上改口，不再提捐官之事。又试探提出进京申挂千顷牌，看看廖四太爷有何高见，他问："四太爷，请您帮俺揣摩揣摩，俺严家几代人种地，种到现在这份上，粮田过千顷，年产粮过百万石，家蓄白银过千万两，俺到底图个啥？不就是图后代子孙，有个好的前程吗？俺也该让朝廷知道，过去，江南沈万三，中原康百万，山东袁紫兰。今天有个龙王荡江北佬严九泰，凭俺的家资财产，给俺挂个千顷牌子，不过分吧。"廖子章觉得严九在自找麻烦，正在走向自我毁灭的危险路上。他说："俺说九爷，你有没有仔细想过，俺大清朝，你觉得还能维持多久？你没去过京城，不了解朝廷。大清朝廷，上上下下，豺狼当道，牛鬼得势，豢养一批窝里斗、狗咬狗的恶官。这些恶官，就像一窝一窝饥饿的虎狼，看到哪里有一头肥牛，一群的虎狼围上去，瞬间尸骨不剩。你的家财若被他们发现，你的末日就来临了。这一窝窝虎狼，早已掏空大清国这座大厦。这条条蛀虫，早已蠹空大清国大厦的每一根梁柱。大厦倾覆，你的区区千万两银子，能救得了气数将尽的大清国吗？现在的大清国，一盘散沙。凭那恶毒有余、治国无能的老女人？凭那嘴上没毛，身上奶腥气还没有褪尽的儿皇帝？指望不上啦！所有官员都在设法搂银子，捞珠宝，以图灭国自保。总理衙门，内阁六部，皆成一锅糊糊粥。他们都在糊弄，等着亡国呢！大清内外交困，岌岌可危，国将不国了，你还念着去挂啥千顷牌子，不合时宜，不合时宜啦！俺被他们抓去，蹲四年大狱，那慈禧老女人，就是为了从俺手里榨取二百万两银子。这几年，俺认认真真地思考，俺没多大能耐，管不了啥大事，俺能管得了俺百里的龙王荡，这就够了。俺不忍心你误入虎狼口中。"

严九皱起眉头，心想，这个四太爷，对朝廷有偏见，如此痛恨朝廷，还不是因为被关了几年，还贴上二百万两银子。也难怪他言辞激烈。严九疑疑惑惑地问："四太爷呀，大清朝二百多年的根基，真的说垮塌就垮塌啦？没有那么危机四伏吧？"廖子章急了，但并未表现得恼怒，只是放慢口气说："俺说九爷呀！你以为廖某对大清朝有私仇吗？不是！你九爷不能只顾发财，眼界放开些啊！动动脑子想想。自道光二十二年七月，大清国同英国人签的《江宁条约》起，接下来道光二十四年七月，与美国人签订的《望厦条约》；道光二十四年十月，与法国人在广州黄埔签订的《黄埔条约》；咸丰八年和英、法、俄、美签订的《天津条约》；咸丰十年，英法联军占据北京安定门，抢劫财物，焚烧捣毁圆明园。咸丰吓得屁滚尿流，魂不附体，躲到热河，彻底投降。英国人、法国人咋说就咋办，没有一点主权国君王的脸面了。最后被逼，又签下《北京条约》。你以为，这些条约是公平的吗？不，是讹诈，是用枪顶着脑门签下的。你觉得，是平等条约吗？你以为，签下这些条约，那些列强，会罢休吗？绝不会，才刚刚开始。现在仅仅是割地、赔款、增商埠、通商、设口岸。国性和人性一样，都是贪婪的。下一步掳掠财富、欺诈、压迫、抢劫、剥削，会不断加码，最后达到彻底瓜分并灭了大清国之目的。这种时候，俺们屁颠屁颠地进京，张扬自己有多少多少地，多少多少粮，多少多少银子，不是引狼入室，又是什么？俺不信，偌大的华夏中国，没有一个能人，竟让帝国列强任意蹂躏践踏。乱世之中，早晚会有伟人、能人出世，这是千年规律。自从三皇五帝以来，上下五千年文明史，验证一个道理，中华民族，不会亡国灭种。从现在起，俺们应该广积粮，不伸张，蓄势待发，厚积薄发。哪天真的有人振臂而起，大清国的天，必坍塌无疑。到那时，你的银子，你的粮，才能真正派上大用场。现在，你在龙王荡这个封闭处，朝廷不知道你，倘若知道，你的麻烦就大了。今天，俺说这些，是肺腑之言，说白了，俺不同意你花钱捐那个短命的官职，更不同意你，进京申挂千顷牌，那是愚蠢之举。照理说，天下兴亡，匹夫有责。可是这个大清朝，已不是天下平民的大清朝了，而是一个贪生怕死，腐化堕落，专横跋扈，欺民害民，狂妄无知、无能，千夫指，万人恨的王朝。江山末尾，寿终正寝，实在指望不上了。这样的王朝，还值得匹夫生为它尽责，死为它尽忠吗？值得为它玉碎殉葬吗？改朝换代，只差一步之遥。听俺的，没有错……"

廖子章离开严府回程中想：严九财大气粗，实力雄厚，富可敌国，便觉得可藐视一切了。严九飘了，自以为是。他不会听从俺的规劝。不过，有了俺一番由衷之言，他也会斟酌。从目前实力看，严九和山东长山袁家实力相当，都是旺族。但就势力和影响力衡量，他比袁家，差出一大截。袁家世代读书入世，人才辈出，政绩卓著。有勤奋务实，爱国为民的优秀传统。而严家几代人，无缘科举，一门心思买地种地，种地买地，短短四代人，发展成今天的规模，也实属不易。严袁两家，不处一地，素有往来，严九想进京申请皇帝隆恩，赐挂千顷牌，也是受袁家影响。袁紫兰祖孙几代，先后被康熙、雍正、乾隆，分别赐封三次"千顷牌"，袁家祖孙，县以上官员一百六十多人，严九想照着袁家的路线往前走，未免有点太幼稚。此一时，彼一时，天都要变了，你千顷粮田，不是为国分忧，而是肉包子打狗，是打水漂漂，白搭。

廖子章想起十八岁那年，随父出征，围剿东路太平军，二十几万围追大军，吃喝拉撒，全由袁家供给担当。不说鸡鱼肉蛋，不说车马草料，不说武器消耗补给，仅大军每天口粮消耗，就要六十万斤。没有这个实力，挂了千顷牌，那就是欺君，欺君是要被杀头的。凡是挂千顷牌的大户，必须向朝廷尽最基本的义务。当时袁家储存的粮食、草料，十多天就用完了。只好拿出家底，用现银，在辽东、河南、河北、江浙一带，火速调运粮草，才坚持挺过一个多月，耗财不计其数。

你严九若遭遇此事，要么破产，要么杀头。所以，严九呀！坚决不能要这块索命的千顷牌子。如何才能说服这个戆头严九呢？廖子章想起袁七兄弟。

当年追剿太平军，休战期间，廖子章和乡团军驻扎在袁家西侧马场。袁七喜欢骑马拉弓，耍枪弄棒，经常来营中玩，廖子章和袁七年龄相仿，脾气相投，天天玩在一起切磋武艺，一来二去，相处甚好，二人私下里互赠信物，磕头拜把子，结成生死之交。一晃三十多年过去了，当年的毛头小伙子，如今都已年过半百。其间，两家遇有红白大事，都有往来，走动甚密。今天，廖子章忽然想到袁七兄弟。俺应该速速去信给七兄弟。袁家和严家是世交，素有往来，俺让七兄弟速来龙王荡，说服严九，必须放弃挂千顷牌的念头！

廖子章离开严家大院之后，严九自有他自己的判断，大清国形势，绝对没有像廖四太爷所说的那样子糟糕。也许,廖四太爷遭了罪,对大清国有偏见,交了二百万两罚金,心中有恨,有怨。两百多年的大清根基,咋可能说完就完了呢?不可能,绝不可能,危言耸听。倘若如此,俺俩儿学成回国,不能在朝廷为官,留学又有啥用!可是,他说得有理有据,不能不承认他的阅历和经验,他的预见性。他思维缜密,眼界宽,看得远、深、透,对他的说法,不可藐视。这咋办,俺严九不甘心,俺严家几代人,默默无闻,牛马一样,低头干活,隐忍奋力,为的是啥?到儿子这辈分,再不能出人头地,俺严家几代人,白忙活了。

咋办?这几天,南风多,俺乘船,沿海北上,进内河,去长山,访袁家兄弟,现在是七爷当家,去听听七爷意见。严九叫来管家,嘱咐备船,五天后出发,去山东长山访友。

廖子章回到家,进书房速书一封,差芦飞速速上马,去长山焦桥找袁七兄弟。芦飞两天一夜,赶到焦桥,亲手将廖总亲笔信,交到袁七爷手中。袁七爷看完书信之后,"呵呵"一笑,心中暗想,严九呀、严九,咱两家世代交好,你我也是好兄弟,咱袁某不能看着你掉进火坑,而不伸出援救之手。难得廖兄一片厚意。严九只会买田置产,眼界和廖兄比,差得甚远。这都啥年月啦!还挂啥千顷牌。再守这老皇历,真是作死了。"识时务者为俊杰。"认清时代潮流趋势,才能成为聪明能干出色的人物。严九这个庄户佬,只会种地,收粮食,咋迂腐到如此地步呢!面对这样瘟疫般朝廷,躲之不得,你纵有亿万家财,又能怎么样?朝廷要是知道直隶州你严九的实力,只需动动手指,一夜之间,就让你沦为乞丐。按理说,咱袁家给大清作了特殊贡献,大清也给了咱们荣誉隆恩,咱家世代为官,就应当誓死与大清共存亡。

可是,大清变了,朝廷不再是过去的朝廷,君主不再是民众的君主,官员不再是一身正气的官员。豺狼本性,贪腐成灾。从朝廷到地方大官、臣子,寡廉鲜耻。墨场幽暝,大清烂了,老佛爷烂了,皇帝摆设,没啥指望。咱们跟着他们愚忠愚孝愚死,没啥意义。咱爱国,但大清朝实在没啥可爱之处!大清朝,近尾声,该到唱挽歌、送白菊的时候了。现在,再当殉葬品,不值!

袁七爷谦和地对芦飞说:"小兄弟,你受廖兄之托,辛苦了。你在咱家歇一宿，咱派人，牵马添料饮水。明天一大早，咱与你一起，去龙王荡会会兄弟们。几年不见，心里想得慌。今天总算找到理由，咱愉快接受廖兄邀请。"……

　　远道亲朋来访，严府热热闹闹接待贵宾。严九派人联系龙王荡的大戏班子，让班主祝老罐子亲自来严府。一听严府点戏，祝老罐子喜得屁颠屁颠，骑上毛驴，赶紧跑到严府。进了严家大门，由门人引领，在客厅里见到严九爷。他三步并作两步走，在距严九五步之外，就激动得双膝跪地，呼道："九爷哎！祝老罐子给您叩头请安来了！"祝老罐，老戏精。表面上，使出浑身奴性，扮成低三下四，奴颜婢膝的样子。他知道大富大贵之人，都喜欢他如此表现。他恨不能长出尾巴来，使劲摇，乞求严九爷的怜爱。

　　严九未显出高高在上的样子。作为戏迷、票友的严九，对祝老罐子这个班主，并非傲然睥睨，心里反而多少有点尊重。他带几分亲和又几分内行的神情说："老罐子，听说你的戏班，能唱大戏啦？"他停顿一下，端在右手里拳头大的小紫砂壶又换了左手，把玩着。然后，歪着脑袋，人嘴对壶嘴，吻了一口，咂得"吱吱"响，继续说："起来，坐下说话。跟谁学的，见人就下跪，长着屁股干啥用的？"祝老罐庄严不失幽默，似乎油嘴滑舌，其实一本正经地回复："回九爷话，大戏，绝对没问题。俺唱戏的人，膝盖是用来跪的，屁股是留给您踹和挨板子用的！"严九笑嘻嘻地说："贫嘴，油腔滑调。听起来，不腻人，很受用。这样！噢，俺先点一出《桃花扇》试试，唱好了再点，若唱不好，今后俺严府，不再点你祝老罐子的戏了。"祝老罐子听了九爷的话，又"咯噔"地跪下说："九爷哎！九爷哎！俺的亲爷爷哎！俺给您唱《桃花扇》《大西厢》《牡丹亭》《长生殿》四部大戏。不要钱，俺只要脸。您点了俺的戏，何愁龙王荡的贵人，不点俺的戏呀！"祝老罐子心想，俺把戏唱了，还怕你严九爷不给银子吗？严九爷是谁呀？不差钱！

　　严九看透老罐子的心思，说："这四部大戏，是你自己报出的，给俺盯紧喽，都让那个小香朵儿担纲主角。俺告诉你，这不冬不年的，俺为啥要唱大戏呀！俺家来贵客了，他是戏迷，也是内行，可不敢马虎

第九章　打官司　　　　　　　　　　　　　　　　　　　　　347

哈!可不能像过去那样随身衣,就地鞋;'七忙八不忙,九人下厨房';生旦净末丑'一脚踢'。你给俺唱扎实了,九爷不会亏待你!"祝老罐子连忙解释道:"九爷、九爷,您说的那情形,都是好多年前的旧皇历啦!现在俺的戏班子,今非昔比,不同以往。俺的角,不光只有小香朵儿,这几年正旦有邢三娘、乔九红,小旦有花千娇,武旦沈青燕,小生常兆麟,武生常兆铭,还有花脸丑行,一应俱全。服装道具,一色新,檀板鼓锣乐器,高中低三音二胡、三弦、琵琶、月琴、柳琴、唢呐、横竖笛、大号小号……讲究着呢!俺们的唱、念、做、表,样样精粹。现在,俺们唱的是大戏,讲究。不是以前那打'门头词''下场子'的小戏了。您放心,包您满意。您若不满意,俺祝老罐子分文不取,从此不在龙王荡里混。"

严九本想去外地,请个徽班子或者昆腔班子。袁七爷来得突然,来不及。他有意给老罐子加加压力,用贬低口气说:"就你祝老罐子,生就的皮,长就的肉,还能玩出啥新花样?还不是十里好风光,四句一转头!不过,一班人跟你混,糊个口也不易。没有你们,俺们龙王荡的日子,单调许多。唱孬唱好,俺一个铜镚子不少你的。能不能在龙王荡里混,靠你自己把握了。"老罐子卑躬讨好地说:"九爷有所不知,这些年,俺花大价钱,跟昆剧班子、徽剧班子学戏,一起登台,讨教人家的技艺。现在俺们海州戏,也有自己调、自己乐器、自己的腹腔。诸如二泛子、串十字、双起腔、彩腔、花腔、拉魂腔、八句子。还有金风调、龙门调、小丑调、僮子调。哎!优美的、爽朗的、明快的……好听呀!俺给您撑脸面,您放心,您放心吧!"

严九被祝老罐子一阵迷魂汤灌得心花怒放,喜形于色。当然祝老罐子说的,也是真话实话。

严九曾看过祝家班子的戏,一度曾经追剧入了迷,其实他是迷上角儿小香朵。常把自家被窝里四婆娘尤姣姣,比拟成小香朵。严九爷怜爱小香朵,也曾露水过两三回,后来风声传入大婆娘邱胤耳朵里,被她强力制止了。

祝老罐子心知肚明,这种事情,你情我愿,不好公开的。大家都不用挑明,便算不上啥坏事。再说,自古以来,这种事见怪不怪,也作兴。现在的邢三娘、乔九红、花千娇，浑身是戏，比小香朵风骚百倍、娇媚百倍，清纯雅丽，严九爷又该一掷千金了。

大戏就要开场了，第一部戏《桃花扇》。龙王荡有二十多座大戏台，都是露天的。唯独严府大戏楼，是全封闭的。砖木结构，雕梁画栋，明堂亮阁，楼中戏台，高出地面三尺。据说台肚子里是空心子，唱念做打、击鼓敲锣，吹拉弹叫，没回声，音响效果好。观众席位，分两层，楼上设包厢，供小姐太太们专用。楼下设包席，三五人不等，席间有茶水、坚果、点心。全封闭大戏楼，一年四季，春夏秋冬，刮风下雨，冰雪洪潮，气候变化，不影响看大戏。席间，龙王荡里的大小地主，盐主，乡绅，名流，桓商，钱庄、典铺、商贸业主，南宫大医堂代表，渔人代表，农人代表，还有龙荡营核心头目，八营六部首领，南北二十队的队长，乡约、乡团的三纵六部首领，通通在邀请之列，现已各就各位。台前方正中间，一张宽绰茶几上，有茶水、糕点、水果、坚果。并排三张半卧靠背软椅，中间袁七爷；左边严九爷，身后严雨川；右边廖子章，身后芦飞。

开场的大铜锣、大圆鼓、大钹、小镲、小堂锣、檀木、小板鼓，相互穿插，交叉发声，有板有眼有节奏，轰动起来。锣鼓家伙，刚刚切声，优美旋律音乐前奏，悠悠扬扬，仿佛从远方飘摇而来。高音胡、中音胡、三刮子、月琴、柳琴、唢呐、笙箫管笛协奏《泗水城》《夜半乐》。

台下的严九，红光满面，春风得意。本打算去山东访袁七爷，还没成行，七爷来访，其所谓，心有灵犀，不点自通。廖子章心中明白，在袁七爷右边，频频举杯，示意七爷吃茶用点。严九宏论说笑，兴致盎然，侃侃而谈。不停向袁七爷介绍今日大戏，谁是主角，谁是配角，不同角的显著演艺特色。口若悬河，滔滔不绝。就在此时，一门丁蹿过来，颇有几分紧张神色，跑到严九爷身后，在严雨川耳边低说几句，转身回去。趁廖子章和七爷说话契机，严雨川赶紧贴住严九耳朵，"咝咝嘈嘈"耳语几句。严九爷两眉直竖，两手抓住椅把手，想站起来，被严雨川按住肩膀，严九反应很快，"制怒、制怒"。两手瑟瑟发抖，嘴唇青紫，脸色通红，气愤得说不出话来。

又是丁诺派人来，请严九爷谈审案之事。严九爷不愿意让这件事坏了今天的兴致。更不想让这件丑闻传到袁七爷耳里，丢人，丢大了。眼下，关键是在这几天，不能让丁诺再三再四过来骚扰。一切等袁七爷离开龙王荡以后，再做了断！他向严雨川招招手，严雨川附耳过来，他伸出一个食指头："十个数，送给丁诺，让他再别来烦了！"严雨川慌忙回答："是！"转身出去。从柜上支了十万两银票，随直隶州衙役，匆匆上马，往海州方向去了。

严九上海滩撒银子，消息传到丁诺耳眼里，丁诺气不过，曾对天发誓，不从严九身上大大方方、顺理成章地榨下百万两白银，他就不叫海州知州丁诺。可是，暂时还没想出适当的压榨办法来。找不到借口对严九下死手。说实话，对这个土地主，若不下死手，绝对榨不出大钱来的。先前，严九南下上海滩，十里洋场撒银子。现在，又要北上进京，申挂千顷牌。这样的大富豪，与其被老佛爷榨干了，死在老佛爷手里，不如先让咱丁诺榨一把。可以想象，如果严九死在咱丁诺手里，那可是几千万的现银，上亿的家财，还有几个风情万种的婆娘，岂不是更实惠吗？

巧在这两天，严九家来了一位贵客，山东长山的袁家主事的，袁七老爷。严府上下，忙着接待贵客，正在热热闹闹唱大戏，整个龙王荡也都跟着热闹起来。你严九眼里，没有咱丁诺，咱丁诺派俩人前去看看，让你不消停。好啊！喜事！去俩衙差，沾沾喜气，顺便让严九爷松松腰带，掏几个银子花花。好机会。丁诺在想，难道你严九真的不明白，死人头上有糨糊，沾到谁，谁倒霉的道理吗？你还认为，死人和你不相干吗？这事，不是你严九说了算，是老子丁诺说了算。摊上晦气，咋办？花钱消灾呗！他娘的大鱼小鱼，进了咱丁诺的网，还想逃，没门。除非咱心慈，网开一面。咱心慈吗？太慈了，恨不能一口吞下你严九和端木，连骨头也不用吐。你们的骨头里，也充满油脂和膏腴！肥骨呀！

严雨川赶到海州，丁大人在衙门大堂外内室里接待了严雨川，和和气气和严雨川攀谈："雨川大管家，咱们的严九爷实在难请，俺丁诺是给足九爷的面子，左请右请，都是你管家，带两个不疼不痒的银子，打发咱。他九爷，财大气粗，咱丁诺是个廉官穷官，在九爷面前，不够资格，是吧！即使如此，也别忘了，他严九爷的大部分家业，还在海州地界里。别总是仰头走路，眼睛向上。大上海十里洋场撒银子，三天几十万两银子没了。据说，马上还要北上进京，申挂千顷牌子啦？

"咱丁诺不管你千顷万顷，说得好听点，九爷有命案在身；说得难听点，九爷是戴罪之身。虽然没有定谳，至少可以说，是犯罪嫌疑人，是嫌犯。下一步，直隶州可能要限定他的自由，上有大清律压着，海州衙门不管不行啊！下次，九爷若再出龙王荡的地界，海州衙门将采取强制措施。雨川大管家，咱丁诺今日和你交谈，和风细雨，说了这些，请回去转告九爷，咱丁诺照顾面子，但绝不容私情。"

严雨川见丁诺话中带刺，句句温柔，但口口起矛，尽是威胁和恐吓。他感觉事态严重，速速从怀中摸出那张十万两的银票："丁大人，丁爷，莫生气，莫生气。您和俺家老爷，素来交好，关系甚密，朋友加兄弟。俺回去，让老爷过来，给您赔不是。独大黑的命案，就事论事，万万不可升级，越复杂，越不好收场。今天临来时，俺家老爷特地交代，给丁爷您带十万两过来，烧个烟泡抽。"严雨川觉得丁诺步步紧逼，灵机一动，借袁七爷和京城王爷、贝勒爷的关系，压一压这个丁诺，让他不要肆无忌惮，狂妄专横，收敛收敛。他说："丁爷，你说的是，俺家老爷考虑不周。老爷太忙了，上海滩十里洋场撒银子的事，那也是京城几个王爷的意思。王爷的意思是什么意思，不得而知。否则的话，俺家老爷才不会干那愚蠢的勾当呢！无事唠叨，挠那虱子干啥？哪一两银子不是血汗钱啊？哪怕发大水，冲淌来的，还要辛辛苦苦下水去捞吧！吃屎难，挣钱也不易呀？这次准备进京，还没有最后敲定，当然也是老佛爷的意思，皇帝的意思。"严雨川为煞煞丁诺的霸气，癞雕翅膀绑大刀，砍（侃）空了（撒谎）。

严雨川这一招似乎立竿见影，丁诺有所警觉，眼睛瞟过银票面额，证明自己没听错，心中窃喜，但表面上不动声色，说："别这样子，不请他来，不掏银子。一请他来，就掏两个小钱，打发咱。咱当然知道九爷忙，咱要不是看在朋友情分上，绝对拒收，咱是没见过银子的人吗？收下小钱，担名不担利。再说俺一个朝廷命官，咋能见钱眼开呢？什么叫官，官就是原则立场，做官没了原则立场，搞贪腐，欺骗朝廷，还配做老百姓的父母官吗？为民说话，替百姓伸冤，是一个地方官最基本素质。想一想，那是一条鲜活的生命哎！哪家的娃不是父母身上的肉，说没就没了，肇事者逍遥法外，你们考虑过人家失去儿子的感受吗？多少钱能把失掉的生命买回来？"丁诺边说，边捏起银票说："大管家呀！这次俺收下了，下不为例！"……

严九爷府上，看戏，宴宾。凡邀请来看大戏的宾朋，接连三天，大戏楼连轴转，四部大戏，周转上演。看完大戏，严府宴会厅摆了八大桌，得得威威，宾客们尽情喜欢，尽情吃喝。搳拳、行令、唱小曲、敲老虎杠，宽松自由。及时行乐，比过大年，还要热闹、兴奋。

这天午后，严九爷邀请袁七爷在自家茶舍吃茶。茶间，严九爷谦虚、客气地说："七兄啊！俺龙王荡条件差，就是一个原生态，百里芦苇、芦乡、水乡、盐乡、粮乡。看上去还是有些荒芜。七爷几日来受委屈了。"七爷几日吃喝玩乐看大戏，心情舒畅，只当是来龙王荡度假，很快乐地说："九兄过谦，偷得浮生半日闲，看到龙王荡原生态景致，才感觉到人与自然的亲近感、亲切感。清透、澄澈的车轴河，广袤神秘的芦苇丛，绵延如峦的白色盐岭子，一眼望不到边苍翠碧绿的麦田。秋高气爽，听海观潮，观潮品茗，抚琴弄曲，令人舒畅惬意呀！"

严九有意在引入他想讨论的话题，说："七兄，这几年，收成可好？生意还顺吗？"袁七爷始终没忘记龙王荡之行的目的，已听出严九爷弦外之音了，回答道："好！好！风调雨顺，亩均单产能收二百斤，一年两季，总产将就过千万斤。"严九爷进入正题了，赞道："您家在康熙爷、雍正爷、乾隆爷时代，曾三次赐挂千顷牌。家旺人旺六畜旺，县官以上职位一两百人，仅受封的一品夫人就有七人之多。您袁家，国之栋梁，名门望族呀！"袁七爷也不用谦虚回避，接过话题说："家势随国势，家运随国运。自康熙元年，至今二百多年，咱袁家兴旺二百多年，也为大清尽义务、尽担当二百多年。也常常倾全族之力，挽大清危局。挂千顷牌，一旦国家遇到大事、难事之需，就得拼命扛，誓与大清共荣辱，共存亡。扛不动，也得扛，也多次几近倾家荡产。外面风光，内部却要勒紧裤带，咬住牙，过苦日子。朝廷啥时候不缺银子，不缺粮食呀？康熙、乾隆爷盛世太平吧，俺家是年年空仓。粮食或者把粮食变成银子，全部交给大清使了、花了。康熙年间，收复台湾，咱家出银千万两，出粮百万石，家业濒临崩溃。雍正年间，年羹尧大军平定西北边陲，咱袁家贡献几百万石粮食、上千车草料，倾其所有。同治年间，太平军东路军进入山东，危及京城。朝廷几十万大军，吃喝拉撒一个多月，几乎掏空咱家全部积蓄啊！想想都后怕，还不是为了一块千顷牌的荣誉吗？就是倾家荡产，也要顾着脸面呀！"严九试探地问："七兄，如今光绪年间，有听说过，这朝廷还赐挂千顷牌吗？"袁七爷回答道："天道大变，大清朝大势已去。千顷牌的事，这几年，再无人问津。不瞒你，现在大清朝廷，受外国列强挤对，日子越来越艰难，正愁没钱花。像一只饥饿的孤狼，到处刺探食物的信息。天下人避之不及，还有谁不明智，挂千顷牌，找死！就是咱这千顷牌的老户，躲得远远的，不敢出头。九兄，干吗生出千顷牌的念想来？"严九不解地继续问："七兄！俺弄不明白，朝廷代表大清国，和外国邦交，吃亏讨巧，那都是国事，这和给俺们这样大户授千顷牌，有啥干系？"袁七爷心想，这严九鬼迷心窍，幼稚愚蠢得像个娃娃。大清朝快要灭了，你去挂千顷牌，不是救大清，而是加速它灭亡的进程。于是，他不紧不慢地说："关系大着呢！你想想，就是这四十年来，咱大清谈判桌上，赢过吗？没有，为啥？大清不再是进关时那样地勇猛，所向披靡了。疼了，骨头酥了。道光爷一个《江宁条约》，赔英国被烧的鸦片款、商欠、军费二千一百万两白银。咸丰爷同英法签订的《北京条约》，赔偿两国白银一千六百万两。这个条约，那个条约，割地呀，租界呀，开埠口岸呀。外国人动辄坚船利炮，大兵压境。外国人坐地起价，连大清的关税也由外国人说了算，由外国人收，抵偿欠款。啥欠款？都是他娘的硬捱给大清。大清人，一个屁也不敢放。外国人在大清国胡作非为，任意糟践国人，咱们大清政府为确保洋人安全，还要镇压自家平民。国人受尽欺凌，打掉牙往肚里咽。主权没了，经济崩溃了，大清已名存实亡。不是咱不爱祖国，也不是咱不想救大清国，所有的爱国仁人志士，对这条扶不起的软棉绳子，贪腐无耻，软弱无能，没有一丝骨气的卖国朝廷，彻底失望、绝望了。与其扶他，不如推翻他。咱相信，离改朝换代的日子，不会太久。咱袁家几代人，旗帜鲜明，为大清所想，为大清所急，生为大清尽责，死为大清尽忠，这是咱家祖训。现在咋办？此一时，彼一时。看清大势，适应潮流。咱们没

第九章　打官司

有权利,把祖宗积下的阴德,无谓地葬送掉。死后,脸上蒙一张纸,去见祖宗。不可,万万不可。"

严九疑疑惑惑的眼神,仿佛渐渐明白的样子,叹了一口气说:"七兄,您这样子说,俺懂了。俺身在荒野之境,耳目闭塞,没见过大世面,说到底,就是一个土地老爷。今后,是要多留个心眼儿。七兄,俺听您的,积粮储银,闷声大发财。"袁七爷说:"和你说句掏心窝子的话,咱家差不多被朝廷掏空了。而朝廷还以为,咱家有取之不尽的金银财宝,常常派人来要银子,烦透了。九兄呀!像你这样的巨户,收敛为要,一旦被朝廷、官府的鹰犬盯上,别看你是大富豪,一夜之间就沦为乞丐,咱见识过的。万万不可张扬,万万不可显摆。"

袁七爷在龙王荡停留七天,受到龙王荡各界人士的热捧。看戏、赴宴、泛舟、狩猎、钓鱼、网虾,非常开心。

廖四太爷派芦飞,严九爷派雨川,带上重礼,二人护送。袁七爷、廖四太爷、严九爷客气话别。袁七爷登上轿车,芦飞、严雨川骑马,一前一后,一同离去。

2

丁诺坐大堂内室,贪婪的眼神放出欣慰的光芒。拉开抽屉,轻轻摸出一沓银票,自我陶醉地一张一张地,边欣赏,边审视。这张是桓商许老板的,这张是乔盐主的,这张是赵老板的,这张是龙王荡钱庄褚老板的,这张是典当行郝老板的……他捋了捋稀拉拉的胡须,将银票放回抽屉,顺手推拢抽屉。从另一个抽屉里,摸出一个大烟泡和大烟枪,半躺在大椅子上,熟练地把大烟泡放入烟锅,点燃大烟灯,过起大烟瘾来。深吸两口,一锅烟泡子烧完了。他半闭的眼睛突然睁开,突然睁圆,他突然"噌"地从大木椅上蹿起来,急忙拉开抽屉,又一次审视刚刚审视过的银票。

他失落地摇摇头,轻蔑地叹口气,自言自语:"严九、端木,你们也好意思!中秋节啊!节礼竟没主动送来!你们不见棺材不掉泪,咱是不到黄河不死心。来吧！咱们斗斗法！"人命的官司，一家想赢，一家不愿输。催一催，动一动。伸伸手，给几万。不伸手，就不给。他娘的，比老嫖客还不要脸，睡了人家女人，裤子一提，假装没事人，是吗？人命关天的大案要案，中秋节来临，还不抓住契机，主动点！看来，不逼他们，他们就一直装×，装下去！是时候了，不弄出点颜色给他看看，不知马王爷三只眼！"……

海州城有名的豆腐西施和挑担子伙计，一前一后，不用吆喝，不用叫，买主早在街头、巷口等待。一圈三条街，卖完两筐豆腐。按约定，留下两块，如一块砖头，中间截一刀。这是直隶州衙门知州丁大人预订的豆腐，每天两块，不多不少。今天，按约定，两人送豆腐过来。筐口锅盖上，摇摇晃晃，立着两块鲜活活、嫩生生、水灵灵细腻的豆腐。他们从衙门大堂东外侧边门，进入丁大人的大堂内室。转脸间，小伙计挑空担子回了，豆腐西施留下了。

豆腐西施夫妻俩，搬来海州城三年多。男人是个读书人，不会农耕稼穑，不会做生意买卖。读书之余，除了好抽一口大烟泡之外，绝对没有别的不良嗜好。可是，这口嗜好，耗起银子来很快。家中箱里的积蓄，差不多见底了。美丽的女人，原本是千里挑一，天生丽质的女人。她心想，俗话说，坐吃山空。这样子下去，家底子迟早败光。只会读书的男人，若逼他挣钱养家糊口，岂不遭罪？自己没啥本事，从小就跟着亲娘，一年做两回豆腐长大的。八月半一回，过大年一回。现在必须挑起二人生活这副担子。她二十出头，一朵荷花正艳。不施粉黛，不用刻意打扮，长圆的脸蛋，桃红香腮，娇嫩净白，鼻梁高长直，肉嘟嘟的小鼻翼。眉目清秀，杏眼双箍，唇肥樱红。一面齐的刘海，盖住前额，齐挂在柳眉上边。青云般长长鬓发，晶亮乌泽，一支长长的梭子般的象牙簪子，把蓬松的长发翻拢在后脑勺上。宽松碧绿的红花夹袄，连接绛紫色双层青花长裙。一副大家贵妇的休闲形态，风韵柔美动人，鲜明整洁，引人怜爱。朴实的俊俏，自然的美丽。秀色空绝世，馨香为谁传。绰约多逸态，轻盈不自持。瓠犀皓齿，双蛾翠眉。画不出，妆不出，描不出的自然大方，骨子里的纯真、鲜艳、水灵，与生俱来，挥之不去，

第九章 打官司

摄人心魄。无意识转首回眸间的一抹微笑，开莲红脸，素肤凝脂，足以倾覆一座海州城。这样的女人，跟在伙计身后卖豆腐，每天两筐豆腐，一圈三条街，卖完了。所有买豆腐的男人，只需买过她第一回豆腐，就成了自觉行动，几乎天天买。就是为了那一买一卖的短时间的相遇，或者是在伙计戥完豆腐后，豆腐西施操起豆腐，送到买者手中，那刹那间手与手的接触时，感受被那柔软，葱根藕簪般嫩指，划拉一下之后内心的受用，和幸福地干咽两口唾沫。得空闲下来，在臆想中，模拟某种不雅动作，用来自我消遣时的颤抖。

豆腐西施三年来，到今天为止，走街串户，准时准点，三条街的百姓平民，都喜欢这个名字。她心善，不急不慢，不温不火，老不欺，少不哄，公平买卖，从不缺斤少两。所有买过她豆腐的人，男人不讨厌，女人不嫉妒，人缘极好。豆腐西施这名字，是谁起出来的，没人知道，包括豆腐西施她自己也不知道。由它去，这些不重要。重要的是每天，差不多在哪个时点上，豆腐西施要经过哪家门前，每个男人都掐得准准的。不光是卖豆腐有如此好运气，就连做豆腐的黄豆，也是有人送上门的。

豆腐西施做了三年豆腐，仅仅在集市上买过一回黄豆。后来，那个卖豆的中年汉子，天天往她家门上送豆，价格明显低于集市的水平价。

善意的豆腐西施，瞧惯了男人们注视自己的神态和心理动态。全然不在乎别人的眼光，且从不过多想象那些腥馋猫儿的内心世界，和他们那饥饿渴望时所表现出来的阿谀奉承。对那些有意无意套近乎的男人，或者动手动脚肥胆的流氓混混，既不随便轻贱自己，也不去故意惹恼别人。两句兄弟、大叔，小甜嘴一哄，化解尴尬，不愠不怒，大大方方。弄得那些馋猫馋狗大叫驴式的男人，既不易得手，也不好在光天化日，朗朗乾坤，众目睽睽之下耍流氓。许多男人，往往越是得不上手，心里越放不下，仅靠买豆腐一刹那的接触，解解内心那份焦渴。

丁大人原是不买豆腐的。买菜做饭，这类事情，自然有佣人在打理。有一天闲聊，身边的师爷，口水啦啦地说起豆腐西施，一言以蔽之曰，胜过千年前的浣纱西施。绝世美人，不是沉鱼落雁、闭月羞花那样简单。简直就是人间第一，天下无双。师爷熟悉丁大人的业余爱好，他不无夸张的演说，撩起丁大人的色心。从那天起，丁大人就告诉家人，再不用花钱买豆腐，自己会让人送豆腐来。丁大人心事，不在买豆腐，主要是为了欣赏师爷嘴里的豆腐西施。百闻不如一见，醉翁之意不在酒，在乎山水之间也。丁大人打着买豆腐的幌子，便可堂而皇之约见豆腐西施了。三年前的一天，当丁大人在衙门巷，第一眼见到豆腐西施时，就持不住了。他瞅瞅巷间无多少人，他深深吸了一口气，憋在心口，那双阴森森的眸里，瘆人地冒出青黄色毒辣的寒光。他想冲上去，摸她的奶子，吻她的唇，掀起她的裙子，抵住墙壁干她。结果被知州的官面子打垮了，他努力克制了。当时，他的心"嘣咚嘣咚"猛烈跳跃，他半张大嘴巴，吞嗓眼发干，鼻子一酸，"滴滴答答"流出两股鲜血来。趁接豆腐的刹那间，丁诺有意用食指，在豆腐西施手心，划了一下。这一表现，豆腐西施并未介意，这让丁诺很是失望。

　　第二天，豆腐西施在衙门巷里卖豆腐，又见到丁大人买豆腐，一回生，两回熟。人似乎面熟，但豆腐西施不知道，此人是知州丁大人，直隶衙门最大的官。可是，丁大人知道，她就是海州城最美的女人。丁大人第三回买豆腐，趁周围无人，他突然对豆腐西施自报身份，且说平时像自己这么大的官，没时间，也不可能天天出来买豆腐，请豆腐西施每天留下两块豆腐，最后来衙门，把豆腐送到衙门大堂东侧廨室。

　　豆腐西施无意间结识知州大人。这么大的朝廷命官，不是一般人想见就能见到的。她觉得自己很幸运。给直隶州最大的官送豆腐上门，这是一件多么荣耀的事情。说不定，将来遇上啥难为的事情，还有所沾靠。至少，自己这个外乡人，在直隶州不被人家欺负。豆腐西施照办了，天天送豆腐，风雨无阻。一买一卖，大堂廨室，两人就有了单独见面的机会和空间。第一天单独见面，官府大人的本性就藏不住了。丁诺十分和蔼，万分殷勤，起身让座。又从抽屉里，摸出一块火石大的冰糖，捏在指尖上，对豆腐西施说："妹子，知道这是啥吗？""大人，您叫俺啥？"豆腐西施受宠若惊地问。"你比咱小一大截子，当然叫你妹子啦！"丁诺的眼睛里喷出热辣的火焰，盯着豆腐西施含情脉脉的神情，燃烧过去："来来，妹子，吃块冰糖，好吗？"豆腐西施似乎有些难为情地说："哥哥！难为情，俺没跟别的男人独处过，羞死人呢！"声音里，

第九章　打官司

含糊着娇羞、绵情、蜜意。老奸巨猾的丁诺十分地满意，暗示说："别怕，闭上眼睛。""哥哥您又不是老虎，您让俺闭眼，俺有啥好怕的！"豆腐西施不避讳，真的闭起眼睛。丁诺说："启开你的香唇，让哥亲自喂你吃冰糖！""哥哥，这屋里，不会来外人吧？"豆腐西施有点担心地问。"没有事的，这里不会有人来！只有咱俩人。"丁诺肯定地、低声地、如哄娃娃般，对豆腐西施柔情地说。

唉！自己的男人，瘦干得像一根芦柴，除了对大烟泡子感兴趣，再无过去的激情。伏在自己胸上，差不多就如冬天里的一层单被，轻飘飘，冷注注的，无滋无味。那一根掏耳耙般的小棒棒，早已没啥感觉。丁诺的举动，勾起她内心的热望。这朵鲜花，若再无牛粪狗屎提供营养，真的会渐渐枯萎。她眯起双眼，上眼皮还在忽闪忽闪跳动，半启樱唇，口中香气慢慢地散发出来。丁诺早把手中捏着的冰糖块放在自己口中，溜到豆腐西施身边，轻轻搂住她的头，用自己嘴巴将那块冰糖渡到豆腐西施口中。他那毛茸茸的胡子，扫在她的脸上，她的心里痒痒嘘嘘，裆里持不住，流出许多液体来。豆腐西施身体如脱了籽的棉花，被丁大人轻轻一挨，顺势躺在案桌上。都是性情中人，情景所致，情不自禁，一切进展，顺理成章。

自以为从容淡定、处之泰然的丁大人，面对这自以为天下第一美人，却张皇失措，慌手慌脚，心急火燎，急于求成。他抖抖瑟瑟，剥了西施的长裙短裤，公狗附体，连三赶四，哼哼唧唧，像从来没有见过女人的处男，紧张激动，迫不及待。攻坚克难，打硬仗的关键时刻，举起钢枪，还没找到靶心，就走火了，"唰唰唰"一梭子，完了。那条死蛇，蜷曲在草丛里，口吐白沫，流在豆腐西施的大腿窝边。知州大人大大方方，掏出十块银圆，白花花地放在桌上，又搂起豆腐西施，用又吮又亲的贪婪样子说："相信咱，今个太急迫了，下次准行的。你只给咱一个人，咱舍得银子，懂吗？"说罢，伸出舌头，胡乱地舔她。

豆腐西施心中没有满足，又不好意思说出口。这叫啥事，丢了一回人，心中落得个空荡荡的，整得俺怪痒痒，帮俺扤扤也成。她握住他的手，他不知道啥意思。这家伙枪头早磨秃了，刚抬头，就蔫了，这架势，比俺的豆腐还软，没出息。她娇嗔地用食指头，推了推他的鼻尖子，说："哥，收回您的银子，俺不卖身。"停顿一下，又调侃道："看您那玩意，用得太过了吧，咋累得睡着了呢？哥呀！没有金刚钻，别揽瓷器活。俺为您守着身子，等您的玩意睡醒了，再招呼俺！"豆腐西施不尽兴的样子，心中怏怏，整理裙幅，五指梳拢头发，象牙簪子，重新别好。坐桌面边上，俩人又嘻嘻哈哈，搓搓揉揉摸摸，丁大人才罢手。

豆腐西施说："时辰不早了，回家泡豆子，不能耽误正事！"说罢，下桌面，靸鞋，取包，准备出门。

丁大人心中不过意，再三再四，要求西施收下他的一片心意，带上银子，也算今天没有白玩一回。豆腐西施说："哥！您把俺当婊子？"

"别胡思乱想，哥喜欢你，若是婊子，只值一块钱。一块钱也不值。哥这不是疼你嘛！"他主动夺下她手包，把叮当响的银子装入包中，交给她，口中叨叨："带上带上，哥知道你不是为了银子！"

丁诺心情也是不舒畅，得手没尽兴。他娘的，头一回，认生。寻思，她的肉体没满足，心理上，也应该得到点补偿，还能图个下回，不伤和气！豆腐西施不再推辞，半推半就，收下。然后摇晃圆圆多情性感屁股，走了。

这种简单的过程，后来重复上演若干回，实践证明，丁大人雄风犹在，宝刀不老，金枪不倒。豆腐西施深感穿透性的快乐，每次送豆腐过来，钱不钱，她不在乎，只在乎牛粪给花的营养。

抽大烟的男人，对自家的女人，唯一要求，不能断顿，大烟泡必须供得上。豆腐西施兑现只为丁大人守住自己身子。丁大人兑现了他舍得花钱，隔三差五，三十块、五十块银钱，出手大方，补贴她用。豆腐西施照常卖豆腐，男人照常抽大烟，丁大人照常办差。时间长了，丁大人和豆腐西施那点男女的事情，自然而然，成了公开的秘密。起初巷里的人，有人相信，有人不相信。相信的人说，美人从来不属于一个人，属于大众。就像黄包车，谁有条件，谁喜欢，坐一回，遛一圈。不相信的人说，胡扯八道，那样纯洁美丽的人，咋会做那种龌龊事，人家长得好看，你们就嚼舌根子糟蹋人。也有人，指着她的背影，鬼鬼祟祟地叽咕，神神秘秘捂住嘴巴。日子久了，说这种事，不当饭吃，不当衣穿，人们也习以为常。更何况，为这种嚼舌根的事，巷子里两个长舌头妇

第九章 打官司

人，被丁大人列了罪名，关进直隶州大牢大半年，弄得倾家荡产，最后才通过许多的关系，由街长出面，好不容易保释出来。打那以后，再无人乱说了。

端木渥妹玫子家，原本是开染坊的，有两处大染坊，垄断直隶州所有的印染业。家底厚，殷实富有。十几年前，玫子丈夫病逝，娃娃小，玫子一妇道人家，根本无法挑起染坊生意，家道渐渐败落。端木渥做主，把两处大染坊转让给一个广陵的老板，得一笔可观的现银，足够母子俩一辈子花销。母子俩守着祖传的大宅院，生活本来无忧无虑。呙玄二十岁，娃娃不想过那种安逸、游手好闲、纨绔子弟的生活。对念书也不太感兴趣。玫子通过亲戚关系，好不容易在衙门里谋了这份邮差，正好呙玄特喜欢这份辛苦的活。谁也没有先见之明，死在这份差上。

玫子家和豆腐西施同住一条巷子，相隔三户人家。玫子当然知道豆腐西施和丁大人这层关系。玫子三天两头到豆腐西施门上，买豆腐，套近乎，今日送两斤桃酥，明天送一盒绿豆糕，后天买早餐，给西施家带两支油条，一团粢饭，两块烤牌……豆腐西施觉得邻居间共事，不能讨人家的巧。有来有往，这是常礼。有时趁伙计们磨豆腐时的空闲，常常带上两块豆腐，或者带上几块家中炖的红烧肉，串串门子。

时间长了，俩人觉得脾气相投，越走越近，越处越亲。后来，她们俩在玫子家，对着关二爷的塑像插了三炷香，磕了头，义结金兰，遂成异姓姐妹。端木玫子是姐，豆腐西施是妹，竟然也喊出不是同年同月同日生，但愿同年同月同日死的响亮誓言。

两人私下里说了许多本来就不是啥秘密的悄悄话。玫子含泪诉说自己儿子不幸的事情，案子就在丁大人手里，拖了两年，银子花了十几万两，没有结果。豆腐西施听了，吞嗓里噎了噎，陪她流泪。鼻子一酸，二人竟抱头痛哭起来……

豆腐西施朴实、单纯，是颇有正义感的小女人。一听这桩案子，见姐姐如此可怜、委屈，陷入困境，冤仇无处申诉，有理无处讲，有难无人帮。她豆腐西施也曾经历过撕心裂肺的残忍和剧痛，当然十分明白，这其中的憋屈、隐忍和无助。她对玫子说："姐，俺的亲姐姐，这事包在俺身上。除非那丁诺与俺翻脸，不认这份情，不然的话，俺保证让丁诺给你一个公道说法。"

玫子相信豆腐西施说的是真心话，但她不完全相信嘴皮上功夫的丁诺。他收了哥六万两银子，到现在，他就像没事人一样。她试探地对豆腐西施说："妹妹，你和官衙大人际遇，是命定的。可是他是官，你是民，永远成不了亲人，成不了朋友。他的心里，只有他的官，他的面子，他的欲望。你和他摽在一起，他能听你的吗？"豆腐西施感觉玫子姐怀疑自己的能量。如果玫子姐不对俺说她的遭遇，俺不知道，也就罢了。知道了，又连着姐妹这层关系，而丁诺和自己是肌肤相触，血肉相连的密切关系，交心交肺的老相好。在这种情况下，自己若无动于衷，那还叫人吗？她没作过多考虑，毅然回答："姐，你放心，俺找一个合适时机，等他求俺的时候，俺允了他。俺求他的事，他也不好意思拒绝吧！"豆腐西施心中并无多大把握，为让姐放心，索性把话说满，也不给自己留有退路。

在衙门大堂，这天没公事，不升堂，衙门其他官员，衙差，各干各事。空旷的大堂，特别安静。丁诺为显摆，拉豆腐西施出内室，从大堂东边门，如审案般上了大堂前台，体验一下登大堂，坐审台上的感觉。

丁诺让豆腐西施在升堂案的正中位置，虎头椅子上落座。她不知道丁诺又要搞啥花样。丁诺淫眼迷离骨酥，笑嘻嘻地问："咱的小心肝嘞！咋样啊！威风吧？大堂哎！一般人连头也不敢抬的。"豆腐西施还没来得及回复，丁大人取下小蓝宝石衔砗磲顶冠，放在一边。脱下八蟒五爪蟒袍和鹭鸶补服铺在案上，操起豆腐西施的两腿，把她掀翻在升堂的大案子上……

丁大人气喘吁吁，从豆腐西施肚皮上滑落下来，翻身下案子，提起官裤子，戴上官冠，披好官袍补服，愉快、微笑对豆腐西施说："小乖乖，软软的，厚厚的，湿湿的，真好，可心，亲不够，日不腻。"边说，边用舌尖舔她的眼眸、耳轮……小娘子一动不动，任由他亲、摸、揉。

豆腐西施知道他今日又服下那所谓金丹春宝丸。她年轻，需要更充足的时间，更热烈，更激荡，像云像风又像雨，真刀真枪实战。战得昏天黑地，惊天动地，那才叫痛快、自在、过瘾！丁大人又压上去……

第九章 打官司

桌上流下一摊白液。丁大人在整理官服，豆腐西施从手包里抓出一把绵薄柔软细腻的火纸，象征性擦擦大腿窝，擦擦案面，穿好袜裤长裙，站台子上，帮丁大人拍拍打打掸灰尘，抻抻拽拽起皱子的官服，爱抚地替他扣上纽子。她含情脉脉，爱意绵绵，依依不舍，无邪善良地看着丁大人，做出欲言又止、不言不甘的表情。

丁诺心满意足，回视豆腐西施。觉得她今日心中有事。以她的性情，不好意思直说。他怜爱地问她："小心肝，你心中有事。甚事？说吧！本老爷替你做主！"豆腐西施天生的满脸清纯相。但经历的事情多了，她的内心渐渐成熟，绝不像脸上那般单纯。人的内心，就如海边的沙滩，一层浪，留下一道褶。豆腐西施内心里的褶子，不是风浪留下的，是岁月的快刀刻下的。好在这些褶子，只留在她的心里，不在她的脸上。她的脸，比以往任何时候，都显得清丽、纯粹、细白粉嫩。

丁诺眼中淫意未消，盯住豆腐西施千中挑一、万中无双的细皮脸蛋、丰乳、小腰、肥圆屁股蛋，他喜欢，陶醉，玩不够。连他自己也说不清楚，到底咋回事，他觉得豆腐西施比三年前，第一次见到她那个时候，更美一百倍。他想把她剥干净了，然后张开大嘴巴，把她生吞了，让她的血肉，融化成自己的血肉，让她的每个细胞，变成他身上的细胞，让她的灵魂，永远永远贴在他的心窝，和他一起睡，一起乐。丁诺欣赏她的色，在采她色时，往往生出许多的胡思乱想。豆腐西施看他怪怪的脸，以为他根本就不愿意帮自己，有点忧悒地问："老爷，咋的啦？怪怪的，想啥呢？您还不知道俺求您啥事呢！"丁诺向她摆摆手，示意别打断他的思路："告诉你，咱想啥，你也听不懂。女人就是一枝花，男人就是一泡臭牛屎。如鲜花般芳香美丽的女人，有臭牛屎一样的男人，在不停注入又臊又腥臭的汁液，滋润她，她才可保持清纯和鲜嫩。"豆腐西施知道这家伙，就是一头老骚驴，玩着玩着，玩出十八般花样。她往往听不懂他在说啥，有时候说的好像是戏文里的话，大多是男女在被窝里才可以说的骚情话。

她想，今天，这场爱，丁大人做得特尽兴，不能白做了。不再与他闲话理搭，胡乱扯了，赶紧说正事。她轻扯丁大人的衣袖说："老爷！啥花呀，粪呀，俺听了怪瘆得慌。不说这些！"

丁诺继续向她摆摆手,示意她别打断他的思路:"所以,鲜花只有插在牛粪上,才不会凋零枯萎。一泡牛粪的养分被吸干了,鲜花会选择另一泡牛粪,否则,鲜花就会渐渐老化干枯而死。美丽的鲜花,不断地寻找新鲜牛粪。而养分丰富的臭牛屎,也不断地沾惹鲜花。有牛拉屎,必有鲜花迎合;有鲜花在,牛就一定会拉屎,各取所需。"这就是丁大人今日做爱的感受。

一直以来,他和豆腐西施造孽之后,他会用鼠须獾毛兼毫小毛笔,把每一次感受,以端秀清丽的小楷,记录在质地坚韧、耐久光滑的黄麻笺纸手札里。茶余饭后,供自己消遣。有时候来兴致,还会在边上补上诗曰……有词为证……之后再读时,便生出许多情调和美感来。

自丁大人睡了豆腐西施,就让豆腐西施改口叫他"老爷",而不是"哥哥"了。他也改口,把妹子叫作"小娘子"。现在丁大人已从他的思路中撤出来了,主动地问豆腐西施:"小娘子,何事求本老爷,说吧!"丁大人直接问她,她倒是真的腼腆、羞答、怯懦了,不知这话,该咋说,才能使老爷义无反顾,欣然伸出援救之手,这毕竟是旁人的事,她低头颔首,欲言又止。丁诺心痛地捧起她的脸说:"俺的小心尖子,咱俩啥关系,你中有我,血肉相连啊!心里有啥事,还用瞒着老爷吗?说来听听,只要老爷能办的,照办不误!是不是哪个不怕死的男人,调戏你啦?"

她嗫嚅地不敢直视丁大人,胆怯地说:"没有,哪有胆大的男人,敢鳄口夺食。俺心里像打鼓,'轰通轰通'地跳。俺说了,怕不合适,引起老爷您的反感生怒。俺俩在一起,相好三年多,从来没红过脸的,俺千般珍惜,万般难舍老爷对俺的恩宠……"正说中,小嘴撇了撇,眼泪在眼眶里转呀转呀,眼皮一闪,扑簌簌纷纷落下。

丁大人尤加疼爱地说:"小心尖,你说,老爷俺不生气便是!"豆腐西施低头,稳了稳神,噘起小嘴,半晌说:"俺说了,是有求于老爷的,老爷答应帮俺,俺就说。老爷若不答应帮俺,俺不是白说了吗!"丁大人也没啥耐性,很爽很利索地允诺:"你啊!人都是俺的,说啥也得帮呀!说吧,求老爷啥事?"豆腐西施点了点头,揣着怀疑的心理,似乎用信任的目光,看着丁诺说:"老爷!俺的干姐姐端木玫子的儿子,被严九家长工害死了,这案子两年多了。玫子是俺姐,这事,老爷您得帮!"

她没用商量口气，是"必须、一定"的口气。丁大人听了，没生气，皮笑肉不笑地说："俺的小心肝嘞！后宫不干政，皇太后、皇娘娘都不敢问朝堂上的事。你胆子长骨头了，管起朝政来啦！"豆腐西施故意使小性子，噘起可人的小嘴，又亲又摇晃："不成，不成，老爷您说帮俺的，不许反悔。再说，您又不是皇上，俺也不是皇太后皇后娘娘，没那些规矩，您不能说话不算数！"狡猾老狐狸丁诺，黄眼珠子转了两圈，搂住豆腐西施，金丹春宝丸的后劲上来了，又按倒豆腐西施，在案桌下边台上，轻车熟路地做了起来，口中念道："小心尖，老爷帮你，让老爷再尽兴一回……"

老爷真的疲软了，瘫在椅上。豆腐西施轻手轻脚，倒一杯热茶，送到老爷手上。又操起水烟壶，给老爷在烟锅装上烟丝，捧给老爷，熟练地用火刀火石火纸煤，打着火，给老爷点上水烟壶。丁大人吸了一口水烟说："你给咱一些时间，不要太急。眼看到八月中秋了，过了八月半，很快过大年，俺还指望他们送大礼来呢！不然，你想想，仅靠咱六百两年俸，一千二百两廉银，只够喝西北风的。平时你花的银子，咱花的银子，哪里来源呀？叫玫子想个法子，让他哥送银子来，事情当然好办。不要像打发要饭的，一出手两万，好像咱丁某欠他多大人情似的。人家严九爷一出手十万。他哥两万，还想赢官司吗？出手大方点。好吧！今天小娘子张嘴，咱给足面子，让端木渥送二十万两白银子来，立马捉拿凶手独大黑子归案。再送二十万两，立马把独大黑子拉菜市口，砍了。不送银子，咱凭什么让他赢官司，咱又凭什么让严九爷输官司。这是游戏规则，没了这规则，咱在直隶州做官，还有啥意味嘛！三年知县，能赚百万雪花银，咱丁某一年不赚两百万两银子，不是浪得虚名了吗？再说，她家娃从马身上跌下来摔死的，这和人家独大黑子有啥关系，凭什么判人家独大黑子死罪呀？"

豆腐西施明白了，俺生在龙王荡，长在龙王荡，严九爷是俺龙王荡的首富，也是江北半边天的首富，他家的银子，通大海，取之不尽，用之不竭。听人家说，严九爷在上海滩，十里洋场撒掉的银子，就有上百万两（这消息不实）。玫子姐这场官司，没法打了。

女人啊！善良的女人，就算她猜不透男人的心思，还是选择相信爱她的男人。可是,就是这些男人,转过脸,便骂她傻×。她心想,这丁大人张嘴咬住四十万两白银。没有钱的人家,万万不能沾上打官司。到头来,定是人财两空。这也不怪丁大人,世道如此,行情摆着哩!丁大人出这价,她觉得没有讨价还价的余地,若能赢了官司,她先替姐姐应承下来,银子嘛?大家一起筹呗!她喏喏地说:"玫子姐家,本来也是大户人家,男人死后,败落了,家底子还是有点的。她哥家也是大户,凑几十万两银子,应该没太大的难。老爷,俺回去跟玫子姐透个底。这话说定了,您可不能反悔加码,您若反悔,俺就没有活路了。"

其实丁诺对豆腐西施已经反感了,嘴巴却甜甜地说:"小心肝,放心吧!老爷吐一口唾沫,地上砸一个窝,哪能说话不算数呢!"

豆腐西施出了衙门,心里揣摩,世道肮脏,官府原是这样无道。做官的人,原是这样黑心。当年俺家若有许多银子,俺哥也能保下一条命,俺妈也不会死。俺现在和公孙显私奔,躲在海州城,隐姓埋名,瞒天过海,哪天让公孙家族的人发现了,按族规,死路一条。俺跟你丁诺睡觉,不就是为了自保吗?现在看来,谁给他足够的银子,他就帮谁办事,无情分可言。无可依赖了!她第一次觉得,眼前这个丁大人,城府太深,无法猜透他深邃的心机谋略。表面上看似随和,疼俺爱俺亲俺怜俺,那是哄俺和他交媾。花言巧语抚弄俺,其实他骨子里不买俺的账。俺在他心里,没啥斤两。俺求了他,他不但没帮俺,反而把俺推到火山口,让俺充当他索钱的媒人了,让俺帮他要钱,他要了玫子,也要了俺。说一千,道一万,没钱,就没门。如何向玫子姐说这事呢?既然呙玄从马背上摔死的,交足银子,又咋能砍独大黑子的头呢?严九爷一出手十万,若严九爷再出手五十万、一百万,丁诺又咋能砍独大黑的头呢?不能砍独大黑头,玫姐就交了四十万、五十万两银,又如何能赢得官司呢?

她不敢再想了,她迷糊了,她开始怀疑了。俺给他睡了三年,到今天才知道,自己信任的丁大人丁老爷丁知州,原来是这样的!太可怕了。

永远不要低估老实、善良人的智商。老实善良,不是愚蠢、无知。他们只是以为用宽厚、善良去对待别人,别人会同样用宽厚与善良对待自己。而当他们发觉自己的善良,被别人愚弄、玷污、猥亵、出卖了,

第九章 打官司

他们对愚弄出卖者,将以常人所无法理解的智性和果断,去斩断幻想,了结过去。

豆腐西施到家,装没事人,吩咐伙计泡豆子,磨豆糊,烧浆点卤。自己回房去了。皮包骨头的男人,脚底站不稳,倚在墙上,如一根细细竹竿戗在墙脚,上边还挂一件长衫似的。面如土色,毫无表情,魔鬼般问女人:"烟泡仅够两天用,赶快进货,供不上,不是要俺的命吗?"女人说:"放心,烟泡俺替你办。离明年春的乡试,不到半年了,你还是理理正事吧!"男人冷笑地说:"算了吧!你以为,俺这身子骨,是能骑马呢,还是能坐轿子呀?连船也乘不了的。考场上不让吸大烟,你相信俺能坚持考完试吗?算了,下辈吧!"这几句话,是真话、实话,也彻底粉碎了豆腐西施仅存的一丁点的指望。这男人真的靠不住了。唉!这就是命。

豆腐西施唯一可安慰的,是自己死鬼老男人,公孙显的亲大大公孙觋,进京前私下里塞给她的五十万两银票,叮嘱她,不管在任何情况下,这银子绝对不能告诉第二人。这银子足够你娘儿俩受用两辈子的。当时她的肚里,装的是邱二豹的种。

老男人死后,三姐难产,一尸两命。二姐其实成了家里真正掌权者。死鬼留下一百万银票在二姐手里,以维持一家人的生计。自己和公孙显私奔前,他以自杀要挟,逼他娘给他二十万两银子。到了海州城,花了三千两,买了一套独立的宅院。从此,俺这男人,成了放飞的笼中鸟,彻底自由。整天和一群富家子弟玩鸟、斗鸡、耍蟋蟀、掷骰子、赌牌九、打麻将、下馆子、逛窑子、抽大烟。念书、考取功名的事,早忘得一干二净。现在那二十万两,仅剩下五万两。豆腐西施索性由他去。各做各事,各找各乐,两不相扰。

丁大人轻蔑地看着豆腐西施离去的背影,自言自语:"傻×,哪天老子玩够了,一脚蹬掉。你算啥鸟,俺对你天高地厚,你她娘的孤恩负德,替别人求情。这个口子不能开。"

今年八月十五中秋节,该来的礼,都收了。还有两家的礼,终是没动静。丁诺寻思,不把老子当回事,还在老子地盘上混。该是你们知道老子厉害的时候了。

3

　　八月十六酉时，丁诺以个人名义，给严九和端木渥各派一辆轿车。俩亲信心腹赶车，揣上丁诺的亲笔信，宴请龙王荡两个有头面的大富豪。两封书信，同一口径，畅叙兄弟友情，在海州海鲜楼，宴请兄弟，表达兄弟关照的感谢之意。蒙恩被德，殷殷之情，耿耿坦怀，盼望兄弟拨冗惠顾，务必光临。中秋已过，家中无啥大事。严九爷、端木渥接帖阅读，欣然接受邀请。

　　邀请严九的轿车，回程过板浦，天已黑定。到了直隶州衙门大堂外，就被几个衙役前呼后拥，热情请到一处密室。这里早已备好酒菜。一张八仙桌，一张椅，一套餐具。靠墙根，放一张铺叠整齐的双人大床。衙役笑嘻嘻对严九说："九爷，请入座。对不起，丁大人临时有公干急事，实在不好意思，在下陪您。"严九有点奇怪，不假思索地说："丁大人请俺吃酒，有急事情，也应该支应一声。好吧！既来之，则安之，你找张凳子，坐下来，陪九爷喝几盅。你叫啥名字？""小的叫九归，小的兄弟九个，俺最小，所以叫九归。小的哪有资格，坐在九爷桌上吃饭。陪您的意思，就是立在您身边，给您倒酒、搛菜、端茶、倒水，听您的使唤。等您吃过喝过，剩下的退盘菜，俺过过瘾。"衙差言下之意，九爷别把每个碟里碗里荤素吃完了，留点让他过过嘴瘾。

　　严九吃了喝了，小酒微醺，桌上的菜剩下一半。另一衙役打来一盆热水，让九爷泡脚上床……

　　端木渥被接到另一处，与严九所在同样摆设的屋里，一衙役笑嘻嘻对端木渥说："端木举人，请！丁大人临时有急事，实在不好意思，在下陪您。在下姓芈，名巴，叫芈巴。"芈巴立端木举人身边，给他倒酒、搛菜。端木举人看这菜肴、酒水，本是几个人的用量，一人吃不完，也是糟践了。端木招呼衙役说："小兄弟，为难你了，倒酒搛菜，俺自己动手，你坐下来，俺们一起用吧！你是主，俺是客，你不吃，俺咋好意思喧宾夺主，独享其福！来吧！来吧！"端木渥客气地让芈巴坐下。平时，衙役们肚里没啥油水，看这一桌酒菜喷香扑鼻，很难把持得住。难得端木爷主动邀请,这芈巴激动得眼泪汪汪,忸忸怩怩,期期艾艾,嘴上不停地推辞:"那哪成,您是贵客,俺是衙仆,哪有资格,和您平起平坐?"嘴巴这样说,脚底早挪到桌边,试着往椅子上坐下了……端木和严九一样,小酒三杯,睡下了。

第二天第三天,衙役天天陪,有酒有菜,就是不见丁大人。严九坐不住了,问九归说:"小九呀!俺老九问你,丁大人搞啥名堂,把俺请来,又爽俺。啥急事,也不说,不照面,啥意思?是他死亲爹娘,还是皇帝老儿驾崩啦?"严九爷耍横了,嘴上没个把门,心里没忌讳,竟破口大骂起来。吓得九归伏地跪下磕头:"九爷九爷,制怒制怒,祸从口出,万一被外人听到,那就是死罪呀!"严九一把拉起九归说:"小九,你着哪门子急嘛!你说这贼衙贼官贼朝廷,不该骂吗?骂娘是轻的,软禁俺,是不是?丁诺这条狗官。"

严九、端木渥被软禁第四天,桌上没酒没菜,只有稀饭、黑窝头,和一小碟咸菜根。严九一看,心中有数,真的被俺言中了,这不是牢饭吗?丁诺这个狗杂种,难道是为了那个案子,抓了俺,蹲大牢,莫非还要动刑?真他娘的天上掉下祸殃,难道俺严九命中有牢狱之灾?龠他娘的,俺一辈下来半辈子了,从来不认命。狗日的丁诺,想钱想疯了。严九起身,硬要闯出门。这一点,早在丁诺预料之中,今日一大早,就在严九、端木渥门前加派衙役,个个手持五尺杀威棒,喝神瞪鬼的样子,他们不像九归、芈巴那样温和客气。

严九住的屋子门口的衙役,见严九爷硬闯出门,冲上前去,一边一人,直接架起严九爷的膀臂,一把按在地上,痛得严九龇牙咧嘴,口中骂道:"狗日的,本来这事是俺和丁诺之间的事,与你们无关,既然你们狗仗人势,给俺严九用刑了。休怪俺严九日后,让你们知道啥叫疼痛。"

其中一衙役,用膝盖抵住严九的后背脊梁骨说:"严九,你老实点,不要以为你牛×,你有钱,有钱有啥用?犯法了,一样治罪,财产一样充公,一样被砍头,不信,那就试试呗!"严九转头一看,正是前天去龙王荡接他的赶车人,噢!这语气像是从丁诺嘴里说出的,记住了,只要能出去,第一个遭灭门的,就是你了。严九爷的后脊梁像被压着一块石头,疼痛难忍,他上气不接下气地说:"狗日的,你知道这样做的后果吗?"那衙役歪头斜眼撇嘴说:"这里是直隶州衙门,你要横,不怕你。你顽抗到底,死路一条!大人早为你备了口上好的棺椁,就等着往里装瓢子哩!"

严九气得差点吐血,有生以来,啥时受过这等虐待!唉!当初为啥不听廖四太爷的劝,刚愎自用,这下子完了。丁诺害死俺,神不知,鬼不觉。那才叫冤。得想办法让四太爷出面。哪怕丁诺不给四太爷的面子,四太爷也有办法治他。现在关键,咋能让四太爷知道俺的现状。严雨川呀严雨川,俺都三天没回家了,你咋不动动脑子,你若没办法,你去找四太爷报个信呀!

这几天,衙役芈巴一直服侍端木渥,也一直接受端木渥老爷的邀请,和端木老爷平起平坐,同吃同喝,心中充满感激之情。他知道丁大人扣押端木渥,目的是更多更多的赎银。他很同情端木举人,也想感恩。这天晚上,他听到丁大人对他的亲信说:"端木家不送五十万两白银来,休想全腿全脚出去。严九家不送一百万两白银来,让他下半辈子,平躺在床上,再别下床面子了。"芈巴听了壁根子之后,知道丁大人的厉害,浑身颤抖。他只有一个念头,赶快把这一消息告诉端木举人,以便早做准备。

听了芈巴的密报,端木渥火冒三丈,他比严九表现得更激烈,破口大骂:"丁诺狗官,你有本事,放老子出去,老子进京,觐见皇上、老佛爷,参你弹劾你这狗官。你徇私枉法,敲诈勒索,横行霸道,榨取民脂民膏,鱼肉百姓,祸害一方。俺不相信,你敢把俺弄死在这里!"就在此刻,丁诺官服整齐,摆足官谱进屋,看端木渥像头公牛,乱窜乱奔。两衙役死死按住后臂。丁大人到端木面前,扯过他长衫的衣领,不紧不慢地说:"端木渥,亏你还是个读书人,有失斯文,有伤大雅。你信不信,俺现在就让人,塞你一嘴的驴粪蛋狗屎橛子。只要你再敢骂一句。实话告诉你,经过本衙周密调查研究,你诉讼的状词,全部不成立。现在有证人证言证物,证明吴玄因赶路心急,使鞭子狂抽马背,马跑太快,失前蹄栽倒,人马摔死。你无中生有,诬告独大黑子,吓得他这无知可怜的长工,长年在外,东躲西藏,有家难归,妻离子散,离乡背井,挨饿受冻。你诬告严九窝藏包庇,更是凭空捏造,捕风捉影,你还觉得委屈。文人的笔，杀人的刀呀，今天俺丁诺见识了文人是如何杀人的。构陷、诬害，手段极其狡诈、狠毒。你别想出去了，今天咱丁诺明确告诉你，别看你是举人，俺治不了你的罪，你若不服，俺先报请朝廷，先摘掉你举人的衔，再治你的罪，简单方便，不复杂。就你肚里几滴墨水，还想进京面圣老佛爷。俺动动手指头，不要说你的书信，你的人，就是一只鸽子、麻雀，也别想飞出海州地。飞出又如何？想扳倒本官？做梦去吧！"

丁诺转过头，对一群押按端木举人的衙役、捕快说："看好喽！他要死，别拦他，就是不能让他溜掉。他不是倒掉稀饭了吗？摔碎碗了吗？好啊！那就饿他三天，一口水也别给他。"又阴阳怪气地说："端木渥，大举人，你别怪俺不讲情面，你太抠门，太不知好歹！"转身，拂袖而走。

一物降一物，这丁诺手中，握着权，握着生命，握着生杀。一句得生，一句得死。端木渥纵有天大本领，也只有万般无奈，不忍也得忍。

两眼呆滞，盯着丁诺的背影，不敢再骂，他怕嘴里被塞进驴屎蛋子狗屎橛子。怕丁诺真私下弄死他，而蒙受不白之冤。他反问自己，当真是俺诬告了独大黑子？诬告严九？他立马否定，绝对不是，他逼俺拿钱，拿大钱。不拿大钱，保不定丁诺不下毒手。丁诺啊！好狠毒！

离开端木渥的禁室，丁诺又到严九的屋里。严九见到丁诺说："俺的丁兄啊！总算把您给盼来了。您可把俺害苦了，您让俺吃这猪狗不如的饭食，您忍心吗？"丁诺本以为严九的脾气，可比端木渥大得多，没想到他还能说出细巧的话来，笑了笑说："九爷，这饭食不错，除非是你家的猪狗，享受待遇高，普通人家的猪狗，吃屎，都吃不到热乎的屎。"严九看丁诺不给面子，继续说："丁大人，不管咋说，俺们也算多年的熟人、朋友。有啥需要，您吱一声，俺严九是不是抠门的人，别人不知道，您丁大人不知道吗？俺不小气吧？"

丁诺也不急不躁地说："严九爷，咋这样说话哩！一码归一码，朋友是朋友，法是法。公是公，私是私。这些在咱心目中，有衡量标准，万万不能混淆的。俺做不到大义灭亲，但也不能明显袒护，不能因为朋友，俺贪赃枉法，落得个徇私舞弊包庇的罪名。你的长工独大黑子，一锹泥，摔在正在奔跑的骏马脑门子上，致使马失前蹄栽倒，人马两尸。你送俺几个钱，让俺和稀泥。俺是朝廷命官，大清朝直隶州的知州，哪能如此糊涂，没一点法制意识，没一点是非标准，没原则没立场呢？长工是你家的长工，干活是替你家干活，致死人命马命，你当儿戏，让他跑了，躲了。他是直接杀人，你就是间接杀人。独大黑子可判死罪，你也活罪难逃。不管咋洗，也洗不清你的罪名。严九爷，你懂吗？你懂的！

"再说，死者是端木举人的外甥。举人皆是讼师，打官司，不外行。更有大清律法，明文规定，保护有成就的读书人，举人以上，皆在保护之列。别说你严九爷，就是本官，也得让他几分，惹上他，就是个麻烦。你严九爷犯什么罪，你犯大清律哪条哪款，判啥罪行，证人证言证物，时间地点，犯罪要件，犯罪动机，实施犯罪手段、过程，人家端木举人，阐述翔实，有理有据，无可辩驳。使用法律准确，独大黑子死罪难逃。法网恢恢，疏而不漏，你和独大黑子，不要存有任何侥幸心理。你严九爷，咱的好兄弟，不该死罪，二十年徒刑，流放三千里，去采石矿，下苦力，一年四季，天寒地冻，风吹日晒，衣不遮体，食不果腹，还要戴上脚镣手铐，磨破的肌肉，烂到骨头，那日子，你能过吗？

"咱若徇私情，认朋友，认兄弟，不追你的责，放你一马。那个端木渥，他是等闲之辈吗？到那个时候，追责，咱也活罪难逃。咱拿你的几万两银子，你说，俺上有老，下有小，追求功名，拼命奋斗，几十年毁于一旦，栽了，咱丁诺何苦来哉，值吗？"

严九是个明白人。哦！还是银子作怪，嫌少，值不得为俺担风险。只有俺下大注子，他才敢拿前途、命运来赌。好吧，那就谈谈价吧，银子，就是他娘的潮水，这潮去，那潮来，该花的，舍得撒手，花钱买平安呗！严九爷客气地说："丁大人，丁兄，开个价吧！只要说得过去，还算公平，俺严九，绝不含糊。"丁诺心想，这一招挺灵验，严九这只铁公鸡，刚使一把火，就认怂了。绝对没有讨价还价的余地，咱不想宰你，就是想扒层皮，有一百万两，也将就。扒层皮，若从咱嘴里说出来，你严九定然瞧不起咱。不是咱向你伸手要，而是应该由你主动地羞羞答答地送给咱。就是你送给咱，咱也要装出不想收的姿态。收了你的银子，也要让你感激涕零，感恩图报。不能让你觉得，咱丁诺是见钱眼开的主，是可以用银子打发的贱货。咱是为官一任，造福一方的好官。丁诺对严九说："严九爷、严兄，咱知道你有银子，轻易地在上海滩撒一撒，几十万两，没了。你家银子计量标准，是论斤不论两的。这个案子，本来就不是银子的事。人命，都是平等的，不以财产家资论。呙玄的命，独大黑子的命，你严九爷的命，都是一个价钱，无高无低，无长无少，无贵无贱，这话你不爱听，但事实如此。你活着，地位比他们高，势力比他们大，身价比他们值钱。但生命都是等值的。如果用银子能买回性命，你说，你花多少银子，能把呙玄的性命买回来呀？把你家一千五百顷地产全卖了，你能买回他的活命吗？如果你今天死了，花多少钱能把你的性命买回来呢？从这个意义上来说，每个人的性命，都是等值的。咱们应该尊重每一条生命，哪怕是一匹马，一头骡子。"诡辩的丁诺，说得严九哑口无言，莫名其妙。这话不糙，理也不糙。既然这样，拉倒，钱、银子不好使，只有贱命一条，不论价位。严九微笑说："丁大人，既然话说到这份上，再无余地。在您面前，银子还真的不好使。俺自讨没趣，随你判吧！俺不是不想花银子，你是清官廉官，不讲人情，不讲兄弟，不讲朋友。那么，请你把俺管家严雨川先前给你的十八万两，也交出来吧。俺改主意了，俺不给你了，银子不好使。你看看，给俺定啥罪，定谳吧。十八万两，现在就拿来，少一个子，也不中。俺的银子，也是一分智慧，一滴汗，一滴血，一分一厘攒的，俺凭啥拿它打水漂漂呢！十八万两，买个蹲大牢的机会，笑话！笑死人！"

严九这一手，丁诺没想到。丁诺的底线是一百万两，现在想逼他拿更多的银子，多多益善，上不封顶。丁诺不敢对他的人身有所伤害。丁诺顾虑那个护犊子的廖子章，不好惹的家伙，绝对不可小觑，连朝廷老佛爷拿他也没办法，俺岂是他的对手。到了非常难看的时候，恐难收场。要控制局面，不能大撒把。丁诺说："严九爷、严兄，莫把话说绝，路堵死。再有本事的人，进了官府大狱，都老实。一个人，如果只会惹事，而不会息事，只会放火，而不会灭火，这个人的小命，就在早晚之间。咱会做得干干净净，有人发现了，那就是暴疾；没人发现，那就是蒸发。您啊！还是再斟酌斟酌。谁证明咱拿了您管家十八万两银子，栽赃陷害，罪加一等。这些不上台面的事，您严九爷也做得出来？

"咱若真拿了您的银子，再不关照您，岂不是拿了人家东西，手长了吗？吃了人家的东西，嘴还硬吗？有悖常理！有悖常理！若这样，您恐怕，连问您管家的机会，也没有了。严兄啊，敢栽赃本官的，您是第一人，也是最后一人。"

严九明知眼前的丁诺，嘴上说的，和心里想的，表里不一。想钱想疯了，还装！严九爷掐住他的七寸，毫无惧色地说："要俺的命吗？那就来吧！您以为，您请俺赴宴，俺家的人会不知道吗？俺的助手、家丁，一路护送来的。怪则怪，您那没用的亲信，他没发现。门外就有俺的人，不是吓唬您，您只要敢动俺一根手指头，定让您直隶州衙门，瞬间化为一片火海。您会比俺，更难挨度！您以为，京城有人帮您，别做梦了，一旦您摊上事，掉下井了，他们会在井沿上，笑您愚蠢，有的会将痰，吐到井里；有的会将屎，拉到井里；还有人直接投块大石头下去，不偏不倚，正砸中您的脑袋。幼稚！鲍育西的后台，比您软吗？他是被活剐的。谁救他？现在，就现在，龙王荡的大神廖四太爷，您熟悉，他现在，正在赶往衙门的路上。您有啥需求，和他讲吧，他能为龙王荡任何一人做主，俺和端木也不例外。您的内心，真的想弄死俺，您恨俺。但又舍不得，也不敢。俺今晚死，您定然活不到明天太阳升起的时候。一个外乡人，在海州任差，咋不看看地头龙啥反应？俺敢赌！您敢赌吗？消停点吧，俺的丁老兄！"

丁诺头一转，眼睛一斜，甩了袖子，转身出了门。

丁诺出门，正巧碰上廖子章。廖穿短夹袄，腰束一根黑色宽皮带，马裤马靴。右腕挎着马鞭，见到丁诺，抱拳施礼，打招呼："丁大人在上，草民廖子章求见！"丁诺皱了皱眉头，真他娘的怪了。严九刚刚说廖子章在来衙门的路上，这就碰上了。来了正好，这戏，硬着头皮往下演，不可功亏一篑。丁诺装出极生气的样子说："哎呀呀！廖兄，什么风把您给刮来了！大驾光临，有失远迎，有失远迎，罪过罪过！"廖子章怀疑丁诺打个招呼，可能想溜，赶紧拦住他说："东南风，东南风，顺呀！俺估摸您在这边。这里怪僻静，赶早不如赶巧，廖子章拜访您，您可否给点时间，说几句话就完事。"丁诺若无其事地问："廖总无事不登三宝殿，丁某愿闻其详，走，咱们去大堂内，有话细细说，丁某洗耳恭听。"

二人来到大堂东侧内室，没啥寒暄，坐下说话。廖子章有备而来，为了解决问题，自然很客气。

原本八月十六中午，严九家请月姑，也就是中秋第二天，按习俗，设祭台，摆上花鞋、首饰、红布、红鸡蛋……请天上七仙女下凡间，为人们排忧解难。渗透浓烈的古老文化气息。这一天严家请亲朋好友，在家中欢宴，廖总也在受邀之列。宴后吃茶，亲朋们欢情未减，侃天说地，畅叙友情。严九见状，一时高兴，挽留亲朋好友，晚上接着"嗨"！

谁知接到信报，海州知州丁大人摆家宴邀请严九爷。丁大人派来接严九爷的轿车，停在大院门前，等候严九爷上车。严九没有理由不接受邀请。严九刚出门，廖总觉得不对劲。廖总原本和丁诺关系不错，他比较了解丁诺脾性。但自从丁诺上任知州，性情大变，判若两人，贪婪本性，暴露无遗。两人渐行渐远，渐行渐离。在廖子章心里，当前的丁诺，和当前所有大清国官员，皆一路货色，捞银子不择手段。草菅人命，无恶不作。丁诺厚颜无耻，多次向严九、端木索要银子。按丁诺阴毒处事手段，案子拖了两年多，没得到心理价位的大钱，他定会铤而走险，下黑手，硬敲诈。按常规，龙王荡到海州，百十里地，丁大人应该中午宴请，比较合适，为啥放在晚上？通常他丁诺家请客，邀请龙王荡人参与，少不了俺廖某，这次，为啥单独邀请严九呢？这是唱的哪一出？其中必有蹊跷。当机立断，严九前脚出门，廖子章就从严九家丁中，选出几个精悍的，芦飞带队，乔装打扮，上马，分路段紧紧跟上，以防丁诺不轨。家丁一路跟踪，盯梢，无意中发现接端木渥的轿车，在严九车后保持三里距离。晚上，廖子章接到线报，连夜加派人手，对严九和端木渥实施保护。丁诺千算万算，自以为掩人耳目，瞒天过海，无人知其原委，哪里知道，早被廖子章识破。一步死棋出现，如何破解残局？丁诺想将计就计，见风使舵，借题发挥。丁诺说："廖兄呀！咱的难处，相信你，定能理解。严九爷、端木举人，皆是咱的朋友、兄弟，您说，咱该近谁、远谁？抬谁、抑谁？思来想去，都不妥。咱请他们来，协助审理案件，他们卖关子，充老大，都不来。咱出此下策，无奈之举。咱做和尚，得撞钟呀！人命关天的大案要案，拖着不审不理，咱有愧于朝廷，有愧于皇上、老佛爷，有愧于直隶州的民众，渎职失职呀！咱审了理了，得罪两位昔日的兄弟、朋友，咱两难啊！咱身为朝廷命官，只能选择大清律法，选择公道，而弃私情，万望廖兄能理解！"

别他娘的装了，像你这样的嘴脸谱子，俺见得多了！好吧，俺也学着你，弄几句冠冕堂皇的说词："丁大人，俺无比赞成您大公无私。朝廷命官，本该上对得起天朝老佛爷，下对得起黎民百姓。您没错，就按您的意图办呗！您既然对俺坦开胸怀，没拿俺当外人，俺帮您把话带给二位，让他们二位，听候公正判决便是？"丁诺抱起拳头，以示感激："有劳廖兄，有劳廖兄，咱丁某定当厚谢。"丁诺早就想好了，拿到心理价位的银子，抓到独大黑子，砍下头，这事就完美收官。廖子章出门，丁诺窃笑，得意地自言："好戏开场了，你廖子章马上就会回来求咱！"

廖子章先去了端木处，又去了严九处。才知道丁诺玩的把戏，是花白胡子两头翘，吃了原告，吃被告。两边敲诈，目的是要更多的银子。案子暂且放下，救出两人，回到龙王荡，下一步再做周旋。廖子章向严九和端木说出自己的想法，希望两位能配合。严九同意廖四太爷建议，拿出一百万两银子，保释自己；端木渥也同意拿出五十万两，保释自己。廖子章又回到丁诺公差内室。丁诺起身，移动到门口，迎接廖子章，说："廖兄，咱盼你来，你来了。这案件，必有转机，解咱的两难！"廖子章说："大人，按大清律，可有保释的条款？"丁诺急于求成，按捺不住地激动起来，连忙回复道："有的，有的，还是你想的周全。你说说，咋保释，拿啥保释，标的是多少？"

廖子章明白丁诺的表情和心情，说："按大清律法和直隶州的习惯操作规定，人命案件，原告保释银五十万两，被告保释银一百万两。交完这个数，让他们先回去，案件慢慢审理。如此这般，你给俺的面子，俺帮你把这事给撮合了，原被告也服了，这样皆大欢喜的结果，是不是你想要的？"丁诺心想，正中下怀，连忙说："廖兄呀！及时雨呀！要不是你光临此地，俺真的不知道该咋办呢！好说！好说！拿到银子，就放人，一言九鼎！"

严九爷和端木渥各自带信家中，速速送银子过来……

第九章 打官司

4

哥哥被秘密抓捕，又被秘密保释，端木玫子家住海州城鼓楼外双泉巷里，和衙门隔两条街，近在咫尺，竟然未得一字音信。玫子和豆腐西施说了儿子案情之后，一直没等到豆腐西施的准信，心中着急。

这天，她实在按捺不住，主动来找豆腐西施，希望妹妹带她面见丁大人。她打算以一个母亲疼儿爱子心情，向丁大人哭诉，以求得丁大人的怜悯，再拜丁大人青天大老爷秉公断案，给儿子在天之灵一个安慰，让儿子的冤魂早日超度转世，重返人间。

豆腐西施知道丁大人，不光好色，还贪财。让玫子姐一下子拿出几十万两银子，虽说家底厚实一点，也拿不出几十万两。情急之下，豆腐西施对玫子说："姐姐，俺这里能凑出几万两，你家里再凑几万，再向娘家哥哥借几万。俺们若能弄出三四十万两银子，也许这个案子，就能有结果了。"其实豆腐西施在说这话时，她自己内心也没把握。可是没有银子，带她去见丁大人，也是白见，没有用，自讨无趣。玫子姐出身于书香礼仪的大户人家，又是严守纲常的贞洁烈女，寡居十几年，没碰过男人，万一丁诺看上她，硬扳弓，强暴了她，岂不又是一条人命吗？咋办？正在豆腐西施魂不守舍时，玫子说："妹妹，俺晓得，这年头打官司，没银子寸步难行。可是，俺一个妇道人家，到哪里弄那么多的银子，你还是带俺去一趟，凭丁大人咋说，俺亲自会一会他。"豆腐西施一时没了主张，只有同意玫子要求，同意私下里带她去见丁大人。

俩靓女雍容大方，穿戴秀丽，颜质俊雅。肩并肩，手搀手，提了两包随手茶食小礼，两个靓丽的疏影，进了丁诺的内务廨。丁大人见俩飘柔仙女，仿佛从天而降，顿时眼前一亮。如果说豆腐西施是天下第一美人，那么玫子的成熟风韵，内在温婉的情愫，脉脉传神的秋波，浅藏颔首微笑，足以让色心贼男的魂魄，瞬息酥化。丁大人直勾勾的眼珠子，在玫子浑身上下反复碾压几遍，他觉得，这个玫子，比第一次见面时，超美一百倍。他非常热情客气招呼："玫子妹妹，来来来，快坐下。"二女子落座。丁大人对玫子说："玫子呀！你是端木举人的妹，也是俺的妹。咱说妹子你呢！又不是外人，你的儿，咱的外甥，都是家事，俺绝不会偷奸耍滑。好妹妹，咱也不忍心你孤苦无助的样子。咱也心疼！你回吧！有啥事，过几天再说！"丁诺这句"过几天再说"，分明留给玫子的空间，让玫子自己单独来。这一点，聪明的玫子心中当然明白。

关于这个案子，丁诺是最大的赢家，一切都按他的预谋兑现了。预期收益，已经到手、入库。严九的一百万两，端木渥的五十万两，再加上之前的零收，累计近二百万两，收妥了，玫子还蒙在鼓里。

再得到玫子这美人的冰肌玉体，温柔梦乡，更是意外收获！丁诺越想越得意。当官真好。

豆腐西施和端木玫子，出了衙门内室。豆腐西施觉得心里轻飘飘的，头重实实的，默不作声。各走各路，还是肩并肩，没有手挽手。

豆腐西施懵懵懂懂，迷迷糊糊。这案子，到底是咋说，丁诺很客气，但没有明确表态。她认为，没有银子，他是不会答应帮忙的。玫子在想，也许是因为两人在场，丁大人有心偏向俺，不好意思直说，毕竟是大案要案。虽然豆腐西施她不是外人，但断案的内情，知情人越少越好，省得节外生枝。他说"过几天再说"，分明让俺几天后再来，单独来，有话私下说。好吧！俺明白，单独来。单独来！他会咋样？看出他那火辣辣的眼神，藏着一些邪念。试想，光天化日之下，知州大人，朝廷命官，不会下三滥，糟蹋俺吧！衙门里，出来进去，人来人往，谅他也不敢胡来。也许是俺多心了。应该说，是相对安全的。

两人沉默地走，各想各的心事。天空一群乌鸦，从城北飞向城南，从她俩头顶飞过，豆腐西施抬头观望，只听得"噼啪"一声，一泡稀啦啦、烂唧唧、热乎乎的乌鸦屎，不偏不倚砸在豆腐西施的脑门上。她惊吓得不自主地摸了一下脑门子，沾了一手绛紫色的黏稠稀屎，臭烘烘的。俩人顿时愣了神，仰望那群乌鸦，这叫啥事！只听得几声"嘎嘎嘎"仿佛嘲笑的声音。两人哭笑不得。玫子掏出香帕，在豆腐西施头脑上，擦了又擦……

第二天，豆腐西施在菜市街，如平常一样卖豆腐，伙计称豆腐，她收钱。突然间，见巷口蹿出一个十三四岁半大男娃，骨瘦如柴，破衣烂衫不遮体，惊慌失措，手忙脚乱，拼命逃窜，拼命跑。后边一中年汉子，手持擀面杖，拼命追，边追边骂。追到豆腐挑子旁边，这娃实在跑不动了，两手抱头，趴在地上，不停喘粗气，是死是活，听天由命。

中年男子追上前，按住男娃，拳打脚踢，不解愤怒，口中骂道："狗杂种，敢偷俺家的饼吃，找死。几年前，龙王荡斤三铁铳子偷东西，就在这前边菜市口，被丁大老爷砍了头。从小偷针，长大偷金。你想死，俺成全你。"说着，举起擀面杖，朝小偷屁股上打下去。

豆腐西施分明听到，斤三铁铳子偷东西，被丁大老爷砍了头。她的心口"咯噔"一声，便"怦嗵怦嗵"地剧烈跳动起来！她听到两个最熟悉的名字，两个绝不可能联系，而又真真切切联系在一起的名字。她有点蒙，怀疑听错了。她顿时有了主意，从兜里摸出一块银币，走过去，以劝阻的口吻说："俺说这位大哥，您啦，消消气。这娃饿得怪可怜，打死了，也是一条性命。来，俺帮他赔你一块银币，不少吧？求你放了他！"

中年汉子奇怪地感觉到碰见好事了，伸手捏住银币，对豆腐西施说："他是你什么人，你和他啥关系？是你弟？你家的亲戚？""什么也不是，只是求你，放过他！"豆腐西施恳求地说。中年汉子不知哪根神经被感动了，打量这天下第一美人，赞叹地说："好人哪，真是活菩萨！"转脸对小偷嚷道："还不赶紧滚！"小偷连滚带爬，跑了。

豆腐西施问那中年汉子："大哥呀！你刚说的龙王荡斤三铁铳子，被丁大老爷砍头，是哪个丁大老爷呀？咋回事？俺咋没听说过呀？"

得了一块银币的中年汉子，看着豆腐西施，有意找她搭话。哎哟！艳遇天女下凡，咋不快乐！他快乐得有些疯癫，笑呵呵地说："噢！这事哈，说来话长了。你是后搬来的吧！有所不知，四五年前，龙王荡里有一混混，名叫斤三铁铳子，这名字也够怪的。他偷凤凰城当铺价值百万两白银的血钻，被丁大人抓了，就在菜市口刑场砍了头，俺亲眼看见。那个丁大老爷，就是现在俺海州知州丁大人呀！"中年汉子手指左边不远处的三棵木桩说："就在那，砍了头，俺当时就在台下前排人群中，看得一清二楚，吓得小腿肚子都转筋了。斤三铁铳子是条汉子，台下观众上千人，用臭鸡蛋、烂菜皮、垃圾、泥坷垃，没头没脸地砸他，他昂首挺胸，若无其事，不买账，不屈服。刽子手身披大红披风，头裹大红布。鬼头刀雪亮，锋快，只见刀头一闪，就听'咔嚓'一声，斤三铁铳子的头，'骨碌骨碌'滚到台子下。脖子上碗口大的血窝子，就像水激子，喷出爆炸般的血花花。滚落在台下边的头，嘴还一张一抿，眼睛不停地眨巴，看着吓人。当场还有俩痨病的人，手持黑窝窝头，蘸他的血吃了。听说能治好痨病，结果回家没几天，就死了。死者的家人，还责怪斤三铁铳子的血，是贼血，脏、恶，没效果……"

豆腐西施眉宇隐恨，心中滴血，听不下去了，她说："好了！好了！别说了，害怕人的！"中年汉子指甲叩住银币，猛吹一口气，听到咝咝银子声，得意地走了。豆腐西施就是当年的小斤花，斤三铁铳子的亲妹妹，听了陌生人这番讲述，她胸中憋闷，心肺俱裂。自己的身子，让眼前杀死自己亲哥哥，有刻骨深仇的丁大人，像发情的野狗，折腾了三年。俺还百般迎合，百般撒娇，尽量陪他舒坦。俺还想倚他势力，在海州城里，不受别人欺负。俺真的瞎了眼，俺斤家前辈子欠他的？

凭什么？豆腐西施心里，酝酿一个秘密计划。第二天，她照常卖豆腐。

5

丁诺收到严、端木两家如数的保释银，心中自然高兴。在海州地界混的人，谁不给俺丁诺的面子，谁活该倒霉。他装作大公无私的样子，对龙王荡严九、端木二位解释说："……二位兄弟，自从朝廷废除议罪银制度之后，朝廷改议罪银为保释银。这保释银嘛，说白了，就是烂没费。"在场的人，似懂非懂，啥叫烂没费？端木渥反应快，到底是读书人，头脑就是灵光，立马解释说："丁大人，俺这样理解，不知对不对。保释银，如果被判无罪，这银子可以返还。所谓烂没费，只要交出去，再无下落。是这个意思吧，没事，这银子交出去，俺就不指望返还了。"……

严九和端木渥回到自己家中，左思右想，咋想咋不对劲。官司无厘头，被逼花了大把银子。心中不知啥滋味，找四太爷说道说道。廖子章在下一盘大棋。从海州回南头队第二天，招来东方瓒，把严九、端木渥的遭遇，说了一遍。东方瓒听了笑道："丁诺太幼稚了，笑俺龙王荡没人，骑到龙王荡人头上拉屎，他这官，还能顺吗？老哥，您放心，这事交给俺！"廖子章说："惩治贪官，速战速决，干净利索。要让他知道，他的行为，应该付出点代价。"

月黑风高夜，三匹黑马驮三个黑衣黑帽黑巾蒙面人，从天生港客栈出发。目标，海州城。任务，收回被丁诺近期敲诈的，严九、端木渥近二百万两银票；钱庄、盐主、桓商四十万两银票。

东方瓒派韩鲙、顾三、颜四，从萃海嚣手上领了灵药，迅速上路。后半夜，三人到达海州城，从丁诺家后院，上墙、揭瓦、入室，避开所有的门卫、哨兵。先用蒙药撒在毛巾上，让他俩老婆，一个娃不作声。然后，从被窝里提出来，捆上手脚，吊在梁上。一切都在无声无息中完成。然后，掌灯，叫醒丁诺。丁诺正在梦里和玫子做那种事，仿佛耳边有人叫名字，还在想，谁如此大胆，敢叫本官名讳，敢扰本官好事！忽而觉得不是在梦里，身体猛地抽搐一下，壮着胆子，从枕头下抽出青龙剑，大声喝道："谁！小偷？知道本大人是谁吗？"韩鲙借侉子调说："丁大人，老实点，放下剑，如果不想死的话。您看清楚喽！俺们像小偷吗？听说您最近发财了，俺们兄弟，手头紧。"丁诺知道遇上大麻烦了，这三人哪像小偷，分明是打劫、抄家的土匪，咋办？保命要紧，他说："好汉，缺钱花，好商量。把咱的妻儿放下，此事与他们无关。"韩鲙提高嗓门："您不要幻想门卫和哨兵会来救您。把贿银全部交出来，俺替朝廷，对您实行督查。交出来，保您一条性命。若不交，俺动粗动硬，保不了您一家四口的小命。加上一把火，保证让您的衙门前后院，消失在一片火海之中。"丁诺装出一脸无辜："好汉，从何说起，咱是海州有名的清官廉官，一年的俸银，将就过日子，哪来的贿银！"韩鲙的侉调，愈加口重道："俺只是过路财神，当然也知道您是苏北第一大贪官。俺们从彭城跑来，大老远的，您让俺劫了一个清官廉官，说笑哩！给银子，双方相安无事，你敢耍滑行奸，咱阉了你……"韩鲙向顾三噘噘嘴，顾三扬起一剑，把那吊起的小老婆左耳朵削下来。丁诺沉着冷静，并未激动，说："不要乱来，俺是朝廷命官，你们就是杀了咱婆娘，她也是为国殉命，死不足惜！"韩鲙不耐烦了，掀起右手，对准丁诺左耳帮子，

"啪"的一个响亮的大嘴巴子，打得丁诺嘴里酸唧唧、咸津津、辣飕飕、麻酥酥的，鲜血顺着嘴丫子流出。

顾三端过灯盏，照吊在梁上的三人，黑影映在墙上，一动不动，小婆娘的耳根滴答滴答流血，顾三说："这么说，你想他们死，是吧！"

丁诺不动声色，半晌才说："那就让他们，和咱一起殉国吧！"韩鲶没想到，丁诺心黑、皮厚、还耍赖。他说："好啊！"他拽过丁诺的左手，垫在床框上。从腰间拔出匕首，对准食指、中食，"咔嚓"一声，丁诺随之"哎哟"一声，断下两个手指。丁诺右手抱住左手，跌落床下，在地面上驴打滚，口中哀号，不断地叫："完了！完了！完了！"

韩鲶眼睛盯上床头的两个大木柜，搬掉柜上的樟木箱，使随身带的钢镖插进锁梃子，用力猛猛一撬，"嘎嘣"，锁梃断了。掀开里边的木柜，顾三端灯来照，柜里真是琳琅满目，除了各式各样的珠宝玉器外，还有十三条黄鱼。韩鲶说："这几条黄鱼，没收了！"另外又发现一个木匣，颜四打开木匣，一张一张银票，舒舒整整，叠放在匣里。

韩鲶拿起银票，一张一张过数，足足三百二十万两。他对稍稍安静一点的丁诺说："这银子，是烂没费。烂没费，你知道啥意思。"丁诺原本想回河南祖籍地买田置产，没来得及转移支付，便是竹篮子打水，一场空……

在乡团会厅里，廖子章、严九、端木渥三人议事。廖子章轻松地说："今天先不说你们二位的家事。二位都是龙王荡有头有面的人物，有田有产有势力，相互不必较劲，让外人钻空子，闹得两败俱伤。先分银子。"廖子章让芦飞将票匣子搬过来，打开票匣，按票号和签发制印，把银票分为两沓说："来，严九爷，这是你的一百一十八万两，银钱不过手，过手数一数，原封未动，完璧归赵。来，端木举人，这是你的五十六万两银票，完好无损，收下。银子物归原主，这事绝密，不可走漏风声，否则不好收场。为收回这批银子，吊了他两个婆娘一个儿，削掉小婆姨一只耳朵，一巴掌打掉丁诺两颗后槽牙。那家伙，不孬种，咽下了，没吐出来。还是不肯承认烂没费，最后只好剁了他左手中食指。他要是知道这事是龙王荡人干的，恐怕又要来一次朝廷剿匪。关于这个案子，别指望丁诺了。你们两家啥话别说，等俺料理完手头上的事，找你们说！"

第九章 打官司 *381*

半个月过去了,外界人都知道,丁大人因为劈柴,砍断了左手食指和中指。半个月期间,丁大人集中海州城、凤凰城最好的郎中,治疗他的断指伤口,没痊愈,红肿鼓脓,眼看着左手不保。丁诺急了,派衙役来龙王荡找廖总,请南宫先生前往治疗。

在大堂东内侧公务内室里,廖子章和南宫先生围着丁诺,问寒问暖,问长问短。丁诺感动得两手发抖,热泪盈眶,口中呻吟不停:"哎哟!哼、哼、哼,红肿得厉害,哎哟,疼呀!廖兄啊!咱这只手,怕是保不住了。"廖子章发现丁诺自任知州之后,第一次真可怜的样子。廖子章很同情地对丁诺说:"丁大人,像劈柴这类活,让下人去做,您亲力亲为,说实话,您那读书的脑袋,做官把印的手,咋能干粗活呢!以后,千万别干了。提笔杆的手,拿起大斧头,可想而知。专业的事,让专业人去做。"丁诺捶胸顿足,控不住情绪,呼道:"廖兄啊!别提啦!老天不佑咱!咱不光是手疼,更是心疼啊!"南宫先生从病理上判断,问道:"丁大人,您手疼,是正常的,因为断了两指,有创面,流脓淌血,红肿发炎。您说心疼,是搅疼、挖疼,还是钻心疼?心疼时,是否伴有颤抖现象?如果那样的话,俺要考虑的,不光是手的问题。手的问题,不致命,顶多截去一只手,照样可以生存。但若心脏出了问题,就是大问题,瞬间就能毙命。所以,现在手的问题是次要的,可以摆一摆,治疗心脏的病,才是大事!"

丁诺一听,苦了,南宫呀,你真是个好先生、好郎中。哪壶不开,你提哪壶。咱说的"心疼",不是你说的"心疼"。咱积攒几年的金条、银票、珠宝、玉器,一夜之间,被洗劫一空,咱咋不心疼。打掉的牙,肚里咽,有苦难言呀!真想痛哭一场。唉!说不清。他果断地对南宫先生说:"先生,心病,您不要考虑,老旧疾,与生俱来,治不好。您只需考虑,治疗手疾,就可以了。"南宫先生低头看伤口,不听他叨叨,说:"丁大人,右手伸过来,俺号号脉,检查您的心脏,确定无大碍的时候,俺再调整治疗方案。嘴巴张开,俺看您的舌苔。"脉号过了,舌苔看了。南宫先生断定丁大人没有心脏病。这时候才知道,丁诺所说的心疼,是心理的,不是生理的,故不用管它。

廖子章在旁边说:"大人,劈柴的动作太大,用力过猛。若轻一点,适可而止，就不会造成这么大的伤害！吃一堑，长一智，以后千万注意！"丁诺疼得龇牙说："谁说不是，廖兄懂咱！"南宫先生说："大人放松，放松，坚持一下。"边说边使薄薄刀片，划开鼓胀的伤口，脓血流出。南宫先生撒上黑药面子说："廖总啊！这黑药面子，大蛇胆配制，三天必愈。"

6

豆腐西施收到衙役传来丁大人的话，让她这段时间，别送豆腐了。吃腻了，过一段时间再送。她不知衙门里发生啥事。端木玫子也不知道哥哥经历了什么。她也不想再烦哥哥，试着自己处理儿子的案子。见了两次丁大人，她确认丁大人是好人，不摆官架子，很有亲和力，知道理解别人，从来没提要银子的事。豆腐西施说丁大人要四十万两银子，这里会不会有水分？她也是生意人，会不会想从中捞一点？不好说。事情不能依赖别人，只有自己靠得住，俺必须想个法子，在不失身的原则下，叩动丁大人的心弦，让他倾心帮俺，把肇事者绳之以法，让吾儿冤魂安宁。

这日，玫子精心打扮一番，天生的白净脸面，细皮嫩肉，线条丰满性感，妩媚婉丽，藏也藏不住。四十出头的人，看上去不过二十七八。大户人家孕育的美人坯子，渗透在骨子里的秀雅。丰富的涵养、高贵气质，或隐或现地蕴含在一颦一笑、一举一动之间。就这一点来说，虽然豆腐西施如花似玉，光彩照人，但也无法企及。在丁诺的色眼里，每个女人，都是唯一。玫子在他心中，早已占上无可替代的位置。玫子梳洗打扮，穿着佩戴完备，带上两包今年的雨前龙井茶叶，两包海州城最名贵的点心，桃酥、三刀酥。试着找丁大人，拉拢关系，求丁大人多多关照，公正断案，还儿子一个公道。她也明知，凭空嘴说白话，再清再廉的好官面前，也说不过去，人家凭啥帮你。银子嘛！多的拿不出，十万八万，倾其家底，可以拿出来。今日，且看丁大人咋说。只要能让坏人伏法，俺玫子可以卖掉自家的院子。宁走金门，不走红门。女人可以去死，不能污了身子。除此之外，哪怕给丁大人家当奴仆、佣人，做牛做马，在所不辞。这是端木玫子的底线。玫子径直来到衙门大堂东侧公务内室。丁大人手指伤口已痊愈，精神也渐渐恢复如初。他在想，银子被土匪敲了，可不可再从严九和端木手里，再弄点银子，不然的话，心里不平衡，没滋味。就在这时，有人轻轻叩门，他以为豆腐西施有些日子没来了，定是这个女人守不住，找来了。他随口应道："快进来！"大出丁大人所料，进门的竟是端木玫子。

精巧绝妙的玫子，青白夹衫、长裙，纤纤柔软的细腰，净面玉容。樱唇如钻，晶泽欲滴。娇曼轻盈，金莲碎步，温文尔雅。一下子，让丁大人陶然大醉，一过性眩晕。这形象，即刻激起丁大人的原始本性，强烈的占有欲如熊熊火焰，冲向他的天灵盖。他一时不知找啥词语表述，有点词不达意地说："哎哟！妹子，真好看，真美，真要命啦！天下男人，见如此圣物，无不为之倾倒！一顾倾人城，再顾倾人国，宁不知倾城与倾国，佳人难再得。来来来，快坐下，快坐下！"

玫子被丁大人毫无避讳的夸赞弄得很不好意思："大人，千万别这样说，人家怪不好意思！"丁诺喜滋滋的，他寻思，女人都是这样的，心里有那个意思时，嘴上都说不好意思。其实，她想意思意思，好啊！你情我愿，小意思。丁大人得意忘形说："妹子，又不是外人，有啥不好意思！哥哥俺心里有你！想你！要你！又如何？"

玫子真的不好意思接他的话，出于礼貌，又不能得罪他。内心反感，表面上尽量温仪，她怯怯地说："大人，就这一点，妹子实难从命，除此之外，妹子给您做牛做马，供大人您使唤！大人可随便打骂，玫子也绝不反悔……"两人不温不火的对话，门外有一人，听得清清楚楚。这个人，就是豆腐西施。

今天，豆腐西施卖完豆腐，留下两块，用笼布裹起来，以送豆腐名义，再来丁诺公务内室，她要和丁诺之间，作一个了断。不想，远望去，端木玫子打扮得风采绰约，楚楚动人，手提食品传盒，朝丁诺公务室走去。豆腐西施以为，这段时间，丁诺不让她见他，一定是勾搭上端木寡妇了。玫子呀！你不应该，你是跟俺拜过关二爷，磕过头的姐妹呀！难道都是假的吗？你是利用俺吗？你现在和丁诺接上关系，一脚把俺蹬啦？她觉得玫子在勾引丁诺这条老骚龙。玫子可能用美色，求丁诺帮她。女人嘛！只有这一招了。她悄悄地跟踪其后。

丁大人已经把持不住，他有些迷蒙恍惚地说："妹呀！俺把你含嘴里，怕化了；抓手上，怕摔了，咋能随便使唤你呢！"说着，他冲上去，死死缠抱起玫子，按在公务室的长条案子上，一把扯掉玫子的长裙，扒开夹袄，撕开衬衣，玫子的前门面全裸了。可怜的玫子没想到，君子丁大人竟然如此冲动，又如此不顾颜面，简直是一条披着羊皮的狼，尽失斯文与体面。如此人面兽心。眼看难以抵挡，她又气又急，却无招架之力，浑身麻木，不知所措，被强行扳开的两腿无法合拢。

丁诺拼命疯狂玩味丰腴、肥韵的皮下脂肪里温泉，所带来的黏滑和绵软……

玫子如一只白兔，遭遇一条强悍的猎狗，被丁诺钳制在体下，不能动弹，又不敢出声，喉咙中挤出的"嘤嘤"啜泣声，却更加激发了猎狗疯狂野性，她拼命摇头挣扎，无济于事。

豆腐西施沉着、冷静，轻轻推门进屋，推上门闩子，把笼布里两块豆腐放在门槛内。她知道丁诺在强奸玫子姐，从他们俩对话中，明显感觉到玫子姐是不愿意的。现在天不应，地不灵，俺们是拜过关二爷的磕头姐妹，俺们有誓言在先。怒从心头起，恶向胆边生。她想起母亲和哥哥两尸躺在一起的情形，仇恨涌起。豆腐西施有备而来，她要用自己的方式复仇。豆腐西施不再恐慌，不再惊惧，咬住牙齿，坚定地从袖筒里摸出事先磨得锋快的大裁剪刀，走到桌旁。丁诺在全神贯注地锁住他那几滴馊水，尽量延长他在玫子身上的快乐时光。他彻底进入四大皆无，五蕴皆空的境界。他心无杂念，不管世间酸甜苦辣，从此，再无红尘。他想把所有快乐，一次性消费殆尽。他根本不知道，有人进屋，也不用知道，哪怕是山呼海啸，天塌地陷，只需这回，便可修成色果。豆腐西施不知道哪来的一股无名勇气和力气，一把掀翻了丁诺。丁诺四腿拉叉，仰面朝天。草丛中那旗杆直竖，没等丁诺反应过来，豆腐西施骑在他肚脐上，伸出手中大裁剪刀，找准那旗杆的窝根处，"咔嚓"一声，交叉的剪刀合拢了，丁诺的命根子齐刷刷被彻底剪断，跌落在砖头地面上，如象拔蚌般活生生地弹跳起来，转瞬缩成皱巴巴的黏黏虫，血糊糊

第九章　打官司　　　　　　　　　　　　　　　　　　*385*

的。丁诺慌了，疼痛万分，两手捂住腿裆汩汩流血的血泉。看手中拿着剪子的魔鬼，原是豆腐西施，破口大骂："你个狗娘养的泼妇，烂货，婊子，娼妓。"他翻身爬起，像受伤的野猪，扑向豆腐西施，将豆腐西施扑倒在地。

豆腐西施毫不畏惧，眼前浮现一顺头，两口棺椁，里面躺着母亲和哥哥。仿佛天老爷赐予她无限能量，她睁圆眼睛，露出前所未有的凶光和逼人的杀气。她举起剪刀，两手握住剪把子，认准丁诺的心口、肚子、肋巴，猛戳狂戳数下子，剪剪深入，见骨见心见肺，血流如注。

丁诺忍着剧痛，用全身力气，从豆腐西施手中夺下剪刀，慌乱中对着她的脖子戳进去，接着"嚓嚓"两声，豆腐西施气管被绞断，倒在血泊中，一动不动。

丁诺下意识地捂住自己的血窟窿眼，窟窿眼太多，他捂不住了。他想站起来，呼人救命，两腿刚把撅起的屁股撑起，又"轰咄"一声，倒下趴在门槛内的两块豆腐上，不能动弹了。端木玫子终于从屈辱中，返过神来。是豆腐西施为营救自己，惨遭丁诺毒手。彻底傻了，又羞又恼，又怒又自责。天塌了，地黑了，人再无活头了。散乱着头发，光着自己的身子，疯了，她疯了，一头撞在石墙上，血染廨室，顿时一命呜呼！

三具尸体，分别朝北、东、南三个不同方向，直挺挺地躺在血泊之中。一直到第二天上午，才被人们发现。很快演绎成十几种版本的故事，一天传遍海州城，三天传遍直隶州……

端木渥蒙羞含恨，料理完妹妹丧事之后，被廖子章请来府上。廖子章非常同情地对端木渥说："首先代表严九和龙王荡平民，对令妹节操英烈，宁死不屈服于狗官淫威的高尚品格，表示崇敬。对令妹舍生取义，不幸逝世，深表哀悼。人生不易，世事难料，请端木兄节哀自重。

"就此事件，严九爷愿意赔款五十万两银子，并着人寻找独大黑子下落，逮到独大黑子，交龙王荡乡团处置。杀人偿命，绝不姑息。有人反映，独大黑子在上海。他儿子有一黄包车队，独大黑子给车队每天做早晚两顿饭。不知这个消息，是真是假。严九准备派人，去上海捉他归案。端木兄，你意下如何？"

端木渥被这件事，已弄得实在疲惫不堪，低头叹气说："四太爷，这事就结了吧！不想再究了。再究，又是一条人命。丁诺死了，这就够了。严九有这个态度，俺也知足了。银子，俺一文不要。人都死了，俺要这银子干啥！独大黑子，就放他一马吧！只愿他能老实做人做事，从此不再作恶，俺要他一命，并无多大的意义。算了，此案，从此不再提及。"

蔡先福在丰乐镇大酒店摆了一桌酒席，廖子章一手牵着严九，一手牵着端木渥。东方瓒、蔡先福、虎头鲸、许怀宁、乔万斛作证，兄弟举杯，一笑泯恩仇。

第十章

大木桥　娘娘庙

1

耗时两年十一个月的龙王口大木桥，提前一个月竣工。逐梦千年，世代祈望，一朝实现，让龙王荡的万千百姓，激动得睡不着觉。一桥飞架，纵跨滔滔河流之上；巍峨雄伟，屹立茫茫丛苇之中。核心主桥面，二里长，四车道。完美造型，精巧而气势恢宏，如彩虹跨越。迎接冉冉升起的朝阳，沐浴着金红瑰丽的光芒。虹桥卧波，河水清澈，阳光照耀，波光粼粼。廖子章沿引桥登上主桥面，行走在如蝉翼轻纱的薄雾中，伫立在桥栏杆边上，两手扶桥栏杆，远眺薄雾蒙蒙的车轴河面，心潮起状。大桥终于建起来了。

这桥啊，连接的不仅仅是两岸人的交通，更是连接了古今龙王荡人的愿望，连接了万千龙王荡平民的心，连接了过去的苦难和未来的幸福繁荣，连接了一个民族的脉络和希望。他对身边的东方瓒、蔡先福、查礼义说："俺们终于干成了一件事。俺相信今天的大桥试压，一定顺利圆满，毫无悬念。东方、老蔡、老查，你们在想啥呢？"

老蔡是主管大桥建筑的，心中还惦记试压，听了廖子章问话，连忙回答道："俺觉得试压，应该没问题。桥基皆是立石砌成，按百年不遇的洪水潮力设计，冲不垮的。桥墩上的梁柱，插在原石槽口之中，柱子都是上好的长白山千年红松，五人合围的原木。每棵红松木，去皮烘干、挂胶、刷桐油、打磨再刷。每棵柱木，经过几十道工序，最后从石基原石槽中耸立，沉稳坚固。"

查礼义最在乎建材质量和施工质量。他接老蔡的话，向廖子章解释道："桥梁，皆是老刺槐、老榆木，质细性韧，负载抗压力强。之前都经过单独试压合格后，才遴选上桥。桥面的檀木、桑木，更是木材中上好料子，原木剖成方条木，立式铺成，耐磨、耐蚀，不变形。接榫处，凹凸槽，嵌入木橛、竹钉，榫中带胶，蛋清扣缝。桥面平整光滑如镜。栏杆等高三尺，前前后后，涂刷七遍桐油，防水除蚀，油光晶亮，滑倒苍蝇！"

老蔡继续说："两岸引桥，各有百丈长，延伸至两岸官道。桥面高出水面三丈，大舸小船，畅行无阻。南北岸口上的桥头堡，砖石木混合结构，三层，高六十尺。壁厚三尺，顶层设有堞墙，顶上设置哨阁。从备战考虑，桥头堡一层无窗无门，只有猫眼，可在隐蔽中，观察外界。进堡，通过移动外梯上二楼，再从内梯上下。底层有暗道通往烽火台和四队大乱坑，便于增援和撤退。暗道口就在南堡底部。"廖子章说："地堡暗道，此乃绝密工程，道内石料加固，四梁八柱，做妥实，防止塌堆、防洪水。"

大桥试压消息不胫而走，龙王荡又一次沸腾了。两岸桥堍侧坡，旗如云，人如海，歌如潮，情如水，人心所向。人们从田埂、盐滩、荒野阡陌，从芦苇丛中，从湖边塘口，从港湾河堤，从歧路官道，从车轴河面的大小船上，拥向大桥。人们被隔在事先拉起的大红绸带的警示线之外。

廖子章转头观察，兴奋地说："你们看，太阳才刚刚露头，荡里父老乡亲，待不住了，都来看热闹。这场面，才是真正的激动人心。过去，从来没有这种感觉。"他对东方瓒说："现在，就现在，难道你不想吟诗吗？"东方瓒笑着说："呵呵呵，老哥啊！面对这千百年的壮举，面对父老乡亲的激动场面，俺只想说，现在是最骄傲的时刻。"老蔡对廖子章说："跟着您老兄一起干，才叫有奔头。俺的内心啊，除了骄傲，还有自豪！想作诗，稳不住情趣，心潮澎湃不知所云，咋写呀！"说着，眼泪汪汪地说："俺想改写淮海先生梦中作的《好事近》。'春路浩霞光，光射一桥春色。行至大桥高处，看欢民千百。飞云当面化龙蛇，夭矫转空碧。醉靠桥栏杆上，了不知南北。'"说完，撩起衣边，擦了擦两眼的泪花。

第十章　大木桥　娘娘庙

"是啊！是啊！"老查十分感慨，"俺现在想，俺一生所学，被四太爷重用了。龙王荡的桃源建设，也有俺的一筐土。这辈子，再无别的奢望。建完大桥、娘娘庙，俺就回家，老婆娃娃热炕头，含饴弄孙。每天持小茶壶，渴不渴，咂一口，那叫惬意。晚上，暖一壶小酒，抿上两口，有瘾没瘾，那叫自在。此时此刻，俺想吟'祓除情累烟波上，放荡胸怀诗酒中'。"廖子章当头截住他的话说："查兄呀！想的美，大桥大庙竣工。这才是龙王荡桃源建设的第一步，你就想含饴弄孙，大茶小酒遁出世外，没门，龙王荡乡亲们不答应。真大事，还在后头里！"……

两岸人头攒动，挨山塞海。人们不仅仅是为了观桥而来，更是为了亲眼所见，亲身体验史无前例，前所未闻的壮举所带来的兴奋、欣慰、骄傲和自豪的滋味。

大桥试压，就要开始了。在河南岸大坝高台上，十排条形凳子上，落座的，有廖子章、东方瓒、严九、端木渥、夏侯凛、许怀宁、乔万斛，钱庄主褚三财，贸商行渔占禄，地方名士芦云乘、公孙暑，杏林大医堂南宫济，德庆堂书院孔宪圣、孟凡尘、颜复礼、詹凤轩、越麒麟，南北二十队队长、乡约，龙荡营八营四部，乡团三纵六部首领，大桥建设的功勋代表，共一百多人。成千上万的民众，围着大桥两头的河堤。

初春的寒意，落在脸上。凉飕飕的清风，像一块厚厚的油皮纸，在腮帮上划来划去，不疼不痒，有几分不自在的舒坦感。每个人的脸上，掩饰不住同一模式，兴奋和激动。个个挺直腰杆，引颈翘首，眺望引桥上那六十四辆牛车。车上装满麻包，麻包里盛满晶盐。万事皆备，只等一声命令。日晷直指巳时，芦飞一路小跑登台，在廖子章面前，施半跪礼道："禀报廖总，吉时已到，大桥试压事宜备妥，请示下！"廖子章回复："开始！"芦飞站起，转身向蔡先福喊道："传廖总令，大桥试压开始！"

现场试压总指挥蔡先福，身披蓝色斗篷，立于桥头堡顶上，手持木板条子话筒，放长声，大调，向两岸观众呼道："俺宣布，龙王口大桥试压，开始！"总设计师查礼义左手持小红旗，右手持小蓝旗。红旗停，蓝旗行，旗令如山，不得违拗！他立于河南岸引桥起点的高坡上，面对第一批并排四辆牛车，高呼道："预备，走喽！"左手高高举起红旗，四赶车人见他竖起红旗，刚要起步，又没敢驱动。

　　老查顿觉奇怪，咋不动了哩？不听俺的是不是？左右瞅了瞅，靠进的赶车人，怀抱鞭子，指了指他竖起的红旗。老查猛然反应过来，自己咋竖红旗呢？太激动了！

　　引桥上六十四辆牛车，黑乌乌的一片。黑毛犍牛，细毛疏朗。在粗糙的牛皮上，显然可见并不稀罕的牛虱子。正如一粒粒豌豆瓣底部，伸出细细的六条腿来，呈棕色，一动不动，死死地扒开牛皮上的毛孔，贪婪吸食牛血。粗壮的牛脖子上，卷起一圈一圈拳头粗的环形老腘子。木制交叉的牛索子，架在皮实的牛脖上。索子两头，穿连长长的粗麻绠子，连接架子大车大轴前的横梁。当牛腿迈进时，牛索子绷紧牛绠子，带动大车轱辘转动前行。坚定沉稳的犍牛，腿如象腿，敦实有力，蹄子大如柳斗，迈出的每步，都踏实得无可动摇。肩颈上，隆起一块一块刚劲的腱子肉，用力时，结实得如一块块坚硬的石头。阔大的牛头，上宽下窄。长长的牛脸，挂着辛劳的微笑。脑门间，向两边伸出的弧形大牛角，根部见方，渐而变圆，且细成角。角面细腻光滑，赭黑晶亮。象征雄起、勇敢、奋进和战无不胜。

　　双眼瞪箍，黑白分明，仿佛能识别忠奸、善恶、懒惰和勤奋。酒杯口大的两个鼻孔里，穿透一根丈许、柔韧的麻质缰绳。这是人类驭牛最有效，且残酷的唯一手段。鼻孔之间，是圆突的，滑溜溜、肉嘟嘟，浅黑色的圆形鼻头。每头牛的鼻头上，都冒出亮晶晶的细汗，这是身强力壮，年轻健康的特征。

　　在家畜中，牛的灵性，超过骡、马、驴、羊。只是憨厚，而不善表达。它们知道今天的盛典，现在的阵势，意味着啥。它们知道自己的角色，是多么地重要。现在，所有的犍牛、牤牛、犍牛，后腿夹紧，屁股上垂下的没有很多毛的尾巴，为用力拉车，做足了准备。它们竖起尖尖的耳朵，聆听主人的命令，睁圆眼睛，注视着主人的神情和手中的鞭子。"好！走起来！"老查竖起蓝旗唤道。一车三牛，四辆牛车齐头并进，走出十步，第二批四辆牛车，从后边跟进⋯⋯

　　六十四辆载满晶盐麻袋的牛车，整齐停在桥面上。桥下二十艘大舸并进，每个中心河道的桥墩之间容五艘大舸，此刻百艘大舸竞逐，从桥墩旁，穿梭而过，河水清澈，碧波荡漾。船头波澜涌起，激起雪白的浪花。穿行的航船，把宽阔的万顷河面，搅起滚滚清流。曼妙的河面，在纯净清透的金色阳光里，构成了一幅壮丽华美绚烂的精彩画面。

大桥巍峨，傲然屹立，高峻超拔，昂首挺胸，坚定刚毅，稳健持重。以横空出世，卓尔不群的姿态，迎接万众检阅。

老蔡发表热情洋溢的致辞："……人心所向，创千年壮举；浩大工程，建人间奇迹。龙王荡人用自己的智慧、勤劳、心血和汗水，托起历史赋予的希望和责任。将千年文明，又向前推进了一大步……"

礼炮齐鸣，万众沸腾。此时此刻的老查，一颗悬起的心，安全复位。这时的他，才感到自己腰脊酸痛。他含着热泪，幸福地长舒了一口气，瘦削的脸上，绽放出天真烂漫的花朵，自言道："哪怕俺明天就倒头闭眼了，今生无憾！"

龙王口大木桥试压，圆满告成。桥两头拆开红绸带警示线，人们纷纷拥上桥面。会场外的大戏台上，传来了绝唱，听得不十分明白，大概的歌词：

　　你是旋急的飙风，
　　你是飞渡的青云。
　　你是轰闪的雷电，
　　你是无极的苍穹。
　　哦喂！哦喂哦喂！

　　千里万里，
　　你浪迹有踪。
　　四海为家，
　　你奔走西东。
　　岁月掩去你的不幸，
　　烈火熔炼你的精忠。
　　你的精神千秋隽永。

你的英名百世长春。
度劫灾荒苦难中，
我能看到你的愁容。
哦喂！哦喂哦喂！

你的期盼，
是我的尊荣。
曲终宴罢，
人未散，留晶觥。
我的精魄，
陪你追向远夐。
我的心魂，
陪你走进明天的梦，
明天的芳丛。
哦喂！哦喂哦喂……

2

泰山娘娘庙，开光揭牌典礼，择日于四月十八。三个殿群，东殿院四进式，西殿院四进式，环抱中间三进殿院。殿群依车轴河南堤大坝，拔地而起。殿阁皆三层钩檐，翘角飞宇，古雅挺秀。崇阁层层，重叠参差嵯峨。依水澄澈清透，松柏苍翠，绿植染林，纱雾隐现。更添豪奢壮丽、峭拔险峻之伟。艳阳升起，霞光灿烂，沐浴金晖的群楼殿宇，凸现了磅礴的古风厚韵。华丽尊贵，内外油漆涂彩，雄伟典雅。雕梁画栋，亭台水岸，雕栏玉砌。瑞气吉色，神采奕奕。晶晖夺目，霞光洒射，蔚为大观。

东方瓒、虎头鲸、查礼义、青铜蟹，是娘娘庙操建的直接责任人。他们巡遍神门、牌坊，湖塘蓬蒉，亭台轩榭，路桥照壁，广场香台，钟鼓二楼，乔灌绿植，龙珠河畔，殿宇群建。尽量不放过任何一个细节的瑕疵。此刻，他们有几分兴奋，又有几分紧张和忐忑。他们将迎来竣工前，最严格的巡检。好比脱光自己的衣服，让别人用放大镜，在自己毛孔里找污垢尘埃。虽说不好意思，还不得不脱！今天，他们要把三年的成果，呈现在龙王荡最有资格发言、最有资格挑剔的文化人面前。让那些文化人，用传统建筑艺术标尺，衡量这些建筑的文化水准。然后据其特点，撰写楹联，画龙点睛。

东方瓒等四人，在南神门前鹅卵石路上，迎接廖子章率领的蔡先福、孔宪圣、孟凡尘、颜复礼、詹凤轩、越麒麟、风水大师芦云乘、公孙晷八人队伍。见面，都熟人，不用寒暄客套。事先明确来之目的。东方瓒问廖子章："老哥，先从南边往北看，还是先从北边往南看？"

廖子章并不介意从哪边往哪边看，他说："从南神门进，就从南边往北看吧！省得多跑一趟路。各位，俺们这趟，可不是白走的啊！每个人都须在这里，留下自己的诗文、楹联子。这是一趟文化之旅，传承之旅，添彩之旅。你们在这里留下的，将是历史踪迹，马虎不得！"

娘娘庙建筑物，自南向北，南神门、大照壁、牌坊、鼓楼、龙湖、龙河、亭轩、水榭、阅台、广场、东西屋、大戏台、大钟楼、香台、大香鼎、三院殿群。另有廊庑、道路、河流、绿植美化。

最南端迎面标志建筑，南神门。南神门前千尺远，有一条东西向的毛石黄沙路。在毛石黄沙路上开一条平交南北路，青砖立铺，直通南神门。众人伫足南神门前，仰观这座带有明显明代建筑风格的两层门楼，双层檐歇山，钩角出檐深远，起翘，如二飞鹤亮翅，舒展，舞动。

枋下有斗拱、华拱，下昂端头。皆用红漆布色，琉璃盖瓦，浅蓝似灰，新莹亮泽。椽梁多涂赭褐色和蓝色。两侧各建四间统一格式的耳房，形成中间大门突起，两侧耳房烘托，对称稳固，雄而不险，雅而不俗。

二层门楣上方，黄色大匾框，红底处留空待补字。廖子章手指匾额说："这里应题'大神门'三字，用大籀篆体。这三个字，请孔老先生代劳如何？"他用征求意见的眼神，看着孔宪圣。

孔先生激动不已。内心觉得无比荣耀，表面上仍保持十分平静，情绪不随喜怒哀乐变化，微带结巴地说："蒙廖总抬爱，孔某欣欣然，竭全力也！"廖子章微笑说："这项光荣而艰巨的任务，有您扛下，俺们大家都放心了。"他继续说："南神门，前后四根圆石柱，这是整个娘娘庙建筑群的第一门面，这雄伟壮观，古朴厚重的气势，远眺前方，有蓝天；瞻顾门里，是鼓楼、龙湖。俺出个上联，请众兄弟、先生们，动动脑子，对个下联。俺的上联是：金门映日，连蓝天云潇云丽添锦绣。"东方瓒直言快语："俺对个下联，请各位方家评点，俺的下联是：玉柱擎天，依龙湖莲艳莲娇换新颜。"

　　孟先生的肚子里，放不下一句话。他不像"酸"文人那样，有话不轻说。他大概属于"碱"文人，有话直说，不藏半句，不留茬口。孟先生直起来，比戆头的牤牛还要倔强。他听了东方瓒的下联，觉得下联对得很工整，"金门"对"玉柱"，"映日"对"擎天"，"连蓝天云潇云丽"对"依龙湖莲艳莲娇"，一上一下，一天一湖，潇洒美丽的彩云，对艳娇鲜丽的莲花。"添锦绣"对"换新颜"，无啥不妥，但孟先生就是觉得不到位，而且上联，也有说不明白欠火候的地方。

　　正待大家鼓掌通过时，他发话了："别急，别急，俺是直肠子驴，有话必说，请各位别见怪。"说着，使他特有的近视眼神瞅瞅廖总。廖子章也知道孟凡尘的脾气。他挥了挥手，鼓励地说："畅所欲言，有话直说，不用掖，不用藏，不扣帽子，不打棍子。今天，俺带大家来，可以吵架，争论，每副对联，通过大家一起推敲，统一意见后，做决定。一副对联，如果连俺们自己的关都通不过，外人看了，岂不笑话！百年千年之后，俺们的子孙后代看了，嗤笑俺们没文化。孟先生不用顾虑，说说你的意见！"

　　孟先生觉得上联似乎有点俗，而下联的格局不够大，意境不够深远，遣词造句，不够深沉、生动、高贵、气派。显得目光短浅，只看到一湖莲花，没更广远辽阔的气象。与龙王荡第一门，乃至苏北鲁南第一门的身份不符。必须改，可是，急在一时，俺也没想出更好的联子，这可咋办？若把话说白了，廖总的脸上，能挂得住吗？那大统领不敲碎俺的脊梁骨才怪呢！他咂了咂嘴，还是硬着头皮子说："南神门，对联子看不出啥神韵。上联俗！下联看似工整，眼光太浅，没道出苏北鲁南第一神门的气势，没显出娘娘庙南神门的崇高意境，要改！"廖子章听了，首

第十章　大木桥　娘娘庙

先拍手鼓掌："难得有人说真话实话，经孟先生的点拨、分析，俺真心觉得，很有道理！各位请继续发表意见！"在场的人，都低头思考。钦佩孟先生的勇气，并不完全赞同他说上联子俗气的看法。除了"金门映日，连蓝天云潇云丽添锦绣"之外，更高难的上联，是什么呢？詹秀才顶上一句："孟先生说得好，但如果俺们想不出更高雅的上联，这上联也不落俗套。下联也工整呀！"

孔先生眼睛盯住颜复礼，示意他解围，颜先生点点头，不急不躁说："俺觉得，这副联子，总体上看，是能用的。孟先生的看法，也不无道理。俺以两者为范，修饰一下，请各位赐教。上联：金门映日，连蓝天乘长风云腾万里。下联：玉柱擎天，倚泰岳航瀚海逐浪千程。"孔先生首先鼓掌说："俺觉得，修饰得好啊！气势有了，境界高了，说出龙王荡人的心声，虽不是绝唱，也不失为上乘之作，俺看中！"廖总问孟凡尘："孟先生，你觉得咋样？"孟凡尘还是觉得不到位，可是自己苦思冥想，一时也找不到适合的，只好点头说："孔先生说好，那就好了！"

各位拍手叫好，大门对联定下了。廖子章说："外柱上的对联子定下了，还有内柱的联子。"虎头鲸瓮声瓮气地说："俺木杵子一条，大字没识几个，说不上啥对联，跟着看热闹！"子章看着老蔡，用鼓励的目光，对老蔡说："蔡兄，你来吧！"老蔡说："好！俺来个上联，请各位兄弟斧正。"老蔡干咳两声，低头思考。转身说："俺出：丰华振兴，龙王荡惠仪致远。"

查礼义接着说："好联子，俺对：隆裕留贻，车轴河恩泽绵长。"众人皆呼"好"！廖子章说："诸公都说好，定了！俺寻思这两副对联，请孟先生用浑厚沉稳，大气磅礴《西狭颂》大隶体书写，方能表现出南神门的状态，孟先生，您看如何？"孟凡尘抱拳施礼："谢廖总抬爱，当全心全意。"

众人在进南神门之前，东方瓒说："这进大门，第一次，有讲究，该谁先进？"他有意提醒各位，别僭越了规矩。众人皆说："那当然是四太爷先请！"廖子章虽然很享受众人的捧场，笑一笑，实话实说："谁进都一样，无妨！无妨！这次进神门不着数，开光揭牌典礼之后，才算数呢！今天，就请老查兄弟带俺们进吧！"老查滑稽地说："恭敬不如从命,请各位先生大人们,高抬贵腿,移步南神门。"仰起脖子呼道:"天神在上,吾辈过门槛,踩当门来了——"

走过南神门,向前百尺处是照壁。大照壁,东西六十丈零三尺,上下高三丈九尺,厚三尺。青石基,白石墙体,有浮雕。主题鲜明突出,场面恢宏。场景图案,皆刻画龙王荡的芦苇、湖塘、湿地;龙的传说;农作物悬藤穗角根,五谷岁稔丰收;六畜兴旺,虾鱼满舱;街市繁荣,人健民安;诵乡约、咏民规,行善举,做好事;看大戏,扭大秧歌;风和日丽,风调雨顺的情景。雕工精细,活灵活现,神态逼真,呼之欲出。

众人仔仔细细察看雕像,用手轻轻触摸,啧啧称奇。廖子章说:"这大照壁啊!动了不少脑筋,做得非常精致、绝妙,具有极高的史学价值和丰富的艺术价值。这图案的绘制,这刀法、雕工清晰明了,线条流畅,饱满精准,一丝不苟。打磨得干干净净,光滑晶亮温润,是大好的作品。百年千年之后,让俺们子孙后代,考证这东西,出自谁的构思,哪个工匠之手。现在请哪位先生,给大照壁题个名!"孔先生说:"俺们做大事记时,还会有意识地留下一些探索余地,让俺们的后辈说故事,做研究,多一些想象空间。"

孟先生经过一番思考,提出自己的见解,他说:"四太爷啊!俺说说?"廖子章点头同意:"请!孟先生,说说高见!"孟先生仰面而低眉,眼睛盯住大照壁,活像一根驼背的木头桩子,他说:"俺的意见,此墙不用命名,众人皆知照壁,图案六组,多讴歌丰收和繁荣景象,如此精美绝伦之物,若再题名,则有画蛇添足之嫌。吾以为,于浮雕上方空白处,再雕一段阴文,最为贴切。浮雕图案、线条,多为阳文。阴阳互补两谐,谓之中庸平和。"

廖子章问:"依先生之意,题何文字为好呢!"孟先生说:"获之挃挃,积之栗栗。其崇如墉,其比如栉,以开百室,百室盈止,妇子宁止。这段文字,四太爷意下如何?"廖子章觉得很有道理,不必非要题啥名头。他说:"《诗经·良耜》,唰唰唰地收割忙,粮粟堆积如高墙,庄稼整齐排成行,密如梳篦,谷物装满千百仓。女人娃娃安无恙,心满意足睡温床。好啊!文字不长,道出喜获丰收的心境。各位看看咋样,有否不妥之处。"众人表示赞同,通过!

众人从左边，绕过大照壁。大照壁左右两边，各设一条弧形路，行人可以从照壁两边，通过牌坊楼，登鼓楼。两条弧形路上，每条路分别建两座牌坊门楼。四座牌坊楼，形制一式，各楼皆有大小三门，中间是高阁门楼，两侧矮阁门楼。歇山顶，正脊拉长，歇山屋面，举折平缓，明代石坊特质。檐顶正下方，镶嵌立面牌匾留空，等待命名题字。廖子章向众人介绍："这四座牌坊楼，当初起建前，就有动意，不是为谁而立，是为了树立良好民风而立。分别代表，仁义廉耻、孝悌贤良、礼仪智信、德善恭让四种含义。这四匾，都用楷体，字法形制结构，要严整苍古质朴。线质中锋，稳沉遒劲，浑穆厚重。分别请孔先生、孟先生、颜先生、詹秀才，献上墨宝，俺要老颜体。"四人心中，甭提多兴奋、激动。千年不遇，万古流芳的大好事，非常幸运地落在自己肩上。孔先生说："这让俺战战兢兢，如履薄冰。既兴奋，且敬畏，俺全力以赴。"孟先生谦虚地说："脚大脸丑的媳妇，见公婆，心中怯怯。"颜先生附和说："俺平时关起门来临帖，偶尔创作一两幅，常沾沾自喜，真的要亮到牌坊上，心中没十分把握。"詹秀才听前辈们的谦虚之词，低头没吱声，自觉资历尚浅。

文人读书、咏经、作文、写诗，一辈子勤学苦研，天天日课，持墨不辍，为的就是有朝一日，入仕安邦，有用武之地，图个青史留名。一旦机会来了，多是一边奋不顾身地抓住机会，一边还不忘记谦谦君子似的虚心自省一番，这是读书人的传统。廖子章明白他们的内心世界，也不用挑明说破那层意思。

牌坊楼正对龙珠湖两侧龙河肩上的石拱桥。众人过牌坊楼，没上桥，转道龙珠湖南口，登上鼓楼。当初，按廖子章要求，建鼓楼和建大殿，一样用时用工用料。鼓楼压中轴线南端，接南神门，是整体建筑重要组成部分，此为南部主景，牵带大照壁、牌坊楼、石拱桥、龙珠湖、湖心亭、花轩水榭、龙河各景，还与中轴线上的大阁台、钟楼、戏楼、香鼎台相对应，更和三殿群中的中院大殿遥相呼应。构成南北一线，东西对称，诸景谐和的完整景致。鼓楼，分楼基台、楼宇两部分。楼高一百四十一点五七尺，楼基东西长二百一十六尺，楼基宽一百零二点七五尺，楼基台高四十七点四尺。九五开间，阔九深五。这鼓楼标准本是皇家定制，后有民间效仿，渐而形成官民统一的规制。

按照习惯，鼓楼和钟楼，大多东西遥对，鼓楼在东，钟楼在西。廖子章认为，为方便地形和设计，习惯也不是铁律，即使是铁律，一样可以改。而娘娘庙的鼓钟楼，在同一中轴线上，南北对峙，也很适合，设计者老查说没问题。基台正中，敞开三个门洞，中门大，两侧略小。中门门楣上方，有一块长九尺三寸，宽三尺九寸，打磨平滑的白石板，等待题名。众人仰观门楣白石板，赞叹门楼大观。廖子章对东方瓒说："哎！兄弟，鼓楼上这块牌匾，由你来命名、题字，咋样啊？"

东方的脸上，出现了一抹不常见的腼腆，不好意思地说："俺哥！赶鸭子上架啦！俺肚里半瓶墨水，咋能和你那大墨海相比！"廖子章说："不要谦虚，说吧！"东方瓒低头一想，有了，他说："俺说不好，请各位哥们，一起嚓咕嚓咕，点评修正。俺说'万世祺祥'中不中？"众人异口同声："中！中！中！"

诸位在楼基台上观赏鼓楼建筑，重檐三叠，楼台耸肩，楼宇百尺，高崇翘翼，如鹏展翅鬻，琼绝尘埃，制穆宏阔，规严壮丽。登临西望，车轴河水流渺弥，宛若一条银色练带，蜿蜒跳动，奔向天边。东观百里龙王荡，青莽杳霭，幽深渺茫。瞭远长空，蓝天白云，时卷时舒，悠然游弋。

在二层正门中堂，檀木鼓架，竖托红漆象皮大鼓，直径丈余，架旁立两根鼓槌，六尺长，镰柄粗细，工巧精妙。在两根坚实沉稳的红漆圆石柱下，廖子章对众人说："各位，为节省时间，三层俺们就不去了。詹秀才、越秀才，你二位给鼓楼二覆三覆南门柱、北门柱，各出两副门对子，由你二人，自己出联，自己书写，用汉隶体，咋样？"

詹秀才抢先说："俺出两副，请四太爷斧正，各位赐教！"众人皆以期待目光，看着詹秀才那清瘦的颧骨和薄薄发白的嘴唇。詹秀才说："第一副，二层北门对联，'钟鼓楼，楼对楼，楼楼雄伟壮丽；宫殿阁，阁连阁，阁阁气势恢宏'。第二副，二层南门对联，'晨钟警醒世间名利客，暮鼓唤回天下迷路人'。"众人表示尚可。

这时的越麒麟有点急切，紧接说："三覆俺说两副，第一副，'洪声连汉韵，东方旒旆舞喜凤；箫鼓带唐风，华夏焕诗歌瑞麟'。"没等他继

第十章　大木桥　娘娘庙

续往下说，虎头鲸感觉有点问题，抢话说："越秀才，停停停，俺不识几个大字，俺觉得，你这对子，好像在歌颂你自己哈！又是麒麟，又是凤。不就是你们越麒麟、詹凤轩吗？"廖子章知道虎头鲸有意为难秀才。秀才遇到兵，有理讲不清。解围道："对联不错，有点意境，虎头鲸兄弟也没说错，你越麒麟也脱不掉抢风头的嫌疑。不过无妨，你出的对联，自然应该署名的，继续吧！"越秀才正在兴头上，道："祖辈贻高格，肇基业就，全由勤俭二字；后学承前贤，固本功成，都在读耕两行。"颜复礼说："好联子，对得很工整，此联在鼓楼之上，千年流传，承前示后，妥！"众人都看着廖子章，廖子章说："颜先生说好，那就通过了！"

龙珠湖在鼓楼北，距鼓楼大约百尺。龙珠湖圆心在中轴线上，处鼓楼与大阅台之间，即南口外是鼓楼，北口外是广场大阅台。龙珠湖东西两侧，连接湖岸各开凿一条河道，从湖两侧出，环抱广场和娘娘庙三殿院。这两条河叫龙河，取二龙戏珠、吉祥如意之意。两条龙河，龙首在龙珠湖，龙尾连接车轴河。蜿蜒、曲折、绵长。河水豪迈而流畅地从车轴河进入龙珠湖。这龙珠湖的湖水就成了上通大江，下入大海的活水。二龙河沿岸，河堤马道，植满乔木灌丛，绿竹鲜花。河岸连着湖岸，青蓝绿橙，花团锦簇。骚情的河水，一路飘逸，一路潇洒，一路豪歌。时隐时现，若动若静，或宽或窄，似疾犹缓。弯弯曲曲，热情奔放，来往于龙珠湖与车轴河之间。两条龙河环抱广场上一切建筑物和三殿院，衬托着青砖灰瓦的明丽，构成和煦、融洽、协谐而富有生机的画卷。在龙河肩上，正对牌坊楼，有四座龟腰拱桥。石拱桥南接牌坊门，北通娘娘庙广场。桥体由大石块拱建，上形如龟腰，下形拱圆，无梁无柱，坚实稳固。桥栏杆与河栏杆、湖栏杆一式方形石柱，凿榫相接。雕琢细腻，造型精美，一斧一凿，一线一纹，做得十分考究，无比精巧。无论从哪个角度观赏，都非常精美古拙。众人边欣赏，边夸赞做工考究。廖子章很感慨，乐观调侃说："做事情，和做人是一个道理。这女人吧，一经打扮，她就漂亮；这事情啊，一经修饰，精研细琢，它就完美。这四座石拱桥，做得真俊巧，堪称完美。虎头鲸兄弟，你来，给这四座桥起个名。"虎头鲸冷不防，想不到老哥这时候会点他的名。他以为这些舞文弄墨的事，与他一武将沾不上，一时语塞，鼻子里哼来哼去，哼不出适当的话来。大方脸憋得通红,结巴地说:"老哥,开涮了,俺跟着看热闹,肚里没斯文、没啥好词哎!"廖子章说:"无妨!无妨!你咋说咋中!"虎头鲸似乎有心理准备,憨憨一笑说:"那,俺听您的,呵!呵!呵!听您的!"廖子章认真地说:"兄弟,就依你,俺是认真的呵!"众人七嘴八舌:"没事的,放心大胆!""俺们帮你!""上阵能敌千军,起个名,难不住你。"……

　　虎头鲸一直在憨笑。他用憨笑掩饰、拖延思考的时间。过了一会,他说:"众兄弟,都认为俺中,不管你们说的,是真是假,俺都当回真!"

　　他搓了搓手,仿佛桥名是从手心想出来的。低头,又搓了搓手,好像猛猛喝了一口凉水,噎住了的感觉,伸脖子,咽唾沫。最后说:"俺说得很简单,你们莫要笑话俺没文化。俺从健康、幸福、平安、快乐中,各取一字,从这边向那边,依次就叫康桥、福桥、安桥、乐桥。俺不会斯文,过桥的人,见字明白。这桥,是通向健康、幸福、平安、快乐的桥。俺说不好,就是这个意思!中不中,你们说了算!"廖子章非常肯定,第一个带头拍手叫好,众人没想到,这么复杂的问题,十人有十个想法的事情,到了直截了当人的面前,就变得简单、利索、明了,而且意义非同一般。鼓掌通过。廖子章接着对青铜蟹说:"这八个字,请龙荡营妙书手青铜蟹兄弟,用魏碑体书写。有棱有角,高古深厚,还不失洒脱。"青铜蟹很愉快地说:"得令,照办,办好!"

　　众人踏过龙河桥,伫足龙河岸。太阳驱走了清晨的丝丝凉意,把它的春晖,洒向龙王荡。春光温存多情,传递娟秀与娇媚。她用温和的眼神,如一团一团的绒毛,暖洋洋地抚摸人们的胸窝,舒坦而快乐。有温度的烟气,在水面上缓缓飘移。薄雾朦胧,依稀地涌向水面上植物之中。

　　春日的垂柳,总是那样自信、帅气,优雅自然,超逸洒脱,英俊豪迈,亢奋而不拘礼法。姿容秀美,精神饱满,气度不凡。湖坡河畔,随处可见它的身影。龙王荡的垂柳,是殷勤迎接早春的主人。根为春生,芽为春发,它在迎春花绽放之前展示鲜嫩而羞涩的叶尖。一条条柔软的细条上,刚刚结满鹅黄色的新翠。一串一串地坠挂在水面上。微风飘过,疏影婆娑,娉娉婷婷,引来一群一群在水面上漂游的小鲤和青龟,它们和柳条一起舞动。廖子章欣赏姿态风韵、气质优雅超凡的湖面、河面,不由得心生感动,小声咏道:"一树春风千万枝,嫩于金色软于丝。"身边的颜先生听了,也兴奋地轻吟:"柳伫湖岸连澈水,花迎曲桥到湖心。"

清透澄澈的湖水,微波轻荡,亮丽崭新的湖心六角亭,俏立在湖水中央。众人沿油漆一新的河中曲桥,步入亭间。在六角亭里,众人沿亭内环条形椅坐下。廖子章对众人说:"这亭子,乃点睛之笔。周围湖上、岸上,百景千花,皆为这湖心亭而生。所有美景,众星捧月。把美亭之美,推到极致。她似王冠上那颗璀璨的明珠。俺将这亭命名为龙珠亭。踞亭观赏四周,杨柳桐栾,桃梅棠樱,竹节林杪,一派生机盎然。体察春日阳晖月色,眺望天空鸟雀云霞,聆听龙河流水箫曲,俯看水中肥硕的田田荷叶,品赏荷花竞放,菖蒲郁勃,荚叶繁生;戏水鸟,嬉野凫,捉青蛙,逗锦鲤龟鳖鱼虾,岂不乐哉!让俺龙王荡的百姓,挈妇将雏,乘游船,划舢板,登画舫,得一日休闲,是很惬意之事。踏入此亭,诗情画意,油然而生!现在请咱们的颜先生,给这亭子出副对联,如何?"

颜复礼连忙抱拳施礼,取下自己的帽子,跑到曲桥上,面对龙珠亭正门,撩起裤裙,端正跪下,朝着龙珠亭的正门,郑重地磕了四个头,然后起身,掸了掸裤裙上的灰尘说:"诸位,莫怪颜某行为癫狂乖张。四太爷把此亭命名龙珠亭,颜某万分感动,无巧不巧,颜某已逝老父名讳龙珠。俺情不自禁。"众人恍然大悟,原来如此。东方瓒开玩笑地说:"有人说,文人不厌繁文缛节,酸味十足。其实文人的礼数,皆有他的道理。文人酸味,绝不是装出来,是书香气熏出来的。"

颜复礼声音不高,语调谦和,仿佛是在面对父亲说话:"复礼不才,书到用时方恨少,献丑,献丑了!诸位,莫笑俺才疏学浅,目光短视!"谨慎君子的口气,彬彬有礼,翩然风度。虎头鲸急性子,开玩笑说:"俺说颜兄哎!酸掉大牙了,少转点斯文,干脆点,好不好?读书人的毛病,你急他不急,缺碱。上天降大雨,他宁愿湿了衣,绝不乱了步。"颜复礼也不着急,笑对虎头鲸说:"老兄有所不知,对联子,不是现成的,俺为啥酸呢!酸,就是在思考。好,有了。上联是,一湖葱茏近荷逸,青纱云外去;下联是,半河清澈远帆飘,缥缈日边还。凑合,凑合而已!"

廖子章说:"好,这副联子,搁这亭上合适,近看一湖景,远望一帆回。好啊!"虎头鲸又接话:"哎!哎!颜先生,你也不太像谦虚,啥叫凑合,还'而已'呢!孔夫子放屁——文气冲天!"廖子章又说:"哈!这联子,请颜先生书写,就用你那一手潇洒、灵动、巧中带拙的行草书写,恰到好处!对!这亭子,这对联,就是行草书体,不刻板,飘逸、轻扬、休闲!"

从湖心龙珠亭出来,众人在龙河与龙珠湖对接的东岸边,停下脚步。东西龙河口上,分别建有一轩一榭。东水轩依东龙河肩,顺势建三折曲形廊庑,连着另一侧龙湖边缘。一头是两叠敞开观景楼阁,一头是一层四方形敞开观景厅堂。三面朝湖,一面朝着广场。边缘处植有楸树、枫树、香樟、杜英、水杉、榔榆,青绿环抱,绿云覆盖,遮去半边天空。相对应的西龙河肩的湖岸上是花榭。水轩进口处,有两根盆口粗的红漆大圆柱。廖子章指红柱说:"这里别有洞天,十分雅致,这轩名为雅轩。请孔先生出个联子吧!"孔宪圣点头称是,两手背后,在轩间踱了几步。眉头微皱,眸子一转,小眼睛一闭一开,然后,捻了捻胡子说:"龙王荡人热情迎四海贵客;雅轩斋主暖酒待五洲宾朋。"廖子章说:"请孔先生用您的行楷书体题字吧!""谨遵嘱咐。"孔先生抱拳回复。

对面的花榭,和这边水轩,遥相对峙。廖子章遥指花榭,对众人说:"那边的花榭,和这边水轩,风格迥异,绿植也不一样。后放绿竹,前置梅菊。春夏看竹,清秋观菊,三九赏梅。请孟先生出一联吧!"孟先生点头,两手抚胸,低头索句,片刻顿悟,得句:"冻侵冰袭,雪里点点红萼,枝上傲寒岁;露湿霜凌,风间丝丝黄蕊,月下依清秋。"廖子章带头鼓掌说:"此联含梅菊,意境高妙,好啊!"

走过亭阁轩榭,曲桥香径,众人沿龙珠湖岸,行至湖北边缘处的大阅台。登阅台,望广场,顿觉气势宏阔,声势浩大,心胸开阔。阅台北面广场,南依龙珠湖,通透两面皆朝正向,这就是设计的巧妙处。这是一座椭圆形制的高台,台基至台上平面,十五层台阶旋转而上。雕镂圆柱,青砖台面,线条流畅。大圆台椭圆两头,撑起三丈高的圆形石柱,柱上雕琢龙凤浮图。石柱上部通过槽榫搭横木梁,四面留空,阁顶歇山钩檐，覆盖绿色琉璃彩瓦。登台而观广场，视线开阔，一览无余。

众人上台，分散观览，自然觉得景致不一般。感叹之余，为之震撼。廖子章对东方瓒说："东方兄，登高远眺，作何感想？"东方瓒说："不行万里不临渊，不知地远土厚；不上峻岭不登峰，哪晓天高空远。登上高台，所得不是曲径通幽，小桥流水，园林式的玲珑精致之美，而是气贯长虹，看长空云展云收的舒畅和开阔之意趣！"廖子章说："呵！很经典，有哲理。就把这段话改一改，给这座大阅台，添一副对联！让老蔡用老颜体书写，笃实浑厚，一丝不苟，苍劲而肥美，你看咋样！"

东方瓒说："好啊！请诸位修正！"东方仰望蓝天，原地下意识转了两圈说："未行万里，未瞰深渊，岂知地远土厚；没上高峰，没游瀚水，哪晓海宽天高。"……

登台远眺，每个人都有自己的思绪和感动。走下高台，就是三百亩大广场。广场东侧沿东龙河，一条脊三十间东屋，即娘娘庙管理机构办事之处。还有民间信奉的俗事摊点和门店，包括看相的，麻衣相法全解，柳庄神相揭秘。扯脸谱、瞧手纹，查验身体。凭头脸上雀斑、红点、瘊痣说凶吉。询问生意赚赔，出门注意事项。占卜的、测字的。观地势、看阴阳、选宅基、择坟场的。婚丧嫁娶，择黄道吉日的。破土动工砌灶、挖粪池选时辰。娃娃起名的。婚姻男女属相配对的。问女人肚子怀男怀女的。也有问哪天能割牛蛋、劁母猪。问当年农渔商事。问雨雪风雹，洪涝干旱……五花八门。只怕想不到，能想到的，应有尽有。

广场西侧沿西龙河，一条脊三十间西屋，是娘娘庙广场卖场。这里只允许经营和娘娘庙焚香、供品相关的商品，其他商品不得入内。展销天下诸香：细香、粗香、盘龙香，高香、大香、把子香，低档、中档、高档香。红烛、白烛、雕花烛，孤烛、对烛、同心烛。烛台、灯盏、火纸盒。明明晃晃金箔纸。白纸花、红纸花、五颜六色大环花。灯草、麦穰、鬼金条。纸糊的金元宝、银元宝，还有铜锕大钢洋……各类祭品，荤的、素的、水果、麻花、白面馍；芒鞋、孝服、苘麻、送老衣；火纸、白纸、香蜡纸；驱邪斩妖、除鬼擒魔的朱砂符、桃木剑……虽说没有正式开业，但有心做买卖的商贩，早已看准商机。交银子，抢摊位。能买的买下，没钱买的，租下。总之，货物堆满，再无空席，只待开张。

廖子章领龙王荡的这群文化大咖，在广场上饶有兴致地热逛一番之后，稍作小憩，参观大钟楼。大钟楼和龙珠湖外鼓楼对峙呼应，三层楼阁，和鼓楼形似，规模相当。巨形铜钟，三丈多高，悬挂在二层三层之间。古润浑穆，青铜铮亮。试撞时，发声浑厚，音域洪大，音响悠长，震撼芦荡。空气起皱，河湖起波，三十里方圆，清晰可闻。大钟内壁，铸有"龙王荡泰山娘娘庙大铜钟"的字样，阳文篆书，线条细腻、挺拔、流畅优美。大钟外表面，钟钲和钟鼓之间，四幅对应的阴阳太极和坎离兑震乾坤艮巽天罡八卦立体图案，凸现古老文化历史传承的沧桑。外钟口一圈，围着四海龙王，张牙舞爪，金刚怒目，耀武扬威，似乎遨游在宇寰之间。龙王下方，五洲云水翻腾。蒲牢钟钮上，连接碗口粗的钢索，把大铜钟吊在四梁八柱之上。侧边有两条拳头粗，面孔严肃，寒气逼人的铁环链子，悬起盆口粗的八尺鲸鱼钟杵。这两件器物，撞在一起，可想而知，那将会闹出怎样的惊心动魄的动静来！

众人都在仔细观赏这精工大铜钟。虎头鲸人粗心细，歪头仔细观察钟钮，问廖子章："老哥哎，你来看看，俺问你，这钟钮上为啥趴一头怪兽，龙不像龙，虎不像虎，这是啥玩意？"廖子章笑了笑，对虎头鲸说："兄弟，这钟上所有的造型图案，都不是随意弄的，都有它的来历和出处。俺告诉你吧，这口大铜钟，既不是甬钟，也不是镈钟，啥叫甬钟镈钟，另作一说。这大铜钟的状态特征，是俺们大清朝最时兴，最典型的钮钟。铜钟顶上盘曲的，惊恐万状，非龙非兽的家伙，它叫蒲牢，充当的是钟钮子。蒲牢是龙子，排行第四，平生好鸣好吼，铸钟工匠借其身、用其魂，铸成铜钟，希望它能发出响亮的声音。可是生为龙子，却害怕海中庞然大物——鲸鱼，当鲸鱼攻击它时，它便吓得放声大吼。人们根据它性好鸣的特点，凡钟欲令声大，就把蒲牢铸为钟钮，而把敲钟的木杵，做成鲸鱼形状。敲钟时，让鲸鱼一下又一下撞击蒲牢，使之响入云霄，其声独远。"虎头鲸手摸打磨精细，桐油发亮的榆木钟杵，带二分调侃语气："没想到，这榆木疙瘩上，雕刻的竟然是俺虎头鲸；没想到，老龙王的儿子，竟然害怕俺虎头鲸。真是无巧不成书！"

众人走出钟楼，立在钟楼正门前，沐浴在温暖和煦的阳光之中，很快乐，很幸福。蓝天，泼洒炫目的湛蓝。白云，好似飘移的棉絮。霞光，铺彩般射向人间。龙王荡沉浸在金色的唯美之中。大钟楼阁的琉璃彩瓦，绿椽红柱，青堂白墙，翘角钩檐，透出庄重中的典雅和华美，摇曳清荣峻茂的翠彩靓影。廖子章立于正门外，出了一副对联，曰："鹤鸣天色醒，虎啸梦中惊。"东方瓒说："老哥出正门联子，俺给后门也出一联，'长留云里身半影，远送荡中早鸣声'。"廖子章觉得钟楼二层留空，圆柱又特别粗壮，柱体留空不够完美，随口道出："俺给二楼南面再出一副：百里龙王荡芦茂谷丰文武胜地，千年车轴河波清鱼肥农商福天。"

东方瓒说："俺给西面门框出一副：钟鸣彻云里，震撼深芦远荡；楼静观海潮，眺迎远山长洋。"廖子章示意孟先生出北面联，孟先生说："联曰：河口风韵连海景，荡中劲歌颂宝华。"最后，由颜先生给东面门吟了一副，叫作："仁人际会，海纳百川方浩瀚；志士云融，涵养宽宏乃繁荣。"……众人出了钟楼，向大戏楼走去。

大戏楼前台两侧，有两根通天浑圆的红漆台柱，自地面直冲二层阁楼顶。戏台在二楼，这就要求楹联长，字数多。廖子章说："请孟先生给这大戏楼出联子，咋样？"孟先生向廖子章打了个稽首，俯身敬礼。接着说："这联子有点长，诸位听好喽，多多赐教。上联曰：二三声拉魂调，宫商角徵羽，管弦鼓板锣钹震全场。下联曰：一四色眉脸颜，生旦净末丑，忧怨喜怒哀乐萦一堂。"廖子章夸赞道："孟先生这联子出得好啊！一副楹联，就是一台大戏。您出的联子，就由您代劳书写，行草书体，最合适！"孟先生又是一个稽首说："谢谢四太爷的信任！"……

众人离开大戏楼，移步青铜大香鼎。大香鼎在大戏楼与大殿群之间，三院大殿的中院门下百尺处，压中轴线。鼎下青石基，方石台高三尺三寸，六级石阶。台面宽阔，青石板铺砌，槽口无缝对接，石面打磨平整光滑，大香鼎威立其上。青铜大香鼎，长一丈零三寸，宽六尺三寸，连耳高三尺三寸，壁厚九寸。正面鼎身，居中雕刻阴阳八卦天罡地阵图，图四周，有飞龙、彩凤、鲲鹏、金鸾、饕餮、貔貅、蝙蝠、蟾蜍、寿龟等吉祥长寿之物。图案严整，生动活泼。画面清晰精妙。

青铜大香鼎内正壁上，铸有阳文大籀篆书"龙王荡娘娘庙大香鼎"九个大字。香鼎背面，赫然呈现唱咏大香鼎的阴文隶体长诗：

范金诚可则，摘思必良工。凝芳自朱燎，先铸首山铜。
瑰姿信岩崿，奇态实玲珑。峰嶝互相拒，岩岫杳无穷。
赤松游其上，敛足御轻鸿。蛟螭盘其下，骧首盼层穹。
岭侧多奇树，或孤或复丛……

宝鼎四角，有四根三丈高白石圆形柱，从石板台上耸立，并将青铜大香宝鼎镶在中间。圆柱表面平滑细腻，圆柱顶上，镂雕一兽，叫作"犼"，半坐其上。北边两柱，面朝中院娘娘庙大殿，大致取"望君出"之意，意思是希望娘娘经常外出，以帮助百姓解除贫困和疾病。南边两柱，犼半座面朝南方，取意"望君归"，娘娘行游在外，为国为民，十分疲劳，希望经常回殿休息。廖子章对诸位说："这石柱，也有顶天立地之意，柱高二十七尺，直径二尺九寸，重达四万斤，上有承露盘，顶坐神兽'犼'，堪称标志建筑。柱面原本雕饰龙身，又考虑被误有华表之嫌，故索性裸着，写上对联，省去不必要的麻烦。北面两柱，请越秀才出联并书写。"越麒麟反应很快，转首想出一联："宝鼎烟青结霓彩，金炉烟紫催艳霞。"南面两柱，廖子章让詹凤轩出的楹联是："大德普济生，生生不已；至诚求情事，事事圆满。"

众人来到广场东边，一条边三十间东屋前，廖子章对芦云乘、公孙曫说："老芦雁、白胡子，你俩是龙王荡的宝贝疙瘩，荡里乡亲们信你们，该轮到你们俩说点啥的时候啦！"二仙对视一下，公孙大白胡子，朝老芦雁噘噘嘴，挤挤眼，暗示老芦雁发话。老芦雁也不客气，说："不知四太爷想听点啥？俺在四太爷面前不敢多嘴饶舌！"公孙觊在世时，和老芦雁是生死活对头，坐不到一条凳上。大白胡子和他大哥，不是一路人。为人恭谦、亲和、低调，颇得同道尊重。和老芦雁关系，大面子上，自然融洽。几百年来，两个家族，几百口人，吃的是同一碗饭，为抢饭碗子，竞争、夺生意，互相诋毁，背后捣鬼，说坏话，挖小锹，在所难免。俩家族矛盾由来已久，盘根错节，多少代人过去，不可能因为死了一个公孙觊，两家的矛盾就能化解的。只不过在俩族长这里，暂时缓了一缓。

第十章　大木桥　娘娘庙

老芦雁自以为是，早想抢话说，廖子章没给他机会。廖子章一半揶揄，一半鼓励说："你俩也算是俺荡里的传统文化人，打着精通《易经》的幌子，也哄了不少钱。说个对联吧！老芦雁给东屋廊外大门出一副。大白胡子给西屋出一副。"老芦雁得意地说："俺早有此意，既然四太爷下令，俺尊敬从命。各位听好喽，上联是：上识天文象理，下知鸡毛蒜皮，阴阳替运，万物枯荣凭循道。下联是：前晓流逝时光，后通风华岁月，五行转交，千年衰盛有因缘。"老芦雁一脸不谦虚的轻浮，自我夸耀的表情，自觉学问不亚于在场各位，嘴上却说："俺识字不多，出个对联子，将将就就，请各位大方之家雅正！"廖子章开玩笑说："老芦雁的对联，正是他平常推销业务时，做的吆喝词，说的喜话，听起来，顺耳！"各人皆夸他，行家，说行话，句句在行。

接下来，大白胡子岂甘落后，说："西屋对联，俺说不好，请各位兄弟、先生听了赐教。俺的联子是：肥田沃土，积财蓄资，孝悌先贤兴后世；广礼宽仁，厚德添产，遵从祖训旺前程。"廖子章说："大白胡子出的联子，存得住，有现实的意趣，亦有几分沧桑文感，不错不错。"二仙展示才情，代表的是俩家族的文化底蕴，代表两人受教育的程度，更代表两个人在龙王荡里的仙道地位。从表面上看，并无竞争痕迹。但他们两个人的对联子，在两人内心，皆有明确的尺子。谁深厚，谁浅薄，就是一副对联的机遇也绝不放过，一较高低。廖总早就洞察二人内心，早知这两家，百年恩怨，不可能一笑泯恩仇，只是变换了争斗的手法罢了。于是逗乐嬉戏地说："俺让老芦雁出东屋对联，是因为在东边屋里，摆摊设点的人，多是他的徒子徒孙，还有不少女弟子哩！让大白胡子出西屋联子，因为他在西边购置了三间卖场，卖大香哩！这两副对联子，他俩出，算是找对人了！"众人嘻嘻哈哈，好像非常佩服二仙经营头脑。虎头鲸说："二仙厉害，这才叫足智多谋，聪明非凡。在龙王荡里，你二仙要是不赚钱，再无赚钱的人！好啊！俺忙活几年，给你们赚了便宜哈！"

青铜蟹如梦初醒，俗话说，近水楼台先得月，俺啥也未得，好后悔。三十间西屋早售罄。他十分感叹，又十分惋惜地说："唉！百无一用是书生，俺手里也有些积蓄，家里也有闲人，咋没想起也买间门面房，卖大香呢！稳赚不赔。"青铜蟹自诩书生，说者无心，听者有意。你青铜蟹头脑进水了，书生咋的啦？孔先生笑了笑，没吱声；孟先生、颜先生也笑了笑，没吱声。越麒麟听了青铜蟹的话，不舒服，半挺半歪着长长瘦瘦的细脖子说："青铜蟹的话，俺不爱听，啥叫'百无一用是书生'呢？你读了多少书？学富五车？著作等身？还是汗牛充栋？踏遍书山……风蓬飘尽悲歌气，泥絮沾来薄幸名。十有九人堪白眼，百无一用是书生……这是前辈黄景仁先生穷困潦倒，万念俱灰之作。你的生活没有漂泊不定，你的慷慨激昂之气犹在，也没人骂你负心汉。更不是十人有九人向你翻白眼，你过着无忧无虑的小康日子，咋叫'百无一用是书生'呢？人心不足蛇吞象，真够贪！"遭越秀才如此奚落，青铜蟹憬然有悟，自觉太唐突冒昧。嘴无遮拦，口不择言，有失常礼。这里都是读书人，相比之下，自己才是小蚂蚁。在他们面前，只能说识几个字，称不上书生，糗大了。

虎头鲸看出端倪，知道青铜蟹无语、窘态、难为情，连忙打圆场，和稀泥，笑嘻嘻地说："俺算看出子丑寅卯来了，都是他娘的玩笑话。青铜蟹就是个娃，不会说话。嘴上没毛，说话不牢靠。会说话，讨人笑；不会说话，使人跳。你看你看，越大秀才跳了，跳了。别跳了，在场的书生，又不是你一个。越老弟，你们都是文化人，有气量，哪能为一句玩笑话生气哩！文人都很大度，从不斤斤计较，从不小心眼，对吧！"虎头鲸拍了拍越秀才的肩膀："算啦！算啦！"东方瓒也认为，只不过一时口误，用不着大惊小怪，随意说了句："算啦！天不早了，还有诸多事哩！"

廖子章右手打眼罩，看太阳说："嗯，天不早，太阳甩西了。老蔡兄弟，麻烦你去大食堂，让那边人给俺们每人安排一碗干饭，一碟菜，一碗青菜汤。弄两个筐，挑过来，吃完干活，两不耽搁。"老蔡说："好嘞！老哥一提吃饭，俺这肚子还真的饿了。各位稍候片刻。"说完，拔腿而去。

几个人来到大殿区东墅院前。东西墅院大殿，皆四进式。中墅院大殿三进式。三院大殿，齐头并列，东西排列，南北朝向，可以明显看出，突出中院的浩大规模和雄伟的气势。东西院与中院之间，有一廊相隔，廊前殿外，各植一棵百年银杏树，共四棵。

这四棵百年银杏，是三年前娘娘庙开工时，廖子章差人花了两年多工夫，在方圆五百里内，民间搜索，遴选出来的。每棵差不多三人合围，高约二十余丈。树枝划着云边，仰望入九霄。晚上，星星月亮挂在树梢上，轻轻摇曳的疏影映在墙上，演绎静夜宁谧而浪漫的图景。打东边这棵是公树，干茎笔直、挺拔向上，直插蓝天，冠幅小，而叶茂盛。另三棵是母树，冠幅大，枝臂粗壮，旁逸斜出，枝繁叶密，主干高度，直追公树。受公树滋润恩露，每年杏果千斤。

　　众人在公树下用完午餐，又"咕噜咕噜"，喝两大碗油乎乎的青菜汤，嘴唇胡须上沾满黄澄澄的豆油沫子。这是眼皮子灵活的火头军老头吴小齉的功劳。他知道这汤是送前殿工地招待贵人的，于是乎就在汤出锅前，加浇了一勺熟油，以此来换取头面人物的信任或夸赞，从而稳固他大厨的地位。谁知廖总喝了汤说："熬汤用这么多的豆油，真是浪费，不会过日子。"老蔡笑着说："老兄啊！有所不知，那是漂汤油。滑头吴小齉，在菜汤出锅时，本来清汤寡水，他浇了一小勺熟油，又多放一勺盐巴，大汤勺一搅和，油盐足了，这汤的口味自然好，他的口碑也自然好！"东方瓒说："哈哈，这年头，龙王荡里的一根芦柴也快成精了，何况这位吴大师，别看他说话时，鼻咽音齉齉的，他眼皮活，照客兑汤，头脑子绝对不齉。"廖子章不再搭理，看着银杏树，总觉得哪里有啥不完善。过了一会，他对东方瓒说："哎！兄弟，这树，不能这样裸着。以树干定心，八尺半径画圆，立石柱，接石掌，砌石栏，凿石碑。出告示，禁止攀爬，防止车辆碰撞，要保护。百年老树，资格比俺们老，见识广，理应受尊重、优待，不可以丝毫怠慢。"东方瓒让青铜蟹一一记下，随口表示歉意："唉！唉！大意了，弥补、弥补！"

　　众人在中院前歇息一会，再登上六十六级台阶，到主殿前的大平台上，仰观大殿。看二层重檐下，一块九尺六寸三分长、三尺九寸六分宽的金丝楠木大匾，匾框阳饰浮雕各种纹案。红花绿叶，牵丝扳挪，藤蔓攀附，涂彩新颖，构图古雅烂漫。中间黄底红色阴文行书体七个大字：泰山圣母娘娘殿。这是一年前，廖总和东方瓒上山，请乾道老祖亲笔题写的。平台靠近大殿墙体外立柱旁边，有一块不显眼卧式石碑。独立石块，三尺见方，平面平滑微倾，上有阴文刻字，黑漆涂新。记载朝廷一品大员，衍子民资建泰山娘娘殿，还宏愿的简单经过，虽然金额有限，不足挂齿，但其心可表，其行为可昭。碑文柳楷百余字：

阁老衍氏讳子民受皇命剿匪龙王荡遇险困迫窘于伸手不见指之黑潮乱境生死攸关遂见洪面红灯引之出冥灯言曰吾乃泰山娘娘汝命不殒于此随影而前可解洪围也阁老遂发宏愿今日得娘娘顾吾重生还京定奏上拨巨资择此兴娘娘庙以报再生之恩此碑志之供后辈祭瞻乎

正殿大门关闭，两边门敞开，众人从东门进大殿。大殿内，四面采光，宽旷敞亮。塑像背后，殿壁之上，镶竖式小牌匾，匾上闪耀金光小楷字：东岳泰山天仙玉女碧霞元君。进殿，令人肃然起敬，庄重谨然情绪，浸染心头。元君娘娘坐像，高一丈三尺六寸，镀金身，端坐大殿正中。手捧青玉圭笏，代表上天行使治理人间权力。慈眉凤目，半开半闭。庄重端妍，平易近人，和蔼可亲。

千百年来，龙王荡人信龙王，也信泰山娘娘。泰山娘娘是龙王荡人心目中的慈母、圣母，她为众生造福，为贫民纾困，指点迷津。她驱除人间恶疾，让人健康。她呼风唤雨，让农人丰收，让渔人满舱，让商人获利。让老者延年益寿。为渴望添丁人家送子。让父子、兄弟、亲朋、邻里相互尊重，和睦相处，友好往来，相互信任。她庇佑众生，灵应九州。她统摄岳府神兵，明察人间善恶。她让龙王荡平民倍感亲切，倍加依赖。她头戴凤冠，玉翠珠光，脚穿三寸金莲红帮金丝花鞋。项挂璎珞饰品，手臂佩金环玉镯。身披红色金丝刺绣凤帔，白花彩凤。肩搭一丈九尺蓝色丝巾，端坐龙头宝座之上。宝座连着莲花金盘，珠光宝气，贵丽华奢。圣母前方两旁，两俾仆面带微笑，高举长竿法器宝铃，代娘娘近客受供。左右侧两侍从，一文一武，左边文从，手捧宝卷；右边武从，手执金印，身背弓、戟。身后两侧，两随仆高举长竿，竿头制圆日、月两轮阴阳照牌，以示执掌天地二气轮回。

殿壁顶下设小神龛，神龛上部横刻一行汉隶小字，接着是铁线篆文红印，皆为"天仙照鉴"四字。红印下方，竖行秦篆文，刻有"有灵在天，无欲则仙。照尔善恶，鉴尔蚩妍。山精木魅，不敢前兮。呼云雨於，泰山之巅"。为防风尘侵染，主仆七尊塑像，皆用细如蝉翼的青白纱帐笼罩，帐角点缀红色绒球，金质帐钩。帐檐上，垂挂浅绿丝绸横帘，帘上刺绣荷叶莲花，鳜鲤鲫虾……

大殿内饰圆顶上，取天圆地方之意，上标日月星辰；下有浮云、鲲鹏、仙鹤、凤凰、孔雀百鸟图，壁画桃柳李梅，松兰竹菊，山川芦荡、小桥流水，百草鲜花。构图相当细致精巧。人物塑像，活灵活现，面目高贵秀丽，特征鲜明，个性独特。石雕砖雕，排列整齐。物品摆件，大小尺寸，颜彩搭配，光线明暗，每个细节，都做得到位，堪称绝品。

身临其境，心脑倍受震撼，灵魂深受熏陶和浸染，仿如经历一次全方位的洗涤和净化。

廖子章精观细察，不由自主地说："这个效果，实现了当初的想法。要的正是这种有传统特色的文化氛围。这里充满了一个民族向善修德养性的精神内涵。"他在思考：民族文化和民族精神，蕴藏着极其丰富博大的智慧，以及强大的内在力量。而这种智慧和力量源于民族千百年血脉精粹的凝聚和积淀。俺们的责任，就是把这些精粹和积淀融化开，再一代一代注进新鲜血液，让一个古老民族，恢复年轻和激情，充满生机和活力，去勇敢对抗一切灾害，战胜外敌入侵。在四海翻腾，五洲震荡中，立足更稳，迈步更坚。可是，俺们的大清面对传统精髓，却越来越生疏，以至于断代，在外敌面前认孬。民族，不能没有信仰。没有信仰，便没有灵魂。民族精神的升华，来自信仰的力量。信仰背负起源远流长的民族意志。民族的永存，并非因为基因自然属性的强大，而是具有坚定地战胜一切苦难的，有信仰意志的强大文化基因。文化和文明，更大程度地来源于传承。没有传承，便没有创新。碧霞元君不单是救世主的化身，更应该具体化到人们心中的德高良善，为他人无私奉献，惩恶除魔，成为引导人们走上光明、幸福、康庄大道的精神支柱。在龙王荡立起这根支柱，就立起荡人的精神脊梁。她的作用和影响，将源源不断地惠及后代。

东方瓒对廖子章说："老哥，你看这大殿前门，谁来出副对联？"

廖子章对众人说："俺给大殿出副联子，请各位兄弟斟酌。上联：

日月东方，神光圣母，度福万众。下联：乾坤五洲，碧霞元君，授祥八方。"

话音刚落，詹秀才紧接着说："大气磅礴，有广度，有深度，神奇巧妙，好！"带头鼓掌，可是孟先生好像还没反应过来，一脸的蒙圈。廖子章看出孟先生想说话的样子，问："孟先生觉得如何？知无不言，言无不尽。"孟先生眼皮抬了抬，两道抬头纹，弧形弯过脑门，咂了咂嘴说："还好！还好！"……

众人穿过大殿后门，沿东廊庑，到二进殿，观览了眼光娘娘殿……又经过三进殿，观瞻送子娘娘殿。龙王荡人信奉眼光娘娘和送子娘娘，因为她们是碧霞元君娘娘化身。碧霞元君娘娘根据需要，化身千万不同形象，消除人间一切苦难，造福百姓。

东方大统领给二进殿出联："大庇一方百姓，普度众生，龙王荡康宁无恙；遍行九州履痕，博施鱼米，车轴河永安呈祥。"廖子章让孔先生给三进殿出上联，让孟先生对下联。二人欣然接受，孔先生出联："承恩传宗送子，感谢娘娘洪恩浩荡。"孟先生听完，接着说下联："蒙泽接代迎孙，报答圣母博爱无疆……"

众人回到前殿，进入东院。东院大殿，一式四排四进式大殿。第一进青龙殿，供东海龙王敖广；二进赤龙殿，供南海龙王敖钦；三进黑龙殿，供西海龙王敖闰；四进白龙殿，供北海龙王敖顺。在龙王荡的故事里，四海龙王神通广大，无所不能，每年都会于龙王荡里，欢聚纵乐，纪念老龙神的诞生日。

青龙是老大，治天地雨水、洪灾。赤龙治火，司人间真火、闪电。黑龙治风，管气候冷暖变化。白龙治霜雪，冰雹、冷冻。四海龙王都是不能得罪的主，得罪必遭殃。所以为它们专建四殿，高规格塑像添供，不马虎。廖子章给青龙殿题两副对联：第一副，功高立地，声威超四海；德厚参天，名望过九州。第二副，神灵默佑舳舻稳，圣德维持农事安。东方给赤龙殿题联是：控燃灾，火真久护三千界；司雷阵，电闪长维亿万民。廖子章让詹、越二秀才分别给黑龙殿和白龙殿题对联。

黑龙殿对联：吸风云，司天地气象阴晴化度；敷冷暖，控乾坤环形明暗轮回。白龙殿对联：统冰霜雪雹，悯世间百姓；治寒冻凉露，惜天

第十章　大木桥　娘娘庙

下苍生。

观毕东院四龙大殿，众人兴致未减，不知疲倦，越过中院大殿，直达西院。西院从南向北，依次排列的是四神殿，分别是农神殿、海神殿、财神殿、船神殿。农神殿，供华夏始祖牛头人身，神农氏炎帝；海神殿，供耳坠青蛇，脚踩赤蛇，人面鸟身的海神玄冥；船神殿，供庇佑船民，抗风暴，御潮汐巨浪，力挽狂波巨澜，化险为夷的船神冯耳；财神殿，供掌管招财纳珍、进宝、利市的正财之神，龙虎玄坛真君赵公明。廖子章让青铜蟹给农神殿出对联，青铜蟹饭前不经意说错话，一直闷闷不乐，自己觉得给大统领丢脸了。其实众人皆忘了，只有越秀才还记着。廖子章心中有数，让青铜蟹挽回一点面子，他说："青铜蟹其实还是有些文采的，来吧，给农神殿出副对联子吧！"

青铜蟹内心很感动，只是尽量藏着掖着，怕别人看出他太浅薄，尾巴还攥在越秀才手里哩！他弯腰低头接受说："谢过四太爷。俺的联子是：教农耕，尝百草，收割播种三阳转运；识菽稷，济烝民，开渠垦田五福降临。"照顾越秀才的面子，廖子章让越秀才给海神殿出联子。越秀才心眼窄，小肚鸡肠，一脸的不悦，不想在青铜蟹之后出联子，又害怕廖子章责怪，不敢违拗，乖乖地顺从说："谢谢四太爷高看，俺出对联子是：驭四海，揽波浪，功高千秋万代；协九龙，定安危，德厚永世长存。"后由颜先生给船神殿出联是：保大将军，扬帆起舵，急流勇进；佑众渔船，乘风破浪，平安归航。再由孟先生给财神殿出联是：生财大道，取之仁义，堆金积玉德源广；招宝宽途，得其贤良，肥马轻裘福泽丰。众人最后顺道，在院区西北角查看了厨院，又到东北角查看道徒舍院。临收工时，廖子章就接下来的对联刻字，犄角旮旯不完善的细节琐事，又强调交代一遍。特意要求，除了舍院一处茅子外，在广场东西屋后檐外，再各增设两处茅子，并在各路口，插上茅子指示牌。另外，每座大殿前檐下，布置四口头号罗汉缸，注满水，以防火灾，有备无患。

大统领让青铜蟹一一记录在案。廖子章最后强调，四月十八，赶在泰山娘娘诞生日，大殿开光揭幕，正式对外开放，集会活动期十天，至四月二十八闭会。从今往后，每年四月十八，定为龙王口泰山娘娘敬香庙会日。廖子章对十天庙会做了粗线条安排，具体细节由东方瓒和蔡先福商量执行。

廖子章说:"娘娘庙开光揭幕典礼,这是龙王荡千年不遇的大事件,请乾道老祖亲自给娘娘庙开光揭幕。到时候,会有成千上万人参与活动。活动由龙荡营操办,老蔡率二十队队长、乡约,全力配合,分工负责,明确责任,任务靠身,确保活动安全顺利,无事故。届时要招募善男信女,上殿敬香。邀请招募天下商贾,要有晋商、徽商、浙商、沪商参与。既要有各地特色的丝绢、绸缎、布匹、茶麻、棉花、稻米、黄豆、稻子、麦子,也要有各类农具,如耧、耩、犁、耙、笆斗、木楸、戽水斗、石磨、碾盘、百货、日用商品。更要有洋货。这次一定要让洋钉、洋碱、洋火柴、洋油、洋布、洋铁丝、洋袜、洋靴、洋灰、洋山芋、洋葱头……通通进来,让俺龙王荡外面的人,到俺龙王荡里开开眼界。

"要有俺们传统的大秧歌、宏天鼓、庞地锣、披红挂彩、踩高跷、演马戏、走红、放天灯、挂灯、抢童子……"

太阳落山,殷红的晚霞洒遍了龙王荡、车轴河,映红了娘娘殿。

廖子章上马,出了南神门,不知咋回事,头脑忽然一闪而过大明朝那个金马碧鸡老兵的那首临江仙……是非成败转头空。一抬头,迎面遇上大盐主许怀宁和桓商乔万斛的轿车。两车一前一后,二人匆忙下车,廖子章也下马打招呼。这二人神色紧张,难看,精神恍惚,神情不安的样子。没等廖子章开口,许怀宁抱拳苦诉:"四太爷,出事啦!出大事啦!"廖子章真的感觉出大事了,要么一向沉稳冷静的许盐主不会如此激动。忙问:"兄弟,莫激动,慢慢说,出啥事了!"

许怀宁在发抖,廖子章已明确八九分,定是许家私事,至少是动了老许的疼处了。乔万斛见状,连忙代老许说:"俺大清国的候补巡检纳古斯,会同直隶州盐运司运判魏洛源、协理皇甫存,打着改盐制农,复垦种粮旗号,集中三十张犁,在板浦南、盐河东,车轴河与西卤河之间,针对许兄优质泥板结晶盐池,强行耕毁。毁盐改土种粮,并说是大清朝的基本国策,不得违拗。三处九百多亩规模的上好盐田,许兄家祖辈几代人的心血。若毁了,许氏制盐基业,将损失三分之一。"

廖子章问:"大盐场有青口盐场、临兴盐场,小盐场一两百个,万份盐滩。他们复垦哪些场?哪些滩?难道只针对许兄吗?"许怀宁愤怒地说:"其他各盐场,暂时未动。他们说,俺的盐场靠内陆近,淡水交错,易改造,见效快,用不着两年,就能种出庄稼来。这次改盐复垦五千亩,俺一家占了近千亩,不公不公!"廖子章说:"这不是三两句话的事,天快黑了,走,到俺家,坐下商量。"

三人来到大校场阅台后边乡团会客厅,落座。卫兵辛驰端三杯茶水,放桌上。廖子章对辛驰说:"告诉后厨,备三菜一汤,留二位兄弟用简餐。"接着对许怀宁说:"既是朝廷的诏令,俺们暂且不必明着对抗,矛盾还没到那一步。想个办法,不能让他们把天字号上等盐田给祸害了。将来若干年以后,能不能保住,那是以后的事,眼下得保!"许怀宁说:"四太爷,您可有法子?若毁了俺九百亩上等盐池,俺真的没的命了。"廖子章脑海里映出魏洛源矮墩墩三号个子,头大脑门小,圆腮帮,短胡须的形象。这人直爽,没啥刻板的原则,只要引起他高兴,话好说,事好办。

廖子章对许乔二人说:"板浦盐运司运判魏洛源,俺熟。去年还京述职,嫌坐轿子车太慢,又抱怨海州没他看上眼的马,俺送他一匹良骏,述职回来,赞不绝口。通过魏洛源请巡检纳古斯吃酒。俺帮你斡旋,最理想的做法,找几块低产劣质盐池置换。如果此法可行,既甩了包袱,又保住优质盐池,岂不是两全其美?"许怀宁感激涕零,声音颤抖,吞嗓眼里连续哽咽两次,向廖子章作揖鞠躬说:"全仰仗四太爷出手相救,许怀宁铭记在心。"廖总大度地说:"哎!都是自家的兄弟,何须如此客套!"辛驰、阙小海用捧盘端来饭菜,三人边吃边聊……

廖总在海州大酒店摆下饭局。魏洛源和纳古斯、皇甫存三人在衙门广场转悠一会。魏洛源手打眼罩,仰脸看太阳,脑袋后坠下的独辫子仿如一条黑蛇,垂到腿弯,大红绳扎辫梢子,显得很喜庆,对纳古斯说:"走吧!纳大人,时辰差不多啦!"纳古斯动作有点迟缓,辫子如病牛的秃尾巴,毛发不多,掺了许多假,编的辫子硬邦邦,翘起不靠身。他是蒙古族人,虎背熊腰猩猩的屁股,挺着厚厚肚皮。他平时基本不穿官服,便装比较休闲,穿得舒服。特征显著的是,脖子短,屁股又大又圆,十分发达。说话时,喘息明显,后音漏气。红彤彤的脸,胡子拉碴,不修边幅。性格粗剌剌的,说话不兜圈子,不拐弯,表面看上去,有点专横霸道,不好亲近。京官嘛!天生傲慢,不必计较。只要他答应帮忙,剩下的事,都好办!纳古斯是大个子,低头,看了看魏洛源说:"你小子,来海州三年,混得不错,经常有人吃请。他娘的,你也大气一点,把你的朋友介绍给咱,咱在海州缺朋友。咱若在海州有朋友,就不用你带咱出来吃饭,是咱带你吃饭。你再想牛×,没门。"魏洛源点头哈腰,连连称是:"大人说得对,今天介绍一位朋友给你,在直隶州,没有他摆不平的事!""那好,再来海州,再不用被你小子裹挟了。"纳古斯说:"走,去会一会你说的朋友!"……

　　酒过三巡,菜过五味,众人脸泛红润,酒劲渐渐上涌,话投机,缘深恩厚,相见恨晚。兄长弟短,调天侃地,唾沫星子,牙上附着物,喷在对方脸上,都不用揩。相互倾诉衷肠,情投意合,山盟海誓,那热度,插不进手。廖子章眼观机会已经成熟,为表示尊重,持杯离席,站在纳大人身边说:"纳大人,草民给您敬酒。"纳大人转身碰杯,廖子章趁机,五千两银票塞给纳大人袖笼里。纳大人心领神会地说:"子章啊!你又不是草民,你是龙王荡的荡主,咱纳古斯的好朋友。纳古斯在海州的任何公事私事,你做主!来!干杯!"两人手拉手,脖子一仰,"咕咚"一杯干了……

　　纳古斯当场承诺,前文服从后文,给海州境内,包括许怀宁在内,一百三十八家大小盐场主,再下一道指令,置换许怀宁盐田三百亩,其他六百亩复垦计划,调给临兴、青口盐场……后来,听说临兴、青口盐场主,也在海州大酒店请客送礼摆饭局。废盐复垦计划,最终成了开垦荒滩荒山计划。再后来,象征性地放把火,烧了一片茅草荒,给朝廷一纸完成计划报告书,便不了了之。

　　经历这次事件,纳古斯聪明起来,觉得这是一条取之不尽的生财之道。明年可用同样手段,再讹一把。一百三十八家盐场主,大户大掏,小户小掏,底线一万两,数目可观。就这么着,山高水长天帝远,谁也管不了谁,再说老佛爷也喜欢这一手,要不是前几年,咱给她老人家送去银子,咱一个九品的看门狗,一下子上至五品,凭什么?

第十章　大木桥　娘娘庙

3

廖子章从海州回到家中，板凳没焐热，南宫先生来访。这几年南宫先生立足传统医学，结合西方医学实践，撰写了《伤寒杂病新论》《寒热重症攻略》《跌打骨伤解破及其疗法》三部新著，堪称大清国医学智库。破解了千年来，传统医学关注的，而往往束手无策的伤寒、寒热重症夺命的关键难题。三部专著，刊印工程浩大，插图细致，标准高，工艺复杂，直隶州没有这种精致制版印刷技术，南宫先生要专程去上海，借助洋人制版印刷技术，出版发行。这几年，大医堂的公益开支过大，加之大多荡里平民，治病拿不出钱。一部分病人，只能给付少许的成本费用。治病不能耽搁，却耽误了南宫先生的银收。眼前，大医堂周转资金自给都成问题，哪有大笔资金用于出书！捉襟见肘，尴尬了。

出版三本专著，加上详注、插图、制版、印刷、装帧、发行万册，至少耗资两万两白银。南宫先生希望著作尽早面世，解更多病人痛苦，挽救更多条性命。一时又拿不出足够的银子，心里急呀！急得上火，舌尖上都起水疱。廖子章听了南宫的叙述，知道是啥意义，他对南宫先生说："先生呕心沥血，独辟蹊径，推陈出新，此乃壮举。其精神、学识，以至贡献，济天下苍生，功莫大焉！区区两万银，阻断先生善行，不可！不可！先生，你把预算打足了，不要太抠，千年不遇的大好事，别让后人寒碜俺们不知轻重。过日子，可以紧巴些，节俭些，办大事，就不要勒勒措措。这三部书，要豪华，要精装，不可寒酸。好内容，要与好形式相统一。开本、纸张、制版、印刷、油墨、插图、装帧、封面……不要平装，要精装，都须按最高档次预算。花银子的事，不用你烦心，俺就是挨家磕头化缘，也帮你把银子给凑足喽，无偿支助，不用归还。"……

半月后，南宫先生和女儿小芬、儿子泰，父子三人，两辆轿子车，带上书稿和廖子章化缘来的银子，出发了。

东方瓒率众兄弟姐妹，筹备娘娘庙开光揭牌，忙得热火朝天。最费事的、最细致环节，是雕刻楹联、名头字号、牌匾。离四月十八泰山娘娘诞生日，一个多月。大庙开光揭牌，铁定日期，没得商量。时间不够，夜以继日，废寝忘食，通宵达旦，三班倒。

俗话说，春雨贵如油。三月下旬，龙王荡下了一场弥足珍贵的透墒雨，冬春田间底肥起劲，小麦青穗出苞，挂花、养花、壮浆。大田小地，乌青茂盛，茏茏绿绿，把地面覆盖得严严实实。每一块田地，萌萌的穗头，愣长，一拃长的麦穗，青芒直竖。又是一个大丰收的季节，毫无悬念。水分足，肥效高，营养丰富，日光少有的充足热烈。到四月初，颗颗穗头，粒饱浆足，鼓鼓胀胀。

廖子章和滕大山两马，一前一后，在南三队下马。两匹枣红马，拴在路边树桩上，沿田间阡陌，看平民家一亩两亩的地块。廖子章弯腰捋一颗穗头，放在手心，揉了揉，又搓了搓，青胖的麦粒，肥肥壮壮，圆圆滚滚，他脸上堆起憨憨的笑容，对滕大山说："猪不吃昧心的食，喂好饲料多长肉。同理，麦子不负有劲的肥，谁家在地里下啥功夫，麦子就长成啥样子。"他吹去麦粒的包皮和青芒，把麦粒俺在嘴里，嚼了起来，久违了的青味香气，厚厚黏滑、甜丝丝的浆汁，和肉肉、糯糯、软软麦粒仁，引发内腮里的津液，嗞嗞流出，这种充满喜悦的感觉，勾起他许多的想象，他很安慰，很幸福！他自言自语地说："再过一个月，麦子装包，扛上肩，就不担心天气变化了。收割开镰之前，愿老天保佑，别降乱。"

中午时，两人出了麦田。廖子章感觉气温不对劲，这四月的天气，咋如此热烘哩！难不成，要下雷暴雨？下雷暴雨，不打紧，麦早过了养花期，麦粒壮浆了，不妨事。除了雷暴雨，千万别落下别的东西来。他不敢说出口，好话不应坏话应。上路，解马缰，他低头间发现树根一块大青石头，何年何月因何故躺在这路边，不得而知，可是这块立石边上，潮漉漉地冒出汗珠子，是可知的。这在俺龙王荡，人们都知道屋里屋外，物件反潮，必有雨。他断定，不出三日，必有雷雨。这种感觉，百分百地灵验。

廖子章和滕大山打马绕道，越过泥泞的荡里苇间小路，到外口娘娘庙工地，找东方瓒和虎头鲸借红衣大炮，到小麦上场时归还。东方瓒、

第十章　大木桥　娘娘庙　　　　　　　　　　　　　　　419

虎头鲸二人迷惑不解，无缘无故无战事，老哥借啥子红衣大炮。东方琢磨廖子章的心思，一时估摸不透，问："老哥，红衣大炮听你指挥，指哪打哪！说啥子借，见外了。你担心倭寇会来抢麦子？俺有两三千的兄弟，您有三四千乡团子弟兵，还怕啥区区海盗倭寇？"廖子章本不想道出天机，以免让别人担心自己的行为乖张，与老天对抗，伤天理，悖天威，而遭天谴。何况那些信天命的人，参与进来，怕受牵累。出于本心，也不想连累无辜，天塌了，自己扛。反过来想，这二位兄弟，多年来，同生死，共进退，刀山火海跟着上，瞒他们，不合适。于是，他压低声音，对二位说："俺们是磕过头的自家兄弟，俺想和老天斗一把，求你们助俺！"东方瓒很直接说："老哥，说吧！啥事？俺打头阵！"虎头鲸也不示弱地说："老哥，你永远永远不是一个人。只要你发个话，不管对错，虎头鲸攻克到底。"

廖子章说："不必大惊小怪，并无杀生之事。首先娘娘庙的工地，后续事情，千头万绪，不能熄火。四月十八，开光揭牌迎香客，雷打不动。俺已请了乾道老祖，这事，板上钉钉，不能改。调你们二十三门红衣大炮和炮手，请虎头鲸兄弟指挥，十三门炮，部署在卤河南岸大堤上，贴住龙王荡北边缘，筑固炮台，炮口向上，对准天空；另外十门大炮，部署在界苇河北岸大堤上，贴住龙王荡南端，兼顾荡里荡外的麦地、稆地、山芋地、棉花地。这次，俺要和老天斗上一斗。今天俺看麦田里，所有小麦全部满仁，正是壮浆关键期，不出意外，夏季应该又是丰收季。小麦已经四五年，年年丰收。老天不可能让俺们舒舒服服过日子的。俺预感今年麦季不会太安顺。你们说，若早晚来一场大冰雹，咋办？由它去吗？对付冰雹的计策，在俺脑子里琢磨已久了，俺不甘心。俺觉这几天，天气反常，不光气温高，空气如糨糊般浓厚，堵塞心口，难以喘气，屋里屋外，物件返潮，淌水，不是好兆头。必提前预备，否则，到时候，就抓瞎了。"东方瓒、虎头鲸还是不解，降冰雹和红衣大炮之间，不相干的两码事。虎头鲸问："老哥，莫非你要用红衣大炮打天庭吗？这使不得。你要用红衣大炮打冰雹吗？这和大炮打蚊子，有啥区别？一颗大炮弹，打一颗鸽蛋大的冰雹，亏大了。也打不起呀！"虎头鲸怀疑面前这位明智的老哥，头脑出问题了。

东方瓒明白，对老哥的决定，不能轻易怀疑，更不可轻易反对。因为俺真的没他看得远，看得透。当俺以为必错时，结果证明他是对的；当俺以为是对的，结果他证明了俺是错的。无数次验证。不必追问，照他说的办！看虎头鲸那疑惑不解，一脸憨厚懵懂的样子，廖子章对他说："你想过没有，那冰雹行程，路线很窄，至多不过十几里宽，它要是进了俺龙王荡上空，俺们二十三门红衣大炮，一起对准，射向天空，俺就不相信，打不散那冰雹阵。冰是寒水做的，俺的大炮弹是高热的，只要它在空中炸开，它那寒水，还能冰得起来吗？就是这个理，不管你们认不认，俺认！"虎头鲸听懂了，还是一脸的严肃，惴惴地说："俺们生死，不在话下，万一真的惹怒老天，这方百姓就完了！"

　　廖子章阻止他的话："兄弟，咋变得如此的愚冥，你也当真相信老天？多少年来，俺们祭天神、祭龙王、祭祖先，那都是传统的习俗。只求心理安慰和顺从百姓念想。到玩真的时候，可绝对不能信啥老天。就是有天神在，天神作恶，祸害百姓，俺们岂能坐视不管，袖手旁观？明知斗不过它，也不能由着它的性子来！"东方瓒说："老哥说得对，俺赞成。俺们总是慢一拍。"虎头鲸明白了，只要老哥与大统领想法一致了，那就是十分正确，不可违背的。他对廖子章说："老哥想的，就是比俺周全。老哥下令吧！俺一百个照办！"廖子章说："事不宜迟，赶快行动！今日太阳落山前，大炮部署到位，不管雷雹从北边来，还是从南边来。地面上落下第一颗冰雹时，备足炮弹，万炮齐发，不信打不散那冰雹阵。大概率，从北边来的可能性大！强调一下，交代大铳、大匠炉他们，确保大炮弹在天空中五到十里的范围爆炸。底线是五里，越高越好，热量扩散范围大，寒气被击垮，雹阵就会被攻破！"

　　虎头鲸说："老哥放心，雷厉风行。太阳下山前，炮营阵地，接受检阅！"……

　　一天、两天、三天过去，未见风雨，未见冰雹。但是，屋内被褥潮湿，屋外墙角、树根、石块滴水加重。这几天的太阳，早上刚出海面，就被一层一层晕圈环抱。每天气温居高不下，空气变得很厚实，喘气都很吃力。晚上天空的月亮，被一沓一沓的小瓦云覆盖。潮湿让人平添烦躁。廖子章心中有数，这天，正在酝酿一场巨大恶劣的灾祸。三天三夜

第十章　大木桥　娘娘庙

过去，炮台阵地上，弟兄们没看到冰雹的影子，又不敢睡觉，两眼盯住天空，脖子仰得累极了。个个心照不宣，皆以为廖总有点神经分分，敏感过度。众人也感到疲惫不堪，有的人开始放松警惕，三人一门大炮，相互换班睡觉。说是换班，其实都趴在炮台上，睡着了。第四天傍晚，不出廖子章所料，炮手精神松弛了。廖子章派芦飞赶马车，给军营大食堂，送了一头生猪肉、三百斤马鲛鱼、十坛子老白干。廖子章、滕大山、阙小海、辛驰四人驱马，上了卤河南大堤的炮台基地。

虎头鲸登上高处，向炮台兄弟呼道："兄弟们，廖总亲自来看望俺们了，带来一头猪肉、三百斤马鲛鱼、十坛子老酒，犒赏俺们啦！"那些疲软、眯盹、小睡的弟兄，听了副统领的呼叫，知道廖总亲自进营慰问，瞬间活跃起来，恢复了生机。

西北天空，太阳下方，立起仿如山头般的浓云。浓云身后，还有源源不断的浓云，云很厚，但并不很黑，黑里泛红，黑里泛黄，是红黄黑三色混合。这种三色云，在龙王荡人眼里，叫不正色，是充满阴谋的云，充满恶性的云，是灾难和祸殃的征兆。是的，它们在酝酿阴谋，酝酿天庭政变，酝酿天下灾难。是妖孽，是魔鬼。不可一世的三色云，调兵遣将，兴师动众，大张声势。骄兵悍将，万马齐发。从西北朝东南方向，浩浩汤汤，锐不可当，大有扫平寰宇之势。其阵势，令人胆边生凉气，心中寒战。廖子章伫立炮台高堆上，看荡外野地，卤河对岸，一望无际，青郁郁的麦田。东边是一片白皑皑的泥板结晶盐池。紧挨的是宽阔碧波微漾的卤河，转身向南便是看不透底的碧绿龙王荡的青纱芦苇。仰望头直上空，压得很低的云层，仿佛黑沉沉的沙包，堆积在心口，他倔强地深吸一口浊气，摘下望远镜，检阅炮台阵地。炮营的弟兄们，严阵以待。大炮披上了雨衣，炮口蒙上两层油纸，那一筐筐的黑炮弹的上方，搭成全封闭的雨篷、帐篷。炮台周围，筑起临时掩体，防止暴风骤雨、雷电冰雹袭击。不管天气咋恶劣，不耽误红衣大炮准点发射。众人都在密切注视西北天空，一双双锐利的目光，紧紧盯住那三色云的变化和行程。半炷香工夫，三色云翻滚升腾。仿佛隐约听到"嗡嗡嗡"响声。它以拔山盖地之力，登上太阳肩头，很快把太阳踩在脚下，摁在云涛之中。无助的太阳，被无情的巨蟒像天狗噬日般，活剥生吞了。精疲力竭的晚霞，不甘心地回望天空，在绝望中湮灭了最后一抹灿烂。西北天空传来第一声，忽如一堵城墙倾覆的"轰隆隆"声音。所有炮台上的兄弟，随之警觉起来。廖子章十分敏感，跳上高堆。虎头鲸、滕大山、阙小海、辛驰四人，跟着一跃而上。辛驰送上望远镜，廖子章接过望远镜，冷静地拉开镜头，瞭望西北。

西北天空有一片红光，忽闪忽闪地晃动几下，清晰地照亮了三色云的裂变。紧接一轮"轰轰隆隆"的震撼声，好像一段城墙连续倾覆的声音。西北上空如山峦般的云头，在滚动中分出许多圆秃秃的小云头。小云头又涌现出千万头受惊的野象，疯狂奔跑。象群身后，流淌着千千万万条滑滑溜溜、细细长长的冒着水汽的银蛇和大量的白条子鱼群，翻腾穿梭。红色闪动的光芒，变成一道又一道像长树枝一样五头八杈的白光。白光交错着，抖动着。迷幻的天空，乱云乱雾，裹着象群、蛇群、鱼群，左右蹿跳，疾速攀升。

此时的龙王荡，无风无浪，静悄无声。平如镜的河面，有小鱼在水面上奔跳，也有大鱼嘴浮上水面吸氧。河岸连着河坡的芦苇，竖起尖尖青翠的肥耳朵，静静地聆听远空的轰隆声。电闪雷鸣，愈来愈近。雷鸣不再如先前的轰隆声，而换作钻耳劈顶的清脆声。一道道闪电把那三色云撕成碎片，驱逐象群、蛇鱼群，向龙王荡方向狂奔而来。飙风扫云如卷席。风吼电闪雷动，大河开始抖动。

廖子章把望远镜递给虎头鲸，一边叮嘱道："战斗即将打响，让炮手全神贯注，千万别弄湿了炮信子。"虎头鲸看到天空的变化，深感无比奇妙，天上竟然是象妖、蛇精、鱼怪在作祟。口中答道："老哥放心，这是常识，不能大意，他们都知道。谁的炮关键时刻打不响，掉链子，谁负责。"

来了，狼真来了。西北天空转化成一条宽七八里，冒着热气的瀑布，从黑乌乌的空中飞流直下，声势浩如千军，速度快似万马，向东南方向推进，瀑布越过海州城，跨上凤凰岭，跳上云台山，向龙王荡斜插过来。没商量余地。凭经验，廖子章断定，那瀑布，不是风，不是雨，那正是冰雹。毫无疑问。不该来的，还是来了。老天呀！今天，俺们彻底撕破脸面了。荡里荡外，几万亩的小麦，一拃长的穗头，皆满仁。那

第十章 大木桥 娘娘庙

是俺们平民血汗凝成的。每一粒麦子，从落种，到现在，人们倾注的不仅仅是血汗，还有心声、精神和希望。破灭他们丰收的梦，还不如直接杀了他们。老天呀，万不可为，你却为。廖子章望着那道愈来愈近的瀑布，口中念道："你若仁义，人间康平；你若无情，世道乱离。今日你不仁，别怪俺无义。你让俺逢此时，俺没的选择。天降灾难，断了俺们一季收成。百姓无奈何，没了半年粮，日子咋过。谁救济？朝廷？白马无料，没啥指望。从来就没啥救世主。靠天？靠神仙？靠皇帝？靠不住。靠自救。老天呀！是你逼俺铤而走险。俺知道，凭俺一己之力，不是你的对手。俺也知道，逆天而行，必死无葬身之地。俺认。天上的恶象、毒蛇、白条子鱼作妖作孽，欺俺无雷霆之力强挽此灾；既然老天你直接毁田，间接灭人，做出害理之事，那就别怪俺廖某失礼了。来吧！猛兽！来吧！牛鬼蛇神！妖魔鬼怪！"

廖子章的眼睛红了，血丝暴起。牙齿咬得咯咯响，脖子上的青筋一跳一跳，脸色铁青，像一头不可征服、逆天意的怪兽。一道闪电裂变，自天向地，紧接一声令人心惊肉跳，毛骨悚然，极其恐怖的脆响。瀑布阵头刚刚进入卤河北岸，可见雹阵猛烈，鸡蛋大、鸽蛋大，光滑溜溜，晶亮透明，砸向地面、河面。千钧一发，廖子章大声喝令："弟兄们，向上天，开炮！开炮！猛烈开炮！"话言未落，"嗵嗵嗵……"十三门大炮齐鸣，射向天空。一轮接着一轮，不停地在云层里爆炸。雷声和炮声，闪电和炮弹在空中爆炸时溅出的火花，交织在一起。黑昏昏，黄澄澄，红隐隐的天空，乱作一团。炮弹钻进象群、蛇群、白条子鱼群，狂轰烂炸，残酷无情。"嗵嗵嗵噼啪噼啪……"大象在爆炸中，七零八落，象头象腿象耳朵，四分五裂，漫天飞舞，象群在炮火中消散了，融化了。那长溜溜一条条银蛇，扭曲了。受伤断裂的蛇体，化作缕缕青烟，须臾间，消失得无影无踪。那些白条子鱼闻风而逃，形成一条条白练带，飘向九霄云外。廖子章一手举望远镜，观察奇妙的空中云变，一边对虎头鲸说："兄弟！让炮火再猛烈些，老天持不住了。你们看，河对岸的冰雹停了，没有一个冰雹渡过卤河的。再发射两轮，瞧瞧！"……

红衣大炮打垮了象群，摧毁了蛇群，粉碎了白条子鱼群。天空若江流崩塌，如山开地陷，乱云搅动，气喷雾作。大炮在继续发射，不停发射,再发射……一炷香的工夫,狂轰猛炸的红衣大炮,几百发炮弹"嗞溜嗞溜,嘭嗵嘭嗵"地不停升空。天底被炸出一个无法愈合的大洞。

风息了,雨住了,冰雹没落。炮声止,星星眨巴着眼睛。黑黝黝、蓝森森的天底,清凉爽朗,风和景明,龙王荡里外的麦田、稻头田、山芋田、芦苇,安然无恙。炮营的弟兄们被这一奇迹镇住了,愣了!

廖总居然胆敢下令向老天开炮,老天居然认㞞、战败、投降、逃跑。

阵地上,先是一片寂静,人人莫名惊诧。过了一会儿,不知是谁,一声欢呼:"啊!俺们成啦!斗败老天啦!"紧接着整个炮营阵地,一片欢呼、沸腾。"俺们赢了!""龙王荡保住啦!""龙王荡小麦、稻头、山芋,还有大芦柴、棉花、青菜、蔬果……都保住啦!""万岁,万万岁!"

第三天,卤河北传来消息,从临沭、赣榆、海州、凤凰城、中正,西北至东南,宽十里,长二百里,雹过之地,青禾全毁,树剃光头,草毛不剩。满仁三麦,春稻头,夷为平地。俗话说,三麦垂头,稻头漫牛。都是即将成熟的庄稼,收获季节,就在眼前,遭此大灾,伤心呀!这一路上的农人,呼天抢地,欲号无泪!

龙王荡避过一场浩劫。龙王荡平民无不称奇相告:"怪事,真是怪事,卤河北岸被冰雹冷阵砸平了。河南岸进入龙王荡地界,毫发无损,老天包庇、袒护俺龙王荡,也太明显了吧!""据说俺龙王荡的大神廖四太爷作法,硬生生地把那冰雹冷阵击败驱散,赶跑了。""你们有所不知,廖四太爷用红衣大炮,大炮弹装火信子,直接对准天庭爆炸,轰了两顿饭的工夫,才把雹神打败。据说那条白龙王在天空气得发抖,它的象魔阵、蛇妖阵和白条子鱼精怪阵,都被打散、击溃,输得惨哩!只好无可奈何地飞回北海去了。"……人们奔走相告,兴奋无比,多在自家院里,摆起大香案、小香炉。富裕人家,供猪头、鸡鸭鹅;一般人家供个猪耳朵、猪尾巴、小鮈壳子。烧高香,烧大香,实在买不起香的,就从野外伐来柏木,劈开烧,香味扑鼻,冒充大香,心诚则灵。人们对着大香,脑门磕在地上,"咚咚"作响,谢苍天,表诚心。谢过青龙,谢白龙。再谢泰山娘娘显灵保佑。詹秀才在自家三间正堂屋前,摆了大香案,燃大香,趴倒地上叩头,口中念念有词:"保佑命之,自天申之。"他闭起眼睛,仿佛眼前出现白龙王、泰山娘娘,还有吕洞宾。口中连忙又咏道:"'方凭保佑,永翼雍熙',诸神康乐,万民之幸!"

也有人对廖子章使红衣大炮轰老天,表示不理解,虽不敢公开反对,但也颇有微词。那只老芦雁听说此事,竟然气得发疯,砸了自家煮饭的锅、盛饭的黑窑盆。

4

被称为空前绝后的娘娘庙开光揭幕典礼,正在进行中。

娘娘庙正厅大堂,乾道老祖率众徒子徒孙、曾孙、玄孙,三百零三人,诵经,做道场,请大慈大悲天仙玉女碧霞护世弘济真人,上大殿,登大宝。众道士唱道:"……贫者愿富,疾者愿安,耕者愿岁,贾者愿息,祈生者愿年,未子者愿嗣。子为亲愿,弟为兄愿,亲戚交厚,靡不相交愿,而神亦靡诚弗。慈母圣母,神格掌凶吉,管婚育,主丰歉,测生死,有求必应,无所不能,神力无边……"乾道老祖诵罢道经,又率众徒,三拜、九叩、八十一揖。每一环节,至纤至细。恭恭敬敬,虔诚忠耿,莫敢怠慢。乾道老祖百年来,第一次主持如此大规模娘娘庙开光揭幕盛事,事先准备周密,现在做得严谨、慎重、细致认真。在座三百多子弟,更是肃然起敬,顶礼膜拜,没有一人敢大声喘气,没有一人敢咳嗽一声。哪怕有堵在屁门上的屁,也得抿住憋回去。神灵面前,谁怠慢,谁找死,这轻重利害,每个道士心中清楚。

龙王荡里,千门万户,关门上锁,街巷空空无人。所有的男女老少,老弱病残,都集中前往娘娘庙,观开光,看揭幕,听大戏,赶热闹去了。这千年不遇的好机会,谁不去,谁遗憾。

龙王荡在大上海的贸易粮行,泰德恒通主事浪游屺,和廖家大院三爷培伦,邀请的大上海贵客,租用一艘小火轮,沿海北上。两天一夜,提前半天,同船到达天生港码头。乡团派出十五辆轿车,迎接他们下榻龙王口外口小街客栈。今天一大早,浪游屺、廖培伦分别陪客人用完早餐。浪游屺带领富贵通老板战久丰,亨通米厂老板路峥嵘,太沪禄面粉厂老板妫淼,洪福旺纱厂老板皮怀谷,怡和洋行老板史密斯,仁记洋行老板哈里斯，前往娘娘庙参加开光揭幕盛典。

廖培伦带领即将投资天生港码头开发和龙王荡制盐业的上海原太源、大亨通、德隆驰、大天阜、裕晋升、道日新、大济富、银盖特的代表，现在已进了南神门。大都市来的人，见多识广，更何况他们都是大都市里头面人物。在他们心里，江北佬弄不出啥新鲜玩意。出于盛情难却，礼节性回访。好吃好喝，只当旅游观光，度假休闲。土里土气的乡下人、江北佬，能搞出啥新奇出彩的名堂来，顶多像撒银子那样，花大钱图小热闹而已。在他们印象里，严九爷之类的撒银子，万两银子请一桌子宴席，就是头脑里进水的土豪、土地老爷无知蠢货的行为。这印象，在他们脑子里，是永远抹不掉的。

昨天，从天生港往外口街的路上，战久丰和妫淼同乘一车，他就曾对妫淼说："所谓娘娘庙，大不了就是一栋房子，再怎么壮观、富丽，总不能和咱们上海滩的城隍庙相比吧！乡窝里人，都是不知天高地厚的井底蛙。"浪游屺和严雨川同乘一车，严雨川说："上海滩的人吧，你说他高调，也谈不上，他们的内心，好像缺失一种东西，腰直不起来。你说他低调吧，他总是瞧不起外地人。你要说他有模有范，大大方方，豪爽有气势，那也不沾边；你说他小气，也不是抠屁眼、啹手指的主，他们不在乎浪费大肠里，排出的那一星半点的油花子。说句良心话，他们不是很有钱，也不是很有文化。没有更多传统的尊严，可就是不容易接近，说心里话，不容易交朋友。"

浪游屺说："你老严不懂吧！俺告诉你。自从洋人进驻上海滩，上海滩的人，就觉得自己也是洋人，趾高气扬。他们在洋人面前，当然是一副媚态，尿样子，卑躬屈膝。被洋人看成和狗一样的身价，他们自己不在乎，认为是天经地义。而他们对上海滩以外的所有中国人，只有一个称谓，通通都是乡窝里人，就是乡下人，上海滩人把'下'都念'窝'。这大概是洋人给了他们的底气吧！"严雨川说："不识庐山真面目，只缘身在此山中。坐在井里的，不管是青崴子，还是癞蛄子，它的思维，永远跳不出井口。自以为是的人，往往低估别人的智商，最后打自己的脸。也许，那些人根本就没有脸。这次，廖四太爷竭力邀请他们来，走一走，看一看，目的就是要让他们知道，山外有山，楼外有楼。

让他们亲身经历了，也许能一定程度地改变他们的狂妄无知、胡猜臆想，对将来继续深度合作、做生意，会有较大帮助。俺们九爷，也是这个意思……"

浪游屺和三爷率众客人进了南神门时，可见宽阔高大的迎壁浮雕；石基石柱木阁琉璃顶檐的牌坊门楼；五彩斑斓，万紫千红的龙湖水面；龙河那出入芦丛的逶迤缥缈，来自深荡的清新瑞岚，和脆生生的银铃般的鸟鸣；浓郁芬芳馨气，扑面而来；湖心亭明珠般伫立水中央；曲桥回廊，桐树绿荫，檐佩风来，弹奏玉琴，种石生云，移花带月；名轩水榭，飞檐翘角，参差错落；鼓楼、钟楼、大阅台、大戏楼、大香鼎……一眼望不到边的规模，传统古建的继承和当代创新完美结合的设计，典型的庙宇风情。足以让人感叹不已。有江南庭院园林式的小桥流水，奇芳异卉的巧妙、典雅、精致、细腻；又有北方的豪放、大气、雄伟、浑厚的山水大院的风格。艺术形象，独树一帜。

不用夸张，不用解说，也不须有意识赞美，已经让上海滩的客人，感到眼前的一切，引起了内心的震撼，他们不愿意相信这是真的，他们认为是海市蜃楼，是虚幻，是泡影，是雾、是露、是电。他们不得不承认，这就是出自江北佬手中的物质的现实存在。怀疑并不代表自己的高明。亨通米厂老板路峥嵘，黑色长辫子，很耀眼，亮晶晶的。辫梢垂挂在上身衣边下，棕色对襟套装，褚色半身套裙，脚蹬一双铮亮的西式牛皮鞋。头顶上套的是，像半个西瓜皮的圆口单帽子，手持一支西式文明杖。这与中华田园犬，长一身拉布拉多的毛，并无二致。这在大上海人的眼里，是足够摩登西化了。最起码，算是上等社会的文明阶层了。而在龙王荡人的眼中，他就是洋人。他对皮怀谷说："莫名其妙，江北佬，咋能弄出如此辉煌的场面呢？这不应该是江北佬的脑袋能想出来的，更不可能是江北佬那粗皮糙手能做得出的细活。怎么可能呢？这里确实比城隍庙更蔚为大观，更大气磅礴，更注重细节雕琢和磨砺，不可思议！"他心里不服，还不停地呲嘴，"哼哼哼……"，喉中嘟哝，发出不满的情绪。皮怀谷倒是有几分开朗，几分旷达，心境没那么狭隘、猥琐、浅薄、丑陋。

这个初春，在龙王荡里，不像他想象中的春寒，他把上身外套卡其色蚕丝夹衫脱下来，挎在膀子上，看路峥嵘的表情，听他内心不服而发出的"哼哼哼"声，小声地对他说："侬榆木脑子哟！没发烧吧！说胡话。明明亲眼见的，亲身经历的这一切，还瞧不起人家江北佬。江北佬除了土气，说话声音大些，处事大大咧咧，不拘小节，不太受约束。可是，做生意，伊啦从不和侬分斤掰两，锱铢必较。侬却认为人家没有阿拉上海人精明。其实，伊啦老灵欧！老激棍嗯！老路呀！改一改侬的认知，好弗啦？侬过分啦！"

怡和洋行老板史密斯，性格是比较自由随性的，从不刻意装点自己。他穿一身半旧的海沧蓝的西装，还有不少横向的皱褶。紫白相间的领带，松垮垮结在衬衣领下。黄色衬衣领下第一个纽扣，是开的。头发也乱糟糟的，脚踏一双穿旧了的银灰色牛皮鞋。他用不标准的京腔汉话，对战久丰说："战老板，您站在这大香鼎前，仰观娘娘殿、四龙殿和四神殿建筑规模，再回首大戏楼、钟楼、检阅台、鼓楼、牌坊楼、东水榭、西水轩、湖心亭、曲廊桥，作何感想？您的心里，一定涌起一股说不出的滋味，是惊诧呢？是咏赞呢？还是嫉妒或鄙视呢？您一定五味杂陈，说不明白。为什么？因为我（指自己的鼻子），史密斯先生，非常了解你们上海的生意人。你们是不守大清朝皇帝、太后老佛爷、上海道台的规矩，也看不起上海人以外的上海滩的生意人，我说的准确吗？"战久丰被史密斯刻画得入木三分，但打死他，也不会承认自己小看江北佬的事实。他说："史老板，史总，战久丰服你了！服你了！"

仁记洋行老板哈里斯也有几分尖酸、几分揶揄地说："战老板不敢相信，眼前一切是真的，也不能理解，龙王荡这些乡下人，粗犷的江北佬，能造成如此庞大规模，雄伟壮观，而又极其精致的建筑艺术品来。是的，这简直是绝顶的建筑技术，别的不说，单说那些屋顶的壮美造型，千变万化，足以令人叹为观止。战老板，你觉得上海滩所有的明清建筑物加在一起，能和这龙王荡的娘娘庙相媲美吗？"哈里斯仿佛猛然想起什么，神经质般猛拍打自己大腿外侧，惊叫："唉呀！这么多昂贵的高级建材，早知道，和龙王荡做笔大买卖，太可惜了。这么美妙的外墙，竟然都是石灰麻刀絮加彩料混合而成，虽然做得天衣无缝，还是没有我们的进口水泥结实……"

第十章　大木桥　娘娘庙

做建材生意的哈里斯，真的内行，他来大清国之后，从江南到塞北，跑了一大圈。他不仅仅在上海滩做坐地生意，还把触角伸到大清全国各地，成了大清国的建筑通。他做建材生意，琉璃瓦、彩瓦、水泥、黄沙、钢筋、铁丝、青砖、花岗岩、门窗、木材……今天他自以为是华夏明清建筑的技术大师，他不谦虚地对一起来的众人说："你们是外行看热闹，我是内行看门道。我告诉你们，这三墅院大殿建筑，最大特点，也是最壮观的，最赚眼球的地方，就是屋顶屋檐。

"你们看，自左向右，殿顶依次叫作歇山顶、攒尖顶、勾连搭、卷棚顶、庑殿顶、悬山顶、重檐庑殿顶、重檐歇山顶。还有屋脊走兽、檐角走兽、仙人走兽、垂脊吻，不同处立置什么兽，站着的，坐着的，所表达的意图，不一样。再看那边，典型的庑殿顶，四面斜坡；一条正脊，四条斜背，屋面的微弧度，形成的四阿顶，亦隐亦现，钩角掩映，百般变幻，奇绝无比。可称为样板楷模的歇山顶，将庑殿顶和硬山顶有机结合，相互辉映，姿态各异，线韵流畅。四面斜坡屋面，转折成垂直三角墙面，一条正脊，四条垂脊，形成九脊顶，奇险峻拔，飞檐斗角，勾心连臂。悬山顶的屋面，双面坡，两侧伸出山墙之外，正脊下，多面垂背，形成看似危倾欲倒的惊险形势。石基青砖壁，糯米汁鸡蛋清扣缝，琉璃彩瓦，釉面细腻，滴晶流莹，光洁透明，云影虚幻，人间奇迹……

"虽说上海滩的城隍庙做得十分地玲珑、精致，今日再看江北佬做的泰山娘娘庙的建筑工程艺术，才知道什么叫奇伟壮阔，什么叫丰富多彩，盛大景象。雕梁画栋，堆金砌玉，豪奢竞夸，精美绝伦。真是中国建筑史上，不可多得的艺术奇葩，堪称大清国的自豪和骄傲。"哈里斯平时不爱讲话，今天众人才真正了解这家伙，知识很渊博，要么不说，一说便是滔滔不绝，不可小觑！人才呀！

上海滩的商贾大佬们走在人群中，原先那种藐视鄙夷的眼神收敛许多，由原来的一脸不屑，瞧不起，挂霜嫌弃的样子，慢慢变得温和起来。战久丰感慨颇深，心想，在上海自己轻贱了江北佬，请严九爷喝洗手水，也没把那总乡团廖子章当回事。严九睚眦必报，廖乡团不卑不亢。严九撮弄咱们一帮人吃螺屎，廖乡团一旁敲边鼓。虽在上海的一次，咱没讨到上风，但无法改变咱们对江北佬愚蠢、鲁莽、炫富、狂妄、自负、没文化的印象。今日一瞧，战久丰内心里服了，就连洋人老毛子史密斯、哈里斯，也不得不服。老毛子认为，这种植根于中国古老文明土壤里的古建筑、古文明、古艺术，博大厚重，精深莫测。用肤浅的眼光，看这似乎封闭的龙王荡，或认为土掉渣的龙王荡人，真是自讨没趣。原先，史密斯、哈里斯一直以为龙王荡人，一定是生活在刀耕火种，结芦为庐，树皮毛草作裳，吃生肉，食生鱼时代。没想到他们能做出如此惊天地、泣鬼神的奇迹壮举。这些典型的明清建筑精品，比咱大英帝国安妮女王复兴时代的建筑风格，造型艺术更美妙，更气派，积聚了东方人的智慧，令人感动，心生敬畏。龙王荡藏龙卧虎。

五天五夜，广场上，经历着鸣礼炮、放长号、开神门、宏天鼓、庞地锣、踩高跷、大秧歌、拉歌赛、撑花船、耍龙舟、舞马戏、唱大戏、玩杂技、祈福、喜神会、鸡脚神、走红、抢童子、拴娃娃、偷小鞋……活动一个接着一个，好戏一台接着一台。

明天，第六天，最后一场压轴大项，为荡民祈福。这是最后最惊险最高端的庆典仪式，挂灯。这场活动，由廖子章亲率三百乡团子弟，三百龙荡营勇士，在自己肉体上穿丝挂灯。践行龙王荡人千年信奉的民俗大礼。晚上，东方瓒来到廖家大院，商议欲换下廖子章，由自己挂主灯，可是自知自己在龙王荡的地位，不能替代廖总。又怕这九九八十一盏灯，挂在他身体上，是相当危险之事，假如有一根丝，戳破那根跳动的血脉，就可能伤及性命，传说中荡里曾经发生过类似的惨痛事件。廖总自知和东方瓒的关系，理解东方的真心。他咋能让东方瓒为自己承担生命风险呢！他豪爽地说："兄弟呀！你的心情，俺懂！不用担心俺的体质，放心吧，石榔头还能挨两下子，区区几根细铁丝，奈何不了俺。这又不是俺第一次挂灯。在这关头，俺若把挂灯、为众生祈福，这种在人们心目中天大的事情，委托给你，难免遭人说辞、诟病，这对你我的声誉，都不好。乡团的子弟，龙荡营的勇士，可视各人承受力，能挂几盏，就几盏，不勉强，不逞能。这不是闹着玩的，性命攸关。而俺必挂九九八十一盏，这是至阳之数，全灯之数，这是百姓心中的神宿之数，铁定的，老传统，不改变！"

第十章 大木桥 娘娘庙

挂灯风俗是龙王荡人向上天祈福，最隆重最高级别的仪式，流传千年。是谁发明的，不得而知。荡中风俗，任何一个家庭、家族，在遇到大喜事或值得庆祝的盛事时，为表达对上天感恩，表达虔敬忠诚之心，家长或者族长，都会用烧红了的镔铁丝，从肩、胸、腹、臂、腿，有肌肉的部位穿过，镔铁丝两端连接两盏灯，过去是油灯，现在是烛灯，全灯八十一盏，也是人体承受力的极限。

镔铁丝的挂灯师，事先目测评估祈福人的体质，肌腱的生理构造，对没有肌肉，也没有皮下脂肪，皮包骨头的家长族长，不建议挂灯。那样的人挂灯，不但祈不来福，更易招致不测，所挂之灯，不能照亮指引别人幸福之路，连自己的性命也会跟灯去，把自己的灵魂引入黑暗。挂灯是比较奢华的祈福项目，通常在人们欢乐、安康、吉祥、幸福的太平盛世中举行。大木桥、娘娘庙的建成，是龙王荡千百年里，最值得大书特书、大庆特庆的大事，挂灯祈福，再适合不过。

挂灯，有一套严格的程序和规矩。挂三、七、九盏，或者倍数；三至七盏灯，叫作神兆感应灯；七七四十九盏叫小圆满；九九八十一盏叫大圆满。龙王荡的主事者，要么不挂灯，要挂，必挂大圆满，这规矩不可破。挂九九八十一盏灯，不光要有好的体质、心理素质和勇气，更重要的是信念和担当。挂灯，传达众生的共同心愿，代表大众，祈求天神赐福。在龙王荡人心里，这是一项庄严而崇高的传统仪式。

挂灯，"上照诸天，下照诸地，八方九夜，并见光明"。赞颂天神，祈望赐福衍生，照幽破狱，度亡升仙。此乃上乘功德。其实，廖子章他并不在意上天赐福。可是，这传统风俗，延伸千年，根深蒂固，既然不能从百姓内心拔除掉，那就不妨用它的价值，顺应民心。上应天意，下慰民心，为民请命，替民代言，佑一方平安。天、民两乐之事，何乐不为呢？

大半个月亮悄悄爬上东屋脊，月光皎洁如水。外口街道、横卧车轴河上的大木桥、南神门、牌坊楼、钟鼓楼、龙湖、广场、东西廊屋、大殿院，处处挤满人群。今晚，温柔的南风，带着浓酽香气，像猫咪的小舌头，舔舐人们的脸心。月影生烟，如轻盈蚕丝面纱，映着人们欢愉的面庞。路边、湖滨、塘口、溪畔，重绿叠翠，隐隐现现。海棠、迎春花、月季和玫瑰的香气融合一起，幽幽地流进人们的鼻腔。今晚的人们，神清气爽。月亮撇开喜气洋洋的大嘴巴，身边不远处只有一颗星，大概是因为体形超胖，不便下凡，在原处频频点头示意。今晚的天庭，与龙王荡相比，冷静萧条，不足为奇，也的确无人关注它的存在和在乎它的感受。所有的星辰，已被一双无形的大手，撒落在龙王荡的大木桥上、大广场上和外口街巷里。赤橙黄绿青蓝紫，组成浩瀚的星灯海洋——灯光秀。千盏桥上灯，千盏桥下灯；外口街灯、路灯、天灯、地灯、墙壁灯、湖面灯、龙河灯；亭灯、台灯、轩灯、榭灯、曲桥灯；阁灯、楼灯、门灯、牌坊灯、迎墙灯；檐灯、山顶灯、梁灯、柱灯、钩角灯……而大广场上空，用的是特别火盆，引燃油火。这里的每一尺，每一寸，边边角角，细微之处，都被照得明明白白，连一颗芝麻落地，也能看得清清楚楚。

今晚的大桥、娘娘庙，灯火辉煌，比白天还要敞亮，还要丰富多彩。微风屏住呼吸，小心谨慎，登上四周的树梢、苇梢、屋顶。然后，安然睡着了。而高低错落的殿顶、屋脊，纹丝不动，簇立在银色的月光下，像一尊尊形态各异的观世神雕，睁圆眼睛，注视广场、阅台，注视着漫无边际的人群。它们在静静等候，等候今晚的压轴大典。

龙湖坡上，青茂粗壮的芦柴伸出肥厚芦叶耳朵，高高矮矮，在紫色睡莲的拥戴中，露出顾秀长腿，卓立挺拔，株株独立，不枝不蔓。芦苇的天性，比肩接踵，万头攒动，却互不交心。有志不在水面，虚心却不甘落后，茁壮成长，蓬勃向上，谁能最早最快占领有限空间，谁就能获得更多的空气和阳光，看到更多美景，领略无限风光，见证更多奇迹。今晚，挂灯的壮观场景，将被最高蹿出水面的芦苇收进眼底。

半湖的秀莲，莲叶正发，小荷才露尖尖角。有的茎秆带着毛刺，笔直挺立，蹿出水面二三尺，梢头弯弯，娇嫩卷起的小莲叶，清纯得羞羞答答，叠掩面颊，不敢示人。那些已经放开的大叶面，像碧绿瓷盆，苍翠欲滴。亮泽而清质的冰釉，在叶面流淌。今晚，她们不是要迎接众人的欣赏浏览，她们在翘首等候挂灯队伍。

在湖面的绿丛中安家的芦鹰、芦雁、野凫、鸳鸯、鹡雀……异常激动，不停鸣歌，不停蹦跳，在展示它们的存在。其实它们正是以这特有的方式，迎接挂灯大典。人们兴致高昂，情绪热烈。曩老橛穿一身干干净净，叠缝笔挺的银灰长麻裰，左手脖子上套着七色小海螺壳串成的手链，牵着心爱的媳妇小景瓶。右手拇食指，惬意地捻那稀疏的胡子。小景瓶身着白色长裙，悠怡闲淡，手里抓一串糖葫芦，歪头咬下一颗，小嘴噘起，等曩老橛来衔。曩老橛没牙瘪嘴，感动地亲了小景瓶的腮，然后捋开白胡子，张开黑洞，收了一颗糖葫芦球蛋子。老夫少妻，恩恩爱爱，活得怪有滋润。

蒲七叶贴在章先虎身边。章先虎脖里骑男娃，手里搀女娃。男娃手抓一团棉花糖，女娃手攥糖稀制的米老鼠。二娃生得天真烂漫，一家子，快快乐乐观挂灯。蔡小诡、牛三丽，手牵手。蔡小诡身边挨着邱二豹的儿子，个头赶上蔡小诡高了，贴得近，看来和后爹关系不错。牛三丽搀着她和蔡小诡养下的女娃。女娃梳高翘角的黄毛小辫子，小手擎一把玩具小花伞。兆棱桶夫妻率四个娃，有说有笑。不再因为十年前父亲兆醪桶干了坏事而遮遮掩掩。自己是娘娘庙建设榜上有名的光荣受勋者。现在一家六口，大大方方，堂而皇之，迎接挂灯。孔先生女儿莲歌和现任丈夫，甜甜蜜蜜，亲卿爱卿，是以卿卿，我不卿卿，谁当卿卿。相亲相爱，堪为人表。牵着蹦蹦跳跳的双胞胎男女娃，像两枝大花朵一样，灿烂绽放。

严九和四房婆娘，五架肩舆，大婆娘排第一，依次二、三、四，严九殿后。前后左右，丫环奴仆，前呼后拥。说是前来观挂灯，图吉祥，受幸福。其实，更是显摆。四个婆娘，一个比一个俏，短袄长裙，凤冠霞帔，各具特色。个个嗲声嗲气，使唤脚夫。"慢一点。""快一点。""夯起来！""俺要小颠，不要夯。""稳当就好！"……五架肩舆，在大香鼎前伫足。严九在肩舆上，指着大香鼎说："这大香鼎，一窝铜，六千多斤，俺家单独全额捐助的，你们看，气派吧！"严雨川顺毛驴的嘴巴，叫道："是啊！俺家的老爷办事，那叫作大派，无与伦比！"大婆娘邱氏似乎有点不悦地说："严雨川这嘴巴抹油了，油腔滑调！"严雨川眼皮子也是很活套的，知道大婆娘的脾气，主动地对她的脚夫说："轻一点，轻一点，大太太要敬香，落、落、落肩！"一句话逗得大太太笑起来，并说："严雨川你就是俺肚里的虫子。"说着，又招呼姐妹们："还愣着干啥，见大香鼎，不敬香，还修行啥呢？"严九发话："听大姐的，敬香、祈福。"话音刚落，脚夫放下肩舆，众人下舆。严九的习惯是，一年当中，只在大年初一发五更纸时，敬一次大香，其他任何时候不敬香，所以，他下了肩舆，踏上香鼎台，仔细观大鼎去了。跟班的仆从，给四房姨太太们，每人发三炷香。随身丫环接香点燃，送到各自太太手中。四位太太接过大香，跪在黄缎锦布包裹的蒲团上，闭上眼睛。每个人都根据自己的欲望，许下重愿。各位太太虔不虔诚，神知道。只有邱氏是五体投地，头顶住大鼎足，双手举过头顶，合掌行礼，给碧霞元君泰山娘娘磕头，嘴里念念有词："南无阿弥陀佛，愿佛祖保佑东洋两儿平安无事！"严九立大鼎旁，一脸讥讽，一脸阴笑，心中骂道："痴女人，蠢笨之至，愚不可及，见了香炉，就烧香叩头，还离不开'南无阿弥陀佛'。泰山娘娘大慈大悲，女人可悲，您老人家万万别和她计较。"当着众人的面，他也没好意思揭她的短！

越麒麟引自家女人和两娃，攀上鼓楼三层，手指自己的力作，自己书写的大汉隶对联子，对婆娘娃娃们说："看看，看看，老爷俺，你大大题的楹联，绝对与众不同。俺这大汉隶，正宗的《石门颂》《西狭颂》《郁阁颂》三颂功底，豪放大气，凝重深厚，朴茂丰腴，气息雄浑宽博，疏岩瑰丽；缓缓送出，提按顿挫，笔笔到位；力度大，方为主，圆为辅，圆起方收，矫正起伏平缓，沉郁含蓄，稳如磐石。真是相当地美妙。嗨！说了，你们也不懂，磨房弄三刮子，替驴弹琴。"越麒麟看到自己的大字刻在通红的圆柱上，涂上鲜艳黄漆，效果绝佳，不停地赞美刻家的刀法一流。兴犹未尽，得意地继续叨叨："俺的大汉隶，只有廖四太爷懂，是他亲自让俺写的。嘿！再看着二层詹秀才写的对联，他是写《曹全碑》的功底，可是在他手里表现出来的笔法不是那种应有的舒展、飘逸洒脱；结字、章法不够含蓄稳健，也不是秀丽端庄的样子。媚俗，花拳绣腿，缺乏隶书的天性，嗨！适合小女人的眼缘。呵呵！字如其人。"越麒麟不识字的婆娘，听得入神，认真，绝对仰慕自家男人的天才、学问。可是右耳进，左耳冒，没留下一丝痕迹。在她心里，写得再好，不如二升麦子，一刀肉，来得实惠。

许怀宁、乔万斛、端木渥、夏侯廪，还有几个龙王荡的名流，正在大照壁下，借灯光，看捐助人名单。其实都在找自己的名字，排在啥位置。排名按捐资数额分先后。高额在先，低额在后，自高向低，依次排列。这次捐款期间，夏侯廪为找回自己的面子，摘掉小气鬼的帽子，改变他在人们心目中抠门的吝啬鬼形象，忍剧痛慷慨解囊，大大方方，爽爽快快地捐出五千两白银，自以为排名一定靠前。

他在人群中，挤挤扛扛，脖子伸得像前进中的蛇头。反反复复，仔仔细细，瞅了好几遍。在前五列，五十人中，没发现自己名字，原以为搞错了，定睛细察，眼泪流出了，是笑出来的，还是哭出来的，不知道，总之，一激动就流出来了。前五列，第五十位，是乔万斛，捐款三万两。毫无悬念，严九爷三十万两，排第一；许怀宁九万八千两，排第二；端木渥九万五千两，排第三。前三甲，赫然榜首。夏侯廪又一次觉得没面子。不找了。他悄悄地从人缝里退出，溜到暗处，后悔、委屈、抹泪、拍大腿去了。三万五万两的银子，自己也不是拿不起，还是自己低估了龙王荡这班有钱人了！千算万算，终是失算，这让廖总如何能瞧得起俺呢！五千两，实打实，捐了银子，还丢了脸面，真他娘的不如不捐，现眼！

戌时三刻，挂灯队伍，行姿划一，步伐整齐，经过外口街。前边开道的是长号、短号、牛角号、海螺号。正常行驶，吹长短号。拐弯上坡吹牛角号。注意脚下安全，吹海螺号……只有快步小跑时，才吹唢呐。

现在挂灯队伍正通过外口街，唢呐队吹奏《喜朝天》大调，《福禄寿》三星大调。队伍前边二十辆黑驴车，拖拉铁铳子，"嘎吱嘎吱"，成为唢呐的混合音响。队伍伫立南神门前，铁铳子依次"嘭嘭嘭……"，铁弹子空中爆炸，万千火花，映红天空，响完九九八十一声。

六百多人，万盏红烛挂灯，全部点亮。鸟瞰一片星辰瀚海，近观更是光彩四射，鲜明耀眼。宏天鼓、庞地锣已经响起，长号短号仰天长啸，在向天庭传达人间盛事。灯队跨进南神门，经东侧牌坊楼，沿龙湖绕行一周。廖子章两臂平展，昂首挺胸，步履矫健。左边是滕大山、阙小海，右边是芦飞、辛驰，做护灯使者。他们走在灯队最前列，身后紧跟两纵队，左边是蔡先福率乡团子弟三百人；右边是东方瓒率龙荡营三百勇士。所有挂灯者，有黑脸、白脸，也有花脸。用的是锅底灰、田菁汁、朱砂红……皆不人不鬼的天神打扮。光上身，穿一式白色大悠裆灯笼裤子，腰间系一条红色棉布宽带，都学廖子章姿势，腰杆挺直，两臂平伸，双拳握紧，咬牙抿嘴，面带严肃。浑身红烛赤灯，随前行的步履，有节奏地跳跃、闪动。

廖子章的八十一盏灯，使头发粗细的镔铁丝，穿过上身每一处有肌肉的部位，镔铁丝两头挂灯。肩、臂每边穿九根丝，计三十六盏。胸肌每边六条丝，计二十四盏。腹肌横插六条丝，挂十二盏，手背每边两丝八盏；头顶一盏，总计八十一盏。肌肉上扎丝，挂灯之后，疼痛酸麻胀痒，无法避免。廖子章觉得，这次挂灯，身体反应比以往强烈了。浑身好像有几百条蚂蟥、臭虫在吸血，在叮咬。扎心的疼痛，仿佛一支支精细钻头，在每块肌肉钻眼打洞，肌肉不停地痉挛。他明白，挂灯，这本来就是体力活，也是对精神的煎熬和意志力的考量。为众生祈福，不光需要智慧、勇气，还有牺牲。诚恳地对待乡亲，真心地爱他们，和他们一起谋幸福，才有可能赢得他们的理解、支持、信任和追随。上天是谁？上天就是老百姓。没了老百姓，天的存在，还有意义吗？

东方瓒、蔡先福皆挂六十三盏，已是极限。乡团各纵队长首领，龙荡营各营的头，皆挂四十九盏，其他人员，三至七盏，或七盏的倍数不等。

镔铁丝挂灯，这种精细活，手艺是祖传的。龙王荡娄姓，是祖传的挂灯家族。一族百人挂灯师，上自八九十岁老太爷，下至十七八岁的孙儿子侄，不分男女，精通挂灯的活，就是族中骄傲。反之，娄姓族人不精通挂丝，就是耻辱。每个挂灯师家里，都有祖传的镔铁精丝，据说大清国没有如此精细的炼丝手段。他们神神秘秘，神经兮兮地私下传说，他们的镔铁丝是祖上从波斯国和罽宾等地，偷偷摸摸地弄进国内的。没有这种镔铁丝，挂灯比登天还难。镔铁丝比头发细，质地坚硬，弹性大，不生锈，柔韧度极强，木炭火烧红，插进肌肉，只听得"嗞——"一声，丝头和肌肉接触的一霎间，进丝处，冒出一股青烟，带着肌肉被烧焦的糊味。丝头快进快出，避开人体上粗细大小血管、筋络，不流血，两头托锡箔小灯盏，筷头粗的专用烛头向上。廖子章身上八十一盏烛灯，由三个师傅同时动手，两盏茶工夫，插挂完成。

第十章 大木桥 娘娘庙

短短两刻时辰，在六百人身上插完近万盏灯，不是奇迹，胜似奇迹。也是龙王荡有史以来，第一次对娄姓家族挂灯的考验。烛灯在临行时点燃，今晚所有仪式，必控制在一个时辰内，确保蜡灯光源不灭。若超过一个时辰，别说人体始终保持一个姿势难，红烛也会燃尽。

挂灯队沿龙湖一周后，从广场的阅台两侧，登上阅台。天星下凡，万灯齐明。夜空中只有大半个皎白的月亮。天上寂寞无声，人间万人空巷。

万人广场，同将目光聚焦检阅台。九支长号，长鸣再起。两个道童，挑两只大大的圆形红灯笼，引四位彪形大汉。大汉头裹白巾，身着白衫黑裤，红腰带。肩抬红木虎皮太师椅，椅上风光着一位老者，仙人的风度，道长的气概。品格清高，气质神采，超凡绝俗，仿如世外异士奇人。身披银色道袍，宽松肥大，长发螺旋，鬓间银簪晶亮，怀抱一支三尺桃木利剑，白髯垂胸，虽骨瘦形销，却精神矍铄，容光焕发，光彩四射，清气通灵。在阅台左前方，四大汉放下太师椅，长号再鸣九声。

台下万人，鸦雀无声，安静得连一根折针掉地上，也能听到"叮当"之声。乾道老祖主持请灯祈福大典。

龙王荡人观挂灯，不是赶热闹，不是看风景，每个来到现场的人，都怀揣一颗敬畏，接受智慧、光明、迎取好运、收获平安健康和财富之心。谁也不敢将就、马虎，更不敢不恭、亵渎。他们相信头顶皆有天，人在做，天在看。挂灯，是智慧、光明、好运，在龙王荡的一种演化形态。凡龙王荡的生民，每个人，都有享受普惠的权利。天庭赐福，就如阳光，无私地照射在每个人的身上。谁能看今晚的灯光，谁就可以享有一生的福祥。人们在尊崇上天的旨意，跟着龙王荡的主脑、灵魂，寻找开拓前进的方向，寻求启迪智慧的法门，寻觅光明、健康和幸福的源泉。

这是神圣的时刻。

停在台下前排的二十架火铳子车，铳口斜对天空。乾道老祖离开太师椅，舞动凛然正气，道家经典的拨雾驱云，劈妖斩魔的桃木剑。只见他，骨瘦而筋劲，四肢飘逸灵动，快步如飞，清风扫地。如今一百三十八岁，身轻如燕，潇洒自如……之后，立定台前，向台下挥剑，发出无声之命。台前二十门铁铳，依次发出二十声脆响，火光射向夜空，爆炸声中，千道万道火光组成天花，圆弧形坠落……

火铳声停，乾道老祖台前立定，面对万众，小声诵经："……阴者拔度亡魂，照彻幽暗，罪魂苦魄，都随慧充接引，皈依正道，超升渺渺仙源……阳者消灾度厄，安神却祸，制魄、除邪、改运延生……"声音不大，却如天外之音，响彻广场每个角度，万众皆叹服称奇！乾道老祖诵完《洞玄灵宝道学科仪》节选，仰起脖子唤道："福星高照，吉祥如意，好运连连，心想事成，愿众生无灾无难，无疾无病，永享太平天福。请道界第一灯，三清灯。"在一阵锣鼓、唢呐声中，乾道老祖在事先画好的阴阳八卦图上，开始铺灯。

廖子章从台后快步小跑到台子中央，立步，两臂平展，八十一盏智慧光明灯，火苗跳跃，大放异彩。乾道老祖桃木剑戳火纸，从廖子章头顶灯引火，点燃图谱上的三清天明灯，又顺手放飞一盏红色天明灯。天明灯冉冉上升，向东南方向，缓缓飘去。

乾道老祖又轻声唤道："请文昌灯，佐善男信女，启动智慧之门，掌百业精技，学业进步，坦途亨通！"话音刚落，东方瓒挂六十三盏灯，立廖子章左边，点燃文昌灯。"请财神灯，佑龙王荡众生，财源广进，招财进宝，家家致富，永避饥寒之苦！"蔡先福挂六十三盏灯立廖子章右边，点燃第三盏财神灯……长寿灯、平安灯、转运灯、子孙灯、姻缘灯、吉祥灯、修福灯、百愿灯……请灯完毕，乾道复位太师椅。四彪汉将木杠子穿在太师椅两侧铁环套里，齐声："嗨哟！"上肩，绕环形台阶而下，沿广场中轴线北上。广场上的人群立闪一条通道，道两侧，人群热烈，情绪高涨，秩序井然。

乾道老祖半仰卧太师椅在最前边，后面紧跟廖子章，两纵队，乐队、锣鼓队殿后。移灯娘娘庙大宝殿。在大殿前，六百多人列成圆形太极阵，由乾道老祖率众生参拜天仙玉女保生真人宏德碧霞元君、四龙王、四神明。殿里殿外、广场、香台……凡有空隙处，众生随地跪伏，三叩首……请灯、请香、请花、请果、请水仪式做毕。

最后吉时已到。廖子章登殿，谢灯，向大殿的碧霞元君座前转灯、接灯。乾道老祖呼道："龙王荡总乡团廖子章，向碧霞元君谢灯！"随之，一道长如清风般飘然上台，身后跟着两名挂灯师。三人，一前两后，面向元君宝座，行五体投地大礼。礼毕，从廖子章身上取灯，即用挂灯的火种，点亮殿间烛灯。挂灯师是娄氏家族里，最年长，资格最老，技术最好，品德最高的灯师。接下来，他将从廖子章头顶上取下第一盏灯，转交给道长，再由道长转接至碧霞元君座前，点燃第一盏明灯。这一仪式，被看作最严肃、最神圣，备受天、地、人三界关注的关键时刻。此刻，殿侧有两童男童女，捧两个白陶瓷盘，盘内放一条白色毛巾。娄大师小心从盘中取出毛巾，先擦了脸，放回原处。又取一条白毛巾，擦了擦手，毛巾放回。殿内只能听到人们的呼吸声和心脏跳动声。

洗去铅华的考问，还原的只是真实的内心。在超凡绝世的神灵面前，每一个红尘中的凡夫俗子，不自觉地揭去躯壳的外饰，裸露灵魂的原形，接受神灵的审视、甄别和发落。

灯师轻轻地从廖子章头顶，取第一盏烛灯。道长拂了拂长袖，郑重地伸出双手，接灯师取下的第一盏灯，殿里殿外黑压压的人群，聚精会神，千万双眼睛紧紧盯住道长手中的烛头。道长觉得自己接下的，不是普通的蜡烛，这是承载着龙王荡万众心声，关系到龙王荡的安危、祸福的千斤重担，万万不可出一丁点的差池。否则道长一世，将坠入万劫不复的深渊，道长的心，过于沉重，过于激动。就在接灯师手中第一盏灯时，陡然心中"咯噔"一声，手指抖动，腿一软，没接住这第一盏灯，失手掉落。娄大师老而弥坚，眼尖手快，从地上捡起烛灯。这第一盏灯，有多讲究，娄大师这样的老法师最清楚。可是烛灯还是熄灭了。灯师用身体遮掩周围扫过来的目光，以最娴熟、最快捷的手法，重新将熄灭的烛点亮，再次递给道长。那道长，手颤抖，心蹦跳，脑门上的汗珠，滴答滴答地落在脚面上。乾道老祖在一旁，脸色铁青，两颧痉挛，抿住嘴，噘起胡子，摇头不语。他心中念叨："八十多岁的人，何时才能让为师省心哦！"

这道长法名玄能，是乾道老祖三弟子。道业颇深，操持此事，驾轻就熟，又不是毛手毛脚的毛头小子，咋就失了手呢？为民生祈福驱灾，可你麻痹一晋，必致灾祸。乾道老祖百思不解。你道业颇深，可你十条命，不及廖子章一条命，你咋就失手，弄熄这盏生命灯源呢！虽说生命的宿值是等量的，生命的价值不等量。千交代，万叮嘱，演练不下十回,关键时掉链子,真让人郁闷。唉!转灯,灭首灯,大忌呀……一百多个灯师一起上阵,谁点的灯,谁取下。不消一盏茶工夫,六百多个乡团和龙荡营子弟烛灯取完,分别转接三院大殿,点亮了各院殿所有烛灯。

　　一切仪式,照常进行。现场展开灯、香、花、果、水五供征集,有千人供三、七日神兆感应;有几百人供七七四十九天小圆满;有百把人,供一百天中圆满;严九、端木浞、夏侯廪、南宫济、东方瓒、廖培忠、蔡先福、公孙晷、老芦雁、许怀宁、乔万斛等六十多人,供一年期的大圆满。五供不断,保供者四季平安,财源丰富,氏族香火旺盛,子嗣万代,开枝叶茂,家兴族旺。

　　接下来几天,唱大戏,昼夜连轴。三殿院开门迎香客,全天候。外口商业街,举办天下物资交流。洋火洋油洋碱,洋纱洋布洋袜洋钉洋灰洋铁丝……货物畅销,市场看好!

　　泰山娘娘庙开光揭幕庆典仪式,有瑕疵地圆满结束。从此,龙王荡泰山娘娘庙,向天下众生开放。

第十一章
灭 蝗

1

虎头鲸和虞墨兰成家之后，大统领进京陪廖总，他在岛上主持事务。廖总回荡，他配合东方大统领，在娘娘庙工地上盯马盯夫，跑前跑后，一刻未闲，一干就是三年。工程竣工后，他从家里到岛上，从岛上到家里，两点一线，忙忙碌碌，一晃，又几年过去。三个娃，两男一女，大的九岁，二的七岁，最小女娃，五岁。老大老二，在德庆堂书院念书。俩小子懂事省心，尊长爱幼，成绩优异，深受先生喜爱。小女娃天真烂漫，伶牙俐齿，活泼可爱，像她妈。虎头鲸每次回家，看着美丽体贴贤惠的婆娘，抱起心头肉的小丫头片子，体味温暖舒适的家，喜得合不拢嘴巴，整天笑呵呵！

这天，他正和婆娘虞墨兰吃茶话闲。屋外奶妈带小娃，院子里躲找找，做游戏。红冠黄嘴绿尾大公鸡，跃上柴垛，扑噜着翅膀，伸伸脖子，垫起鸡爪，"喔喔喔"地大展歌喉。大灰鹅摆出一副高冷、傲慢、藐视同类的面孔，伸长颈项，迈出踏实的步履，不紧不慢，"嘎嘎"叫了两声，警示院外有陌生的脚步。公鸭子"嘶嘶咕咕"的声音，仿佛被磁石打磨过一样沙哑，追逐母鸭，蹲在母鸭背上，两腔亲密接触之后，满足离开。毛茸茸的小公狗，摇着快乐的尾巴，跷起一条后腿，将黄沥沥的臊汁，洒在牡丹花的盆口上……

老伙计薛大可来报："禀副统领，邮差送来书信一封，京城来的，夫人的。"虎头鲸一脸疑惑，微皱眉头，没听说过京城有啥亲戚朋友、熟悉的人哎！接过信件，转手递给虞氏问："京城有熟人？"虞墨兰先是摇摇头。一会儿，眼神中闪动一丝无名的惊异和慌乱，她马上有一种预感，她不敢肯定。十八年来，心头一时也没放下的那件事，"噌"地蹿上脑门。她的心，犹如弹棉花的弓锤，"怦通怦通"加速跳动，颤巍巍的手，端着的茶杯在杯托上晃动，发出"当当当"的声音。虎头鲸心疼地说："不就是一封信嘛！别怕！俺在呢！放心拆开看。"虞墨兰放下手中杯，刚要撕开信封，手一抖，书信滑落在地上。虎头鲸心疼女人，猛地从椅上跳起，捡起信封，撕开一头，抽出几张熟宣金线信笺纸，放开，递给虞墨兰。

虞墨兰凝神一瞅，皱眉，摇头，吞嗓眼干咽两下，嘴角一撇，"唰"，两行热泪，"哧溜"地流挂在脸膛里。

"……妈妈！亲爱的妈妈，俺是您的郎娃子。十八年前，您去舅爷爷家，给儿找吃的。当日，俺被一个怀揣白面馍馍的陌生人带走，俺饿呀……他是一位得道高僧。他说他受佛旨，通过占卜，不远万里，历经周折，从日本国，漂洋过海，辗转大半个大清国，在龙王荡找到他要找的佛缘传人。他收俺为徒，教俺学问，十几年来，他视俺如子，让俺侍禅礼佛，又送俺在大学里读书，攻政经、学法学……学业未成，师父不让俺与家中联系。不孝儿让妈妈担心了。去年师父坐化圆寂……俺在大学，相遇龙王荡学子严怀腾、严怀达、端木槿、夏侯鸿，他们所学专业已毕，当前在伊藤先生麾下，学新政。他们不久将和伊藤先生同来大清国，面见皇帝，协助大清变法改革维新。今年日本国和大清国，在黄海发生激战。大清受重创，两国交恶，关系剑拔弩张。大清驻日本大使，二品顶戴，汪大人，奉大清皇帝密召返京，敦促俺与之同行。俺应召翰林院，任侍书，每天卯时起，半个时辰，给皇帝讲日本国明治维新改革的事情，为大清国筹划变法……眼下朝廷帝、后变法与守陈之争，暗流汹涌，箭在弦上，一触即发，可能会有一场血雨腥风……"

虞墨兰看完郎娃的家书，心情尤为复杂。把书信递给虎头鲸，长叹一声。儿大不由娘，口中喃喃："吾儿虽出息，为母更担心。受命皇恩顾，腥风血雨行。每个人的命运，皆由天定，强求不得。"说完，眼泪又"唰唰唰"地不断流下。自从与虎头鲸成家，一家人其乐融融，虞墨兰

第十一章 灭蝗

一刻没有忘记郎娃，但也没有再流过悲苦辛酸的泪。聚积十几年的泪，这阵子泉涌而出。她的眼里，定格郎娃七八岁的情形。想象不出，如今二十多岁的儿，是啥模样。十八年没有音信，十八年撕心裂肺地寻找、思念。如今，突然有了音信，又面临另一种的担惊受怕，或者说又一种形式的煎熬。她觉得她没有对不起上天，而上天却无情摧残她。这难道就是上天给自己的宿命？

她不服！虞墨兰从信中，感觉到郎娃命途堪忧。老佛爷是谁？老佛爷，称得上老佛爷，必有她的过人之处。关于她的传说，太多太多。

老佛爷朝廷经营数十载。早年，咸丰帝驾崩，她发动"辛酉政变"，联合东太后，利用奕䜣，杀顾命大臣。嫌弃东宫慈安太后碍手碍脚，设计毒杀慈安东太后，执掌大权，垂帘听政。觉得"议政王"权力过大，发动"甲申易枢"，罢黜奕䜣。手段何等高明残忍。老佛爷，哪有那么容易被她手掌中的皇帝击垮。后来，事实正如虞墨兰所料，伊藤暗访皇帝，被老佛爷顶回。变法派被剿灭，严怀腾四人仓皇逃回日本。郎娃子事先得报，在皇帝暗助下，逃出京城，南下至广州，踏上欧洲流亡之路。十五年后，郎娃子潜回龙王荡，跟虎头鲸进入龙荡营。东方瓒、虎头鲸等老一辈上年纪的人，决定退出龙荡营，将队伍交给郎娃子。郎娃将队伍扩充至一万三千人，并率领这支队伍投身北伐战争。这是后话。

乡团议事厅，廖子章、东方瓒、蔡先福三人议事。廖子章说："人生苦短，一转脸，俺今年六十岁了，东方五十八，老蔡五十四，虎头鲸五十三。时不我待，只争朝夕。这心理吧，好像只有二三十岁，可是胡子白了，孙子辈出世了。俺们还有许多事没做完呢！俺提议，今年寒里，设法在车轴河两岸大堤外，腾出一万亩耕地。明年春，全荡人，齐动员，植千亩桃、千亩梨、千亩苹果、千亩银杏、千亩板栗、千亩柿子，再拓展一些石榴、山楂、葡萄。相间建百竹园、百花园、百草园、百梅园、百石园、奇树园。先做详规，再让查大师实地考察，出一个效果图。俺们这不是陶先生的桃花源，是神龙苑。另外强调一件事，在罘山的鳔头那边，专门擗出四百亩耕地，交给娘娘庙主持，道士大几百人要吃饭，给他们地，自供自给，自食其力。香火、捐助收入，不能用来供养他们，应作为公共积累，用于房屋、亭台楼阁、道路、桥梁、沟渠绿植的维保。修道之人，不能坐享其成，劳作是对身心的最好修炼。"

东方瓒、蔡先福听廖子章对龙王荡未来的设想，内心感动。老蔡说："老哥的节奏快，俺的思路跟不上趟了。这几年，俺龙王荡，喜事连连呀！车轴河大木桥贯通，实现荡民千年梦想。娘娘庙浩大工程，落成开放，遂了百姓的愿望。今年夏季三麦又获罕见大丰收，田地里的稊头、地下的山芋，个头特别大。渔船早出晚归，云集云舒，码头上昼夜热热闹闹，鱼虾、贝类、海蜇头、海带、紫菜，琳琅满目。德庆堂书院高级部学子金大可、金大标兄弟，南京乡试，双中举。南宫先生三本医学专著，出版发行。上海滩大商户原太源、大亨通、德隆驰等八家代表，联合投资龙王荡，兴业制盐，筹建鸡心滩，天生港盐业专用码头……再用三年时光，把万亩植园开发出来，那可了不起啊！俺就是担心这果树，果子收下来，倘若销不出去，就糟蹋了。"

东方瓒似有同感，会意点头称是。这当然不是老蔡一人的顾虑，这种情况，廖子章早就想过百遍了。他对老蔡说："老蔡兄弟，不必担心，俺有数，到时候，龙王荡凡是能提动一篮果的人，集中起来，昼夜采摘。采摘的果不着地，直接上船，俺们百艘大舸，一齐上，沿盐河、大运河、长江口，一路向南，向东，哎哟！这一路，大小城池，上百座，直到龙城姑苏、大上海、杭嘉湖，销路不用愁，关键是要培育出品质上好的优质果子。城里人特讲究质量，讲究银子花得值。吃水果是他们每天的习惯。果子好，价钱便宜，谁不买，谁傻瓜。上海滩的宾馆，每天给房间供水果，光一家宾馆，一年要消耗多少果子！十家呢？百家呢？再加上大城市的水果摊贩，水果门店。俺不怕竞争，俺自己产，自己运，自己营销，没啥中间环节，能赚就赚，不能赚，也没啥赔头，不必过于担心。至少俺荡里乡亲们有果子吃了。上了规模之后，俺设法建一支专门卖果子的队伍，专做水果贸易，就像粮食贸易那样，开门店，开市场。实在不行的话，俺总乡团，直接在各大小城市开上百家水果店铺。把伊芦山、东辄山洞整理一下，恒温贮藏，水果不坏，可一年四季营销。怕什么？"

议论很热烈。虎头鲸手中捏着郎娃子的信，还没进门，一路欢呼："老哥啊！奇事！奇事啊！"风风火火，进门，没坐下，端起老蔡面前的水杯子,"咕咚咕咚",一口气,喝得精光,嘴唇上沾了几片茶叶,舌头向外,扫了一圈,把茶叶舔入口中,唾唾,唾出。大手掌抹了一下嘴巴说:"奇事呀!虞墨兰那个儿,郎娃子找到啦!今年是啥年成?好事聚一起,说来就来,连个招呼也不用打!"他把信递给廖子章。几个人传开看完,老蔡开玩笑地说:"庆贺老弟,没费事,又得一子,坐享其福!"

虎头鲸见老蔡调侃自己,兴奋之下,顺着老蔡的语气说:"是呀!拖油瓶的儿,也是儿,后大也是大大,一家人不说二话。"东方瓒有心开个玩笑,一想,不能开,自己和虎头鲸情况类似,更何况自己是廖兄的亲妹婿,廖兄在场,开虎头鲸的玩笑,打自己脸,不可,不可!便笑了笑说:"找到就好,找到就好,总算遂了虞墨兰的心了。这娃命大、福大、造化大,还记得龙王荡。巧了,遇上严九、端木的娃。一叶浮萍归大海,人生何处不相逢啊!"……

开发神龙苑之事,议出大致轮廓,大致分工。乡团负责定界整地,沟渠路道,排灌系统,涵闸畦块,购苗栽植。管理包到乡、队。乡队包到保、甲。标准规章明确,犒赏和处罚不含糊。三年成果,乡团统一收购,收益按比返还。龙荡营负责竹园、花园、草园、树园建设,园中带路,园中带湖,园中带溪,园中带雕塑,园中带奇石,园中带广场。赏景、游览、休闲一体化。蔡先福想象的问题,得到廖子章圆满解释,心情很好。他说:"眼看近七月半,地里的黄豆,花角一半。稻头全部露出青黄稻拐,拐上撮起红紫缨胡子,毛毛茸茸,丝丝挪挪,穗花一经落上去,稻拐一天天就鼓起来。不用担心,秋季丰收在望。"虎头鲸说:"秋季,再有一个大丰收,今年算是大满贯!"

2

中午时,几人在议事厅。乡团的食堂,送来四大海碗刀切老面条。圆滚滚,粗实实的。半盆虾米焖倭瓜,一瓦罐麻辣酱。拖汤纳水,"呜噜呼噜,呲哈呲哈",连吃带喝,填饱肚皮,撂下碗筷。乡团的伙夫收拾桌面,抹布抹了两遍桌子,几人正准备打个麻盹眼。芦飞急匆匆从南路官道，直冲大校场。在校场外下马，马缰扔给马倌，一路小跑到议事厅。神色有些焦虑紧张，推门进屋道："禀报廖总，大事不好！"

廖子章抬头，看是芦飞，知道定有要事报告，招招手说："别着急，先喝口水，润润嗓子，坐下慢慢说，出啥事了？"又转头向外边唤道："来人！"

伙夫老阚慌忙进来，弯腰示礼："在哩！您盼咐！""哦！老阚头，给俺们的飞毛腿芦将军，弄一大碗老面条。没菜吧！打俩荷包蛋，抓把虾逛干来，犒劳犒劳。兄弟，说吧！出了啥事？"廖子章说。

芦飞撩起无袖短布衫衣边，擦了擦满脸的汗，又将手背上的汗反放在屁股后大裤衩上揩了揩，坐下说："禀廖总，一股蝗风从河南的归德，横扫徐州，向东南直通睢宁，依风头向东推进态势，有增无减。蝗虫漫天遍野，飞起来，遮天蔽日，云雾一般，黑压压向前涌动，所到之处，大面积庄稼，黄豆、稻头、芦黍、棉花，连叶带梗子、秆茎、穗角、全部啃光，寸草不剩。还有地瓜叶、树叶，河里的茭白、菖蒲、稗草茅芦、浮萍……被打扫得干干净净。人们万般无奈，欲哭无泪。俺们必早做防备。看这趋势，很危险。若蝗虫进了龙王荡，别说农作物，就连俺们的大芦柴，也不剩一棵。秋粮绝收，主要经济来源的大芦柴，再断了指望，明年的日子，咋过呀！"

在场几人睁大眼睛，看着芦飞削薄的嘴唇不停叙述。廖子章沉思，这老天耶，就是不能消停一点，日子好过三年，咋又来了蝗虫？这鬼东西，恶呀！耗去俺们精力物力不说，浪费俺大把大把的时光。他说："既然这样，事先有了消息，在座几位，还记得二十年前那场蝗灾吗？"蔡先福、东方瓒、虎头鲸都说："记得记得！当然记得，一辈子也不会忘掉。"蔡先福说："万万不可，要是那样，龙王荡的秋季作物，就全完了。那年景，想起来，现在俺还瑟瑟发抖。庄稼、树叶、柴叶精光，惨不忍睹呀！车轴河上漂一层。青头啃完，直接上茅草屋顶，吃起干草来，真的吓人啊！"

廖子章说："那年，俺们没准备，一夜之间，蝗虫占领整个龙王荡，措手不及，实在无计可施。庄稼地、柴地、树梢，家家户户，屋顶上、院子里、路上、河里，几乎找不到一块空地方。人们没办法，反正庄稼没了,索性遍地放火,起狼烟。最后,还不是烧灭的。它们吃完龙王荡一切可吃的东西,自动向南转移了。"东方瓒说:"这东西,来势凶猛,睢宁到俺们这里,百把里的路程,一路横扫过来,至多七八天。俺得防!"虎头鲸说:"咋防?这些狗日东西,云彩一样飞来,从天而降,咋办?"廖子章说:"蝗虫有许多种类。早年,俺们跟清军剿灭太平军,在山东也曾遇过一次蝗灾。军中有粮有酒,没了下酒的菜。火头军使蝗虫下油锅炸,或椒盐,或干煸,做下酒的菜,吃起来,那口味香得很,不输鱼肉。吃饱了,嗝出的味,都是香的。"蔡先福说:"饿急了,苍蝇、蚊子、蛆都有人吃,何况蚂蚱、蝗虫。"东方瓒说:"侵扰咱们的蝗虫,不外乎沙蝗和土蝗,这次蝗灾,不知是不是沙蝗!"廖子章说:"沙蝗个头比土蝗小、瘦,体轻,一般是从境外传过来的。沙蝗能飞出百丈高,连续飞十几个时辰,一天飞出两三百里,攻击性特强。但沙蝗食肠小。俺们这里,主要是土蝗作怪。土蝗个头大,肥壮,也能飞十多丈高,连续飞一两个时辰。无论哪种蝗,都伴随高温、干旱、无雨天气而来。长期不下雨,气温居高不下,正是它们繁殖生长的好时机。幼虫须三五次蜕壳,就变成能飞的成虫了。土蝗食肠大,危害性更大。"

蔡先福对廖子章说:"咋办?您拿主意,宜早不宜迟。"廖子章说:"预防,丝毫不能怠慢。俺们得走出芦苇区,在荡西十里外设防,若防线被摧毁,仍有缓冲余地。可是预防,面广量大,兴师动众,又是一场大运动呀!各队各乡,要动员全荡的人。"蔡先福说:"你拿主意,俺们全力照办!"廖子章说:"你蔡兄动员北边十个队、乡,负责南自车轴河北岸,北到西卤河南岸,西自盐河东岸为界;东方兄动员南边十队十乡,负责车轴河至牛墩河,和蔡兄南端对接。俺们必须筑一条南北直线四十里障碍网墙,这是目前唯一最好的办法。搜集全荡各家各户、乡民、渔民的旧渔网。必要时,所有的几百艘渔船停产几日,把所有渔网调过来,集中统一使用,事后奉还,并由乡团适当弥补歇捕的损失。如果渔网还不够,派人用最快速度,沿海边集市、咸水口、陈港、青口、宋庄、海头、岚山、日照,强力收购渔网。拉起一道五丈高的拦网墙。五丈高是人工搭建拦网的极限,柱桩基础要坚固,拦住蝗虫的头阵。这项浩大工事,时间短,工程量大,是一件几乎不可能做得成的事情。但是俺们必须做成,没有退路可言。分工分段限时完成,责到人头,越快越好。五日内竣工,没的商量。每个工段,网墙外,挖一道六尺深、八尺宽的壕沟,蝗虫撞网,掉落深沟。假如还有扒在网上的,可用竹竿、长棍捶打,使之掉进壕沟。壕沟又深又窄,蝗虫不能垂直起飞,放火烧灭。重点防控区,是车轴河至牛墩河段。俺和虎头鲸兄弟,调部分龙荡营和乡团兄弟,搜集陈年旧芦柴、烧锅草、麦穰、稻秸、豆秸、棉花秸、芝麻秸、小茼大麻秸……再使五百人,用大柴镰深入纵深荡区,砍割年久未收的枯柴、朽柴。砍割三日,船装车拉,运过来。在拦网墙内,北自西卤河,南至牛墩河,摆下两里宽的火龙阵,万一网墙高度不够,拦不住蝗虫头阵,须引火升温,引诱蝗虫上当。蝗虫触角十分敏感,它们感到高温,会迅速降落,在高温中,雌雄交媾,产卵繁殖。当它们误投火阵时,就是它们灭绝之时。这就是俺一直以来,酝酿的上中下立体防蝗策略。这次防蝗,必是全荡倾巢出动,蝗虫比大蛇难对付。大蛇只有一条,而蝗虫千千万万,数不胜数,抓不住,捞不着,放走一只,孳生千万只。传统方法,网拦、火烧、土埋。没有更好的法子。各位再议一下,设防工事,说起容易,做起难。难度相当大,千头万绪,各位应有心理准备。将来,哪天,假使有人发明一种药物,蝗虫落下,普遍喷洒一遍,把它们通通消灭了,那就省事喽……"在场各位按分工领了任务,上马行动。

第二天早上,天蒙蒙亮,南北二十队,人们奔走转告,廖四太爷发布防蝗通令。蝗虫风头已到睢宁,正在向东推进,大家赶快行动。

家家户户,献网、拆草垛、送竹竿、扛木棍、捻麻绳……大车小车、牛车驴车、大舸小船开动起来,向工地进发。在南北四十里长的防线上,见山开道,遇水搭桥,负芒披苇,越冥塘,过乱岗,渡浅湖,蹚汪溪,走盐滩,涉洼丛,踏草地,拉网构建。挖壕沟,布火阵,立体三防工事,全面启动。经历过蝗灾的人,从心底里难以掩藏可怕的一幕。想起来,恐惧感油然而生。

二十年前那场灭绝庄稼的蝗灾,悲凉惨景,至今历历在目。新蝗灾在二十年后的今天死灰复燃,着实让人心惊肉跳。人们从内心发出共同的声音,举全荡之力,和蝗虫一拼高下。用尽全荡人力物力,只要救

第十一章 灭蝗

下庄稼，值，不过分。龙王荡，是龙王荡人的龙王荡。人人皆有保土守园之责。好端端的庄稼，好端端的绿色家园，好端端的大柴芦荡，绝不能毁在蝗魔、蝗怪、蝗疯子的嘴里。四太爷敢用红衣大炮打赢天上冰雹阵，必定能带领俺们战胜蝗虫。必须！

　　第五天的午后，天空晴朗，没有一丝杂质。太阳如填满干柴的大火球，熊熊燃烧。猛烈的火势，挤干空气里尚存的一丝丝的水汽，喷出熏人的热浪。火球烈光，如烧透了的铁质火舌，舔舐人的脸心和手背；又像烧红的针锉，在脸上、手背上划擦，钻心刺痛。火焰烘烤热气，吸入鼻腔，如一溜滚烫的辣火串子，呛得难受。河塘里的水，就像蒸锅底的汤汁，又稠又烫。廖总骑在马背上，头戴柳编遮阳安全帽，手中牵马缰，疲惫地打个眼罩，望一眼骄阳说："鬼天气，真够辣。这气温，更激起蝗虫毁灭庄稼的恶性和产卵繁殖能力。这场蝗虫作怪，看来，是避不开，躲不掉了！"东方瓒骑上白蹄白额枣红千里驹，虎头鲸骑青鬃灰黑骏，蔡先福骑黑鬃白背旋风骢，后边跟着滕大山、阙小海、辛驰三匹轻骑，从五岔湾防蝗临时指挥所出发，沿四十里防线查访工事。

　　一道望不到头的网墙，是一块块、一片片、一张张长的、圆的、无规则的渔网、床单、被面、纱布，连接拼凑而成，并被牢牢串扎在横七竖八的竹竿上、木桩上。沿着网墙，再向远方看，仿佛是朦朦胧胧、隐隐约约、连绵不断的远山，像一片凝止的浓雾或云集的屏障，又像一道逶迤、曲折、坚强且岿然的长城。在一处网墙下，廖子章勒住马缰，跳下马背，走近网墙脚下。仰望高挂的网绳，握住碗粗的木桩，用力推撞。桩基四周，皆有撑木加固。顶有缆绳，四面斜拉，地面上有木橛子控制。网墙牢固、结实、经得起风暴。四平八稳，不可动摇。他欣慰地拍了拍手上的土灰，上上下下，反复打量，之后点头肯定。他对身边东方、老蔡和虎头鲸说："蝗风头涌来时，如同一阵狂风，不能低估它的力量。俺们的防蝗网，若被它们攻破任何一个缺口，这四十里工事，就会全线报废，白搭。到那个时候，再怪罪，于事无补，这种利害关系，所有队长、乡长、监协、都必须明白……"

　　龙王荡的青壮男女，龙荡营、乡团的兄弟姐妹，都沿着网墙伫立，接受检阅。他们如临大敌，披坚执锐，精神焕发，壁垒森严，准备随时投入战斗。在任何一个工段，一旦发出蝗风头来临警报，三路立体工事守备大军火速行动，绝不让一只蝗虫，踏入龙王荡半步。

廖子章一行几人，从网墙外围，看完网墙、壕沟，又转道内侧，继续检查他亲自设计的火龙阵。傍晚前，几人检查工事之后，回到指挥所。芦飞来报："……蝗风头，在三十里外平明、张湾一带降落，预计明天晚些时候，将涌入龙苴、穆圩、小伊一带。不出意外，后天，蝗风头可能会越过西盐河，扑向龙王荡。又会像二十年前那场蝗灾，一夜之间，遍及荡地。"听芦飞分析报告，廖子章沉思。与其被动迎战，不如主动诱蝗深入，更有胜算把握。几千年来，人们对付蝗虫，就是网拦、火烧、坑埋这些办法，关键咋应用，才有实效。不能等，大白天蝗风头涌入，很难控制高度，万一有部分蝗虫越过网墙，没有落入火龙阵，咋办？故而，晚上、夜里，诱灭，才有把握全胜。夜间利用灯光火光，将蝗风头招引过来。灯光的高度，可限制蝗风头飞行高度。灯火的宽度，可以集中在三里左右，可限定蝗风阵的宽度。如此集中诱引，集中消灭，更便于集中指挥，打歼灭战。选择无障碍防线地段，给蝗虫扫除飞行中的视觉障碍。点挂千盏白灯笼，当蝗风头涌来时，点燃火龙阵，把更多更远处的蝗群，吸引过来。撞网也罢，落进火壕也罢，飞过网墙，钻入火龙阵也罢，定无逃生机会。蝗群在夜间寻找光明，这是天性，谁也阻止不了，最光明处，即是它的葬身之处。这种局面，只有在晚上、夜间，才可掌控。

廖子章脑子在思考，眼睛盯住芦飞，耳朵在听他叙述。然后问："你有亲眼看到蝗风头吗？势头猛吗？飞多高？五丈高的栏网，能拦住几成？"芦飞肯定地说："俺亲自进了蝗风头，密密麻麻，一层层，一片片，一股股，一群群，如饥狼追逐，如饿虎下山，凶猛残暴。一棵稭头叮几百只，锯齿般的牙齿锋利无比，'咯吱咯吱'，旁若无人，自以为蝗老子，天下无敌，疯嚼狂咽。一袋烟工夫，一棵稭秸，从梢到叶、稭拐、到根底，啃得干干净净，只剩下一捧碎屑。那棉花上，密密层层，青黄色一摞摞地挤在一起。一会儿，啃完叶子、啃秆茎。刚结出的棉桃，也啃得利利索索。更有黄豆，花呀，叶呀，豆角呀，豆秸呀，一次性灭绝。山芋连叶带藤，一扫而光。大树小树，清一式的光顶秃头。俺

第十一章　灭蝗　　　　　　　　　　　　　　　　　　　　451

们的拦网,能拦下七八成,有两三成能飞过五丈高。"

虎头鲸听了,觉得奇怪,遍野的庄稼,树木草丛,青绿作物,难道它们就吃不饱?问:"欸!那玩意,吃不饱吗?吃饱了,不就消停了嘛!"芦飞拎过小吊子壶,倒了一碗水,"咕咚咕咚"喝下两口。廖子章把自己手中蒲扇,递给芦飞。辛驰从另一间屋里,拿几把蒲扇过来,分给在座各位。芦飞接着说:"蝗虫这玩意,直肠子,边吃边拉,两口不停。似乎不用消化,嘴在'咯吱咯吱'嚼,屁眼一撅一撅地屙,整吃整屙。真它娘的绝了,始终吃不饱,这大概就是蝗灾的根源所在。千千万万只,一团一团,多瘆人。老一代还没死,新生代又出来,祖孙好几代。不停吃,不停交配,不停产卵,不停诞出幼蝗,太神了。它们啃食农作物,好像并不是为了吃饱,而是为了毁灭,它们绝不会让任何青绿植物生存,这就是蝗灾。要不是亲眼所见,亲身置于蝗群之中,打死俺,俺也不信。"

老蔡一脸狐疑,他不信神怪。别人信神,他也不反对。神,在不在,有没有,不重要。人的命运,自己做主,不可交给神安排。这是老蔡的理念。他说:"俺不信啥蝗神,可是,这玩意,似乎有灵性。吃不吃饱,不知道。它的天性,是对抗人类,毁灭庄稼。"廖子章知道老蔡不信蝗神那一套,又没搞清蝗虫的神秘处,对老蔡说:"哪有啥神力、灵性。鬼天气,酷热难耐。人,一时不喝水,干得难受。一天不喝水,就能干死。蝗虫拼命啃食,其实,就是在不停地补充水分,补充能量,完全是一种生理需求。否则,它坚持不了一个时辰,就会口渴干死,被太阳烤干了。所以,它拼命啃绿汁,既解渴,又压饿,还能不断刺激雌雄激素猛增,不停交媾,不停繁殖,然后继续啃。道理如此简单,哪来的神灵。"

芦飞冥冥之中,觉得有蝗神暗中作祟。他想说服在座各位,不可掉以轻心,他毫不夸张,发自内心地说:"在蝗群中,好像有某种神秘的东西,统一指挥,统一行动。俺却找不到哪一只蝗虫,是指挥者,是统帅。起飞时,瞬间形成风头,旋而朝着统一方向,前后上下左右,几乎没有间距,而不碰不撞。飞行中,并非直线,有时波浪式,有时悬转式。没有神灵控制,它如何能实现有条不紊地前进、悬转、降落,再起飞?"廖总见芦飞越说越神气活现,仿佛哪尊蝗神早到龙王荡打前站了。

耐心地解释道："蝗虫飞行，它有固定方向，那就是向更热，更干燥，且有丰富绿植，环境更适应的地方飞。凡是下雨、刮大风、潮湿低洼地方，它们不去。它们停留在一个地方，啃完绿植，要选择新地方，而在最前沿，最先起飞的那一只，或者那一群，决定整个蝗群的走向。最前沿那一只，或者那一群蝗虫的触角、单眼、复眼，以及生理各器官，一经选定方向，若没有特殊的天气变化，没有危及生存的风险，它们就沿着一个方向，一直向前，不随便改变。这就是这批蝗虫，从归德进徐州、入睢宁、闯平明张湾，再闹新坝、龙苴、穆圩的缘故，也是俺们断定蝗虫一定会来龙王荡的依据。再就是，这一路所有庄稼、绿植加起来，也不及俺们龙王荡的芦苇面积大。"

东方问芦飞："凭你见闻，蝗群一路飞过，沿途有人出手抵御蝗灾吗？"芦飞说："一路上，蝗虫所经之处，县官连吁带喘，向朝廷报灾，还歪怪府衙里没有现存的救灾物资。黔驴技穷，手忙脚乱，惊慌失措。地方地主乡绅勾心斗角，各怀鬼胎，没法形成合力，坐地头上，呼天抢地干号，没眼泪。"

廖子章招呼各位："各位、各位，莫扯远了，俺们不能等客上门，要变被动防御为主动诱敌深入。大白天，若那蝗风头涌来，俺们只能被动防守，万一有二三成越过网墙，再有一两成飞过火龙阵，进了龙王荡，十朝半月，就会是千倍万倍繁殖激增。俺们的青绿作物，照样保不住。俺决定，明天酉时之前，每个乡、队拿出百只灯笼，带竹篾框外封的那种，防刮风、防磕碰。灯笼，各队各乡都有现存的，不稀缺，全部集中在西卤河至车轴河一带的大片滩上。那里地势开阔，没有人家住户，没树木障碍，一眼十几里，且网墙坚固，壕沟深，便于施展拳脚。两千盏灯笼，部署在两三里宽的网墙前后。每队再准备十盏孔明灯，每灯下系一条三十丈长的精细丝线，在网墙上空投放，两百多盏孔明灯照明引路，半边天白昼般闪亮，不怕它蝗风头不来。

"诱引成功之后，蝗风头撞网涌来，随即点燃网前壕沟火和网后火龙阵。到时候，其他工段岗哨不能松懈，万一蝗风头走偏了，俺们仍有万全之策应对。各位明白吗？"

几人皆回应明白。廖子章继续说："明白，就不耽误时辰了，分头

第十一章　灭蝗

453

行动。明天下午申时三刻，在长荡、团洼大片滩网段会合。酉时点卯，戌时六刻点灯，时辰敲定，不再改动。"

蝗虫没有日出而作，日落而息的习惯。它们的习惯，有光有亮，有高温，有青植，就不知疲倦，不分昼夜地啃食。晚上，哪怕没有亮光，也凭敏感的嗅觉、触觉寻找食物。每只蝗虫都有三只单眼，专门用于感光；两只复眼，用于看东西。只要发现光亮，三只单眼就引导躯体飞向光明。它们不知道，今晚等待它们的，将是死亡的光明，黑暗的烈火。

宽广的长荡、团洼大片滩，向西几十里没有村庄，没有散户。这里原是许怀宁家盐滩的养水池，由于盐河上游淡水经常泛滥，侵入养水池，使得池内盐分浓度太低，晒不成上乘晶盐。许家另选别处，养咸水去了。这片滩域草木不生，地势低洼，不宜晒盐，也不宜农耕，暂时撂闲。防蝗网墙在这里，滩面平阔，四边无树无木，无草无植，无庄稼，无遮挡。现在，网墙高高竖起。网墙上方，投放两百多盏孔明灯，升空三十余丈，大放光亮。孔明灯下方，在网墙檐口外，更有两千余盏白色灯笼，高低错落，立体悬挂。半边天无间隙的光亮，熠熠生辉。

几里外，蝗虫的先锋蝗风头，是全体蝗群的引领者和统帅者。它们落在一棵老槐树上，天黑之后，它们啃完这棵树上所有树叶嫩枝。一边在回味老槐叶的甘甜、肥美，一边急不可待寻找新食物。这群蝗虫中，有蝗皇、蝗后、蝗王爷、蝗太监、蝗宫女、蝗大臣，它们有明确分工。现在它们在商议寻找更丰富，更有滋味的盛宴处。御前光明大臣，向蝗皇报告东方白昼亮光。蝗皇听完报告，颇有兴致，撑起又长又粗，又结实又发达的后腿，振翅瞭望。凭经验，它感到，东方白昼，正是太阳升起的地方。它热血沸腾，满怀喜悦，下体在蠕动。它兴奋、抬头、挺胸，胖乎乎、肉嘟嘟的肚腹扭了扭。前、中、后三对利足，在光秃秃树梢上不停踱步。肌肉饱满的两条后腿，随前足转移而转移。

蝗皇明白，湿热的水潮，涨落不定的湖滨、河滩、荒地、河泛区，是咱们飞蝗族的发祥地、诞生处。杂草丛生，山丘坡岗，平整青碧庄稼地，辽阔平坦的毛草原，是咱土蝗的巢营。前提是有光有亮，有热度，有湿度，便以产卵孵幼。凭蝗皇的敏感，它仿佛嗅到东方白昼下，有湖滨、洼地，有宽旷平坦的荒草大原，有绿油油的禾苗，生穗挂实的庄稼、蔬果。还有遍野清香的稗草、甜美的花瓣儿。先知先觉的蝗皇，是蝗群中最伟大的圣主，它和芸芸众生的俗蝗，有着天壤之别，它要对大蝗族众生负责。它自以为，可未卜先知。知过去，知未来，知富贵，知生死。

　　蝗皇觉得自己无上荣光，最有资格率领亿万大军，纵横天下。

　　蝗皇不像普通蝗虫那样，灰白溜秋的青色、灰色、灰黄色、青紫色或者褐色杂花。蝗皇全身黑褐色，头大触角短；前胸背板坚硬，像马鞍一样，左右延伸至两侧，护着软肋。腿脚十分健壮、敏捷。后腿强劲有力，外骨坚硬似铁，胫骨有尖锐超常的锯刺，既可防卫，也可助跳。

　　蝗皇对待属下，无论谁，若没眼色，或者不顺眼，一口咬死，绝无余地。它的一对复眼，三只单眼，并非常眼，视物清晰，感光强烈，登高远望，一眼可见十里之外。能测凶吉，能看良恶。口器如尖刀、锯齿，锋利无比。上唇、上颚、下颚、下唇，尖锐对称，咀嚼锋快。蝗皇在五龄刚满时，就显示出超凡本领，双翅挺括，如鸟羽收展自如。一口气能连飞十个时辰，一天一夜可飞百里，高度五丈之外，天生的帅才。

　　蝗皇六前足，现在开始在树枝上不停划动，仿佛猎狗嗅到洞窟里的狐兔，迅速扒开洞土的兴奋和狂躁。它两条后腿，一动不动。它在振翅，发出有节奏的"呼骕呼骕"的声音。这是它在向周围众生发出信号，意在今晚将有大行动。蝗皇周边，蝗后，三宫六院，七十二妃，三千佳丽；蝗臣一品到九品，都学蝗皇，发出同样的振翅声，四面八方的大小树上的众蝗，接力响应、传递。稻地里、豆地里、棉花地里、山芋地里、荒草丛里，一切被啃秃了的植物地里，千千万万的蝗虫，都在发出同样的声音。每一只蝗虫，都将两大腿关节收起，准备起飞时的勇猛一跃，顺势展翅翱翔！

　　蝗皇认准东方天边，那火红白炽的光明处，是它们最好的，五星豪华的琼林宴。眼下的青绿，已被扫光。这棵老槐秃顶，漆黑一团，再无生机。今晚，没有可食的再生植物，趁饥饿和骄阳到来之前，必须尽快撤出，找到新的青原绿域。蝗皇毅然放弃这没有任何希望的黑暗秃槐，跟着东方的光明，去寻求更大范围，更加丰富，幸福快乐，满足饥肠的大食场。在自享幸福同时，造福臣民，普济众生。

第十一章　灭蝗

东方的光明，预示新的盛宴。涌向那里，尽情啃食美餐，尽情欢娱、交配、繁殖。千倍万倍壮大队伍，厉兵秣马，进军全国，推翻人类的统治，让天下由蝗虫说了算。也许，它压根就没有这样想，它本来就没啥神灵。可是，它的行动，足以证明它的野心和疯狂。最后蝗皇两条大腿间，发出"吱嚓吱嚓"摩擦声，这是起飞前的号令。随后"骕"的一声，冲向夜空，朝东方的光明处飞去。几乎同时，它身边同一棵树上，千只万只蝗虫，随它冲向天空。相邻的大树、小树上的蝗虫，跟着起飞。田里、路边、沟坎、河坡、马道……所有的蝗虫，方圆好几里，蝗虫大军开拔了。这是一股大潮、洪流，汹涌滔滔。饥饿的猛兽，狰狞可怖的蝗魔，拼命竞飞，目的是抢夺远方的食物。其势，无可阻挡。

月光下，一片乌云，铺天盖地。看不清它们升空时的壮观而又惊世骇俗的情景，可是，蝗风军团在飞行中，发出那种让人想象不到的奇怪，且令人头昏眩晕的"呜哇呜哇……"的声响，如狂风席卷树林时，抽打树枝发出的那种呼啸，不是让人震撼，而是让人毛发竖起，脊梁骨发酥，腿底发软，表皮发凉般的惊惧和颤悚。那是天旋地转的声音，是死亡的声音，是阴曹地府里的鬼哭狼叫，魔呼妖嚎的声音，是追魂摄魄的尖叫声音。恶心，瘆人。

3

廖子章肩挂里红外白的长披风，内束牛皮铠甲短装。头戴竹皮宽檐斗笠，檐边封一圈白色纱网，防止蝗风打在脸上。今日，这位六十岁老人，全副武装，英雄本色。显眼的白色短胡须，在灯光里射出晶亮的风采。左边佩挎青锋龙泉剑，右挎望远镜。两手握住悬梯，一步一步，攀上十丈高的瞭望台。明显感到汗流浃背，力不从心。

登上高台，稳了稳神。紧接着，滕大山、阙小海、辛驰也随后跟上来。立在他的左右后三边。他举起望远镜，不停向西方眺望。他并不担心蝗虫不来，他担心蝗虫不是一次性倾巢而来，而使这边几天几夜没睡觉疲劳的人们，继续苦熬下去。铁打的身体，也扛不住。现在人们的情绪高涨，人性中的积极性和创造力，都被充分激发和调动起来，个个神经绷得紧紧的，正等待今晚的决一死战。如果只等来小股蝗虫，咋办？那么，为啥大批蝗虫没有跟上来。不能不想这个问题。当然这是假想……网墙上下，壕沟前后，火龙阵上，队长、乡约，乡团和龙荡营的将士，各就各位，备守其职。大家屏住呼吸，密切关注西边天空的动静。

月光如水，灯火闪闪。天底是黑色的，也是透明的，一眼可观数里。人们在平心静气中等待，等待廖总发号施令。廖子章又一次举起望远镜，在镜头里，他看到西边天空有异动，一股模糊、隐约的浓云，向东方移动。他心中波动起难以抑制的情绪。他觉得，一切努力没白费。他确信，已调动起那群蝗疯子，按这样的规模，先前的担心可以排除。蝗风头如怒潮滚动，后边蝗虫大军，也呈排山倒海之势压过来。大风起兮云飞扬，这将对俺们号称固若金汤的工事，对龙王荡勇敢的将士、子弟们，发起残酷的挑战，史无前例的特别考验。是的，与蝗潮魔鬼对决，也是廖子章此生第一次。说句实在话，从某种程度上分析，这比对付人类千军万马，有更多不确定因素。也就是说，并无百分百的把握。短短几天里，能建成这样的防御体系，已经是龙王荡的极限了。作为最高统帅，在乡团和龙荡营将士面前，必须给他们以最坚强的意志力和必胜信念。

廖子章把镜头拉远，再拉远。镜底移动的怒潮，正对着他的镜头，靠近，再靠近。现在，凭感觉可以断定，蝗潮不折不扣地倾巢而来。

廖子章屹立瞭望台上，激动地告诉众人："兄弟姊姐们，准备好，它们赴约了。啊！铺天盖地呀！像乌云，像黑潮，像千军万马。从天到地，滚滚而来。蝗风头距此地大约十里。"过了一会，他又高喊道："牵孔明灯丝线的弟兄们，把手中丝线收回五丈。敲网墙的弟兄们，拿起你们手中竹竿，棍棒。火龙阵上的弟兄们，准备好手中的火种。现实将打破一切疑虑，鏖战序幕即将拉开，让俺们一起见证这历史性的惨烈场面。长驱直入，势不可当，所向无敌的常胜大军蝗虫们，这里，龙王荡就是你们的灭亡之处，葬身之地。"

人们翘首西望，耳朵聆听命令。廖子章继续观察，又高声告诉众人："它们没改变航向，也没有任何改变航向的迹象和意图。它们正朝俺

第十一章 灭蝗

们飞来，波浪式前进。蝗风头离此地六里。各位，要沉着、冷静，别紧张。相信它们，一定会按照俺们设定的路线，全速前进。孔明灯的弟兄们，把手里丝线再收回五丈。"孔明灯原先放得高，是为了看得远。现在蝗虫看到了，来了，就逐步将孔明灯降到挂灯笼的位置，网墙檐口的下方，诱导撞网。廖总在望远镜中，看到蝗风头先锋队，愈来愈明确、清晰，甚至可分辨出细小的身影。他告诫众人："蝗风头距离四里，蝗风巨浪正朝俺们涌来。火龙阵的弟兄们，点燃火龙，控制三里长，让火光冲起来！激动人心的时刻，即将到来。弟兄们，敌人阵容难以想象地强大，万万不可掉以轻心。"话音未落，三里长的火龙，以长荡团洼大片滩为中心，"呼呼啦啦，噼噼叭叭"，全方位引燃起来，大火开始升腾，火焰冒出几丈高。干柴烈火，势头冲向天空。蝗皇在空中，居高临下，它看到一片鲜明华丽，光彩夺目的金红黄绿的光芒，这正是它苦苦寻找的光明。它知道，幸福的时刻，即将到来。它率领的大军，不犹豫，不含糊，不徘徊，不用顾虑安危，找到光明，就是最大的安全。它奋勇飞在最前列，向着光明，向着火红、热烈、快乐之地，前进！

在望远镜里，廖子章仔细观察，蝗风头在加速前进。他发布命令："孔明灯丝线，收至灯笼高度。蝗风头先锋，距此地不足二里。弟兄们，听！蝗群飞行，振翅声非常响亮奇特，比暴风雨来临时，更怪异，更急促。守住网墙，加固网基，再查一下，网背面的撑木必须绝对坚实、牢固，不能有一丝马虎，否则，必前功尽弃。"

东方瓒、蔡先福、虎头鲸等龙荡营和乡团的各部首领，分散在各个网基的木桩旁，再做战前最后一次检查。好了，已经检查十几遍了，找不到啥问题。到底蝗风头有多大冲击力，没有数。人们最担心的，就在这个点上。网墙下边的人们侧耳倾听，明显听到大海信潮时，狂风卷起巨澜发出的呼啸声。难以想象，蝗风头撞网的动静，那将是何种力量的对决。

一切尽在预料之中，一切又似乎不可预料。预料之中，是诱敌深入成功了。不可预料，是蝗风头前锋撞网时，将是何种场景。大量的，无边无际，无可估量的蝗潮涌来，网墙能承受住吗？廖子章在暗想，众人在暗想！没有更多时间思考，拼吧！两军相遇，勇者胜。

蝗皇，聪明的蝗皇，睿智的蝗皇，它的复眼和单眼告诉它，前方有五丈高的拦网，越过拦网，前方就是灿烂辉煌的悠闲美地。在它一生中，从来就没有烈火的概念，它们只知道光明是希望，不知烈火可能丧生。赶快投入鲜明耀眼，光彩四射的行宫之中。得意的蝗皇，甚至认为今晚不用翻牌侍寝，让蝗后、蝗贵妃、蝗妃、蝗嫔、蝗贵人、蝗常在、蝗答应们，集体侍寝，群英大会，恣意交媾，享受蝗生中，最为难忘奢华的神仙时光。想到这，蝗皇毫不犹豫，振翅拉升高度，率领它的御前臣工、悍将娇女，飞越网墙，坚定不移，一头扎进火龙阵中。火龙正张开火红的血盆大嘴巴，迎接这股白痴狂妄无知的蝗族。

蝗皇在投进火龙阵的刹那间，才知道这是啥玩意，绝对不是想象中瑰丽的皇宫，立即振翅，欲从火龙阵中跃起，可惜它那漂亮，薄如细丝精纱，透明亮丽的翅膀，转瞬间化为灰烬。六条腿亦已着火。一切都晚了，蝗风头的先锋精英们，在烈火中挣扎、顽抗，所有的努力都是白搭。烈火无情，它们无助无耐地接受现实，接受血与火的战斗洗礼，它们光荣玉碎了。先锋，无一幸免。

恐怖的后续蝗潮，自上而上，滚滚而来。绝大部分撞上网墙。整个网墙，大幅度抖动，震荡。地动山摇，洪水旋急。战鼓催征马蹄疾，砥砺奋进正当时。敌我双方昏天黑地的大战，打响了。蝗虫飞行速度飞快，撞网猛烈，形成巨大惯性。虽触觉、嗅觉十分敏感，可是一下子撞到网墙上，容不得它们作出反应，后续的潮流已经涌了上来。先撞网的蝗虫，死死叮住网线，试图从网眼中钻过去，但后边蝗虫却紧紧地扒在一起，形成一堵坚厚的实体墙，谁也别想钻过去。手持竹竿、棍棒、榔头的将士们，如拆墙般拼命敲击网墙，网上的蝗虫纷纷掉落壕沟，打掉千层，起万层，层层丛丛，无止无尽。

壕沟里，填实谷崩焦干的芝麻秸见火即着，火头从六七尺深的壕底蹿出，无数蝗虫，成堆成堆，成摞成摞，又如决堤的冰河，冰块随泥沙俱下，跌进火壕，随猛烈大火化为乌有。下风头，油脂蛋白烧烤的唧溜味，钻进人们的鼻腔，痒痒嘘嘘，欲打喷嚏，还打不出来。

越过网墙的蝗虫，一头栽进火龙阵，再无消息。廖子章命令坚守火龙阵和壕沟坑的弟兄们，加快抱薪速度，添柴加大火力，推助火势。强战硬堵,严防死守,拼命到底,争取战蝗大捷。蝗潮越来越猛,撞网墙,越来越激烈。几里宽长的蝗潮,集中在两三里的网域,等于千军万马过独木桥,压力之大,可想而知。汹涌蝗群,大有彻底摧毁网墙,击破阻挡之势。

东方瓒率大虾逛、刀螂蛇、四爪飞鹰、八爪鱼、韩鲙、秦驼、司马淬、铁蛋、雪里红、凌霜菊、萃海罂、飞天神姑等八营四部的老将们,迅速加固网墙。东方瓒,五十大几的人了,他的一班子兄弟姐妹们,大多四十有余,有的接近五十岁。幸亏是斗蝗战役,尚可坚守,要是真刀真枪,对付千军万马,能有几成胜算,真的不敢保证。东方瓒喊道:"各位弟兄、姐妹们,紧急调运后备固基木料,加固桩基,撑住网框,第一道防线不可破。壕坑外的弟兄,抱薪加火,把火烧旺了,绝不让网前的一只蝗虫,侥幸过网。"

八营四部的男人们,光着上身,黑腰带,大裤衩,浑身是劲,汗水淋漓。女人们单裤单褂,汗水浸透,衣边滴水。胡乱地挽起长发,和男人们一起,扛木头,抬泥土,上高架,稳网框。龙荡营的弟兄姐妹们,关键时一马当先,好样的。说真话,几天来,昼夜赶工,个个都没睡觉,吃饭都是干粮抓在手中吃。现在大多有点虚脱的感觉,气喘吁吁,有点手不应心。是啊!他们的青春岁月,大好年华,正在悄悄地走远,属于他们的时代,只剩下尾巴了。

震山象、赤臂罗汉、夹山大虫、大马猴,已成为离、坎、震、兑四营的主帅,东方瓒和廖文琴所生的三儿两女,虎头鲸、虞墨兰两儿一女;大虾逛、雪里红四男一女;八爪鱼、飞鹰一男一女;刀螂蛇、萃海罂三男;韩鲙、凌霜菊四女……他们和龙荡营两千多兄弟姐妹的后代一起,义不容辞,传承老一辈理想志向、武功和斗志,揣着更远大的目标,制定更明确的宗旨、更系统化的纲领、更严密的组织形式,使用最新的火器装备,武装操练,保家为民。在老一辈最后退出历史舞台之前,龙荡营的全新队伍已经形成。并且在此次战役中,显现无可替代的生力军的作用。

震山象四兄弟,见网墙有坍塌危险,又见东方大统领率领前辈们,使长木,在网墙后固桩强基,防止网墙被冲塌。在万急时刻,震山象向其他三兄弟喊道:"兄弟们,拿绳索,上顶部,从正面拉住固定。"

三人听懂震山象的呼喊,吩咐手下百名年轻人,分散攀上网墙檐口,将缆绳系牢,网墙下每根绳上,几十人拉紧缆绳,网墙立马回正,消除重大危险隐患。蝗潮滔滔不绝,汹涌湍急,撞向网墙,壕坑里的火烧得更旺,火龙阵又添一层层干柴,大火头继续冲向天空。

老蔡率队长、乡约,老少掺杂,奋勇鏖战。戴景程、辛三福、时俊杰、夏秋生、龚维笙、乔保禄、邱景水、胡大捏……他们身上,有的胡乱挂破汗褐,有的光上身,大悠裆裤衩,黑腰带,勒得紧紧的。虽觉疲意,仍咬牙坚持。关键时刻不懈怠,不卖呆,争先恐后。用真心,使实劲,个个保持高度激情。这些战胜过无数次大苦大难的老家伙,今日,仍怀揣一颗必胜的信心。他们脸上挂着辛苦,灰头土脸,这些无法掩饰,也不用伪装。他们在拼命地扛木头、固桩基,抱薪助火……

龚维笙龚大嘴巴,平时话特多,这阵子累成骨朵嘴,抿着唇,无话可说。他刚扛起一根木头用力站起时,黑腰带松了扣,光着上身,两手抓住木头,"噌"的一声,大裤衩掉到脚脖上,杵在雪亮的灯光下。无巧不巧,此刻,正好遇上龙荡营的萃海罂,率一般大的中年女人抱薪,从他面前过。龚大嘴的全裸形象,暴露无遗。那条紫萝卜干般,皱巴巴的,瘦弱疲软的小哥,早钻进漆黑的毛草荒里。萃海罂没看清子丑寅卯,但她认定龚大嘴有意耍流氓。此刻的龚大嘴抬步时,裤衩绊了脚,才发现自己全裸。而且在妇女们前面全裸,他感到问题严重,慌忙中扔下木头棍,弯腰提裤衩,心急忙乱之中抓了两把,没抓到大裤衩的裤腰,又羞又紧张,气急败坏,此地无银地叫喊道:"俺不是有意的,绝非有意!"

萃海罂也恼了,叫道:"龚大嘴,你耍流氓,你信不信,俺现在就骟了你!"说着,逼近龚大嘴。龚大嘴朝地上一蹲,捂裆,提裤,系腰带,一边告饶道:"大医先生饶命,那些有失斯文之事,伤风败俗行为,俺龚大嘴万万不敢,实属无奈。不小心,一弯腰,腰带子散了,裤衩就落下了,不是故意,绝不是!请您给俺两个指头,遮遮脸,辱死人哩!"说着,就跪下了。萃海罂表面上是个得理不饶人,无理争三分的主,哪里肯饶他,其实内心早谅解了这个可怜兮兮的糟老头子,相信他不是故

第十一章 灭蝗

意为之。却仍叫道："姐妹们，撒泡尿和和黄泥巴抹在龚大嘴裤裆里，看他龚大嘴咋能说得清，是泥不是屎！"萃海罂就是嘴上一说，并无行动。一群女人，以胜利者心态，一路嘻嘻哈哈，有说有笑，走过了。

龚大嘴瘫坐地上，半天还觉无趣。明天，传出去，真够丢人。赶快，桩基加固，他勒紧裤带，抱起木棍，一溜烟跑了。

黎明到来前，最后一批蝗群越过网墙，降落在火龙阵中……

这一夜的酣战，紧张激烈，虽无生命危险，但战斗所肩负的责任，重如泰山。每个人都扛着巨大压力，承受极为沉重的心理负担。

好了！俺们战胜了蝗害！战地上，没有欢呼，没有热烈的庆祝，没有掌声鲜花。几天来，紧张地干活，筑工事、挖壕沟、建网墙、布火阵。抓速度、抢时间，三餐干粮在手，边吃边干活，昼夜不歇，撒尿的空子都被占了。加上这一夜，紧张激战苦战，挑战体力和精神的极限，完成几乎不可能完成的艰巨任务。此时此刻，胜利意味啥，已不重要。最重要的是，就地躺下，天塌地陷由它去，一身轻松睡一觉。男男女女，肚皮朝天，各睡一边。不管它日出日落，呼天吼地，睡了！

第十二章

涅 槃

1

秋粮进仓后,三麦青乌乌的,地毯一样,铺满田野、原坡。立冬之后,田间无大事,下一步,抓紧置换土地,筹建万亩花果园——神龙苑。冬至之前,深耕、整畦、开沟、筑渠、建涵支闸,订苗木。过冬天,明年开春,二月底三月初,适时定植,不能耽搁。时不我待,一晃又是一年。光阴似箭,日月如梭,等不起,也等不得呀!廖子章在书房案桌上那张大型龙王荡地形图前,思考着、规划着、想象着。他仿佛看到桃花鲜红,梨花洁白,万景生辉,水富田丰,街巷繁荣,民生吉安,一片祥和的景象,他从心底发出欣慰的微笑。创造美好生活,俺们需要有文化、有美德善良、勤劳智慧的新一代农人、渔人、林果人、生意人。光凭朴实的情感和意愿,是远远不够的。

百年树人,新生代的龙王荡人,应该识文开智,知书达理,文明厚道。念书明理,是树人的有效途径。教化育人,让人们渐渐褪去人性中卑微低下的奴性;渐渐摒弃迷信幻想和愚妄;脱掉冲动、蛮横、骄纵、跋扈和粗鲁,做礼义之人,建礼仪之邦。实现这一切,办好书院是第一重要举措。辰时,廖子章到德庆堂书院,培仁引父亲,在新建小学馆的独立大院里,查看新院落成后的办学状况。身后跟着詹秀才、越秀才。这俩秀才,刚被聘进书院不久,担任小学馆高级课先生。

小馆第一批秋季招生,两月前结束。南北二十队适龄男娃女娃,大多被招进来,上学念书。新小馆院子,二十幢教室,每幢三间。配套二十间宿舍,十间餐堂,外有活动大广场。这是一个完整独立的特大四合院。廖子章在院内走了两圈,各堂馆里娃娃们,有的在读书,有的在听先生讲析课文,有的学打算盘归片,还有的在练习书写法帖……廖子章很开心。转头对詹、越二秀才说:"二位先生,给你们十年时间,在这七八百娃娃中间,给俺教出二十个秀才来,这是硬指标。到时候,俺亲自给你们挂红花、表彰、发赏银。"俩秀才得到重用,非常激动,自知四太爷信任自己,不管到时候能不能做到,起码眼下,不可推辞。詹秀才抢先表白:"四太爷放心,俺和越先生,定当全力以赴,不辱使命。"

培仁有点嗫嚅地说:"大,现在最棘手的,是缺先生,一下子开二十个班,七八百娃,男女娃占半,吃饭、寄宿、洗洗刷刷,有足够的勤工姆妈服侍,没啥大事。学馆里,教学是个大问题。"廖总当然知道,他反问培仁:"你想要多少先生,俺帮你。"培仁停顿一下,微微皱一皱眉,心想,既然向父亲开口,就一次性到位。师资问题不解决,就无法保证正常教学秩序。他眨巴几下眼皮说:"俺的意思,至少缺十个先生。启蒙的娃,先生不需要太大的学问,读完四书五经的人,绰绰有余。俺有一个想法,娃娃里,女娃占半数,可不可配几个女先生,主要是为了带女娃方便。有了女先生,俺可以把男娃、女娃分开授课。现在娃们还小,再过五年、八年,男男女女,不说授受不亲,至少是不方便。再说,对男娃女娃的德育训诫,生理心理素质的培养,也应该各有侧重。您觉得如何?"

廖子章内心同意培仁想法,表面上未置可否。他说:"你如今掌管书院事务,虑事需周全、具体。女先生,你觉得书院用女先生,妥当吗?再斟酌斟酌。我是原则同意。有如此大的新院区,像模像样的课堂、宿舍和餐馆,把适龄的娃聚拢一起,念'赵钱孙李,天地玄黄……'好啊!这几年,你辛苦了。"培仁听父亲的话,其实并非表扬自己。廖家的子孙,何时怕过辛苦,又何时贪图过享乐,谁不是天天辛苦。都是为社稷,为他人,为一个"德"字而活的。父亲其实是同意自己想法的,只不过和自己考虑的是同一个问题,就是谁家的女人愿意到书院里抛头露面,当书院的女先生。按礼制,男女之间,不可直接接触、言谈,授受物件。食不连器,坐不同席。俺这是书院,当然在恪守礼制方面,应率先垂范。更何况，书院的老学究们，会咋看，会不会人为设置障碍。这所涉及的，绝非一个女子自身的问题，不是家庭的事，也不是一个龙王荡的事。这是千年礼教风俗习惯。其实，这些陈规陋习，在民间，在荡里，早被废黜了。就是因为俺们这是书院，不一样。书院是恪守传统礼教的圣地，代表的是传统文化的主旋律，坚守传统习俗的重要阵地，儒家办学思想的践行者，绝对不能弄出笑话来。

培仁思考严密，坚持按照自己的思路说话："大，这事吧，也不是俺开的先河，您也知道，历史上第一个开课收徒授业传道解惑的女先生，东汉时的班昭，她成就了一个时代的女性。"作为父亲，廖子章当然明白，他不介意女先生授业进课堂。他说："女人当先生，并非不可以。说真话，班昭是女人，也是给女人立规立矩，下套子的女人。俺们书院，不用这样的女人当先生。"

廖家餐厅里，吃晚饭的桌上，廖子章和夫人说起新书院小馆缺先生的事情，顺便提到培仁的想法。

夫人早猜出八九分，笑着对廖子章说："这事呀！不用再斟酌，俺早为你们斟酌好了，就等你开口哩！俺给培仁选了五个女先生。第一个，就是俺家的大姑子文琴。她家几个娃，都大了，都有自己事情做，不用再操心，东方姑爷龙荡营的事，多由大儿打理。两人待家里，没啥事，又不会享清福，干脆都过来，进书院教书。平时也能多帮培仁照应照应，这么大的摊子，培仁一个人支应，不中啊！虞墨兰的情况，和文琴差不多，两人一起来，虞墨兰教文的，虎头鲸教武的，让娃们强身健体，说不定过几年，还能教出个武举人、武状元。再有那孔老先生的女儿孔莲歌，两口子都快四十岁，家中事有人做，她闲着也是闲着，不如子承父业！也过来。另外龙荡营的雪里红、凌霜菊，营里事早有接班人了，她们俩，棋琴书画样样精通，带娃娃绝无问题。若人手再不够，俺家的兰馨、彩莲，皆读过四书五经，都能派上用场。啥风俗不风俗，要扫除那些百害无益的繁文缛节。在龙王荡里，只要有益平民，无害百姓的事，都做得。老规矩，该破则破，新规矩，该立则立。人，跟着时光跑，岁数增长，思维也应该变化，头脑子不能太死板，守住几千年的陈

第十二章 涅槃

规陋习，那不是倒退又是啥？龙王荡的女人早解放了，二十年前，脚都不用裹了。男女搞对象，对河上岸，自由恋，媒婆现象已成为历史。做女先生，和男先生同坐教席，平分秋色，多么光荣的事，有啥好奇怪，好责备的呀！这事，定了！"

廖子章满脸幸福，眉眼柔情，又有几分自豪地说："俺前世修行的好！老天把你配给俺，太对啦！多大的事，在你面前，那都不是事。俺这辈子呀，真福气。你跟俺一辈子，没享过清福，不是担惊受怕，就是吃苦受罪，没过上一天舒心日子，俺摸摸心窝子想了想，对不住你。好了！不说这些！先生的事，俺赞成你的意见，接下来，交给培仁去办吧！"

夫人大大方方的样子，说："谁在乎享福受罪！欸！老天派俺给你做婆娘，就是要担着这份责呗！事无巨细，俺若不替你分担，谁能替你呀！吃苦受罪也罢，享福清闲也罢，俺都认。"说到吃苦受罪，廖子章似乎触动了某根神经，很感慨地说："俺廖氏一族这棵大树，枝繁叶茂，兴旺发达，如今龙王荡里，百家千口人。可是，俺家这一支，男丁不算很旺。俺一娘同胞，五兄弟一小妹，大哥文德，一生得一女娃，适东方门；二哥文考，一子培宽，给许怀宁做盐管，掌门立户，四女都出室。三哥文章，两女，也嫁为人妻。俺家四子三女，算是儿女满堂。五弟文萃两女，适赵门、董门。老弟兄们，一辈子辛辛苦苦，砍柴、捕鱼、种田，忙忙碌碌，风里来，雨里去，四季不避风雨炎冰，没享过福。大哥七十，二哥六十有五，三哥六十有二，俺今年六十，五弟五十八。他们还都在操犁、拖耙、赶耩子，干农活。收一把，吃一把地熬日月。俺做乡团，他们没沾上啥光，还处处小心谨慎，行善立德，帮穷济贫，给俺争光彩，争面子。想到这些，俺这心里，总觉惭愧呀！"夫人感觉不对劲，奇怪地问："咋的啦？发啥感慨呀！每一个人，活得都不易。他们理解你，兄弟姊妹中，谁都晓得，你最难！好了，等到俺们把龙王荡的万亩花果神龙苑建起来，交给下一代人，俺们啥也不管了，和老弟兄老姊妹，坐家里，喝茶、聊天，论文品诗赏曲，谈天说地，侃大山，享清福！"

廖子章继续他的思路，说完老一辈，说小辈："俺家孙娃们，都在东院念书啦？"夫人回答："大的上高级班，小的只要会说话，能走路的，三岁四岁，都跟他的哥哥、姐姐，到学堂里去了，能学多少是多少，等到适龄，再正规拜师入堂。"廖子章弯着手指，细细数来："培忠五个娃，一男仕友；培明六个娃，一男仕凯；培伦四个娃，俩男娃，仕万、仕萱；培仁三个娃，大兰、二兰、三兰。娃娃们啊，从小看大。仕友憨实，读书难精进。仕凯坐不住，好动，书途难通。仕万、仕萱，这两兄弟，善思考、扎实、肯学，将来放手历练，假以时日，在孙娃里，尚有些出息。"夫人坦然说："儿孙自有儿孙福，莫为儿孙做马牛。孙娃们若想读书，俺家条件，比一般人家优越些，读到啥程度，没有太大困难。若不想读书，也不由着性子来，没啥大学问，不要紧，必须有高义厚德，这是做人的根基。不管男娃女娃，德行第一，学问第二。若无德行，一肚子饱学，作起怪来，更要命。"廖子章说："夫人说得是，特别像俺们这样人家，不是啥大富大贵，在龙王荡里，也算有点名声，若是娃不上路子，别人背后戳俺脊梁骨。娃娃教育，无小事！"

吃罢晚饭，彩莲端来漱嘴水，老爷和夫人各自漱了两口，吐入铜痰盂里，使湿毛巾擦了擦嘴。夫人说："眼看又到寒里，收拾收拾，快过年了。时间如跑马，匆匆而过，转眼间，俺们真的老了。"彩凤提壶泡茶，端来两只杯，分别斟两杯茶。廖子章端起茶杯，吹了吹。茶杯盖子在茶杯口上轻轻荡了荡，又顿下。好像想说啥，就在这时，管家来报："老爷，南宫先生求见！""这么晚了，南宫先生来见，必有急事，快请，带到书房！"廖总边说边起身，去了书房。管家穿过走廊，到门口引南宫先生去书房。廖总出了书房门，迎接二人。主宾落座，兰馨上茶，退下。廖子章观察南宫先生，神色略带凝重，急切地问："先生，一定还没吃晚饭。你咋来的？""骑马来的。晚饭不急，先说事！""兰馨，告诉后厨，给先生下碗面条，炒几个鸡蛋，放香油拌。"廖子章嘱咐兰馨备饭。"不用费事，俺不饿，俺不饿！"先生忙回复。"饿不饿，到饭时，得吃饭！"廖子章口气坚定地说。

南宫先生咂了口茶水，说："四太爷呀！大事不妙！""又出啥大事了，您简单说！"南宫先生抿一口茶水，说："今日俺出诊六湾村，一青壮年二十来岁，刚完婚不久。早晨起来，说头痛，忽而加重，抱头翻

第十二章　涅槃

滚，钻痛欲裂。家人接俺去，前前后后，一个多时辰。待俺到时，他呕吐不止，已昏迷不醒。俺紧急施救，半个时辰后，不治而亡。问其前后几日干啥了，家人说，前两日去泗水姑妈家，姑妈去世，去吊孝了。问其姑妈得的啥病，家人说，大头瘟。""大头瘟？啥疫症？"南宫先生压低声音："瘟疫，急性传染性瘟疫。六湾村凡和死者接触过的人，已有几人，有同样病征了。若不采取紧急措施，六湾村十来户人家，五十来口人，就险了。更有可能危及整个龙王荡。""啥病理，咋如此凶恶？"

南宫先生想了想，西医解释，比较直白："发热，头痛，多由肠道病毒引起，刺激脑膜。按中医学说，比较复杂，属温热侵伏，内陷神昏，蒙蔽厥脱。温热疫邪，从口鼻入里。扰及神明，上扰于肺。上犯脑窍，蒙蔽脑神。脑窍闭塞，经络营卫受阻。气血逆乱，虚灵不昧。血毒致心灵昏狂、昏癫、昏闭、昏痉、昏厥。耗肝肾阴血，筋脉失养，耳目失灵，搐风，痉挛而亡。""既知此病，可有特效药？"南宫先生有些为难地说："此瘟症没特效药。得这病，主要靠自身体质抵抗。中医治疗，因人而异，有七八种方案，扶正驱邪。下猛药，硬拔除，三天后，见效果，病人能扛住三天，就有希望治愈。""主要用啥药，药材稀缺吗？"

南宫先生知道廖总略通医术，详细地告诉他："少不了犀角、玄参、生地黄、莲子、丹皮、生白药、连翘、胆星、石菖蒲、石决明、川贝、竹茹、麦冬，煎汤送服安宫牛黄丸。根据不同体质状况，老人、娃娃、妇人，辨证调用天竺黄、广郁金、淮木通、车前子、芦根、通草、金钗石斛、天花粉、鸡内金、炒麦芽、陈皮、炙甘草、阿胶、茯苓……"

廖子章朝南宫摆摆手，意思是不要细说了。对南宫先生说："六湾村紧挨荡南村东大村，而荡南、东大是大村，两百多户人家，几千口人，一旦传上，整个龙王荡，必陷入危险境地。俺建议，把六湾村几个有病征的人，隔离了，关到一个院里，专门施治，除了先生郎中，不许任何人接触，控制传播源。"南宫先生表示赞同，又补充道："另外，村上支高灶，架大锅，俺弄些草药过去熬汤。全村人，无论男女老少，喝汤药，每天早晚各一次，全员预防。"

廖子章内心有一种前所未有的不祥之兆，他说不清这种直觉感受，来自何处,他对南宫先生说:"这消息,很快会传遍全荡,既要让众人警惕起来,也不必搞得过度惊慌。对外,要阻断和六湾村的一切往来。对内,亲戚朋友邻居,禁止串门子,走亲戚。全荡要禁止红白事大操大办。禁止南北二十队唱大戏、街道唱古书。关闭饭店、客栈、猪行、牛市、麻将场、洗澡堂……俺明早上,和你一起去六湾村,支灶放汤药,安抚人心。把病毒,控死在六湾小村。"南宫对廖总说:"你就别去了,派个人和俺去,你就放心吧!俺干这种事,又不是头一回,知道咋办!"廖子章断然拒绝:"那不行,俺怕死,别人就不怕死吗?这种恶性病毒,尽量不让别人掺和。俺明天一大早,亲自驾马车,装砖头泥沙、大锅、勺子,带一个泥瓦匠,足够!"

2

太阳刚刚睡醒,在晨雾里,如一只火红的巨龟,懒洋洋地揉了揉惺松的眼睛,蹒跚地爬出海平面。廖子章和泥瓦匠安大脚丫子,两人赶马车,载青砖、黄沙、麻刀泥、锅炝土、二十四印大罗汉锅。急匆匆,一路小颠,到了六湾村。在村西头小野场边上一棵老桧树下碓臼旁,卸下车载。两人动手砌灶,廖子章给安大打下手。和泥、递砖、拉线。半个时辰,锅炝砌平,继续砌烟囱。安大做事利落,手艺好,吊线、砌砖、扣逢、饰面、耍瓦刀。那双手魔术般,事情做得很有模样。

安大脚丫子,荡里人通称他安大,四十多岁,安南人,祖籍广西滿尾。他父亲是第一批来龙王荡开发的绿营大兵。他们祖辈,以捕鱼为业。族人皆有一双刀条形状的大脚板,脚趾占去一半长。脚丫叉开,站得稳,有利于船头撒网,海边扳罾。安南人除了捕鱼,还有独门手艺绝活,泥瓦技。自古以来,他们居住海岛,为防海风海潮,所建的青砖大瓦房,皆特别坚固。久而久之,造就了安南人的建房绝活。安大的父亲到龙王荡后,重操捕鱼旧业。有鱼吃,就不怕饥荒。但是,他传给儿子安大的活,不是捕鱼,而是泥瓦匠的手艺活。他以为,此地人的泥瓦活,技术简单,不讲究,做工粗糙。既不抗震,也不抗洪。泥、草、柴

第十二章 涅槃 469

苇，容易腐朽，房屋架不住风雨。只有安南人泥瓦匠做的活，才称得上手艺活。要想使龙王荡百姓的房屋经久耐用，必须采用安南技术。这是他将泥瓦匠手艺传给儿子的主要原因。

安大手艺好，脾气好，人缘好。典型的"三好"荡民。建娘娘庙期间，荣获"能工巧匠"光荣称号，受赏银一百二十两。多少年来，荡里任何一家，支锅砌灶，砌茅子，盖猪圈，拉院墙，建房屋，都少不了他吊线，护墙拐，当领头羊。活干得漂亮，口碑很好。全荡人为他遗憾的是，这样的大好人，竟然无儿无女。安大有个婆娘，原是龙荡营萃海罂手下的一名制香手，名叫晁芸儿，此女年轻时，那是一流的身材，细高条子，水蛇腰，高脖子，小圆脸，杏眼柳眉。可惜了，十八岁入青楼，被老鸨狠心用药绝育了。跟安大生活近二十年，汤药喝了几水缸，硬是未得一嗣。现在两夫妻在一起，男女之间那点事，没了明确的目标，应景而已。

昨晚上，安大听说廖总带他去六湾支大锅，激动得一夜没睡踏实，鸡叫头遍，就鼓动晁芸儿给他做早饭。天没亮，就把支锅所需的砖、沙、泥、土、麻刀絮装上车，然后喂马，套车，准备妥帖。吃完饭，天麻麻亮，就赶车来到大校场上，刚和几个哨兵把二十四印大罗汉锅抬上车时，廖总从大门出来，到马车旁，清点车上物品……

南宫先生按约，带四个助手，皆穿白色长褂，白毛巾蒙住口鼻，身背药箱，跟在马车后。车上载六个装满草药的麻包，到达村西头。

廖子章让人叫来村上的保长钱贵，说明来意。钱贵还蒙在鼓里，压根不知道，危险步步逼近。村上人死到临头，还不相信瘟疫的厉害。他们觉得，村上死一个人，急症而已，用不着大惊小怪。过去也不是没有过。南宫先生让钱贵动员，让那几个有相同病征的人，集中一起，隔离治疗。钱贵却说："南宫先生，没那么严重吧！死个把人，用得着大惊小怪吗？那老天爷要想灭俺小村，神仙也挡不住。"言下之意，何况你南宫，只是个凡人。这家伙真荒唐，愚昧顽固不化，可怜无知。狗屁不通，还理直气壮。南宫先生忧虑而沉痛地看着钱贵愚不可及的样子。偏形鸡腰脸，两撮八字眉毛，虾皮的眼睛，蒜坨鼻子，尿瓢嘴。听不进别人意见，自个儿又没啥主张，猥琐。南宫先生觉得可笑，又心痛。

廖子章看不过，板起脸，严肃而不失和蔼地说："钱贵呀！你这个甲保长一肩挑的主，是坐在井里的癞蛄子，你以为天，只有你井口那么大，是吧！让你做，乖乖去做，事关重大，没有讨价还价的余地，六湾村没了，看你当谁的保长。南宫先生在六湾的一言一行，都代表乡团，代表俺，你若有一丁点的违拗，甲保就别干了，该换人了。"靛蓝染白布，一物降一物。听了廖子章的话，钱贵顿时眼绿了。"啪嗵"跪在地上，"嗵嗵嗵"磕三响头："别别别，廖总，四太爷欸！俺不知道，是您的意思，俺改，俺照办，照办便是！"他转头对南宫先生说："先生，对不住，钱贵是个粗人，您别见怪，俺改，俺改！您随俺来！"

大灶建好后，蹾上二十四印大锅，锅边正好压在灶沿上，滴水不漏，严丝合缝。又一次证明，安大泥瓦匠手艺的高明。南宫小芬按先生要求比例，使小戥，配伍草药下锅。另两个年轻的先生，打来井水，生火熬药汤。

过了中午，钱贵觉得头疼，身上发冷。昨天他主持那年轻死者入殓仪式，并没有按南宫先生要求，白灰铺地，白酒喷洒，口鼻罩布，封棺深埋，尽量减少接触。昨晚还在死者家里，吃了酒席。大清早，就觉头轧磨一样，转悠地疼痛。自己怀疑酒上头了，过去也是常有的事，没介意。下午申时，钱贵召集全村五十多口人，男男女女，高高矮矮，手持吃饭的瓦碗陶罐，喝水的葫芦瓢，破旧的马勺，小木瓯……在老捻树下，排队喝药。有几个六七岁的娃，挤到锅边，一个抢舀了一勺，刚喝一口，就吐掉，并把碗中汤药倒掉。"咋比红糖水难喝呀？""哎哟！一股熬糟味！""马尿，马尿味！"其中一娃的妈，出了队列追过去，扭起娃的衣领摁在地上，扒开裤，认准肥嘟嘟的屁股，"噼、噼"捆两巴掌，嘴里骂道："死小鬏子，不省心的东西，不喝，找死去！"那娃也是个倔种，摔碎了瓢，就地躺倒，两脚跟蹭地，在地上耕起两条浅泥沟。仰天长号，如丧考妣。

小村男女老少，喝了一遍汤药，各自回家，暂时相安无事。而钱贵头痛发烧，绝不是烧酒作用。已被南宫先生确诊，感染了大头瘟。即便他自己一百个不愿意，不相信，但诊断结果是真的，无可辩驳。他不想被隔离，隔离便不自由，不自在。最后被廖子章一顿呵斥，无奈服从

第十二章　涅槃

了，隔离，收关。

　　晚上，廖子章和安大回到南头队，已进子夜。廖子章把马和车分别交给后院的马夫、车夫，向安大抱拳，千谢万谢，挥手辞别。

　　进了大门，夜深人静，自觉疲乏不堪。默默地在井口打了桶冷水，担心弄出动静，惊扰别人睡觉，简单洗抹一把。睡前冷水冲澡，这也是他几十年养成的习惯。忙活一整天，没住嘴，没住腿，没住手，真是累。心理还年轻，岁月不饶人，肌体不从心。就在自家二进院穿堂东侧客房里，睡下了。

　　第二天，天大亮，夫人发现老爷未归，到门前，问门卫："大力呀！昨晚，老爷可回来啦？""老太爷子时进门，井边冲澡，怕打扰别人，一个人在二进穿堂东侧屋，客房里丑时入睡的。"门卫武大力回复老夫人。老爷没睡早觉习惯，咋没起身呢？夫人来到客房外间，叫了声"老爷"，就听到老爷低声呼唤："快！快过来！"夫人大惊失色，忙推门进屋："老爷，咋的啦？""俺被过上大头瘟了，头疼，裂开的疼！"廖子章感到这种疼痛，比从身上割下一块肉还要难忍。疼得上气不接下气，他张开嘴巴，拼命地呼气吸气，嘴唇焦干翘起锅巴，眼里冒出清晰的血丝，指头干瘪，没有血色，四肢僵直。夫人摸了老爷前额，发烧烫手，脱口叫道："管家！"老爷一把拽住她的衣襟说："使不得，别唤人。记住，这屋封闭，不让任何人进来，你来了，就别再接触任何人了！这病毒，恶劣，剧毒，特别容易传染，交叉传播！"夫人说："唉！这如何能做得到啊！"廖子章缓了缓气，忍住疼痛，说："去，把门关上，俺有事交代。"夫人真慌了，这难道要生死离别啦？过去在任何生死关头，他对自己都有信心，今日何以若此？慌忙起身，关门，回坐床沿上："老爷，心中有事，你说吧，俺听哩！"夫人心情有些沉重。

　　廖子章的眼睛瞪得很可怕，嘴唇发白，牙齿咬得"咯吱咯吱"地响，缓慢地说："第一件，俺被朝廷关押期间，二百万赎银，其中一百万两是借的，这几年归还六十五万两，还欠三十五万两，其中龙荡营二十万两，端木十五万两。别忘记，一定要还上。卖地卖房，都可以，就是不能欠债不还。真的对不住你，俺俩相守一辈子，没留下啥财产，只留下几十万两的债。第二件，日子不管咋艰难，只要还有一点办法，书院就要挺住。教化荡民,知书识理,必从娃娃抓起,百年树人啊!第三件,俺去了,你要亲自协助蔡先福,把乡团办好。否则,龙王荡又要倒退数年,海盗倭寇必肆无忌惮。久而久之,龙王荡就成了倭寇的大营了。让老蔡接手乡团事务,还有一线希望,其他人,皆不行。从此后,俺家的子孙,不再任乡团总头领。第四件,以德治家,以德守家,以德待人处事,德庆堂祖训不可丢。但是,德不避治毒、除邪,德不讳惩恶灭害。凡有坑害荡民行为,必握高德在手,使雷霆之力,以斩灭之。抚育后辈,守德扬善,持礼重义,正直贤良。后辈可庸才,绝不可庸德。第五件,这个家,俺交予你,撑下去。俺后事从简,俺死后,归葬校场东南那块俺自家的三十亩地里。阴宅,请老芦雁过来定穴、放线,墓内不放任何陪葬品。公孙家的人,心机太重,不可不交,不可深交……哎哟!头疼啊!难忍,忍无可忍……哎哟……哎哟忍不了!"

夫人握住老爷的手,坚毅的眼神,不让老爷担心,不让自己软弱,但她的心痛,绝不亚于老爷的头痛,劝道:"好了,俺们不说,你的意思,俺全明白,放心养病,不许胡思乱想。"

夫人出了套间的房门,叫一声:"彩莲,叫管家!"管家就在门外,急忙过来:"老夫人,请吩咐!"夫人道:"让芦飞快马加鞭,请南宫先生,加急,老爷病重!"老爷病重,消息不胫而走。本来病情就严重,再传出来,已十分危急。家族中,本支亲兄弟五人,不约而同,四人前来探病。不管咋阻拦,四兄弟说啥也不行,拄拐棍,白胡齐胸,歪歪跄跄,磕磕碰碰,不自主地摇头晃脑袋,喋喋不休,谁也拦不住,进了客房,纷纷叫道:"四弟呀!""四哥呀!""你可不能病呀!""你病了,俺龙王荡咋办?倭寇再来咋办?""你是一面旗帜,得挺住喽!""旗帜倒了,乡团就散了哈!""俺们万亩花果神龙苑,还没建成呢,你咋能倒下?"……

半晌,廖子章从被窝里伸出一只手,示意他们坐下,继而微弱地说:"你们别说了,死生由命,不遂人愿哎!你们过来见见,早点回,俺这病,过人。过上了,很麻烦!"大哥文德道:"四弟呀!俺们兄弟五人,连老五文萃,也快六十岁了,还怕死吗?俺陪陪你,不能让你孤单。"

廖子章抬了抬手说:"一娘同胞,手足之情,老四感谢各位兄弟,多年来对俺的支持和帮助,没有你们帮衬,俺走不到今天。俺对不住兄弟,请老兄老弟们多保重……"说着说着,疼得昏迷了。

夫人在客房的外间椅上坐下,管家立在对面,夫人说:"老爷的病,是昨天在六湾被过上的。从今天起,大院所有人,从后门和边门进出,只允许在三进院、穿堂和后院活动,前院封闭。老爷的房间,只由俺一人进出。每顿饭,让人送到二进穿堂门口桌上,俺出来取。老爷所有的餐具、茶具、日用具,每天要用开水锅煮两遍,分开保管。老爷昨天换下的衣服,放笼锅上蒸,蒸完晒干……"

芦飞在四队南宫大医堂前下马,进大门,见南宫先生诊室关门上锁,便到隔壁诊室寻问,才知道南宫先生天亮时,就去了六湾。芦飞二话没说,转头回门口,上马,向六湾村急驰而去。到六湾村西头,南宫先生的几个助手穿白大褂,正在给排队的村民老幼,分发熬制的预防汤药。南宫先生在隔离区,给钱贵扎针,头上、脸上、肩上、前心后胸,扎了二十几针。钱贵情况危急,深度昏迷。心跳、脉搏、呼吸还有。芦飞到此,匆匆说明来意。南宫先生放下手里的针,叮嘱小芬:"半个时辰后取针,灌汤药,半颗安宫牛黄丸,犀角磨水送服。若今天顶晚,情况不恶化,钱贵有救。若恶化,通知家人,准备后事!"说了,取了急救药,速速整理药箱挎上肩,上了芦飞快马,抄近道,向南头队廖家大院急驰而去。

芦飞唯恐乡团、府上有事,不敢怠慢,从六湾村借了头黑叫驴,"笃笃笃"一路奔跑,回了南头队。

南宫先生进廖家大院,直接去二进穿堂东侧客房。在座四兄弟,分别从床沿上、椅上站起来,施礼让座。各位都知道南宫先生与家里兄弟的关系不一般,也不用过多客套,只有大哥文德说了句:"拜托先生,全力抢救吾弟,不用考虑花钱!"南宫先生看廖子章的昏迷状态,心中十分焦虑,扒开他的上下眼皮,仔细瞧了瞧,又伸手试试他的额,感觉如插进炭火盆一样滚烫,心下暗想,凶多吉少。

南宫先生从药箱摸出专制的布垫,垫在廖子章手背上,手指搭在三关脉上,号了脉。他判断,感染了大头瘟疫。他没迟疑,从药箱中取出一小纸包,递给夫人道:"嫂子,弄半小碗温水,拌一拌黑药面子,灌下去，吊住四太爷的心气，俺给他扎针，刺激他醒来，然后，再讨论治疗方案。"夫人不假思索，果断回答："俺把老爷托付给您了，尽全力吧！实在扳不回，俺不怪您，不用讨论啥方案，你放开思路，动手施救吧！"南宫先生点点头，从药箱的白色布包里，取出两支金针，八支银针，八支钢针。第一针百会穴，先扎下一支金针，又在神庭穴扎下另一支金针。再取银针，扎头临泣、印堂、水沟、丝竹空、承泣、头维、听宫……针扎完。夫人将半碗药汤，递给南宫先生说："还是您来吧，俺们不知道咋灌，怕呛到他！"南宫先生接过小蓝花瓷碗，用碗里的小汤勺撩了撩药汤，碗边靠在自己腮上，试了试，不烫，温热正适合。他把四太爷的头，稍转偏一些，防止药液流进气管，左手捏住两腮，抵开上下齿，把他嘴巴撬开一条缝，先生右手使汤勺，一勺一勺，把汤药喂进去。

汤药服完，针扎了有两袋烟工夫，四太爷眼睛慢慢睁开，舒了一口气。他第一眼瞧见南宫先生，声音微弱地说："老弟，费心了！"南宫先生有感于四太爷的意志、胸怀，以及他内心里的德善恭良。已到生死关头，不忘对别人的理解和尊重，一句"老弟，费心了"，看似平常，但此时此刻，足以让人心化。南宫先生说："老哥呀！别说俺两家的世交，和俺两兄弟的情谊。在任何一个医者眼里，所有人的生命，都是宝贵的，必拼尽全力，何谈费心二字！"廖子章不再拐弯抹角，直截了当地说："老弟呀！俺知道，俺被上大头瘟的病毒了。这毒，除不掉，抹不掉，只有扛，扛得住，就活。扛不住，就死！俺有心理准备。"

南宫先生熟知，大头瘟有多种，目前六湾流行的瘟毒，最毒怪的一种，通过飞沫、呼吸、触摸、食入多个渠道传播，防不胜防，一经感染，成活率极低。但嘴上却说："唉！老哥呀！没那么悲观，急病嘛！来如猛虎，去如抽丝，俺给您加大汤药剂量，帮您一起扛。吉人自有天相，假以时日，定会好起来！"廖总小声说："老弟在宽慰俺，俺有数。现在头痛好些了，身上开始出汗了。"

南宫先生说："出汗，说明开始退烧了。"说着，又从药箱里取出一包精制的中成药，一块生姜拐大的犀角，对夫人说："嫂子，找个小火炉来，家里有药罐子吗？俺在这屋外间，亲自给老哥煎药。这块犀角,你让管家来,俺教他,蘸水磨。您让芦飞,带上一万大洋,去板浦阮天成大药房,海州康源记、天行健、瑞鹤堂大药房,购买犀牛角和安宫牛黄丸。这种病一旦流行,若没有这两味药,就没救,俺家药房,存货不多。这四家药房,若是缺货,直隶州短期内,再无此药,俺们得抢先机!"夫人觉得有理,抓紧备置,不能事到临头抓瞎:"好!这事,俺安排!"

南宫先生担心此病流行,廖家大院上下六七十口人,东书院八九百人,万一传开,就如决提的大坝,很难堵住。他对夫人说:"嫂子,俺建议,东书院学子娃娃们,先生和后勤人,全部放假,等疫情好转再开课,如何?"夫人说:"你说得是,俺已经告诉他们,书院即日起放假,何时开课,等知会!"南宫先生又说:"嫂子,叫人去六湾,让南宫小芬带上预防的草药,速速赶过来。凡是经过这屋的人,和大院上下所有的人,必须强制服药。这事含糊不得,让大院大人小娃服药,且不进前院。"中午,廖子章自己醒来,到晚饭前,情况好像稳定了,这给全家人一个很大的心理安慰。

下午,傍晚前,南宫小芬按父亲要求赶来大校场,开大灶,熬汤药。廖家全员服了汤药,并从明日起,一天两次。

廖子章在床上躺了一天,早、中饭没吃,晚上,南宫先生亲自喂了半碗稠粥。当然这是好兆头,夫人心里的一块悬着的石头,慢慢落下了。老兄弟四人,见老四喝下半碗稀饭,也放心地出了大院,他们坚定认为,亲兄弟老四,毫无疑问已脱离危险。四人有说有笑,腿下灵活、有劲,脚步轻快,心情也爽朗起来。大哥文德干脆把拐杖挟在腋下说:"俺说四弟一定扛住的,人吃五谷杂粮,咋能没病没灾哩!"老二文考拐杖在地上拄着,很矜持地说:"老四自小习武,练就一身硬功夫,身子骨好得很!""老四对俺龙王荡,真是太重要,他若有三长两短,"老三边说边用拐杖朝上指了指,"那就是老天不开眼。"老五笑嘻嘻地说:"好了!好了!有惊无险!"兄弟四人到路口,临别,老大文德说:"三位弟弟,难得今日一聚,不如一起到俺家,让你们嫂子炒两个小菜,煳几个红山芋,㸆一锅沙逛鱼汤。俺藏了好几年的两坛上等老烧,好酒啊!杏花村哦!俺们今日小聚小酌,压压惊,如何?"文考说:"好啊!好啊!下个月，到俺家，俺家没有杏花村，有大曲、窖藏的。""好！好！好！"……

晚饭后，廖子章的四个儿子集中过来看父亲。刚进门，廖子章一脸的不悦，说："俺早上和你妈说了，不让你们过来，咋还是来了呢？"

几人不吱声，等老大培忠开口，这是规矩。大儿培忠，如今近四十岁，从小读书识字，长大耕田种地，这就是他的作为。平时不苟言笑，只知道地里干活。现在他代表几个兄弟，憨声憨气地说："大，这话从哪说起哩！老子生病，哪有不让儿子瞧的？不管啥病，儿子就是被过上了，和老子一起赴死，也无话可说，这是天经地义的事。俺老廖家，哪辈人坏过这规矩的啊？"这老大就是个粗人，说话没忌讳，理就是这理，家里人习惯他说直话，也不怪他。

老二培明接上说："大！有病，咱治病，你硬朗的身体，啥病也打不倒。安心歇息，不要着急。想吃啥，俺给你办去！"培伦知道父亲爱听什么话，于是，故意拣好听的话说，还装着不是故意的，他说："大，俺家啊！今年的小麦、棉花，在上海滩卖出前所未有的好价钱，净赚十几万。俺想啊，到过年，还有个把月，再跑几个地主家，收棉花，摘皮棉，争取再走一趟江南。估计，还能赚几万！再说，明年开春，俺们鸡心滩、天生港的联合制盐公司，就要开始全面运作了，还指望您，拿龙头哩！您啊！啥大风大浪没经过呀！这点病灾，挡不住您！"培仁说："大，您放心养病，俺不会让您失望，十年内，书院再教出二十个秀才、三个举人来。俺一定把书院，经营得有声有色，让龙王荡的娃，都有念书的机会。俺记住您说的，百年树人，从娃娃抓起！"

听完儿子们的劝说，心得一些安慰，娃们长大了，家里的事情，农、渔、商、学，各人都能独当一面。可是，还是应该给他们留下几句话。他说："儿呀，不管大大能不能逃过这一劫，还是要给你们留下几句话。培仁，你笔头快，你来记。"培仁看着母亲和几位兄长。母亲说："别愣着，赶紧拿笔墨纸砚。"

廖子章语气坚定、缓慢地说："本应带你们进西院，在祖宗龛位前说的，起不来了，俺也不想让祖宗看俺这邋遢相。记住喽！俺廖家祖辈，自前朝到今大清朝，几百年都尊奉一个'德'字，以德见忠，以德见孝，以德见廉明。仁义礼智信，温良恭俭让，无德都是虚的。以德报国,以德为民。为官为民,德为本。俺们廖氏祖训,不求闻达,但求安平;不求大富大贵,但求耕读济贫。俺一辈子,努力做了,做得不好,望吾儿继续做下去。俺死后,脸上不用蒙纸见祖宗,俺努力了,俺无愧。希望你们百年以后,也不要蒙纸来见俺。守好龙王荡,守好你们的妈,守好自己的家,带好娃娃。"四个儿子正在聚精会神,听父亲教诲。忽听到"哎哟"一声,他的病反复了。两手抱住自己的头,身体激烈抖动、扭曲,两腿交错,紧紧缠在一起。肚皮或向上挺,或向下跌,不停滚动翻转。就像刚从河里捞上岸的泥鳅,翻转蹦跶乱钻。床在摇动,墙在摇动,五洲风雷,翻江倒海,天旋地转,山崩河决。他扔掉枕头,掀掉被子,抱住脑袋,向墙上撞击。蛟龙失水,虎落平川。

从来没被洪水猛兽推毁,没被任何艰难竭蹶困惑;没被重于泰山的担子压垮;不畏惧所有的饥寒交迫;不屈服险拔绝境,战天斗地,智勇双全的一世英雄,龙王荡的灵魂、领袖、神龙,就这样,在小得无形的病毒侵袭中,万般无奈。冥冥之中,廖子章感到浑身在燃烧、焦灼,甚至仿佛看到自己身上,熊熊的烈火蹿起湛蓝的火焰。火焰,从自己口腔中冒出来。舌头熔化了,脑骨熔化了,身体熔化了。他好像看到自己枯干了的骨骼,一具灰色骨架子,躺在一块烧红了的钢板上,轻轻一碰,就成了灰烬。

他觉得自己的灵魂,轻飘飘,离开湛蓝的火焰,向湛蓝的天空飘去。飘呀飘!飘进一朵洁白洁白的云间。在云中,他遇见了曾经在伊芦山洞里的仙贤老祖。他问:"仙贤老祖,为啥让俺遭受如此煎熬。死不足道,但如此疼痛,人神难忍啊!"仙贤老祖抿起好大的阔嘴,笑嘻嘻地告诉他:"没有今天的炼狱之苦,哪有明朝的涅槃重生。"廖子章一时没弄明白仙贤老祖的意思。他追问仙贤老祖:"请您告诉俺,俺一生受的苦、遭的罪,还不够吗?为啥让俺再受此劫。啥叫涅槃,莫非让俺活得比死更难受,就是涅槃吗?"仙贤老祖回复:"天妒英才,老百姓为你一个凡人,设香坛,燃香敬供,老天谁来供呀!一切的苦难,打不倒你,疾病,才能消除你的肉体。何为涅槃,非生非死,脱红尘,拔象外,于世永存也。"廖子章再想追问,仙贤老祖随白云而去,不见踪影。

就在这时,他觉得自己落在大校场上,是深夜,千盏的延寿灯阵地，有两只老鼠在偷食油盏里的油，其中一鼠跳跃时，打翻了灯盏。自己好奇地立在灯盏旁边，看一道士朝这边走来，便迎面问："灯盏打破了，应该立马换上一盏，这不是折俺的寿吗？"一转脸，那道士不见了。

他又隐隐飘到娘娘庙开光典礼现场，挂灯师从自己头顶取下第一盏光明灯，法师失手，灭了第一盏光明灯，乾道老祖训斥他的弟子。一眨眼，乾道老祖不见了……

南宫先生让几个少爷稳住四太爷的身体，取出刚刚煮沸消毒过的金针，从头顶上，扎下去，连扎几针，又灌下止疼的汤药。今日午后，老太爷病情稳定，夫人紧张的心理，稍微缓解。现在一下子，又绷紧起来。看着老爷发作情形，心里和老爷一样剧痛难忍，一向心硬的她，也实在忍受不住，眼泪"唰唰"川流而下，万般无助，憋住一口气，不敢哭出声。老兄的又一次昏迷，南宫先生内心，已十分焦虑。从病势看，已无回天之术。但在表情上，他仍始终保持沉着冷静，不温不火，不急不躁的样子。事有再二再三，绝无再四。若再反复一次，基本可以断定，没治了。铁打的身体，也扛不住如此剧烈疼痛的折磨。这种疼痛，就像铁锤子敲击，钻头子挖，整个脑袋像被穿上烧红的钢丝一样，疼得无法形容。无特效药尽快清除体内邪毒元凶。疼痛止不住，必然带来颅内水肿、化脓、瘀塞，最后心脑、肝脑、肺脑功能，相继衰竭而亡。

夫人、四个儿、南宫先生，守了一整夜，第二天辰时，廖子章又从昏迷中苏醒过来。很明显，满脸憔悴，精神颓废，面色泛青泛白，像枯干的青菜叶子。嘴唇发紫，眼神再无原先光芒。果然，英雄垂垂老矣！谁复留君住，叹人生几番离合，便成迟暮。英雄行远，令人倍感悲凉。南宫先生内心纠结，自责医术不精，竟然救不下一世英雄。

廖子章苏醒之后，呆滞的目光向周围扫视一圈。夫人坐身边，紧紧抓住他的手，四个儿子围在一起。他明白自己咋回事。这次反复，他似乎上了天堂，也去了地府。他不想让亲人承受巨大心理压力，摆出一副轻松的样子说："南宫兄弟，辛苦了。"转脸对夫人说："夫人，你还愣着干啥？折腾一夜了，赶快给南宫先生泡碗茶徽，打俩鸡蛋鳖子，犒劳犒劳。先生日夜守着俺，瞧俺这身体，不争气，架不住，拖垮一大群人。儿子们，都回去，吃早饭，该干啥干啥，俺没啥事！其实哈！俺睡了一觉,迷迷糊糊之中,见阎王老子,手握长毫白毛笔,蘸朱砂红,在生死簿上,找到俺的名,刚要勾时,俺的天灵盖,好像被啥尖针猛戳一下,俺清醒了,俺对阎王说,哎!老阎王,莫急勾俺,俺大限没到,还活着呢!老阎王说,不是俺想勾你,老天爷说了,他缺助手,与其让你在人间,享受香火果供,不如上天庭。你看,俺阎某对你多客气!没让俺手下虐待你!不是逮你,是请你!你若觉得家中还有事情没交代,先回去,交代交代吧!这种事,也不急在一时。俺二话没说,扭头就回来了。"

为缓解气氛,廖子章自编自演这出戏,真真假假,逗得在场的人,愉快轻松起来。逗得满屋空气清新活泛起来。大家觉得,这下子,可放心了。南宫先生知道,老兄不想让别人为他担心,其实他的病情,没有好转的迹象,且更加复杂起来,这时的苏醒,只是间歇性缓和。针灸、药物,没起多大的作用。这病的疼痛,一次比一次加重,各脏器,一次比一次更大程度毁损,如果再复发,基本上,应该准备善后了。

早饭过后,蔡先福、东方瓒、虎头鲸三人,来看廖总。其实南宫先生不主张更多人过来瞧,影响病人休息,更怕增加感染人。这病毒,谁的身体虚弱,阴阳不调,就侵袭谁,没的商量。可是,无论如何,也不能阻止他们。万一老哥有三长两短,这些铁杆的兄弟,没能见上最后一面,岂不是终生的遗憾。廖子章低下眉头,心里很矛盾,想见他们,又怕见他们,关切地说:"俺反复交代,不让你们来瞧。唉!咋不听劝呢!若真有一劫,俺便在劫难逃,瞧不瞧,都一样。"但是,他从心底里,还是希望,和这些一起奋斗一辈子的老兄老弟,话个别……

他抓住老蔡的手说:"兄弟,乡团俺就交给你了。你也上年纪的人了,抓紧培养下一代人,从三纵首领中培养。俺家四个儿,都不具备接班的德能。再有,今年寒里,过年前,要把花果神龙苑的地,置换出来,整地开渠制涵,征订苗木。明年春,过二月,全荡动员,栽苗定植,按既定策略办。俺帮不上你了!"蔡先福和廖子章也是用刀割脖子不变心的患难之友,真挚的感情,不带一点虚头。老蔡是聪明人,知道老哥在交代身后事。他觉得,没有老哥这领头羊,没有乡团的平台,自己啥也不是。万亩花果神龙苑,没有老哥掌舵,拿主意,换地、整理、耕植、管理、经营，基本不可能。他在听老哥说话，摇了摇头，心情万分沉重地示意他别说绝话。为宽慰老哥，他又不敢当面推辞："老哥呀！无论如何，您要尽快好起来。您知道的，俺不是帅才的料子，俺一个人，弄不了大事。俺就是拼上老命，也恐难遂您的意呀！"

廖子章把目光转移到东方瓒、虎头鲸身上，说："万亩花果神龙苑，这事意义重大，你俩不遗余力，帮衬老蔡兄弟。你们退下的几千老兵，都在荡里住，让他们发挥余热。龙荡营更新换代的事，大致做完了，年轻人上来，扶上马，送一程。天将降大任于是人也，你们不可袖手旁观。大清国撑不了几年，必患大乱。龙荡营厉兵秣马，尽全力操练队伍，必有光明前途。龙荡营本来就不是匪，他们是一支老百姓的队伍，和乡团一样，是为国为民的队伍，是龙王荡人，神龙的传人。"他把脸转向蔡先福："乡团里，老一轮的兄弟，还有队长、乡约，年龄偏老，朝气不再。这次灭蝗战役，暴露了许多问题。龚大嘴掉裤子一幕，说明年龄大了，力不从心了。要逐步换上年轻人。龙王荡，不能没有乡团。"老蔡眼圈红了，眼泪在眼眶里打转转。他握住老哥的手，不停地点头。

南宫先生在外间屋煎的汤药，药罐子烫手，他使湿毛巾裹住药罐把手，端起药罐倒下一大碗，袅袅热气，旋转轻飘，弥漫整个房间。一大碗酱油般色质的汤药，南宫先生用手背靠了靠碗边，端给廖总说："老哥，可以喝了，不烫，汤药，讲究的是药灌满肠，效果才好。"

廖子章明知，这药并无多少功效，喝也是白喝，为了给在座的各兄弟和家人更多的信心或安慰，二话没说，接过碗，"咕咚咕咚……"一口气喝下了。南宫先生接过空碗，对几位说："各位老兄老弟，四太爷需要休息，你们也不宜待得太久，去校场上喝碗预防汤吧！"各位识趣，起身告别，南宫先生又叮嘱说："各位，别忘记，去大灶上喝碗预防汤哈！"

南头队廖氏，各支系族长，十几人拥进大院。东方氏、公孙氏的族长，也先后进了大院。许怀宁、乔万斛、夏侯凛、端木渥等龙王荡的地主、财团、豪绅名流，南北二十队的队长、乡约，另有鹰游门、大岛山、凤凰城、板浦、海州、新坝、龙苴、大伊山、杨家集……与四太爷有深情厚谊的朋友，四大盐场的场主，几百家盐滩滩主……纷纷赶来瞧

第十二章　涅槃

四太爷的病情。按照南宫先生嘱咐，这些亲朋好友都被管家婉转地挡在大门外。夫人知道管家为难，来到众人面前，心情沉重，身心疲惫，面容憔悴，用非常感激的语气说："各位父老乡亲，至爱亲朋，感谢你们，对俺家老太爷的关切。南宫先生正在尽力救治。现在是关键，不宜接访。请各位回吧！董氏在此，谢谢你们！"说完，向众人弯腰鞠躬致谢！

廖氏家族中的长辈，四太祖汝余，是廖总父亲四兄弟中还在世的最后一位，无儿无女，平时，把侄儿当儿子。现在四老侄病危，他焦急一宿，没吃没喝。现在，他在门口，不让进，急了，气愤又理解地说："俺侄媳妇，这样吧，俺代表俺们廖氏十个支系的族长；许盐主、乔桓商、端木举人、夏侯爷，四人推一位代表人；东方氏族六支族长，公孙氏族五支族长，各推一位代表；河南十个队，河北十个队，各推一位代表，进屋瞧瞧，一盏茶的工夫，就离开。外地来瞧的亲朋好友，先到校场会厅，坐下用茶，稍后安排，中不中？"夫人觉得四太祖说的，不是没道理。主要是为了防止交叉感染，不然的话，没理由拒绝他们。夫人略作思考说："请四太祖稍候，俺和南宫先生商议一下，转告各位！"

夫人转身回到大院，和南宫先生、四个儿商议。最后决定，让他们代表见一面，不说话。

院外也商量妥当，四太祖代表廖氏族。东方瓒的老叔父东方皋，代表东方氏族。大胡子公孙暠，代表公孙氏族。端木渥代表许怀宁、乔万斛和夏侯廪……夫人走出大院，引各位代表进屋。四个儿给进屋的长者们，叩头致谢！廖子章看到进来的人，原先说好不讲话，现在还是忍不住，他招招手，让几人靠近些，坐下。伸出手示意，声音不大，还是那样的果断："感谢各位前来探视！四太祖，您老身体健朗啊！今年九十八了！端木兄弟，俺在朝廷大狱借你的银子，今明两年就能还上。东方祖爷，公孙兄弟，感谢你们，请多多保重！"各位有言在先，不许说话，端木举人憋不住："老哥呀！你对俺家的恩，咋能用银子衡量，说好的，那银子是送您的，救急救难之用，咋又提那档子事了呢？"

廖子章摆摆手，不再说话。南宫先生上前说："请各位离开吧，时间不早了，还有下拨人要来瞧。千万别忘记，到校场大灶上，喝碗预防汤！"就在这时，培忠、培明、培伦、培仁的丈人们，四太爷的亲家翁，也进了大门。这几人都是长辈，又是姻亲，管家、门卫想拦，不敢拦，也拦不住。几人直进，穿过走廊，到二进穿堂，进了东侧客房外间，夫人见亲家翁们来了，不好推辞，先让他们坐客房外间。然后，自己进内房，对四个儿子说："你们四个，都出去吧，你们的丈人都来了。"四人出内房，见到四个丈人，主动趴倒伏地，叩头致谢！

忽听得内房里"哎哟"一声，如鹤鸣龙吟，如虎啸狼嚎。四太爷的病又一次发作，扭曲、呕吐，喝进的汤药，从口腔、鼻腔，急促如水激般喷射出来，在床的上空划出几道弧线，满屋散发出紫褐色的彩虹，腥酸涩臭。刚刚进来第二批的探视代表们，顿时吓得目瞪口呆，不知所措，南宫先生说："请各位离开吧！"几人神色慌张，转身出去。南宫先生又叮嘱一句："别忘记到大校场喝碗预防汤。"他知道，这是廖总的最后一次发作了，无论下一秒是何种状态，他这时已经登上黄泉路，再也不会回头了。

廖子章还在苦苦地挣扎，他死死地咬住这口气，不咽下。因为他的心意太重，想做的事情太多太多，他用自己坚强的意志，和病魔作最后一次努力抵抗，为自己争取获得一线生存的希望。岂不知，过去那一次次的灾难，那一次次奋斗，那一场场顽强的拼搏……他已经耗尽了一腔热血，消去固本的元气，他已成了无根鲜花，无本之木。在剧毒面前，他的身体已显得无能为力。南宫先生虽有华佗再世，妙手回春的小神仙的美誉，也再无灵丹妙药，唤醒他的生命了。

先生和老哥内心相通，神交多年。他明知想从死神之手夺回老哥，是痴人说梦，但他不死心，他要用毕生绝活，延长老哥生命，减少他的痛苦，希望为他争取一线生存的可能。南宫先生掐住四太爷的八脉交会处，内关穴和中脘穴。再掏金针银针，紧急扎针。四太爷呕吐之后，再次全身扭动，喉里滚动着如狗呻的声音，拼命地张嘴，声音吼不出来。身体绷紧，两腿弓起，憋住一口气，一动不动，眼睛瞪得圆圆，如剥了壳子的鸽蛋。小便失禁，一泡尿撒在内裤里。身体慢慢地软下来，两眼角渗出两颗浑浊的泪珠。攥紧的拳头渐渐松开，张开的嘴巴，上下嘴唇，像两条盐腌的牛蚂蟥，缓缓地缩到合拢。两条弓起的腿，软软地放松下来。

第十二章　涅槃

南宫先生看着老哥那双可怖的眼睛,翻开他的上眼皮,瞅那躲在上眼皮里的眼仁子,瞳孔放大,没了神光,也无收进眼底的物体了。他再把脖间动脉和两手的三关脉,一切都静止了。此刻,正是午时。南宫先生转过头,低声对夫人说:"嫂子,老哥,走了!"夫人欲哭无泪,长叹一声说:"唉!忙活一辈子,咽气前,连一件送老衣也没穿上。说白了,没准备。天有不测风云,人有旦夕祸福。"夫人呆呆地看着仰卧的丈夫小声问:"这算啥?这就走啦!一辈子,了啦?为啥如此急匆匆地走了呢?"她伏在老爷胸前,将自己的手心放在自己口前,哈了哈热气,然后放在老爷眼皮上揉合,让老爷闭眼。轻轻托起老爷的头,把枕头垫平,让老爷躺得舒服些。把老爷弯曲的腿和脚尖扳直理正,又将他的衬衣抻了抻。轻轻按摩他的膀臂和手背,将他的手放在身体两侧,重新盖上被子。

四个儿子闻听南宫先生断言,顿时放声号啕,眼泪如倾盆大雨,"哗哗啦啦"直穿而下。双膝跪在床沿下,头叩在砖头地上,"咚咚"作响,双手拍打地面。四个儿子,谁也不会想到,父亲会走得如此突然。震天动地号啕声,响彻云外。百里龙王荡,万顷芦苇地,为之悲哀痛悼;渺邈车轴河,浩瀚黄海潮,为之吊唁,为之长啸。

夫人忍住剧痛,大声呵斥四个儿:"别哭了,哭有啥用。培忠,你眼睛不好,就别出去跑了,你守在你大大身边,烧纸接待香纸客。培明,从柜上支十万两银,办丧事。你全权管理丧事一切花销,准备每天千人流水席,三套五音班子,昼夜哀乐,送你大大西行,不寂寞。大校场检阅台上设灵堂。乡团议事厅设接待处,管家负责礼簿、接待礼宾、置宴答谢!培伦,去海州全泰仁棺椁店,置办一口上好六七八(底六寸、帮七寸、盖八寸)柏木棺椁。刘嫂带几个老姐妹,缝制老爷的老衣,按春、夏、秋、冬四季,各两套配装。培仁去趟云台山,请乾道老祖给老爷做道场,超度亡灵。芦飞向所有廖氏族外戚内亲发讣唁,知会所有亲戚朋友,老爷生前的厚交知己。滕大山、阙小海、辛驰,请老芦雁来府上,斟酌在大校场东南俺家那三十亩的土地里,选穴、放线、砌墓室。老太爷三日入殓,七日出柩。各人抓紧,分头办差去吧!"

夫人话音刚落,彩莲哭丧着脸,跑到老夫人面前,和老夫人耳语几句。老夫人的脸色更加凝重，和彩莲一起，急匆匆地出去了。到了大院门外，老夫人急切地问彩莲："你听谁说的？是真的吗？"彩莲不敢迟疑地回答："这种事，咋敢瞎说。老太爷四个兄弟，都是昨晚上，从大老太爷家聚过餐，回到家里发的病，到今天早上，都殁了！"老夫人低头不语，内心里，乌云翻涌，思绪万千。她知道，在这天地倾覆之时，自己不能乱了方寸，天塌了，自己顶。她对彩莲说："丫头，廖氏族，真的天塌了。"她咬紧嘴唇，颦眉低目，双手攥紧衣边，心里仿如一片黑暗阴深的山谷，空洞洞的。又如狂躁的乱风，吹打无边的湖水，掀起的并非层层波浪，而是无规则跳荡和撞击所簇起的水峰，瞬间立起，又瞬间崩塌。眼前，天上地下，云集麻衣白袍，脚底似乎落满梨花、白霜、白雪。血液已凝结成一团团坚硬的冰块，她觉得周身寒彻。她连打几个寒战，抬起头，正遇三儿培伦，牵马而来。她招呼三儿，强忍悲恸，对三儿说："儿呀！置办五口棺椁，一式六七八。"培伦以为妈妈悲伤过度，一时糊涂，愣了一下，问道："妈，糊涂啦！为啥？"夫人说："你大伯、二伯、三伯、五叔，和你大，在一个时辰里，走了。替他们把棺椁都买回来！兄弟五人，不在同年同月同日生，却在同年同月同日死，他们不孤单了。咱们举全族之力，风风光光，送他们上路。"

夫人想：他大伯一生，只有一女，嫁东方门；二伯一子四女，培宽尚在圩外的许家盐滩上；三伯文章两女，长女适李门，次女适彭门；五叔文萃两女，大女适赵门，小女适董门。唉！嫁出去的女儿。他们的丧事，理当俺家包下来。夫人想了一会，回过神来，对彩莲说："丫头，告诉二爷，他大伯、二伯、三伯、五叔，统一在校场阅台设置一个大灵堂，立五个牌位，统一受祭。告诉管家，着人，按各位叔伯生前自选穴地，分别统一规格制墓。费用，皆由俺们府上统一列支，快去办吧！"

三爷催马上路，挥鞭急驰，沿官道向海州方向奔去。行至伊芦山脚下，西风瑟瑟，乌云翻滚，飘起稀疏的雪花。前边三百尺，有人骑快马迎面而来，身影似曾相识，待走近一看，原是培宽大哥，打马相向而来。三十尺外，两人同时认出对方，勒住缰绳，二马"嗷嗷"怪叫几声，四蹄站稳。培宽情绪激切地说："三弟，莫非家中，真出大事啦？"

培伦看着大哥，眼泪唰地穿下，带着哭腔，说："大哥呀，你有所不知，大伯、二伯、三伯、俺大、五叔，今日中午，先后过世，俺廖氏族，大树断臂，天塌地陷，摊上大事了！"培宽心中"咯噔"一声，天下竟有如此奇闻怪事，这难道就是人们所说的灵魂感应的托梦吗？他对培伦说："俺中午小憩，梦中见家中，人人戴孝，个个披麻，醒来时，狂吐一口鲜血，俺苦思冥想，搜肠刮肚，不得其解，感觉大事不妙，上马出盐滩，回头队一探究竟，这才一炷香的工夫。四弟，你这是往哪里去呀？"

培伦怕耽搁时间太久，误事，匆匆告知："去海州全泰仁棺材店，买棺椁。俺妈让俺去买五口六七八柏木棺椁。"培宽心想，海州全泰仁棺材店是直隶州最大的棺材店，但一时也拿不出五口六七八的柏木棺椁。除非到木材场，找木匠现做。

他对培伦说："一次性拿出五口六七八的柏木棺椁，最大的棺材店，海州全泰仁总店也拿不出来，若没熟人关系，他们也不会帮你现做，去也是白去。"培伦说："俺大在世时，和全泰仁的老太爷有交情，本来讣告也是要传过去的，全家老太爷也一定会过来吊唁的。俺想，和他商量商量，这事也能办妥！俺妈说，三日五位叔伯入殓，七日出柩。"培宽原地站立，将马鞭首尾环起，在大腿外侧的马裤上，下意识拍打几下，慄慄忧状，低头踱了几步，若有所思地说："唉！这年头，那些做生意的人，利益至上，重利忘义，他们只认银子，不认交情，更何况四叔他人已倒头，全泰仁还有啥情可领。三弟，不如这样吧！这阵子，家里事头多，你回去忙，转告四婶，俺有朋友，做木材生意，俺托关系，找三十木匠，在木材场，昼夜不歇工，确保三天内，将五口六七八柏木棺椁，运回南头队，不耽误入殓出殡。"培伦闻听此言，觉得也有道理。从内衣口袋掏出银票说："大哥，这银票你带上，俺妈说，丧事不欠债！"培宽连忙摆手说："三弟呀！你大俺大，还有叔伯，亲兄弟哎！银子你花、俺花皆一样，干吗分得如此清楚呢？大哥俺在外边混这么多年，还拿不起几口棺椁的钱吗？俺不推辞，这棺椁钱，俺出得起，这也是俺修行积德，尽孝道。不用多说，五口棺椁由俺置办，不用商议，就这么定。你回南头队，俺去海州。大后天，日头落山前，俺带棺椁，准时到家。说定了。"

两人上马回头。一道沙尘扬起，向马路两头飞驰，随猎猎的北风，飘向天空。

几天来，气温骤降，天地黢黑，阴云密布，寒冷的西北风转西南风，夹带疏疏透明的小雨点和稀稀不透明的圆锥形颗粒雪霰，紧一阵，松一阵，落在地上，和小雨一起消失。这是大雪前预兆。灵堂设在大校场的阅台上，白纱黑幕。一排长条桌，四五丈长，排列五兄弟的灵牌，按兄弟长幼，大太爷居中，二、三太爷列东侧，四、五太爷列西侧。牌位上下左右，有序放置各种鲜花、纸花、松柏叶。两侧的台上台下，摆满各式各样的织锦花、花篮、花帆、花圈和铭旌。每个花圈花篮和花帆两侧，都粘上署名的挽联。

东方瓒代表龙荡营送的花篮最大，挽联醒目："恩深似海，为平民尝尽酸辛苦，功德永在；义重如山，报社稷斗赢鬼魅妖，伟勋长存。"

另一个同大同款花篮，是蔡先福代表乡团三纵六部、南北二十队队长乡约送来的，挽联是："琴瑟和鸣，高山流水，皆是松梅竹菊古调；剑戟伴影，共命死生，都成日月肝胆之音。"紧挨着是虎头鲸的花篮，上联：智勇双垂，扫顽敌历胜百战。下联：英模两范，立高德宏威千年。再有端木渥、夏侯禀、许怀宁、乔万斛和南北二十队队长、乡约、乡团各部首领，各地甲保代表，还有各村各庄上的平民百姓自发送来花篮花幡花圈，从台上连着台下，向校场外两侧，排成几里长的长队。

阅台两边墙壁上，是孔老先生受龙王荡全体乡民所托，写下的挽联。书写时，老先生极度悲伤，老泪横流，心潮汹涌，几次拿起笔，由于万分悲恸，心手颤抖，写不下去。后来，有人端来一杯热水，让老先生喝了几口，平复心气。老先生举笔在手，迟迟不落纸，他眼前浮现四太爷轰轰烈烈的一生，光辉奋进的一生，沤心沥血为民的一生，立德立功的一生，无私无畏奉献一生的伟岸形象。那桩桩件件，一幕一幕，他所创造的常人所不能及的不朽功勋和永载史册的伟绩、奇勋，不停地在老先生眼前转换。他不知道该如何写，才能表达自己崇敬之心，才能表达龙王荡的万民之心。

他举起大斗笔，放在墨池里，蘸满墨，又放在墨池边上，捋来捋去，足足半袋烟工夫，又将笔放在笔架上，眼泪止不住，口中念道："苍天一眚，好人无常啊！"他抖动的手，哆嗦地从袖中掏出一条小丝巾，不住地擦拭泪水，边泣边写：魂魄遗托龙王荡，正气贤仁全功德，永存千古；肝胆辉映车轴河，丹心忠义鉴日月，同照万年。阅台横楣上，黑底白字横批：千门万户永失恩公叹悲恸悼！横批下方，一排九盏圆筒式白色灯笼，每盏灯笼，皆剪贴"廖厝"二字。

阅台正面，延伸搭起四周敞开式封顶帐篷，帐篷正中间，置一个三足圆形大铜香炉，香烟缭绕，青白如雾。香炉两侧的陶瓦大火盆，乡民们在这里烧香蜡纸和冥币金银元宝。香炉火盆前一排五张双层芦席，席上一排十五个蒲团，供香纸客叩头所用。

天气骤冷，挡不住吊唁祭奠人们的脚步。大校场上，庄严肃穆的灵堂前，都是来自四面八方寄托哀思的香纸客。南北二十队的队长、乡约、平民百姓；龙荡营新旧四营八部首领、将士；乡团三纵六部首领、兄弟；龙王荡周边的天生港、三舍、五图、杨集、大伊山、小伊山、龙苴、新坝、海州、板浦、凤凰城、盐坨、宿城、鹰游门、黄窝、板艞、徐圩坨、青口盐场、临兴盐场、中正盐场、板浦盐场……亲戚、朋友、受过廖总恩惠的平民，匆匆从各地赶来。每天几千人过往，十口二十四印罗汉锅，昼夜不熄火，烧菜做饭，供吊唁人食用。

严九爷家吊唁队伍，在大校场外官道上停车。管家严雨川赶忙把轿车梯搭在车辕边上，掀起轿车蓝底金丝绣锦的轿帘，扶严九爷下车。严九爷白色貂皮棉帽，黑色貂皮大氅，出了车门，下车。一脸的真心悲伤，仿佛缺乏营养的胡须，黑白参半，不长不短，不浓不密，无精打彩地伏在唇边、下巴和两腮间。严九低头，心情沉重。平心而论，在他心目中，廖子章是一位慈祥善良的长者；真诚为他人着想的知心朋友；睿智精明，敢说真话，不敷衍，有担当，有主见，诚耿帮衬别人，必要时，两肋插刀，值得信任和依靠的义士。他从不趋炎攀附富豪贤贵，更加关注贫民冷暖饱饿。他的毕生努力，都是为了穷人翻身富裕，丰衣足食；为了富人无灾无难，谷丰人安畜兴旺。他是无私无畏，胆略过人，文武双全的一代英豪。如今失去这位知己挚交、长者前辈，严九真的痛心疾首。

严雨川陪同严九，轻轻对他说："俺们直接去校场后厅接待处，等换上孝服后,再过来跪拜灵位,好吗?"严九没吱声,表示认可。另有六个家丁从另一辆马车上跳下来,手脚麻利,臂力过人,搭手从车上抬下三个笆斗,斗中盛满银元宝。严九抬现银出丧礼,这是他的做派。几个人在地面,理平笆斗络,把笆斗蹾上去,穿上扁担抬起,跟在严九身后。

礼宾接待处,有人报告二爷培明,严九爷吊唁队伍,到校场外边路上。二爷麻衣孝服,拖在地上,白鞋白冠,带手下助理十几人,出了后厅,在校场外,跪迎严九爷。细雨蒙蒙,滴滴答答,雪霰子飘飘荡荡。严雨川给严九撑起一把黑色油纸伞。严九转过身,面带愠色说:"收起。这时候,打这东西不合适。"严雨川连忙收起。严九见二爷率众人齐跪,额头贴地行大礼,快步上前,急忙扶起二爷说:"天降不幸,巨星殒落,举荡痛悼。四太爷走得急,严某事先不知,未能得见最后一面,心中大愧,遗憾终生。今日得悉,匆匆前来吊唁,望二爷节哀顺变。"

二爷从地上爬起,对严九爷说:"九爷辛苦,请后厅用茶!"

严九穿上孝袍。按严九要求,二爷同意,严九孝服和四太爷四个儿子一式穿制。跟来的家丁孝服,和廖家大院家丁一式穿制。他们由二爷陪同,来到大校场灵堂,磕头燃香烧纸致哀!三套班子五音齐奏,大号长号齐鸣。六十响火铳,相继点爆。严九让雨川,给每套五音班人的班主,赏了一个百两银元宝。最后,去大院前厅,向老夫人问安磕头。

严九始终觉得难解内心郁结和悲愤。他要为老太爷再留下一副挽联,意在挂于孔老先生挽联外侧。凭俺严九与四太爷的交情,严家每次遭难时,四太爷全力相助,当初两儿出国东洋留学,四太爷一下子送出两块和田羊脂白玉,传世之宝,他也舍得……俺严九无论如何,绝不能礼节性地匆匆吊唁,匆匆而去。俺要亲自写副挽联,亲自挂上,亲自在遗体前守上一夜,和四太爷说说话,于公与私,俺的心,才能稍得安慰。

人与人之间,关系和感情的变化,常常十分微妙。十五年前,廖总为救灾,赈济百姓,向严九讨五万担粮,严九内心还在算计吃亏讨巧。十五年来,廖总的大义仁德,从不计较自家利益、个人安危,倾心倾力于龙王荡的万民,无论贵贱。这让严九渐渐改变过去秉持的立场,渐渐用心、用情和廖总往来。廖总的人格魅力影响了他,吸引了他,教育了

第十二章 涅槃

他。他对廖总心悦诚服,两人之间,逐渐形成了依存和互信的关系。

严九回到接待厅,在长案上铺开整匹白布,大斗笔在墨池里蘸足浓墨,内心哀泣,一悲三叹,哽咽含泪,抒写他对四太爷痛悼之情。上联:"勤精功业,一代英豪,为生民,枪林弹雨,敢闯生死劫!"却把"精"写成"劲",索性圈涂掉,改成"精"。又把"豪"字,写得又大又黑,"枪林弹雨"写得皱皱巴巴,磕磕绊绊,洇墨涩墨,滴滴答答,模糊不清。这不是他有意而为,此时此刻的情绪,已让他很难把控,也容不得他一笔一画,理性书写。下联是:"忠于道义,千秋雄杰,保百姓,赴汤蹈火,不为声名扬。"写到"秋"字,他想把"秋"字,写得庄严、古朴且厚重,于是就写成"龝",由于过度哀痛,一时忘记"龝"是咋写的,又圈掉,改写成行书"秋"字。"赴汤蹈火"写得有些潦草,也是他燃烧的悲情所致……

第八天出枢,寒雨夹雪,天地相连,五口棺椁分别从五个家门,朝不同方向,不同地穴,举重殡葬。送葬队伍,白衣白首,覆盖整个南头队,全荡共悼,天地同悲。

一座新坟,在大校场东南侧的三十亩地中间,实兀隆起。这是廖家天字号沃田,新坟距离大院两箭程之遥。送葬的人刚回到家中,炮楼上的哨兵发现在长满青翠麦苗田里的新坟上,有一团云雾笼罩住新坟。哨兵感到奇怪,冲下炮楼,报告老夫人。老夫人和家人到校场上,向新坟望去,只见一股浓雾在新坟上旋转而起。范围越来越大,雾越来越浓。一会儿,整个三十亩地,全部沉浸在大雾之中。大雾由地面,向空中攀升。就在人们都觉得奇怪的时候,旋转的大雾中,清晰可见,一条活灵活现的青龙,张开四肢,驾云乘雾。龙首向大院,向大校场的家人,向东西南北二十队的龙王荡,点头致意,然后从容地飞向天空……

连续八天,日夜操持,送走了五位老人,廖府上下,男女老少,都十分疲惫,终于可以安下心来,在悲哀中,稍稍歇息几日了。

3

　　谁料,廖府五位老人去世,只是悲剧的序幕。更为残酷的现实,才刚刚开始。南宫小芬精心配制,亲自煎熬的汤药,好像并未实现预期。防御大头瘟传染告败。四太爷下葬后,复山回家,家人中,管家邝镛第一个觉得不适,头昏、眼花、恶心、欲吐、脑仁子疼。自以为几天忙累了,不声不响,回自己房里,睡下了。芦飞这几日忙前忙后,凡跑腿之事,他一人包下了,根本没有按时喝预防汤。送走四太爷之后,累得眼皮睁不开,没吃中饭,躺下了。滕大山、阙小海、辛驰,府上佣工刘嫂、汪婶、考二奶妈、兰馨,车夫邓小碗,马夫时蹄顺,后厨丁大勺,磨面工成箩筛,更夫艾金斗,老花工颜五实,同一病兆、头疼、发烧、呕吐……廖家又请南宫先生上门驻诊,南宫先生带六人助手,住进廖家大院,老夫人有言在先,尽廖家全力,抢救病人。于是乎珍贵的药材,犀角、安宫牛黄丸,当甘草使用,费九牛二虎之力,只唤回老花工颜五实。其余的人,滕大山、阙小海、辛驰、邝镛、芦飞、刘嫂、汪婶、考二奶妈、兰馨、邓小碗、时蹄顺、丁大勺、成箩筛、艾金斗,另外还搭上南宫先生年轻的二十三岁助手章文藻,相继去世。

　　丧事,全由廖家包下来。柜上,已支不出现银了。老夫人召集几个儿子说:"……这些人,在俺家干了一辈子,又是在俺家被过上大头瘟的病。他们家中,上有老,下有小,都不富裕,俺家不能撒手不管。"

　　培明为难地说:"妈,俺家没现银哩!"老夫人果断回答道:"卖铺子,卖门店,卖摊位。"培明解释:"妈,俺家值钱的门店、铺子,早在十年前赎俺大的时候,卖完了。现在只剩下丰乐镇、杨集、板浦、海州、凤凰城、外口街,四爿门店,六个铺子,充其量卖不出十万两银子。"

　　老夫人听了,以不容商议的口吻说:"十万两不够,现在的缺口至少三十万两银子,才能渡过这关。"老夫人不由自主地摇了摇头,仿佛在下决心,决断的样子,咬了咬牙说:"一步到位,卖东大块的田地,那是俺廖家上等天字号旱田,三百亩。那块地,和夏侯家田地搭界,你去找夏侯廪,叫他出个价,把地转给他。"

培忠有些坐不住，连忙说："妈，俺家真的逼到卖地啦？地是俺家的根啊！能不能，再想想别的法。那块地，俺说真心话，舍不得，卖了太伤心。种粮得粮，种棉得棉，连年高产。小麦单产，能上四百斤。旱涝保收，肥力足。那地上，置的都是人粪尿，猪臊泥，这茬小麦，苗乌青乌青。多年来，俺精心服待的一块肥田。"老夫人低头抬眼，看那无助的大儿子培忠，自己也十分无奈，说："儿呀！你以为妈不知道，那是你用汗水、用心血，浇了二十多年的良田吗？你以为妈又忍心这样做吗？杨志卖刀，英雄无路，忍痛割爱呀！"

培忠说："要么，俺去找姑父，求他再帮想想法子！"老夫人摇了摇头，又叹了口气说："龙荡营有钱，乡团也有钱，拿出几十万现银，都没问题。可是，那都是公款，有公用的途径，绝不可随便动用的，俺们必须有公私的观念，公是公，私是私，不能混。算了，儿呀！你别为难妈，也别为难你姑父。从朝廷赎你大大的时候，都是你大姑父出的钱，现在还欠他二十万两银子。再找他，咋张嘴呀！"培忠说："卖掉上好天字号田三百亩，俺家只剩下百亩人字号、百亩鹅字号，和六十亩长字号了。这些中下等田地，只够俺们日常生活用项，再想从地里取得银收，就困难了！"老夫人说："儿呀！俺家还有一百三十艘渔船，正常年景，每年还能有十万八万的银收。过几年，俺给你把那东大块的地，赎回来。不议了。培明，下午，去找夏侯廪。五十万两，若不行，四十万也行。最低不得少于三十万两，俺要现银。"

二爷培明到夏侯家，夏侯廪非常客气，热情接待二爷。二爷直截了当，说明来意。夏侯廪说："二爷呀，何至于，到卖田地这一步啦！您家东大块的地，那是上好的天字号，咋能舍得卖呢？说实话，俺家几千亩地，找不出您家东大块的肥地来。"培明低头说："缺钱花！"

夏侯廪说："老太爷刚过世，咋缺这么多的钱呢？那块地，不管咋算，也值个四五十万两。现在最下等田，连长字号，还值千两一亩。这两年，地价看涨哈！"培明仍低头，不做解释说："顾不了很多，缺钱花！"夏侯廪一边思考，一边问："二爷，这卖地，是太夫人的意思？"培明抬起头说："那是当然，缺钱花！"夏侯廪明白了，说："二爷，这块地，说破大天，俺夏侯廪也不敢买的，老太爷刚过世，俺夏侯廪买您家的地，不睁眼的事，俺不能干。俺承认，俺夏侯廪爱打小算盘、小气、抠门。可乘人之危，天理不容的事，俺不干。俺在龙王荡里混事，不能被别人戳脊梁骨。您家缺钱花，看得起俺，找俺买地，就冲这，地，俺不买，您家缺钱，您家的产业都在，俺也不怕您家还不起，俺借给您三十万两银子，啥时有银子，啥时还，若真的还不上，只当俺孝敬太夫人。二爷，您坐着，俺即去取票！"夏侯廪本来是个很小气的地主，今天咋慷慨起来了呢！二爷费解。

聂侯廪寻思，十年前，儿子夏侯鸿东洋留学，四太爷的那块祖传的雕龙和田羊脂玉，那可是无价之宝，按值论，不管咋说，也值几十万两。为此事，多年来，俺心中一直不安，无功不受禄，受之有愧呀！再有，建泰山娘娘庙，外口街，别说严九，就连端木渥前前后后，也捐了十几万两，俺捐得太少。现在，把人情送给死去的四太爷，俺心情安顺，也算是积了阴德，不是坏事。老了，老了，俺也快六十岁了，两个儿，俺要那么多钱干什么？今后，他家若能归还，俺也不推辞，若不能还，俺的心，也不亏。这家人，信誉，也不是三十万两银能买到的。夏侯廪拿出三十万银票说："二爷，这三十万两银，您收下，俺夏侯廪没太大实力。能帮的，俺尽全力。四太爷在世，俺受他的恩，何止三十万。四太爷刚过世，咋能卖地呢？四太爷对龙王荡千门万户的大恩大德，蓝天作纸，大海为墨，写不完，书不尽。外人不知道，俺龙王荡的人，谁不是把他当活神仙，烧香敬供的呀！这个时候，谁买您家的地，天下还有'仁义'二字吗！"二爷低头说："夏侯爷，请拿笔墨纸砚，俺给您立下字据，用俺家渔业三年收益作担保，渔船作抵押。三年后，俺若不还，或不足额归还，俺家一百多艘渔船，归你！"

夏侯廪虽有感谢之心，慷慨之意，解囊相助，说实话，内心还不想放弃债权，嘴上说："二爷，无须多此一举，夏侯廪既拿出银子，就没有害怕过您家不还，免了！免了！"一边说，一边从抽屉里拿出纸笔砚墨，放在桌面上说："文房四宝是齐的，字据就不用立了。君子协定，比字据更珍贵！"二爷不作声，拿起毛笔在砚台上蘸了蘸，又探了探，笔尖上掉出一根笔毛沾在墨上，他便左手拇食指，轻轻捏去刺毛，写道：

借 契

　　今廖培明借夏侯廪先生纹银三十万两，于三年后今月今日还，此以廖家渔业收益作担保，百艘渔船作抵押。利钱，随行就市。若廖培明不能如期足额归还，廖家百艘渔船，归夏侯廪先生所有！特立此据为凭！

　　　　　　　　　　　　　　　　　　　借款人：廖培明

　光绪二十一年十一月二十一月

　　写好借据，放下笔，墨未干。二爷把字条拿在手上，吹了吹，又把纸放平，问："夏侯爷，可有印色？""不用了，二爷，有您签字，就可以了！不需要，不需要！"夏侯廪说。其实印色的小木盒，就在桌面上。二爷下意识地在桌面扫视一下，竟发现了木盒，打开木盒，按规矩，使右手拇指揿了印泥，分别在借款金额和自己名字下方，摁下去。然后，把借据交给夏侯廪说："夏侯爷，这是字据，请您收好了……"

　　二爷回到廖家大院，将三十万两银票交给母亲。母亲看了银票，又听了二爷借款过程的汇报，对培明说："要的就是这个结果。夏侯廪很小气，但是很聪明，当然俺们在为难之际，他能这样做，俺们很感激。将来腾过手来，要好好感谢人家。培明，把这银票交到柜上，让账房收支做账，排列明细，以便日后审监。"

　　二爷从杨集全泰仁棺材分店，定制"一二三式"十四口棺椁，继续办丧事。大校场再搭灵堂，死者家人亲戚朋友邻居，前往吊唁、烧香燃纸。大校场继续开大灶，继续吹吹打打，供了七天，按照各家要求，分别出柩下葬，入土为安。

　　之后，老夫人召集死者亲属、当家人，专门摆了酒席，按每个去世人在廖家雇佣的时间长短和关饷做依据，分发金额不等银子，以示安置和酬酢。三十万两，看似巨额，实质上将将就就，紧紧巴巴，办完第二批丧事。老夫人稍稍缓口气，思考下一步，重振家业，完成老太爷的遗愿。首先，准备改革重组乡团的三纵六部，充实新生力量，补充新鲜血液，促进乡团各部首领年轻化；调整二十队队长、乡约的年龄知识结构，改组班子，强化训练，以备不测之需。突然，蔡先福家人来报，老蔡突发急病，头痛去世。南宫先生没来得及把脉问诊。太意外，老夫人只得让培明，代表廖家前往吊唁。

大头瘟病毒在廖家大院，并未消停。二爷培明去吊唁老蔡，第二天回到大院，得知三爷培伦去世。几天以后，三婶万氏去世。他们俩女儿，大金、二金同病去世。三爷三婶遗下两男娃，仕万、仕萱。又过几天，四爷培仁去世，女儿二兰去世，不久四婶改嫁，遗下大兰、三兰两女娃。紧接着培忠大爷女娃，二英、三英、四英相继过世。直到腊月二十之后，廖家大院的瘟疫，才算终止。

大院再无往昔生机，处处萦绕极度悲伤、忧怨和哀愁的气氛，冷冷清清的三进大院，沉静得令人可怕。各房里没有欢乐，没有嬉笑，只有悲切和哭泣。弥漫着凄惨、伤痛。晚间，灯笼摇晃，光影黯淡，娃娃们不敢出门，院子里似乎飘荡着灵魂和鬼魅的疏影。

一月之内，这场恶毒的瘟疫，摧毁廖家的元气，夺走一代英豪及其子孙、亲朋共三十多条人命。

4

二爷培明从夏侯廪那里借来三十万两银子，在办完第二批病亡人丧事后，紧接着第三波，三爷三婶、四爷及其部分子女病逝。至此，廖家的的确确，再也拿不出一个铜镚子了。老夫人坐房中，心里一阵一阵地疼痛，老天真的把俺逼上绝路了！倘若如此没完没了，再多再厚的家底子，也经不起这般折腾。家财散尽无所谓，只要有人在，任何难事，也不可畏惧。可是，这一茬一茬，走的皆是青壮和娃，人没了，财有何用。现在全家上下，人人精神低迷，绝不能这样，不攻自破。要重新振作，打起精神，背水一战，不可一蹶不振。

依老夫人的性格，岂能屈服。她抬起头，清瘦的巴掌重重地摁在桌面上，自言自语："老天！所有不幸，冲俺来吧！你到底还要俺廖家怎么样？俺廖家自上而下，从老到小，没有对不起龙王荡的千门万户，处处

第十二章　涅槃

为生民作想。为民而生，为民而死，为国家也贡献了若干代人的努力，俺们做错了什么，你要这样子对待俺。虽然老太爷为了保乡民，无可奈何时，动用红衣大炮，打了天上的雹阵，抵触了冰神；用火阵灭了蝗虫，冒犯了蝗神；动万民之力，修筑海堤，冲撞了海神；斩蛇捉妖，得罪了魔界……可是，俺们的一举一动，都是帮你老天爷的忙啊！普度苍生，为民造福呀！您咋就不分良莠，不识善恶呢！罢了！您若无心，说也白说！来人哪！""来了，老夫人，您吩咐！"彩莲进屋，如今四十多岁，再无往日的光鲜，但走起路来，还是一副干脆、利索的模样，且显得更加稳重，端庄，谨慎。

"彩莲呀！你把培忠、培明，还有你的男人宝霖叫来，俺们不能这样消极应付，俺们须振作起来，重整旗鼓。否则，老太爷死不瞑目。更何况，活着的人，也要解除精神压抑，现在所有大院里活着的人，差不多快崩溃了。有的不声不响地走了，有的大张旗鼓地逃了，俺理解！剩下的便是自家有血脉关系的人，和最亲密的人，顶着死亡的危险，坚守在一起。

"俺要告诉他们，俺们不能听天由命，被动地消沉下去。俺要告诉他们，老太爷为之奋斗一辈子的心愿，一个不能少地帮他实现，乡团的大旗继续扯起来，重振乡团、龙荡营队伍；东书院，过了元旦，马上开学；万亩花果神农苑，按原计划，整地、购苗，按期定植；和大上海财团拟定的建港、制盐、开海路的意向书，尽快跟进、落实。彩莲，你觉得如何？"

采莲知道老夫人不是等闲之辈，绝对不会因此倒下，只要她还有一口气，她就会让这口气，变成蒸蒸日上的朝霞，变成亮丽的七色彩虹，就会让德门集庆这块牌匾继续大放光芒。彩莲激动起来，仍像个娃娃，拍手道："老夫人，俺一百个，一千个赞成。好！老夫人，俺去叫他们过来！"说完，激动地迈开轻盈的步子。忽然，老夫人又叫停她："彩莲呀，回来！"彩莲转过身，疑惑地看着老夫人。老夫人问："你跟俺在一起多年啦？""三十三年，老夫人！"老夫人说："你七岁时，父母双亡，老太爷把你领回来，每天跟在俺屁股后边。俺一辈子养四儿，没闺女，从今天起，你就是俺的亲闺女，你的男人，就是俺亲闺女婿，你是俺家回门的闺女,永远留在俺身边,你可愿意?"

彩莲想,虽然这么多年来,两人都没有说破这层比亲的还亲的关系,但双方内心早已认可这层关系,如今经老夫人说透,彩莲是聪明人,当然理解老夫人的意思,和这层关系说破之后的轻重,激动得喜泪"唰唰唰",穿流而下,"啪嗵"一声跪地道:"老母亲在上,受亲闺女一拜。从今个起,俺有妈,您有女儿了。您让俺郑重地叫您一声:妈——"说着,彩莲伏地,身子一抽一抽地泣不成声。在这泣声里,有千般曲折,万般复杂,四十多年的孤女,终于有了"妈"。世上只有妈妈好……

老夫人也激动,扶起彩莲,缱绻缠绵地回应道:"哎!俺的闺女,快起来吧!"闺女是妈妈的小棉袄。彩莲起身,未及掸去裤膝上的灰尘,到桌旁,捡起茶壶,倒了一杯热水:"妈!女儿给您敬茶!"这杯茶接过来,就算礼成,雷打不动的母女关系了。老夫人一样喜泪流,从手上抹下自己一生佩戴的、从未离过身的和田羊脂玉手镯,拉过彩莲左手说:"这是妈妈身上,唯一的物件,还是你大大和俺定亲时,留给俺的信物,今天,俺把它传给你了!你不要推辞,既是女儿,你更是妈的小棉袄,贴心的娃了!"彩莲不是贪婪人,这一点老夫人最明白。彩莲见如此贵重的宝贝,心中想,老夫人还有俩儿媳,这宝物,应该传给她们。于是乎,推辞道:"妈!您赐俺一块手帕的礼物,就可以了,如此贵重物品,女儿无以为报呀!"老夫人脾气干脆,一旦想好的事,就没啥回旋余地了。她说:"好了,戴上吧!摔坏就可惜了。"二人不再推辞,老夫人把手镯套在彩莲手脖子上,牵着彩莲的手,看了看说:"嗯!闺女好漂亮!去吧,叫他们来吧!"

培忠、培明、宝霖三人一起,来到老夫人住的二进院东客房的外间,见到老夫人这个把月来,唯一的一次面带笑容。仨兄弟估计,大院形势可能会有转机。这个把月,太悲伤,太凄怆,各人的心,苦涩,辛酸、难过,沉痛得难以表述。看到妈妈面带笑容,心情也稍微放松一点。

老夫人没等儿子们问,先发声道:"让你们过来,告诉你们:一、从今天起,彩莲是俺廖家的亲人,俺认她做闺女,她是你们的妹,彩莲是孤女,无名无姓,今天俺让她姓廖,廖彩莲,谁也不允许另眼相看。

二、女婿宝霖替代邝管家，从今日起，是德庆堂大院新管家。他原是邝管家的助手，大院情况，他熟。三、继承老太爷遗志，凡是老太爷生前未竟事业，一件一件，提上日程。四、培忠继续管好你的地，东大块三百亩沃田，确保丰收。还有东书院师生千亩口粮田，必须田丰粮足，千把张嘴要吃，怠慢不得。翻过大年，东书院开学，高中初三档二十科班，必须恢复正常授课。培明现在做些准备，明年春季的海洋捕捞，继续抓住喽，一年有十万两银的收益呢！是大院主要用银来源。五、万亩花果神龙苑，那是老太爷一生终极目标，必须替他实现。六、和上海滩各大财团签订的制盐、建港、开海运的意向合同，也要履行……老太爷在天上看着俺们呢！这段时间，俺们被大头瘟整蒙了，俺们必须从悲痛中走出来。死者不能复生，活的人不能沉沦，自我迷失。振作起来，做事情。你们有啥想法，说出来，议一议？"

儿女们被这一动员，仿佛兴奋起来。但是老大培忠心中，还是有些疑惑，原来外面的生意，主要靠商行和老三培伦打理，现在商行经理溜了，商行倒了，老三夫妻俩都去世了，这贸易咋弄呀？别人插不上手。母亲话音刚落，他就发言道："妈，俺想哈，俺们不能被瘟疫打垮，不能，您说得好。重整家业，为龙王荡做主，替平民办事，俺都拥护，可是俺担心，没抵实人抓，这些事，很难做起来哟！"

老夫人知道儿子的意思，说："培忠说得对，人是最重要的。庸庸碌碌的人，到处都是。精悍的人，能做事，做成事的人，很少。放心吧！廖家在南头队百户千人中，一定能选出优秀人才来。培忠，今晚到前大庄，找培睿、培瀚、培浩、培坚、培毅、培虎、仕剑、仕勇、仕雄、仕麒。培明去前二庄，找仕战、守昆、守仑、守乾、守坤、守元、守诚。他们都是从东书院出去的，有的从农，有的从商，有的从武，人才济济，英雄辈出，皆精明青壮，二十岁左右的小伙子。他们常年在外面闯荡、务农、做生意、当保镖，把他们请来，把俺家所有生意交予他们打理。把他们组织起来，不再跑单帮。团结一起，力量大，人心齐，泰山移。商行、店铺、船队生意统统交由他们操作。过年开春，南方、北方的生意，全面恢复，粮食、棉花、豆油豆粕、茶叶、丝绸、棉布、瓷器、农具、酒坊、油坊、海货、苇柳编品、砖窑、瓦窑……生产贸易往来、门店、摊位，都交给培睿，让培睿带上这班小兄弟，先干起来。有人算一份，不用他们掏钱，来者皆是股东，利益均摊，保证他们比过去收益翻番，不分丰歉，旱涝保收。择日，俺宴请他们！"

培忠继续问："妈，那东书院咋办？四弟去世了，谁能接上手呀！那可是千把人。吃喝拉撒，讲课授学，事无巨细，千头万绪，真愁人！"说着，抽下腰间旱烟袋，装烟、点火。老夫人说："儿呀，放心吧，人早就备好了。远在天边，近在眼前！"各人咂嘴细思，你看我，我盯着他，不知妈说的是谁，心中无数。老夫人接着说："俺这么多年，备了一手呢！"站起身，拍了拍采莲的肩头说："俺的闺女彩莲管一个东书院，绰绰有余，胆大、心细、精明、泼辣、干练，顾虑周全，比四儿培仁不弱，再说有你们的姑妈文琴、姑父东方瓒、义叔虎头鲸、义婶虞墨兰，帮衬协理。还有俺撑她的后腰呢！不怕抓不起来！"

培明说："妈，乡团咋办？还管吗？干脆，把他们交给龙荡营结了。大大不在了，谁能带领他们剿匪杀倭，群龙无首哟，他们能服谁呢？"

老夫人说："哎！这话，不负责任了。你们大大临走之时，再三交代，把乡团首领位置交给你们老蔡叔，可没想到，你们老蔡叔，也随你们大大去了。这着实让俺好为难。你们大大的意思，若没有乡团维持南北二十队的治安，这黑森森百里芦苇，青纱帐萦绕的龙王荡里，定会牛鬼四起，贼匪猖獗，流氓恶霸卷土重来，平民百姓必遭祸殃，龙王荡将倒退百年。俺再三思虑，二十个队长、乡约、乡团三纵六部的首领，一来岁数大了，力不从心；二来这些分部首领，本事有一些，但若担当乡团总首领，却难以服众。可是，你大大的遗嘱，俺们不能抛在脑外，不能撒手不管。乡、队、乡团要改组。骑兵纵队首领都骢，今年七十一岁，基本上不了马；正先锋驭电，马背上功夫尚好，若率领一个纵队，格局不够，久而久之，必生乱。好在他弟，副先锋驭风，脾气好，功夫不差，人缘不错，四十多岁，年龄也中，骑兵交给驭风，他的长兄，也不好不服。陆兵纵队首领劳汉风，近六十岁，前几年和倭寇海贼搏斗中，背上中剑，险些捂命，虽治愈，这两年，伤痛常复发。复发时，下不了床面，正先锋貌冲能担当此任。水兵纵队首领盖潜，岁数不算太大，五十出头，可是这几年咋得了哮喘病，在干滩上，气都喘不圆，何况潜水，他副将常泳可替。

"枪械部享大隆，技术过硬，岁数大点，不要紧，可继续任用；供给部帖当，经验丰富，为人正直，大公无私，三军粮草，后勤保障，交给他，本可放心。可是，一直以来，他的脾气，过于尖锐、刻薄、我行我素，和三纵首领之间，相互不服，常闹得不可开交。这几年，要不是凭老太爷威信掌控，早就内讧，凭他的现状，快七十的人了，应该退役休息。即使留用，和新三纵首领，亦难相处，索性将他换了。供给部首领交给柳邋治。柳邋治本来就是供给部的采购协理，大宗物品都靠柳邋治，但柳若当任，要有很好的监督机制，据说柳这个人，什么都过得硬，私心也过得硬。供给部配一个监督处，让帖当转任监督首领，相信帖当这脾气，一定能看得住，管得严，那柳邋治定然不敢随心所欲。

"机动部首领暂不动，还由全海生担任。卫队的首领，暂不动。卫一队正先锋左雷、副先锋左良；卫二队正先锋徐天福、副先锋徐人福；卫三队正先锋狄虎、副先锋狄豹；烽火台部首领关屹，战时医馆部首领郝九林，继续留任。乡团总首领暂时缺额，由本人，按老太爷遗嘱，全权管制。谁个不服，俺自有良策。上有樊梨花、花木兰、冼夫人、佘太君、穆桂英、梁红玉、秦良玉，俺不信，担当不了三千人乡团首领。孩儿们放心吧，只要你们做好自己分内事，就是对你们大大在天之灵的敬畏。万亩神龙苑，按既定方针、目标办。乡团负责置换土地，深耕细耙，开沟、筑渠、铺路、制涵闸、灌排水系统；购苗木，品种定植详规。龙荡营负责定植。所在地乡约、保、甲负责管理，责任到户、到人头。查礼义赴任建苑总监，青铜蟹负责账务管制。外聘颜西坡、惠允植、客三卿三技师，负责技术指导和实施。三月一日起，建苑工程全面启动。

"二十队队长和二十乡乡约合并，队长乡约不重置，统一改成二十乡，即苇逸乡、苇西乡、苇中乡、小苇乡、丁苇乡、苇南乡、苇东乡、苇北乡、苇前乡、苇后乡、苇上乡、苇下乡、苇丰乡、丰乐镇……乡设乡约一人，协理一人。乡下设保，保长一人，协理一人。保下设甲，十户一甲，设甲长一人。十甲一保，十保一乡。大致地界，仍然按原队的界河为主，东西两里半一条界河，南北以车轴河中心线，向南向北各九里，南至界苇河，北至东西老卤河。

"从此淡化'队'名称的影响。队，作为曾经的龙王荡绿营农垦的历史，可在民间一直叫下去，但行政划分，俺们须与外界接榫，皆以乡保甲为单位。过了大年，正月十六开始，新乡约、保长、甲长，由老队长、老乡约推荐、保举，乡团派员考察，听取地方平民意见，综合评审，据评审结果定夺。乡队改革结束，二月下旬，新乡约、保、甲上任。"

从此，龙王荡将以太夫人为首，新乡约新乡团新头领为核心，继续撑起龙王荡的一片天。

5

出了元宵节，泰山娘娘庙，就开始热闹起来，荡里荡外，百里千里，众生信男善女，种地的、做手艺的、卖口艺的、做生意的、求子的、求福的、还愿的、访病的、问灾的、选好日子的、看相的……大广场上，三成群，两成对，不疏不密。有的急急匆匆，形色紧张；有的心不在焉，慢慢吞吞；有的焦躁不安，慌慌张张；有的不紧不慢，晃晃悠悠；有的从容不迫，泰然自若；也有的目瞪口呆，失魂落魄……每个人都揣着不同心思，肩上扛着高香的，腋下挟着大香的，手中握香筒的，篮子里放香蜡纸的。

大香鼎前，娘娘庙大堂、龙王庙、财神庙、农神庙、船神庙，烧香、叩头、祈祷、请愿、还愿……大庙群上空，弥漫层层乌乌青青的香烟气。但围人最多的，是广场阅台下。有人在那十丈长、两丈高的木板边上，搭起两丈高的建筑脚手架子。脚手架上方的大木板顶上，还有一个超大木板制成的，清漆桐油涂抹过的歇山顶大雨篷。脚手架上是龙王荡建筑大师查礼义和他的大徒弟，龙荡营妙书手青铜蟹。

什么情况？他们身边，都有一个可升降，可平行移动，带边框的小吊车，小车平面上，有薄薄木板隔出的十几个方格，每格里放一个大瓷碗，盛不同颜色，稀糯糊般晶亮的染料，每个碗里斜放一支毛笔。两人一丝不苟地蘸颜料，在画板上涂画。看热闹的人在下面仰脸，一脑门子抬头纹,俯脸尽是肥实的双下巴。相互唧唧嚓嚓,指指戳戳,小声嘀咕:"四太爷刚过世,这荡里,还有管事的?""这两个龙王荡的学问大佬,又在这里捣腾啥呀?""廖家伤了元气,并不代表廖家没人管理乡团的事!""谁管呀!""大爷、二爷都是有点才气的人哦!""大爷眼力不济,荡里大事,从不抛头露面!""二爷,廖家产业恢复,就这一件事,就缠住他的手脚,哪有精力管荡中的事哦!"

几个人在嘀咕,忽然身后有一老者,头顶螺鬏上插一根网梭般的桃木簪子,清瘦的道教信徒,好像是有点眼界的样子,不客气地说:"大户人家,皆有百年根基,倒下一面旗帜,咋可能摧毁其全部呢?别忘了,太夫人董氏,那是女中豪杰,巾帼不让须眉的人。要不是她在操作,龙王荡里,还有谁,能有如此胆略、智慧、气魄呀!你们看仔细喽!这是一块什么图,这正是四太爷在世时,在全荡宣传并着手建设的万亩花果神龙苑的效果图。据说,这个神龙苑建成后,比武陵人发现的那个桃花源的规模、种类、人们幸福感,还要强出百倍呢!

"啊呀!芳草鲜美,落英缤纷,有良田美池桑竹之属,阡陌交通,鸡犬相闻,人们过着幸福美满,祥和快乐的日子。没有战争,没有饥饿,没有贼匪恶霸,没有贫富悬殊,往来种作,男女衣着,悉如外人。黄发垂髫,并怡然自乐。多么安逸、宁静、舒坦的太平社会。这不是妄想。你们想想,龙王荡人能建起海上蜿蜒蟠玉龙,云柯迤逦冲阑风,百里海堤大坝;能在千百米宽车轴河上建起雄伟壮观,气势磅礴,巍然屹立,巧夺天工的大木桥;能在这片旷地上,建起巨阙巍峨高插天,华盖飞檐翅冠巅,宝光闪烁,金碧辉煌的泰山娘娘庙群,凭这股力量,这般智慧,这样的胆色,还有啥人间奇迹不能创造的呢!龙王荡里的奇迹,桃花源里也没有!"

正月里,虽说是春天,可是储蓄一冬黄金的迎春花还没开,万物还睡得迷迷瞪瞪,室外仍然冻手冻脚。坚持几十天连续苦战的查礼义、青铜蟹,终于在二月下旬,神龙苑效果图收关,一尺比三千尺的龙王荡万亩花果神龙苑全貌面世。周围拆除去脚手架,老查、青铜蟹二人青头紫脸,蓬首垢面,破衣褴褛,腥腥、邋遢、脏兮兮,不忍正视。披头散发,那条死鳗鱼般弯曲的辫子吊在肩膀上。旧棉袄,露棉絮,黑布带勒腰间、肩上、臂上，滴滴答答，落满各种颜料，红一块，绿一块，像患了肠炎的公鸭，拉下的稀屎黑白红绿，若不知原委，乍看，令人作呕。

俩家伙，紫脸褐皮，仿佛用揉熟的黄泥巴捏成头脸的轮廓，用锋刃剡刮雕刻之后，又经历严寒冰冻过，除了一脸辛苦，就是一脸的忧伤。又像被人摁在地上反复摩擦过一样，难以言表的惨淡。这段时间，太辛苦。耳轮、手背，都有不同程度的冻伤！嘴唇也破了皮，冻的？饿的？风吹的？都不是，是没喝水，上火，干的。天冷，喝了水，一会儿就想撒尿，人在脚手架上，上下一遍，不容易。费时间不说，爬上爬下，也消耗体力。再说，周围都是看热闹的乡民，他俩又是识文开智的明白人，受文明思维的限制，又不能在脚手架上解决撒尿的问题，所以，不敢喝水。

"大地风霜冻皴裂"，何况人的嘴唇，就是猪嘴唇，也抵抗不了这一阵一阵的"西北吼"。即使如此，责任心极强的人，也绝对不会叫一声苦，绝对不敢偷工减料，就是被架在风里晾着，也必须坚持一笔不苟，打框、描图、上色，一遍一遍，绝不图省事。不做对不起死去的四太爷、活着的太夫人，和全荡里眼巴巴盼望过上好日子的平头百姓的事情。效果图，代表神龙苑的现实世界，首先体现的是效果。考核效果的标准，是荡里荡外任何人看了，不仅仅夸赞这图画得超漂亮，更重要的是让人看了图，而充满期待，且摩拳擦掌，跃跃欲试，想一起参与建设和见证万亩花果神龙苑的美好世界的建设过程。

这幅巨型效果图，充分展示设计者高超的设计技能和丰富的联想天地。老查总结一生的设计经验，吸取几位师弟的建议，借鉴古今中外园林设计成果，用自己最超拔的设计感悟和对龙王荡家乡的一腔深情厚意，用彩笔赋予龙王荡万亩花果神龙苑，最完美的理想王国。在这完美的理想王国里，所有形象因素，哪怕一棵草、一滴水、一粒沙，都必须无瑕无疵无憾。这幅美丽的画卷，和现实中的神龙苑，将浑然天成，恰如其分，丝丝入扣。一石、一水、一树、一花、一果、一砖、一瓦，都力求尽善尽美，天衣无缝。他把神龙苑建设，看作是他一生中最后一抹彩虹，灿烂收关。

查礼义看着青铜蟹浑身布满"臭鸭屎"的窘相，笑嘻嘻地说："最初俺俩，人模人样上了脚手架，现在神龙苑效果图画完了，爬下脚手架，定睛一看，俺俩便是人模狗样了。不像温顺、精巧的乖乖哈巴狗，也不像威猛凶狠的斗狼狗，活脱脱一副从冰窟窿里，捞上岸没冻死的丧家落水狗模样。"老查的自嘲，让青铜蟹很享受，为啥？青铜蟹觉得和老查在一起，干这样大事业，千载难逢，老查才是真正的大学问家，是为龙王荡建设作出直接贡献的大学问家。和他在一起干活，无形中提高了自己的认识，又学得真知灼见。别说身上沾上"鸭屎"颜料，这阵子，哪怕让自己跳进大粪坑里打个滚，也在所不辞。

青铜蟹并不在意人模狗样，还是狗模人样，看了如此规模的效果图，在他们手里诞生。也就是说太夫人启动神龙苑建设决策之后，查师父是动手第一人，追随查师父的动手第二人，是俺青铜蟹。多么高尚的事情，这是"留取丹心照汗青"，光宗耀祖、闪烁门楣府第的大事情，俺做出一点小小的牺牲，算个啥！于是乎，对老查说："师父啊！看这几十天的成果，俺舒心呀！别说丧家狗，说俺是丧家鼠、丧家狗屎，都中。俺是啥，俺就是这图，完美。图就是俺，漂亮，俺心中乐呢！所有敬业过程，都是辛苦的，劳累的，有时候一泡尿，憋得尿脖快爆了，甚至接近崩溃！任何人，都难以容忍敬业过程所带来的疲倦、艰辛，而当完美结果形成之后，带给敬业者精神上的富有和满足，大畅快和大自在的状态，没有经历过过程的人，无法想象，无法理解，也无法体味。这也许就是哲学。师父，难道您不是和俺一样的内心吗？"

听了青铜蟹的心声，老查想起多年前，泰山娘娘庙竣工验收时，青铜蟹不经意说了句"百无一用是书生"的情景，那个越秀才抓住不放，使得他羞愧难言，无地自容。老查调侃道："说一句不足为外人道也之话，青铜蟹你的格局，比那个越秀才宽广。说得对，如果只想着享受'过程'，肯定没有完美的结局！哎！俺们再仔细审视一遍，看看还有没有遗漏，或不如意的地方。首先必须在俺们自己眼里，看不出瑕疵、败笔，才经得起外人的欣赏观摩挑剔。检查完，蒙上这块蓝油布，等明天太夫人率领二十乡的新乡约，前来剪彩揭幕，这事才算告成！"

青铜蟹说："师父说得极是，俺们先从百花园审起。"

老查说："先看梅园。梅园设计，是按春梅、雪梅、蜡梅三种类型排列的。春梅，'迎春故早发，独自不疑寒。畏落众花后，无人别意看'。带着冬意的年初，春风里仍可感凛冽的寒冷，阳光浇在梅枝上，温暖着去年冬遗下的残雪，在咝咝的融化中，变成滋润梅花的清露。满园的春梅，在微风中招手，在顾盼中微笑，在颔首中尽显高贵。色彩缤纷，花团锦簇，绽放典雅的颜容，散发馥郁芳香，凸显她特有的傲霜斗雪的精神，不畏苦寒的侵凌，带来春的芬芳、夏的热情和秋的希望。雪梅，在皑皑白雪世界里，大雪堆满梅树臂膀，压弯梅枝抽条，白雪封裹银枝，上天的百花神女，在梅枝上点亮一簇一簇，通红的火苗，白雪映衬点点飘逸如血的光芒，那便是雪梅在歌唱，雪梅在曼舞、徜徉。那是冬天里的火苗，那是苦寒里的希望。任凭寒风划过她鲜嫩蕊丝，任凭冰冷的白雪浸淫她脆弱的花瓣，她却以钢铁般意志，展示刚正不屈与坚毅倔强。'梅雪争春未肯降，骚人阁笔费评章。梅须逊雪三分白，雪却输梅一段香。'蜡梅，可爱可怜的鹅黄小朵，柔弱得让人心痛。腊月的北风，无情吹破她细腻娇嫩的小脸蛋，而她却从不退缩，迎着逆风的方向，在剀脸刺骨的四九严寒中，播放她特有的浓香。她的外形，其貌不扬；她的香气，无与伦比。香得让人沉醉，香得沁人肺腑，香得勾魂摄魄，香得使人浮想联翩。缟衣仙子变新装，浅染春前一样黄，不肯皎丝争腊雪，只将孤艳付幽香……无梅不成林园，定植之后，梅园中的丘地、岭地、土圩、漫坡、沟壑、谷地，必形成复杂多变的梅阵，繁丛缤纷，定会美得让人应接不暇。更须溪流清湍，涓涓凌波，缓缓流吟，柔婉而清洌。梅塘带荷，菱藕遍生，茭白丛茂，菖蒲旺盛。加之梅亭古朴，疏影婆娑，奇石幽出，瑰丽斑斓，梅馆有管弦、梅阁见书画……如此这般，梅园就相对完美了。"

青铜蟹听了师父对梅园的描述，已经全部在图中呈现，光是一个梅园，要使之成为现实，将凝聚怎样的心血和物力，可想而知。过了梅园，就是海棠园。青铜蟹对老查说："师父，你画的海棠太美了。垂丝海棠、贴梗海棠、西府海棠，艳丽的海棠花，花色花姿，明媚俏丽，难怪传说中的画匠，见了海棠，念恋其色，携枕头芦席，竟然在海棠花下共眠，却不知如何点彩作色。诗人见了海棠花，为其神魂不守，倾倒其中，提壶持觞，在欣赏中沉迷，找不到优美诗句。沐浴晨露阳光中的海

第十二章 涅槃

棠花，鲜嫩娇艳，小瓣儿晶莹欲滴，霞光轻轻抚摸她的面庞，异常娇羞，着实让人心疼。开花前的含苞待放时的深红，半含嫩口的状态，最惹人怜爱心碎，足以使人灵魂融化。海棠花的浓馥娇娆，丰姿神采，风采韵致，不着一字，尽得风流。真是'枝间新绿一重重，小蕾深藏数点红。爱惜芳心英轻吐，且教桃李闹春风'。"

二人赏完梅园、海棠园，挨过樱花园。老查说："樱花浅带寒意，并无妖艳之色，花蕊为红，粉粉之面，浓而不艳。其个性不张扬，姿色风仪有范，不渲染。颜容情态，所表达的，是内在的，不愿外露的精神内养，所以，画花，画容貌容易，画内在，画精神难呀！古人说，浅浅花开料峭风，苦无妖色画难工。十分不肯精神露，留与他时着子红。"

青铜蟹接过师父话题说："师父呀！桃花、李花、梨花、苹果花、石榴花、柿花、枣花……俺们就不看了，它们都在百果园里。下边紧挨的是牡丹、芍药、玫瑰、月季、菊花……俺们的牡丹园里，占地百亩，规模大，按品种分类，差不多包括紫斑牡丹、矮脚牡丹、姚黄、丹凤、八艳妆、白鹤顶、白剪绒、白莲、川档、川紫、春红、粗叶寿安、蹙金楼子、碧纱笼、白屋公卿、白玉盘、白缨络……按花色，有红、紫、粉、白、蓝、绿、黄、黑和复色。按形状，有单瓣型、荷花型、白冠型、楼子型、绣球型……十大名贵品种中，突出了魏紫、赵粉、姚黄、二乔。

"牡丹向来被誉为国色天香，引惹天下文人墨客，为之倾慕、向往和爱恋。有史以来，留下许多赞美牡丹的，千年不朽的名文名诗名画。说不完她的娇媚，道不完她的高贵，爱不尽她的典雅，诵不够她的艳丽，吟不了她的多姿多彩，赞不穷她的热烈、端庄、雍容大方，画不极她的妖娆、神韵和她的风情……栽花容易，俺们荡里平民，通过简单辅导都能做到。清瘦时候，加把肥。饥渴时候，打开风车，放点水。但若想把牡丹进一步艺术化，实现牡丹园的崇高意境，就有很大的困难。这里不但有自然物象，还要有人文物象，呈现人与花的契合，突出技术性、审美性和形式性的完美统一的特征，牡丹园才能成为富有特色的艺术品。就好比文人写牡丹、画家画牡丹一样，彩笔赋予她雍容华贵、富丽堂皇、大家闺秀的相貌很容易。但要写出画出她的情致，丰厚的大家闺秀的内质，傲立群芳的精神，真的很难。下一步，俺们要做的事是：把牡丹的形象，提升为牡丹形象化，把牡丹的艺术美抽象出来。把她以情附物的拟人神态，意象化为深情、真情、纯情的有情之物。让目视之景，形体、色泽、香气、风韵，转化为神交之景，即超然象外，脱俗成仙，境外生境之景。这！才是俺们做牡丹园的初心。师父，你说，俺的理解对吗？"

老查肯定地点了点头说："青铜蟹你的悟性高，肯动脑子，这是你的长项。神龙苑建设，需要一大批肯动脑筋，吃苦耐劳，心地善、性格好、品形正的中青年带头人。你要做个有心人，要选拔这方面力量，包括从龙荡营的新生代中选。太夫人把建神龙苑的总监重任交给俺们，俺们要扛起这活，实现四太爷生前遗愿。三年初见成效，五年开园运营。"

青铜蟹说："师父，放心吧，俺有想法，组织一百人，分系统，分区域，做主管；每个系统区域，再挑选几十个骨干力量，起到带头引领作用。而担任主体建设的主力，仍然是龙荡营的二千多勇士和乡团的三千多子弟兵。先把耕地、整地、沟渠、涵闸、道路、景塘、河流基础设施做起来，下一步，按图、分段、包干作业。遇到问题，俺扛不住的，再向您请示报告！"老查满意地说："好！上对得起天地良心，四太爷，太夫人；下对得起龙王荡万民百姓，后代子孙。咱们再去看看芍药吧！"

青铜蟹说："好啊！芍药不与牡丹争时节，在牡丹花开之后一个月才开花。芍药亦不与百花争奇斗艳，群芳已残，花事寥落，才可见到芍药风姿。'多谢花工怜寥寞，尚留芍药殿春风。'可见芍药高贵品质。清晨仿佛小酒微熏，脸蛋添红，醉颜可掬。白天，姿蔓影疏，喜气盈盈，窈窕婉约，粉嫩娇滴，艳丽清雅，柔软轻盈，婆娑浪漫，气息迷人。到晚上，恋意缠绵，半目含情，清妍脉脉，宁静酥弱，童话般柔和婉丽，袅袅娜娜，娉娉婷婷，楚楚动人，犹露妩媚绰约姿态。她在梦魂飘逸中，散发出幽幽芳香，惹人喜欢、怜爱、让人难以入眠。就其花形而言，牡丹是花王，芍药即花相……"青铜蟹欣赏芍药，说出内心感悟。

师徒二人，以审视目光看着效果图，你一句，我一句，不厌其烦，讨论百花园的花事：菊花、瑞香花、剪罗春、玉兰、珠兰、罂粟、金

第十二章 涅槃

盏、紫荆、紫薇、素馨、绣球、蔷薇、木槿、琼花、木芙蓉、芭蕉、金花、杜鹃、丁香、玉蕊、赪桐花、含笑、木瓜花、合欢花、辛荑花、芸薹、茉莉、石榴花、米兰、夜来香、郁金花、荷花、萱草花、百合、山丹花、红茶花、扶桑、金银花、葵花、桂花……看完百花园，老查心满意足，未发现疏漏，心中自我慰藉，不由自主地咏起一首宫词来：'红乾绿淡有余香，芳草芊绵苑路长。鹁鸪一声寒食雨，游蜂应为百花忙。'"

画板上百花园的效果图，大多是青铜蟹按老查手稿，一模活脱，谨小慎微，精心绘制的。老查带挑剔而犀利的目光，审视画面，最后说："你悟性高，此画能乱真。"得到老查肯定，青铜蟹的小心思有点膨胀，但被他的控制力拿捏住了，表现得极其谦虚，甚至有点卑微。老查的小心思是："孺子可教，多年来，一心想物色一个能接班的人，以便传授他的一手绝活！否则，早晚带进棺材里，太可惜了，也枉费师父的一番苦心。"现在老查终于放心了，他从内心，认定青铜蟹是他建筑设计技术的唯一传人。到目前为止，包括德庆堂书院里的那些秀才，以及自己的两个儿子，都不中。

其实，青铜蟹画山水花鸟，以及对线条的理解和把控，逻辑思维与形象思维的融合，有比较扎实的功底。十五岁那年，通过亲戚关系，曾拜著名画家紫阳山民老先生为师，是紫阳山民的关门弟子，学过几年花鸟画，擅长梅花、松兰菊竹，葫芦、灵芝之类，学了五六年，八十多岁的师父，一个瞌睡，倒在画案上，去了！青铜蟹半路辍学，回龙王荡，进了龙荡营。因为他会计算，会打算盘，又会写字，情商也不错，又非常注意上下左右的人情关系，自然而然，被东方大统领任命为内管家。现在他的身份，仍是龙荡营的大管家。但不影响他跟老查学习建筑艺术。

青铜蟹看着师父画的百果园，脆梨、甜枣、香柿、酸杏、涩李，殷红酥苹果，通红的山楂，紫色润泽的串串葡萄，火团似的石榴……还有赭褐色的板栗、榛子，藤黄色的榧子……他不自觉地用手去摸，细细体味三维立体感，在交感神经和副交感神经支配下，如馋狗遇到熟羊肉，嘴丫子挂起哈喇子，口中仿佛生出无数个泉眼，嗞溜嗞溜，流出一股股的清流。一时竟莫名地浪漫起来，脑壳里，猛然跳出诗和远方的影子，随口便出，不知是他触景生情自吟的诗，还是古人的诗句："石榴红胜火，梅杏贵金黄。串串葡萄绿，枝枝诱鸟忙。""如海苍园春欲遍，重垂山果挂青芒。"青铜蟹吟完诗句，有意地捧捧师父，但没留下捧的痕迹，让师父感觉是他的肺腑之声，听起来特舒坦。他说："师父啊！你把水果、坚果画活了，俺看哈，不由自主地想摘来尝尝鲜，这舌根下，好像生出两股温泉，垂涎三尺哟！"

老查笑嘻嘻，明显觉得心情舒畅。以谆谆教诲口吻道："画效果图，是设计师的基本功。一个项目，可能有多方竞争，首先要看你的设计构想效果，用效果图呈现给对方。其次看你的造价。构图完美，造价适中，服务周到，人情关系有一点，再从预期利润中，拿出零头来，私下给评标人，每人塞个大红包，项目就妥了，这叫作招标、投标。大清国的大项目，如铁路、黄河大铁桥，也在国际招投标，但没有立法。国外的招投标，最早在十八世纪就有了。首先出现在英、美等西方国家。从规范政府采购行为入手，通过立法，确立招投标采购。将来若干年，大清国也一定会立法操作，这是趋势。相对地说，这个办法，比较公平、合理，可减少许多贪腐行为。"在青铜蟹的人生中，第一次听到项目招投标的说法，他觉得师父太睿智，太渊博，生在这封闭的龙王荡里，竟知道世界大势。他估计，在大清国这块土地上，实行招投标立法，至少等上二百年。青铜蟹想多了。

青铜蟹看着眼前的万亩花果神龙苑，一切皆是全新的概念。这也许就是陶渊明想象中的桃花源式的祥和社会吧！可是陶氏桃花源，那只是一种幻想，幻想破灭了，就再也找不到，害得南阳刘子骥，一直找到死，也没找到。而俺们的万亩花果神龙苑，就不一样了，一旦建成，不管谁，只要进了龙王荡，摆在他们眼前的，就是可感可触的"桃花源"。青铜蟹又想简单了。四太爷的"桃花源"建设，早在三十年前就动工了。海堤大坝、造粮田、盖大庙、建大桥、平倭寇、强治安、易风俗、树新《乡规民约》、办学院……而如今的万亩花果神龙苑，仅仅是"桃花源"的一部分，是对龙王荡桃花源的补充和完善。

青铜蟹小时候，在德庆书院幼级读书，先生教他背诵文选，其中记忆犹新的，就有《桃花源记》。他的印象里，是一处鲜为人知，又"不足为外人道也"的世外福地。过去他相信桃花源的存在，现在觉得，那是

第十二章 涅槃

陶渊明借武陵人之口，说出自己内心的"良田美池桑竹之属"的理想世界，正是陶氏之类逃避现实的隐居者的内心写照，是虚无幻想，是造影社会。现在他想听听师父的见解，于是问老查道："师父，您说陶渊明笔下的那个桃花源存在吗？"

查礼义不假思索，随口答道："陶氏的桃花源，触动四太爷的灵感，这让四太爷的一生，都在致力于龙王荡桃花源的建设之中。龙王荡的桃花源是现实的，是龙王荡人勤劳双手建设的，不是陶氏笔下虚无缥缈的桃花源，非现实的幻想世界。神龙苑是龙王荡桃花源的一部分，是一个脱离旧式文明樊篱的高雅、闲适、优美的快乐世界，是一个没有战争，没有霸凌、欺诈、邪恶，社会稳定，六畜兴旺，人人温良，安居乐业，和美、厚德、勤劳、廉俭、互助、睦邻的礼仪之邦。

"俺们所有的设计理念、价值观，都是按四太爷生前部署做的。神龙苑也不是孤立的，她是龙王荡二十乡的示范区。规模大、规格高，有传统的文化内养，还有古今中外的文化元素，一旦运行成熟，便可在百里苇荡中复制。以此，吸引苏锡常宁、杭嘉湖沪、京冀鲁豫等地大商户的青睐，吸引天下有钱人投资、旅游、做生意，让龙王荡渐渐成为大都市的大后方、大花园。神龙苑的建设，立足当下，放眼未来一百年，充分体现农商工的主旋律。四太爷说过，缺农必乱，无粮不稳。囤中要有粮，锅里要有菜，碗里要有饭，人心才安。缺商必呆滞，无商不活，若不把商贸搞活了，不做生意买卖，哪来的钱花。缺工必穷，俺们大清国比西方落后差不多百年，可是俺们的皇帝乃至王公贵族，看不懂西方的先进、科学、发达的工业，无耻地称人家的科技产品是啥'奇技淫巧'。将来神龙苑里，要有俺们龙王荡自家的榨油厂、轧花厂，织布厂、制蜡厂、制钉厂、制碱厂、磨面厂……四太爷原计划从英国买一小火轮，一次性拖挂三四十艘船。无须扬帆，一样远航。

"四太爷说过，龙王荡的桃花源，是开放的，不会像陶氏桃花源式地封闭。俺们要敞开大门，欢迎天下客商。只要每步迈扎实了，龙王荡里的人，就一定比陶氏桃花源里人，活得更好！当前，神龙苑主体，包括七大系统十大区域园。土壤改良系统；灌排水系统；河湖沟渠塘涵闸路桥艇管理系统；生产运营维保系统；蔬果加工销售系统；园区保障安全系统；病虫害预防系统。十大园区：百花园、百果园、百草园、百竹园、百树园、百鸟园、百石园、休闲园、育苗园、服务园。"

老查滔滔不绝，把四太爷生前和他促膝交谈时的内容，又通通温习了一遍，听得青铜蟹眼睛发亮，心花怒放。两人正说时，忽听到广场外大桥那边，隐约传来不疾不促的马蹄声。

老查对青铜蟹说："哎！可能是俺邀请的三个师弟来了。对，就是今天。说实话，俺是主攻建筑规划设计的，擅长楼宇殿阁，桥梁涵闸。对园林规划设计这活儿，略知皮毛，不是很精通。俺们跟师父学设计的同届同门同窗十三人中，有三人是学园林设计施工的。之前，四太爷在世时，计划建设神龙苑，俺事先给三位师弟打招呼，去年寒里，太夫人告诉俺，大年后启动神龙苑工程，俺又请来三个师弟实地考察，出了效果图和施工图。

"俺们师兄弟同门多年，出师门之后，学园林三个师弟，常在江南揽活，苏北鲁南一带，官方不做园林，私人大户没有做园林的眼界。最近几年，他们一直闲着。去年秋，四太爷让俺去找他们，他们回应十分干脆，表示过来帮清工，分文不收。只有一个条件，按四太爷设计理念和要求，放手让他们干活，争取三年，至多五年，交出一个精妙，二百年不落后的两万亩（简称万亩）花果神龙苑。

"四太爷的理念，立足目标宏大广远，神龙苑不是单纯的园林。围绕园林主题，打造设施齐全，文化内涵深厚，文明程度超拔，松散式的大美理想社会。体现自然生态，层次分明，四季常绿，万紫千红，并具人文精神特征的阆苑。苑中建造一个天上人间的精致小镇，居住三千人口规模。要有大型广场，使神龙苑成为苏北鲁南，乃至全国乔灌木、地被苗、水果、花卉采购、批发集散中心。园中，赡老院、育英村、休闲所，娃娃活动，都要占一席之地。

"总而言之，神龙苑，就是龙王荡人用智慧大脑，勤劳双手，赶在时代前边，创造的神圣的天堂乐园……"

话未说完，有人叫道："喂，查老夫子，有人找你，找不到，俺帮你领来了！他们都是外乡人，说是来看你画图的！"一个胡子乱糟糟，身背畚箕，看上去并不缺营养的富态老农人叫道。老查转脸一看，正是三个师弟,已到画板下边。二师弟颜西坡,扬州人。三师弟惠允植,徐州人。小师弟客三卿,临沂人。老查随口应一声:"谢过阚老哥了!"

老查在前,青铜蟹跟在身后,师兄弟四人都五十多岁的样子,相比之下,青铜蟹最年轻,四十差一点。双方抱拳施礼,热烈寒暄。青铜蟹识趣,接过三人的马,添草饮水去了。

三兄弟约好,昨天到板浦"来宾旅馆"会合,然后,一起来龙王荡。

这师兄弟四人,见面后,高兴得热泪包在眼眸中。这四人,同一个特点,二号个头,都显清瘦,长脸,眼神也差不多,区别是颧骨有高有低,嘴上的胡子有长有短,有黑有白。四人的师父,是清代宫殿园林设计师家族最后掌门人雷廷昌。名师出高徒,这四人继师父之后,承揽国内多个著名殿堂、庙宇、楼群、桥梁、园林建筑设计施工。这四人集结建神龙苑,可以相信,当今之世,再无超越者,啥技术难题,皆不是问题。

老查有点腼腆地说:"各位师弟,园林是你们的专业,殿堂桥梁是俺的专业。这效果图,在师弟们面前现丑了!"说完,拉几个人,到图板前。正巧立在百草园下方,三个师弟对师兄老查都很尊重,仰视效果图,细看笔画轻重,颜色深浅,物体结构,光影变化,笔笔到位,一丝不苟。二师弟颜西坡脱口而出:"大师兄太谦虚,你把跨专业的事,做得如此精妙,令咱三兄弟汗颜啊!"接着,加一句玩笑话:"把咱仨饭碗砸了,你还让不让咱们活啦!栩栩如生,精妙绝伦。真可谓'芳草萋萋情意重,绿茵层层映霞生'啊!"三师弟惠允植也点头称是:"二师兄说得好啊!'野花向客开如笑,芳草留人意自闲。'细看百草,各有特色。稗草穗大粒满,低头不语,谦虚沉稳。毛狗草,毛茸茸,轻飘飘,稍有微风,摇头晃脑,招摇过市,没啥斤两,没啥才学,总在人前人后咋咋呼呼。茅草旺盛,不图条件,不讲营养,给它一点水源和阳光,它就愉快疯长……不起眼的小草,摆起方阵来,也像接受检阅的英雄队伍,手持刀枪剑戟,肩扛斧钺钩叉,一丛丛,一列列,一排排,一队队,方方正正,层次分明,仿佛旌旗招展,绿彩映日,歌声遏云,英姿挺拔。在阳光下,小草也气宇轩昂,也雄壮豪迈。仿如铁甲霸气,威武振奋,仿如辚辚兵车,萧萧战马……多么矫健。皮草、天文草、心胆草、红毛草、补血草、双肾草、灵芝草、孔雀草、五味草、百灵草、鸡爪草、九头草、少莎草、三七草、朱砂草、石莽草、护心草、牛耳草、龙舌草……"

小师弟客三卿手指百竹图说:"三师兄,莫数草了!看竹吧!"惠允植说:"好!咱们看百竹园!"颜西坡说:"好一个百竹园呀!从左向右排列,前边的箬竹,用来点缀山石,颇有野趣。孝顺竹竿色金黄,绿色纵纹,黄绿相间,色差鲜明。佛肚竹,憨态可掬,幼竿青绿,老竿藤黄。中间的粉草竹,竿圆壁薄,箨叶外翻。挂竹竿形高大,叶片碧绿如翠。紫竹箨耳镰形,犹如紫色玫瑰。这边的小丝琴竹、金镶玉竹、斑竹、早园林、毛竹、黄梅竹……伟岸颀秀,虚心高节,清韵雅洁。"

客三卿接着说:"绿竹其性属阴,可是其状郁郁苍苍,蓬蓬勃勃,株株高耸挺拔,叶也晶莹剔透,隽丽如碧玉绿翠。可谓'竹色溪下绿,荷花镜里香','榴叶拥花当北户,竹根抽笋出东墙'。绿竹植溪边,与荷花配伍;植庭院,和海榴相伴,都能恰到好处。这个百竹园啊,将来的经济价值,无可估量!"惠允植也补上一句:"夜深风竹敲秋韵,新竹高于旧竹枝。这片毛竹,鹤立鸡群,独树一帜,潇洒多姿,卓雅风韵,妙趣横生。"

老查在师弟们面前,不以老大自居,很谦虚,领各位一段一段往前走,边走边看边议道:"各位师弟,多提宝贵意见,画这种园林效果图,俺是大闺女上轿,头一回,心慌意乱,诚惶诚恐,如临深渊,如履薄冰,战战兢兢。建两万亩规模林园,你们不来,俺心无成竹。现在你们来了,俺才有底气。发现啥问题,定植时,再调整。现在还只是纸上谈兵阶段,到变成现实时,至少要脱掉几层皮,瘦掉几斤肉,弄不好,还得玩命。俺们这辈子,恐怕再也不可能有建如此大园子的机会了。将来神龙苑建成了,俺建议太夫人,弄几吨紫铜,把三位师弟,从外形到灵魂,铸成铜像,永远与龙王荡万亩神龙苑同在。了却君王天下事,赢得生前身后名。"

颜西坡善意揶揄道:"大师兄技术高超,嘴还特乖,说得咱心里暖洋洋的。咱们欣赏这静谧植物,享受明媚春光,仰观图上碧翠万叠,绿叶依依,清渠激户,芊芊莽莽,浓浓绿绿,奇花异木,千红万紫,妖态婉容。曲桥流水,亭台轩榭,金阁画廊,水光湖色,青妍花姿密影,浑

第十二章 涅槃

然天成。真觉游目骋怀，赏心悦目，悠然自得之慰呀！身临其境，说不出啥毛病来！"

客三卿说："二师兄，不忙做总结，过来看这片树林，大师兄命名百树园，何止百树呀，这边的松树，就不亚百种哎！雪松、油松、华山松、五针松、白皮松、马尾松、罗汉松……还有柏科的竹柏、侧柏、龙柏、桧柏、圆柏……挺拔沉稳，古朴苍劲，冠幅舒展，疏影婆娑，枝枝茂盛，叶叶稠密，既可用作园中观赏，将来也可作为重要经济林木，投资栽植到官家园林或者私家庭院，也可植入寺院、庙宇、陵园、纪念堂馆。用途广泛，经济价值前景，相当可观。"

惠允植说："师弟呀，这片半常绿乔木林中，最典型的，是追云赶月的杉树，池杉、柳杉、猴爪杉、落羽杉、海岸红杉、水杉、高山杉、红豆杉……笔立百丈，耸入云霄，垂直的主干，极像用模子套着生长一样，的确如此，若从天上吊一条铅垂线下来，不会多一毫，少一毫，现实中的杉树，就是这样的。枝叶青绿，秋冬殷红，树冠如尖塔一样层次突出，皮粗横裂，主枝轮生，侧枝平展，质硬性柔。

"大花白玉兰，花大白质，细腻光洁，酷似白莲花，单呈枝顶，树姿雄伟，秀美壮丽，叶厚润泽，四季常青，清气四溢。这树冬季怕冷，零下十摄氏度，就危险了。所以，干直径十公分以内，不宜北移。咱们这边，差不多，是它的最北界线。此树既宜草坪孤植，也是庭荫优选。枝叶肥硕甚密，旁逸斜出，丰满肥腴。列植于行道路边，花开季节，是一道极具特色的亮丽风景线……"

惠允植指着百树园，津津乐道，夸夸其谈，谈兴正浓，意趣正兴。

客三卿接过惠允植的话，一边观赏画面，一边道出自己的看法，对老查和老颜说："二位师兄在上，其实哈，常绿乔木中，你们看，冬青树也是不错的选择，这种树，南北方都比较适宜，高达六七丈，冠幅大，枝繁叶密，青绿深浓，色质润泽，树皮平滑不裂，聚伞花序，花香淡紫，椭圆核果，红光晶亮。耐阴耐湿，耐盐耐碱，抗病害能力超强。碎叶青透，四透浓密，红果丹朱，格外娇艳……"

青铜蟹是有心人，将师叔三匹马牵到小街客栈暂寄，嘱咐客栈小老板上草料饮温水。回来后，跟在这些专家屁股后，不敢插话参语，自知是个外行篓子，多言冒语，疏忽鲁莽，会使自己很难堪。每当他想说话时，眼前就出现越秀才批判自己的嘴脸。他现在是老查的徒弟，虽没有正式磕过头，送过酒，行拜师之实，但两人心照不宣，早已相互认可，并以师徒关系相处了。也许因为没腾出时间，暂时放一放。面前这几位虽和自己年龄相差十来岁，但论辈分，都是师叔，长晚辈之间，不能含糊。

　　正在师兄弟几人，说树说得热热闹闹时，没人知道青铜蟹何时离开的。现在他累累巴巴，一手提一个紫铜大茶壶，一手提一个铁皮小火炉，木炭烧得很旺，蓝色火苗，随着迈步，一闪一闪，怪有节奏。身后跟一个俊俏俏的少妇，头顶裹青花头巾，紫花大棉袄，细腰身子，绿色薄棉裤，凸显出圆圆的不大不小正适中的屁蛋蛋。蓝色棉线手套，自己织的，捧一长方形晶亮光滑的黄檀大茶盘，茶盘里放六只白瓷青花，上有盖、下有托的茶杯，还有四小碟的腰果、花生仁、桃酥、饼干。少妇身边跟着一个清瘦，和女子同龄的男人，戴"三块瓦"的棉帽，棉袄外挂一条白色粗布围裙，头顶一张小方桌，一手扶桌腿，两臂串挎六条小杌凳。晃晃悠悠，向画板这边走来。这男人，是青铜蟹媳妇的弟弟，按龙王荡习俗，青铜蟹叫他舅佬爷，也叫他内弟，女子是舅佬爷的媳妇，他们在大庙广场，摆一茶馆铺，卖茶水、坚果、点心，外带大香、蜡纸、冥币，做只赚不赔的小生意，平时也得到青铜蟹职权范围内的许多照顾，又是亲戚，青铜蟹和他们关系很和谐，他曾经和内弟媳妇暧昧过两回。青铜蟹人品没问题，只是没抵挡住内弟媳妇上半身的诱惑，所以才跌入她下半身的陷阱之中。其实，还是他上半身修炼不到位，才暴露了自己下半身的本性。好在这事没人晓得。

　　青铜蟹在画板边上摆了茶桌，六条小杌子，中间放四小碟坚果点心。四边桌面，端正放上白瓷青花茶杯。眼皮子灵活的女子，在杯里放入上好的云雾三枪青绿茶叶。大铜壶里开水，朝茶杯里一冲，哎呀！青绿明澈、丝丝清香，随着热腾腾的烟气，弥漫在小桌周围，钻入鼻孔里，沁人心脾，让人顿时神清气爽，脑醒骨舒。老查也不客气，自己先坐下，然后两臂平展，语气谦和地说："三位师弟，自家兄弟不要客气，先坐下。"三位坐下，青铜蟹向内弟和内弟媳妇使个眼色让他们离去，而自己俨然老查的大弟子,站在老查身后,两手相握,彬彬有礼,听候老查使唤!

老查兴奋地说:"三位师弟,俺查礼义现在郑重宣告,俺身后这位小俺十五岁的后生,是龙荡营的内管家,号青铜蟹,是俺的开山弟子。"

青铜蟹了解老查,知道他随时可能宣布这层关系,早有思想准备。青铜蟹是个会来事的人,立马向边上迈出两步,跪倒伏地道:"师父在上,请受徒儿一拜!"磕了三头,然后又朝三位师叔道:"三位师叔好!徒侄这厢有礼!"磕了一个头。二师叔颜西坡连忙起身,抱拳说:"恭喜大师兄,开门纳徒!这是咱雷门重大事件,可敬可贺呀!"说完拉起青铜蟹说:"徒侄哈!你很幸运,咱大师兄是雷门第四代大弟子,继承雷氏建筑设计绝学,尤其在殿堂、桥梁方面,当今世间,无几人能比。你若能得到大师兄真传,将来便可独步天下了!"

老查客气地说:"师弟言重了,俺们继续讨论神龙苑。根据当初俺师兄弟几人的酌议,在苑里建一个奇石园和百鸟园,是为了将来浏览人观赏之用。而俺在效果图上,用堆假山替代奇石园。把奇石放到各个区域中去,譬如林区、花区、行道路边、溪边、塘口、湖畔、小镇街头、巷中,观赏效果会更好!兄弟们,觉得如何?"

颜西坡说:"大师兄说得对。记得咱老师对咱说,造园必有山,无山难成园。假山是园林的骨骼,也是园林的灵魂。树、花是园林的容颜,而水则是园林的血脉经络。假山作为园林重要景观元素,可以替代层峦叠嶂,深峡幽谷,泉石洞穴。假山具有强烈的造景功能,可用来增强园林的自然生态感,说白了,假山就是人造的自然景观。现在最要紧的,是假山的施工图设计,花草、亭台、水面、轩榭的搭配。营造一种看山是山,看石是石,看水是水;看山不是山,看石不是石,看水不是水;看山还是山,看石还是石,看水还是水的高远、虚幻、空灵,又真实、雄厚、磅礴、恢宏壮阔,而不失灵动的巧妙、矫健、生动、细腻的石景世界,从而衬托神龙苑的气势壮阔、雄浑的美感,和玲珑剔透的精致感。这是一个艺术哲学命题。"

惠允植说:"当前,堆假山,主要用料有太湖石、英石、千层石和泰山石。咱首先要明确用什么石,更接近丰富高雅,神秘浪漫,不媚不俗，有气势，又精巧的神龙苑的这个主体形象。必须有助于神龙苑的精神升华。"老查说："是啊！堆假山，不可就山论山，必须放大眼界。现在的假山四石，各有特点，太湖石通灵剔透，其特征最能体现四大石的共性，'皱、漏、瘦、透'，但当前太湖石，以白石居多，很少青、黑、黄石。堆起来，没色差，单调，缺质感和立体感、厚重感。但太湖石坚脆、粗糙，多有'弹子窝'，有意象美感特征。英石是典型的文人石，如果将它拟人化，它具有淡泊、典雅、高洁的文人气质和挺拔倔强、刚劲的文人精神；自知、自明、内省，遵从内心的文人见识。'瘦'而有骨，'皱'而有范，有四大石共性，更有'形、色、质、纹'的个性特质。质地坚硬，色泽苍郁，形体瘦、多褶皱，叩之有金磬声。宋代《云林石谱》将其列入皇家贡品，以黝黑如漆为最上品。而千层石的层次纹理清晰，条带造型，能充分呈现山峦、洞窟、孔穴、沟壑地貌的自然景观，造型姿态深沉、敦厚、坚实、精致、柔婉、含蓄、新奇、玲珑，极具观赏价值。泰山石，以其古朴、苍劲、凝重，美丽多变的纹理，年代久远，外形风化而著称。因为泰山石外表粗犷，色彩鲜明，具有水墨画大写意的神韵，也有清高淡雅的气质。更重要的是，在民间长期流传着泰山石能辟邪、驱鬼、镇宅的传说。诸如'石敢当，镇百鬼，厌灾殃，官吏福，百姓康，风教盛，礼乐张'。这些所表达的正是一种民愿，体现的是担当精神，反映普通平民百姓祈求平安、祥和的心理认知。从这四大名石看，用泰山石堆假山，应是很好的选择，不知各位师弟意下如何？如果师弟们没啥意见，俺们就敲定用泰山石。请二师兄西坡，策划施工图，咋样？"说完，端起茶杯说："喝茶、喝茶，这绿茶还将就吧？"

客三卿抓了几颗花生仁，一边往嘴里捏，一边说："咱觉得中，泰山石好，二十亿年的历史，最古老岩石之一，关键寓意深刻。二师兄出图，咱和三师兄协助。另外，俺有一个不成熟的想法，假山后边，是百鸟园，原本是造一个天大地大的鸟笼子笼鸟，咱总觉得不妥，不如纵鸟归林，大森林里的鸟鸣，比在鸟笼里的鸟鸣更加悦耳动听。特别是在清晨，树林十分清透恬谧，有潺溪，有晨露，有淡淡轻雾，聆听百鸟唱歌，多么和谐、清丽、曼妙、空灵，那才是真正的大自然柔美的天籁之音。而把百鸟放在笼里观赏，它们的蹿飞，互殴互啄，一片狼藉，除了带来心脑不安,视觉疲劳,没啥欣赏价值,而听到的也只是混乱的嘈杂声。"就百鸟园的去留,师兄弟几人最终同意客三卿的建议,决定放鸟归林,还鸟的自然常态,复归鸟的本性,放鸟生的自由自在,无拘无束。

新的一壶水又烧沸了,青铜蟹关掉炉门,炉膛里火苗渐渐安静下来,炉火维持不灭不升的半睡眠状态,沸水也随之平复。颜西坡忽有撒尿感觉,将青铜蟹拽到一边,小声说:"师侄,带师叔去茅子,憋不住了!"青铜蟹很乐意地说:"正好,俺也有此意(其实这阵子他没有尿),俺陪您去,走,跟俺来!"颜西坡前腿迈进茅子,后腿还没跟进,迫不及待拉下棉裤腰,三步之外对着那尿桶射过去。这家伙五十多岁,肾气还怪足,一条线撒尿,笔直,没一点抛物线的影子,可见底气十分了得。青铜蟹真心佩服,并捧场阿谀道:"师叔呀,好身体啊!"颜西坡诡异地笑道:"二月荠菜,三月黄瓜,四月的桃,正当时,师叔没老。一泡小便尿六尺,生吃蹄筋不用切,晚遇女鬼不胆怯,一夜七遍不休歇,天亮之后还猖獗。"说完掩嘴笑道:"玩笑!玩笑!"

青铜蟹心里师叔那副知识型刻板君子形象,又添了几分丰富烂漫的色彩。他知道,不能跟着师叔"玩笑"的思路走,容易让自己尴尬。于是心生一计,没话找话说:"师叔哎,俺听说有'东坡'的字号,如今才知道,世上还有个'西坡'的字号。这东坡西坡啥意思?"颜西坡一时兴起,未作过多思考,随口道:"看不出,青铜蟹好奇心颇强。好,科学的态度。东坡,是因地势东山坡而得名。东坡作为山坡,是阳坡,若以坡拟人,便是迎着朝霞升起的方向,沐浴着晨露中的紫气,和接受清透纯粹无尘的和煦光芒。到了中午,如日中天,且又随太阳西去,而渐渐变老,走进夕阳。人生最重要的是上半场,也是收获成果的最佳时节。号东坡的人,对人生充满热爱,他希望得到阳光沐浴,皇恩眷顾。而西坡就不一样,地处背阴,上午的阳光照不到,只有中午一束瑰丽光芒,瞬间西斜,渐行渐远,人生老去,笼罩在周围的尽是夕阳。人生上半场没了希望,即使下半场崛起,时已晚矣!西坡此号,就是咱的人生写照,身不逢时,赶上大清朝日暮西山,至今未建功业,你说,不是西坡,又是啥呢?"说到这,颜西坡的眼神中,闪忽着刹那的无奈。青铜蟹看出来了,用讨好语气劝道:"师叔正处如日中天的瑰丽高光时代,龙王荡万亩花果神龙苑的建成,一定会让师叔璀璨绮丽的人生,再添风采。"两人对话过于投入,忘记手中捏着小幼鸟,冻得有点哆嗦……

二人刚回到茶座,客三卿笑道:"二师兄,没带泳圈,咱还在担心你掉进尿塘呢!""只有尿桶,没有尿塘。"颜西坡轻松回复。老查说:"兄弟们,俺们继续聊。再聊聊奇石,有了假山,绝不意味着放弃奇石,一定要把奇石的效果,发挥到极致。神龙苑的奇石,要有石碑、石刻、石雕、石印、石像,把石头诸多象征意义挖掘出来。譬如,石头的精神寄托,石头的图腾意义,石头坚定、顽强的品质,以及坚定的信念、友谊和坚贞的象征意义,通过石质、石色、石肌、石形,鲜明地表达出来。每一处石头的摆放,都应该体现俺们龙荡人崇尚自然,天人合一的审美追求。奇石选择,品种类型要丰富,三师弟惠允植,你负责奇石的选择采购,这事宜早不宜迟,购石不是一朝一夕的事,俺们以三年时间为限,在神龙苑建成之前,奇石要到位。三师弟,有啥问题吗?"

惠允植说:"咱有心理准备,只要银子没问题,确保奇石按时到位。"

老查说:"银子既是敞开用,也须用在刀口上,要处处节约,绝对不能挥霍一丝一毫。四太爷在世时,银子再充足,也是掰开铜板花的。现在太夫人,把开销一支笔批准权这千斤担子,落在俺的肩上,说实话,俺的心灵在颤抖,若是浪费一文,四太爷睁着眼睛,在天上看着俺呢!俺们若奢侈、铺张、糟蹋银子,不知珍惜、节俭、节流、精打细算,必遭天谴!""大师兄放心,你信得过咱,咱也对得起你,闲话不赘,奇石的事情,包你满意,每一块石头,严格把关。蜡石、太湖石、墨湖石、灵璧石、昆山石、吕梁石、来宾石、云锦石、戈壁石、博山文、武陵石、摩尔石、火山弹、纹理石、彩陶石、菊花石、崂山绿石、临朐彩石、龟纹石、九龙璧石、天峨石、金海石、孔雀石……风过眉黛云水静,石奇彩韵妙如神。精工斧凿筑仙殿,宝石缤纷画境开。大师兄放心,咱追求完美……"惠允植是个外向性格的人,知道大师兄把遴选奇石的如此重担交给自己,这是多么大的信任啊!心情一激动,显摆得像如数家珍,说出一百多种奇石的名称及其特征。还详细介绍每一种奇石的价值和审美意义。

三泡青茶,八九杯下肚。喝茶这玩意很奇妙,其实也不渴,不喝则

第十二章 涅槃

已,越喝越想喝。喝得肚里空空,肠子也刷得干干净净,几个人也忘记吃饭的事,眼看人影移到东边,老查才想起吃饭。对青铜蟹道:"这茶喝得怪潮心,不能再喝了。你去外口小街映雪餐馆,烧一盆狗肉,一盆猪大肠,一盆老豆腐,两条狗腿鱼。再弄一盘花生米,一盘虾逛干,一盘海英菜,一盘黄戗蟹。今天给俺师弟接风洗尘,另外在景屏旅馆订三个单间。这两天,在这边将就一下,等工地大灶篷建起来,俺们就吃住在工地上。你先去办菜,烫两壶俺当地芦黍老烧。俺们这边,再把人行道、车马道、水井、河流、大风车、溪沟、河塘、月牙湖、双连湖,涵渠桥闸、亭台楼阁、小镇、赡老院、育英村、小医馆、休闲娱乐广场,批发集散中心……各大系统和各大区域,再酌议酌议。马上就过去。"……

6

时光到了腊月,大头瘟疫情在荡里神使鬼差,几乎同一天消失。太夫人召集家庭会议之后,元旦刚过,她就开始频繁约见乡团三纵六部首领,统一意图,改组乡团,强调新老交替,任用年轻人。频繁约见南北二十队队长,二十乡约。军垦队制,名存实亡,是乡队改组合并的时候了。撤队制,建乡制,去双轨制,实行单轨运行。正月底,乡团改制,三纵六部新首领就位,虽有个别人一时想不通,牢骚怪话,乱叫一通,太夫人不慌不忙,不急不躁,说服思想不通,一根筋的人,放下私心和个人利益,顾全大局。最终老家伙们虽依依不舍,但迫于压力,还是乖乖地放下手中权力,交出大印。

紧接着二月初二龙抬头这天,乡团在大校场升起原乡团大旗,在宽敞的阅台上,竖起四太爷巨幅武装画像,新三纵六部在大校场举行誓师大会,大会主要议程,是新三纵六部子弟及其首领,分部分列,向四太爷巨幅画像和太夫人宣誓,誓死听指挥,服从命令;誓死保卫百姓利益,保卫家乡。接过先辈旗帜,把龙王荡建设得更美丽……

二月初五,以太夫人名义,召集二十队队长、乡约会议,下达合并改组计划、步骤、办法。取消二十队建制,建立二十乡机制。各乡上报推荐新乡约名单。公示、调查、考核，听取平民百姓的反映建议。进展比较顺利。就在准备公布新乡约名单的前一天，乡团部收到丰乐镇一封匿名举报信，举报老镇长时俊杰出于私心，推荐他的外甥诸文伍接任新镇长。本来本着举贤不避亲，举亲不避嫌，任人唯贤、公正无私的原则，既然推荐自家的亲戚，不用避讳他人的闲言闲语。镇上百姓说真心话，无所谓谁当镇长，但如果有些事情做过头了，太不把老百姓当回事，老百姓当然也不会让他过得惬意。

被推荐对象诸文伍公示当天晚上，镇上猪屠夫贺大吹在二更天杀了一口大肥猪，把透肥的大猪头清洗干净，装入篮中，送到诸家，进门也没啥寒暄，只说了一句"诸镇长，以后多关照"，转身就回了。刚出门，碰见二道街杂货铺商贩臧时墙提一个袋子，在诸家门口遇上诸文伍，二人没说话，平时熟悉。臧将麻袋放在墙根，转身就回了。诸将袋子提到屋内，打开，端灯一照，哦！一双崭新的马靴，油光发亮。还有一件貂皮棉背心，貂毛上冒油星子，绒抖抖的，真的好啊！地下黑烟馆小老板王昱星提一个纸包，鬼鬼祟祟，从街前的一个屋拐角，悄悄转过来，进了诸家门。然后是布庄的小老板经纬道送一块昨天刚进新货，杭州丝绸面料……

镇上人从元旦前就知道，年后老镇长要下台，新镇长要上任。这使时俊杰这个年过得很憋屈，大钱小礼，无人光顾。自以为推荐自家的外甥，外甥收礼，自然也不会亏着自己的。好了，时俊杰住头道街左边，诸文伍住街右边，两家门对门，窗对窗，中间隔着一条大街。自从诸文伍被公示后，每天晚上，天黑到鸡叫头遍，过来过往的人不断。一连三天，正好又是月中几天，满月如玉，高挂天空，月光如水，洒向头道街，视野格外清晰。晚上，街面空无一人，时俊杰一连三晚，天一黑，搬张椅坐在自家屋内窗口下，晚上屋里不点灯，外面人看不见屋内的人。只见他目光如炬，炯炯有神，平时看书写字好模糊，现在盯住外甥诸文伍的门前，眼神凌厉，如犀利之刃，洞悉每个来人的两手。谁知道这诸文伍闷声大发财，开门迎客，来者不拒。老时心想，还没正式上任，大钱小礼，收个不停。正在公示期间，也不知道避一避吗？太狂妄！

诸文伍心里想，还没上任，大钱小礼，源源不断，要是当上镇长，四时八节，光收受礼物，一年到头，吃不完，喝不了，花不尽。哎！诸文伍初尝甜头，很感慨。人生啊！啥都可以不做，如果不去做官，就是个痴×！这个外甥，早把表舅忘到九霄云外了。诸文伍是这样想的，你表舅做镇长时，也收过俺的礼，现在也应该挨到你送俺的礼了。过去俺孝敬你，现在挨到你孝敬俺了。年前年后，咋不见你送礼来呢？乍乍颠倒位置，你会不舒服，时间久，习惯就舒服了。时俊杰看着给诸文伍送礼的人，心中愤怒，又发不出来。后悔！俺为啥不荐张四，不荐李四，偏偏荐你这个屁股不干净的外甥呀！就是盼着你别忘本，收到好处，给你舅俺老时分一点。再说，你是外甥，孝敬舅，天经地义。可是，你小子铁公鸡，一毛不拔，心忒黑，俺能荐你，也能毁你。骑驴看唱本，走着瞧……

乡团的审察部负责人，由太夫人监察协理胥可担任。胥可三十七八岁的样子，个头不高，头顶长辫子，梳得整齐利索，小眼睛，淡眉，高颧骨，两腮少肉，没留胡须，脸面白净得像个妇人。不苟言笑，但一句一个钉，办事严谨。现在，他在乡团的廨室里，仔细阅读来自丰乐镇的举报信，然后条分缕析，信中重点反映诸文伍四个问题。时俊杰和诸文伍是舅甥关系，涉嫌利用职权，任人唯亲。诸文伍仗着时俊杰镇长的势力，在丰乐镇上欺男霸女，横行乡里，强买强卖，品行恶劣。譬如去年秋，从外地购得两船苹果，丰乐镇一百二十三家门店、商铺、摊位，每家摊派百斤，强收铜钱一贯。黄小瘸子乌盆店，卖陶盆、陶罐、陶瓢、陶尿壶。小本生意，买不起苹果。是夜，店门被人敲开，砸了盆盆罐罐，这事是诸文伍让手下小兄弟干的。小猪行里的小老板周三发没买他的苹果，一夜之间，少了三头猪崽。有人看见是诸文伍干的，不敢说。诸如此类，不胜枚举。

他有九个拜把兄弟，他们号称丰乐镇十把金刀。明里暗里干坏事，强奸妇女、偷盗粮食、牲畜。夜间在街口，针对外乡生意人，敲竹杠，抬财神。老镇长爱面子，家丑不外扬，捂盖子，和稀泥，连吓带哄，得点好处，蒙混了结。诸文伍拟任镇长，刚刚公示，第一天晚就有五人去他家送礼，诸文伍来者不拒。第二、三天晚上，更是人来人往，每晚八九人。送礼人的名字：杀猪屠夫贺大吹、杂货铺臧时墙、大烟馆王昱星、布庄经纬道、车行左轮、油坊窦大买、酒坊唐奎年、棺材店全泰信……影响极坏，此人若任镇长，丰乐镇礼仪之镇，将礼崩乐坏。此人若不法办，丰乐镇乃至龙王荡，将无宁日。信中要求乡团取消此人任职资格，并差人调查法办。胥可用黑毛笔签上自己意见：此信非常及时，审察部将派员核实、调查，若事实成立，应即抓捕，若民愤极大，结怨太深，送直隶州公判。若举报者捏造事实，应还诸文伍一个公道，不影响任职，追查诬告人之责，请太夫人示下。

信件送到太夫人手中，太夫人阅后，提笔批示："速办，越快越好！"

胥可带两助手，穆郊、祁房。三人到丰乐镇，直奔主题，找到时俊杰，给他看了举报信。胥可问："时前辈，信上反映的事情是否真实？""那还有假吗？"时俊杰立刻回答。"当初为啥还推荐他当镇长呀？"胥可不客气地问。"唉！当初，俺也未敢自作主张，俺召集六个街长、九个店主代表，不记名投票，最终选出来的，俺不能违背民意呀！"时俊杰冠冕堂皇地说。时俊杰这只老苍兔，快成精了。只要他想谁继任，有的是堂而皇之的理由，还不让你抓住把柄。胥可是个相当精明的主，这一点，心中明白。他也不客气地说："时前辈想让谁继位，有的是办法，这一点，不用怀疑。"言下之意，你推荐谁，也能毁掉谁。

时俊杰决定拿下这个不孝之徒。暗中得意，和俺斗，外甥呀，你嫩着呢！他对胥可说："本以为让他当上镇长，应该收敛自己的错误行为，为百姓树立良好形象。可是这镇长还没上位，就大肆敛财，太过分，俺当一辈子镇长，廉洁自律，俺不敢如此张狂。你们还怀疑啥呢？不信吗？一个时辰后，天就黑了。来！搬几张凳子，你们就坐这窗口，看他家门口，啊！那叫宾客盈门啊！今晚至少会有五六拨人，给他送礼。你们若不信，看完，连夜去他家一抄便明白。他家堂屋后檐有一偏屋，东西都收在那里。"时俊杰心够狠，诸文伍是彻底栽了。

正如时俊杰所说，哎哟，从天黑到午夜，六拨送礼的人。看得真真切切，可以断定，这些人无疑是来讨好送礼的。胥可心想，现在这诸文伍还没有任职，作为普通百姓之间，礼尚往来，还谈不上用职务之便索贿收贿，更说不上什么贪腐，如果现在抄他家，翻东西，于法理，不合适。但是，他这个镇长，肯定当不成了。这几条核实下来，按大清律法，说他违法犯罪，也判不了重刑。如果追究他，至少是违反《乡规民约》里多项规定，集中起来，处罚得重一点，也不算委屈。罚款、没收非法所得，关禁闭，强制劳动，是必需的。再不悔改，民愤大了，该打则打，该灭则灭，不能由着他的性子胡作非为，否则，龙王荡这么多年的治理成果，又将毁于一旦。不管大清律对龙王荡起不起作用，但龙王荡里执行四太爷生前立下的规矩，必须不能有丝毫差池，谁敢以身试法，必遭无情惩罚。少一两个诸文伍，就是少一两个祸害，平民百姓叫好，那就是好事。

胥可一行在丰乐镇待了两天，找了三十多人私下谈话，周密调查，形成完整资料体系和证据链，并按《乡规民约》条款，提出惩处措施，提交太夫人审批。太夫人批准，没收诸文伍全部不当所得，抓捕诸文伍，送小岛山采石场，监管劳动改造两年。其间，必须学会背诵《乡规民约》全文。否则，继续留滞监管劳动。九把金刀，分别遣送罘山石场、东山石场、西山石场、龙王荡瓦砖窑场，监管劳动两年，用《乡规民约》继续强制洗脑，监督改造。

在乡团审察部主持下，丰乐镇各街道重新推荐，最终竞出的是，四十岁的兆棱桶，作为新一届镇长人选。虽然也有人提出二十年前，他父亲兆醪桶当了汉奸，给倭寇带路，夜袭严家牛羊场的旧事，但乡团认为，重点看兆棱桶的现实表现。众人反映，兆棱桶在筑海堤、建大桥、盖大庙期间，吃苦在前，拼命干活当表率，作出重要贡献。现在他在丰乐镇百姓心目中，是一个很值得敬重的男人。全体平民反映归纳如下：尊老爱幼，人际关系好，给人满满的信任感；心底干净，宁愿自己吃亏，给人高度的责任感；帮助他人，为他人所想所急，给人充分的使命感；履行《乡规民约》，不改初心，除旧革新，给人坚定的紧迫感；礼尚往来，遵从投桃报李，给人无疑的依赖感；勤俭持家，家风好，一家人都很诚实仁义，给人严格的自律感……街民推荐兆棱桶任新镇长，虽然时俊杰多少有点失落，却也无可奈何！这个结局，不是他想要的，但也由不得他。他必须接受。丰乐镇时俊杰时代，到此结束。二月二十日，是全荡二十个新乡约、镇长履职日。二月二十一日，龙王荡万亩花果神龙苑效果图揭幕仪式，在泰山娘娘庙广场隆重举行。二月二十六日，查礼义、颜西坡、惠允植、客三卿、青铜蟹率领各自队伍，分段作业，两万亩花果神龙苑放线、石灰打引。三月一日，自南头队小苇庄，地跨二、三、四队，沿界苇河北岸东西十里，龙王荡万亩花果神苑建设，全面启动。东西地缘，聚集二百张犁，四百头水牛、黄犍牛，生龙活虎，分段翻耕沃地。两千多人，在开挖河、沟、溪、塘、湖、干、支、斗、垄、毛渠，修筑节制闸、涵洞、平桥、龟腰桥、曲桥，毛石防渗排灌渠……东西四百多座亭、台、楼、阁、廊、庑、轩、榭，同时开建。遍地彩旗招展，群情振奋，干劲无穷，热火朝天。

万亩花果神龙苑基础硬件设施，第一阶段工程，震撼开工。

乡团新首领，龙王荡新乡约，龙荡营三股势力，新官上任三把火，迸发出巨大热情，冲天干劲，无可阻挡。

7

过了大年，正月十六，彩莲在大姑文琴、协理员莲歌陪同下，一齐检查东书院各级部的教室屋面、砖瓦、门窗、桌几条凳，厨堂、餐厅、宿舍、茅子等硬件设施，之后，请来木匠杨和安大。在东书院会厅中，彩莲主持，旁坐大姑文琴、协理员莲歌、木匠杨和俩徒弟、安大和一个徒弟。彩莲说："今天是正月十六，这段时间天气晴好，气温也慢慢回暖。请二位师傅来，看了书院各个级部教室、公办室、宿舍、餐厅、厨堂，漏风漏雨，残砖破瓦，门窗、桌凳破损情况，需要啥原料，砖呀，瓦呀，沙浆、麻刀、澄泥、木料、板材等等，按现时价格，做一个比较详细的预算出来。"莲歌说："俺们要在正月底前，做完工事，二月初，教职工、后勤保障人员进场准备，二月六日开学授课。"文琴说："维修加固，至少管上两三年，否则年年维护年年修，花销金额也很惊人。你们两位师傅，是荡里的前辈，人们都知道你们手艺好，诚信办事，人缘也不错。你们也知道，书院恢复办学，顶着很大的压力，首先是办学经费，多方筹措，一个镚子掰开花。"安大接话："琴姑奶奶，放心吧，泥瓦工，只需花钱买原料，其实原料也不用花钱，前几年建幼级部，剩下的砖瓦麻刀泥,都能将就用。人工嘛,俺师徒,在书院食堂里吃饭就可以了,不要工钱!不要工钱!"木匠杨也表态:"俺们做的是义工,善事,公益事,不收工钱!"

安大和木匠杨带领徒弟,屋上屋下,室内室外,从天亮干到天黑,紧紧忙忙,干了半个月,到正月底,紧赶慢赶,总算完工。整个书院整整齐齐,干干净净,修葺一新。教职员工六七十人,提前到位。二月五日,学生回校率百分之百。东书院,又传出往昔热热闹闹的琅琅读书声……

进了二月,春耕就要开始了,为不失农时,播种春稻子。大爷培忠寻思,自家的天字号、地字号,七七八八加在一起,五百来亩,自己、大龙、二胡子、娄小驹四个人,起早带晚,五七天就种完了。关键是今年新调整给东书院的公田,咋种?吸取过去荒年,书院师生没饭吃的教训,太夫人下决心,从去年乡团新开垦的粮田中拿出一千多亩,作为书院固定口粮田,确保东书院师生粮源稳定,有饭吃,安心教书念书。这一千多亩口粮田,都必须赶在半个月内种下去,误农时,减产是肯定,还可能颗粒无收。今年时节早,不像往年,还能拖一拖,晚一点种下去,不影响产量。今年是急赶急,眼看人手不足,季节不等人。正月十六,大爷培忠向母亲说出想法,和母亲商量后,动了乡团公款,替东书院购置铁铧犁,买牛、办籽种。这当然是公用。随后,和郇大龙、串二胡子,赶起马车,到杨集农具店增购十张新犁,配套买了牛缰和牛索子。转身到牛市,至少再购买十头水牛,十头黄犍牛,千亩地,每百亩一张犁,一犁两牛,一头当墒,一头接套,齐活了。

杨集牛市在苏北,算是数一数二的规模,苏北半边天耕牛集散中心,一眼望去,黑压压一片,差不多上千头牛。公的、母的、老没口、小犊子、黑水牛、黄犍牛、孕牛、牯牛、骟过的、没骟过的、肥牛、瘦牛、健康牛、病牛,还有专门供给富人用的挤奶牛。牛"哞"声,此起彼伏。牛的神情很淡定,绝大多数的牛都晓得自己即将易主,却也无所谓兴奋或悲哀,命运要么继续干活,要么被杀肉转卖,谁也逃脱不了。和你们人类一样,别看你们今日欢畅,谁也逃不掉一死。

培忠寻思,三人都是老把式,买牛不外行,牛孬牛好,年龄,健不健康，一看二摸三戳，就明白。只要在价钱上，不被牛偏耳和牛贩串合起来骗，就可以了。上午抓抓紧，赶回家吃中饭。三人分开行动，每人遴选七头，或者六头都中。串二胡子把马车放在停车场，花两个铜钱，请看车人照应。马拴在桩上，从车上抱来青僵草，马见青僵草，兴奋起来。几人分头买牛。

培忠眼力不济，手感却十分敏捷，他来到牛场中间，一个牛贩子放了三十多头牛，有两个牛偏耳跟进张罗。培忠问牛主："老兄好！这些牛，都是您的？"牛主客气地答道："是啊！老弟，想买牛？""是啊！买牛！咋卖呀？"培忠问。牛贩子朝牛偏耳嘁嘁嘴，两牛偏耳一师一徒，徒弟灵活，见买主眼神不佳，过来拉培忠衣袖，和师父见面。师父一看，竟然面熟，客气地说："哟！这不是培忠大爷吗！您买牛？"培忠回道："哎哟，俺眼力不济，原来是二队的索牛偏耳。俺先选牛，价钱再商量！"

牛偏耳回道："没问题，牛臂上皆有编号，白漆涂的，您靠近看，很清楚。"

培忠心中有数，先选四头水牛，再选三头黄犍牛。在三十多头牛群中近距离转了两圈，然后挨着细瞧。第一头水牛，个头特大，圆滚滚的，四蹄如斗，非常健壮，毛密纯浓，黝黑晶亮，硬邦邦的腱子肉，一看便让人心动。在牛身边，他拍了拍牛臂，牛没动，他又表示友好地摸了摸牛脸，牛鼻梁，牛头没动，半闭着眼睛，牛耳朵扇两下，水牛表示接受友好举动，眼神里闪动一丝温和。培忠伸手摸一摸牛鼻头，水牛仰头，张了张嘴，培忠顺势将手伸进牛嘴，沿着牛的牙槽口上下左右摸了一遍，又从牛偏耳手里接过专用的手指粗细，二尺长的木棒伸到牛腚眼边上轻轻戳了戳，这牛真老实，一动不动。

培忠心头有数，这头是膘牛，已经不能干活了，只能杀了卖肉，这是屠夫买的牛，俺不要。

牛偏耳看大爷不屑一顾，问道："大爷，您要的是雏货、壮货，还是老货呀？"培忠说："这头老牛，一身膘，老没口，牙齿和牙龈平了，无论老草嫩草，它都嚼不动了，靠精饲料养的一身膘，屁股上戳了戳，腿也抬不起来了。这头牛，屠夫的货。俺要的是现在到家就上田耕地的货，没干过活的，俺不要，四牙对口的不要，太嫩。即便是六牙，没干过活的，也不要。哪怕是八牙，如果不会干活，俺也不要。这马上就要春耕春种，俺要成年牛，五到八岁之间。"索牛偏耳说："哎呀！大爷，您早说！俺帮你挑选，包您满意。再说，俺家的锅大瓢小，几口人，您知道，俺诓谁也不敢诓您呀！"培忠说："俺没说不信你，你先挑选来，俺瞅瞅，到家上了田场，不好使，俺退给你，俺不怕你诓。南二队的人，知根知底，谁诓谁！"大爷这话撂出来，戳一辈牛屁眼的索牛偏耳，见人说人话，见鬼说鬼话，坑蒙拐骗的坏事也没少干，否则，凭什么这戳牛屁眼的手艺，能养活一家十几口人呢！但今天，他确实不敢乱来。一会工夫，索牛偏耳按大爷要求，选了四头水牛、三头黄犍牛，牵过来。大爷知道，这时候，无须再摸牛口、再戳牛腚眼了。他相信索牛偏耳的行为，他现在要做的是，摸一摸牛脖上有没有挺硬的老膆子，老膆子越突出，说明活干得越多，那它就是耕地拉车的老把式，这样的牛，放心用！

培忠大爷摸着牛领子，之后，对索牛偏耳说："索老兄哎！差不多了，回去不好使，必退给你，你再帮俺调换，说好，别反悔，熟人办事，就这点图头。价钱秉公办，你一手托两家，人家要赚钱，你也要挣个中介费，俺不为难你，该多少钱，就多少钱，要多了，俺也不给你。市场行情，明摆着！"说完，培忠大爷主动伸出右手，老索也伸出右手，双方的手伸进对方衣袖里，二人不说话，全凭手指在衣袖筒里，弹琴般按膀子讲价钱。你出价，俺还价。双方手在袖里，你来我往，双手争论两袋烟的工夫，最终敲定，七头牛合计七十三两七钱。

这样，索牛偏耳从中获得皮条费三两七钱，这个价，是牛贩子和牛偏耳私下里咬定的最低价。

买牛这事，不是青菜萝卜，小买卖。每个牛贩子购牛渠道不同，购进的价格大不相同，出售牛价也不可能一致。但是不能因为价格问题，给牛市造成价格动荡。再说口头谈价，你一言，我一语，不让步，容易把生意谈崩了。所以所有交易价格，牛贩之间是保密的。只要赚钱，赚多赚少，愿打愿挨！这就是牛市场价格，从不公开的门道。袖筒里谈牛价，由来已久，叫作"袖里吞金"。

三人赶马车，牛缰绳系在马车后，一路小颠，回到南头队。午饭后，培忠马不停蹄，花高价，在徐庄、小苇庄、马场、苇西甸，雇来十个短工，皆耕种的老把式。宜早不宜迟，操犁耕地。买来的牛没问题，耕地人在田头一犁插下地，手里缰绳一抖，当犒牛找到感觉了，踩着犁铧子翻耕的沟缘，笔直前进。不用引线，比带线还直。

只需半个月，廖家五百亩天字号、地字号春田种完，东书院千亩田，也按计划顺利完工。

廖家西墅院祠堂内，正在举行宗族代表会议，太夫人主持会议，说明这次代表会议宗旨是，推荐龙王荡廖氏宗族第十三代总族长。国不可一日无君，家不可一日无主。太夫人通报了近日龙王荡里的大事，乡团完成首领新旧交替，乡队改组合并，顺利结束，万亩神龙苑全面开建，继承四太爷遗志，一切都在按程序推进。由于近期宗族中，因为田单、地界，和其他琐事，个别分支族长之间出现了嫌隙苗头，悄悄地酝酿着小矛盾，如不及时解决，也许有一天发生质变。所以推荐产生廖氏第十三代新总族长，迫在眉睫。虽然，有的分支族长内心有些隔膜，但当前并未公开叫板，会议上仍然老幼尊卑，相互礼让。年前年后，个别族长之间不对劲，早有人私下里反映到太夫人耳朵里。这才使太夫人腾过手来，解决选荐总族长之事。

第二支族长廖培乡提出："四太爷在世，别说是全族大事小事，就是全荡大事小事，都能摆平，现在四太爷不在，是全族乃至全荡无可估量的损失，这是全荡有识之士的共同卓识。当前全荡大事，都在太祖奶奶主导下，顺利进行着。在座各位心中都知道，太祖奶奶在荡里的威望、胆色和能量，受全荡百姓推崇，认可，并拥护她替代四太爷总乡团的地位，现在正引领全荡平民百姓继续朝着光明前程前进。依俺看，俺廖氏第十三代总族长，非太祖奶奶莫属……"

第三支族长廖培秀说："俺个人看法，论太祖奶奶资历、威信、能力，当十三代总族长，绝对没话可说。可是，俺廖家祖制里，没先例。哪怕培忠大爷，或者培明二爷做总族长，太祖奶奶在幕后指挥，都可以，由太祖奶奶亲自上阵，多有不妥。俺的看法，不一定正确，如果大家都坚持太祖奶奶任十三代总族长，俺也服从，必需的……"

第十二章 涅槃

第五支族族长廖培良说："这也没啥妥不妥，俺们这十个支族族长，论资格差不多，老兄老弟表面上都客客气气，团结一致，但要从俺们这十个支族长中，选出一个总族长，若遇到大事决策时，恐怕只会七嘴八舌，七蹿八跳，谁也不服谁。俺觉得，祖上没有女族长，那是因为不需要。现在，在座各位，你们的资历、能力、智慧、办法、威信，谁能赶上或者超过太祖奶奶的，没有吧，俺坚持由太祖奶奶接任四太爷，出任第十三代廖氏总族长……"

太夫人真实想法，趁自己活着，有精力，有能力，培养一个新族长，避免将来群龙无首，族内生乱。可是眼下，这些支族长之间，看似风平浪静，实质互相不服气。万难之难之下，还是自己扛起来，下一步再做打算。三杯茶过后，大伙同意无记名投票，然后派两人唱票，记票，最终，还是全票通过由太祖奶奶继任廖氏第十三代族长。

会议结束，太夫人留下各族长参加晚宴。太夫人派培忠、培明两兄弟，去请廖氏族中新生代骨干，培睿、培浩、培瀚、培坚、培毅、培虎、仕剑、仕雄、仕勇、仕麒、仕战、守昆、守仑、守乾、守坤、守元、守诚，参加今日晚宴。在晚宴上，太夫人将要给十个支族立新规。将要宣布廖氏生产贸易总商行成立。廖家大院船队，更名为龙王荡乡团船务公司，廖家大院原五十艘大型千吨木质运输帆船，折资三十万两白银，占股份百分之五十一，乡团注资二十八万八千二百两白银，占股份百分之四十九。凡进入廖氏生产贸易商行者，以及各公司成员，都在船务公司享受百分之一的股份，不用出资，从廖家大院股份中支出。

宴会大厅灯光明亮，热气腾腾，酒菜已经上桌，太夫人登上前台道："请各位家人们安静，俺现在宣布重要决定，年前年后几个月来，经过再三酌议，反复求证，现在任命：

"培睿任廖氏生产贸易总商行大总管。

"培浩任廖氏北方商行总管，重整北京商号，山东和东北关内商贸。

"培瀚任廖氏海州商行总管，重整恢复海州、新浦、凤凰城门店和摊位业务。

"培坚任乡团船务公司总经理。培毅任船务公司总镖头、培虎任先锋；仕剑、仕雄任左右卫。

"仕勇任船队总舵把子。仕麒任大副，仕战、守昆、守仑任水手。

"守乾任三联雁翎港混业公司，乡团驻公司代表，职务总经理。

"守坤任乡团和上海合作制盐公司代表，职位总监事长。

"守元任龙王荡至上海海上漕运公司乡团代表，职务总经理。

"原龙荡营客栈拆除，在原址上重建东西方文化相结合大饭店——希尔民粹大饭店，守诚出任总管。

"各路各业总管，受廖氏生产贸易总商行大总管统辖，大总管对太夫人负总责。各路各个总管、大总管，所有生产经营行为，都须接受乡团审察部监管审察。每年对就职绩效，回府述职。这次所有任职，都是根据任职者的文化、经历、专长、能力、智力、学识水平综合考察拟定的，希望各位尽职尽责，再创龙王荡廖氏百业辉煌，光耀门楣，光宗耀祖，光前裕后……请各位家人，举起手中酒杯，为俺们共同事业，干杯！"

大厅里，气氛热烈，每个人都很兴奋。激动人心的场面，又回来了！廖氏家族再创宏图伟业的帷幕，从这里拉开。

上海大原、大德商行，各出资十万两白银，各占百分之二十股份比例，乡团出资三十万两白银，占股份百分之六十。敲定新公司"三联雁翎港混业公司"资本金五十万两白银。牛谦、章洋生、廖守乾，分别代表上海大原、大德和龙王荡乡团。三方在友好热烈气氛里，签完投资建设雁翎港码头最终协议书。另有三方代表的协理员，以及随从人员，见证这一激动人心的时刻。接下来，按照大上海流行的仪式，弄来三个高脚玻璃杯，倒三分之一杯的红酒，碰杯，"当啷"清脆一声，三人挑起眼眉毛，带毛的有伸缩效果的红紫嘴唇一开一合，脖子一仰，眼睛一闭，很享受地将红酒倒入口中，"吱溜"，喉结上下滑动一下，照杯！礼成！牛谦、章洋生有点不相信，龙王荡苏北乡巴佬，竟然懂得签完合同，喝杯红酒表示祝贺，还晓得红酒只占酒杯容量的三分之一，啥时候学了西式文化，还很自然的样子。

其实，这红酒、高脚玻璃杯，还是三爷培伦去年秋在上海售皮棉后，在南京路上一家规模不大，专营洋酒的商店，买回的正宗法国波尔多红酒。当时目的，就是为了和上海富商签合同时用的。三爷曾说过，白酒一般用小酒杯，要倒满整杯。在国酒文化中，白酒喝的是情趣，对客人尊重，才会倒满。喝白酒的人，多豪放、豁达、有情怀。感情深，一口闷。即使是文人雅客，喝白酒也绝不扭捏作态。和上海滩人或者外国人喝红葡萄酒，为啥只倒三分之一呢？有足够空间摇杯，更便于彰显品味。倒满杯，红酒就失去魅力了。白葡萄酒，斟酒占杯的二分之一。起泡酒，如香槟酒，斟酒占杯子容量四分之三，而啤酒，倒满八分即可。龙王荡人只喝高度地瓜干白酒和优质芦秄大曲，不喝葡萄酒。今天，这红酒派上用场，也很有面子。

在场三方代表的协理员，以及其他随从人员，见证了这个严肃、放松和愉快的时刻。将天生港改建成"三联雁翎港"的动议，谈判、筹备好几年了，现在终于有了结果。说动手，就动手。打桩的高架塔搭起来了，上海仁记洋行老板哈里斯从英国进口钢筋洋灰凝成的柱子，用中国式的人工打夯办法，把高架上的洋灰柱子，一寸一寸，一根一根打入海底。

一船一船的大石块，沿着桩基铺垫，由北向南排列五个货船泊位，其中两个深水泊位，可停泊万吨货船，三个浅水泊位，超过千吨。还有两个客船泊位，同时开建。原天生港海堤旧坡，全面分级整平，猴头石块打底，石子找缝、铺齐、铁碌砸夯、整平，从英国进口洋灰，兑上精细国产黄沙，整个港区、码头、货栈，整得像一面庞大的镜子。太阳出来，镜面上金光闪烁，灿烂辉煌。晚上，月光贴紧地面，深情地照见人影。乡团、龙荡营联合开发项目，希尔民粹大饭店正式破土动工。老查一边盯着万亩花果神龙苑项目，一边昼夜熬命，拼出中西结合，既含有西方文艺复兴时代的典型建筑艺术风格，又兼带中国明清时期的歇山楼阁，钩檐翘角，雕廊画庑，深沉雄伟多丽特色的建筑结构图。

然后，把结构图交给大徒弟青铜蟹。青铜蟹白天在神龙苑工地领一批人做基础设施工程，晚上挑灯夜战，熬了半个月的黑夜，绘出效果图。这一师一徒，相互交替，神龙苑工地，大饭店工地，两点一线，昼夜连轴转。这两副清瘦的形体，熬成了红眼济公，昼夜疯癫在两个工地上。那不是气势恢宏，摧山撼岳，纵横万里，气吞山河，雷霆万钧的高大形象和英雄气概，而是咬定青山不放松，锲而不舍，坚韧不拔，百折不挠，矢志不渝，精卫填海般的无私奉献，展示平凡人不可动摇的意志和伟大的建设精神。他们在自我榨尽生命中的每一寸光阴,和每一滴血汗。

希尔民粹大饭店,比雁翎港提前俩月竣工。规模浩大的大饭店,主门向东,面朝大海。两层海景主房,三层阁楼歇山顶。青石地面,哈里斯从法国进口的米色花岗岩板材贴墙面,雕梁画栋,油漆一新。亭台轩榭,古朴典雅,镶珠嵌玑。中西建筑艺术风格结合,特点鲜明,扬弃了西方中世纪哥特式风格,采用古罗马时代构图,合理配搭半圆形拱券,穹窿设计,对称均衡,和开放自由元素。

大饭店周遭,月湖弯弯,清波荡漾,鳞次栉比。湖岸桃花妖娇,粉红蟠桃,洁白重瓣的白碧桃,鲜花红白相间的洒金桃,树形矮小,枝紧密、节间短、三色花的寿星桃。重枝桃、紫叶桃、山桃、曲枝桃、大黄桃、水蜜桃。更有随风轻拂,妩媚多姿,柔条依依拂水,树冠展开、枝条细长,柔软下垂,别有风致的杨柳。树林茂密如盖,地被绿茵似毯。竹园苍郁,婆娑袅娜。花园亮丽,千娇百媚。梅花最典型树枝遒劲,古朴苍浓,疏枝横斜,花色雅洁,花容秀丽,恬淡清香,品种千百。宫粉梅、品字梅、江梅、玉蝶梅、黄香梅、绿萼梅、洒金梅、朱砂梅、粉花垂枝梅、白碧垂枝梅、五宝垂枝梅、残雪重枝梅、骨红垂枝梅、杏梅、龙游梅、樱花梅。还有李花、杏花、樱花、海棠。林间小路,悠闲宛转。湖岸置石、叠石,吸收圆明园、避暑山庄设计要素,确立"瘦、透、漏、皱"为大饭店赏石标准,在石碑、石刻、石雕、石印上做足文章。把美妙的石材和月湖生态环境完全结合,让人们从石质、石色、石韵、石肌、石形、石纹等方面玩味独特的形态美。

大总管培睿从容召集三联雁翎港混业公司总管廖守乾,制盐公司总监廖守坤,海上漕运公司总管廖守元,大饭店总管廖守诚,及其相关协理、助手会议。检查开业筹备情况。他说:"雁翎港、大饭店,经过两年奋战,一步一个脚印,开业后转入正常运营,比较容易。俺最不放心的,是制盐公司和海上漕运。俺们从盐运司批来运销单证,把大颗粒原盐,加工成细颗粒精盐,但俺们当地一没蒸汽,二没电,三没人工粉碎机。必须把地产大颗粒盐,运到上海滩,由合资公司,负责加工、包装、销售。任何一个环节放松了,必影响俺们的收益。货到地头死,撒

第十二章 涅槃

手三分低。和合资公司各方之间，按合同条款逐一落实，每一船、每一趟、每一批次，必钱货两清，不欠账，不要磨不开情面。一手交钱，一手交货，亲兄弟，明算账。画虎画皮难画骨，知人知面不知心，谨慎能捕千秋蝉，小心驶得万年船。不管情况咋特殊，没有钱，不卸货。合作要真诚，避免正面冲突……"

具有现代特征的大饭店，有二十间标准客房，十间豪华客房，十间商务套房。在后院，还专设十间低档大通铺，主要针对做小生意、小买卖，或者避台风暴雨，临时靠港停泊避难的渔民群体。这是太夫人事先反复交代的，也补了原来天生港客栈的缺。饭店各种菜馐，考虑南来蛮，北来侉，应适合不同口味的需求。首先是淮扬菜、鲁菜，其次是粤菜、湘菜、川菜、徽菜、闽菜、浙菜。希尔民粹大饭店，所有设施齐备。前台后勤所有人员，全部到位。从上海苏沪大酒店花重金聘来的六名男女师傅，足足培训一个月，从经营到服务，手把手教了几遍。独立经营，服务没有问题。万事皆备，等待吉时良辰。

三月十六，这日上午，太阳轻松地跃出海面，大饭店开张；雁翎港开港；制盐公司开业；海路漕运启航……朝霞映日，紫气东来，瀚海苍邈，海上风平浪静，港口、码头、饭店内外，彩旗飘扬，大红灯笼，红光冉冉。所有的鼓队、锣队、秧歌队、高跷队、花船队，都在跃跃欲试。

吉时已到，随着震耳欲聋，响天彻地，震撼大海的锣鼓声，十支八尺长号同时长鸣，鞭炮烟花铁铳子钻天猴，奇声异鸣，此起彼伏。

港口码头、海岸、苇堆，彩旗红黄蓝绿，掩天蔽日。大海沸腾了，鲸群涌起，长鳍平空立起，犹如无数黑色的山峰。鲨鱼更是疯狂，跳跃着拍打清晨的海面，尽显海中霸主的威风。海鹰、海鸥、野凫、猛隼，在大海上空鸣啼飞舞……三十艘千吨盐船排成长队，拉起风帆，整装待发。

大饭店第一次迎来千人就餐的严峻考验，前殿后堂，忙得热火朝天。龙王荡，又一次万人空巷……

8

龙王荡万亩花果神龙苑建设，历经四年零三个月，全面建成。正值阳春三月，风光明媚，花果神龙苑广场上，五座六尺高花冈岩石基，并排耸立着五人全身铜雕，查礼义、颜西坡、惠允植、客三卿、青铜蟹，春装长衫麻裢，手持图纸、标尺……形态各异。按太夫人要求，只搞一个铜像揭幕仪式，象征神龙苑开苑。生产者、管理者，按计划进驻小镇，各机构、部门全面上岗，各司其职。宁静的神龙苑小镇如青玉秀气，多元建筑风格，自然生发出独特韵味和独特的精巧。所有房子互相勾联，在两层与三层之间，明清式歇山顶，钩檐翘角，青砖彩瓦黄墙，色彩鲜明，就连窗户棂子、阳台档木，都雕刻细腻的花卉果蔬。街道，有前街后街，东西走向，透迤连绵，宛曲通幽。地面是青石板、鹅卵石、青砖、洋灰相间陈列。处处都展现出设计者高妙心事，和匠心独运的机巧。

常绿、半常绿行道树，行道竹，搭配黄叶小檗、金森女贞、紫花地丁、红叶石楠、白花三叶兰、火炬花、玉簪、郁金香、虞美人、黄花秋葵……百色相间的地被植物，宛转迂回，顺着路坡，摘锦舒展，似花海波浪。街里街外，绿色河流，犹如天公用绿色丝绦，轻松地挂在小镇的腰间，让静谧的小镇灵动起来。活水相通，澄澈清透，潺潺流淌。河面上，有婉约端秀的凤眼莲、并蒂莲，缠绵缱绻，迷离交欢。睡莲、玉莲、荷花、香蒲，娇媚妖冶，美得让人不敢直视。沿着小镇弄堂，小河连街，川流不息，街与街之间，有三十二座形状各异，古典、精巧、妙趣横生的廊桥相通。廊柱、廊梁都用彩画，书写扑朔迷离的爱情故事和二十四孝中的故事，诸如七月初七鹊桥会，梁山伯与祝英台，许仙与白娘子……戏彩娱亲，鹿乳奉亲，百里负米，芦衣顺母，新尝汤药，拾葚异器……每条河流，最终在月湖汇合，流向车轴河。

小镇和周围自然美景相连，形成人和自然的和谐统一，表达天人合一的主旨。每条街，每条河边、码头，皆有鲜明的花卉绿植，蒌草，诠释了惠允植构建的奇石理念。按石头形状、石质、寓意命题，并镌刻成书,红漆涂染,诸如:寿桃石、神猴石、八戒石、威震山河石、绿宝石、国色天香石、秋原千里石、银锭石、观音石、满天星、雀巢石、望夫石、神龙出海石、墨湖石、灵璧石、冠云峰、泰山石、昆山石……每一块奇石,以不同姿势,卧着、立着、躺着、倚着、歪着、坐着,在路边、河岸、桥头、街巷、树间、花丛、广场……雅石精灵,让人浮想联翩。"瘦"得体态纤细,精致骨感,轻盈飘逸,袅娜绰约。"漏"得凛然傲气,狂怪嶙峋。"透"得如溶洞贯通,鬼斧神工,玲珑奇巧。"奇"如险峻挺拔,气势磅礴,鬼形怪异,暗藏峻峭清奇,歌咏生命的坚强、肃穆与庄严。"皱"得石体线条多姿多彩,犹如七色彩笔,皴染而成。"丑"更蕴藏内在的形意多变,通过奇形怪状,表达内在的坚毅和奇丽。丑石具有特殊意义,以丑的面目,表达对自然的融合,丑的形态,给人以美的欣赏结果。

惠允植深知这些道理,而对于丑,他有特殊偏好,在寻石中,他把丑怪作为收购的第一标准。从现在欣赏结果看,实现预期……小镇外围,是松散的、通向远方的各类不同的花树方阵。正是阳春三月,游春的人们首先欣赏的,就是那些风情万种,亮彻心肺的果树花。

梨花的浩瀚,似无边的一汪水;桃花世界,粉蕾娇娇洁无瑕,玉蕊楚楚含吐情;杏花春色关不住,白如鹅絮飘洁羽,灿若云霞占春风;苹果花似一片雪,此花安逸清心脑,益气补血养颜容;李子花纯洁质朴,小巧碧透净贵玉,天真烂漫甜心仪;枇杷花,春天最美的果花之一,花色有白色或蛋黄色,花瓣娇小细嫩,散发出淡淡幽幽的香味。阳光洒在金黄色的花蕊间,映着温润、和谐、柔软的气息。密密匝匝拥在一起的花朵,仿佛洁白的云朵挂在枝头。碧绿的厚厚的卵形翠叶,叶面细腻光滑,脉络清晰,晶亮流油。大自然赋予她的生机和朝气,她不负韶光的生命活力,全部展示在人们眼前。不用怀疑,今年的枇杷果,定是饱满肥硕,甘甜黏糯。石榴花还没绽放,一颗颗红色蓓蕾,无法抑制内心祈盼开放的热烈情趣。"日烘丽萼红蒅火,雨过柔条绿喷烟。"甚是撩人可爱。待到五月时节,定是"绿叶裁烟翠,红英动日华"。

龙王荡里第一次引进白玉兰,迎春开趁早春时,粉腻香温玉斫姿。白玉兰是先花之树,故如梅花般新奇,白如玉,芳如兰。在江南各地,随遇而安，人们称之为望春花、应春花。江北冬天气温低，小苗容易被冻坏，难以生长。这次建神龙苑，抓住这一特点，在接近北方的长江中下游一带采购大树。所有大树干径，都在一尺左右，深栽、施肥、灌水，成活百分百。二十棵大树，现在开花了。仰望，星汉灿烂。为保护白玉兰大树，大树林外修筑相通迂回的九尺宽青石人行道，道旁用石栏围保，行人和车辆不得进入白玉兰树区。白玉兰林边，建一个不规则的小广场，可宽松容纳百把人观赏。广场外的塘边，有两间花轩，可住人、值班，还有有价供应的茶水、点心和地产水果。

上午，太阳升起竹竿高，进苑人越来越多，东书院协理员莲歌，领着先生们和学子们游苑。这些师生都是第一次看到缀满枝头、神奇的白玉兰。眼睛里，充满疑惑、迷茫。有几个天真的学子，问孔莲歌："孔先生，什么是白玉兰？她的花为啥开得如此纯、白、亮、满？"孔莲歌没有心理准备，怕说不好，谬种流传。她突生一计，刚刚好像看见那个植物专家颜西坡，和他的女弟子颜如玉，男弟子颜如璐，也在赏玉兰花，不如请他来，给俺们的学生普及一下玉兰花的知识。

颜大师早上参加太夫人铜像揭幕仪式，仰首看到石基座上站立的自己的铜像，手中捧着图纸。听到太夫人对他们师徒在神龙苑建设中，作出贡献的高度评价，心情激动不已，到现在还未平复，一见书院孔先生娇羞邀请，二话没说答应了。两弟子立身后，如玉端着老师的茶杯，如璐拿着一本书。颜大师也不客气，直奔主题道："据《群芳谱》中载，玉兰花，早春先叶开花……《学圃余疏》云，玉兰早于辛夷，宋人名以迎春。故人'玉堂富贵'的吉令，是以玉兰、海棠、牡丹来表示的。当代诗人王摅说'素艳凌空出，残香拂袖回'，说的是玉兰颜容白洁、香气浓烈。'国香漫拟猗兰操，秀色还同冰雪凌。'亭亭玉立于枝顶，皎洁清妍，玲珑剔透……轻风吹拂，摇曳美姿，晶莹若雪，纯洁如月。似白衣仙女，婆娑娇影，千姿万态，娇媚可爱……"

那边双湖桥外假山下，是书院高年级学子，有三人，平时喜欢水墨画，三人选不同角度，支起自己设计、制造的画架子，在画假山。客三卿被高级部诗词大师颜复礼请来讲真石假山。

客三卿说："讲假山，必先说石头，真的假山，是由真的石头砌成

第十二章　涅槃

的。我们生活的地球,和天上星星一样,同是宇宙里的一颗小球。球体壳子,是由岩石组成的。几乎所有涉及人类活动的领域,都与石头有着千丝万缕的关系。地球上所有的泥土,都是岩石风化而来的。史书记载,水神共工造反,与火神祝融交战失败,气得头撞天下支柱不周山。霎时间,天昏地暗,天塌地陷,山崩海裂,洪水泛滥,江河横流,大火蔓延。此刻,除了人类,所有的生物都灭绝了。天神女娲看到众人陷入无尽的灾难深渊之中,斩神鳖之足撑四极,炼石补天……经过九天九夜,炼成36501块五色巨石,用36500块五彩石,把天补好了。从此后,在中国人眼里,女娲便是世间造物主,石头也拥有消除灾难的神奇魔力。

"我们的假山,用的是泰山石。千百年来,上自天子权贵,下到平民百姓,他们立于泰山石上,行封禅大典,祈子求福。供泰山石,膜拜神灵。取泰山石,为基作台。用泰山石镇斋镇馆。人们渐渐把对泰山的崇拜、信仰,与泰山石赏文化,自然融合起来。天下每一种石头,都有它的个性,泰山石石质坚硬,结构细密,具有宁毁不折之刚毅,坚贞顽强的情操。泰山石造型千姿百态,图案千变万化,观赏泰山石,可净化心灵。用泰山石堆假山,象征稳如泰山、重如泰山、安如泰山的厚重和稳固,不可动摇的毅力和志向。用泰山石,更有降恶、除妖、辟邪、镇宅之寓意。接天地精气,化仙石灵性,赏石得清净,玩石求本真……"客三卿手中有大量石头资料,讲起来像卖野药的骗子,滔滔不绝。

小镇上的茶庄、布庄、百货店、杂货店、水果店、干果店、茶食店……都已开业迎宾。小镇的赡养院,老头老太吃着免费的餐饭,不焦不愁。穿新衣,戴新帽,满脸洋溢着美美的幸福感!幼稚园的女工,穿好看的花裙子,唱唱跳跳,小调悠扬,领着娃们,喝糖水,吃桃酥,好温馨,好快乐的场面……

廖家西墅院祠堂正厅,太夫人面对祖宗牌位,面对自己的丈夫,默默地点上三炷香。她在告诉丈夫:

"老头子,俺知道你在天上看着俺呢!你去了,俺没装孬,你的心愿,俺替你实现了。廖家的产业恢复了,北方的生意,南方的生意,都做起来了。小火轮拖船,俺也买了,长途的生意,周期缩短一半的时辰。天生港被俺改名叫雁翎港，有万吨级千吨级的码头，盐船在雁翎港码头起航，通过海运，到达上海，能省出一半的时辰和费用，这条漕路通了，财路也通了。制盐业，粗盐运至上海滩加工，包装，多卖出将近一半的好价钱。原天生港的客栈，俺给拆了，一座希尔民粹大饭店拔地而起，往来于雁翎港做盐业买卖的商人多起来了，大饭店几乎天天客满。耗时四年三个月，龙王荡万亩花果神龙苑今天剪彩揭幕，开业运作。第一年栽下的果树，估计今年就会有可观的收成。四季常青，花果满苑，山清水秀，工程浩大……俺们家所有外债，全部偿还完毕。俺现在，比以往任何时候，都感到轻松。俺心安了！你呢？"

烧完三炷香，太夫人回到大院。青铜蟹匆匆来到廖家大门口，要见太夫人。下人禀报后，带青铜蟹见太夫人。青铜蟹见面，即跪下抽泣地说："禀报太夫人，查师父走了。现在遗体还躺在工地的大工房里。"太夫人眼睛盯住青铜蟹哭丧的脸，悲痛地问："啥时的事？""半个时辰前。神龙苑建成，这几天，俺们师徒几人，集中对账，结账。晚上都忙到鸡叫头遍。昨天晚上，几年所有的用销开支、账务，实物两清，账平表准，账簿、账款、账据、账实、账表、内外账簿全部相符。他签了字，摁了手模，让俺明天提交乡团审察部审计督察。今天中饭后，他说有点累，休息一会。他平时午睡，一般只打个麻盹眼，顶多两袋烟的工夫，今天俺看超过了半个时辰，就叫他，他没回应，俺到小镇医堂，请了南宫小芬先生看了，她说师父已走了，是心脑猝死。"青铜蟹非常悲痛地说。"你是他的大徒弟，振作起来。查师傅，好人哪！一辈子兢兢业业，辛辛苦苦，殚精竭虑，耗尽最后一滴血。他的精神，比俺们任何一个龙王荡人更伟大，龙王荡人不能忘记他。大木桥、娘娘庙、外口商业街、百里海堤坝、希尔民粹大饭店、雁翎港码头、万亩神龙苑……都凝聚着他的心血。他勤勤恳恳，一丝不苟，严肃认真，严格律己，有责任，有担当，对自己的要求，近乎苛刻。他是龙王荡唯一的，无与伦比的大功臣，龙王荡人应该一代代地传诵他的丰功伟绩。他的丧事，不能从简，所有的花销，由乡团出钱。俺主持，你总管，征求他两个儿的意见……"太夫人作了具体部署。

老查入土之后，太夫人让青铜蟹通知颜西坡、惠允植、客三卿，清

第十二章 涅槃

算四年来的工钱，说是干清工，但每个人领了一万两银。太夫人提出给他们较高的薪酬，希望他们都能留下来，和青铜蟹一起，为神龙苑下一步发展、运营、维保，贡献力量，并请他们将其家属迁来神龙苑小镇。这几人有了终身的归属感，万分感谢太夫人的重用和厚爱。

9

那年，戊戌变法因慈禧太后干预，日本那位准备充当光绪皇帝御用国师的伊藤先生，被慈禧毫不留情地撵走了，和他一起来的严怀腾等人，在慌乱中随伊藤仓皇逃遁。之后严怀腾在日本，加入孙中山发起的同盟会，在日本各地联络华人华侨，开展筹资募捐活动，购买枪支弹药、火炮辎重，支持国内民众推翻封建君主制，建立共和政体运动。第一次北伐战争前夕，因为严怀腾（先学文后转学武）在日本士官学校，和北伐军总指挥许崇智是不同届的校友，相互熟悉，严怀腾受许崇智邀请，回到广州，准备参加北伐战争。严怀腾早就知道家乡龙王荡里，有两支战斗力极强的队伍，龙王荡乡团和龙荡营。说实话，北伐军的力量还比较薄弱，他想通过许崇智联系郎娃子。许崇智在日本和郎娃子私交关系不错，如果把龙王荡两支队伍拉到北伐军中来，将是一桩大幸之事，那是一支虎狼之师，有着打大仗的光荣历史。

最初，郎娃子是光绪帝改革的首席顾问，伊藤回日本的前一天晚上，皇帝已感情况危险，塞给郎娃子五万两银票，帮郎娃子逃出京城。后到广州，经香港，踏上欧洲流亡之路。

郎娃子不久前回到龙王荡，他知道北伐战争很快就会开始，但他并不急于投身北伐，而是在积极扩充和操练自己队伍。严怀腾知道郎娃子心向大，非同常人。而现在国家正需要人才。他说服许崇智派人快马加鞭，送信到龙王荡，说服郎娃子，以国家利益为重，顾全大局，率领龙荡营和乡团子弟兵投身革命。

当年郎娃子辗转来到欧洲，第一站德国。他在日本大学里，有同学在德国汉堡留学，学习哲学。郎娃子刚到德国，这位同学接待了他，并向他推荐了一大堆德国古典哲学家著作，诸如伊曼努尔·康德的《纯粹理性批判》《实践理性批判》，以及黑格尔的《精神现象学》《逻辑学》，还有费希特、谢林、费尔巴哈的著作。

　　这位同学以为郎娃子为留学而来，动员他学哲学。郎娃子的心思不在这方面，他觉得这些古典哲学，是在国家安定、社会和谐、人民生活富足的环境里研究的东西。现在自己的祖国，风雨飘摇，山河破碎，经济凋敝，生灵涂炭，民穷财尽。他想寻找一盏改变自己祖国现状，唤醒沉睡民众，脱掉贫穷帽子的指路明灯。他的责任感、紧迫感和使命感告诉他，这些"认知力""现象界""自在之物"，感性、知性、理性，先天综合判断的理论学说，不能帮助和指导他迫切需要解决的问题。

　　应朋友邀请，郎娃子从汉堡来到科隆。在朋友家住了一天，虽然朋友十分客气，再三挽留，他还是觉得住朋友家，双方都不方便，千谢万谢之后，独自离开。找一家小旅馆，先把住宿吃饭事情安顿好。

　　这几日，闲着无事，在莱茵河畔溜达。春天的傍晚，多情的太阳把金红色的光芒，鲜明地泼洒在春山秀水之上，形成臻美瑰丽的灿烂画卷，阿尔卑斯山上那缕轻姿曼舞的晚风，带着远方幽古的神韵和清新爽朗的凉意，拨动这位年轻人百折千转的心弦。他沿莱茵河畔一条小街边，徜徉在异域他乡带着牛奶面包丝丝甜味的环境里。哦，刚刚路过一家面包店的门前。他无目的性地往前走，大略地观赏河畔的小街景，看到前边不远处有一位六十多岁的老翁，红色休闲装，白脸皮，有点像白癜风，其实不是。白头发，像白色银丝砌成的喜鹊窝，白得很健康的样子。胖乎乎圆鼻头，肉肉的，鼻头上顶住一副快要滑下来的老花眼镜子。正在收拾一个好大的图书地摊。郎娃子转脸向书摊看去，不经意看到令自己十分惊讶的一本汉字书籍，单行本《道德经》。他猛然感到，这图书地摊绝非一般。当他蹲下，拿过那本《道德经》时，老翁和善地向他打招呼："年轻人，你是大清国人？"郎娃子到德国之后，用半年时间进修德语，语言上已经没啥障碍，回道："是的，大叔！"郎娃子知道《道德经》，是一部中国的古典哲学著作。他对这类书，没啥兴趣。但，另有一本旧书，映入他的眼帘，马克思、恩格斯的《共产党宣言》，德文本。这个德国老翁看出这位来自中国的小伙子经历不一般，递一把椅子说:"年轻人,坐下吧,消停看。"转身回到室内,搬来一张短腿小桌,又回室内冲了一杯黑咖啡,放在桌上说:"尝尝我给您冲的咖啡,口重了些。你们中国人爱喝茶,绿茶、红茶、茶砖、茶饼。"老翁边说,边把那本半旧的《共产党宣言》拿在手中,递给郎娃子说:"你要这本书?有大抱负的人,可从中找到共鸣!它勾画了人类社会的未来世界,提出人类社会应该消灭剥削、消灭压迫,废除资产阶级特权,最终消灭阶级。无产阶级要建立一个没有经济剥削,没有政治压迫,没有阶级,人人平等的共产主义社会。这是一本非常经典的著作。如果你喜欢,看完这本书,还有与之配套的三部《资本论》。读懂这几本书,定能做一番大事业!"往轻里说,老翁在介绍书中内容。往重里说,他在向郎娃子兜售马克思主义和无产阶级政党的主张。

　　郎娃子没多想,只觉得这老翁不寻常,知识渊博,对中国颇有了解。而且对地摊上每一本书的内容,如数家珍。还有超强的营销手段。他话音刚落,就累巴巴地从书摊中找出《资本论》三部,笑嘻嘻地说:"在《共产党宣言》中,马克思告诉人们,什么叫经济剥削,政治压迫。什么是无产阶级和无产阶级专政。这个社会为什么有经济剥削和政治压迫。无产阶级怎样通过阶级斗争夺取政权,建立起自己的专政体系。《资本论》重点揭示资本的本质,分析资本主义生产方式和资本主义社会的发展规律,生产、生产力和生产关系。以剩余价值为中心,对资本主义进行了彻底批判。为无产阶级革命奠定了科学的理论基础,非常有意义。如果您有兴趣,我这里还可以找到更多这类相关的研究资料,皆属于马克思主义组成部分。"听了老翁的介绍,郎娃子犹如失去方向感的夜行者发现一盏光明灯,从迷茫中一下子找到某种希望。变法失败,前途是一条无底深渊,原想把日本明治维新的做法,复制给大清国,愿望破灭,被逼流亡,彷徨无路,呐喊无声,路在何方,谁能救中国?拿啥救中国,如何救中国?他一次次在无眠的深夜里,面向漆黑的夜空,多次叩问苍天,苍天不应。而今天,就现在,郎娃子受这老翁点拨,仿佛茅塞顿开。他大致翻了翻《共产党宣言》,又看了三本《资本论》的目录。《资本论》核心思想,犹如一串火苗,迅速在他心中燃烧,他顿时热血沸腾,仿佛血管里注上公鸡血,活力四射,眼放光芒。哦!这便是俺心心念念，苦苦寻求的至圣法宝。

　　老翁看出端倪说："看好了，拿走，不要钱！"郎娃子并不知道，这老翁，作为一个坚定的马克思主义信徒的用意。既然是旧书，付半价十二马克。老翁也没推辞，收下了。郎娃抱"四本书"转身回了。

　　郎娃子在科隆，和这老翁结下忘年之交，在这老翁辅导下，读完了《共产党宣言》《资本论》《反杜林论》《哥达纲领批判》《中国革命和欧洲革命》《俄国对华贸易》等重要著作，反复研究马克思主义，与巴黎公社工人武装起义的关系，总结巴黎公社失败的原因。在科隆这个老翁处，郎娃子获得大量关于马克思主义理论学说。

　　第一次世界大战结束，德国战败，社会动荡，经济凋敝，民不聊生。老翁介绍郎娃子从德国去了俄国。在俄国，郎娃子见证了十月革命的全过程，见证了工农武装以势不可当、摧枯拉朽、暴风骤雨式的斗争攻势，碾压和粉碎地主资产阶级的反动统治。十月革命的胜利，开创了人类历史新纪元。这给郎娃子的启发非常深刻。他亲耳聆听列宁在多个场合的演讲。他的结论是：马克思列宁主义的基本理论体系，可以用来指导中国革命实践。国内形势发生较大变化。他秘密回到龙王荡。四十多岁的郎娃子，孑然半生。如今，看到现实中龙王荡人，世外桃源式的生活状态。神龙小镇，经典、别致，比欧洲著名的奥地利哈尔斯塔特、南波西米亚克鲁姆洛夫、德国莱茵河畔吕德斯海姆小镇，还要标致、富有、优裕、丰稔，风情迷人，风光如画，温馨得令人沉醉。不愧为黄海岸上的神龙明珠。郎娃子无法想象，整个百里荡区，社会稳定，百姓安居乐业，平民幸福生活。家家仓满，户户囤盈，牛马成群，六畜兴旺。集市繁荣，街巷昌隆，商贸振兴，生意红火。德庆书院，人才济济，书声琅琅。龙王荡平民一边歌唱，一边过日月，到处焕发出勃勃生机。

　　大海堤，挡住海潮的肆虐。车轴河大桥，上边车水马龙，下面千帆竞发。泰山娘娘庙广场，人来人往，熙熙攘攘，香烟袅袅。人们生活在无限憧憬和希望之中。神龙苑湖光山色，碧波万顷。金秋时节，花卉满苑，异果飘香。镇里青砖彩瓦，城堡幽古，小桥流水，潺潺吟诵。希尔民粹大饭店，国际水准，富丽堂皇。雁翎港，千万吨级货轮，扬帆云集……

　　龙荡营、乡团两支武装队伍，一直在坚持、坚守着，保卫家乡，保

第十二章　涅槃

卫平民幸福安康。

郎娃子的脑子里，又是一串串的问号，龙王荡平民，不是某些书中描述的贫农吗？他们老婆孩子热炕头，三十亩地一头牛，生活得很充实。革命之后的生活状态，会比现在更好吗？他们需要革命吗？他们为什么要革命？要他们放弃现在生活状态，去追逐未知幸福吗？他们是无产阶级吗？荡里三家大地主，也不是什么恶霸，与长工之间，并无啥尖锐矛盾，关系很融洽，地主也没让长工家里人忍饥受饿呀！让他们去打倒地主，那么，地主的土地就是农民的吗？如果归国家所有，那么国家掌握土地，谁种？农民种。那么相比之下，地主、国家，谁能让农民得到更多实惠呢？不知道。打倒地主资产阶级，若没有工农武装是不可能的，建立无产阶级专政，老百姓的自由、民主，难道就是国家的意志吗？不一定。郎娃子无解了！郎娃子把自己想法告诉虎头鲸，虎头鲸有的听懂，有的听不懂，但大致知道意思。他对郎娃子说："儿呀，你想复杂了，想远了。到那时候的所谓专政体系，社会形态，远远超过你的生命承受期了。谁也不知道，一种社会形态能维持多久。大秦历两帝，十五年。大汉历二十九帝，四百零五年。大唐历二十一帝，二百八十九年。大宋历十八帝，三百一十九年。大明历十六帝，二百七十六年。大清历十二帝，二百六十八年。下一个多少年？不知道。权力周期更替，是谁和谁的事情，不重要，谁当皇帝都一样，说得头头道道。俺庄户佬，只种田。吃瓜的人，种好自家的瓜，就中了。想多了，就是笑话，说你当家做主，还以为真的当家做主啦？儿呀！为父老了，轰轰烈烈一辈子，也就是这样，活明白，活不明白，也无所谓了。你啊，是个见过世面的学问人，心向大，龙荡营交给你了。爱咋折腾，你自己拿主张。人活着，总得要搞出点事情，小能量搞小事，大能量搞大事，但有一条，昧良心事，别搞！"郎娃子听了虎头鲸的话。是的，不多想了，只想当下。当年戊戌变法，变法者没有自己的武装力量，把命运寄托在一个毫无廉耻可言的投机分子袁氏身上，袁氏告密，变法失败，血淋淋的教训，须永远铭记于心。慈禧死了，光绪死了，大清没了。国内大小军阀割据。乱世英雄起四方，有枪便是草头王。辛亥革命之后，朝中大总统走马灯般你方唱罢我登场，换了八九任，国家仍然四分五裂，直系军阀吴佩孚，占取两湖、河南三省。直系军阀孙传芳，割据江苏、浙江、安徽、江西、福建五省。奉系张作霖，控制东北、热河、察哈尔、京津和山东。打倒军阀，统一国家，需要一支强大军队。郎娃子怀揣巨大的蓝图，按马克思列宁主义的基本原理，走苏俄式革命道路，启动中国社会主义实践，不是没有希望，但要达成这个目标，也许需要几代人的努力。放眼全国，马克思主义并未被很多人所了解，中国还没有苏俄式政党，要实现社会主义革命的成功，还有漫长的路程。

太夫人留下乡团卫队三百人，其余三纵六部交给了郎娃子。郎娃子把两支队伍合并，建立所谓黄海贫农第一师，参考苏俄武装军队训练纲要，拿出原龙荡营几十年积蓄家底，购置枪炮，队伍壮大到一万多人。郎娃子收到许崇智书信之后，陷入了深思。

……

北伐在许崇智的指挥下，从广东出发，一路攻城略地，形势大好，各路大军云集南昌城外，希望一举拿下南昌。不料，追随中山先生的陈炯明叛变，炮轰总统府。中山先生被迫撤至广州海面永丰舰上，继续抗击叛军，并火速命令北伐军率师回粤，戡乱救援。郎娃子率领黄海贫农第一师和严怀腾的独立旅，坚决支持许崇智回援广州。在韶关至翁源一带，来来回回，与叛军展开极其残酷的血腥厮杀，经过五十五天拼死决战，弹尽援绝，退入赣南瑞金一带。中山先生在失望中逃往上海，黯然下野。郎娃子率黄海贫农第一师，跟随许崇智，从广州打到江西，又从江西打回广州，再入福建，又回广州，消灭陈炯明叛军，后许崇智失了军权，遁隐上海。北伐继续，终于打回老家江苏。

北伐战争的南京龙潭战役，如期打响，这一仗，北伐军把军阀孙传芳送上不归路，也将郎娃子的黄海贫农第一师打回原形，出发时一万多人，回来时只剩下一千多人……

这一千多人，穿着五年没换身的破军装，如同被打残的野狗群，一副腿瘸胳膊折的惨景。近家了，他们憋在心中五年的委屈，五年的苦难，五年的血雨腥风，五年的九死一生，半人半鬼般的过往，一下子从内心中爆发出来。他们破衣烂衫，号啕大哭。那面取代龙旗的黄海贫农第一师的军旗，早已被国民革命军北伐旗帜易换了，如今啥旗也没了。

第十二章　涅槃

一个个弃甲曳兵，万念俱灰，再无五年前出发时昂首阔步、豪情万丈的英雄气概了。队伍最前边，还是郎娃子，如今瘸了一条腿，膀子上还吊着绷带。身后，紧跟的是十八辆马拉车，每辆车上卧一口黑漆棺材，每口棺材一拃厚的盖子上，白漆写着里面躺着的人的职务和名字：副师长震山象，一团团长貌冲，二团团长常泳，三团团长赤臂罗汉，二团参谋长夹山大虫，三团参谋长大马猴，枪械部部长司马淬，骑兵团团长驭风，炮兵营营长劳能齐，侦察营营长韩鲶，机要处长贞烈夫，战地医院院长麻莉（女）……

这是龙潭战役胜利后，被国民党北伐军以通共罪名，一夜之间，暗杀掉的黄海贫农第一师中的十八位营团职义士。惨痛的教训，验证了郎娃子的空想和幼稚。俺，受许崇智的蛊惑了！

十八口棺椁停在乡团大校场，一顺头，排成一队。乡团、龙荡营的大本营，正为十八位义士举行庄严肃穆的追悼仪式。阅兵台的横檐上横挂一幅白布黑字：十八位义士永垂不朽！

……

世事沧桑，一切皆是过眼云烟。

这日，一癞头和尚从大院门前过，口中唱喏："一切有为法，如梦幻泡影，如露亦如电，应作如是观！"他不停、反复地唱。

太夫人在当年老太爷去世的客房里，三抽屉桌子旁，静静地听。老太爷驾鹤西去之后，太夫人就把这里当作自己的卧室。现在她每天只做一件事，回忆记录老太爷的生前事，书名《龙王荡》，这日收尾。

忽听癞头和尚唱喏，她苦笑一声，拿起毛笔。清瘦的身体，飘浮在木椅中间，不假思索写道：

是啊！一切法，皆因缘法，因缘合和，缘起时起，缘尽时无，不外如是。积极的人生，谁不在追逐光明，可是，谁把光明，看成幻光，谁必沉没于无底的苦海，万劫不复！人生，即便是一场游戏，游戏是假的，但玩游戏的过程是真的，若游戏的结果是普惠苍生，那么游戏也是真的。真、假、虚、实、空、有、无、名，皆是存在……

大彻大悟，让德者获得超越生死轮回的最高境界，便是"十地菩萨"的境界。对一切事物的执着，不畏痛苦，义无反顾，用无尽的智慧和善巧的手段，去帮助众生解脱苦难，实现自我和他人的圆满，这是一个奋进、提升的过程，是超然象外的蜕变和演化。

放下有为法，证得无为法，最终达到不生不灭、非生非死、精神永存的境界，彻底超越自我和非自我之间的二元对立，实现人生的大圆满。

这，就是涅槃！

图书在版编目（CIP）数据

龙王荡 / 识介著. -- 北京：作家出版社，2024.7
ISBN 978－7－5212－2677－5

Ⅰ.①龙…　Ⅱ.①识…　Ⅲ.①长篇小说－中国－当代　Ⅳ.①I247.5

中国国家版本馆 CIP 数据核字（2024）第 010010 号

龙王荡

作　　者：	识　介
责任编辑：	李亚梓
装帧设计：	琥珀视觉
出版发行：	作家出版社有限公司
社　　址：	北京农展馆南里 10 号　　邮　　编：100125
电话传真：	86－10－65067186（发行中心及邮购部）
	86－10－65004079（总编室）

E - mail: zuojia@zuojia.net.cn
http://www.zuojiachubanshe.com

印　　刷：	唐山玺诚印务有限公司
成品尺寸：	152 × 230
字　　数：	1015 千
印　　张：	68.75
版　　次：	2024 年 7 月第 1 版
印　　次：	2024 年 7 月第 1 次印刷
ISBN	978－7－5212－2677－5
定　　价：	198.00 元（全 2 册）

作家版图书，版权所有，侵权必究。
作家版图书，印装错误可随时退换。